한국 현대문학과 탈식민성 :
동고(東皐)와 시선들

▌필자소개(게재순)

임명진_전북대학교 국어국문학과 교수

유　승_전북대학교, 원광대학교 강사

유인실_전북대학교 국어국문학과 강사

장미영_전주대학교 교수

노용무_전북대학교 국어국문학과 강사

전흥남_한려대학교 교양학부 교수

김은혜_전북대학교 국어국문학과 강사

이영배_안동대학교 민속학과 교수

고은미_전북대학교 국어국문학과 강사

이수라_전주대학교 교양학부 객원교수

윤영옥_전북대학교 국어국문학과 강사

김혜원_전북대학교 대학원 국어국문학과 박사과정

김선하_전주서중 국어교사

한국 현대문학과 탈식민성 : 동고(東皐)와 시선들

인　쇄　2012년 10월 22일
발　행　2012년 10월 31일
지은이　임명진 · 유　승 · 유인실 · 장미영 · 노용무 · 전흥남
　　　　김은혜 · 이영배 · 고은미 · 이수라 · 윤영옥 · 김혜원 · 김선하
펴낸이　이대현
편　집　박선주
디자인　이홍주
펴낸곳　도서출판 역락
　　　　서울시 서초구 동광로 46길 6-6(문창빌딩 2F)
　　　　전화 02-3409-2058(영업부), 3409-2060(편집부)
　　　　팩시밀리 02-3409-2059
　　　　이메일 youkrack@hanmail.net
　　　　등록 1999년 4월 19일 제303-2002-000014호
ISBN　978-89-5556-014-5　93810

정　가　30,000원
* 잘못된 책은 구입처에서 바꾸어 드립니다.

한국 현대문학과 탈식민성 :
동고(東皐)와 시선들

임명진 · 유　승 · 유인실 · 장미영 · 노용무 · 전흥남 · 김은혜

이영배 · 고은미 · 이수라 · 윤영옥 · 김혜원 · 김선하

역락

한국 사회가 근대 세계체제에 편입된 이래 한국 근대문학은 식민주의와 탈식민주의의 자장 안에 있었으며, 식민화에 대한 인식들은 개인의 삶과 사회 제도를 둘러싼 모든 종류의 지배와 억압에 대한 관심으로 이어졌다. 한국 현대문학 연구 또한 문화 및 문학의 동일화와 반동일화, 지배와 저항, 식민과 탈식민의 복잡한 상호작용 속에 전개되었으며, 그와 관련된 개인적 삶과 사회적 제도에 대한 질문과 실천의 발자취들과 연동되어 있었다.

이 책의 필자들이 한국 근대문학에서 주목했던 내용들은 서구 근대문학과 한국문학, 제3세계가 갖는 영향 및 수용, 한국 내부의 억압받는 하위계층으로서의 다문화집단과 기생집단, 해방 후 한국에 많은 영향을 주고 있는 미국(인)에 대한 인식과 서양인의 한국(인)에 대한 시선, 억압받는 집단으로서의 여성, 한국 근대 사회의 주변이면서 사회의 핵심적이고 전형적 상황이 전개되었던 지역, 문학 이론과 사회적 삶에 투영된 식민성과 탈식민성에 대한 다양한 시선으로서의 혼종성에 관한 것들이다. 이에 이 책의 주요 내용을 이루고 있는 영향과 전유, 서발턴과 젠더, 신식민성과 지역, 다문화와 혼종성을 중심으로 제4부로 구분하여 책을 엮었다.

문학 연구가 삶의 중요한 관심사 중의 하나가 되었을 때, 동고(東皐)

임명진 선생님과의 만남은 필자들에게 서사, 문화, 탈식민주의와 같은 단어들에 접근하여 차츰 그것들에 물들어가고, 그것들과 씨름하는 중요한 계기가 되었다. 이를 기념하기 위하여, 그 동안 필자들이 발표한 논문 중에서 탈식민주의와 관련된 몇 편을 엮어서 이 책을 출판하기로 하였다.

책을 출판하는 것은 연구의 발자취를 뒤돌아보는 동시에, 더욱 진지하고 열정적인 연구를 위한 중간 점검이라 생각한다. 책을 위해 아낌없이 소중한 원고를 내어주신 여러 선생님들께 감사드리며, 정성들여 이 책을 만들어주신 역락출판사의 이대현 사장님과 편집부 여러 선생님들께도 감사드린다.

2012년 10월
건지산 자락에서
뚜벅회와 친구들

차례

●책머리에

제1부 영향과 전유

제2부 신식민성과 지역

제1부 영향과 전유

번역, 권력, 그리고 탈식민성

임 명 진

1. 근대 계몽기 번역이 남긴 문제

번역(飜譯, translation)의 역사는 문자의 역사만큼이나 오래되었다(김욱동, 2011 : 5). 이집트에서 발견된 B. C. 20세기 경 자료에 통역관에 관한 내용이 들어있고(Robinson, D. 2002 : 77), 일찍이 기원 전에 로마의 키케로(M. T. Cicero)는 번역의 필요성을 강조한 바 있다(Robinson, D. 2002 : 75-6). 중국에서는 이미 6세기경 '번역'이란 용어를 사용하였으며(김욱동, 2011 : 26), 그 이전부터 인도의 불경을 중국어로 옮기는 작업도 진척되었다. 한국에서는 15세기부터 '언해(諺解)'라는 용어로 한문 텍스트를 우리말로 번역하는 작업을 수행해 왔다.

근대화 과정에서 번역은 더욱 활발하고 다채로워졌다. 문물의 교류와 문화의 교섭이 빈번·다양해지면서 번역이 차지하는 비중도 그만큼 커진 것이다. 19세기 후반~20세기 초 한·중·일(韓中日) 삼국은 서양 근대문물을 수용하는 과정에서 많은 서양 텍스트를 자국어로 번역하는 작업을 서둘렀고, 그 중 일본의 번역은 다방면에 걸쳐 가장 발 빠르고 활발하게 전개되어 마침내 아시아에서 근대 국가 체제를 가장 먼저 완성하는 기반이 되기도 하였다(최경옥, 2005 : 77-9).

한국의 경우 근대문학의 출발은 서양 텍스트의 '번역'과 발을 맞춰 왔고, 특히 근대계몽기 신문학 출현에 있어 창작소설보다 번역소설이 10년 정도 앞섰다는 점에서(김병철, 1975 : 169), 근대계몽기 '번역'은 한국의 근대사/근대문학사를 이해하는 데에도 매우 중요하다. 1895년~1910년 한국의 번역물은 총 95편이며 그 분야도 역사·소설·전기·교양물 등 다양하다.1) 그런데 당시 번역물 중에는 중국어 역본이나 일본어 역본을 중역(重譯)한 것이 49편에 이르고, 서양 텍스트를 직접 번역한 경우는 단 1편에 불과하다. 또한 중국 출판물과 관계된 것은 24편에 불과하나 일본 출판물과의 관계는 54편에 이른다.2)

이렇듯 서양 텍스트를 직접 옮긴 번역본은 하나에 불과하고 중역본이 압도적으로 많다는 사실, 또 일본 출판물을 번역한 것이 대다수라는 사실은 둘 다 문제적이다.

첫째 중역의 문제는, 당시 한국 지식인들이 서양 텍스트를 직접 번역할만한 외국어 능력을 제대로 갖추지 못한 탓의 결과였겠지만, 일본인이나 중국인이 선별한 서양 텍스트만을 편향적으로 접함으로써 결과적으로 근대화의 방식이 간접화되고 그 수준도 뒤처질 수밖에 없었다는 점이다. 근대계몽기 동아시아에서 번역의 수준과 정도는 곧 근대화의 척도가 되다시피 하였다. 한국의 경우 상대적으로 일본과 중국에 비해 근대화 과

---

1) 김병철(1975 : 170-7)에 따르면, 소설류 18편, 역사류 32편, 전기류 12편, 교양물 11편, 시 10편, 기타(동화, 민화 등) 12편이다.
2) 김병철(1975 : 307-8)에 따르면 중국어 역본의 중역 15편, 일본어 역본의 중역 34편, 중국서 직접 번역 9편, 일본서 직접 번역 20편, 서양서 직접 번역 1편, 미상 16편이다.

정이 뒤진 것도 번역의 수준 및 정도와 무관치 않다. 이 점에서 한국의 근대는 '번역의 근대'라기보다는 '중역의 근대'라는 지적(김욱동, 2010 : 55-6)은 당시 뒤처진 근대화의 환유인 셈이다.

둘째로 일본 편향의 문제는 일본인의 안목으로 굴절된 서양 문화를 별다른 비판 없이 수용했다는 점이다. 당시 일본에서는 서양 텍스트를 소화하여 자국 언어로 재구성하여 저술 형식으로 간행한 전기류나 역사서가 다수 출판되었다. 또한 서양 텍스트를 번역한 경우에도 일본의 번역은, 이른바 '의식적 의역', 즉 원어를 살리되 일본의 풍토에 걸맞게 고쳐서 옮기는 작업이거나(김욱동, 2010 : 60), 서양이라는 타자와의 대화를 통해 자기 정체성을 자각하는 문화적 실천 작업이어서(최경옥, 2005 : 4), 번역의 자국화(自國化, domesticating)의 특성이 강하게 드러난 경우라 할 수 있다.[3] 그러나 당시 한국의 일본관계 번역물은 한국식으로 자국화되지 못하였고 일본식 번역을 답습한 경우가 대부분이었다(김병철, 1975 : 308-9). 이 점이 당시 한국의 언론에서 "奴隷的 妄筆"이라 지적되기도 하였다.

> 譯書를 曰 文明의 輸入이라 하며 譯書를 曰 富强의 資料라 하나 然이나 此는 善美한 驛書를 指함인저. 譯書家가 其道를 不得하여 其國魂을 장하며 其國光을 墜하면 抑猶國家의 大罪人이로다. 近日 我國의 譯書가 漸出함에 所謂 譯述者가 或趨外에 精神이 醉하며 或取捨에 理가 無하야 但只 外國書籍으로 盡是 文明書籍로 信하며 但只 外國 所唱이라면 盡是 文明語句로 認하여——. (…중략…) 어찌 彼가 歌하면 我도 歌하며 彼가 舞하면 我도 舞하며 彼가 我를 辱하면 我도 我를 辱하며 彼가 我를 侮하면 我도 我를 侮하야 奴隷的 妄筆로 輕弄하리오.[4]

---

3) '번역의 자국화'란 원본의 내용을 번역자가 적극적으로 다듬어 목표언어의 문화에 근접시키는 번역 방법으로, 베누티(Venuti, L)가 번역의 두 가지 전략으로 자국화(domesticating)와 이국화(foreignizing)를 내세운 이래 번역이론에서 통설적으로 사용되는 용어임. '국산화', '익숙하게 하기' 등으로 옮기기도 함. Eco, U.(2010 : 255) 참조.
4) 대한매일신보 논설, 「번역가에 일고함」, 1909. 1. 9.

여기에서 "善美한 譯書"란 한국의 역자가 서양 텍스트를 주체적으로 선정하여 당시 한국 상황에 걸맞게 직접 한국어로 번역한 서적을 가리키는 것으로 이해한다면, 이 논설은 당시 한국에서 번역의 자국화가 실천되지 못하고 일본식 번역을 답습하는 문제를 지적한 셈이다. 그렇다면 여기에서 '彼'는 '서양'이라기보다는 '일본식으로 번역된 서양'으로 간주하는 게 온당하다.

근대계몽기 근대화의 물결 속에서 서양 텍스트의 번역이 절실히 요구되었으나, 제대로 된 '선미한 역서'가 태부족하고 그 자리를 일본어판 중역본이 채움으로써, 한국의 근대화 역시 일본식 근대화의 직접적인 영향을 받을 수밖에 없게 되었다. 당시 대표적인 개화론자였던 유길준(1856~1914)이 이런 비(非)주체적인 근대화를 '개화의 병신'이라 경고하였거니와 (유길준, 2004 : 400), 이런 경고가 제대로 먹혀들지 않아 한국의 비주체적인 근대화는 곧 일본식 근대화에 병합되고 만다. 즉, 한국의 경우 근대계몽기 번역은 초기 근대화 과정의 문제점을 단적으로 보여주는 결정적인 척도가 된다고 할 수 있다.5)

이상의 문제들은, 오늘의 관점에서 보면 다음과 같은 가정과 함께 숙고할 문제를 남긴다.

첫째, 당시 한국 번역의 수준이나 정도가 일본에 비해 뒤처지지 않았다면 어떤 결과가 있었을 것인가? 한국의 근대화 과정도 일본과 같은 시기에 유사한 수준으로 한국적 방식에 따라 진행되었을 것이고, 그래서 서양식 근대를 한국적 자국화를 통하여 직접적으로 수용함으로써 일본식 근대에 병합되지 않았을 것이라는 가정이다. 당시 한국은 '동도서기(東道

---

5) 1910년대 이후 『泰西文藝新報』(1918-9)와 『海外文學』(1927)에 힘입어 이런 폐단과 편향은 다소 둔화되기는 하였으나 일제강점기 내내 심각한 문제로 남아 있었다. 김병철(1975 : 412-3, 690, 798) 참조.

西器)’, 중국은 ‘중체서용(中體西用)’, 그리고 일본은 ‘화혼양재(和魂洋才)’의 정책을 내세워 각기 서양식 근대에 대응하였으나, 이 가운데 일본의 ‘화혼양재’가 가장 성공적인 결실을 맺은 것으로, 반면에 한국의 ‘동도서기’가 가장 실패한 것으로 평가된다. 한국의 경우 전술한 대로 일본식으로 간접화된 ‘西器’를 편향적으로 뒤늦게 받아들이면서 근대화 방식에 왜곡이 생겨난 때문이다. 만약 한국이 ‘동도서기’의 정책을 성공적으로 실천·수행하였더라면, 한국은 자주독립국을 유지하면서 근대국가로 성장할 수 있었을 것이라는 추정을 가능하게 한다.

둘째, 20세기 후반 이후 ‘포스트 식민주의’가 날로 보편화되고 가고 있고, 또 ‘후기 식민성’으로부터 자유롭지 못한 한국의 상황에서,6) 이상의 문제들은 1세기 전의 문제로 국한되지 않는다는 점이다. 다음 장에서 논하겠지만, 탈근대 이후 ‘번역’은 이제 단순히 언어 텍스트를 옮기는 차원을 벗어나 문화의 교섭과 전이의 차원으로 확산되기에 이르렀다. 이와 관련하면, 1세기 이전 번역의 문제점들은 오늘날 새로운 차원으로 확산된 ‘번역’ 행위를 어떻게 수행·실천해야 할 것인가 하는 새로운 문제를 제기한다.

위 ‘가정’과 ‘문제 제기’는 상호 유기적이다. ‘초기 식민주의’7)에 긴밀하게 관련된 번역이 포스트 식민주의의 중요한 방법의 하나인 ‘문화 연구’에 직결되기 때문이다.8) 이렇듯 한국사/한국문학사에 있어 ‘번역’은

---

6) ‘postcolonialism’을 우리 학계에서 ①탈식민주의, ②후기식민주의, ③포스트 식민주의 등으로 옮기고 있으나, ①과 ②가 postcolonialism의 속성 중 어느 한 면만을 부각시킨다는 점에서 본고에서는 ③으로 통일하여 표현한다. 여기에는 ‘탈식민’이란 우리말이 ‘decolonization’에 근접하고 있다는 판단도 작용하였다. 또한 ‘포스트 식민주의’에서 문제 삼는 20세기 후반의 새로운 식민성은 ‘후기 식민성’으로 표기한다.

7) 20세기 후반 이후의 식민성의 문제를 전반적으로 함축하는 담론을 ‘포스트 식민주의’라 한다면, 18-9세기 서구 열강이 전 세계적으로 식민지를 개척해나가는 양상을 통틀어서 ‘초기 식민주의’로 지칭하고자 한다. 이 용어는 본 논문에서 ‘포스트 식민주의’와 그 성격을 구별하기 위한 것 이상의 다른 특별한 개념을 함축하지는 않는다.

단순한 문학/문화 양상이 아니라 초기 식민주의 또는 포스트 식민주의의 문제와 결부되어 있다는 점이 본 논문의 출발점이다. 이를 토대로 문화 차원으로 확대된 번역을 한국의 포스트 식민주의 문제를 가늠하는 새로운 전략의 하나로 모색해보는 작업이 본 논문의 중심이 될 것이다.

본 논문은, 이런 연구의 목적에 따라, 먼저 번역의 개념 확산의 이론적 배경과 번역의 속성을 점검하고, 이어 번역과 포스트 식민주의와 관련 양상을 검토하며, 마지막으로 번역이 21세기 한국 상황에서 '탈식민화'의 전략으로서 어떠한 성격을 띠어야 하는가는 모색하는 순서로 진행될 것이다.

2. 번역 개념의 확산

번역의 정의에는 논자에 따라서 상당한 진폭이 있지만, 고전적으로는 원본을 '원천 텍스트'로 삼아 이를 다른 언어로 옮기어 '목표 텍스트'로 재생산하는 행위를 가리킨다.9) 원천 텍스트의 언어를 '원천언어'라 하고, 목표 텍스트의 언어를 '목표언어'라 한다면, 이 두 언어 사이의 관계를 어떻게 이해하느냐에 따라 번역의 개념과 성격도 달라진다. 두 언어를 포함하여 모든 언어에는 공통적인 보편소(普遍素)가 있고 그것을 바탕으로

---

8) 번역과 문화 연구와의 관계는 다음 장에서 상술한다.

9) 논자에 따라서 원본을 '원천 텍스트', '출발 텍스트', 또는 '원본 텍스트' 등으로 부르기도 하고; 또 번역 결과물을 '목표 텍스트'나 '도착 텍스트' 등으로 지칭하기도 한다. 이 글에서는 앞으로 원본은 '원천 텍스트'로, 번역 후의 판본은 '목표 텍스트'로 지칭하고; 원천 텍스트에 사용된 언어는 '원천언어'로 도착 텍스트에 사용된 언어는 '목표언어'로 표기한다.

조의연(2012 : 23) 및 Cronin, M.(2010 : 277) 참조.

완벽한 언어를 재구할 수 있다고 본다면, 번역은 '완벽한 언어'를 재구하는 작업의 일환이 되고 또 원천언어와 목표언어 사이에서 '공통적인 보편소'로 매개하는 작업이어서, 기본적으로 두 텍스트는 의미적으로 등가관계를 이룰 수 있다고 본다. 근대 이전의 번역론자들은 대체로 이런 입장을 취해 왔고, 특히 서구의 기독교 경전 번역에서 이런 입장은 원칙처럼 중시되었다.

그러나 대다수의 논자들은 번역에서 의미적 등가는 불가능하다고 본다. 그 이론적 토대는 후기구조주의 언어학자들에 의해 제공된다. 그들은, 언어가 정보를 전달하고 현실을 반영하는 중립적 도구라는 기존 가설에 도전한다. 언어의 기호적 불안정성에 입각하여 야콥슨(R. Jakobson)은 낱말 차원에서도 완전한 등가는 불가능하다고 지적한 바 있다(Jakobson, R. 1989 : 84-5). 번역 역시 이러한 언어관의 변화로 말미암아 대단히 큰 변화를 겪는다. 원천언어를 목표언어로 투명하게 전달할 수 없다는 주장은, 번역의 문제를 단순한 언어 차원을 넘어서는 작업으로 이해하도록 하는 단서를 제공한다. 또 원천언어나 목표언어나 모두 불안정한 기호라면, 번역은 그런 불안정한 재현을 넘어서는 행위로 이해하여야 그 정당성이 확보될 수 있다. 즉 불안정한 언어기호가 전달하는 것을 넘어서는 어떤 잉여적인 것이 있다고 본다. 최근의 번역론자들은 그 '잉여적인 것'을 문화로 간주한다(정혜욱, 2010 : 96-8).

후기구조주의 언어학자 외에 번역 개념을 언어에서 문화로 확산하도록 하는데 단초를 제공한 사람으로 벤야민(W. Benjamin)을 꼽을 수 있다. 그 역시 원천언어와 목표언어의 이질성을 들어 등가론에 회의를 표한다(Benjamin, W. 1983 : 326). 그런데 그가 내세운 이질성의 근거는 언어학적 관점과는 매우 다르다. 벤야민의 번역론에는 모든 언어를 관통하고 지향하는 언어로서의 '순수한 언어'에의 믿음이 자리 잡고 있다.[10] 그는, "번역의 자유는 전달되어야 하는 의미를 통해 그 정당성을 획득하는 것은 아닌데, 오히려 번역의 자유는 순수한 언어를 위하여 그 자체의 언어를 통해 스스로의 정당성을 입증해 보이는데 있다. 낯선 말의 매력에 걸려 꼼짝 못하고 있는 순수한 언어를 그 자체의 언어를 통해 해방시키고 또 작품 속에 갇혀 있는 말을 그 작품의 재창조를 통해 해방시키는 것이 번역가의 과제"(Benjamin, W. 1983 : 331)라고 강조한다.

그가 내세운 '순수한 언어'로의 해방 역시 원천언어와 목표언어의 사이에서 이루어지는 작업이라는 점은 부인할 수 없다. 또한 원천 텍스트의 내용과 언어를 과일의 열매와 껍질에 비유하고, 목표 텍스트의 그것을 "겹겹이 주름이 잡혀 있는 왕의(王衣)"에 비유함으로써(Benjamin, W. 1983 : 326), 양 텍스트의 관계가 단순히 의미의 등가관계 여부로만 연결되지 않는 점을 강조한다. 기존 번역론자들은 예의 등가관계에 집중한데 비해 벤야민은 번역이 원본과는 이미 성격이 다른 '새로운' 텍스트를 재생산하는 행위임을 주장한 셈이다. 여기에서 번역의 개념은 단순히 언어 텍스트의 의미에 국한되지 않는다는 단초가 제공된다.

벤야민과 후기구조주의 언어학자들의 '단초 제공'에 힘입어 1970년대 이르러 스타이너(G. Steiner)는 번역과 문화의 상호작용에 주목하기 시작했고, 1990년에 배스넷(S. Bassnet)과 르페비어(A. Lefevere)가 함께 편집한『번역, 역사, 그리고 문화』가 출판되면서 이른바 '번역의 문화적 전환'이 일

---

10) '순수한 언어'는 '진정한 언어' 또는 '결정적인 언어' 등으로 표현되기도 하는데, 이는 기독신학적 언어관에 입각한 개념이다. 즉 '태초의 말씀'으로서의 '순수한 언어'는 의미체계나 상징체계가 아니라 사물과 이름을 통일시키는 유일무이한 기호이다. 그래서, 그가 바벨 탑 이전의 언어를 자세히 언급하지는 않으나, '순수한 언어'는 모든 사물과 이름을 통일시켰던 유일무이한 바벨 탑 이전의 '애초의 언어'에 근한 그런 언어로 이해된다.
Benjamin, W.(1983)에 실린 「언어의 모방적 성격」, 「번역가의 과제」, 「역사철학 테제」 등 참조.

어난다(정혜욱, 2010 : 96-8).

'번역의 문화적 전환'이란 그동안 언어 중심의 번역에서 문화 중심의 번역으로 옮겨온 연구 태도를 일컫는다. 이는 넓게는 포스트모더니즘, 좁게는 포스트 구조주의 및 포스트 식민주의와 깊이 연관되어 있다. 어떤 의미에서 이 문화적 전환은 포스트모더니즘으로부터 자양분을 받으면서 발전해왔다고 보아도 크게 틀리지 않는다(김욱동, 2011 : 143). 특히 배스넷(S. Bassnet)과 르페비어(A. Lefevere) 같은 학자들은 문화사와 문화 연구에서 이룩한 업적을 폭넓게 수용하면서 문화뿐만 아니라 권력·이데올로기 문제에 대해서도 깊은 관심을 기울인다. 즉, 텍스트 자체보다는 텍스트를 둘러싸고 있는 문화적·정치적 요소에 비중을 둔 것이다. 구체적으로 말해서 문화적 전환을 주장하는 학자들은 권력·이데올로기·제도·조작 같은 요소를 번역에 끌어들인다(김욱동, 2011 : 144).

또한 인류학자들은 언어 텍스트 외에 문화 텍스트를 주로 번역의 대상으로 삼는다. 민족지학(民族誌學)은 언어·문화·사회의 이질성과 잠정적으로 타협하는 방식이라는 점에서, 민족지 작성을 주 과업으로 삼는 인류학자는 외래의 것을 익숙한 것으로 만들면서 동시에 자체의 이질성을 보존하려고 노력하는 번역가와 유사한 역할을 수행한다(Álvarez, R. & M. Carmen- África Videl ed. 2008 : 131).

번역은 어떤 텍스트를 다른 언어의 텍스트로 전환하는 것뿐만 아니라 하나의 문화를 다른 문화로 전이시키는 것이기도 하다. 이제 번역은 문화연구의 핵심 아젠다로 정착되었다고 해도 과언이 아니다. 그래서 번역은 "개방되고 확대된 문화의 장(場)을 지향하고 단순한 모방인 닫힌 순환을 초월한다. 번역은 여기와 저기, 지금과 그때, 우리와 그들 사이의 변증법을 형성하는 '초월적인 움직임'"(Álvarez, R. & M. Carmen-África Videl ed. 2008 : 155)이 된다.

3. 번역의 속성

1) 엔트로피와 역(逆)엔트로피의 양면성

번역이란 낱말에 들어있는 한자 '飜' 또는 '翻'의 기본적인 뜻은 '뒤집다'이다. 이 한자는 번역의 '전복성(顚覆性)'을 잘 함축하고 있다.

번역의 기본 정신은 원본에의 '충성'이다. 그러나 번역에서 충성이 강조된다는 것은 그게 지켜지기 어렵다는 사실을 반증한다. 번역자가 아무리 원천 텍스트에 충성하고자 해도 목표언어로 전환하는 순간 어느 정도 '배반'하기 마련이다.[11] 앞서 야콥슨의 논의에서 확인하였듯이 아무런 배반/전복 없는 번역은 불가능하다. 번역은 그 자체가 원천언어와는 이질적인 목표언어의 문화적 공간으로 그것을 이동시켜야 하는데, 그 두 공간이 서로 호환이 가능하다면 그것은 서로 다른 이질적인 공간으로 나뉘지도 않을 것이며, 그렇다면 굳이 번역이 그 사이에 개입해야 할 이유도 없어진다. 따라서 번역은 그 출발부터 문화 간의 이질성을 전제하는 것이다. 번역은 그래서 일정 정도 일방통행이다. 번역은 '타자'의 이야기를 '우리'가 이해할 수 있도록 옮겨 적는 작업이기에 원본을 배반하지 않고서는 불가능한 작업이다(정혜욱, 2010 : 298). 이런 번역의 배반/전복은 두 가지 방향으로 전개된다.

그 하나는 문화 다양성을 위축시키는 부정적인 방향이다. 원천 텍스트의 의미 내용이나 문화 특성 등을 삭감·축소·생략·편파·왜곡할 때 나타날 수 있다. 번역론자들은 이를 '번역의 엔트로피 현상'이라 부른다.[12] 원천 텍스트에 섬세하게 온축되어 있는 수사적 특성이나 독특한

---

11) 번역의 '배반'에 관한 논저로는 김욱동(2008)이 주목할 만하다.
12) 이 현상에 관한 보충 설명으로는 다음 인용이 주목할 만하다.

문화적 요소들이 목표 텍스트에 온전하게 전환될 수 없는 것은 분명하다. 또한 과도한 번역의 자국화(domesticating)는 결과적으로 '원천문화'를[13] 왜곡할 수 있다. 과거 로마의 키케로(M. T. Cicero)와 호라티우스(Q. Horatius Flaccus)는 그리스 문화 요소들을 로마식으로 대체하였으며(Schulte, R. & J. Biguenet, 2009 : 103 및 Robinson, D. 2002 : 81-5), '초기 식민주의' 시기 서구 지식인들은 신세계/제3세계를 식민 지배하는 수단으로 번역을 이용하기도 하였다(Robinson, D. 2002 : 96-138). 이 과정에서 과도한 자국화가 성행하고,[14] 그 결과로 지구상의 문화다양성이 위축되는 결과를 초래하였다. 번역이 제국의 건설에 결부되면서 번역의 엔트로피 현상이 나타나는 실증적 사례들이라 할 것이다.

다른 하나는, 번역이 문화의 다양성을 지속·발전·촉진하는 긍정적인 방향이다. 크로닌(M. Cronin)은 제국의 건설, 거대 민족국가의 번성, 또는 최근의 초국가적인 세계 기구로 환기되는 세계주의를 '거시-코즈모폴리터니즘'이라 칭하고; 반면에 시골과 지역과 소수민족의 문화 요소들이 프렉탈(fractal)적 차이와 복잡성으로 연결되어 있으면서 상호 정체성을 유지하고 문화다양성을 공존하게 하는 세계주의를 '미시-코즈모폴리터니즘'이라 칭하면서(Cronin, M. 2010 : 24-51), 후자를 통해 역(逆)엔트로피적 번역이 가능하다고 주장한다.

"열역학 제2법칙에 따르면 물질과 에너지는 오직 한 방향으로만 변한다. 즉 유용한 상태에서 무용한 상태로, 획득 가능한 상태에서 획득 불가능한 상태로, 또는 질서에서 무질서로 이동한다. 번역 과정도 에너지의 이동과 크게 다르지 않아서 원천 언어에서 목표 언어로, 원천 텍스트에서 목표 텍스트로 옮겨가는 과정에서 스타일과 형식은 말할 것도 없고 의미와 내용도 달라지지 않을 수 없다. 이러한 '번역의 엔트로피' 현상은 번역이 숙명적으로 걸머지고 있는 짐이기도 하다."(김욱동, 2011 : 290)

13) 앞으로 '원천 텍스트의 문화'를 '원천문화'로, '목표 텍스트의 문화'를 '목표문화'로 표기한다.

14) 서양이 동양의 문화텍스트를 자국화한 사례를 가장 설득력 있게 정리한 저술로 사이드(E. Said)의 『오리엔탈리즘』을 꼽을 수 있을 것이다.

> 제안하고 싶은 것은 문화적 역인트로피에 근거한 번역과 정체성에 관한
> 사유방식이다. '역엔트로피적 번역 시각'(negentropic transliational perspective)
> 은 일차적으로 번역 실천을 통한 '새로운' 문화 형식들의 '출현', 그리고 번
> 역이 다양성과 지속과 발전에 기여하고 촉진하는 방식에 관심을 갖는다.
> (…중략…) 여기서 우리는 역엔트로피적 시각과 앞서 개진된 바 있는 미시-
> 코즈모폴리터니즘 간의 연관성을 더욱더 명확히 하고 싶다.
>
> (Cronin, M. 2010 : 266)

크로닌(M. Cronin)은 이어 역엔트로피적 번역은 홀로그램(hologram)적 차원에서 실천될 수 있음을 역설한다. 즉 역자가 원천 텍스트를 전체적으로 조망하면서 그 안의 복잡하고 미묘한 다양성을 완전하게 지각하여 "특수한 것의 정교함" 속에서 '근거리 읽기'를 통해 '너무나 작은 세계조차 광대하다'는 것을 보여주어야 한다고 주장한다(Cronin, M. 2010 : 271-8).

이런 주장은 "그 세부에 이르기까지 원문의 표현방식과 온축을 자기 고유의 언어 속에 동화시켜서, 원문과 번역의 양자가 마치 사기그릇의 파편이 사기그릇의 일부를 이루듯 보다 큰 언어의 파편으로 인식될 수 있도록 하지 않으면 안 된다."(Benjamin, W. 1983 : 329)는 벤야민의 주장과 상통한다. 물론 벤야민이 강조해 마지않은 '순수한 언어'로 다가가는 비의적 작업으로서의 번역의 목적과 크로닌이 주장하는 문화 다양성을 촉진하는 실천적 작업으로서의 번역의 목적은 다르지만, 그 과정에서 번역의 역엔트로피적 속성을 착목한 점은 동일하다.

그렇다면 번역의 엔트로피적 현상과 역엔트로피적 효과는 상호 무관한가? 그렇지 않다. 하나의 시각에서 역엔트로피적 현상이 발견된다면 그와는 반대되는 입장에서는 그것이 엔트로피적 현상으로 해석될 수 있다. 로마가 그리스 문화를 번역하는 과정을 예로 든다면, 로마의 자국화 번역은 로마인의 시각에서는 역엔트로피적 효과이겠지만 그리스인의 입장에서는 엔트로피적 현상으로 해석될 것이다. 그리스 문화가 로마에서 전

유되는 과정에서 그 고유성이 훼손된 경우는 후대 연구자들에 의해 누누이 지적된 바 있다.[15)]

이렇듯 번역은 생성과 상실을 동시에 수행한다. 리쾨르(P. Ricoeur)의 "번역은 한편으로는 뭔가를 구해내고 다른 한편으로는 어느 정도의 상실을 감수하는 것"(Ricoeur, P. 2006 : 72)이라는 지적도 번역의 이런 양면성을 두고 한 말이다.

2) 문지방으로서의 리미널리티(liminality)

'Translation'의 어원인 라틴어 'translatio'는 서로 떨어진 두 공간 사이의 '다리' 또는 '문'을 연상시킨다. 다리나 문은 분리된 두 공간 사이를 매개하는 구실을 한다. 다리는 그 분리의 거리가 다소 먼 공간 사이에, 문은 상대적으로 가까운 사이에 존재한다. 거리의 정도차가 있지만, 그 두 공간이 어떤 방식으로든 서로 분리되어 있다는 점은 동일하다.

그런데 분리는 연결 가능성을 예고하고 또 전제한다. 번역은 원천문화와 목표문화 사이를 연결하는 다리이거나 문으로 기능한다. 분리된 두 공간을 다리나 문으로 매개하여 연결·접속시킨다. 그래서 다리 또는 문으로서의 번역은 분리성을 연결성으로 치환한다. 크로닌(M. Cronin)은 분리성과 연결성의 상호 관계를 다음과 같이 함축적으로 지적한 바 있다.

> 분리 없이는 연결할 것도 없는 것이다. 만약 번역이 이미 알려진 바와 같이 다리를 놓는 활동이라면, 그래서 문화들이 틈새를 잇는 방식에 대하여 많은 얘기가 있어야 한다면, 번역이 연결성 못지않게 분리성에도 이미 관련되어 있음을 잊어서는 안 될 것이다. (…중략…)

---

15) 로마인들의 그리스문화 번역 과정에서의 과도한 자국화에 관해서는 다음 논저 참조. Schulte, R. & J. Biguenet(2009 : 103) 및 Robinson, D.(2002 : 84)

분리된 것은 연결접속에 의해 변형을 겪지 않은 채 남아 있을 수 없기에 그것은 연결 접속의 한 기능 내지 한 차원으로 이해해야 한다.

(Cronin, M. 2010 : 251-2)

위 인용에서 가장 주목해야 할 것은 '연결/접속에 의한 변형'이다. 이 '변형'은 앞서 언급한 '배반/전복'과 상통하지만, 그 위상은 사뭇 다르다. 즉 '배반/전복'은 목표 텍스트의 결과 속에서 나타나는 현상이지만, '변형'은 원천 텍스트와 목표 텍스트 사이에서 일어나는 작용이다. 즉 전자는 결과적 속성이라면, 후자는 과정적 속성이라고 할 만하다. 그렇다면 번역이란 '변형'의 과정을 거친 결과로서의 '배반/전복'이라 할 수 있다.

이 '변형'은 '문지방(threshold)'이라는 틈새에서 일어난다. 분리된 두 공간 사이를 접속시키는 전이(轉移) 지역인 문지방을 주목할 필요가 있다. 이와 관련 연극학자 터너(V. Turnor)가 부각시킨 '리미널리티(liminality)' 개념은 시사하는 바 크다.

하나의 사회적 지위로부터 다른 하나의 사회적 지위로 옮겨 갈 때에는 종종 한 장소로부터 다른 장소로, 공간적·지리적인 이동이 병행되기도 한다. 이것은 단순히 문을 열거나 두 개의 지역을 나누어주는 문지방을 가로질러 건너가는 형태를 취할 수도 있다. 이 때 옮겨가기 이전의 지위는 개인 혹은 공동체의 제의(祭儀) 이전 혹은 프리리미널(preliminal)한 지위와 관련되고, 옮겨간 다음의 지위는 제의 이후의 혹은 포스트리미널(postliminal)한 지위와 관련된다.

(…중략…)

여러 가지 사회적 특징들이 상징적으로 첨예하게 전도되는 것은 '분리'로 특징지워질 수 있는데, 리미널리티(limilality), 즉 '전이영역'의 특징은 여러 가지 차이점들을 희미하게 하고 소실시키는 것이다. 이처럼, 의례(儀禮)에서의 제의적 활동의 주체들은 일종의 '평등화'의 과정을 보내는데, 이 과정에서 프리리미널한(전이 이전의) 지위에서의 기호들은 파괴되고 리미널리티에서의 리미널한 무지위(non-status)의 기호가 적용된다.

(Turner, V. 1996 : 42-4)

터너(V. Turner)는, 제의(祭儀)라는 리미널리티를 거쳐 한 개인이나 공동체의 지위가 변화되어가는 방식에 착안하여, 연극이 그런 제의적 리미널리티로서의 속성을 이어받고 있음을 주장하고 있다. 그가 제의/연극의 리미널리티에를 주목한 것은, 그가 보기에 "리미널리티의 본질은 문화를 여러 요인들로 분석하고 그 요인들을 모든 가능한 패턴으로 자유롭게 혹은 '놀이적으로 재결합하는 데 있다고 여기"(Turner, V. 1996 : 47)었기 때문이다.

터너의 '리미널리티론'에 따르면 번역은 곧 리미널(liminal)한 상태에 놓여 있는 문지방(threshold)에 해당한다. 그 문지방은 그저 넘어가는 것이 아니라 지위의 변화와 문화적 재결합이 생성되는 과정으로 늘 변화가능한 생성적 특성을 지닌다. 이런 생성 과정으로서의 변형은 인식과 감성의 변화를 전제로 한다. 즉 번역은 그 진행 과정에서 사고와 감성의 변형을 수반하는 적극적인 문화적 실천의 속성을 지니고 있다고 할 수 있다. 이 속성으로 말미암아 이 문지방에서는 원천문화나 목표문화와는 다른 제3의 문화가 형성될 수 있다.

3) 권력과의 관련성

중국계 번역이론가인 에오양(E. C. Eoyang)은 초기 로마 공화정, 중국의 초기 당나라, 엘리자베드 시대의 영국, 메이지 시대의 일본 정국의 공통점은 다른 문화들로부터 굉장히 많은 것을 차용하려는 경향이었으며, 이런 경향은 이들 정치체들에게 언어적·문화적 자기 인식을 축소시키기보다는 오히려 고양시켰다고 주장한다(Eoyang, E. C. 2003 : 17-26). 이런 주장에는 큰 오류는 없어 보이지만, 전술한 '속성'과 관련하여 몇 가지 짚고 넘어갈 문제를 제기한다.

위 정치체들은 공통적으로 선진적인 외래문화를 번역함에 있어 자국화를 통해 이른바 문화적 전유(appropriation)를 성공적으로 수행한 경우로, 바꾸어 말하면, 자신의 전통 문화와 외래 문화 사이의 문지방(다리)에 마침내 새로운 정체성을 확보한 문화 텍스트를 정립한 경우라 하겠다. 위 정치체들은 원천 텍스트를 '전복'하고 과감한 자국화 번역을 감행하여 자신의 고유 문화와는 다른 제3의 지대에 새로운 강력한 문화를 성공적으로 생성시킨 셈인데, 그렇다면 그 원동력은 무엇일까?

> 번역은 언제나 하나의 문화가 다른 문화에 압력을 가할 수 있는 힘 사이의 불균형을 의미한다. 번역은 하나의 텍스트와 동등한 또 다른 텍스트를 만들어 내는 것이 아니다. 번역은 다시쓰기의 복잡한 과정이며 이 과정은 사람들이 역사를 통해 획득한 언어와 타자성에 대한 종합적인 생각과 관련이 있다. 그리고 두 개의 문화 사이에 존재하는 힘의 균형 및 영향과 관련을 맺는다. (Álvarez, R.& M. Carmen-África Videl ed. 2008 : 16)

번역이 원천문화와 목표문화 사이의 힘의 균형 및 영향과 관련되는 근거는, 우선 앞에서 언급했듯 번역 자체의 속성('전복성', '경계성' 등)에서 찾을 수 있다. 그러나 더 근원적으로는 번역의 주체와 수단과 대상에서 찾아야 할 것이다.

번역의 대상과 목표는 문화 텍스트이고 그 수단은 언어임이 자명하며, 언어와 문화가 이데올로기와 결부되어 있음을 부인할 수 없다. 그래서 번역은 불가피하게 이데올로기를 근거로 삼는다(Álvarez, R. & M. Carmen-África Videl ed. 2008 : 17). 또한, 번역자 역시 자신을 감싸고 있는 사회·문화적 환경 안에서 번역 행위를 수행한다. 그래서 번역은 항상 어떤 상황 하에서 이루어지는 수행적 작업이고 그래서 절대로 순수하지 않다. 거기에는 번역자의 사회·문화적 환경이 얽어 놓은 이념적·역사적·정치적 상황들이 의식적/부지불식적으로 개입될 수밖에 없다.

이런 주장은 최근의 '문화자본론'에 의해 더욱 보강될 수 있다. 일찍이 부르디외(P. Bourdieu)는 '사회자본'과 '문화자본'을 개념화하고,[16] 경제자본 뿐만 아니라 사회·문화자본들은, 그것이 유통·실천·형성·작용하는 장(場champ)에서 가장 효과적인 권력의 유형을 생산하기 위해서 그 형태를 변환시킨다고 주장한 바 있다(Bourdieu, P. 2003 : 81). 이에 따르면 번역 행위는 문화자본에 해당하겠지만, 이는 언제든지 다른 경제자본이나 사회자본으로 전환되어 권력을 생산할 수 있는 것이다.

요컨대, 번역의 주체인 번역자나 번역의 수단인 언어나 또는 번역의 대상인 문화가 모두 권력의 장(場champ)에 존재하거나, 그 안에서 작용하거나, 또는 그 자체가 되기도 하기 때문에; 번역은 "권력의 생산 및 드러남과 관련"(Álvarez, R. & M. Carmen-África Videl ed. 2008 : 10)되지 않을 수 없다.

4. 번역과 포스트 식민주의(post-colonialism)

번역과 권력과의 긴밀한 관련성은 민족/국가 차원에서도 예외가 아니다. 오히려 민족/국가 단위에서는 이념적·역사적·정치적 국면들이 더욱 예민하게 작용하므로 개인이나 소규모 공동체에 비해 그 관련성은 더욱 긴밀할 수밖에 없다. 로마는 그리스 문화를 번역하여 제국의 기틀을

---

16) 부르디외(P. Bourdieu)는, 문화자본의 유형을 셋으로 나눠 '상당 기간 동안 정신적·육체적 터득과 동화 과정을 거쳐 취향과 교양으로 구축된 비물질적 자본, 미술작품·유적·악기 등 물질적 형태로 가치를 지니고 있는 자본, 박사학위나 고등고시처럼 일정한 교육과정·시험을 거쳐 제도적으로 승인하여 생겨나는 자본으로 개념화하고; 사회자본은 '지속적인 사회적 연결망 혹은 상호 면식이나 인정이 제도화된 관계, 즉 특정한 집단의 구성원이 됨으로써 획득되는 실제적인 혹은 잠재적인 자원'으로 개념화한 바 있다. Bourdieu, P.(2003 : 61-2) 참조.

마련하였고, 16세기 엘리자베드 1세 때 영국은 대륙을 번역하여 강대국으로 성장하였으며, 메이지 시대 일본은 서양의 근대를 번역하여 후발 제국으로 변모하였다(Eoyang, E. C. 2003 : 17-26). 그런데 이 나라들은 원천텍스트의 기술이나 지식은 '기술적인 번역' 방식으로 옮겼지만, 문화적인 요소들은 자기 식으로 자국화하는 '정치적인 번역'에 따르는 이중의 방식을 취하였다.[17) 기술이나 지식은 고스란히 수용하되 사상이나 문화는 자국화하는 이중의 방식은 이른바 번역의 역엔트로피적 효과를 낳게 되고, 그 효과를 발판으로 권력을 키워 제국으로 성장시킨 사례들이라 할 것이다. 즉 번역은 문명의 이동을 초래하고, 새로운 문명은 새로운 제국 탄생의 요람이 되었다고 할 만하다.

그러나, 제국이 완성된 이후에는 그 번역 방식은 달라진다. 제국의 번역은 식민지 통치를 위하여 그 권력적 속성을 발휘한다. 그 방향은 두 가지로 전개된다. 그 하나는 제국의 자국문화를 식민지에 이식시키는 것으로서의 번역이고, 나머지 하나는 식민지 통치의 필요성에 따라 식민지 문화를 이해하기 위한 번역이다. 전자에서는 제국문화가 원천문화가 되지만, 후자에서는 식민지 문화가 원천문화가 된다. 그래서 전자는 다분히 '정치적인 번역'에 기울어지고, 후자는 '기술적인 번역'에 경사된다. 즉 제국의 형성 이전과는 반대의 방향으로 이중의 방식을 취한다. 이 과정을 거쳐 제국은 자신의 문화적 아우라를 식민지에 내면화시키고 나아가 식민지 예속화를 강화한다.[18) 그래서 초기 식민주의 시대 번역은 식민화

---

17) Robinson, D.(2002)에 따르면, 최대한 원본에 충실하고자 하는 '등가 이론'에 입각한 번역을 일컬어 '기술적인 번역'이라 하고, 어떤 목적에 따라 '배반/전복'이 강하게 드러나는 번역을 '정치적인 번역'이라 지칭하였다. Robinson, D.(2002)의 167쪽.

18) 프랑스와 영국이 19세기와 20세기 초에 식민지 지배 전략으로 하나로 자국의 문화를 피식민자 문화로 이식시킨 사례에 대해서는 다음을 참조할 만하다. Said, E. W.(2005 : 149-372).

된 문화를 고정하는데 기여해왔고, 그 문화가 역사적으로 구성된 것이 아니라 고정되고 변하지 않는 것처럼 보이게 하였다. 이렇듯 번역은 이미 존재하는 어떤 것을 투명하게 나타내는 기능을 한다(Niranjana, T. 1992 : 3).

포스트 식민주의 시대에 이르면 번역의 양상은 복잡해진다. 제국문화와 식민문화의 관계가 일률적이지 않고, 또 제국문화의 내면화 방식도 다양하기 때문이다. 그러나 피식민의 경험이 있는 문화권에는 어떤 식으로든지 포스트 식민주의와 관련하여 '번역'이 문제적으로 잔존하고 있다. 그래서 포스트 식민주의의 맥락에서 번역의 문제는 재현·권력·역사 기록에 대한 질문을 제기하고, 민족·인종·언어 간의 불평등과 불균등한 권력 관계를 설명하는 가장 논쟁적인 지점이 된다(정혜욱, 2010 : 103).

포스트 식민주의 담론은, 제국주의의 그것과는 달리, 식민과 피식민이라는 다분히 이분법적인 논의로 국한될 수 없다. 제3세계의 정치적 독립 이후, 식민과 피식민의 현상은 상호침투적이고 상호 전염적이이서 이분법적 도식으로 명료하게 구분되지 않으며, 또 제3세계의 일부는 새로운 형식의 식민자로 부각되고 있기도 하고, 특정 지역이나 국가 내에서도 새로운 식민과 피식민의 현상이 나타나고 있기 때문이다. 즉 식민과 피식민의 결절과 변성이 범지구적으로 또는 특정 지역 내에서 다양하게 나타나고 있기 때문이다. 그래서 포스트 식민주의 연구자들은 민족·성·인종 등만을 기본 범주로 인식하는 것에서 벗어나 다양한 문화적 차이들의 분절과 결합이 만들어내는 과정에 초점을 맞춘다. 따라서 포스트 식민주의와 번역이 만나는 지점은 주로 번역이 사실상 문화와 문화 간의 혼종화를 촉진하는 대표적 장치라는 데 있다(정혜욱, 2010 : 107).

번역과 문화적 혼종화의 관계에 가장 큰 관심을 표명한 포스트 식민주의 연구자는 호미 바바(H. Bhabha)이다.

> 벤야민은 '언어의 외국성(foreignness)'의 개념을 통해, 문화적 차이를 실현시키는 것으로서 번역의 수행성에 대한 설명에 가장 밀착하여 접근한다.
> (Bhabha, H. K. 1994 : 227)

> 번역은 본질적으로 문화적 의사소통의 수행이다. 그것은 놓여 있는 언어(언표, 명제성)라기보다는 발현하는 언어(언표작용, 위치성)이다. 또한 번역의 기호는, 문화적 권위와 그것의 수행적 실천 틈새에서 다양한 시간들과 공간들을 끊임없이 말하고 '소리를 울려 알린다'. 번역의 '시간'은, 의미의 '운동' 곧 어떤 의사소통의 원리와 실천이 작동되는 곳에 존재한다. 즉 드만이 말하고 있듯이, 번역의 시간은 "원전에 파편화의 운동, 교의에서 벗어난 방황, 일종의 영원한 망명 상태를 부여해서, 원전을 탈정전화되도록 움직이는" 의사소통의 실천이 작동되는 곳에 놓여 있다.
> (Bhabha, H. K. 1994 : 228)

> 나는 '원본'의 환유적인 파편화에는 큰 관심이 없다. 그보다는 나는 틈새를 드러내는 (언어의) '외국적인' 요소들에 더 주목한다. '외국적' 요소는 불가피하게 주름들과 접힘들로 된 여분의 직물을 생기게 하면서, '불안정한 연결의 요소', 즉 틈새에 낀 상태의 불확정적인 시간성이 되기도 한다. 그 틈새에 낀 상태의 불확정적인 시간성은 '새로움이 세계 속에 들어가게 하는' 매개조건을 만드는 일에 적극 관여한다. 그 외국적 요소는 '원본의 지시적 구조와 의미소통의 구조도 파괴'하는데, 이는 단순히 그것을 부정함으로써가 아니라 (언어의) 이접성(disjunction)을 교섭함으로써이다. 그 같은 교섭의 과정에서, 연속적으로 문화는 시간적인 존재가 되어 '역사 속에 보존되기도 하고 또 소멸되기도 한다. (Bhabha, H. K. 1994 : 227-8)

호미 바바는 벤야민의 '언어의 외국성(foreignness)' 개념에서 입론(立論)의 근거를 발견한다. 그는 언어의 외국성이, 번역 과정에서 원천문화와 목표문화 사이의 간극과 이질성을 전경화시켜서, 양 문화를 이분법적으로 경계 짓는 것을 막아주고 그 틈새에 새로운 문화를 만드는 원천이 된다고 본다. 즉, 바바에게 번역이란 원천문화를 탈(脫)안정화하고 그 정체성을 깨뜨려서, 목표문화와의 틈새에 '새로움(newness)'을 생성하여 끼워 넣는 작업이다. 이 새로움은 기존 문화 사이에서 일종의 '혼종화'로 생겨난 것으로서 새로움이지만, 문화적 경계가 끊임없이 타협·교섭하는 공간으로서의 새로움이기도 하다. 그에게 번역이란 이런 '새로움'을 다시 세계 속에 틈입시키는 문화적 실천 행위인 셈이다.[19)

바바가 '번역'에 주목한 것은, 자신의 포스트 식민이론의 핵심 개념인 이른바 '혼종성'(hybridity)이 생성되는 장(場)으로 '번역'을 파악하고, 또 '문화 번역'을 통해 제3의 위치에 새로운 문화를 생성시킬 수 있다고 믿었기 때문이다. 그러나 그는 그 방법을 구체적으로 제시하지는 않았다. 그 구체적인 전략은 포스트 식민주의 이론을 받아들인 번역론자들에 의해 모색된다.

> 번역은 포스트 식민 연구에서 세 가지 연속적이지만 겹쳐지는 역할을 수행 한다.
> *번역은 식민화의 채널로서 교육에 필적하며, 교육과 연관되고, 제도와 시장의 명백한 혹은 숨어 있는 통제를 받는다.
> *번역은 식민주의의 붕괴 이후 계속된 문화적 불평등을 위한 피뢰침이다.
> *번역은 탈식민화의 채널이다. (Robinson, D. 2002 : 51)

위 로빈슨((D. Robinson)의 압축적인 언명은 초기 식민주의 이래 번역이 수행한 역할을 명쾌하게 설명하되, 포스트 식민주의 시기에 이르러 번역이 해야 할 책무를 강렬하게 시사하고 있다.

---

19) 바바의 대표 저술인 *The Location of Culture*(Routledge. 1994)의 결론 직전의 절(節)의 제목이 "세계 속에 새로움이 어떻게 틈입하는가(How newness enters the world)"인데. 여기에서도 그가 번역의 이런 역할을 중시하고 있음을 알 수 있다.

5. 탈식민화(decolonization)의 전략으로서의 번역

포스트 식민주의는 그 입론(立論)의 뿌리도 단순치 않고 그 진행 방향도 다양하게 분기되어 왔지만,[20] 후기 식민성의 정치·문화적 헤게모니에 대한 대항과 비판 사이에서 전개되고 있는 것만은 분명하다. 필자는 포스트 식민주의가 제3세계의 현실에서 실천적인 대항담론으로 정착하여야 그 논리적 정당성이 확보된다고 보아, 그것의 대항적 성격에 방점을 찍는다. 이에 따라 식민화에 대항하거나 그것으로부터 벗어나려는 실천으로서의 '탈식민화(decolonization)'를 포스트 식민주의의 가장 중요한 지향으로 보고,[21] 제3세계의 번역은 곧 탈식민화에 전략적으로 복무해야 한다고 생각한다.

탈식민적 전략으로서의 번역 양상을 '재번역', '혼종 번역', 그리고 '역방향 번역'으로 간추린다.

1) 다시 번역하기

과거의 번역이 제국의 식민화 정책의 채널로 이용되었다면, 다시 번역을

---

22) 포스트 식민주의의 이론적 근거·계보·방향·분기 양상을 정리한 것으로 국내 서적으로는 이경원(2011)을, 국외 서적으로는 Moore-Gilbert, B.(1997)과 Young, R. J. C.(2001)을 주목할 만하다.

21) 'decolonization'란 용어는 사이드(E. D. Said)의 주저 *Culture and Imperialism*에서 주제어로 사용된 바 있다. 이 용어는 이 책의 한국어 역본(Said, E. D. 2005)에서는 '반식민지' 또는 '반식민화'로 옮겨졌는데, 우리 학계에서 'postcolonialism'을, '탈식민주의'로 부르는 등 '탈식민'이란 용어가 혼용되고 있는 점을 감안하여 그것들과 변별하기 위한 것으로 추정된다. 그럼에도 필자가 보기에 '반식민지'는 이 말의 원어가 함축하는 대항성을 상당히 약화시킨다는 판단이 들어, 본고에서는 이른 '탈식민화'로 옮긴다. 정혜욱도 이미 decolonization를 '탈식민화'로 옮긴 바 있다(Robinson, D. 2002 : 191). 이 용어와 'postcolonialism'과의 관계에 대해서는 앞 각주 8)번 참조.

통하여 후기 식민성으로부터 벗어나고자 하는 방식이 '재번역'(retranslation)
이다. 주로 제1세계로 불리는 과거의 제국이었던 민족/국가들의 번역은
자신의 식민 정책에 어울리고 자국문화의 취향에 맞는 텍스트를 선별하
여 자국화하는 경향이 강하였다. 이로써 제3세계 또는 식민지 민족/국가
의 이미지를 위계적으로 배열하면서, 기존의 제국적 질서를 위태롭게 하
는 것을 최소화하는 식민 정책에 활용하였다. 반면 제3세계에서 제1세계
를 번역하는 데에는 패권 국가들의 원천문화에 대한 추종이나 모방에 기
울어져 그 지배적 가치를 흡수하려는 방편으로 이용되는 경우가 많다(정
혜욱, 2010 : 12-3).

　니란자나(T. Niranjana)는, 제1세계 패권 국가가 제3세계 원천문화를 자
신의 문화에 비추어 열등한 것으로 또는 신비한 것으로 번역한 경우의
문제점을 지적하고, 이를 다시 번역할 것을 강조한다. 과거의 제국 또는
포스트 식민주의 시기 신제국[22])에 의해 엔트로피적으로 번역된 식민문
화를 다시 번역해야 한다는 것이다. 그리고 그 재번역의 준거는 '원주민
주의'에 둔다. 즉 원주민의 원천문화를 속속들이 이해하고 그 문화적 취
향에 충실하면서 역(逆)엔트로적 효과가 나타나도록 새로이 번역해야 한
다는 것이다. 니란자나는 이런 식의 재번역을 매우 생산적인 작업으로
인지하고 있는데, 여기에는 벤야민의 번역론이 적잖은 빛을 드리우고 있
음을 확인할 수 있다.[23]) 또한 니란자나는 재번역의 선행 작업으로 '과거
의 번역물 거슬러 읽기'를 권장한다.

---

22) 포스트 식민주의 시대에 과거 제국의 위상을 이어받고 있거나 새로이 식민자로 등
　　장한 정치세력을 '신제국'이라 칭한다. 이는 '초기식민주의' 시대의 제국과 구분할
　　필요가 있는 경우에만 제한적으로 사용된다.
23) 니란자나의 이런 '재번역론'을 명쾌하게 정리한 것으로는 Robinson, D.(2002)를 꼽을
　　수 있다. Robinson, D.(2002 : 139-147) 참조.

> 재번역을 하고자 하는 포스트 식민주의적 욕망은 곧 '역사 다시 쓰기 (re-write history)'와 직결되어 있다. (…중략…) 기존의 번역을 결을 거슬러 읽는 것은 또한 식민주의 역사 기술을 포스트 식민주의의 관점에서 읽는 것이다. (…중략…) 이러한 '기억하기'의 행위는 (…중략…) "고통스러운 기억하기로서 현재의 외상을 이해하기 위해 절단된 과거를 함께 모으는 과정이다." 이는 단순히 절단된 과거가 다시 전체가 될 수 있다는 것을 말하는 것은 아니다. (Niranjana, T. 1992 : 172-3)

이는 포스트 식민주의 문화론자들이 역설하는 '고쳐 읽기' 방식과 유사하다. 그러나 '거슬러 읽기'는 그 자체가 목적이 아니라 식민자에 의해 피식민자의 언어가 인용되고 다시 읽혀지고 다시 씌어지도록 하여 피식민 문화를 재구성할 것을 목표로 한다. 그래서 과거 식민자에 의해 잘못 호명된 피식민자의 문화적 양태들(동양인은 신비적이고 원시적이고 성차별적이라는 등으로)을 '거슬러 읽기'로써 재인식함으로써 기존 텍스트를 재구성하는 방식이다.

그러나 니란자나의 '재번역'은 제국/신제국의 텍스트를 원본으로 하여 피식민자의 언어로 번역된 경우를 충분하게 포괄하지 않은 점에서 보완이 요구된다. 오히려 현재 제3세계의 후기식민성의 주원인이 과거 식민자의 원천문화에 너무 깊숙이 습윤된 점에 있다면, 그 원천문화의 번역을 문제시하고 그래서 그것을 '고쳐 읽기'로 재구성하는 것이 선행되어야 한다. 포스트 식민주의의 '후기 식민성'이 식민자나 피식민자 어느 한 편에서 일방적으로 작용하는 것이 아니라는 점에서 이런 '재번역'도 양방향으로 함께 이루어질 필요가 있다.

2) 혼종성으로 번역하기, 또는 혼종성을 번역하기

바바의 혼종성(hybridiry)의 개념은, 포스트 식민주의의 '비판담론'적 성격을 대표함으로써 주목받기도 하고 그만큼 비판받기도 하지만, 그가 강조해 마지않는 '제3의 위치' 설정의 단서를 제공한다는 점에서 여전히 탈식민적 기획에 시사하는 바가 적잖다.

번역론자들 중 바바의 혼종성을 적극적으로 끌어들인 사람은 메헤레즈(S, Meherez)이다. 그녀는, 북아프리카 모로코의 경우 프랑스어·아랍어·모로코어가 함께 공용어로 사용되지만 과거 식민지 유산인 프랑스어가 여전히 상류계층 언어로 후기 식민성을 대변하는데, 글을 쓰거나 번역할 때 이중언어로 쓰거나 번역함으로써 프랑스어를 잡종화시킬 것을 제안한다. 즉 이중언어로 쓰기/번역하기를 시도하여 프랑스 원천문화를 전복해야 한다는 주장이다.[24]

한국에서는 이중언어를 모어로 사용하는 경우가 많지 않아 이런 메헤레즈의 기획을 광범위하게 적용하기는 적합하지 않지만, 해외 디아스포라나 국내 다문화 가정의 경우 즉 이중문화를 원천문화로 체득한 사람들의 경우에는 이런 혼성적 번역이 적용될 수 있을 것 같다.

> 이민자들이 그들의 새로운 언어적 상황에 어떻게 대응하고 있는가를 고려함으로써 두 가지 전략이 있다고 말할 수 있다. 하나는 번역적 동화(traslational assimilation)라고 불릴 수 있는데, 여기서 이민자들은 자기 자신을 공동체의 지배언어로 번역하고자 한다. 또 하나는 번역적 적응(traslational accommodation)이라 불릴 수 있는 것으로 여기서 번역은 그들이 살고 있는 나라의 언어에 제한적이거나 광범위한 습득을 배제하지는 않지만 이민자들 자신의 기원적 언어를 유지하는 수단으로 사용된다. 이러한 두 가지 전략은 상호 배제적이지 않다, 이민자들은 다양한 영역, 다양한 경우에 이 전략 중 하나를 선택적으로 사용할 수 있다.
>
> (Cronin, M. 2010 : 114)

---

24) 메헤레즈의 '잡종교배로서의 번역'에 관한 내용은 주로 Robinson, D.(2002)에 정리된 내용을 참고하였음. Robinson, D.(2002 : 158-162) 참조.

한민족 다아스포라 중 '번역적 동화'의 대표적인 사례는 재일교포의 경우에서, '번역적 적응'의 사례는 재중동포의 경우에서 찾을 수 있다. 그러나 이런 구분은 언어 차원에서만 유효하다. 문화 차원에는 그런 구분이 모호해지고, 오히려 그 역(逆)의 구분도 가능해진다. 그래서 재중동포의 작가의 한국어 작품이든 재일교포 작가의 일본어 작품이든 거기에는 이미 혼종화된 이중문화가 기본 텍스트로 깔려 있다고 보아야 한다. 이런 작품을 한국어로 번역하는 일은 그 혼종성을 번역하는 행위이므로 위 메헤레즈의 지적이 참조될 수 있다고 본다. 또한 한국의 원천문화를 해외 다아스포라들을 상대로 번역할 때도 이 점은 마찬가지이다. 그리고 국내 다문화 가정의 이중문화 문제도 이런 시각에서 접근할 필요도 있다고 본다.

3) 역(逆)방향으로 번역하기

과거 서구 제국들이 번역을 식민지 정책에 활용한 방식은 후기 식민성을 벗어나는데 있어 반면교사가 될 수 있다. 대체로 제국들은 타 민족/국가의 원천문화를 받아들일 때에는 자기식으로 자국화(domesticating)하여 수입하였으며, 자기의 문화를 식민지/제3세계에 수출할 때는 피식민자에게 이국화(foreignizing)의 효과가 강하게 부각되도록 하는 방식을 취하였다. 번역이 지닌 자국화와 이국화의 특징 중 식민지 기획에 유리한 방편을 선택적으로 적용한 셈이다. 최근에도 미국과 영국에서는 타 문화 텍스트 번역에 자국화가 성행하고 있음이 지적된 바 있다(김욱동, 2011 : 218).

이와 관련하여 '번역 가능성(translatability)' 개념을 검토할 필요가 있다. 이 용어는 "단어·구 혹은 텍스트가 다른 언어로 번역될 수 있는 가능성으로 정치적이나 이데올로기적 이유로 주장되기도 하고 부정되기도 한다. 즉 피식민지 민중들의 개념이나 텍스트는 식민주의자의 언어로 쉽게 번역될 수 있는 것으로 생각된다. 또는 식민주의자의 개념 혹은 텍스트는 피식민지의 언어로 번역될 가능성이 '없는' 것으로 생각된다"(Robinson, D. 2002 : 184)는 친절한 해설에서 환기되듯, '번역 가능성'은 '번역 불가능성'과 동전의 앞뒤와 같은 관계에 있다. 즉 정치적·이념적 이유로 번역 가능성과 번역 불가능성은 말 그대로 '전복'된다. 과거 제국들은 이 양날의 논리를 아전인수 식으로 활용한 것이다.

이 논리는 탈식민적 번역에도 적용될 수 있다. 그러나 그 적용은 제국들이 취한 방향과는 역 방향으로 전개되어야 한다. 먼저 제3세계는 그간 제1세계의 원천문화를 고도의 이국화 방식으로 번역했던 관행에서 벗어나야 한다. 나아가 제1세계의 원천문화를 자기 문화에 근접시키는 자국화 방식으로 전환해야 한다.[25] 다음으로 자국의 문화 텍스트를 제1세계로 번역할 때에는 원천문화를 가급적 보존하는 이국화 방식을 취해야 할 것이다.[26] 이 작업은 원천 언어를 모어로 하는 사람에 의해 이루어져야 그 효과가 크다. 왜냐하면, 원천 텍스트의 수사적 특성, 원천언어의 지역적·사회적 맥락을 숙지하고 원천문화의 감성과 취향을 이해하여야 이 작업이 가능할 것이기 때문이다. 그리고 원천 텍스트 내의 프랙탈적인 요소들도 모어 역자가 아니고서는 감지되지 않을 것이기 때문이다. 이 점과 관련하여 1세기 전 한국의 문화 텍스트가 주로 외국 선교사에 의해 번역된 것은 많은 반성을 요한다.

그러나, 이 '역방향으로 번역하기'는 제국의 번역 방식을 뒤집어 전유(appropriation)한 것이어서, 다른 제3세계나 문화적 주변부에 적용하는 데

---

25) 근대계몽기 한국의 번역은 이 점에서 다분히 서구와 그 서구를 모방한 일본의 원천문화에 동화된 경우로 자국화를 이루지 못한 대표적인 사례라 할 것이다.

26) 물론, 이런 자국화나 이국화의 방식은 주로 문화 텍스트에 해당하는 것이지 기술·정보·지식 등을 번역할 때는 등가이론에 입각해야 한다는 것이 기본 원칙이다.

에는 신중할 필요가 있다. 자칫 새로운 식민성이 야기될 가능성이 있기 때문이다.

끝으로, 외국 텍스트를 한국어로 번역하는 것과 한국 텍스트를 외국어로 번역하는 것 사이에 균형이 이루어져 한다는 지적을 생략할 수 없다.[27] 김병철(1975)과 김병철(1998)은 한국 번역문학사 연구에서 독보적인 업적으로 평가받지만, 여기에는 외국 텍스트 '수입'으로서의 번역만 다루고 있다. 근대적 번역이 시작된 1895년 이후 1세기가 넘었지만, 그 사이에 한국 텍스트가 외국어로 번역된 사례가 상대적으로 너무나 빈약했기 때문일 것이다. 그래서 '번역'하면 외국 텍스트 수입을 먼저 떠올리게 것도 자연스럽다. 이는 그만큼 번역에 있어 수출·입 역조 현상이 심각하다는 반증이기도 하다.

앞으로는 '수출로서의 번역'을 늘려 그간의 불균형을 줄여나가야 할 것이다. 다행히 최근 들어 한국문학 작품의 외국어 번역이 증가하고 있고, 또 '한류'라는 문화 텍스트가 전 세계에 수출되고 있어서 그 불균형이 줄어들고 있는 추세이다. 그러나 여기에는 앞에서 논의했던 자국화와 이국화, 엔트로피/역엔트로피의 효과, 또는 문화자본과 권력과의 상관성 등의 문제가 결부되어 있을 것이 자명한데, 그에 대한 검토나 대처가 충분하지 않은 것 같다.

이제는 번역의 불균형을 개선하는 것 못지않게 그 수준을 높이는 방향도 적극적으로 강구될 필요가 있다. 그리고 그 '방향'은 전술한 탈식민화의 전략을 갖추는 쪽으로, 또 역엔트로피적 효과를 발휘하여 문화 다양성을 촉진한 쪽으로 경사되어야 할 것이다.

---

27) 이것은 번역의 전략이라 할 수 없다고 판단되어 독립된 절로 설정하지 않는다. 그러나 작금 한국 상황에서 절실히 요구된다고 보아 여기에 덧붙인다.

6. 맺음말

한국의 근대계몽기의 번역물은 대부분 일본어 역본을 중역(重譯)한 것인데, 이로써 일본식으로 굴절된 서양의 근대가 수용되었다. 이런 '중역의 근대'로 인하여 왜곡된 근대가 초래되었다. 현재 포스트 식민주의 상황에서도 한국은 이런 문제점으로부터 자유롭지 못하다. 작금의 '후기 식민성' 문제에 접근하기 위해서는 번역의 속성을 잘 이해하고, 그 속성 안에서 탈식민화(decolonization)의 가능성을 모색할 필요가 있다.

번역은 애초에 어느 언어 텍스트를 다른 언어로 옮기는 것을 일컬었으나, 20세기 후반에 이르러 전(全)지구적으로 문화적 교류와 간섭이 활발해지면서 문화 텍스트의 전이도 번역 개념에 내포되기 시작했고 이제는 문화가 번역의 주 대상이 되었다. 이런 번역의 '문화적 전환(cultural turn)'으로 말미암아 그 이데올로기적·정치적 성격이 강화되었고, 또 갈수록 그 역할도 커지고 있다.

번역의 다음과 같은 속성을 지니고 있다. ① 엔트로피적 효과와 역(逆)엔트로피적 효과를 양면적으로 발휘한다. ② 원천 텍스트와 목표 텍스트 사이에 리미널리티(liminality)를 생성하고 이로써 제3의 문화 공간을 형성해간다. ③ 문화자본으로서 번역은 그 자본의 장(場) 안에서 권력으로 전환되고 또 권력으로 인하여 정치성과 이념성을 획득한다.

이런 속성을 토대로 번역은 포스트 식민주의가 목표로 하는 탈식민화(decolonization)의 실천적 전략으로 변용될 수 있다. 그 방향은 다음 세 가지이다.

① 재번역 : 제국/신제국에 의해 식민주의적으로 번역된 것을 '고쳐 읽기', '다시 쓰기'로 재해석한 다음 그것을 '다시 번역하는 것'이다.

② 혼성 번역 : 혼성화된 이중언어와 이중문화로 번역하여 패권적 언어와 문화를 잡종화시켜서 그 패권적 지위를 전복한다.

③ 역방향 번역 : 제국/신제국이 식민화에 활용한 자국화(domesticating)와 이국화(foreignizing)를 역방향으로 적용하여 기존 제국/신제국 번역이 야기한 원천문화의 변질과 왜곡을 수정하는 것이다.

또한 번역의 역조(逆潮) 현상(외국 텍스트의 자국어 번역이 자국 텍스트의 외국어 번역을 초과할 때 나타나는 현상)은 이상의 전략과 상관없이 시급히 해결해야 할 과제이다.

‖ 참고문헌

김욱동, 『번역인가 반역인가』, 문학수첩, 2008.
______, 『번역과 한국의 근대』, 소명출판사, 2010.
______, 『번역의 미로』, 글항아리, 2011.
김병철, 『한국근대번역문학사 연구』, 을유문화사, 1975.
______, 『한국현대번역문학사 연구 상·하』, 을유문화사, 1998.
유길준, 허경진 역, 『서유견문』, 서해문집, 2004.
윤영실, 「동아시아 정치소설의 한 양상―『서사건국지』 번역을 중심으로」, 『상허학보』, 2011. 2.
이경원, 『검은 역사 하얀 이론』, 민음사, 2011.
정혜욱, 『번역과 문화연구』, 경성대출판부, 2010.
조의연 편, 『번역학, 무엇을 연구하는가』, 동국대 출판부, 2012.
최경옥, 『번역과 일본의 근대』, 살림출판사, 2005.
황호덕, 『근대 네이션과 그 표상들』, 소명출판사, 2005.
Álvarez, R.& M. Carmen-África Videl ed., 윤일환 역, 『번역, 권력, 전복』, 도서출판 동인, 2008.
Benjamin, W., 반성완 역, 『발터 벤야민의 문예이론』, 민음사, 1983.
Bourdieu, P., 정병은 역, 「자본의 형태」, 유석춘 외 3인 공편역, 『사회자본』, 도서출판 그린, 2003.
Cronin, M., 김용규·황혜령 역, 『번역과 정체성』, 도서출판 동인, 2010.
Eco, U., 김운찬 역, 『번역한다는 것』, 열린책들, 2010.
Jakobson, R., 권재일 역, 『일반언어학이론』, 민음사, 1989.
Ricoeur, P., 윤성우·이향 역, 『번역론―번역에 관한 철학적 성찰』, 철학과현실사, 2006.
Robinson, D., 정혜욱 역, 『번역과 제국』, 동문선, 2002.
Russell, B., 안정효 역, 『권력』, 열린책들, 2003.
Said, E., 박홍규 역, 『문화와 제국주의』, 문예출판사, 2005.
Schulte, R. & J. Biguenet, 이재성 역, 『번역이론』, 도서출판 동인, 2009.
Turner, V., 이기우·김익두 역, 『제의에서 연극으로』, 현대미학사, 1996.
Bhabha, H. K., *The Location of Culture*, Routledge, 1994.
Eoyang, E. C., *Polinical Essays on Translation*, Rodopi, 2003.

Niranjana, T., *Siting translation : History, Post-structuralism, and the Colonial context*, Univ. of California Press, 1992.

Meherez, S., Translation and the Postcolonial Experience, Venuti, L. ed., *Rethinking translation : discourse, subjectivity, ideology*, Routledge, 1992.

Moore-Gilbert, B., *Postcolonial Theory : Contexts Practices, Politics*, Verso, 1997.

Young, R. J. C., *Postcolonialism : An Historical Instuction*, Blackwell, 2001.

Venuti, L. ed., *Rethinking translation : discourse, subjectivity, ideology*, Routledge, 1992.

영향의 향유
- 응구기의 김지하의 글쓰기 전략 수용 양상 -

유 승

1.

　한 작가와 다른 작가, 특히 선배작가와 후배작가 사이의 '영향' 관계에 대한 논의는 문학 연구의 한 부분을 차지해 왔다. 이는 문학작품이 인간과 인간을 둘러싼 환경을 다루고 있다는 점에서 일정한 한계를 지닐 수밖에 없다는 전제를 생각해 보면 쉽게 이해할 수 있다. 다시 말해서, 하나의 문학작품은 소재나 주제, 형식 또는 문체 면에 있어서 이전의 작품들과 비슷한 특징을 띠게 되며, 비록 독특하다고 평가를 받고 있다 할지라도 문학 전반의 전통에서 보면 유사한 경우를 어렵지 않게 발견할 수 있다는 것이다.

　블룸(Harold Bloom)이 지적한 '영향의 불안'(anxiety of influence)은 이런 논의의 정점을 차지하고 있다. 그에 따르면 모든 후배 시인은 초기에는 선배 시인의 영향을 받고 있다는 불안감에서 벗어나기 위해 의도적으로 선배 시인의 시를 왜곡하고 수정함으로써 점차 자신의 독창성을 구축하게 된다는 것이다.

> 시적 영향은—강하고 믿을만한 두 시인이 거기에 연루될 때는—언제나 선배 시인의 시에 대한 잘못 읽기, 즉 창조적 교정행위에 의해서 진행되어 왔으며, 창조적 교정 행위는 사실상 그리고 반드시 잘못된 해석이다. 생산적인 시적 영향의 역사, 다시 말해서 르네상스 이래 서양시의 주요 전통은 불안과 자기 구제적 캐리커처, 왜곡, 괴팍하고 제멋대로인 수정주의의 역사이며, 그러한 수정주의 없이는 현대시 자체가 존재할 수 없을 것이다.[1]

이러한 블룸의 견해는 오이디푸스 콤플렉스가 지닌 양가성으로 설명될 수 있다. 즉 후배 시인이 선배 시인에 대해 갖는 태도는 "애정과 존경이 합해진 태도일 뿐만 아니라, 강력한 시인은 자율성과 절대적 독창성에 대한 강압적인 필요를 느끼기 때문에, 아버지 격인 시인이 아들 격인 시인의 상상력의 공간을 선취했다는 사실에 대한 증오와 질투와 두려움의 태도"[2]를 보인다는 것이다.

하지만 블룸이 생각한 것처럼 영향이 항상 불안감만을 조성하는 것은 아니다. 톨스토이의 지적처럼 "예술이란 어떤 사람이 자기가 경험한 느낌을 의식적으로 일정한 외면적인 부호로써 타인에게 전하고, 타인은 이 느낌에 감염되어 이를 경험하는 것으로써 성립되는 인간의 작업이다."[3] 톨스토이가 말한 '감염'은 곧 영향으로 이해될 수 있는데, 이는 작가와 독자와의 관계, 또는 한 작가와 다른 작가와의 관계 사이에서도 충분히 발생할 수 있다. 그리고 이 과정에서 영향에 대한 불안감이 아니라 적극

---

1) Bloom, Harold, *The Anxiety of Influence*, Oxford : Oxford University Press, 1973, p.30.
2) Abrams, M. H., *A Glossary of Literary Terms*, 4th Ed., New York : Holt, Rinehart and Winston, 1981, p.82.
3) 톨스토이, 『예술이란 무엇인가』, 범우사, 1988, 67쪽.

적인 향유의 관계 또한 있을 수 있다. 또한 이 향유의 과정에서 단순한 모방의 차원을 넘어선 창조적 수용 역시 가능하다. 이러한 경향은 특히 문학적 지향점이 유사한 작가들의 경우에 더욱 쉽게 확인할 수 있다.

본 논문에서 다룰 김지하(1941-)와 응구기(Ngugi wa Thiong'o, 1938-)의 관계는 그 대표적인 예이다. 본 논문은 이러한 생각을 바탕으로 김지하의 담시가 응구기의 작품 창작에 끼친 영향 관계를 살펴보고, 이 관계 속에서 얼마나 창조적인 작업이 이루어졌는가를 살펴보고자 한다.

2.

예술이 국가와 민족의 벽을 뛰어넘어 보편성을 띠고 있다는 것은 주지의 사실이다. 거의 모든 예술이 인간과 사회, 또는 인간을 둘러싼 환경의 문제를 다루고 있기 때문이다. 그러나 다른 예술 장르와는 달리 문학은 언어라는 장벽에 막혀 직접적인 교감이 어려운 단점이 있다. 그러나 그 장벽을 걷어내고 보면 다소 차이를 보일 수는 있지만 내용과 형식면에서 큰 차이를 보이지 않는다는 점을 쉽게 발견할 수 있다. 어느 나라의 작품이든 내용면에서는 사람 사는 모습들이 비슷하게 그려져 있고, 형식면에서도 유사한 표현 양식을 취하고 있기 때문이다. 따라서 문학작품들 사이의 유사성, 심지어는 복제에 가까운 가능성을 지적하는 일은 설득력을 얻게 된다.

> 모든 동물이 하나의 종에 속해 있는 것과 마찬가지로 모든 문학작품은 하나의 장르에 속한다 (…중략…) 하나의 문학적 장르는 하나의 동물학적 종과 같이 일정량의 가능성을 뜻하고 있다. 그래서 예술에 있어선 (…중

> 략…) 어느 것이 서로에 대해서 복제라고 생각되어져서는 안 될 정도로 다
> 른 것인가를 헤아릴 수 있을 정도로 하나의 문학적 장르의 자원은 뚜렷이
> 한정되어 있는 것이다.[4]

이런 측면에서 한국의 작가 김지하와 케냐 태생의 작가 응구기의 영향 관계를 살펴보는 것은 흥미로운 일이다. 김지하는 한국의 한 시대, 특히 1970년대를 풍미했던 저항문학의 상징적인 인물이다. 이 시기에 그는 문학적 저항을 넘어선 실천적 저항운동의 상징적인 인물이기도 했다. 그는 독재 권력에 대한 저항과, 그 권력과 결탁하여 민중을 착취하는 매판자본 세력에 대한 통렬한 비판으로 시대의 고발자 역할을 수행했다. 응구기 역시 동아프리카의 대표적 작가이자 치열한 저항적 글쓰기로 세계적인 명성을 얻은 작가이다. 그는 영국 식민주의 유산의 청산, 부패한 정권의 퇴진, 그리고 경제 착취와 연결된 신식민주의 탈피라는 케냐가 직면한 시대적 과업을 해결하기 위해 투쟁한 작가이다. 이 두 작가는 작품의 출판금지, 연극 작품의 공연금지, 감시, 투옥 등 인생여정에서도 유사점을 보인다. 차이점이 있다면 김지하는 시를, 응구기는 소설을 주된 매체로 삼았다는 점이다.

김지하가 국내는 물론 세계 문학계에서 저항문학의 상징적인 인물이 된 것은 1970년 5월 『사상계』에 「오적」을 발표하면서부터이다. 이 작품을 발표한 후 그는 반공법 위반으로 구속되었고, 국내에서 뿐만 아니라 국제펜클럽을 비롯한 전 세계 문인단체와 국제사면위원회와 같은 인권단체에서 그의 석방운동을 전개하였다. 이 사건을 계기로 그는 한국의 정치적 현실에 맞서 싸우는 상징적인 작가로 평가를 받기 시작했고, 1975년에 아시아·아프리카 작가회의에서 제정한 로터스(LOTUS)상을 수상하

---

4) 호세 오르테가 이 가세트, 『예술의 비인간화』, 박상규 옮김, 미진사, 1991, 95-96쪽.

게 되자 그의 작품 일부가 여러 언어로 번역되어 널리 소개되었다. 이 과정에서 응구기는 김지하의 작품을 접하게 되었고, 이는 그의 작품 세계에 결정적인 영향을 끼쳤다. 응구기가 『십자가 위의 악마』(*Devil on the Cross*, 1980)를 쓰면서 이전의 작품에서 볼 수 있었던 서구적 글쓰기를 버리고 케냐의 전통적인 구어체 문학 형식을 사용한 것이다. 여기에 김지하의 영향이 있었다는 사실은 흥미로운 점이다.

> 내[응구기]는 한국의 시인 김지하의 작품, 특히 「오적」(五賊)과 「비어」(蜚語)를 읽으면서 그가 구어체 형식과 이미지를 한국의 신식민주의적 실상에 대항하기 위해 얼마나 효과적으로 활용했는가를 보았다. 풍자는 확실히 구어체적 전통에 있어 가장 효과적인 무기 가운데 하나였다.[5]

응구기는 김지하의 담시를 읽으면서 '구어체' 형식과 '풍자'에 강한 인상을 받게 되어 이를 자신의 작품에 차용하게 된다. 이는 김지하와 동일한 지향점을 가진 응구기의 입장에서, 보다 효과적인 투쟁 도구로서의 문학에 대한 고민의 결과이며, 영향의 불안이 아니라 기꺼운 향유로 진전되었다. 그의 소설 『십자가 위의 악마』는 이런 영향의 향유의 결과를 잘 보여주고 있다.

응구기가 주목했던 김지하의 담시 「오적」과 「비어」는 형식면에서는 한국의 대표적 구전 문학인 판소리를 현대적으로 계승한 것[6]이고, 내용면에서는 일제 식민구조의 완전한 청산이 전제되지 않은 모든 개혁과 근대화의 추진이 외국 세력과 결탁하여 그 그늘아래 기생하는 일부 특권층과 그 하수인들의 부정부패와 연결된다는 것을 통렬하게 풍자한 작품이다.

---

5) Ngugi wa Thiong'o, *Decolonising the Mind*, Oxford : James Curry, 1986, p.81.
6) 김지하의 담시가 판소리 양식을 수용한 점에 대한 언급은 다음 논문에 자세히 설명되어 있다. 강영미, 「김지하 담시의 판소리 수용양상 연구」, 『민속학술자료총서』 29, 우리마당터, 2001, 1-57쪽 참조.

응구기가 『십자가 위의 악마』에서 김지하의 「오적」을 상당부분 차용했다는 것은 우선 내용 면에서 쉽게 발견할 수 있다. 우선 김지하는 「오적」에서 다섯 명이 모여서 벌이는 도둑질 시합을 이 작품의 중심 고리로 설정하고 있다. 김지하는 이 작품에서 을사조약을 주도한 오적에 빗대어 재벌, 국회의원, 고급공무원, 장성, 장차관 등 소위 현대판 다섯 명의 도적에 대해 민중의 언어를 통해 풍자하고 있다.

> 예가 바로 狋벌, 국獪狋猿, 跕급功無澆
> 장猩, 瞕차瞱7)이라 이름하는,
> 간땡이 부어 남산만하고 목질기기 동탁배꼽같은
> 천하흉포 五賊의 소굴이렷다.
> 사람마다 뱃 속이 오장육보로 되었으되
> 이놈들의 배안에는 큰황소
> 불알만한 도둑보가 곁붙어 오장칠보
> 본시 한 왕초에게서 도둑질을 배웠으되 재조는 각각이라
> 밤낮없이 도둑질만 일삼으니 그 재조 또한 神技에 이르렀것다.
> 하루는 다섯놈이 모여
> 십년전 이맘때 우리 서로 피로써 맹세코 도둑질을 개업한 뒤
> 날이날로 느느니 기술이요 쌓이느니 황금이라, 황금 십만근을 걸어 놓고
> 그간에 일취월장 妙技를 어디 한번 서로 겨룸이 어떠한가
> 이렇게 뜻을 모아 盜자 한자 크게 써 걸어 놓고 도둑시합을 벌이는데8)

응구기 역시 『십자가 위의 악마』에서 "도둑질과 강도질 분야에서 일곱 명의 전문가를 뽑기 위해 악마가 후원하는 경연대회 (…중략…) 가장 영리한 도둑과 강도 선발대회"9)라는 장치를 통해 제국주의적인 외국의 자본

---

7) 일부 한자의 경우 변환 과정의 문제로 인해 한글로 표기하였다. 정확한 것은 「오적」 원본 참조.
8) 김지하, 『오적』, 동광출판사, 1987, 21-22쪽. 앞으로 이 책에서의 인용은 ( ) 안에 제목과 쪽수만 표기함.
9) Ngugi wa Thiong'o, *Devil on the Cross*, London : Heinemann, 1982, p.28. 앞으로 이 책

가들에 기생하여 민중의 삶을 피폐화시키는 정치가와 자본가들을 신랄하게 풍자하고 있다. 그러나 응구기는 여기에 약간의 변화를 주고 있다. 이는 김지하가 '한국의 신식민주의적 실상에 대항하기 위해' 글을 썼다면 응구기는 자신의 조국인 케냐의 실상을 반영하기 위한 불가피한 전략과 관련이 있다.

우선 대회 주관자와 참관자가 "지옥의 왕 사탄"과 "지옥의 천사들"(*Devil* 28)이고 공개된 경연대회를 통해 도둑과 강도를 선발하는 차이점이 있다. 이 소설에서 '사탄'이 누구인가에 대한 직접적인 언급은 없다. 다만 '지옥의 천사들'은 케냐의 매판자본가들과 결탁한 선진 7개 국가들, 즉 "미국, 영국, 독일, 프랑스, 스칸디나비아반도의 국가들(스웨덴, 노르웨이, 덴마크), 이태리, 그리고 일본"(*Devil* 88)이다. 응구기는 이 국가들이 케냐의 경제적 신식민 상태를 지속시키고 있다고 본 것이다. 그는 이 소설에서 미국 뉴욕에 본부를 둔 도둑질과 강도질의 국제기구(IOTR, Internal Organization of Thieves and Robbers)가 각국에 자신들을 대변하는 매판자본가들을 두고 민중의 피와 땀을 강도질하고 있다고 주장하고 있다(*Devil* 87).

이처럼 약간의 차이점을 보이고 있지만 응구기는 김지하의 작품을 세세한 부분까지 차용하고 있다. 예를 더 들어보면, 김지하가 오적의 소굴을 번화가인 "서울이라 장안 한복판에 (…중략…) 장충동 약수동"(『오적』 20)이라고 밝히고 있는 반면에 응구기는 식민 지배의 수탈과 저항의 상징인 '일모르그 골든 하이츠'라고 밝히고 있다. 또한 김지하가 말한 것처럼 '본시 한 왕초에게서 도둑질을 배웠으되 재조는 각각이라/밤낮없이 도둑질만 일삼으니 그 재조 또한 神技에 이르럿것다'라는 대목 역시 『십자가 위의 악마』에서 약간 변형된 형태로 나타난다. 이는 이 소설의 주인공

에서의 인용은 ( ) 안에 제목의 약자 *Devil*과 쪽수만 표기함.

격인 와링가(Wariinga)의 환상을 통해 나타난다. 그녀는 몽롱한 상태에서 악마가 십자가 위에서 다수의 민중들에 의해 처형되는 장면을 목격한다. 그러나 사흘이 지난 후 정장을 입은 사람들이 나타나 악마를 십자가 위에서 끌어내리고는 그가 지닌 악의 힘을 나누어달라고 간청한다. "그러자 그들의 배가 부풀어 오르고, 그들은 일어서서 배를 두드리면서 사라진다. (…중략…) 이제 그들은 이 세상의 모든 악을 물려받은 것이다(*Devil* 13-14)." 이렇게 처형당한 악마는 그의 추종자들을 통해 부활하고 그의 악은 지속되게 된 것이다.

응구기가 김지하의 작품을 차용한 것은 등장인물의 이름을 통해서도 드러난다. 김지하는 오적의 이름을 일반적인 개념과 달리 희화화함으로써 자신의 의도를 보여주고 있다. 그는 재벌은 엮어 놓은 미친개, 국회의원은 간교한 곱사등이와 불깐 원숭이, 고급공무원은 우뚝 솟은 산봉우리에 걸터앉은 공(功)이 없는 돼지, 장성은 나이 많은 오랑우탕 그리고 장차관은 눈에 백태 낀 미친 개 등의 의미를 지닌 한자로 바꾸어 놓았다.[10] 이러한 동물 이미지의 부여로 김지하는 오적의 부정적 속성을 효과적으로 폭로하고 있다. 응구기 또한 도둑과 강도 선발대회에 참가한 사람들의 이름을 키하후(Kihaahu)는 '미친 사람'(madman) 혹은 '대식가의 자손'(son of glutton)이며, 기투투(Gitutu)는 '비인간적인 사람'(inhuman one) 혹은 '촌충의 자손'(son of tapeworm)으로 설정하고 있다.

여기서 우리는 두 작가가 사람을 동물에 비유할 뿐만 아니라 의도적으로 언어를 왜곡하고 있다는 점에 주목해야 한다. 이는 우선 알레고리, 즉 중세의 도덕우의극이나 존 번연(John Buryan)의 『천로역정』(*Pilgrim's Progress*) 등에서 발견할 수 있는 등장인물의 이름을 통한 효과적인 주제 전달의

---

10) 강정구, 「1970년대 민족─민중문학의 저항성 재고」, 『국제어문』 46집, 국제어문학회, 2009, 55쪽 참조.

측면에서 이해될 수 있다. 게다가 이는 "인간의 탈 밑에 숨어 있는 동물적인 특성"11)이나 "언어의 즐거운 부조리"12)라는 그로테스크 리얼리즘의 전형을 보여 주고 있다는 점에서 흥미롭다. 김지하와 응구기는 언어의 전복을 통해, 그리고 도둑질과 강도질 경연대회라는 축제를 통해 신식민주의가 지닌 추악함을 효과적으로 폭로하고 있다. 뿐만 아니라 「오적」에서 전제한 '사람마다 뱃 속이 오장육보로 되었으되/이놈들의 배안에는 큰 황소/불알만한 도둑보가 곁붙어 오장칠보'처럼 신체를 희화화한 표현 역시 『십자가 위의 악마』에서도 쉽게 발견할 수 있다.

> 기투투는 그의 바지를 붙들어 맨 멜빵에 의해 지탱되지 않았다면 땅에 닿을 만큼 툭 튀어나온 배를 갖고 있었다. 마치 그의 배가 그의 사지와 다른 모든 신체기관들을 흡수한 것 같았다. 기투투는 목이 없었다. 적어도 그의 목은 보이지 않았다. 그의 팔과 다리는 그루터기처럼 짧았다. 그의 머리는 주먹만한 크기로 오그라들어 있었다. (*Devil* 102)

그러나 김지하의 담시와 응구기의 소설이 내용면에서 근본적인 차이점을 나타내는 것이 두 가지 있다. 하나는 응구기가 「오적」에서는 전혀 찾아 볼 수 없는 인물들을 등장시킨 것을 통해 설명될 수 있다. 「오적」의 주요 등장인물은 앞에서 언급한 오적과 꾀수, 그리고 포도대장이다. 꾀수는 "전라도 갯땅쇠"로 "전라도서 굶고 살다 서울와 돈번다더니/동대문 남대문 봉천동 모래내에 온갖 구박 다 당하고"(『오적』 44) 오적을 찾으려는 포도대장의 검문에 걸려든다. 그는 아무런 죄도 없이 온갖 고문을 당하다가 "오적은 무엇이며 어디있나 말만하면 네 목숨은 살려주마"(『오적』 35)라는 포도대장의 말을 믿고 오적들이 도둑시합을 열고 있다고 고발한

---

11) 츠베탕 토도로프, 『바흐친 : 문학사회학과 대화이론』, 최현무 옮김, 까치, 1987, 220쪽.
12) 위의 책, 221쪽.

다. 그러나 포도대장은 오적들의 사는 모습을 보는 순간 "아가리가 딱 벌어져 닫을 염도 않고 침을 질질질질질질 흘러싸면서"(『오적』 42) 오히려 꾀수를 무고죄로 입건한다. 하지만 이러한 포도대장의 변질은 그의 신체를 묘사하는 부분에서 예견할 수 있다.

> 울뚝불뚝 돼지코에 술찌꺼기 허어옇게 묻은 메기 주둥이, 침은 질질질
> 장비사돈네 팔촌같은 텁석부리 수염, 사람여럿 잡아먹어 피가 벌건 왕방
> 울 눈깔
> 마빡에 주먹혹이 띌때마다 털렁털렁 (『오적』 30-31)

이러한 신체묘사는 독자로 하여금 포도대장을 오적과 같은 성격의 인물로 생각하게 만들기에 충분하다. 결국 포도대장은 오적들을 지키는 인물로 변질한다.

응구기는 『십자가 위의 악마』에서 이런 인물 구조에 변화를 준다. 『십자가 위의 악마』는 경연대회에 참관한 매판자본가들, 시골에서 수도인 나이로비로 상경한 가난한 여성농민으로 일거리를 찾기 위해 배회하다 경찰에 붙잡혀 "나이로비의 거주자도 아니면서 직업도, 집도, 허가도 없이 도시를 배회하며 절도죄를 범할 혐의로"(Devil 43) 6개월 형을 받고, 도둑을 신고한다는 조건으로 가석방된 완가리(Wangari), 그리고 경찰서장이 등장한다. 여기까지는 「오적」과 유사하다. 그러나 응구기는 매판자본가들과 함께 해외의 자본가들을, 완가리와 함께 노동자를 대변하는 무투리(Muturi)와 대학생 대표자를, 그리고 케냐의 현실을 상징적으로 나타내는 와링가를 추가한다. 응구기는 완가리, 무투리, 그리고 대학생 대표자가 중심이 된 시위대가 도둑과 강도들에게 대항하여 경연대회장에서 집단적이고 조직적인 시위를 하도록 설정한다. 이는 농민과 노동자 그리고 대학생들이 케냐의 현실을 개선하는 일에 적극적으로 나서야 한다는 자신

의 신념을 반영한 것이다. 하지만 이들의 저항은 경찰에 의해 무산된다. 결국 완가리는 꾀수처럼 무고죄로 또 다시 입건되고 만다.

이 소설에서 「오적」에서는 찾아 볼 수 없는 가장 흥미로운 인물은 와링가이다. 응구기는 와링가를 등장시킴으로써 『십자가 위의 악마』에 두 가지 서사구조를 설정한다. 하나는 앞에서 거론한 것처럼 중산계층에 대한 반감을 보여주는 강도와 도둑 선발대회 장면이고 다른 하나는 이 소설의 주인공이라고 볼 수 있는 와링가의 인생여정이다. 그는 한편으로는 외국 자본과 연결된 중산계층의 행태를 통해 신식민주의의 타도를 외치고 다른 한편으로는 와링가를 통해 그들에 대항해 싸울 민중들의 변화를 요구하고 있다.

먼저 응구기는 와링가를 통해 케냐 사회에 만연한 '슈거 걸'의 문제를 고발하고 있다. 슈거 걸은 돈 많은 유한계급들이 돈을 미끼로 가난한 집안의 어린 소녀들을 자신들의 성적 노리개로 삼다가 임신을 하거나 싫증이 나면 버리는 대상이다. 와링가는 가난한 집에서 태어났지만 학업에 뛰어난 재능을 보였다. 그러나 고등학교 시절에 돈을 벌기 위해 '부유한 나이든 남자'(Rich Old Man)의 슈거 걸이 되고, 그 사람의 아이까지 낳게 되지만 결국 버림받는다. 그녀는 대학 진학을 포기하고 취업을 하지만 한결같이 자신의 슈거 걸이 되기를 원하는 상사들에게 시달린다. 『십자가 위의 악마』는 사장으로부터 자신의 슈거 걸이 되어달라는 요구를 거절하여 해고당하고, 집세를 올려달라는 집주인의 요구를 거절하다 셋집에서 쫓겨나고, 게다가 사장과의 관계를 의심하는 애인으로부터도 버림받은 와링가의 이야기로 시작된다. 와링가는 부모님이 사는 일모르그로 돌아가려던 길에 자살을 시도하지만 한 대학생에 의해 구조된다. 그녀는 그 대학생으로부터 도둑과 강도 선발대회에 참가하라는 초대장을 받고, 일모르그로 가는 버스 안에서 완가리와 무투리, 그리고 대학생인 가투이리아(Gatuiria) 등을 만나게 된다. 그녀는 이들과 함께 그 대회를 구경 가게 되고, 그 곳에서 대학생과 노동자들이 주도한 저항운동이 실패하는 장면을 목격하게 된다.

하지만 응구기는 『십자가 위의 악마』를 여기서 끝내지 않는다. 그는 마치 후기처럼 덧붙여진 마지막 장에서 2년 후의 와링가의 변화된 모습을 제시함으로써 자신의 메시지를 담아내고 있다. 그녀는 더 이상 자살을 생각하는 나약한 인물이 아니다. 독자는 유도와 가라대로 단련되고 전문적인 자동차 수리공으로 변신한 와링가를 만나게 된다. 그녀는 도둑과 강도 선발대회에서 목격한 사실과, 패배를 두려워하지 않는 완가리와 무투리의 투쟁 정신에 의해 각성된 인물이 된 것이다. 그녀는 이제 사랑하는 사이가 된 가투이리아와 결혼하기 위해 나쿠루에 있는 그의 부유한 아버지의 집으로 간다. 그러나 놀랍게도 그녀는 그곳에서 악마의 축제에 참여했던 키하후, 기투투, 응디티카(Nditika) 등을 만나게 된다. 그리고 가이투리아의 아버지가 바로 자신을 농락한 '부유한 나이든 남자', 기타히Gitahi)임을 알게 된다. 기타히는 주위 사람들을 물리치고 뻔뻔하게도 그녀에게 옛날처럼 자신의 슈거 걸이 되어 달라고 말한다. 하지만 와링가는 그의 청을 거절하고 마치 엄한 판결을 내리는 재판관처럼 말한다.

> 다른 사람들의 목숨을 빼앗는 파렴치범! (…중략…) 너는 쫓기던 자가 쫓는 자가 되는 날이 오리라고 상상해 본 적이 있니? 이미 엎질러진 물이야. 나는 너를 죽이고 말겠다. 하지만 나는 다른 많은 사람들의 목숨을 살릴 것이고, 그들의 목숨은 달콤한 말에 의해 파멸되지 않을 거야. (*Devil* 253)

와링가는 총으로 기타히를 쏘아 죽이고 밖으로 나간다. 무슨 일이냐고 묻는 가투이리라의 말에 그녀는 "저기에 진드기, 기생충, 바구미, 벼룩, 빈대가 엎드려 있어. 그놈은 다른 사람의 생명의 나무에 들러붙어 사는 겨우살이, 기생충이야"(*Devil* 254)라고 대답한다. 밖으로 나온 와링가는 키하후와 기투투와 부딪치자 완가리와 무투리, 그리고 학생 지도자가 생각나 "기타히를 죽일 때 느끼지 못했던 분노"(*Devil* 254)를 느끼고 두 사람 역시 쏘아 죽인다. 와링가는 개인적인 분노와 집단적인 분노를 한꺼번에 쏟아낸다. 그녀는 당황하지 않고 당당하게 걸어가면서도 "그녀의 인생 여정에 가장 힘든 투쟁이 놓여 있다는 것을 충분히 알고 있었다(*Devil* 254)."

응구기는 『십자가 위의 악마』에서 와링가를 평면적 인물이 아닌 입체적 인물로 설정함으로써 신식민주의 치하의 케냐의 젊은 세대들이 지녀야 할 바람직한 투쟁 자세를 제시하고 있다. 이러한 와링가를 통한 통쾌하면서도 비장한 결말은 「오적」과는 완전히 다른 것이다. 독자가 「오적」을 읽으면서 아쉬움을 느끼는 곳은 결말 부분이다. 이 작품의 결말에서 오적과 포도대장은 벼락을 맞아 죽는 것으로 설정되어 있다.

> 포도대장은 어느 맑게 개인날 아침, 커다랗게 기지개를 켜다 갑자기 벼락을 맞아 급살하니
> 이때 또한 오적도 六孔으로 피를 토하며 꺼꾸려졌다는 이야기. 허허허
>
> (『오적』 45)

사실 이런 결말은 그 마지막 웃음만큼이나 허망한 느낌을 준다. 「오적」의 전반적인 신랄함과 통렬함에도 불구하고 그 결말은 독자를 허무주의로 이끌 위험성을 안고 있는 셈이다. 물론 이러한 결말은 "결말이 용서와 화해로 끝나는 전통판소리의 축제적 구조"(홍용희 161)에서 비롯된 것이다. 하지만 김지하가 전통 문화의 창조적 계승이라는 것을 생각했다면 결말 또한 새로운 형태로 설정하는 것이 옳다는 생각이 든다. 이런 아쉬움을 반영하듯 응구기의 『십자가 위의 악마』는 앞에서 살펴본 와링가의

극적인 행동을 통한 적극적인 결말 구조를 갖고 있다.

내용적인 면에서 뿐만 아니라 형식적인 면에서도 응구기는 김지하의 영향을 받았다. 김지하의 「오적」은 전통적인 판소리 양식을 창조적으로 계승한 것이다. 김지하는 일찍부터 민요, 판소리, 탈춤 등의 전통 문화에 대해 관심이 있었고, 이런 전통 양식들을 자신의 작품에 활용한 바 있다. 이는 작가의 말을 통해서도 확인할 수 있다.

> 1963년경에 조동일씨, 심우성씨 등이 하던 우리문화연구회라는 것에 접촉하면서 민요, 판소리, 무속, 탈춤 따위에 접하게 됐죠. 그러면서 나온 것이 민요의 가락이라든지 우리 리듬, 전통적인 문학에 대한, 민예에 대한 관심을 갖게 됐고 그렇게 돼서 내 문학이 변화를 보게 된 거죠. (…중략…) 「오적」도 판소리를 현대적인 장르로 바꾸기 위한, 변용시키기 위한 습작으로 쓴 거예요.[13]

김지하는 "소박한 서정요·노동요로부터 전문화된 판소리에 이르기까지 다양한 정도의 차이를 보이면서 점차 세련되고 질적으로 발전되어 온 표현형식체계의 미분화 현상이 연구에 의해 밝혀지고 있다. 이것을 올바른 방향에서 계승·발전시킨다면 현대적인 현실 내용의 날카로운 도전을 충분히 받아낼 수 있는 새로운 시 형식의 보고가 될 수도 있다"[14]고 생각했다. 뿐만 아니라 그는 "풍자만이 시인의 살 길이다. 현실의 모순이 있는 한 풍자는 강한 생활력을 가지고, 모순이 화농하고 있는 한 풍자의 거친 폭력은 갈수록 날카로워진다"[15]고 생각했다. 「오적」은 이런 그의 생각의 결과물인 셈이다.

따라서 응구기가 김지하의 담시를 읽고 나서 구어체와 풍자에 주목한

---

13) 윤구병·김지하 대담, 「시인 김지하의 사상 세계」, 『철학과 현실』, 1990년 봄호, 165쪽.
14) 김지하, 『민족의 노래 민중의 노래』, 동광출판사, 1984, 196쪽.
15) 김지하, 『타는 목마름으로』, 창작과비평사, 1982, 156쪽.

것은 당연하다. 김지하가 판소리의 구전 요소를 강조한 것처럼 응구기 역시 서양의 문자 문학(literature)에 대비되는 구어 문학(orature)[16]을 강조한 바 있다. 『십자가 위의 악마』에서 응구기는 아프리카 구전 유산의 전형 인 노래를 빈번하게 사용함으로써 구어체 문화의 복원을 실현하고 있다.

> 나는 백인들을 박살낼 거야.
> 나는 백인들을 박살낼 거야.
> 나는 그들에게 말할 거야. 당장 집으로 돌아가!
> 케냐는 너희 제국주의자들의 것이 아냐! (*Devil* 47)

따라서 독자는 때로는 독창으로, 때로는 합창으로, 때로는 코러스를 연상케 하는 많은 노래들을 이 소설에서 발견하게 된다. 속담을 활용하 는 것도 특징이다. 예를 들어서, "세월의 흐름에 따라 단단해진 돌은 비 에 의해 떠내려가지 않는다,"(*Devil* 32) "날기에 지친 새는 가까운 나무에 내려앉는다,"(*Devil* 216) "빌려온 목거리는 결국 손해로 이어진다,"(*Devil* 216) "주의 깊게 찾는 사람은 반드시 찾게 될 것이다,"(*Devil* 34) 그리고 "당신의 것으로 운명지어진 것은 언제나 당신의 것이 될 것이다"(*Devil* 35) 등이다. 그러나 민요나 속담 등을 활용한다는 것만으로 응구기가 구어체 전통을 충실하게 살려낸 것이라고 말할 수는 없다. 구어체와 관련하여 응구기가 이 소설에서 도입한 더욱 중요한 장치는 '정의의 예언자' 또는 '기칸디 연주자'(Giccandi Player)[17]로 불리는 화자의 등장이다. 이는 김지하 의 「오적」을 읽고 나서 응구기가 도입한 새로운 방식이다. 그는 이 화자

---

16) Ngugi wa Thiong'o, *Homecoming*, London : Heinemann, 1972, p.70.
17) 케냐의 전통적인 이야기꾼으로 마을을 돌며 사람들에게 이야기를 들려주었다. 이들 은 일종의 구전문학의 전수자로 우리나라의 강담사(講談士), 순회광대, 혹은 판소리꾼 과 비슷한 사람이다. 응구기는 이 소설에서 기칸디 연주자를 화자로 설정함으로써 구전 문학의 전통을 계승·발전시키고 있다.

의 도입을 통해 "소설은 단순히 읽혀지는 것이 아니라 누군가에 의해 말하여지는 이야기가 읽혀지는 것"18)이라는 전통적인 구전문학의 특징을 재현해내고자 했다.

「오적」에서 화자는 시인이다. 이 화자는 먼저 당시 문단의 문제점을 제기함으로써 이야기를 풀어간다.

> 詩를 쓰되 좀스럽게 쓰지말고 똑 이렇게 쓰랸다.
> 내 어쩌다 붓끝이 험한 죄로 칠전에 끌려가
> 볼기를 맞은지도 하도 오래라 삭신이 근질근질
> 방정맞은 조동아리 손목댕이 오물오물 수물수물
> 뭐든 자꾸 쓰고 싶어 견딜 수가 없으니, 에라 모르겠다
> 볼기가 확확 불이 나게 맞을 때는 맞더라도
> 내 별별 이상한 도둑이야길 하나 쓰것다. (『오적』 19)

화자는 '붓끝이 험한 죄로 (…중략…) 볼기를 맞은' 일이 있는 사람이면서도 '볼기가 확확 불이 나게 맞을 때는 맞더라도' 이야기를 하나 쓰겠다고 말함으로써 자신의 이야기가 지닌 내용을 짐작케 한다. 그러나 이 작품의 마지막 부분에서 화자는 이 이야기가 자신이 지어낸 이야기가 아니라 이미 사람들 사이에서 회자되고 있던 이야기라고 밝힘으로써 판소리의 창자와 비슷한 위치로 자신의 역할을 자리매김한다.

> 이런 행적이 백대에 민멸치 아니하고 人口에 회자하여
> 날같은 거지시인의 싯귀에까지 올라 길이 길이 전해오겄다. (『오적』 45)

응구기 역시 화자 문제에 있어서 「오적」에서와 같은 형태를 취한다. 그는 이전의 소설에서 사용한 전지적 작가의 시점에서 벗어나 『십자가

---

18) 임명진, 『한국 근대소설과 서사전통』, 문예출판사, 2008, 13쪽.

위의 악마』에서는 케냐의 전통적인 이야기꾼인 기칸디 연주자 통해 이야
기를 전달한다. 그는 고통 받는 사람들의 요청에 의해서 이야기를 전달
하게 되었다고 밝힌다.

> 기칸디 연주자여, 내가 진정으로 사랑하는 아이의 이야기를 말해 주세
> 요. 그 아이에게 무슨 일이 있었는지 밝혀서 각자가 모든 진실을 알고 나서
> 야 판단할 수 있도록 해 주세요. 기칸디 연주자여, 감추어진 진실을 밝혀
> 주세요.
> 처음에 나는 망설였다. (…중략…) 내가 여러 사람들로부터 애원하는 소
> 리를 들은 것은 바로 그때였다. 정의의 예언자인 기칸디 연주자여, 이제 암
> 흑 속에 감추어진 모든 비밀을 밝히시오. (…중략…)
> 이 이야기는 정의의 예언자인 내가 지붕 꼭대기에 들려 올라갔을 때 이
> 눈으로 보고 귀로 들은 것이다. (*Devil* 7-8)

그러나 응구기가 이러한 화자를 도입한 것은 또 다른 의미를 지닌다.
그는 이 작품을 쓰면서 그동안 사용하던 영어가 아닌 기쿠유어[19]를 사용
했다. 이전에 발표한 소설작품으로 국제적인 명성을 얻은 응구기는 그에
게 보다 많은 경제적 이익을 안겨다 줄 영어를 버리고 케냐에서도 20%
정도에 불과한 부족의 언어로 글을 쓰기 시작한 것이다.

> 내가 『십자가 위의 악마』를 썼을 때 두 가지 변화가 있었습니다. 나는
> 언어를 바꾸었습니다. 나는 언어를 기쿠유어로 바꾸어야만 했습니다. (…중
> 략…) 내가 영어를 사용했을 때, 나는 영어를 말하는 독자를 선택하고 있었
> 습니다. (…중략…) 지금 나는 [전통적인] 이야기, 신화를 사용할 수 있고

---

19) 케냐의 공식 언어는 영어와 스와힐리어이다. 그러나 케냐는 기쿠유족, 루히아족, 루
　　오족, 칼렌진족 등 여러 부족으로 구성된 국가이다. 응구기는 기쿠유족 출신으로 자
　　신의 부족 언어를 후기 작품에서 사용하게 된다. 이런 언어 사용의 변화는 제국의
　　언어를 사용해야만 하는 탈식민주의적 사고를 지닌 식민지 출신 작가들에게 있어서
　　는 심각한 문제였다. 이에 대해서는 유승, 『응구기의 탈식민주의 소설 연구』, 전북대
　　학교 박사논문, 2002, 132-135쪽 참조.

> 기쿠유 독자들이 이런 것들에 친숙해 있기 때문에 항상 설명할 필요가 없
> 습니다. (…중략…) 나는 소리나 이미지를 말로 표현할 수도 있고 노래, 속
> 담, 신비한 이야기, 일화 등을 더욱 쉽게 사용할 수 있습니다.[20]

　언어의 선택은 곧 독자층을 선택하는 것이라는 응구기의 지적은 그리
새로운 사실은 아니다. 그러나 응구기의 경우에는 매우 중요한 의미를
지닌다. 그는 기쿠유어를 사용함으로써 독자들에게 일일이 설명할 필요
가 없고 아프리카의 토속적인 소재들을 더욱 편하게 작품에 도입할 수
있게 되었다. 그래서 나자레스는 "기쿠유어의 사용이 속담, 격언, 민담, 그
리고 구어적 구조를 위한 통로"[21]가 되었다는 평가를 하기도 한다. 『십자
가 위의 악마』가 이전의 작품들과는 비교할 수 없을 정도로 구술적인 전
통에 접근한 점도 이런 현상과 무관하지 않다. 물론 이러한 변화에 김지
하의 담시가 영향을 끼쳤던 것은 분명하다.

　이 언어에 있어서의 변화는 응구기가 자신의 작품에서 사용한 풍자의
칼날을 더욱 날카롭게 했다. 풍자는 전통적으로 지배계층에 대한 피억압
자의 일종의 저항수단이자 시적 폭력수단의 하나로 인정되어 왔다. 김지
하는 「오적」에서 희화화된 현실을 매우 공격적으로 노출시킴으로써 독자
로 하여금 현실에 대한 비극적 인식에 이르도록 한다.

> 옛말도 먼옛날 상달 초사흗날 백두산아래 나라선 뒷날
> 배꼽으로 보고 똥구멍으로 듣던중엔 으뜸
> 我東方이 바야흐로 단군이래 으뜸
> 으뜸가는 태평 태평 태평성대라

---

20) Rao, D. Venkat, "A Conversation with Ngugi wa Thiong'o", *The Writer as Activist*,
　　Lindfors, Bernth, & Bala Kothandaraman, Ed, Trenton : African World Press, 2001,
　　p.159.
21) Nazareth, Peter, Ed., "Introduction", *Critical Essays on Ngugi wa Thiong'o*, New York :
　　Twayne, 2000, p.11.

그 무슨 가난이 있겠느냐 도둑이 있겠느냐
포식한 농민은 배터져 죽는 게 일쑤요
비단옷 신물나서 사시장철 벗고 사니 (『오적』 19-20)

사실 「오적」에서 김지하가 이야기하고 싶은 것은 꾀수로 대변되는 민
중들의 비극적 현실이다. 그러나 그는 반어법을 사용하여 시대적 배경을
설명하고 있다. 이는 독자의 분노를 유발하는 효과적인 장치로 기능한다.
따라서 그의 의도는 그 비극적 인식에 있지 않다. 오히려 그는 현실에서
의 해소를 적극적으로 유도하는 숨은 의도를 감추지 않는다. 그가 수차
례의 투옥을 당한 것은 문자에만 머무르지 않는 그의 작품이 지닌 성격
과 밀접한 관련이 있다. 응구기의 『십자가 위의 악마』도 마찬가지다. 그
가 도둑과 강도 선발대회 장면을 자세하게 다루는 것은 현실의 희화화이
며 그 현실을 적극적으로 극복해야 한다는 강한 메시지를 담고 있다. 도
둑과 강도 선발 대회의 기준은 그 좋은 예이다.

규칙 3. 모든 경쟁자는 부인과 정부를 포함해서 그가 관계하고 있는 여자
의 수를 밝혀야 한다.
규칙 4. 모든 경쟁자는 그와 아내 그리고 정부가 갖고 있는 차의 모델을 밝
혀야 한다.
규칙 5. 모든 경쟁자는 자신의 도둑질과 강도질의 경력에 대해서 간략하게
언급해야 한다.
규칙 6. 모든 경쟁자는 어떻게 도둑질과 강도질이 이 나라에서 증가할 수
있는 지를 보여줘야 한다.
규칙 7. 모든 경쟁자는 어떻게 우리가 외국인 사이의 관계를 강화할 수 있
는지 보여줘야 한다. (*Devil* 97-98)

결국 이 경연대회는 누가 얼마나 더 도덕적으로 타락했느냐, 얼마나
더 민중을 착취했느냐 그리고 얼마나 더 외국인에게 종속적인 태도를 갖

고 있느냐를 두고 경쟁하는 것이다. 가령 이 대회에 참가한 응디티카는 만족을 모르는 병에 걸린 사람으로서, 좋은 음식은 건강한 육체에 어린 소녀들은 건강한 정신에 필요하다고 생각한다. 그는 어려서부터 유럽인들처럼 되는 것을 동경했다. 그는 여러 개의 농장을 경영하며 갖가지 방법으로 임금을 착취한다. 그는 "대중의 빈곤은 부자에겐 보석"(*Devil* 178)이며 "우리에게 이로운 것은 외국인과의 협력"(*Devil* 179)뿐임을 거듭 강조한다. 그래서 그는 자신이 "노예제도의 왕관을 쓰기에 적합한 유일한 사람"(*Devil* 179)이라고 주장한다. 그는 독립을 위한 투쟁, 즉 마우마우 운동에 대해 "모든 일은 단지 나쁜 꿈, 의미 없는 악몽"(*Devil* 177)이었다고 평가 절하한다. 응디티카는 농장경영과 밀수 그리고 암시장에서 막대한 돈을 번 인물로 특히 환락에 관심이 많은 인물이다. 그는 가난한 사람이나 부유한 사람이 똑같은 수의 신체기관을 갖고 있는 것이 늘 불만이다. 그래서 그는 이식수술에서 힌트를 얻어 자기처럼 부유한 사람은 더 많은 입과 배, 간, 심장 그리고 성기를 갖게 되어 무한한 생명을 유지하며 환락을 즐길 수 있어야 한다고 생각한다. 그는 매일 밤 열 명의 소녀를 상대할 수 있지만 한 번에 한 명의 소녀를 상대한 채 만족스럽지 못한 상태에서 잠드는 것을 애석해 한다. 그가 인간의 신체기관을 생산하는 공장을 계획하는 것은 이런 이유에서 이다.

> 우리는 인간의 신체를 위한 여분의 기관, 즉 입, 배, 심장 등등의 여분의 신체기관을 생산할 공장을 세워야 합니다. 이는 이들 기관을 이용할 수 있는 부자들이 두세 개의 입, 두 개의 배, 두 개의 음경 그리고 두 개의 심장을 갖는다는 것을 의미합니다. (…중략…) 우리는 돈으로 불멸성을 살 수 있고 죽음은 가난한 사람들의 특권으로 남겨줄 수 있습니다. (*Devil* 180)

물론 이런 묘사는 독자로 하여금 웃음을 짓게 한다. 그러나 여기에서의 웃음은 쓸쓸함을 동반한다. 그것은 응구기의 적절한 표현처럼 "우스우면서도 슬픈"(*Devil* 207)이야기가 아닐 수 없다. 이런 묘사는 독자로 하여금 그 대상에 대한 냉소와 더불어 증오심을 불러일으키기에 충분하다. 응구기는 『십자가 위의 악마』를 통해 바로 이런 전복성을 노리고 있다. 그는 김지하가 중요하게 생각한 "희극적 표현에 의한 폭력의 발현"[22] 또는 "해학과 풍자 언어의 계승"[23]을 이 소설에서 구현하고 있다.

 그러나 응구기가 『십자가 위의 악마』에서 풍자하고자 하는 대상은 이런 매판자본가들만이 아니다. 그는 기독교에 대한 근본적인 반감을 노골적으로 드러내고 있다. 이 소설의 제목 자체가 의미하는 바도 이와 무관치 않다. 그는 "성모 마리아, 예수 그리고 신의 천사들은 유럽 사람들처럼 백인이고, 악마와 그의 천사들은 흑인"(*Devil* 139)이라는 오랫동안 지속된 서구인들의 견해를 정면으로 부정하고 있다. 기독교 문화에 대한 이런 반감은 "백인들은 왼손에는 성경을 오른손에는 총을 들고 이 나라에 들어왔다"(*Devil* 102)는 그의 생각에서 비롯된 것이다. 그는 기독교가 제국주의의 한 축으로 식민지 문화를 말살하고 왜곡하는 첨병 역할을 했다고 판단한다. 게다가 응구기는 기독교가 일부 지배계층과 영합하여 인간적인 삶을 추구하려는 아프리카 사람들의 요구를 좌절 시키는 틀로 작용했으며 오히려 지배계층의 안전과 현상유지를 공고히 하는 방패 역할을 수행하고 있다고 보았다.

 그래서 『십자가 위의 악마』에 등장하는 부유층, 즉 매판자본가들은 하나같이 기독교인이며 성경을 자기 방식으로 해석한다. 와링가가 근무했던 회사의 사장인 키하라는 그 적절한 예이다. 그는 '하늘교회'의 교인이며 부인과 자식이 있다. 그는 와링가를 자신의 슈거 걸로 만들려고 한다.

---

22) 김지하, 『민족의 노래 민중의 노래』, 174쪽.
23) 위의 책, 186쪽.

사장이 자신을 겁탈하려고하자 와링가는 "당신은 하늘교회의 교인이 아닌가요? 성경을 읽어 보셨죠? 집에 가서서 로마서 13장 14절을 읽어 보세요. '정욕을 위하여 육신의 일을 도모하지 말라. …그리하여"(*Devil* 23)라고 말한다. 그러자 사장은 그녀의 말을 가로 막으며 "그러나 똑같은 책에 역시 이렇게 쓰여 있지. '구하라, 그러면 너희에게 주실 것이요. 찾으라, 그러면 찾을 것이요. 문을 두드려라, 그러면 너희에게 열릴 것이니. 구하는 이 마다 얻을 것이요, 찾는 이가 찾을 것이요, 두드리는 이에게 열릴 것이니라"(*Devil* 23)라고 마태복음 7장 7절의 내용을 인용한다. 응구기의 이러한 기독교에 대한 반감은 매판자본가들에 대한 풍자의 연장선상에서 이해할 수 있다.

> 물어뜯고 달래는 사람은 복이 있나니
> 그가 결코 발각되지 않을 것이기 때문이로다
> 다른 사람의 집을 불태워 버리고
> 다음날 아침에 슬픔을 함께 나누는 자는 복이 있나니
> 그가 인정이 많은 사람으로 불리기 때문이로다
> 다른 사람이 가진 5실링을 빼앗고
> 소금을 사라고 반실링을 돌려주는 사람은 복이 있나니
> 그가 자애로운 사람으로 불리기 때문이로다. (*Devil* 210)

응구기의 기독교에 대한 풍자는 「오적」에서는 발견할 수 없는 것으로, 이는 응구기가 자신의 조국의 현실에 맞게 설정한 것이다. 흥미로운 사실은 한때 가톨릭 신자였던 김지하 역시 "가톨릭적 감수성은 나를 부자유로 이끈다. 내가 구라파인이 아니고, 이곳 가톨릭이 식민주의적이기 때문이다. 거절해야 한다. 나는 나의 조선적 감성으로 가야만 한다"[24]는 생각을 갖고 있었다는 점이다. 오늘날 그가 보여주는 동학이나 화엄사상

---

24) 김지하, 『타는 목마름으로』, 138쪽.

에 대한 애정은 이런 사고의 결과이다.

3.

　지금까지 살펴본 것처럼 김지하의 「오적」과 응구기의 『십자가 위의 악마』는 내용면에서나 형식면에서 상당한 유사성을 보여 주고 있다. 이는 응구기 자신이 밝힌 바 있듯이 김지하의 담시를 읽고 나서 그가 받은 영향 때문이다. 따라서 우리는 "예술이 인간 상호간의 교류 수단의 하나임을 인정하지 않을 수 없다. 모든 예술은 그것을 만든 사람과 그것을 감상하는 사람, 다시 말하면 과거, 현재, 미래를 통해서 그 예술적 인상을 받는 모든 사람들 사이에 일종의 교류를 갖게 된다"[25])는 사실을 부정할 수 없다.

　「오적」과 『십자가 위의 악마』는 어떻게 보면 복제에 가까울 정도로 닮아 있다. 그렇다고 해서 우리가 응구기를 비난할 수는 없다. 그는 「오적」에서 발견한 장점을 살려 자신의 작품에 적용했고, 그로 인해 그는 아직도 자신의 조국에 돌아가지 못하는 망명자의 상태에 있다. 그만큼 그의 상상력의 힘은 대단했다. 오히려 우리는 이런 관계를 통해 문학작품이 가진 영향력이 얼마나 대단한가를 다시 생각해 보아야 한다. 또한 「오적」이 갖고 있는 특성, 즉 지극히 한국적인 특성이 다른 세계에서 적용 가능하다는 점 역시 생각해 보아야 한다. 김지하가 전통양식을 빌려 담시를 창작했을 때, 그는 아마도 이런 점을 확고하게 믿고 있었던 것이다. 그래서 그는 자신을 민족주의자이자 세계주의자라고 자신 있게 말하고 있다.

---

25) 톨스토이, 『예술이란 무엇인가』, 64쪽.

> 저[김지하]는 민족주의자입니다. (…중략…) 그러나 동시에 저는 민족주의자가 아닙니다. 같은 논리로 지역주의자이면서 세계주의자이고, 미시적으로 작은 담론을 주장해왔습니다만 그 작은 담론 안에 보다 크고 깊고 넓은 담론을 담아야 한다는 이른바 이율배반이 제 삶의 내용이고 제 생각의 내용이라고 말씀드리고 싶습니다.[26]

김지하가 자신이 '지역주의자이면서 세계주의자'이고, 비록 작은 담론을 주장해왔지만 '그 작은 담론 안에 보다 크고 깊고 넓은 담론을 담아야 한다'는 말에서 의미하는 바는 문학의 특수성과 보편성을 언급한 것으로 해석할 수 있다. 그는 자신의 민족 문제, 그리고 그 민족을 둘러싼 환경의 변혁이라는 특수한 소재를 다루고 있지만 이것은 결국 특수한 지역에 국한되지 않고 다른 민족과 공감을 형성할 수 있는 보편성으로 나아가야 한다는 사명감을 밝히고 있는 것이다. 이런 특성은 예술 전반에 나타나는 특성이다. 그리고 비록 문학이 언어의 장벽에 막혀있을지라도 그 한계는 극복될 수 있다. 응구기가 김지하의 작품을 보고 그 작품의 특성을 적극적으로 활용한 것, 즉 영향의 향유는 부정적이라기보다는 긍정적인 관점에서 다루어져야 한다.

---

26) 최정호 편, 『새로운 예술론 : 21세기 한국문화의 전망』, 나남출판, 2001, 137쪽.

‖ 참고문헌

강영미, 「김지하 담시의 판소리 수용양상 연구」, 『민속학술자료총서』 29, 우리마당터, 2001, 1-53쪽.

강정구, 「1970년대 민족-민중문학의 저항성 재고」, 『국제어문』 46집, 국제어문학회, 2009, 45-68쪽.

김지하, 『민족의 노래 민중의 노래』, 동광출판사, 1984.

______, 『오적』, 동광출판사, 1987.

______, 『타는 목마름으로』, 창작과비평사, 1982.

김홍진, 「「오적」의 판소리 패러디와 비판적 사회 풍자」, 『민속학술자료총서』 297, 우리마당터, 2003, 359-379쪽.

유승, 『응구기의 탈식민주의 소설 연구』, 전북대학교 박사논문, 2002.

윤구병·김지하 대담, 「시인 김지하의 사상 세계」, 『철학과 현실』, 1990년 봄호, 156-180쪽.

임명진, 『한국 근대소설과 서사전통』, 문예출판사, 2008.

임헌영 외, 『김지하－그의 문학과 사상』, 세계, 1985.

최정호 편, 『새로운 예술론 21세기 한국문화의 전망』, 나남출판, 2001.

츠베탕 토도로프, 『바흐친 : 문학사회학과 대화이론』, 최현무 옮김, 까치, 1987.

푸미오 타부치, 『김지하론 : 신과 혁명의 통일』, 정지련 옮김, 다산글방, 1991.

톨스토이, 『예술이란 무엇인가』, 이철 옮김, 범우사, 1988.

호세 오르테가 이 가세트, 『예술의 비인간화』, 박상규 옮김, 미진사, 1991.

홍용희, 『김지하 문학 연구』, 시와 시학사, 2000.

Abrams, M. H., *A Glossary of Literary Terms*, 4th Ed., New York : Holt, Rinehart and Winston, 1981.

Bloom, Harold, *The Anxiety of Influence*, Oxford : Oxford University Press, 1973.

Nazareth, Peter, Ed., "Introduction", *Critical Essays on Ngugi wa Thiong'o*, New York : Twayne, 2000.

Ngugi wa Thiong'o, *Devil on the Cross*, London : Heinemann, 1982.

__________________, *Decolonising the Mind*, Oxford : James Curry, 1986.

__________________, *Homecoming*, London : Heinemann, 1972.

__________________, *Writers in Politics*, 2nd Ed., Oxford : James Currey, 1997.

Rao, D. Venkat, "A Conversation with Ngugi wa Thiong'o", *The Writer as Activist*, Lindfors, Bernth, & Bala Kothandaraman, Ed., Trenton : African World Press, 2001, pp.157-167.

고정희 시의 탈식민주의 연구
- 연작시「밥과 자본주의」를 중심으로 -

유 인 실

1. 들어가기

고정희의 유고시집『모든 사라지는 것들은 뒤에 여백을 남긴다』는 시적 형상화와 탈식민주의의 여러 가지 문화전략을 통하여 탈식민주의적인 인식을 보여주고 있는 시집에 해당한다.

최근 문학이 지나치게 문학 외적인 영역으로 가고 있다는 비판에도 불구하고 탈식민주의 논의는 여전히 유효하다. 비록 제국주의에 의한 직접적 점령과 수탈의 시대는 벗어났다고는 하나 문화적·경제적 예속 상태는 여전히 진행되고 있고, 그러한 식민주의가 물질적으로나 정신적으로나 아직 끝나지 않았기 때문이다. 즉 탈식민주의 이론은 정치적 식민지를 겪었고, 이후에도 새로운 문화적·정신적 식민주의를 겪은 경우에는 공통적으로 적용할 수 있는 이론인 것이다.[1] 이런 맥락에서 보면 지난

---

1) 고현철, 「한국문학의 탈식민주의 비평·연구사적 검토」,『한국문학논총』 제30집, 한

몇 십 년에 걸쳐 행해진 탈식민주의에 대한 논의는 앞으로도 계속될 것이다. 탈식민주의의 다양한 형태는 인간사회 어느 곳에서도 존재할 것이기 때문이다.

오늘날 대다수의 국가는 영어와 다국적 기업의 자본의 힘으로부터 자유롭지 못한 실정이다. 제국주의적 힘의 논리와 초국적 자본주의의 확장 속에서 국가 및 주체들 간의 불평등한 관계가 계속 심화되고 있다. 따라서 현 사회에서 그러한 문제들이 문학에 어떻게 투영되고 형상화되어 있는지를 논의하는 것은 탈식민주의 비평 및 연구를 위해서도 절실하다.

이러한 맥락에서 고정희 시와 탈식민주의의 상호관계를 논하는 것도 나름대로 의미가 있을 듯하다. 그가 탈식민주의에 대한 의식을 일정부분 일관되게 주장해 왔기 때문이다. 그러한 의식은 그의 시를 통해서도 어렵지 않게 만날 수 있다. 고정희는 우리 현실의 문제를 식민주의와 관련시켜 지배문화에 저항하는 탈식민주의적인 속성들을 그의 시 곳곳에 투영해 왔다. 즉 오늘날 우리나라의 여러 분야에서 불거지는 현실 문제를 주체의 타자화, 불평등, 억압이라는 측면에서 보면 우리의 현실 역시 식민주의로부터 예외적인 것이 아니라는 시를 통해 보여주고 있는 것이다.

고정희의 유작시집 『모든 사라지는 것들은 뒤에 여백을 남긴다』에 수록된 시들은 탈식민주의적 속성, 이를테면 외세 비판, 내부 식민화 비판 등의 요소를 강하게 가지고 있다. 즉 자본주의에 의해 부여된 타자화된 정체성과 그 속에 교묘하게 숨어있는 지배 이데올로기의 언술들을 반언술과 되받아쓰기, 전유 등의 탈식민주의 문화전략을 적극 활용하여 폭로, 비판하고 있다. 이러한 문제의식에 기반을 두어 탈식민주의를 발생시키는 식민현상[2]에 대한 성찰과 고정희 시에 나타난 제국의 지배문화에 저

국문학회, 2002. 6., 411-420쪽 참조.
2) 바트무어-길버트, 이경원 역, 『탈식민주의 저항에서 유희로』, 한길사, 2001 참조. 흔

항하는 탈식민주의 문화전략에 대해 살펴보고 이의 의미를 구명해 보고
자 한다.

2. 제국의 지배문화와 탈식민주의의 역학관계

탈식민주의는 포스트콜로니얼니즘(Post-colonialism)을 번역한 용어이다.
탈식민주의는 러프하게 '식민현상을 분석하고 비판하는 이론체계' 또는
'식민주의의 저항담론'으로 규정할 수 있다. 즉 탈식민주의는 식민주의에
대한 거부와 저항을 통한 극복을 의미한다.[3] 또한 억압과 착취의 지배
이데올로기를 해체 혹은 전복시키는 것을 목적으로 삼고, 이를 위해 지
배 권력의 억압과 횡포에 제동을 걸어 여러 형태의 불평등을 해소하고자
한다.

탈식민주의의 '탈(post)'이란 접두사는 '～이후에 오는(coming after)' 것이
란 시간적 의미와 함께 '～를 넘어서는(going beyond)' 극복이란 의미를 동
시에 지닌다. 그래서 식민주의는 식민주의 유산의 '거부'와 '지속'이라는
양가적인 두 속성을 내포한 것으로 보는 것이 일반적인 견해이다. 즉
'탈'이란 접두어는 예속 상태에서 벗어남과 동시에 한 걸음 더 나아가
의식의 탈식민화를 의미한다. 실제로 오늘날 다국적 자본주의는 더 이상

히 식민현상이라 하면 힘의 논리에 바탕을 둔 주체들은 끊임없이 자신들의 부당한
지배와 차별을 정당화하기 위하여 허구적인 식민주의 이데올로기를 개발, 유포하고,
반면에 타자나 하위주체들은 식민주의 이데올로기의 허구성이나 폭력성을 간파하지
못한 채, 아니면 정확하게 인식하고서도 주체에 편입하고자 식민주의 이데올로기를
내면화하는 과정을 말한다.
[3] 고부응 외, 『탈식민주의 이론과 쟁점』, 문학과지성사, 2009 참조 ; 바트무어-길버트,
이경원 역, 위의 책 참조.

경계선(국가) 개념을 필요로 하지 않는다. 다만 대부분의 약소국들은 다국적 자본주의의 눈에 보이지 않는 교묘한 신식민주의 작동에 의한 의식의 지배를 받을 뿐이다. 이러한 지배 담론, 즉 식민주의에 맞선 식민지(인) 입장에서의 저항담론이 바로 탈식민주의이다.

식민담론은 자민족 중심의 우월주의에 입각하여 불평등과 우열, 차별과 배척 등의 이데올로기를 만들어낸다. 반면에 이에 대한 대응담론(counter discourse)으로의 저항담론은 식민주의의 그러한 지배를 거부한다. 따라서 탈식민주의는 식민담론을 주요 분석 대상으로 삼는다.

식민담론의 중요한 특징 중의 하나는 '타자화 전략'이다. 식민지배자들은 '열등한 타자(the Other)'를 필요로 한다. 피식민자를 근본적 기원의 기준에서 퇴보한 유형의 민중으로 해석[4]하는 것이다. 이러한 식민담론의 목적은 자신의 인종적·문화적·지적·기술적 우월감을 확보함으로써 타자의 지배를 정당화하고 관리와 훈육의 체계를 확립하기 위해서이다. 식민지배자들은 이러한 타자성을 구성하는 과정에서 고착성(fixity)의 개념에 의존한다.[5] 고착성이란 역설적인 '재현(representation)'의 양식으로 대상, 사람, 현상 간에 의미가 생산되고 교환되는 과정을 의미하는데 이에 대한 주요한 담론적 전략이 곧 타자에 대한 상투적이고 고정된 이미지를 만들어내는 '정형화(stereotype)' 혹은 '고정관념 만들기'이다.[6] 지배자는 이런 고정된 이미지를 널리 유포시키고, 허위 지식을 생산함으로써 권력과 지식의 담합에 의해 타자에 대한 지배를 순조롭게 가능하도록 하는 것이다.

식민주의의 정형화 담론에 맞서 어떻게 '주체화(subjectification)의 과정'

---

4) Homi K. Bhabha, 나병철 역, 『문화의 위치』, 소명출판, 2002, 153쪽.
5) 위의 책, 145쪽.
6) 위의 책, 146쪽 참조.

이 가능해지는가를 확인하고, 그러한 식민지배자의 권위와 명령에 대해 거부하는 것이 저항담론이다. 이런 저항을 가능하게 하는 탈식민주의 계열의 글쓰기를 하는 작가들의 경우, 자국 고유의 역사와 전통과 언어를 복원하려는 경우도 있고, 식민지배자들의 정전을 식민지 입장에서 다시 쓰는 이른바 '되받아쓰기(Write Back)'로 지배자의 언술행위에 도전하는 경우도 있으며, 식민지배자의 언어와 문화를 '전유(Appropriation)'하는 경우7)도 있다.

이에 대해 일부에서는 비판하는 목소리도 있지만 거기에는 정전을 다시 읽음으로써 정전을 분석, 재평가하여 지금까지 간과해왔던 정전과 제국주의의 상관관계를 밝혀내8)는 전략적인 의미가 있다.

1) 저항독법으로 읽는 '반언술'

고정희의 시에서 탈식민주의적인 시적 인식을 발견하는 것은 어렵지 않다. 그만큼 제국주의적 속성을 지닌 자본의 힘에 저항하는 반언술적인 시적 인식들이 거침없이 묘사되어 있다. 그의 시집 『모든 사라지는 것들은 뒤에 여백을 남긴다』는 4부로 나누어져 있다. 그 중 이 글에서 다루고

---

7) Bill Ashcroft · Gareth Griffths · Hellen tiffin, 이석호 역, 『포스트콜로니얼 문학이론』, 민음사, 1996. 참조. 모든 식민지적 상황을 제대로 파악하여 분석, 비판, 재구성, 전복시키고자 하는 것이 탈식민주의 비평이론의 방향이다. 특히 문화의 탈식민화는 탈식민주의의 중요한 목표이다. 이를 위한 대표적인 문화전략에는 식민지 이전의 자국의 문화와 언어를 회복하려는 방법과 그 불가능성을 인정하고 문화의 합병을 제안하는 탈식민화(Decolonization), 지배문화와 담론을 원초적으로 거부하는 폐기(Abrogation), 지배문화와 담론이 사용한 언어를 바꾸어서 재구성하는 전유(Appropriation), 지배담론에 의해 성전화된 텍스트를 새로운 시각에서 다시 쓰면서 지배담론의 음모와 허구성을 폭로하고 주변부의 경험과 문화의 새로운 가능성을 조명하는 반담론을 제시하는 되받아쓰기(Write Back) 등이 있다. 고현철, 『탈식민주의와 생태주의 시학』, 민음사, 2005, 42쪽 재인용.
8) 위의 책, 358-359쪽.

자 하는 「밥과 자본주의」는 1부에 나오는 26편으로 이루어진 연작시이다.

탈식민주의적 글쓰기는 힘의 논리에 바탕을 둔 지배 이데올로기가 부여한 타자화된 정체성을 탈정체화시키고자 한다. 또한 텍스트 속에 숨어 있는 지배 이데올로기의 언술들을 분석해서 폭로하고 이를 해체시켜 전복시키고자 한다. 즉 강력한 지배 이데올로기가 제국주의적 속성으로 그 영역을 확장해 나가는 것에 대해 대항담론을 형성시킴으로써 지배 이데올로기의 침투에 맞서는 것이다. 이러한 탈식민주의적 글쓰기의 문화전략 가운데 하나가 반언술[9]이다. 고정희는 반언술을 통하여 탈식민주의적 시적 인식을 보여주고 있다.

> 문짝마다 번쩍이는 저 미제 알파벳은
> 아시아를 좀먹는 하나의 음모이다.
> 거리마다 흘러가는 저 자본의 물결은
> 아시아를 목조르는 합법의 강간이다
> 지프니 양철지붕 밑에
> 알록달록 새겨놓은 저 암호문이나
> 모든 슈퍼마켓과 대형백화점에 면밀하게 진열된 양키즘은
> 세계 인민의 기둥서방을 자처하는
> 매판자본의 매춘문화이다
> 저것은 아시아의 추억이 아니다
> 저것은 아시안의 우정이 아니다
> 저것은 아시아의 역사가 아니다
>
> (「밥과 자본주의―브로드웨이를 지나며」에서)

이 시에서 고정희는 제국주의의 이념을 비판적으로 읽어내고 있다. 이러한 저항독법(Resistance reading)과 텍스트의 표면과 이면을 동시에 포착하는 읽기 방식의 대위법적 읽기(Contrapuntal)[10]에 대해서는 일찍이 에드워

---

9) 고현철, 『탈식민주의와 생태주의 시학』, 민음사, 2005, 86쪽.

드 사이드가 제기한 바 있다. 예컨대 텍스트를 읽을 때 텍스트의 안과 밖의 현실에 주목하여 제국주의의 이념을 식민주의 맥락과 연결 짓는 것이 사이드의 저항독법이다. 고정희 역시 정치적·법적 통치의 보호 하에 이루어지는 제국주의의 무차별한 돈벌이에 비판의 칼날을 들이대어 이면을 포착해낸다. 브로드웨이의 "번쩍이"고 "알록달록"한 화려한 물질문명은 결코 진정한 의미의 발전이 아니다. 이것은 아시아를 부당하게 착취하여 이루어진 물질문명이다. 고정희는 이 점을 폭로하여 식민주의의 맥락과 연결 짓고 있다. 제2차대전 이후 많은 국가가 제국의 식민지 상태로부터 독립을 하고 또 국제사회에서 과거의 제국주의적 식민지 개척을 용인하지 않음으로써 제국주의는 사라졌다. 그러나 표면적으로만 정착과 식민의 문제에 관심을 두지 않을 뿐, 데니스 저드(Denis Judd)가 말한 것처럼 제국주의는 "이득을 챙기는 상업, 약탈과 부의 축적에 대한 욕망"11)으로 교묘하게 다가와 일상생활 깊숙이 침투하고 있다. 고정희는 그것을 "거리마다 흘러가는 저 자본의 물결은" "합법의 강간"이요, 세련된 상품들은 "세계 인민의 기둥서방을 자처하는 매판자본의 매춘문화"로 보고 있다. 서구의 유명 브랜드의 상품에는 그것을 사용함으로써 은연중 우월감을 느끼게 하는 교묘한 제국주의적 속성을 숨겨져 있다. 그러나 유명 브랜드의 상품을 사용한다고 해서 그들과 동일화되는 것은 아니다. 결국 그것은 "아시아의 추억도", "아시아의 우정도", "아시아의 역사"도 아닌 것이다. 이는 일종의 자본의 침략이다. 위에 인용한 시는 이와 같이 제국

---

10) 바트무어-길버트, 이경원 역, 위의 책, 168-169쪽. 대위법적 읽기는 사이드가 오리엔탈리즘으로 대표되는 서구 학문의 이분법적 시각에 대항하기 위해 고안한 방법론으로 처음에는 학제간 경계선과 담론의 영역 구분을 뛰어넘어 정치와 역사를 문화의 인접 분야로 읽을 수 있다는 점에서 이러한 방법론을 채택했는데 그 목적과 결과는 상당한 차이가 있어서 그 이후에는 서구 정전과 비서구 작품을 서로 연관, 병치시켜 읽는 비교문학적 방법론으로 더 많이 거론되고 있다.
11) 존 맥클라우스, 박종성 외 편역, 『탈식민주의 길잡이』, 한울아카데미, 2003, 21-22쪽.

주의의 이념들을 비판적으로 바라봄으로써 거기에 내포되어 있는 허위의식을 폭로하고 이를 비판하는 것이다. 그럼으로써 이 시는 자본의 힘에 대응한 반언술이 되는 것이다.

　　　　자고로 왜밥은 신민을 만든다(아시아 바람의 전언)

　　　　유사 이래 왜자는 매국을 만든다(마닐라 통신)

　　　　초지일관 왜교는 낚싯밥을 만든다(차이나 유언비어)

　　　　경고한다 경고한다
　　　　한국 전국토에 퍼져 있는
　　　　코끼리밥통 속의 왜밥
　　　　전자공학 속의 왜자
　　　　소니음향기기 속의 왜교를 경계하라
　　　　(조선항일투쟁경보)

　　　　남북 금수강산의 왜똥전지화
　　　　왜똥 수질오염화를
　　　　십사대 국회에 긴급 동의함
　　　　(공해반대시민운동)
　　　　　　　　　　　　(「밥과 자본주의―왜밥·왜자·왜교를 경고함」 전문)

　　제국주의자들처럼 피지배인도 문학을 정치적으로 이용한다. 헬렌 티핀(Helen Tiffin)이 "예술적·문학적 탈식민화는 유럽의 양식을 분해하고 지배적인 유럽 담론의 탈식민주의적 전복(subversion)과 유용화(appropriation)를 포함한다"고 했듯이 탈식민주의 텍스트도 지배국에 대한 편견과 정복욕을 전복하는 것이 주된 특징이다.
　　고정희는 위의 시에서 일본의 물질과 정신의 지배선상에 놓여 있는 우리의 현실을 일깨워준다. "코끼리밥통" "전자공학" "소니음향기기" 등은 일본을 대표하는 물질문명이다. 고정희는 이러한 물질문명을 경계하라고 비판한다. 이는 일본의 대표적인 양식을 분해함으로써 이에 대항하는 역동일화의 언술을 형성시키는 것이다. 일본의 대표적인 양식이 "한국의 전국토에 퍼져 있"다는 것은 결국 한국의 정복을 의미하는 환유적인 표현이다. 시의 표면에서 포착한 시어의 사용에서뿐만 아니라 그가 제3세계의 지식인으로 여성으로 중층의 억압 시대를 건너온 그녀의 삶을 고려하면 이러한 환유는 탈식민주의적 저항으로 충분히 가능하다고 볼 수 있다.

호미 바바(Homi K. Homi K. Bhabha)는 탈식민주의 텍스트는 "보편적인 글읽기를 강요하는 은유(metaphor)"가 아니라 "텍스트에 나타난 문화적 특수성을 고려한 환유(metonymy)"라고 주장했다. 이런 맥락에서 볼 때 우리의 전국토에 일본의 대표적인 물질문명의 확산은 곧 식민지 상황과 다를 바 없는 것을 의미한다. 일본의 식민지 속국의 경험이 있는 우리로서는 문화적 특수성을 고려해 볼 때 이러한 상황이 결코 단순한 상황이 아닌, 정복당하는 식민지 상황과 다를 바 없다는 것을 고정희는 비판하고 있는 것이다. 일본의 유혹적인 물질문명이 우리를 호명(interpolation)[12]할 때 이에 동일화되지 않고 강력하게 저항해야 한다는 반언술을 이 시에서 강하게 보여주고 있는 것이다.

제국주의는 주체가 되어 강력한 지배 이데올로기로 호명함으로써 작은 주체들이 형성되게 한다. 이러한 동일화된 주체와 그 언술로 제국주의는 더욱 그 세를 확장시켜 가는 것이다. 제국주의가 호명할 때 이에 대항하는 비동일화와 반동일화의 주체와 그 언술을 형성시킴으로써 제국주의의

---

12) 여기에서 '호명(interpolation)'이란 알튀세가 말하는 제국주의 이데올로기에 의해서 개개인이 부름을 당하는 것을 의미한다. 예컨대 제국주의 이데올로기를 수행하는 권력자가 지나가는 개인을 부르는 것이 호명이다. 이때 호명을 당한 개인은 제국주의 이데올로기에 따라서 움직이게 된다는 것이다.

교묘한 침략에 맞서는 전략이 필요한 것은 이 때문이다.

2) 패러디 형식의 '되받아쓰기'

지배담론에 의해 성전화된 텍스트를 식민지인 입장에서 다시 쓰면서 지배담론의 음모와 허구성을 폭로하는 '되받아쓰기(Writing Back)'는 지배자의 언술행위에 도전하는 전략이다. 지배 이데올로기에 저항하는 주체들이 지배담론에 강한 의문을 제기하면서 되받아쓰기를 통해 새로운 의식의 가능성을 모색하는 반담론을 제시하는 것이다. 이것은 지배이데올로기에 저항하는 반항적인 주체들이 지배담론을 아예 거부하는 미셸 페쇠(Michel Pecheux)의 반동일화 담론[13] 양식에도 그대로 상응한다.

> 권력의 꼭대기에 앉아 계신 우리 자본님
> 가진자의 힘을 악랄하게 하옵시매
> 지상에서 자본이 힘있는 것같이
> 개인의 삶에서도 막강해지이다.
> 나날에 필요한 먹이사슬을 주옵시매
> 나보다 힘없는 자가 내 먹이 사슬이 되고
> 내가 나보다 힘있는 자의 먹이사슬이 된 것같이
> 보다 강한 나라의 축재를 북돋으사
> 다만 정의나 평화에서 멀어지게 하소서
> 지배와 권력과 행복의 근원이 영원히 자본의 식민통치에 있사옵니다 (상
> 향~)
>
> （「밥과 자본주의―새 시대 주기도문」 전문)

---

13) 알튀세의 이론을 발전시킨 페쇠는 한 담론은 다른 담론과의 관계를 통해 효과를 갖는다고 주장하면서 지배이데올로기 못지않게 이에 대한 대항이데올로기를 강조한다. 그 중 지배 이데올로기를 아예 거부하는 담론 양식이 반동일화 담론이다. 이밖에 주체가 구성되는 세 가지 기제에 따라 지배 이데올로기에 동의하고 순응하는 동일화 담론, 지배 이데올로기를 수용하면서도 다른 한편으로는 거부하는 비동일화담론이 있다.

이 시는 성서에 나오는 「마태복음」 6장의 「주기도문」을 패러디[14]하고 있다. 「주기도문」을 「새 시대 주기도문」이 패러디하고 있는 것이다. 서구 문명의 근간이라 할 수 있는 기독교의 경전인 성경에 나오는 「주기도문」은 서구 제국의 지배 이데올로기와 연관되는 담론이다. 이 시는 연작시의 한 편이다. 이 연작시편의 제목을 「밥과 자본주의」라고 한 것도 종교적 내용의 함의보다는 자본을 바탕으로 한 제국주의의 식민통치의 문제점에 대항하고 그 허구성을 폭로하는 데 있다는 것을 어렵지 않게 발견할 수 있다.

여기서 「새 시대 주기도문」은 「주기도문」과 반대형식의 패러디가 형성된다. 따라서 무소불위의 힘을 발휘하는 제국주의의 자본의 힘에 대한 비판이 결합되어 있는 형식이며 메타성이 내재되어 있는 것이 된다. 고정희는 「새 시대 주기도문」에서 '하늘에 계신 우리 아버지'가 아닌, "권력의 꼭대기에 앉아 계신 우리 자본님"이라 하여 자본을 신과 동일화하고 있다. 따라서 신의 뜻에 따라 나라를 다스리고 나의 삶을 인도해 달라는 간구가 자본의 뜻에 따라 나라와 나의 삶이 좌우되는 현실을 자본의 지배를 받고 있는 입장에서 다시 역설적으로 되받아쓰고 있는 것이다. "가진 자의 힘을 악랄하"게 하고 "나보다 힘없는 자가 내 먹이 사슬이 되고" "내가 나보다 힘있는 자의 먹이사슬" 이 되고 "정의나 평화에서 멀어지게 하며" "지배와 권력과 행복의 근원이 영원히 자본의 식민통치에 있"다고 비판함으로써 '강한 나라' '자본의 식민통치'의 문제점을 폭로하고 있는 것이다. 이것은 곧 서구 제국의 지배 이데올로기와 연관된 「주기도문」을 이와 같이 패러디함으로써 위의 시는 이에 저항하는 피

---

14) 린다 허천은 『패러디 이론』에서 "패러디는 본질적으로 이데올로기 비평"이라고 했다. 고현철은 패러디의 형식과 이데올로기에 대해 "패러디에서, 선행 텍스트를 하나의 담론으로 인식하고 이를 당대의 이데올로기적 주제에 맞추어 자신의 이데올로기를 드러내는 담론으로 부각시킨다."라고 했다.

지배 주체의 담론이 될 수 있는 것이다. 이 시의 끝에 나오는 흠향하시라'는 의미의 "상향"을 표현 역시 제문 형식을 패러디함으로써 마치 '자본'의 죽음을 예고하는 되받아쓰기의 의도를 극대화시키고 있다.

> 내 뒤를 따르고 싶거든
> 남의 발을 씻겨주라
> 씻겨주라, 예수 말씀하셨네
> 그러나 우리 사는 시대는 자기 자랑 시대,
> 남의 발 씻기는 이 따로 있으니
> 그대를 세상은 몸종이라 부르네
> (…중략…)
>
> 내 평화를 누리고 싶거든
> 땅에서 가난하라, 땅 위에
> 재물을 쌓지 마라, 주님 말씀하셨네
> 그러나 우리 사는 시대는 자본 독점 시대,
> 오직 가난한 이 여기 있으니
> 그대를 세상은 거지라 부르네
>
> (「밥과 자본주의─우리 시대 산상수훈」에서)

이 시는 신약성서 「마태복음」 5∼7장에 기록되어 있는 예수의 산상설교를 패러디하고 있다. 본래 산상수훈은 예수가 제자들과 군중에게 행한 설교이다. 일반적으로 이 산상수훈은 윤리적 행위에 대한 예수의 가르침을 집약적으로 잘 드러내고 있다는 점에서 오늘날까지 그리스도 교도들의 윤리 행위의 지침이 되고 있다. 그 내용은 사회적 의무, 자선행위, 기도, 금식(禁食), 이웃사랑 등에 관한 가르침인데, 고정희는 이것에 제국 이데올로기를 잘 대조시켜 오늘날 자본에 길들여진 우리 시대의 산상수훈으로 되받아 쓰고 있다. 위에 인용한 시는 자본의 힘에 의해서 정신의 가치가 어떠한 의미로 전락했는가를 들려주고 있다. 그럼으로써 이러한 윤리의 부재의 배후에 도사리고 있는 것은 결국 '자본의 힘'이 작용하고 있음을 비판하고 있다.

제국주의가 식민지를 확장할 때는 표면적으로는 문명화를 내세워 타문화를 미개 혹은 야만시하여 그들의 종교를 미신이나 우상숭배로 간주하고 그들의 '문명화된' 종교로 개종을 하도록 한다. 그런데 그들이 유도하는 '문명화'된 종교의 가르침이 보여주었던 희생이나 헌신은 자본주의에서는 '몸종'이요, 청빈은 '거지'가 되는 시대가 되었다. 고정희는 '자본과 정신의 대립'을 통하여 정신은 더 이상 고귀한 가치가 되지 못하고 오로지 자본의 힘만이 모든 가치의 우위에 있다는 것을 드러내고 있다. 그래서 "평화를 누리고 싶거든/ 땅에서 가난하라/ 땅 위에 재물을 쌓지 말아라" 하는 것과는 달리 그렇게 될 경우 자본 앞에서는 "거지"가 된다는 것을 비판적으로 말하고 있다. 자본 앞에서 '정신'은 철저하게 타자화되어 있다. 자본 독점 시대에서는 존재의 근원에 해당하는 '정신'은 "몸종"이요, "거지"가 되는 것이다. 이것은 곧 지배 담론, 즉 자본에 강한 의문을 제기하면서 자본의 지배를 받는 입장에서 「산상수훈」을 되받아쓰기를 통해 다시 쓰면서 지배 담론의 음모와 허구성을 폭로하는 탈식민주의적 전략이 되는 것이다.

3) 역설과 아이러니의 담론, '전유'

지배문화와 담론이 사용한 언어를 바꾸어서 재구성하는 '전유'(Appropriation)는 탈식민주의 문학에 있어서 매우 중요한 요소이다. 탈식민주의는 식민주의의 '극복'을 목표로 한다는 측면에서 볼 때 전유는 급진적인 저항이라고는 볼 수 없다. 다만 식민주의를 전면 거부하기보다는 식민주의와 탈식민 주체 사이에 일정한 경계선을 그음으로써 차이를 보존하는 특징

을 보여준다.15) 즉 전유는 지배 이데올로기의 틀에 편승하는 동시에 저
항하는 역설적인 통합의 담론 양식인 비동일화 담론16)에 그대로 상응하
는 전략이다.

또한 전유는 모방의 반복이라는 개념을 내재하고 있다. 그런데 “모방
은 그 뒤에 숨겨져 있는 본체로 불리는 것과 구분되는 한에서 무언가를
드러내는데 그 효과는… 위장17)”이다. 이때 “모방(mimicry)은 아이러니적
인 타협을 제시한다. … 식민지적 모방은 ‘거의 동일하지만 아주 똑같지
는 않은 차이의 주체’로서 개명된(reformed) 인식 가능한 타자를 지향하는
열망”으로, 다시 말해 “모방의 담론은 양가성을 둘러싸고 구성”18)되는
것이다. 그래서 전유는 지배 이데올로기가 피식민자의 문화의 위치에서
다시 쓰이면서 상호텍스트적으로 혼성화되는 ‘교섭’과 ‘혼종성’의 과정으
로 나타나는데 그것이 피식민자의 문화의 위치이며 그런 역동성 속에 저
항의 계기가 포함되어 있는 것19)이다. 여기에는 지배 이데올로기를 차용
하면서 궁극적으로는 지배이데올로기에 저항하는 대항담론이 내재되어
있다.

> 악령의 자본이 시대를 제패한 후
> 그대는 이제 꿈꾸는 것만으로는
> 안식의 밥을 갖지 못하네

---

15) 민족문학연구소 기초학문연구단, 『탈식민의 역학』, 소명출판, 2006, 40쪽.

16) Diane Macdonell, 임상훈 역, 『담론이란 무엇인가』, 한울, 1992, 13쪽 ; 고현철, 앞의
책, 61쪽 재인용.

17) Homi K. Bhabha, 앞의 책, 177쪽. 자크 라캉은 『응시에 대해(*The Four Fundarnmental
Concepts of Psychoanalysis*)』의 「선과 빛(The line and the light)」에서 모방은 얼룩덜룩한
배경을 등지고 얼룩덜룩해지는 문제이다. 그것은 인간의 전쟁에서 사용되는 위장의
기술과 아주 똑같다고 했다.

18) 위의 책, 178쪽.

19) 위의 책, 17쪽 ; 고현철, 앞의 책, 50쪽 참조.

기다림이라거나 신념 따위로는
그대는 이제 편히 잠들 수 없네
그대가 영혼의 방에 불을 끈 그대가
악령의 화려한 옷자락에 도취된 후
품위있고 지적이며 인자하고 또 매우
귀족적인 악령의 도술에 반해버린 후
궁핍한 시대의 인본주의는 죽었네
인본주의와 함께 신도 죽었네
사랑도 그대도 죽었네
연미복을 입은 악령의 날개 밑에서
그대는 지금 황홀한 사랑의 독주를 마시네
애오라지 그대가 그리워하는 모습으로
노심초사 그대가 사랑하는 모습으로
악령이 망토 자락을 휘날리는 밤,
그대가 악령과 살을 섞고 입맞추는 밤에는
창세기의 하늘에서 비가 내리네
먼저 간 영혼들의 수의자락이
하늘에서 회색으로 젖고 있네
지난날 우리들 고행의 등불마저 상수리 나무 숲에서 마악 젖고 있네
(…중략…)
세계는 이제 악령의 통일로 가고 있네
지적이며 우아하며 또 귀족적인 환상으로 사랑으로
(「밥과 자본주의−악령의 시대, 그리고 사랑」에서)

이 시는 "자본이 시대를 제패한 후"부터는 "꿈꾸는 것", 혹은 "기다림이"나 "신념 따위"로는 안식을 갖지 못한다는 것을 표명하고 있다. 인본주의에 대한 정신의 불을 끄고 인본주의도 신도 사랑도 모두 죽어 서서히 세계는 악령의 통일로 가고 있는데 "지적이며 우아하며 또 귀족적인 환상으로" 가고 있다고 역설적으로 말하고 있다. "악령의 화려한 옷자락에 도취"되고 "품위 있고 지적이며 인자하고 또 매우 귀족적인 악령의 도술에 반해버"렸다는 것은 제국주의의 호명에 점차 길들여져 지배이데

올로기에 편승했다는 것을 의미한다. 그러면서도 세계는 악령의 시대로 가고 있다고 말한다. 이것은 지배 이데올로기 틀에 편승하는 동시에 이에 저항하는 주체 담론 양식이다. 지배 이데올로기에 편승했을 때는 영광이지만 그 결과를 깨닫게 되었을 때는 돌이킬 수 없는 '죽음'이 된다는 것을 폭로하는 것이다.

이와 같이 이데올로기 틀에 편승하면서 이에 저항하는 탈식민주의 전략이 전유이다. 이는 "서구의 테크놀로지는 차용"하면서 "제국의 이데올로기는 거부하는" 비판의 가능성을 내재하는 것이 된다.[20] 예컨대 인용한 시에서 "연미복을 입은 악령의 날개 밑에서" "그대가 그리워하는 모습으로" "그대가 악령과 살을 섞고 입맞추는" 것은 식민화의 가장 기저에 해당하는 제국의 문화 수용을 통하여 이루어진, 즉 지배 이데올로기에 동화된 정신적인 식민화를 의미한다. 그런데 이를 깨닫게 되면서 시적 화자는 "창세기의 하늘에서 비가 내리네" "먼저 간 영혼들의 수의자락이 하늘에서 회색으로 젖고 있네" "지난날 우리들의 고행이 상수리나무 위에서 젖고 있네"라는 반언술을 통하여 자신의 정체성을 잃어버리게 되는 점을 폭로하고 있는 것이다. 이것은 한마디로 "황홀한 사랑의 독주"라는 역설적인 표현을 통해서도 알 수 있듯이 전유의 방법을 통해 이루어지고 있는 탈식민주의적인 담론인 것이다.

> 고백하건대, 내 오랫동안 찾아 헤맨 그대가 있었습니다
> 총명하고 눈이 맑으며 사려 깊은 그대 찾아 헤맸습니다
> (…중략…)
>
> 악령은 시궁창 모습으로 살지 않습니다

---

20) 이경원, 「그들의 테크놀로지와 우리의 이데올로기―포스모던 시대의 '파농주의'」, 『비평』 제3호, 비평이론학회, 2000, 186쪽.

악령은 마귀 얼굴로 다가오지 않습니다
악령은 누추하거나 냄새나는 손으로 악수하지 않습니다
악령은 무식하거나 가난하지 않으며
악령은 패배하거나 절망하지 않습니다
악령은 성내지 않으며 교만하지 않으며 무례를 범하지 않습니다.
악령은 아름답습니다. 악령은
고상하며 인자스럽고 악령은 언제나
매혹적이며 우아하고 악령은 언제나
오래 기다리고 유혹적이며 악령은 언제나
당당하고 너그러운 승리자의 모습으로 우리를 일단 제압한 뒤
우리의 밥그릇에 들어앉습니다
악령은 또 하나의 신념입니다

악령의 이념은 정복자의 승리입니다
악령의 신호는 분열이며 분단이며
악령의 생존권은 전쟁이며 학살입니다
악령이 깃든 곳에 거짓행복 거짓평화 거짓통일이 있습니다
(…중략…)

이제 내가 지쳤을 때 비파소리로 나를 깨우는 그대는 없습니다
내가 곤궁했을 때 부드러운 품으로 나를 감싸는 그대는 없습니다.
　내가 망가지고 망가졌을 때 나를 서늘한 정의의 골짜기로 인도하는 그대
는 없습니다.
　이것이 악령의 시대의 대가입니다.
(「밥과 자본주의…다시 악령의 시대를 묵상함」에서)

　위의 시는 식민지인인 '나'의 입을 통해 악령(제국의 실체)이 어떤 모습
으로 수용되어 어떻게 패배하는가를 보여주고 있다. 이 시의 제목은 「다
시 악령의 시대를 묵상함」으로 되어 있다. 이 시의 전반부에서는 얼마나
오랫동안 그대를 동경하고 그리워하며 찾아 헤맸는지, 그리고 중반부에
서는 그대 속에 은거하는 악령이 얼마나 고상하고 인자하고 당당한 승리

자의 모습으로 우리의 신념이 되는지를 보여주고 있다. 그러나 후반부에 들어오면서 이 시의 제목처럼 '다시' 악령의 시대를 묵상해 보니 "악령의 이념은 정복자의 승리"요, 분열이며, 분단이며, 전쟁이며, 거짓이라는 것을 표명하고 있다.

이 시에서처럼 악령은 결코 "시궁창의 모습"으로 혹은 "마귀 얼굴"로 다가오지 않는다. "누추하거나 냄새나는 손으로 악수하지 않"을 뿐만 아니라 "성내지 않"고 "교만하지"도 않다. 오히려 "우아하고" "아름"다운 모습으로 다가와 그렇지 못한 상황에 놓인 피식민들로 하여금 열등감을 느끼게 함으로써 피식민자들이 그들의 모습을 동경하고 모방하며 마침내 그들이 원하는 모습으로 다가가고 싶게 한다.

이 시에서 악령의 실체는 마치 악령은 성경 고린도전서 13장에 나오는 '사랑'을 연상시킨다. 이것은 패러디요, 모방이다. 모방은 거의 동일하지만 그 뒤에 숨겨져 있는 본체와 구분되는 그 무언가를 드러내는데 이때 모방(mimicry)은 아이러니적인 타협을 제시한다. 악령은 신의 모습으로 위장될 수는 있지만 결코 신은 될 수 없다. 그가 "우리의 밥그릇에 들어앉"고 "또 하나의 신념이 될지언정 결코 똑같을 수는 없다. 아무리 우아하고 너그러운 지배자들일지라도 "내가 지쳤을 때", "내가 곤궁했을 때" 그들은 결코 "서늘한 정의의 골짜기로 인도해 주지 않는다"는 것이다. 이 시에서 시적 화자인 '나'는 '악령의 시대'의 언어를 이용하여 다시 악령의 시대를 부정한다. 이 시의 전반부의 "너그러운 승리자"의 모습이라고 말한 것과는 달리 "악령과 바꾸지 않기 위해서" "내 꿈을 불살라야" 한다고 말하고 있다. '아름답고 매혹적이고 유혹적'인 모습은 지배 문물의 수용을 통하여 들어온 지배문화의 가치관을 의미하며, "우리의 밥그릇에 들어앉"아 "또 하나의 신념"이 되는 것은 정신적인 식민화를 의미한다. 그렇게 찾아 헤매고 동경해온 지배문화에 식민화된 위치에서 지배

문화의 주체인 악령과 바꾸지 않겠다는 것은 역설이요, 아이러니가 아닐 수 없다. 따라서 이 시는 지배 이데올로기가 피식민자의 문화의 위치에서 역설과 아이러니의 담론인 전유를 통해 탈식민적인 의식을 보여주고 있다고 할 수 있다.

3. 마무리

이 글은 고정희의 연작시 「밥과 자본주의」에 나타난 제국주의, 자본, 내부 식민화에 대한 비판 등이 탈식민주의적 글쓰기를 통해 다양한 스펙트럼을 보여주고 있음에 주목했다. 그러한 탈식민주의 의식을 구명해 보고자 하는 문제의식에서 탈식민주의 문화전략 코드를 수용했다. 이러한 문제의식과 관련하여 이 글은 지배 이데올로기에 의해 부여된 타자화된 정체성과 그 속에 교묘하게 숨어있는 지배 이데올로기의 언술들을 파헤쳐 크게 세 가지 전략 차원에서 파헤쳐 탈식민주의 의식을 조명해 보았다.

고정희는 제3세계의 지식인으로, 여성으로 중층의 억압 시대를 건너온 삶을 살았다. 그의 그러한 삶을 고려하면 그의 시세계에서 읽어내는 탈식민의식은 현대 사회를 살아가는 한 시인의 현실인식을 첨예하게 보여주는 것이라 할 수 있다. 「밥과 자본주의」는 26편으로 이루어진 연작시이다. 이 연작 시편 제목을 「밥과 자본주의」라고 한 것은 탈식민주의 입장에서 자본을 바탕으로 한 제국주의의 식민통치에 대항하고 그 허구성과 타락상을 파헤치고자 하는 의도로 해석할 수 있다.

우선 제국의 지배문화와 탈식민주의의 역학관계에서 저항독법으로 읽는 반언술 전략에 대해 살펴보았다. 텍스트를 읽을 때 텍스트의 안과 밖의 현실에 주목하여 제국주의의 이념을 식민주의 맥락과 연결 짓는 것이 사이드의 저항독법이다. 고정희는 정치적·법적 통치의 보호 하에 이루어지는 제국주의의 표면과 이면을 포착, 식민주의의 맥락과 연결지어 이득을 챙기는 상업, 약탈과 부의 축적에 대한 욕망으로 교묘하게 다가와 일상생활 깊숙이 침투하고 있는 식민 현실을 포착했다. 그래서 자본의 물결에 대해 자본의 침략으로 보고 이러한 허위의식을 폭로하고 이를 비판하는 반언술을 통해 탈식민의식을 보여주었다.

또한 패러디 형식의 되받아쓰기를 통해 지배담론에 의해 성전화된 텍스트를 식민지인 입장에서 다시 쓰면서 지배담론의 음모와 허구성을 폭로하여 지배자의 언술행위에 도전하는 시적 인식을 보이고 있다. 패러디를 통해 무소불위의 힘을 발휘하는 제국주의의 자본의 힘에 대한 비판을 통해 자본의 식민통치'의 문제점을 풍자하면서 그 허물을 낱낱이 드러내고 있다.

그뿐만 아니라 고정희는 역설과 아이러니의 담론인 '전유'를 통해 지배 이데올로기를 차용하면서 궁극적으로는 지배이데올로기에 저항하는 대항담론을 보여주고 있다. 지배문화와 담론이 사용한 언어를 바꾸어서 재구성하는 '전유"는 탈식민주의가 식민주의의 '극복'을 목표로 한다는 측면에서 볼 때 급진적인 저항이라고는 볼 수 없지만 그는 다양한 탈식민주의의 다양한 전략들을 구사하여 거침없이 탈식민주의의 글쓰기의 지평을 넓혀주고 있다.

이렇듯 고정희는 현실에 대한 인식을 직접적으로 언술한다. 우리가 현재 사실의 실체를 파악하기 위해 지나치게 세부적인 사상에 집착하게 될 경우 우리는 그 실체를 파악하지 못하고 오히려 동굴 속의 허상만을 볼 뿐이다. 고정희는 세세하고 미시적인 담론을 펼치기보다는 환유적인 시적 표현을 통해 거시적인 사실담론을 이끌어내고 있다. 그래서 정신적,

물질적인 피식민 상태에 대해 깨닫게 하고 이에 저항하는 시의 세계를 보여줌으로써 고정희 시의 탈식민주의적 성격이 재확인된다고 할 수도 있다.

‖ 참고문헌

고부응 외, 『탈식민주의 이론과 쟁점』, 문학과지성사, 2009.

고정희, 『모든 사라지는 것들은 뒤에 여백을 남긴다』, 창작과비평사, 2003.

고현철, 『탈식민주의와 생태주의 시학』, 민음사. 2005.

김준오, 『한국현대시와 패러디』, 현대미학사, 1996.

______, 「한국문학의 탈식민주의 비평・연구사적 검토」, 『한국문학논총』 제30집, 한국
　　　문학회, 2002. 6.

민족문학연구소 기초학문연구단, 『탈식민의 역학』, 소명출판, 2006.

이경원, 「그들의 테크놀로지와 우리의 이데올로기−포스모던 시대의 '파농주의'」, 『비평』
　　　제3호, 비평이론학회, 2000.

피터차일즈・패트릭 윌리엄스, 김문환 역, 『탈식민주의 이론』, 문예출판사, 2004.

Bart Moore-Gilbert, 이경원 역, 『탈식민주의 저항에서 유희로』, 한길사. 2001.

Bill Ashcroft・Gareth Griffths・Hellen tiffin, 이석호 역, 『포스트콜로니얼 문학이론』,
　　　민음사, 1996.

Diane Macdonell, 임상훈 역, 『담론이란 무엇인가』, 한울, 1992.

Edward W. Said, 박홍규 역, 『오리엔탈리즘』, 교보문고, 2009.

______________, 『문화와 제국주의』, 문예출판사, 2007.

Homi K. Bhabha, 나병철 역, 『문화의 위치』, 소명출판, 2002.

McLeod, John, 박종성 외 편역, 『탈식민주의 길잡이』, 한울아카데미, 2003.

제2부 신식민성과 지역

1950년대 신문소설의 탈식민주의 담론

- 박계주 소설을 중심으로 -

장 미 영

1. 1950년대 저널리즘과 박계주

이 연구는 1950년대 한국의 대중매체가 식민 통치의 종식이라는 역사적 흐름 속에서 일제로부터 벗어난 탈식민지 시대를 맞이하여 전근대적 삶의 양식과 단절된 탈식민적 삶의 양상을 어떻게 표상하고 구성했는가를 분석한 것이다. 본고는 특히 대중소설로 분류된 박계주의 신문연재소설을 탈식민주의 시각으로 분석하여, 탈식민 시대에 시민주체가 겪어낸 근대 경험과 그 문학적 재현 양상을 살핌으로써 당대 한국 사회가 수용한 새로운 가치와 그로 인해 형성되어 가는 시민의식의 양상을 밝히는데 그 목적이 있다.

주요 분석 텍스트는 「구원의 정화」(<경향신문>, 1954. 3. 1~1954. 9. 30.), 「별아 내 가슴에」(<서울신문>, 1954. 11. 2~1955. 5. 2.), 「자나깨나」(<연합신문>, 1956. 10~1957. 4.), 「대지의 성좌」(<동아일보>, 1957. 12~1958. 10.), 「장

미와 태양」(<경향신문>, 1958. 12~1959. 9.), 등 박계주의 장편소설로, 주로 1950년대 주요 중앙 일간지에 연재했던 작품들이다.

박계주는 다작임에도 불구하고 사회적 반향이 큰 작품을 연이어 발표함으로써 대중 독자의 적극적인 호응을 이끌어낸 소위 인기 작가였다. 1938년 10월 매일신보 현상모집에 당선된 장편소설 「순애보」는 1939년 단행본으로 출간된 후 1945년까지 47판을 찍고도 여러 출판사에서 출판을 거듭하여 우리나라 출판사상 기록적인 베스트셀러 소설로 군림했다.[1] 뿐만 아니라 「순애보」(1957, 한형모 감독 김의향, 성소민, 이빈화 주연, 1968, 김수용 감독, 태현실, 윤정희, 신성일 주연)를 비롯하여 「구원의 정화」(1956, 이만흥 감독, 한은진, 윤인자 주연), 「별아 내 가슴에」(1958, 홍성기 감독, 김지미, 이민 주연), 「자나깨나」(1959, 홍성기 감독, 김동원, 김지미 주연), 「대지의 성좌」(1963, 홍성기, 박찬 감독, 김지미, 최무룡 주연) 등의 신문연재소설들은 영화화되어서도 상업적으로 큰 성공을 거두었다. 그 중 박계주 원작, 홍성기 감독의 영화 <별아 내 가슴에>는 10만 명 이상의 관객을 동원한, 당시로서는 빅 히트(big hit) 영화로 추앙받을 정도의 흥행작이었다.[2] 이처럼 꾸준히 인기를 누렸던 박계주의 대중소설작가로서의 성공은 1950년대 신문연재소설의 영향력과 대중의 관심사를 탐색하는 데 중요한 참조점이 된다.

한국 사회에서 1950년대는 신문매체가 막강한 힘을 행사하던 시기이다. 당대 신문 저널리즘은 정치권력과의 첨예한 대립으로 인해 외부의 지원 없이 스스로 생존의 활로를 모색해야 했기 때문에 다분히 상업성에 치중할 수밖에 없었다. 이러한 상황 속에서 신문사들은 신문 판매고를 늘리기 위해 독자들의 반응에 민감한 태도를 보였다. 이에 연재소설은

---

1) 신동한, 「박계주의 작품세계 : 장편 「순애보」를 중심으로」, 박계주, 『순애보』, 일신서적출판사, 1999, 406쪽.
2) 정종화, 『영화에 미친 남자』, 맑은소리, 2006, 276쪽.

신문의 독자를 확보할 수 있는 주력 상품으로 기능했다. 신문연재소설이 신문의 시장성에 큰 영향력을 발휘할 수 있었던 것이다.

이러한 분위기 속에서 박계주는 흥미성과 오락성을 지니면서도 나름의 사상성을 가진 작가로 평가되면서 대중 독자들의 열광적인 반응을 얻게 된다. 한국근대문학의 선구자로 일컬어지는 이광수가 박계주의 「순애보」를 언급하면서 '재미있는 소설, 문장이 유려한 소설은 암만이라도 있을 것이거니와 전인류의 근본문제―개인생활의, 가정생활의, 국사생활의, 세계평화의 근본문제―를 포착하려는 소설은 그리 흔한 것이 아니다. 그런데 박 군의 「순애보」는 이러한 부류의 소설의 하나다.'라고 높이 평가한 점은3) 이후 박계주 소설을 바라보는 대중 독자의 인식에도 적지 않은 영향을 미쳤을 것으로 보인다.

문학사적 측면에서 볼 때 1950년대는 그 이전 시대와 달리 본격/대중의 문학 노선이 선명하게 분할되던 시기다. 잡지 중심의 본격문학이 예술성을 앞세워, 대중성을 지향하는 신문연재소설과 거리를 두면서 소설가들도 본격문학과 대중문학 중 어느 하나의 노선을 선택하여 차별화된 글쓰기를 지향해야 했다. 특히 1955년, 문단의 원로로 예우되던 김팔봉이 서울신문으로부터 독자들의 호응이 격감되었다는 이유로 신문소설의 연재 중지를 통보받은 사건을 필두로 신문사와 문단의 관계가 소원해지자 작가들은 더욱 어느 한 방향으로 자신의 입지를 굳힐 수밖에 없었다.4) 신문소설에 대한 배제가 점차 강화되는 문단의 엄격한 흐름 속에서 박계주는 비교적 일관성 있게 신문 중심의 대중 지향적인 흥미 위주의 소설에 치우쳐 있어 본격소설보다는 대중소설작가로 구분되었다. 그 결

---

3) 신동한, 앞의 책, 407-408쪽.
4) 이봉범, 「1950년대 신문저널리즘과 문학」, 반교어문학회, 『반교어문연구』 29집, 2010, 261-267쪽.

과 신문과 영화를 통해 당대 대중문화에 엄청난 영향을 미쳤던 박계주도 냉정한 문단의 벽을 넘지 못한 채 지금까지 한국문단으로부터 이렇다 할 주목을 이끌어내지 못하고 있다.

이러한 문단의 차별적 구분 짓기는 박계주 소설에 대한 학계의 무관심으로 이어졌다. 대중문학을 폄하하는 문단과 대중문학에 대해 부정적인 학계의 시선은 결과적으로 박계주 소설 연구에 장애 요인으로 작용하여 박계주는 본격문학연구의 시야에서 멀리 떨어져 있게 되었다. 그간 박계주 소설 연구는 「순애보」 한 작품에 집중되는 경향을 보이거나 기독교문학 또는 이민문학으로서 언급되는 정도에 그치고 있다. 상당히 많은 인기 작품으로 막강한 대중적 영향력을 과시했던 박계주의 의욕적인 작가 활동에 비해 박계주에 대한 연구는 상대적으로 현저하게 빈약할 뿐만 아니라 긍정적인 측면보다 부정적인 측면이 부각되는 경우가 더 많았다.

박계주 소설의 대중성을 단순히 '저급한' 대중소설 차원이 아니라 '시의성 높은' 신문소설이라는 관점으로 전이시켜 바라본다면 필연적으로 그 외연에 존재하는 '대중'과 역사적 의미의 '현재성' 또는 사회적 의미의 '시사성'과의 긴밀한 연계 속에서 박계주의 대중적 소통 방식이 예민하게 드러날 수 있다. 이는 1950년대에 접어들어 쇄신에 주력하고 새롭게 채택할 수밖에 없었던 신문연재소설의 대중성 확보 전략을 밝히는 한편 대중의 역사적, 정치적, 심리적, 이데올로기적, 문화적 상황까지 분석하는 의미 있는 작업이 될 것이다. 나아가 이러한 독해는 박계주 소설에서 압도적 위치를 점유하고 있는 기독교적 어법의 의미와 그 밀도 또한 섬세하게 이해할 수 있는 안목을 제공함으로써 당대의 대중과 대중소설이 지향했던 사상사적 이념태를 새롭게 조망하는 관점이 될 것이다.

2. 집합기억의 구성과 탈식민성

신문은 그 속성상 당대의 차원에서 시급하게 인식되는 문제나, 유행, 정책 등 시의성 높은 정보를 가장 빨리 제공하는 매체이기에 그에 실리는 신문연재소설 또한 단행본이나 잡지 등 다른 형태의 매체를 통해 발표되는 소설에 비해 현재성과 시사성이 더 높을 수밖에 없다. 신문이 불특정 다수라는 온갖 계층을 독자대상으로 설정하고 있는 만큼, 신문연재소설도 매우 넓은 범위의 사회계층 사람들을 아우르는 당대의 평균적인 욕구와 동질적인 눈높이에 맞춰 누구에게나 친숙한 공식적인 상징과 전형적인 신화를 긍정적으로 수용하지 않을 수 없다.

박계주가 왕성하게 활동했던 1950년대 한국사회는 일제의 식민지 상태에서 벗어나 정치·경제적인 예속에서 탈피했으면서도 뜻밖에 동족간의 전쟁으로 인한 끔찍한 폭력 속에서 죽음과 이별, 생사불명의 아픔이 개개인에게 생생한 심리적 충격으로 기억되는 한편 경제적 궁핍과 정치적 혼란으로 피폐해진 삶의 극복을 위해 사회 통합에 대한 갈망이 그 어느 때보다 팽배했던 시기라 할 수 있다. 박계주의 신문연재소설은 이러한 대중의 아픔과 갈망에 부합하는 유사한 역사적 사건을 소재화하여 집합기억을 구성하는 장치로 활용하고 있다.

'집합기억(collective memory)'이란 프랑스의 사회학자 에밀 뒤르케임(Émile Durkheim)으로부터 시작되어 1925년 기억사회학을 주장한 프랑스의 사회심리학자 모리스 알박스(Maurice Halbwachs)에 의해 구체화된 개념으로, 개인의 기억에 앞선 또는 개인의 기억에 영향을 미치는 집단의 기억이 각종 집단의 정체성을 구성하고 유지하는 상징적 기초로 작동하는 기제이다. 알박스(Maurice Halbwachs)에 따르면, 기억이란 사회적으로 구성되는 것이라 집단의 성격에 따라 다양할 수 있는데, 집합기억은 한정된 시간과 공간에 있는 집단의 지원을 받으며 현재의 관점이나 필요에 따라 과거를 선택적으로 지각하고 재구성하는 적극적이고 구성적인 과정인 동시에 과거를 계속해서 수정하고 재서술하는 현재의 활동으로도 이해할 수 있는 개념이다. 따라서 집합기억은 영원한 진화 과정에 있고, 조작되거나 전유되기 쉬우며, 잠잠하다가 주기적으로 되살아날 수 있다.[5]

　박계주는, 조선이라는 국가가 국가로서의 역할을 제대로 하지 못하고 정치적으로 혼란했던 1860년대의 구한말 사회(「구원의 정화」)나 국가가 부재했던 일제 강점기(「대지의 성좌」)를 비롯하여, 국가는 있었지만 분단국가라는 불완전한 국가 형태로 미국과 소련에 의해 분할 점령된 6·25 전란 직후(「자나깨나」, 「별아 내 가슴에」) 또는 미군정에 의한 단독 지배 하의 이승만 정권 말기(「장미와 태양」) 등 시간적으로 그리 멀지 않은 시대를 작품의 배경으로 끌어들여 운명공동체로서의 민족을 부각시키고 있다. 박계주 소설에서 다뤄지고 있는 시대는 이미 대중에게 민족의 공통된 기억으로 각인되어 있는 국가의 위기 상황이었던 바, 이러한 시대적 배경은 민족 차원의 총체적 난국이라는 상황의 동질성으로 말미암아 공동의 역사를 공유하고 있다는 정체성 의식을 구축함으로써 집합기억을 환기시키는 역할을 한다. 박계주 소설에서 민족은 국가의 공백을 채워주는 실체이자 공동운명체라는 신화로 작용하고 있는 것이다.

　박계주 소설의 등장인물들이 대체로 개인과 사회와의 경계가 분명하지 않은 점도 같은 맥락으로 볼 수 있다. 등장인물의 자전적 기억 내지 개인적 기억은 인간 본연의 내밀한 사적 기억이 아니라 역사적 기억 또는 사회적 기억과 긴밀하게 연결되어 있다. 「구원의 정화」는 구한말 기독교

---

5) 이동후, 「국가주의 집합기억의 재생산」, 『언론과사회』 11권2호, 커뮤니케이션북스, 2003, 74쪽.

박해사건과 연결되고 「별아 내 가슴에」와 「자나깨나」는 6·25 전란과 「대지의 성좌」는 항일독립군과 「장미와 태양」은 자유당의 몰락과 직접적으로 관련되어 있다.

  세기로 치면 십육 세기 전반기에 속하는 그 시절에 이미 조선인의 그리스도교 신자가 있었다는 말이나 또는 저 멀리 이태리 '로오마'로 유학을 간 소년이었었다는 말을 듣는 아심은 놀라지 않을 수 없었다. 그에게 있어서는 실로 처음 듣는 새로운 지식이었으며 너무도 좁은 세계에서 시야를 좁혀서 살았던 것이 부끄럽기도 했다. (「구원의 정화」)6)

  이미혜는 지금 K여자대학 음악과에 다니는 학생이다. 그는 1950년 겨울에 연합군이 북한에서 철수작전을 할 때 갖은 고생과 모험을 하며 월남해 왔던 것이다. 이미혜가 그 때를 회상하여 쓴 수기에는 이러한 구절이 있었다.
  (…중략…)
  흥남항을 둘러 싼 UN군의 함대는 전 포문을 열어서 죽음의 도시 함흥과 흥남에 철우(鐵雨)를 퍼 붓고 있었다. 이미 함흥 일각에 돌입한 중공군의 소총소리와 기관총 소리는 우리 귀에도 들려 왔던 것이다.
(「별아 내 가슴에」)7)

  괴롭고 불안하고 지루하던 날과 날은 그런대로 흘러가서 구월 십오일에는 그렇게 고대하던 연합군이 인천에 상륙했으며 다시 그달 이십팔일에는 수도 서울이 완전히 탈환되었다.
  인천에 연합군이 상륙되던 때에도 그리고 서울이 공산군 수중에서 완전히 수복되던 때에도 서명환과 영희는 서로 끌어안으며 만세를 부르는가 하면 감격과 축복의 키스를 하곤 하였다. (「자나깨나」)8)

  그들은 그 뒤부터 자주 만나게 되었으며 드디어는 열렬한 사랑에 빠지게 되었다. 그런데 당시 백산과 함께 민족을 위한 지하운동에 가담했던 학생들은 백산의 연애를 찬성하지 않았다. 민족적 감정에서도 그러했거니와 자기

---

6) 박계주, 『구원의 정화』, 조광출판사, 1982, 215-216쪽.
7) 박계주, 『별아 내 가슴에』, 조광출판사, 1982, 15쪽.
8) 박계주, 『자나깨나』, 삼영출판사, 1975, 130쪽.

들의 지하운동의비밀이 누설될 것을 꺼려했기 때문에 더욱 그들의 연애를
반대하게 되었던 것이다. 그랬건만 백산은 동지들의 반대에 미동도 하지 않
았다. 사랑은 언어나 풍습이나 피부의 색깔에 구애하지 않고 도리어 그것을
초월한다고 믿었기 때문이다. 그리고 자기의 애인 이께다 요시꼬를 누구보
다도 믿었기 때문이었다. (「대지의 성좌」)[9]

　　부산 정치파동사건, 중석불사건, 국민방위군사건, 거창사건, 사사오입의
개헌파동사건, 2·3파동사건, 불온문서 투입사건, 허다한 정치적 암살사건
이러한 정치적인 불법사건도 이루 매거하기 어려울 정도이지만 말단 행정
의 각가지의 비행은 과거 이승만 정권의 십여 년간 신문 지상을 꽉 채워 놓
지 않았던가. 젊은 세대는 이것을 그냥 보고만 있어야 할 것인가. 국민은
가정과 처자를 생각하기 때문에 봉기 못한다 하더라도 피 끓는 우리 젊은
사람들은 죽어 대령만 하며 그 썩은 정치를 보고만 있을 것인가.
　　낡고 썩은 구시대는 물러가라. 시대는 바야흐로 젊은이의 것이다. 이러한
생각은 비단 이영식이만 갖게 된 것은 아니다. 날로 부패의 극을 걸어가는
이 정권을 바라보는 이 나라의 젊은이들은 모두 개탄하며 속으로 울부짖고
있었던 것이다. (「장미와 태양」)[10]

　인용문에서 드러나는 바와 같이 박계주 소설에서 개인의 자전적 기억
은 역사적·사회적 사건을 심미적으로 구체화하고 고양시키는 기능으로
작용한다. 그 안에는 어려운 시간대를 함께 거쳐 왔고 지금도 여전히 함
께 고난을 겪고 있다는 사실을 기념하는 의미가 담겨 있다. 이러한 역사
적 기억이나 사회적 기억은 정체성의 측면에서 바라보았을 때 같은 역사
와 과거를 지니고 있다는 믿음에 의해 동질감을 느끼게 한다.
　역사의 현재성 덕분에 과거에 일어났던 역사적 사건을 선택하고 해석
하는 기준은 시대에 따라 변화하는 동시에 사건의 객관적 진실성 또한
그 사건을 바라보는 현재적 입장에서 항상 새롭게 방향 지워질 수 있다.

---

9) 박계주, 『대지의 성좌』, 삼영출판사, 1975, 35쪽.
10) 박계주, 『장미와 태양』, 조광출판사, 1982, 367쪽.

박계주 소설에서 주요 배경으로 자주 등장하는 간도와 만주는 6·25전쟁 못지않은 이별과 죽음, 생사불명의 아픔을 야기했던 역사적 공간이다. 압록강과 두만강 북쪽에 위치한 중국 길림성 동남부 지역의 간도 공간은 한인 이주농민들이 새로운 삶의 터전으로 개척하기 시작한 민족적 차원의 디아스포라 땅이었다. 게다가 중국의 동북 3성, 즉 요령성, 길림성, 흑룡강성으로 구성된 만주는 민족 이산뿐만 아니라 독립투사들이 조국 광복을 위해 실천적 운동을 펼치던 대(對)일본 항쟁 공간이다. 박계주 소설에 등장하는 간도와 만주는 강력한 민족주의적 정서에 토대를 둔 '이산, 정착, 유리(遊離), 탈출, 방황으로 점철된 역사적, 현재적 장소'11)의 상징 공간으로 의미화 되고 있는 것이다.

> 1920년의 가을도 저물어가서 바야흐로 엄동이 닥쳐오려는 10월 하순이었다. 우리 이민 동포들의 온갖 슬프고 즐거웠던 낭만을 싣고 흐르는 해란강의 근원을 찾아 동북단으로 뻗은 대장백 산맥의 어구에 이르면 수성촌이라는 한촌이 있다.
> 다른 많은 개척이민 촌이나 마찬가지로 이 마을에도 중국인의 집은 한 채도 없었다. 사오십 리만 더 들어가면 지구가 생긴 이래 아직 인류의 침략이라고는 받아 보지 못한 듯한 처녀림의 대해가 끝없이 물결쳐 있고 고국 땅이 그리 멀지 않건만 무슨 유형지인양 몹시 고독했고 슬펐다.
> 그러나 조국을 동경하며 한숨짓는 향수와 함께 여기 화전지대에는 조국에서 맛보지 못하는 즐거움이 있었으니 그것은 '자유'였다.
> 침략자의 '게다' 소리와 왜 나으리들의 칼소리도 들리지 않았거니와 중국인의 관청도 없었다. 같은 민족끼리 반목하고 분열하고 속이고 모함하는 그러한 교지 대신에 소박한 우애와 담담한 동정과 뭉치는 피만이 있었다. 토지도 내 맘만 흘려 넣으면 내 땅이 되었고 나무도 내 힘만 들여 자르면 내 것이 되었으니 거기에 착취나 특권계급이 있을 수도 없었다. 거기에 신의와 우애와 상부상조가 법이 돼 있을 뿐이었다. 태극기는 바람에 너풀거렸으며 유명 무명의 망명객들로부터 애국연설을 듣는 아이들의 입에서는

---

11) 김경일 외, 『동아시아의 민족이산과 도시』, 역사비평사, 2004, 17쪽.

> 동해물과 백두산이 마르고 닳도록……
>
> 그러한 노래가 마음대로 불리어졌다. (「대지의 성좌」)[12]

인용문에서 작가는 간도와 만주를 통해 민족의 역사적 수난사를 기술한다. 즉 간도와 만주가 민족적 상흔을 환기시키는 공간으로 의미화 되고 있는 것이다. 이러한 상흔은 애국심을 이끌어내는 동인이 되기 때문에 국민 내지 민족을 통합하는 주요 기제로 작용한다. 「대지의 성좌」에서 언급되는 바, '유명 무명의 망명객들로부터 애국연설을 듣는 아이들의 입에서 애국가'가 흘러나오는 장면은 국가 또는 민족이 이러한 상흔에 의해 기독교의 신(神)에 준하는 성상(聖像)의 대리물로 발전하고 있음을 보여준다.

이처럼 박계주는 과거의 기념비적 사건을 통해 그 사건이 후세에도 민족적 기억으로 남을 것이라는 암시를 바탕에 깔고 민족적 기억의 미래 지향적 측면을 표현해 내는데 주력한 작가다. 이는 연재가 끝나자마자 곧장 출간되었던 신문연재소설의 단행본 서문을 통해서도 확인할 수 있다.

> 「구원의 정화」는 일정시대인 태평양전쟁 중에 구상했던 것이다. 그러나 그때 왜정은 기독교에 대하여 야만적인 탄압을 하던 때요, 작가에게 대해서는 역사소설을 못 쓰게 하던 때여서 집필한다는 일에 생심도 내지 못했다가 이번 기회에 경향신문 지상에 만 7개월 동안 연재했었다.
>
> (…중략…)
>
> 나도 이조말엽인 1860년대의 정치와 사회상을 배경하여 등장인물과 무대의 방원을 자유자재로 늘이기도 했고 줄이기도 했다. (「구원의 정화」)[13]

---

12) 박계주, 『대지의 성좌』, 삼영출판사, 1975, 9-10쪽.
13) 박계주, 『구원의 정화』, 조광출판사, 1982, 서문.

「별아 내 가슴에」는 1954년 서울신문에 연재되어 시중의 화제가 되었으며 1958년에는 영화화되어 팬들의 인기를 모았던 작품이다.

이 작품 역시 박계주 선생의 처녀작이며 대표작이라고 할 수 있는 「순애보」와 또 한국독립군사라고도 할 장편소설 「대지의 성좌」와 더불어 길이 독자들에게 아낌을 받을 작품이라 아니 할 수 없다.

그리고 6·25의 전란을 겪고 난 어지러운 세태에서 순박하다고 할까, 이 작품 속의 주인공인 소설가 현암을 둘러 싼 순애의 여인들은 제목이 말해주듯 애모하는 사람은 하늘의 수많은 별과 같이 내 가슴에 간직해야만 하는 안타까운 사랑의 이야기라고 하겠다. (「별아 내 가슴에」)[14]

6·25전란 직후의 어지러운 사회 속에, 무서운 암의 요소가 득실거리는 가운데 자신의 영화와 안일을 버리고 오직 사랑을 그들에게 안겨주는 주인공의 정신을 우리는 본받아야 할 것으로 본다.

친구의 애인을 빼앗고 그 아내를 죽음에 이르게 한 한 인간과, 연인을 잃고서도 그 원수의 아들을 맡아 기르는 숭고한 사랑의 정신-결국 사랑은 인간을 감화시키며 어떠한 고역에도 굴하지 않고 승리한다는 것을 저자 박계주 선생은 말하고 있다. (「자나깨나」)[15]

나는 이 소설을 제3부까지 구상했으며, 동아일보사와도 3부까지만 연재키로 하여 그 약속대로 3부까지 발표했다. 그러나 해외에서의 독립운동은 그것에서만 그친 것이 아니기 때문에 일본의 괴뢰 만주국이 서던 때까지를 제4부로, 중만우리 광복군들이 해방을 맞던 때까지를 제5부로 하면 해외에서의 독립운동은 종결을 보게 되는데, 나는 지금 제4부, 5부를 구상 중이며, 그것이 발표될 날이 있기를 독자와 약속한다.

이 소설에 나오는 중국지명의 발음은 모두 우리 한국인들의 발음을 그대로 사용하기로 했다. (…중략…) 이것도 후세에 어떤 참고자료가 될 것 같다.

끝으로 이 소설을 쓸 때 틀리는 데가 없기 위해서 막대한 분량의 글(북간도 독립운동사)을 친히 써서 주신 당시의 독립투사 정재만 목사께와 시베리아의 사적을 자세히 써 주신 이지택 선생, 그리고 구두로 자료를 제공해 주신 북간도 국민회 부회장 서상용, 동창무 최윤주, 북노군정서의 군인 여종율, 신흥군관학교의 교관 오광선, 홍범도 장군의 부하 모씨, 홍업단의 간부

---

14) 박계주, 『별아 내 가슴에』, 조광출판사, 1982, 서문.
15) 박계주, 『자나깨나』, 삼영출판사, 1975, 서문.

이현익, 북극에 다녀온 임산(본명 임의택), 그리고 간도수도인 용정의 당시 사정을 말해 주신 정사무 제 선생께 심심한 사의를 표하는 바이다.

(「대지의 성좌」)16)

　1959년 평화신문에 연재되었던 장편소설 「장미와 태양」은 저자의 생존(生存)에 마지막으로 남긴 장편소설이라 할 수 있다.
　(…중략…)
　작품 「장미와 태양」은 4.19 학생의거로 이승만 정권이 무너지던 때를 무대로 그 직후에 집필 된 것이다. 때문에 당시의 젊은 대학생들의 심중을 대변하고 있으며 자유당 간부인 아버지의 썩은 정신과는 달리 혁신적인 사상과 아울러 뜨거운 정열에 넘치는 삶을 진지하게 보여주고 있다.

(「장미와 태양」)17)

　위 인용문에 제시된 각 단행본의 서문에서 살필 수 있는 바, 결과적으로 박계주 소설은 상상의 공동체인 국가·민족 신화에 편승하여 적극적으로 집합기억을 구성해 냄으로써 파편화된 대중들의 사고를 공동체적 사고로 전환시키려는 탈식민적 민족주의 열망을 전달하고 있다. 이런 식의 민족주의적 사고는 곧 일제 식민지배의 종식과 함께 표출된 식민 유산의 청산과 함께 새로운 독립 국가 건설을 위한 의식 개선 의지를 낳으면서 필연적으로 계몽적이고 선도적인 선구자적 애국자 의식으로 사회적 정당성을 확보할 수 있었다. 이는 해방 이후부터 지속되어온 반일정서의 맥락에서 일제시기 반식민주의 행동이 진정한 애국자의 증거로 인정되었던 당대의 사회적 분위기 속에서 박계주의 신문연재소설에 대한 대중적 관심을 확보하는 데 유리하게 작용했을 것으로 판단된다.

---

16) 박계주, 『대지의 성좌』, 삼영출판사, 1975, 서문.
17) 박계주, 『장미와 태양』, 조광출판사, 1982, 서문.

3. 심판과 송덕을 통한 탈식민적 민족주의

박계주 문학의 대중소설로서의 강점은 대중소설의 클리셰(Cliché)라 일컬어지는 선악의 이분법적 구도나 삼각관계의 연애 구도 또는 '비에 젖은 여인의 몸'과 같은 상투적인 수사를 반복적으로 사용한다는 점이다. 이로써 박계주의 소설은 대중 독자의 예측 가능한 세속적 기대를 배반하지 않는 익숙한 구성을 취하고 있다.

선악 구도에서 악의 범주에 속하는 인물은 당시 어느 정도 사회적 합의가 이루어진 구한말의 탐관오리(「구원의 정화」), 자유당 정권의 국회의원(「장미와 태양」), 일제 침략자(「대지의 성좌」), 아프레게르 여인(「별아 내 가슴에」), 타락한 사업가(「별아 내 가슴에」), 공산당, 국무위원, 국회의원, 낭녀(狼女)(「자나깨나」) 등이다. 이들은 주로 자기중심적인 이기적인 탐욕으로 상대방의 의기(義氣)와 신념을 짓밟는다. 이때의 '의기'나 '신념'은 사적인 입신출세를 위한 것이 아니라 그 방법이 어떠했든 간에 '민족을 위한'이라는 대의명분을 내세운 공적인 것이었다. 이로써 부정적인 인물들은 국민 또는 민족의 통합을 저해하는 사람들로 묘사되고 긍정적인 인물들은 공적으로 명망 높은 대의명분에 대해 내적인 일관성을 견지하는 사람들로 그려진다.

> 오늘 밤 이조판서 진우식 대감 댁 사랑에 모인 고관대작들은 모두 '지당제상(至當帝相)이란 별명들을 가진 무골충 패들이었다. 임금의 발언이면 백성의 경우는 조금도 염두에 두지 않고 자기들의 지위와 영달의 명백을 더 연장 시킬 양으로,
> "네에, 지당한 말씀이온가 아뢰나이다."
> 하여 무조건 복종에 훈 인등인 패들인 것이다.
> 게다가 매삭 받는 국녹으로는 일가친척은커녕 자기 권속들조차 먹이기에도 급급하련만 곡간마다 양곡과 필목이 가득 차 있었고 장 속에는 금은보화 그리고 산해진미는 상에서 떨어질 날이 없었다. 이렇듯 뇌물을 걷어 들

이기에 능수능난한 그들은 임금을 좌지우지 하듯 하는 임금의 외척들에게
아첨 아부하기에도 능수능난했던 것이다.

 하기야 그들이 누구보다도 제일 높은 학식을 가졌던 것도 아니요 누구보
다도 왕성한 애국심이나 백성을 긍휼히 여기는 자애심을 가졌던 것도 아니
며 따라서 누구보다도 탁월한 정치적 식견이나 행정적 수완을 가졌던 것도
아니언만 자기들 역시 뇌물과 아첨으로 얻은 지위와 영달이고 보니 제 버릇
개에게 주랴는 격으로 자기보다 낮은 벼슬아치들에게서와 백성들에게서 일
찍이 자기가 임금의 외척들에게 바쳤던 뇌물과 아첨을 수십배하여 강요하곤
했던 것이다. (「구원의 정화」)[18]

 딸의 육체의 신록(新綠)이 부럽다기보다도 심술이 났다. 한 남편의 성실
한 아내였을 때는 딸이 자라는 것이 그저 기뻤고 날로 용모가 피어나며 예
뻐지는 것이 즐겁기만 하더니 남편이 납치당한 뒤에 유한마담들과 어울려
돌아가며 바람을 피우기 시작하면서 부터는 그의 딸의 젊음과 그 미(美)에
마저 질투를 가져야만 하는 자신을 의식하려 들지는 않았다.
(「별아 내 가슴에」)[19]

 금례를 놓치게 되는 경우가 있을 지도 모른다는 우려 밑에서 늙은 낭녀
(狼女)는 금례에게,
 “너 돈 가진 것 있으면 내게 맡겨라. 시골과 달라서 여기선 쥐도 새도 모
르게 잃는 수가 많단다.”
 하여 금례 수중에 돈 한 푼 없게 만들어 놓았다. 이쯤 되면 금례는 여관
에도 갈 수 없고 고향에도 돌아갈 수 없으리라고 여겨 노파는 마음을 놓을
수 있었던 것이다. (「자나깨나」)[20]

 소위 일국의 국회의원이라는 사람들이 더구나 행정부만이 아니라 사법부
까지 쥐고 흔드는 권력당의 간부라는 사람들이 백성들을 위해서 걱정하는
일은 손톱만큼도 없고 자기들의 권력의 연장과 어떻게 하면 일인독재자의
훌륭한 수족이 되어 백퍼센트의 영달을 누릴 것인가를 꿈꾸며 모의하고 있
다는 것은 이 나라의 장래를 위해서 통탄할 일이 아닐 수 없다.
(「장미와 태양」)[21]

---

18) 박계주, 『구원의 정화』, 조광출판사, 1982, 13-14쪽.
19) 박계주, 『별아 내 가슴에』, 조광출판사, 1982, 116-117쪽.
20) 박계주, 『자나깨나』, 삼영출판사, 1975, 85-86쪽.

인용문에서 살펴볼 수 있는 바와 같이, 부정적으로 평가되는 인물들은 일제 침략자들처럼 민족 소멸의 위기감을 느끼게 하는 부류 외에도 부패한 정치가, 타락한 유한마담, 집장촌의 창녀들처럼 민족공동체의 차원에서 미래에의 전망을 저해 또는 유보시킬 가능성이 높은 사람들이다. 이들에 대한 경멸에 가까운 묘사는 신이 인간의 죄를 심판하듯 비교적 분명하게 직접적인 서술로 이들의 비행을 비난함으로써 단죄하는 태도로 나타난다. 이는 민족의 고통에 대한 울분을 부패한 지배 세력과 도덕적·윤리적으로 타락한 사람들에 대한 원망(怨望)으로 투사함으로써 파편화된 민심의 방향을 정향시키도록 만든다. 이들을 단죄하는 레토릭은 표면적으로 민족의 단결을 위협하는 세력에 대한 거부의 몸짓을 취하는 동시에 그 이면에 이들로 인해 야기되는 사회적 혼란을 다스릴 수 있는 정치적 약진에 대한 소망을 담아낸다.

한편 이들과 대척적인 위치에 있는 선(善)의 범주에 속하는 인물들은 주로 계급과 성별의 구분을 넘어 동포라는 테두리 내에서 상대방의 입장과 처지에 공감할 수 있는 사람들이다. 악의 범주에 속하는 사람들이 대체로 인간 본연의 본능적인 한 개체로서의 자기 보존 욕망에 충실하다면 상대적으로 선의 범주에 속하는 사람들은 고통 받는 민족을 조감(鳥瞰)하고 기독교적 사랑과 이를 통한 구원을 문제 해결의 해법으로 제시하는 인물들이다.

이들이 지향하는 이상향은 민족의 범위를 넘어서지 못하는 편협성을 지니지만 국경을 넘어 다른 나라 땅에 산재한 조선인들까지 민족의 범위에서 배제하지 않는 포용성을 띤다. 간도, 만주, 시베리아까지 확장된 이들의 범영토적 공동체 의식은 탈영토적 존재들을 개별적인 별개의 개체

---

21) 박계주, 『장미와 태양』, 조광출판사, 1982, 66쪽.

로 취급하지 않아야 한다는 논리를 정당화한다.

> 　그의 짐 속에서 남만 <서간도>에 산재한 각 독립단의 체계와 부서와 그 부서의 중요인물들의 명단 및 이력을 기록한 문서가 발견된 것이다. 이것은 인텔리인 왕표가 만주에서 투쟁하는 우리 독립운동을 기록으로 남기려는 사람이 있는 것 같지 않아 그것에 유의하여 재남만 한인 독립운동사만이라도 쓰려고 재료를 수집하여 두었던 것이다.[22]

> 　그날 백산은 왕표가 떠나기 전에 자기의 여생이 얼마 길지 않을 것을 깨달았음인지 이러한 말을 왕표에게 조용히 들려 주고 있었다. 사실은 순이에게 들으라는 이야기이기도 했다.
> 　"나는 말년에 한 가지의 일을 하려고 했네. 한국독립운동사―적어도 만주와 시베리아에서의 한인 독립사만이라도 기록으로 남겨 둘 의무를 느껴 왔었네."[23]

　인용문에 나타나는 이러한 공동체 의식은 도피, 망명, 이민, 추방 등의 형태로 조선이라는 영토 밖에 산재해 있는 이주민들 또한 마땅히 민족의 수난사에 포섭되어야 한다는 견해를 강하게 내비치는 것이다. 이로써 오랫동안 배제되고 망각된 한인 디아스포라의 존재가 환기되면서 그간 이들이 수행한 활동들―이상촌 건설, 실력양성 운동, 학교 설립, 항일 투쟁, 독립운동 등이 송덕의 대상으로 부상한다. 특히 「대지의 성좌」에서 직접적으로 언급되는 바, '재남만 한인 독립운동사' 또는 '한국독립운동사' 내지 '북간도 한인독립운동사'의 필요성을 운운하는 내포작가의 목소리는 탈영토적 한인 네트워크를 염두에 둔 민족 공동체론을 파생시키는 한편 송덕의 형식을 구체화시키려는 의지의 재현인 셈이다. 「대지의 성좌」 서문은 이러한 박계주의 의지를 직접적으로 입증한다.

---

22) 박계주, 『대지의 성좌』, 삼영출판사, 1975, 116쪽.
23) 박계주, 『대지의 성좌』, 앞의 책, 312-313쪽.

「대지의 성좌」는 1957년 11월부터 시작하여 근 1년간 동아일보에 연재
하였다. 지금까지의 나의 소설 중에서는 가장 긴 소설이다. 신문 예고문에
서도 말했거니와 대지라 함은 만주와 시베리아 일대의 광활한 지역을 가리
킴이며 성좌라 함은 그 넓은 대지를 전전하면서 조국의 독립을 위해 참담
한 고초를 겪던 수많은 망명객, 순국열사, 젊은 독립군들과 그들의 뒷받침
이 되어 주었던 이민동포들을 가리킴이다.
　　나는 이 소설을 씀에 있어서 구할 수 있는 사료는 물론 당시의 각 독립
군 단체에서 활약하던 고령의 생존자들을 일일이 찾아 가장 정확한 사실에
입각하여 집필하였다. 그렇게 이 소설은 사실에 충실했던 탓으로 반은 기록
문학에 속한다고 하겠다. 그러나 될 수 있는 한, 기록적인 것을 피하기 위
해서 독립군단체들의 딱딱한 연혁들이 나올 때는 최소한으로 압축시키기에
무진 애를 썼다.[24]

서문(序文)을 통해 직접 언급되는 박계주의 이상적 민족공동체의 형상
은 국가 차원의 보호 없이 본국 또는 타국의 영토에서 열악한 삶을 꾸려
왔던 조선인들을 예우하고 국권을 상실한 상태에서 국가를 구상하고 민
족을 지키려 했던 민족주의자들의 치적을 기록화 함으로써 이미 목숨을
잃은 망자까지 그 영혼을 구제하는 것이다. 기록에 의한 송덕(頌德)은 민
족을 위해 죽은 자들을 추모하는 정도에서 더 나아가 후세의 추모, 즉
민족 차원의 미래 후손들로부터까지 칭송을 유도해내려는 적극적인 추모
라 할 수 있다. 이로써 박계주는 원래 지배자들의 특권이었던 명예를 이
름 없는 민족적 영웅에게 전이시켜 그들의 행위를 표창할 수 있도록 명
분을 제공해주는 송덕의 관리자 역할을 자처하고 나선 셈이다.

박계주 소설에서 빈번히 등장하는 '수혈' 모티프 또한 이런 맥락에서
의미심장하다. 수혈은 다른 사람에게 자신의 혈액을 나누어주거나 반대
로 다른 사람의 혈액을 주입하여 보충하는 것이다. 작중에서 '수혈'은 주
로 다른 사람에게 자신의 혈액을 나누어주는 행위로 묘사되고 있는데,

---

24) 박계주, 『대지의 성좌』, 앞의 책, 서문.

서사의 반전을 이끌어내는 기폭제 역할, 즉 사적인 삶을 지향하던 인물들이 당대 사회가 바랐음직한 이상적 공동체 건설의 일꾼으로 변신하게 하는 결정적 터닝 포인트로 작용한다. 이는 '수혈'이 사회진화론의 관점에서 민족 공동체주의를 자각한 지식인의 자발성과 신념의 실천성을 표상하는 상징적 이미지로 의미 부여되고 있음을 시사한다. 결국 '수혈'은 민족공동체주의를 종교적 이상주의에 접목시켜 그 의미와 가치를 격상시키는 표지가 되고 있다.

이와 같이 박계주가 제출한 기독교 편향의 민족주의 내지 민족 공동체주의는 종교적 색채가 강해지면서 낭만성을 띠게 된다. 박계주 소설이 드러내고 있는 이러한 낭만성은 전후의 피폐한 정신적 궁핍을 보상하고 위무함으로써 개별화되고 파편화된 시민들을 국가 또는 민족이라는 거대 집단으로 포섭하면서 도덕적으로 결속시키는 역할을 했을 것으로 보인다. 이는 박계주 소설에 대한 대중 독자의 열광으로 짐작할 수 있는 바, 박계주 소설이 1950년대 당시 개별화된 국민들에게 응집과 단결의 계기를 제공했던 것이다.

4. 옥시덴탈리즘과 신식민성

박계주 소설은 민족의 지도자 내지 지사(志士)들을 송덕하는 데 바쳐졌다고 해도 과언이 아닐 것이다. 박계주가 긍정적으로 형상화한 민족의 지도자는, 고통스럽거나 극복하기 쉽지 않은, 지난(至難)한 민족의 현재 시간을 미래를 위해 참고 견디는 인내의 시간으로 이끈 사람들이다. 이들의 실천성은 직접적으로는 조선인 집단의 생존을 위한 것이었지만 궁극

적으로는 그 이전시대부터 제기되어왔던 민족적 실력양성 운동의 연장선
상에 놓이는 것이기도 하다. 그런데 박계주는 이전 시대에 큰 반향을 일
으켰던 도산 안창호 식의 무실역행을 계승하고 있다기보다 성서에 입각
한 기독교 교리를 실천 원리의 근거로 내세운다는 점에서 안창호의 민족
주의적 신념과는 차이가 있는 옥시덴탈리즘의 성향을 보인다.

박계주는 거의 모든 작품에 기독교 신앙을 내면화한 순교자 형상의 인
물을 배치함으로써 민족주의적 발상이 갖는 배타성을 극복하고 세계주의
이자 보편주의(cosmopolitanism)로 명명할 수 있는 인류 진보적 차원의 이상
주의를 내보인다.

> 1951년 6월 어느 날, 한국에 처음 오게 된 '워-드·크렌즈' 2등 상사(上
> 士)는 그의 부대와 함께 서울역을 통과하게 되었다. 어떤 아이들은 기어 나
> 와서 그들의 앙상한 손을 내밀었다. 군인들은 주머니와 보따리를 함부로 뒤
> 져서 가지고 있는 것을 내주었다. 사탕, 과장, 껌, 샌드위치……등등의 먹다
> 남은 것들이다.
>
> (…중략…)
>
> 전선에서 싸우던 크렌즈는 한국 사람들을 도와주는 일을 맡은 'UN 한국
> 민사 원호처'(UNCACK)에 전속되어 서울로 돌아오게 되었을 때 그의 기쁨
> 은 말로 다 할 수 없었다. (「별아 내 가슴에」)[25]
>
> 중국 여관에서 한잠 자고난 왕표는 오후 두 시 경에 요정 거리에 나갔다
> 가 '영국덕이'에 있는 서양 선교사를 찾게 되었다.
>
> 속칭 '영국덕이'라는 곳은 용정 시내 동쪽 산에 선교사들의 사택인 양관
> 들과 병원이 있는 곳으로 이곳 구내는 일종의 조차지(租借地)와 같아서 일
> 본 경찰의 출입은 못하게 돼 있었다.
>
> (…중략…)
>
> 동아일보 기자 장덕준은 간도에 오면서 선착으로 장암촌의 집단학살사건
> 부터 취재하게 되었던 것이다.

---

25) 박계주, 『별아 내 가슴에』, 조광출판사, 1982, 420-422쪽.

> "그러십시오. 나도 사진 박아 온 것이 있는데 부녀자는 물론 노인들과
> 어린아이들까지 학살했다는 것은 세계에서 그 유례를 볼 수 없는 비인도적
> 인 야만 행위이므로 나는 우리 캐나다 선교회 본부에 이 사실을 낱낱이 보
> 고할뿐더러 미국 국무성과 영국 정부에 알려 세계 여론을 일으킬 작정이
> 요."
>   (…중략…) 선교사 버-커(박걸)는 일어나서 책상 서랍에서 서류철을 꺼내
> 어 가지고 자기 자리에 되돌아와 앉으며,
>   "지금 전란으로 교통두절이 되다시피 돼 있기 때문에 광범위하게 수집할
> 수는 없고 또 지금 현재까지의 학살보다 앞으로 굉장히 많은 학살이 있을
> 것으로 짐작하고 있소."
> 하며 서류철을 펼친다. (「대지의 성좌」)[26]

인용문에서 볼 수 있는 바와 같이 박계주가 실천적으로 작품 속에 형
상화한 세계 또는 보편은 미국, 미군, 영국 선교사, 캐나다 선교회 등에
국한되어 있다. 이는 당시, 물질적 근대화를 적극적으로 추구해야 할 범
국가적 가치로 삼으면서 미국 영화에서 그려지는 미국식 라이프스타일을
'문화적'이라고 간주했던 세속적인 지배담론을 무비판적으로 수용했음을
입증하는 것이다. 같은 맥락에서 박계주의 기독교 편향의식 또한 영·미
식 가치와 신념을 지향하는 당대의 일반적인 사회 분위기에 영합한 혐의
가 짙다.

군사적, 정치적으로뿐만 아니라 경제적으로 미국의 원조에 의존하지
않을 수 없었던 전후 한국의 특수한 상황 속에서 미국 문화는 만민평등
의 민주주의와 물질적 풍요를 상징하는 것으로서 우리 민족에 있어 욕망
의 환상체였음을 부인하기 어렵다. 따라서 당시의 한국 사회는 이러한
환상에 사로잡혀 미국을 매혹적인 욕망의 대상으로 삼아 도덕적, 윤리적
측면에까지 미국을 모방하고 추수하는 현상을 보인다.

---

26) 박계주, 『대지의 성좌』, 앞의 책, 204-208쪽.

일정한 개념적 틀을 가지고서 타자를 구성해서 바라보는 것을 우리는 사물을 '표상(表象)한다'고 할 수 있다. 표상이란 일정한 개념틀로 구성된 타자로서, 그것은 타자에 대한 어떤 추상적인 '이미지'를 구성한다. 세상의 모든 사물들에는 이렇게 사람들의 눈길에 의해 형성된 이미지들이 부착되어 있다.

'동양'은 '서양'의 표상이고, '서양'은 '동양'의 표상이다. 더 정확히 말해 '서양'은 '서양'이라는 이미지를 가지고 있는 사람들의 표상이다. '서양'이라는 어떤 것이 있다고 생각하는 사람들은 모두 '서양'의 이미지를 지니고 있는 것이다. 곧 '서양'이라는 이미지를 가지고서 어떤 지역이나 사람들, 문화를 표상하는 사람들이 있을 때, 거기에는 '서양'에 대한 표상, 즉 '서양'의 이미지가 존재한다. 이것은 '동양'도 마찬가지이다. '동양'이 표상되면 그것에 맞세워져서 '서양'이 표상되고 그 역도 마찬가지다. '동양'과 '서양' 같은 식의 대립적 규정은 언제나 동시에 성립하는 것이다.[27]

박계주 소설의 기독교 편향 의식은 이러한 서양 이미지, 즉 옥시덴탈리즘(Occidentalism)의 관점에서 재구될 필요가 있다. 작품으로 형상화된 기독교 의식이 당대 대중 독자에게 큰 저항 없이 수용되었다는 것은 미국식 삶과 그들이 믿는 종교를 인류가 반드시 지향해야 할 인류 보편적 신념처럼 절대시한 결과라 할 수 있다. 이는 미국을 구원의 신, 즉 성스러운 대상으로까지 격상시켜 유사종교적 형태로까지 바라보았던 우리 사회의 옥시덴탈리즘적 시민의식과 부합되었다는 증거이기도 하다.

박계주 소설에서 드러나는 기독교적 영향의 성격은 신앙인지 아니면 단순한 개인 차원의 신념인지 분명하게 드러나지 않은 채 모호하게 진행

---

27) 이정우, "19세기 제국주의 시선, 오리엔탈리즘", 인터넷한겨레, 2005. 1. 26.(http://www.hani.co.kr) 참조.

되다가 종국에 이르러 '민족주의' 개념으로 수렴되는 현상을 낳고 있다. 이는 기독교 교리에 대해서 어떠한 이의도 제기하지 않는 순교자 형상의 인물들을 통해서도 알 수 있는데, 이들은 기독교적 윤리 감각 위에 민족주의적 당위성에 대한 맹목적인 믿음을 덧입힘으로써 숭고미를 유발한다.

이러한 인물들을 통해 강조되는 '사랑', '봉사', '희생', '용서' 등은 기독교의 영향력을 보여주는 것이라기보다 동포라는 이름으로 행해지는 공동체적 삶의 방식에 대한 기독교식의 환유적 관념이 싹텄음을 보여준다. 박계주 소설에서 개인의 차원에서 행해지는 '사랑', '봉사', '희생', '용서' 등은 공인으로서 요구되는 옥시덴탈리즘적 인성이었던 것이다.

여기서 우리는 박계주가 꿈꾸었던 올바른 삶의 정체란 무엇인지를 확인할 수 있다. 그것은 개별 존재자로서의 자기 현존만을 인식하는 삶이 아닌, 사회적 존재로서의 당위적 목적을 달성하는 삶이었다. 그래서 박계주는 상황의 변화에 따라 세태에 적당히 타협하는 사람들이 '사랑', '봉사', '희생', '용서'가 없었기에 윤리적으로 쉽게 타락할 수 있었다고 강조한다. 따라서 이들은 사회적으로 적대 세력인 동시에 마땅히 타기해야 할 대상으로 관념화되었다.

반대로 박계주가 강조하는 '사랑', '봉사', '희생', '용서'를 통해 자기 수양을 했던 사람들은 기독교를 근간으로 하는 이국적 정조를 바탕으로 대중과 구분되는 '도덕가', '지사가' 등 민족의 지도자로 정당화할 수 있는 논리를 입증하는 관념체로 부상한다. 민족의 지도자는 인격적인 측면에서 세태의 변화나 주변 환경에 흔들리지 않는 한결같은 내재적 일관성을 견지할 수 있는 인물이어야 한다는 것이다. 여기서 우리는 6·25 이후, 혼란스러운 사회에 대해 도덕적·윤리적 질서의식을 심어주려 했던 박계주의 지도자적 민족의식을 읽어낼 수 있다.

특히 박계주가 묘사해낸 달달한 연애문화는 당시에 흔히 목격할 수 있는 생생한 체험이라기보다 주로 미국 영화를 통해 수입된 관념적인 것이었다. 박계주 소설에서 연애에 동원되는 연애자본들―즉 서구적으로 세련되고 화려한 패션으로 치장한 외모, 대학생 또는 서양 유학생 중심의 높은 학벌, 서구식 서재와 별장, 침대를 구비하고 수시로 음악회나 휴가를 즐길 수 있는 경제력, 커피나 홍차를 마시고 자연스럽게 키스를 나누는가 하면 외식과 영화를 즐기고 서구에서 들어온 각종 운동을 취미생활로 삼는 서구식 취향 등은 당시 한국에서 실제적인 것이 아니었다. 소설 속에서 평범한 것처럼 등장하는 서구식 연애문화는 한국적 리얼리티가 전혀 없는 헐리웃 영화의 모방에 지나지 않는다. 국토가 폐허로 변하고 삶터를 잃은 실향민들과 부모 잃은 고아가 넘쳐나던 전후의 상황을 고려할 때, 헐리웃 영화와 같은 여유롭고 호화로운 삶은 극소수의 상류층이 아니면 불가능한 비현실적인 풍경이었기 때문이다.

박계주 소설 속에 나타나는 연애문화는 미국문화의 차연으로 미국이라는 상징성에 기대어 관념적으로 매개되어 있었다. 1950년대의 한국 사회는 미국 영화를 비롯한 서양의 외화와 관련된 정보와 지식이 영화적 체험을 넘어서 우리가 지향해야 할 문화적 양식으로 간주되고 있었기 때문이다.[28]

차연이란 어떤 것의 대신이 되는 것이다. 당시 한국 사회에서 미국문화는 일본을 대신하는 대리보충의 기능을 했다. 대리보충이란 탈식민주의 문화 이론의 대가인 데리다가 주장한 개념으로, 부족함을 메우고 보좌함으로써 어떤 것을 대신하는 하위 심급이다. 이는 주체의 구성이 타자에 의존한다는 라캉의 이론과 데리다의 대리보충 개념을 차용하여 이

---

28) 이선미, 「'헵번 스타일', 욕망/교양의 사회, 미국영화와 신문소설」, 『현대문학의 연구』 47집, 한국문학연구학회, 2012, 226쪽.

미 분열되고 변환된 식민적 정체성은 주체의 대리보충적 본성을 가진다는 호미 바바의 주장과 같은 맥락에서 바라볼 수 있다.

대리보충이 필요하다는 것은 원래의 것에 어떤 결여가 있다는 것을 의미한다. 한국의 전통적인 민족 문화와 전통 사상은 전근대적인 것이자 폐기해야 될 봉건적인 구습으로 평가되고 있었기 때문에 결코 새로운 독립국가 건설을 이끌 수 있는 기반으로 여겨질 수 없었다. 이러한 사상적, 문화적 결핍의 시대에 미국 영화는 상상 속에서 미국을 경험하고 그 상상 경험의 연장선에서 미국 문화에 대한 선망을 불러일으켜 새로운 문화 체험에 대한 갈증을 채우는 중요한 기제로 작용한다. 미국이 일본의 대신이 되는 것, 좀 더 구체적으로 말하면 미국 영화에 의해 매개된 관념적이고 상징적인 미국 문화에 의한 대리보충이 당대 한국인의 의식을 지배하고 있었던 것이다.

작중에 묘사된 바, 미국식 연애 문화에 대한 선망은 정치, 경제, 사회, 문화적으로 미국의 헤게모니적 지배를 인정하고 이에 동화할 것을 주장하는 제국주의 담론에 다름 아니다. 당시의 사회 분위기를 고려할 때, 한국의 전통적인 민족 문화는 미국 문화와 근본적으로 동등한 가치를 지니거나 서로 교환될 수 없었다. 박계주는 신문연재소설을 통해 서구식 연애 자본, 결혼 자본에 있어 우위를 점하고 있는 사람들을 긍정적으로 묘사함으로써 미국문화를 지배문화로 인정하면서 열등한 한국의 전통문화가 미국식 지배 문화로 흡수되는 것이 불가함을 강조하는 의미를 발산하고 있다.

박계주 소설에서 연애 자본 또는 결혼 자본의 측면에서 우위를 점하고 있는 사람들은 동시에 사회 지도자 내지 긍정적인 인물로 묘사된다. 이들은 대개 미국 문화와 미국식 가치관을 충실히 따르는 미메시스로 등장한다. 박계주 소설이 일본에 대해서는 강력하게 반일정서를 환기시켜 탈식민 의식을 불러일으키는데 주력하지만 미국에 대해서는 공손함을 보이는 것이다. 이로써 박계주 소설은 미국의 제국주의적 지배 욕망을 간파하지 못하고 새로운 복종을 선택함으로써 자발적으로 미국의 신식민 지배체제를 자청하는 복속의 글쓰기를 수행해낸 것이다.

5. 맺음말

　본고는 1950년대, 특히 전후에 연재된 박계주의 신문연재소설을 통해 문학 작품에 당대의 상황이 어떻게 수용되고 사회적 바람이 어떻게 투사되어 나타났는지를 살펴보았다. 소설 전반에 걸쳐 박계주는 민족의 단결을 위협하는 이기적인 사람들과 일본 제국주의 세력에 영합했던 사람들을 악(惡)의 범주에 포함시켜 이들에 대한 적대적 관념을 만들어 냄으로써 이들로 인해 야기되는 사회적 혼란을 다스릴 수 있는 정치적 발전에 대한 소망을 담아냈다. 더 나아가 박계주는 이들과 대척적인 위치에 있는 선(善)의 범주에 속하는 인물들을 당대 사회에 팽배했던 세속적인 옥시덴탈리즘적 관념과 이상주의적인 기독교의 교리를 교합하여 긍정적 관념으로 정당화할 수 있는 '올바름'의 논리를 생성해내면서 미국 문화나 미국식 가치관 등 미국적인 것에 대한 광범위한 지지를 보냄으로써 미국식 패권주의를 인정하고 수용하는 태도를 보여주었다.

　이처럼 박계주는 당대의 사회적 분위기에 편승하여 문학의 상품성을 확보한 몇 안 되는 소설가 중 하나였다. 이로 인해 박계주는 당대의 사회적 요구에 부응하여 당대인들의 신념을 작품에 공명시키려는 노력을 보여준 소위 개념 있는 작가로 인정받을 수 있었다. 그 결과 박계주는 인기작가가 되었고 당대 저널리즘뿐만 아니라 문화적 영향력이 큰 문학가로 한 시대를 풍미할 수 있었다.

‖ 참고문헌

1. 기본 자료

박계주, 『대지의 성좌』, 삼영출판사, 1975.
______, 『별아 내 가슴에』, 조광출판사, 1982.
______, 『자나깨나』, 삼영출판사, 1975.
______, 『장미와 태양』, 조광출판사, 1982.
______, 『구원의 정화』, 조광출판사, 1982.

2. 논저

고부응, 『탈식민주의-이론과 쟁점』, 문학과지성사, 2005.
구재진, 「한국 현대소설의 무의식과 욕망 연구-1950년대 소설을 중심으로」,『한국현대
　　　문학연구』 14집, 한국현대문학회, 2003.
김경일 외, 『동아시아의 민족이산과 도시』, 역사비평사, 2004.
김동윤, 「1950년대 신문소설의 위상」,『대중서사연구』 제17집, 대중서사학회, 2007.
김복순, 「냉전 미학의 서사욕망과 대중감성의 젠더-해방 후 1950년대까지의 신문소설
　　　을 중심으로」,『여성문학연구』 27집, 한국여성문학학회, 2012.
김재훈, 「1950년대 미국의 한국 원조와 한국의 재정 금융」,『경제와 사회』 1집, 비판사
　　　회학회, 1988.
김윤경, 「1950년대 미국문화의 유입과 여성의 근대 경험」,『비평문학』 34집, 한국비평
　　　문학회, 2009.
서은주, 「1950년대 한국소설과 ‘세계성’에의 욕망」,『세계문학비교연구』 22집, 세계문
　　　학비교학회, 2008.
______, 「제도로서의 ‘독자’-1950년대 대학과 ‘교양’ 독자」,『현대문학의 연구』 40집,
　　　한국문학연구학회, 2010.
신동한, 「박계주의 작품세계 : 장편「순애보」를 중심으로」, 박계주,『순애보』, 일신서적
　　　출판사, 1999.
알라이다 아스만 저, 변학수·채연숙 역,『기억의 공간 : 문화적 기억의 형식과 변천』,
　　　그린비, 2003.
이경원, 『탈식민주의의 계보와 정체성』, 한길사, 2011.

이길성, 「1950년대 후반기 신문소설의 각색과 멜로드라마의 분화」, 『영화연구』 30집, 한국영화학회, 2006.

이동후, 「국가주의 집합기억의 재생산」, 『언론과사회』 11권 2호, 커뮤니케이션북스, 2003.

이봉범, 「1950년대 신문저널리즘과 문학」, 『반교어문연구』 29집, 반교어문학회, 2010.

이선미, 「'미국'을 소비하는 대도시와 미국영화」, 『상허학보』 18집, 상허학회, 2006.

______, 「1950년대 여성문화와 미국영화」, 『한국문학연구』 37집, 동국대학교 한국문학연구소, 2009.

______, 「"헵번 스타일", 욕망, 교양의 사회, 미국영화와 신문소설」, 『현대문학의 연구』 47집, 한국문학연구학회, 2012.

이은주, 「1950년대 문학비평의 세계주의와 미국적 가치 지향의 상관성」, 『상허학보』 18집, 상허학회, 2006.

이정우, 「19세기 제국주의 시선, 오리엔탈리즘」, 인터넷한겨레, 2005. 1. 26. (http://www.hani.co.kr)

이주라, 「1950·60년대 대중 독자들이 과거를 소비하는 방식」, 『한국어문학국제학술포럼 자료집』, 한국어문학국제학술포럼 학술대회, 2008.

장미영, 「대중성의 확대와 변형-1950년대 박계주의 신문연재소설을 중심으로」, 『국어문학』 53집, 국어문학회, 2012.

정종화, 『영화에 미친 남자』, 맑은소리, 2006.

정주아, 「한국 근대 서북문인의 로컬리티와 보편지향성 연구」, 서울대대학원 박사학위논문, 2011.

최미진, 「1950년대 신문소설에 나타난 아프레 걸」, 『대중서사연구』 18집, 대중서사학회, 2007.

최종천, 「탈식민주의 문화 이론의 해체론적 접근-바바와 데리다를 중심으로」, 『범한철학』 61집, 범한철학회, 2011.

Bhabha, Homi K., *The Location of Culture*, Routledge, 1994.

Derrida, Jacques, *Of Grammatology*, Johns Hopkins University Press, 1976.

Frantz, Fanon, *Black Skin, White Masks*, Grove Press, 1963.

Moore-Gilbert, Bart, *Postcolonial Theory*, Verso, 1997.

Said, Edward, *Orientalism*, Vintage Books, 1978.

Young, Robert, *Colonial Desire : Hybridity in Theory, Culture and Race*, Routledge, 1995.

김수영의 「거대한 뿌리」 연구

노 용 무

1. 서론

　김수영(1927~1968)은 「廟廷의 노래」를 『藝術部落』(1945)에 발표하면서 문단에 등장했다. 그는 <신시론> 동인의 사화집 『새로운 都市와 市民들의 合唱』(1949)에 「아메리카 타임誌」와 「孔子의 生活難」을 발표함으로써 본격적인 시작 활동을 보여 주었다. 이후 지속적인 창작활동을 통해 문학과 현실의 끊임없는 긴장을 유지했던 김수영은 1968년 48세에 「풀」을 마지막으로 운명을 달리했다. 김수영 사후 그와 그의 시에 대한 본격적인 논의는 현재에까지 지속적으로 이루어지고 있다.

　김수영은 문학적 전환의 국면마다 새롭게 소비되어온 시인이다.[1] 문학

---

1) 박수연, 「김수영 해석의 역사」, 『작가세계』, 세계사, 2004 여름호. 이 글은 지금까지 있어온 김수영과 그의 시에 대한 해석사를 정리한 것으로, 김수영과 그의 시에 대한 연구사는 이 글을 참고하기 바람. 김수영을 특집으로 다룬 단행본은 황동규 편, 『김수영의 문학』(초판본, 『김수영 전집』 별권, 민음사, 1983)과 『작가연구』 5호(1998년 상

의 생산과 소비라는 이러한 시각은 문학과 작품 그리고 독자를 상호소통론적인 관점에 입각한 것이다. 지난 세기 근대 혹은 근대성이란 대한 화두와 더불어 대두되었던 '김수영 신드롬'은 최근에까지 이어져 있다. 각각의 시대적 함의에 따라 김수영과 그의 시는 문학과 현실간의 새로움을 끊임없이 추구했던 독자 혹은 연구자의 기대 지평에 호응/충돌하면서 수용되었다. 따라서 김수영과 그의 시는 수많은 수용자들이 나름의 방식에 의해 분석/해석했던 이론의 잣대와 논리의 경합장이라 할 수 있을 것이다.

본고의 목적은 지금까지 김수영과 그의 시에 대한 논의 성과를 바탕으로 「거대한 뿌리」를 근대 혹은 근대성에 대한 논의에 초점을 맞추어 분석하는 데 있다. 이에 본고는 「거대한 뿌리」에 대한 분석을 김수영 전체 작품과의 상호텍스트성을 통해 면밀하게 고찰하고자 한다. 이 글은 지금까지 김수영 연구사의 핵심에 해당하는 근대 혹은 근대성에 대한 화두로부터 출발하여 「거대한 뿌리」가 놓이는 자리를 확인하는 작업이며 근대를 사유했던 김수영의 초상을 그려가는 과정이 될 것이다.

2. 이남/이북식 앉음새와 김병욱이라는 강자

이 글이 「거대한 뿌리」를 분석 대상으로 삼은 이유는 첫째, 김수영과 그의 시를 논하는 자리에서 「거대한 뿌리」 전문을 분석 대상으로 삼은 경우가 적다는 점이다. 이는 시의 3연부터 등장하는 비슷여사 부분을 중심으로 논의를 전개할 뿐 앞부분에 대한 정밀한 접근이 미비하기 때문이

반기) 그리고 김승희 편, 『김수영 다시읽기』(프레스 21, 2000)와 각종 문학잡지의 특집호 등을 통해 김수영과 그의 시를 다루어 왔다.

다. 둘째, 위항과 관련하여 시의 앞부분과 뒷부분의 관련 양상이 구체적으로 논구되지 않았다는 점이다. 이는 연구자가 시의 후반부만을 부분인용하여 논의를 전개했기에 전반부에 놓여있는 앉는 방식과 김병욱에 관한 의미를 간과한 것이다. 셋째, 김수영 연구사의 핵심에 해당하는 근대 혹은 근대성 논의가 이 시에 집적되어 있다는 점이다.[2]

새로운 세기가 시작되었지만 여전히 근대의 문제는 우리 시대의 화두이고 다종다기한 현실의 기원을 이루고 있기에 「거대한 뿌리」는 아직도 새롭게 읽을 수 있는 열린 텍스트일 것이다. 「거대한 뿌리」는 6연 46행의 시이다. 먼저 시를 읽어 보자

> 나는 아직도 앉는 법을 모른다
> 어쩌다 셋이서 술을 마신다 둘은 한 발을 무릎 위에 얹고
> 도사리지 않는다 나는 어느새 南쪽식으로
> 도사리고 앉았다 그럴때는 이 둘은 반드시
> 以北친구들이기 때문에 나는 나의 앉음새를 고친다
> 八・一五 후에 김병욱이란 詩人은 두 발을 뒤로 꼬고
> 언제나 일본여자처럼 앉아서 변론을 일삼았지만
> 그는 일본대학에 다니면서 四年동안을 제철회사에서
>
> 노동을 한 强者다
>
> 나는 이사벨 버드 비숍女史와 연애하고 있다 그녀는

---

2) 이러한 점은 선행 연구자가 시의 후반부에 치중하여, 비숍 여사의 텍스트와 김수영의 전유 혹은 "전통/역사/진창"으로 이어지는 일련의 계열체에 초점을 맞추어 논의를 전개했기 때문이다. 따라서 「거대한 뿌리」에 내재해 있는 시의 전체적인 구도를 보지 못하고 한 부분에만 집착하는 관행을 이루게 되어, 시의 전반부에 놓인 의미와 더불어 후반부와의 연결고리 또한 간과했던 것이 사실이다. 그것은 시의 전반부에 형상화되어 있는, 앉는 방식과 김병욱에 대한 난해함과 자료의 빈곤에서 연유한다. 이러한 점을 지양하고자 하는 본고는 선행 연구 성과에 기대면서, 시의 전반부와 후반부를 각각의 구도로 분석하여 그 연결고리를 찾아 전체 시의 구조와 의미를 그려가고자 한다.

一八九三年에 조선을 처음 방문한 英國王立地學協會會員이다
그녀는 인경전의 종소리가 울리면 장안의
남자들이 모조리 사라지고 갑자기 부녀자의 世界로
化하는 劇的인 서울을 보았다 이 아름다운 시간에는
남자로서 거리를 無斷通行할 수 있는 것은 교군꾼,
내시, 外國人의 종놈, 官吏들 뿐이었다 그리고
深夜에는 여자는 사라지고 남자가 다시 오입을 하려
闊步하고 나선다고 이런 奇異한 慣習을 가진 나라를
세계 다른곳에서는 본 일이 없다고
天下를 호령한 閔妃는 한번도 장안外出을 하지 못했다고……

傳統은 아무리 더러운 傳統이라도 좋다 나는 光化門
네거리에서 시구문의 진창을 연상하고 寅煥네
처갓집 옆의 지금은 埋立한 개울에서 아낙네들이
양잿물 솥에 불을 지피며 빨래하던 시절을 생각하고
이 우울한 시대를 패러다이스처럼 생각한다
버드 비숍女史를 안 뒤부터는 썩어빠진 대한민국이
괴롭지 않다 오히려 황송하다 歷史는 아무리
더러운 歷史라도 좋다
진창은 아무리 더러운 진창이라도 좋다
나에게 놋주발보다도 더 쨍쨍 울리는 追憶이
있는 한 人間은 영원하고 사랑도 그렇다

비숍女史와 연애를 하고 있는 동안에는 進步主義者와
社會主義者는 네에미 씹이다 統一도 中立도 개좇이다
隱密도 深奧도 學究도 體面도 因習도 治安局
으로 가라 東洋拓殖會社, 日本領事館, 大韓民國官吏,
아이스크림은 미국놈 좇대강이나 빨아라 그러나
요강, 망건, 장죽, 種苗商, 장전, 구리개 약방, 신전,
피혁점, 곰보, 애꾸, 애 못 낳는 여자, 無識쟁이,
이 모든 無數한 反動이 좋다
이 땅에 발을 붙이기 위해서는
---第三人道橋의 물 속에 박은 鐵筋기둥도 내가 내 땅에
박는 거대한 뿌리에 비하면 좀벌레의 솜털

내가 내 땅에 박는 거대한 뿌리에 비하면

怪奇映畫의 맘모스를 연상시키는
까치도 까마귀도 응접을 못하는 시꺼먼 가지를 가진
나도 감히 想像을 못하는 거대한 거대한 뿌리에 비하면……3)

　이 시는 크게 1연과 2연을 전반부로 3연부터 마지막 연까지를 후반부로 나눌 수 있다. 지금까지 이 시를 언급했던 대부분의 연구는 후반부를 중심으로 논의되어 왔다. 그러나 비교적 장시에 속하는 이 시를 창작할 때 김수영은 전반부에 어떤 의미 혹은 시적 맥락을 염두에 두지 않을 가능성은 희박하다. 따라서 전반부에 대한 접근은 전반부와 후반부가 어떻게 연결되는 가를 밝힘으로써 지금까지 알려진 이 시에 대한 평가를 정밀하게 다듬는 초석이 될 것이며 누락되거나 간과되었던 의미를 천착하는 계기가 될 것이다.

　시적 화자는 아직도 앉는 법을 모른다. "아직도"는 "어쩌다"와 연결되면서 술자리가 흔치 않음과 함께 여전히 "앉는 법"에 대해 고민중임을 피력하는 시어이다. "앉는 법"은 앉음에 대한 여러 가지 방식과 그에 따른 의미를 지닌다. 예를 들어, 계층에 따라 혹은 이데올로기에 따라 그리고 앉아야 될 공간에 따라 앉음새는 달라질 수 있다. 수많은 앉음새의 방식 중 시 속에 한정된 방식은 이데올로기화되어 구획된 남쪽/북쪽이란 공간화의 양상을 보여준다. 남과 북의 선명한 이분법은 시적 화자의 앉음새를 고쳐 앉게 하는 구체적인 기제이다. 즉, 세 명이서 함께 하는 술자리에서 자신을 제외한 두 명이 모두 북쪽사람들이기에 남쪽식으로 앉게 되는 것이다. 이는 김수영이 북쪽과 남쪽에 대한 인식의 단면을 보여

---

3) 본고의 주텍스트는 김수명 편, 『김수영 전집 1 시』(민음사, 1998)와 『김수영 전집 2 산문』(민음사, 1998)으로 한다.(이하 『전집1』, 『전집2』)

주는 것으로, 다음의 시와 산문을 통해 그 장면을 추적해 보자.

거리에서는 고개
숙이고 걸음걷고

집에 가면 말도
나즈막한 소리로 걸어

그래도 정 허튼소리가
필요하거든

나는 대한민국에서는
제일이지만

以北에 가면야
꼬래비지요 (「허튼소리」에서)

우리나라는 지금 시인다운 시인이나 문인다운 문인을 가지고 있지 않다는 것이 나의 지론이다.
"알맹이는 다 이북가고 여기 남은 것은 다 찌꺼기뿐이야"
우리들은 양심적인 문인들이 6·25 전에 이북으로 넘어간 여건과, 그후의 십년간의 여기에 남은 작가들의 해놓은 업적과, 4월 이후에 오늘날 우리들이 놓여있는 상황을 다시 한번 냉정하고 솔직하게 반성해볼 필요가 있다.[4]

오늘날 35세 이상의 중류층 독자들은 국내작가의 소설이나 시를 절대로 읽지 않는다. 비극은 그뿐만이 아니다. 38선 이북으로 올라간 작가들에 대한 향수같은 것이 중류층 독자들의 감정세계 속에서는 아직도 여전히 퇴색되지 않고 있다. 그들은 얼마 전까지도 입버릇처럼 "웬만한 사람은 다 넘어갔지, 여기 남은 것은 쭉정이밖에 없어!"하는 것이었다.[5]

---

4) 김수영, 「시의 <뉴 프런티어>」, 『전집 2』, 175쪽.
5) 김수영, 「히프레스 文學論」, 『전집 2』, 201쪽.

인용문들은 모두 해방기로부터 전후에 이르는 일련의 역사 속에서 좌우의 이데올로기 편차에 대한 김수영의 의식이 담겨져 있다. 이른바 '치욕의 시대'라는 그의 표현에 해당하는 위의 글들은 이남/이북의 선명한 이분법적 도식 하에 이남식과 이북식 앉음새의 단초를 제공한다. 그것은 자신이 남한에서는 최고지만 이북에서는 꼬래비라는 점, 양심적인 문인들은 6·25 전에 이북으로 넘어갔다는 점, 38선 이북으로 올라간 작가들에 대해 향수를 느낀다는 점, 이북에 넘어간 사람들이 '웬만한 사람'이었다면 남한에 잔류한 사람들은 '쭉정이'라는 점 등을 통해 남한에 대한 비판적 인식을 보여준다.

이남식에 대한 비판적 인식은 이북식에 대한 애정 혹은 향수에 기초하는 정서이다. 그러한 정서는 모두 '김병욱'과 연결된다. 예를 들어, 이남에서는 제일이지만 이북에 가면 꼬래비라는 점과 쭉정이와 알맹이를 이남과 이북으로 유비하는 구도에서 김병욱은 웬만한 사람과 알맹이에 속하는 월북작가이기 때문이다. 따라서 김수영과 김병욱의 관계를 추적하는 것은 이 시의 전반부를 해석하는 기초이자 후반부와의 관련양상을 고찰하는 단초가 될 것이다. 김병욱(金秉旭)에 대한 기록을 보여주는 것은 다음의 글이다.

> 김병욱이 놀러 왔다가 그 시를 보고는 놀라면서, 무라노 시로(村野田郎)에게 보내 그곳 시잡지에 발표하자고 했다. 무라노는 일본 전후 시단의 주역의 한 사람으로, 『신영토(新領土)』의 동인이었다. 김병욱이 과찬벽이 있다는 것을 김수영은 잘 알고 있었지만 그러나 그러한 칭찬을 받고 보니 매우 기뻤다. 그는 그 시를 우리말로 다시 쓰려고 오늘내일 벼르고 있는데, 문득 김병욱이 전에 그의 「거리」를 읽고 칭찬하던 말이 떠올랐다. '야 이런 작품을 열 편만 써라. 그러면 너는 우리나라 부동의 시인이 된다.' 부동의 시인이 된다? 부동의 시인이란 무언가? '부동'을 무너뜨리려고 그는 시를 쓴 사람이 아니었던가. 갑자기 그는 김병욱에게 히야까시를 당한 기분이 들었다.

> 그는 일본말로 쓴 「아메리카 타임지」를 우리말로 옮길 때는 전자와는 전혀
> 다른 작품으로 만들어버렸다. 그의 허점을 찌르고 싶었다."6)

이 글에서 김수영이 김병욱에게서 "히야까시" 당한 느낌은 부동의 시인이 된다와 부동을 무너뜨리기 위해 시를 쓴다라는 모순된 논리 때문이다. 김병욱이 부동을 무너뜨리기 위해 시를 써왔던 존재이기에 그가 김수영에게 부동의 시인이 된다라는 언술은 일종의 '농'일 수 있다. 여기에서 김병욱을 가리켜 '부동을 무너뜨리기 위해 시를 쓰는 존재'라는 인식은, 김수영이 김병욱을 의식하는 중요한 근거가 놓여 있기 때문에 중요하다. 즉, '부동'이 움직이지 않음 혹은 정체된 어떤 상황이나 질서를 의미할 때 그것을 무너뜨린다는 것은 저항의 의미와 더불어 전복 혹은 혁명의 의미로까지 확장시킬 수 있다. 따라서 김병욱과 김수영의 친화성을 염두에 둔다면 '부동'이란 지양해야 할 현실인식의 태도로까지 유추가 가능하다.

이 외에 김수영의 전기적 자료를 통해 알 수 있는 것은 해방 직후에 박인환이 경영하던 서점 '마리서사'에서 김병욱을 만났다는 것, 당시 무명의 시인 지망생이었던 김수영의 시에 대해 우호적이고 긍정적인 평가를 했다는 점, 「말리서사」라는 산문에서 김병욱을 리버럴리스트와 전위예술가로 표현했다는 점, 「거대한 뿌리」에서 "노동을 한 강자"라고 표현한 점 등이다. 이를 통해 알 수 있는 것은 김수영이 김병욱을 선배 시인으로 인식했다는 점과 열등감 혹은 문학적 질투감을 느낄 수 있는 개연성이 있는 점, 김수영의 시를 평가할 만한 위치에 있었다는 점이다. 그러나 다음의 글을 통해 그들의 관계가 더욱 근본적임을 알 수 있다.

---

6) 최하림, 『김수영』, 문학세계사, 1981, 55쪽.

　　형. 나는 형이 지금 얼마큼 변했는지 모르지만 역시 나의 머리 속에 있는 형은 누구보다도 시를 잘 알고 있는 형이오. 나는 아직까지도 <시를 안다는 것>보다도 더 큰 재산을 모르오. 시를 안다는 것은 전부를 아는 것이기 때문이오. 그렇지 않소? 그러니까 우리들끼리라면 <통일> 같은 것도 아무 문젯거리가 되지 않을 것이오. 사실 4·19 때에 나는 하늘과 땅 사이에서 <통일>을 느꼈소. 이 <느꼈다>는 것은 정말 느껴본 일이 없는 사람이면 그 위대성을 모를 것이오. 그때는 정말 <南>도 <北>도 없고 <美國>도 <소련>도 아무 두려울 것이 없습디다. 하늘과 땅 사이가 온통 <자유독립> 그것뿐입디다. 헐벗고 굶주린 사람들이 그처럼 아름다워 보일 수가 있습디까! 나의 온몸에는 티끌만한 허위도 없습디다. 그러니까 나의 몸은 전부가 바로 <주장>입니다. <자유>입디다……7)

　김수영이 해방 후 월북한 시인 김병욱에게 보내는 편지 형식의 인용문은 내용상의 문제로 민음사판 전집에서는 제외되었기 때문에 기존의 논의에서 그다지 주목되지 않았다. 인용문은 4·19 직후 간행되었던 진보계 신문 『민족일보』에 부분적으로 삭제된 채 게재된 바 있다. 이 글은 4·19를 전후한 김수영의 인식을 엿볼 수 있는 중요한 자료이다. 이를 정리하면, 시를 안다는 것, 통일을 느낀다는 것, 하늘과 땅 사이가 온통 <자유독립> 그것뿐이라는 것, 시인의 몸은 전부가 '<주장>'이자 '<자유>'라는 것이다. 이러한 일련의 인식은 '자유'로 집약되지만 그것은 모두 김병욱과 이어진다.

　이 글을 통해서 우리는 김수영과 김병욱의 관계를 다음과 같이 유추할 수 있다. 첫째, '시를 안다는 것'과 김병욱의 관련성이다. 이 구절은 인용문에서 자주 반복되어 나오는 것으로 시가 제일 중요한 재산이고 그것을 알면 세계를 안다는 의미이다. 이런 맥락에서 인용문의 앞 단락을 읽어보면, "그래도 지난 십년 동안 내 자신이 생각해도 용하다고 생각하리만

---

7) 김수영, 「저 하늘 열릴 때-김병욱 형에게」, 『세계의 문학』, 1993 여름호, 213쪽.

큼 나는 현실에 굴복하지 않고 내 자신만은 지켜왔고 지금 역시 그렇소. 그러니까 작품의 好惡는 고사하고 우선 내 자신을 잃지 않고 왔다는 것만으로 나는 형의 후한 점수를 받을 것 같은데 어떠할지?”로 김병욱에게 자신의 지난 십년을 담담히 서술하고 있다.

여기에서 ‘시를 안다는 것’에 대한 김수영의 자세 또는 태도의 문제를 확인할 수 있다. 김수영의 자세란 현실을 바라보는 관점을 의미한다. 따라서 현실을 응시하는 매개로서 시는 김수영의 자세를 형성하는 중요한 요소이다. 그러므로 시를 안다는 것은 우선 자기 자신을 잃지 않는 매개체로서 시(작품)를 거론한다는 점에서 정체성 형성의 근본적인 동인으로 작용한다. 물론 그 시의 잘되고 잘못된 것은 문제시되지 않는다. 중요한 것은 그 시를 통해 현실을 바로 본다는 것, 또는 자기 자신을 지켜올 수 있었다는 사실이다. 따라서 시를 안다는 것은 현실을 비판적으로 사유할 수 있다는 것이고, 자신을 포함하는 전부를 아는 것이 된다. 이러한 인식의 기저에 김병욱에게 “형의 후한 점수”를 기대하는 김수영의 바람은 무엇이었을까.

둘째, 통일을 느낀다는 언술과 김병욱이다. 통일을 느낀다는 것은 정신적인 측면에서 일종의 어떤 기운을 미리 알아차리는 뜻으로 읽을 수 있다. 예를 들어 다음 단락에서, “以南은 <4월>을 계기로 해서 다시 태어났고 그는 아직까지도 灼熱하고 있소. 맹렬히 치열하게 작열하고 있소. 이북은 이 작열을 느껴야 하오. <작열>의 사실만으로 알아가지고는 부족하오. 반드시 이 <작열>을 느껴야 하오. 그렇지 않고서는 통일은 안되오”라고 말할 때 4·19의 정신은 이남과 이북의 공동이념으로까지 부각되고 이때 김병욱은 이북의 대표성을 띠게된다.

‘<작열>을 느껴야 하오. 그렇지 않고서는 통일은 안되오’에서 느낀다는 것의 주체는 이북에 있는 김병욱과 그 외의 모든 이북 사람들이다.

따라서 통일은 어느 한쪽의 일방적 독주가 아닌 공유되어야만 하는 과제
이자 당위적 차원의 예감이다. 예감이란 미래형이다. 그 예감의 현실적
동력이 4·19임은 분명하다. 현실을 통해서 미래를 느낀다는 것은 꿈을
꾼다는 지향성의 개념과 맥락을 같이한다. 이는 '시를 안다는 것은 전부
를 안다는 것'이란 발언에 가치의 무게 중심을 둔다면, 김수영에게 있어
서 4·19는 시이자 '시인의 스승은 현실'[8]이기에 시의 전부를 알려주는
스승이기도 하다. 즉 시와 스승으로서의 4·19는 김수영에게 창작활동의
매개체이자 미래를 꿈 꿀 수 있는 자유였다. 따라서 김수영 문학의 화두
가 '자유'일 때 그러한 인식의 매개로써 김병욱을 거론하는 것과 「거대
한 뿌리」의 전반부 핵심에 김병욱이 놓이는 이유가 여기에 있다.

3. 전근대와 근대의 변증법, 탈식민 선언이 놓이는
자리

「거대한 뿌리」의 전반부는 앉는 방식과 연관된 김병욱이란 존재를 중
심으로 형상화되어 있다. 여기에서 앉는 방식이란 남한/북한으로 이분화
된 선명한 구도를 나타내고 시적 화자의 정체성을 의미한다. 시적 화자
는 자신의 정체성을 명확하게 견지하지 못한 채 도사리게 된다. 도사리
며 남쪽식으로 앉았던 시적 화자는 이내 앉음새를 다시 고친다. 왜냐 하
면, 마주 앉은 두 사람이 이북친구들이기 때문이다. 앉음새를 고친다는
것은 자세 혹은 태도의 문제와 연결되기에 근본적이라 할 수 있다. 따라
서 앉음새를 고치는 와중에 김병욱을 비중있게 언급한 것은 그가 '강자'

---

8) 김수영, 「모더니티의 문제」, 『전집』 2, 350쪽.

이자 시적 화자의 지향성을 담보하고 있기 때문이다.

앞서 상술했듯, 김수영과 김병욱의 관계는 일종의 사제지간으로 볼 수 있고, 시인에게 김병욱은 문학과 현실의 문제를 성찰하는 인식의 매개항적 존재로 여겨진다. 또한 「저 하늘 열릴 때─김병욱 형에게」라는 서간체 형식의 글이 발표된 때가 4·19 직후였던 점과 「거대한 뿌리」가 1964년에 발표된 점을 들 때 산문과 시의 연관성은 적지 않다. 이러한 맥락에서, 이 시의 전반부는 남한 현실의 전반적인 부조리성과 더불어 4월혁명 이후 김수영의 역사인식의 전환점을 함축하게 된다. 이는 후반부에 형상화되어 있는 역사와 전통을 바라보는 시적 화자의 혁명적 관점을 설명하는 단초이자 역사나 전통이 아무리 더럽고 추해도 우리의 것이기 때문에 좋다라는 인식의 근거를 이루는 것이다.

이와 같은 맥락에서, 전반부의 경우 김병욱과 연관된 시적 자아의 정서가 중요했다면 후반부는 비숍여사가 중요하다. 이는 전반부에서 형상화하고자 했던 것이 남한 현실의 부조리성과 4월혁명 이후에 반응하는 시인의 사고를 김병욱과 연관시켜 드러내듯 후반부의 경우, 1960년대라는 현실의 질서와 과거로 대표되는 전근대적 가치 체계 사이를 매개했던 인물이 비숍여사이기 때문이다. 따라서 비숍여사와 그녀가 남긴 텍스트를 꼼꼼히 고찰하는 작업은 이 시의 후반부를 이해하는 중요한 단서이자 시인의 정신적 궤적을 추적하는 유용한 근거를 추출하는 과정이 될 것이다.

「거대한 뿌리」의 3연에 제시된 '이사벨 버드 비숍여사'는 해가 지지않는 영원한 제국주의국가인 '영국왕립지학협회회원'이다. 그녀는 '일팔구삼년에 조선을 처음 방문'하여 다음과 같은 텍스트를 생산한다. 그리고 김수영은 그 텍스트를 자신의 시에 전유한다.

바로 이러한 고래(古來)의 상황, 이 말할 수 없는 관습의 세계, 이 치유 불가능하고 개정되지 않은 동양주의의 땅, 중국을 하나로 묶는 데 도움이 되는 인종적 강인함을 지니지도 못한 중국의 패러디인 이 곳에 서양 문명의 효모가 발효하기 시작한 것이다. 수세기에 걸친 잠에서 거칠게 뒤흔들려 깨워진 이 미약한 독립 왕국은 지금, 반쯤은 경악하고 전체적으로는 멍한 상태로 세상을 향해 걸어나오고 있다. 강력하고, 야심에 차 있으며, 공격적인데다 꼼꼼하지도 못한, 서로 서로 이 왕국에 대해서는 사정을 두지 않기로 담합한 서구 열강들은 이 왕국의 유서 깊은 전통에 거친 손으로 조종을 울리며, 시끄럽게 특권을 요구하며, 자기 자신도 의미와 필요성을 이해하지 못하는 중구난방의 교정과 충고를 떠벌리고 있다. 하여 이 왕국은 한 손엔 으스스한 칼을, 다른 한 손엔 미심쩍은 만병통치약을 든 낯선 세력에 휘둘리는 자신을 발견하고 있는 것이다.9)

인용문에 나타나는 관점은 오리엔탈리즘의 전형적인 모습이다. 비숍 여사가 보여 주는 것은 당시 서구인들이 중국의 일부 또는 중국 문화의 패러디로서 한국을 바라보는 시선이다. 수세기에 걸친 '중화'적 세계관에서 이제 막 깨워진 '미약한 독립왕국'인 조선은 탐욕스러운 서구 제국주의 국가 앞에 무력하기만 하다고 그려진다. 최동호에 의하면, 19세기말 조선은 스스로 자기 중심을 바로 세우기도 힘들뿐만 아니라 더 이상 그들의 보호막도 될 수 없는 중국으로부터 떨어져 나와 식민지 정책과 군국주의가 활개치는 20세기적 초두의 헤게모니 쟁탈전의 도마 위에 멍하게 취한 하나의 희생물로서 비숍 여사의 눈앞에 비쳐진 것이다.10)

그녀의 텍스트는 지금으로부터 100여 년 전에 쓰여진 것이다. 따라서 그녀가 왜 한국을 방문하여 한국의 모든 것을 그리려고 했는지 알 수 없다. 그러나 식민주의의 대명사인 대영제국의 지리협회가 하는 일을 상기

---

9) E. B. 비숍, 이인화 역, 『한국과 그 이웃나라들』, 살림, 1994, 29-30쪽.
10) 최동호, 「김수영의 시적 변증법과 전통의 뿌리」, 김승희 편, 『김수영 다시읽기』, 프레스 21, 2000, 72쪽.

한다면 그것은 식민개척의 교두보이자 첨병으로 다가왔다는 혐의를 벗어
날 수 없을 것이다. 1893년에 처음 우리나라를 방문한 그녀의 의도는 제
국주의가 행한 식민지 개척의 행보와 맥을 같이 한다. 서구 근대의 신화
학, 즉 인류학파의 신화학이 야만과 문명의 이원론을 통해 제국주의와
오리엔탈리즘의 구성에 일익을 담당했듯이[11] 그녀의 텍스트는 당대의
조선을 잠재된 식민지의 형태로 보았을 것이다. 그리고 그녀의 눈앞에
놓여진 조선은, 조셉 콘라드가 아프리카를 '역사이전의 공간'으로, 아프
리카인들을 '미치광이'로 혹은 '괴물'로 묘사하여 아프리카를 철저하게
'타자화'하고 있는 것[12]과 다르지 않다.

예를 들어, 그녀는 한국인에 대한 묘사 부분에서 한국여자가 입고 있
는 옷을 "세상에서 제일 보기 흉한 옷"[13]이라고 표현하고, 한국 남자들
을 "특별히 하는 일이라곤 없이 이리저리 걸어다니며 빈둥거리고 있었
다"[14]고 적고 있다. 그녀는 자신의 가치기준에 의해 대상을 분류하거나
유형화하여 왜곡시켜 자신의 우월성을 드러낸다. 따라서『한국과 그 이
웃나라들』은 식민지의 풍경, 관습 그리고 언어를 핍진하게 기술하고 있
지만, 그것은 그대로 제국의 담론을 은폐하는 역할을 의도하든 않든 담
당할 수밖에 없다.

---

11) 인류학이 식민지 개척에 끼친 영향에 대해서는 다음과 같은 견해를 참고할 수 있다.
　　"사회 인류학이 식민지 초기에 분명한 학제로서 나타나서 식민지의 시기가 끝날 무
　　렵에는 인기 있는 분야가 되었다 라든가, 그 시기를 통하여 인류학의 노력의 방향이
　　유럽 열강이 지배한 비유럽 사회들을―유럽인들을 위하여 유럽들이 행한―분석하고
　　서술하는 것이었다 라는 것은 논의의 여지가 없는 분명한 것이었다"(에반스-프리차
　　드, 최석영 편역,『인류학과 식민지』, 서경문화사, 1994, 136쪽)
12) Joseph Conrad. *Heart of Darkness*, New York : Norton Critical Edition, 1988, pp.37-
　　38.(이석호,「포스트콜로니얼리즘 미학의 양가성」, 한국외국어대 박사학위논문, 1996,
　　23-24쪽에서 재인용)
13) E. B. 비숍, 앞의 책, 19쪽.
14) 위의 책, 47쪽.

「거대한 뿌리」는 포스트식민주의 문학이론에서 말하는 '폐기'와 '전유'를 복합한 형태를 보여주는 시이다. 그러한 전략에 대해 포스트식민주의 비평가는 다음과 같이 말한다. "'폐기'나 전도는 그 자체로는 불완전하거나 실패한 급진주의를 표상할 뿐이다. 급진주의는 '차용하여 전유하기'(appropriation)나 '내부에서의 전복'같은 더 정교한 정치적 습관을 획득할 필요가 있다. 반식민주의적으로 차용하여 전유하는 자는 낡은 권위주의적 낱말들을 새로운 대립적 의미들로 꼬아내는 것을 통해 중심의 문화적 및 언어적 안정성에 도전한다. '차용하여 전유하는 과정 없는 폐기의 계기는 특권적인 것, 정상적인 것, 그리고 온당한 이름에 대한 가정들을 뒤바꾸는 것 이상을 넘어설 수 없으며, 그 모든 것들은 단순히 새로운 용법에 의해 접수되고 유지될 따름이다.'"15) 이와 같은 '폐기에서 차용하여 전유하기'라는 조정된 포스트식민적 전략은 전통은 아무리 더러운 전통이라도 좋고, 역사는 아무리 더러운 역사라도 좋은 이유를 설정하는 방식에 있다.

김수영은 제국의 담론을 폐기하지 아니하고, 그 텍스트들이 식민지에 대한 식민지 본국의 우위, 변방적인 것에 대한 중앙적인 것의 특권을 띨 수밖에 없음을 「거대한 뿌리」에서 피력한다. 또한 김수영은 그 텍스트들을 생산한 제국주의 담론의 조건을 전유함으로써 억압적 텍스트와 투쟁하는 전복적인 텍스트로 전치시킨다. 이러한 '차용하여 전유하기'의 전략은 '비숍여사'의 제국주의 텍스트를 그대로 알레고리화하여 중심 담론을 되받아 쓰는 방식이기도 하다. 일종의 모방이자 패러디 형식을 띠는 포스트식민주의 전략인 '모방'은 식민적 어휘로부터 그것의 반식민적 활용으로 차용하는 필수적이며 다중적인 번역 행위 속에 존재한다.

---

15) 릴라 간디, 이영욱 역, 『포스트식민주의란 무엇인가』, 현실문화연구, 2000, 180쪽.

달리 말해 '모방'은 부적당한 차용적 전유의 논리를 통해 반식민주의적 자기 차이화의 과정이다. 자기 차이화 방식이란 중심 담론의 서사를 부정하고 저항하는 태도라 할 수 있다. 그것은 비숍 여사가 행한 제국주의 담론을 모방하기다. 모방하기란 비숍 여사의 시선을 김수영이 자신의 시선으로 자기 차이화 하는 것이다. 따라서 비숍 여사가 보았던, 3연에서 형상화되는 낯설고 이상한 풍경들을 김수영은 '극적인 서울'로 '인경전의 종소리'가 울리면 '이 아름다운 世界'로 차이화시킨다. 이러한 자기 차이화 과정은 비숍의 텍스트와 김수영의 텍스트를 비교할 때 두드러지게 나타난다.

3연에서 구체적으로 형상화하고 있는 모습은 비숍의『한국과 그 이웃 나라들』에 실린 "인정(人定)과 파루(罷漏)" 부분이다. 그녀의 텍스트는 구한말 우리나라의 야간통행금지 제도를 설명하는 와중에 남자가 일시에 사라지고 바깥출입이 부자유스러웠던 아녀자들이 돌아다니는 신기한 장면에 대한 놀람이 서술되어 있다. 그러나 "남자가 다시 오입을 하러"와 "민비는 한번도 장안외출을 하지 못했다고"한 부분은 김수영이 첨가 혹은 과장한 것이다.

김수영이 읽은 비숍의 텍스트는 식민 직전의 구한말 조선을 바라보는 낯선 혹은 근대의 시선에 의해 더럽고 추한 모습으로 그려져 있다. 예를 들어, 비숍의 근대화된 서구적 시선은 서울이 쓰레기와 오물로 베이징을 보기 전에 세상에서 가장 더러운 도시[16]라는 단정적 진술의 잣대이다. 따라서 그녀의 텍스트에 그려진 구한말 조선의 풍경은 가장 비서구적인 모습으로 비춰졌을 것이다. 김수영은 그러한 풍경을 오히려 강화시킨다. 즉, 인경전의 종소리가 울린 이후 장안의 풍경을 비숍의 시선에서 더욱

---

16) E. B. 비숍, 앞의 책, 47쪽.

그럴듯하게 상상하여 형상화하는 것이다. 이는 두 가지의 관점에서 이해할 수 있다.

첫째, 비숍의 시선 혹은 근대화된 서구의 관점을 부각시키는 것이다. 이러한 관점은 서구의 시선을 강화시켜 서구와 대비되는 비서구/동양을 강조하는 전략이다. 이는 더럽고 추하다고 느끼는 주체가 자신이 아닌 비숍의 시선임을 효과적으로 드러내는 방식으로 나타난다. 둘째, 위 항이 외면적 성향을 보여준다면 구한말 자신의 조국에 있었던 그리 곱지 않은 풍경을 망각하지 않으려는 내면적 의지라 할 수 있다. 즉, 치욕의 시대 혹은 친일로 대별되는 잊고 싶은 식민의 기억 등을 바라보는 1960년대 남한의 현실은 국가적 차원에서 치뤄졌던 망각에의 욕망 그 자체였다. 그러한 욕망으로부터 벗어나는 것은 아무리 더럽고 누추한 과거일지라도 자신의 과거이기에 기억해야 한다는 욕망에서 시작한다.

김수영은 일본의 군국주의에 의해 억눌리고 미국의 문화적 제국주의에 의해 변질되기 이전의 모습을 '극적인 서울'과 '아름다운 세계'로 보았던 것이다. 그렇기 때문에 김수영은 '나는 이사벨 버드 비숍女史와 연애하고 있'으며 '버드 비숍女史를 안 뒤부터는 썩어빠진 대한민국이/ 괴롭지 않다'고 말할 수 있는 것이다. 김수영은 변질되기 이전의 훼손 없는 우리의 모습을 발견하고 당대의 모습과 겹치게 되면서 '이 우울한 시대를 패러다이스처럼 생각한다'. 바로 여기가 '傳統은 아무리 더러운 傳統이라도 좋'고 '歷史는 아무리/ 더러운 歷史라도 좋다'는 것과 '진창은 아무리 더러운 진창이라고 좋다'는 탈식민주의 선언이 놓이는 자리이다. 이때부터 근대의 상징이자 중심문화의 슬로건을 내걸었던 '東洋拓植會社, 日本領事館, 大韓民國官吏,/아이스크림'은 '요강, 망건, 장죽, 種苗商, 장전, 구리개 약방, 신전,/피혁점, 곰보, 애꾸, 애 못 낳는 여자, 무식쟁이,/이 모든 無數한 反動'으로 대체된다.

식민주의의 중심부에서 동일화 논리를 강요했던 '東洋拓植會社'와 '日本領事館', 그리고 남한의 부정부패의 온상이었던 '大韓民國官吏' 문화적 제국주의의 풍물인 '아이스크림'이 근대의 상징을 흐르는 동적(動的)인 세계이자 '좀벌레의 솜털'이라면, '無數한 反動'들은 권력 또는 중심에서 소외된 것이자 그 흐름에 반(反)하는 '거대한 뿌리'이다. 그렇기 때문에 김수영은 전통이 아무리 더러울지라도 전통일 수밖에 없고, 역사가 아무리 더러울지라도 역사일 수밖에 없다고 선언하는 것이다.

「거대한 뿌리」는 김수영이 1950년대에 추구했던, 속도주의로 대두된 근대 지향성에 의해 잊혀진 억압되고 억눌린 것들의 회귀를 선언한 작품이다. 억압된 것들의 회귀란 「서시」에서 이미 언급했던 첨단의 노래에 가리워진 정지의 미를 깨달음의 노래로 인식하는 과정을 필요로 했다.17) 따라서 그 과정을 통해 다다른 곳이 '거대한 뿌리'에 이르는 길이었다. 그것은 속도주의의 슬로건이었던 '더 빨리 더 많이'의 이데올로기를 인식하는 과정이었고, 그 이면에 놓여진 '무수한 반동'의 실체를 확인하는 것이었다.

무수한 반동이란 중심에서 소외된 주변부적인 것이었지만 김수영이 우울한 시대인 당대를 패러다이스처럼 생각하게 하는 것들이었다. 세심하게 읽어야 할 것은 이 우울한 시대인 '썩어빠진 대한민국'을 패러다이스처럼 생각하게 하는 힘이 어디에서 나오는 것인가이다. 그것은 썩어빠진 대한민국의 썩어빠지기 이전의 모습을 찾는 것에서부터 시작한다. 비숍 여사의 텍스트를 통해서 김수영이 본 것은 근대 이전의 전근대적 모습이었다.

비숍 여사가 그녀의 텍스트에서 보여주었던 것은 요강, 망건, 장죽, 종

---

17) 노용무, 「김수영 시에 나타난 속도의 의미」, 국어국문학회, 『국어국문학』 131호, 2002. 9. 참조.

묘상, 장전, 구리개 약방, 신전, 피혁점, 곰보, 애꾸, 애 못 낳는 여자, 무식쟁이 등의 전근대적 풍물이었다. 그것들은 서구의 근대적 시선으로 바라보았을 때 한낱 박물관의 유물적 가치밖에 지니지 못하는 존재들이었다. 그러나 김수영은 그것들을 전통으로 보았다. 전통이란 정체성을 요구하는 바, 김수영은 그것들을 통해 자신의 정체성을 인식했기 때문에 전통이 아무리 더러운 전통일지라도 좋을 수 있었다. 그러한 자신의 확고한 정체성에 의해 "진보주의자와 사회주의자는 네에미 씹이다"라고 욕할 수 있었다.

김수영의 시에 나타나는 비하적 표현은 직설적 형태로 자주 나타난다. 예를 들어 「국립도서관」의 분뇨에 대한 표현이나 「거대한 뿌리」의 경우, '네에미 씹이다' 이외에 '개좆이다'와 '미국놈 좆대강이나 빨아라' 등에서 나타나는 바와 같이 비하적 표현의 대상에 대한 부정의 강도를 증폭시키기 위한 시적 방식으로 볼 수 있다. 이러한 시적 전략은 그 부정의 대상에 대한 부정성의 강도와 비례한다. 강력한 부정은 그에 상응하는 긍정을 위한 예비 작업이다. 그것은 박물관의 유물적 가치밖에 띨 수 없었던 존재들에 대한 무한한 애정이었고, 그것들을 애정으로 규정하는 힘의 원천은 자신의 정체성에서 나오는 것이었다.

4. 결론

본고의 목적은 김수영의 「거대한 뿌리」에 대한 정밀한 분석과 아울러 전체 작품과의 상호텍스트성을 면밀하게 고찰하는 데 있었다. 따라서 본고는 「거대한 뿌리」를 전반부와 후반부로 나누어 각 부분의 의미와 그 상관성을 다음과 같이 추적하였다.

시의 전반부는 앉음새의 방식과 김병욱이 중요한 의미를 지니고 있다. 앉음새는 남한/북한의 이분법을 통해 당대의 선명한 이데올로기 구도를 보여주며 시적 화자의 정체성을 의미하기도 한다. 따라서 김수영은 당시를 '치욕의 시대'로 규정한 바 남한의 현실에 대한 비판적 인식을 김병욱을 향한 글을 통해 빗대어 표현한다. 김병욱은 삶의 태도나 지향성을 담보하는 앉음새와 연관되어 비중있는 존재로 형상화되어 그려진다.

전반부의 김병욱이 문학과 현실의 문제를 성찰하는 인식의 매개항적 존재로 설정되어 당대의 부조리성을 드러내는 기제로 작용할 때 후반부의 그것에 해당하는 존재가 비숍이다. 전반부에 드러난 1960년대의 현실은 비숍과 그녀의 텍스트를 통해 역사와 전통으로 대별된 전근대적 가치와 겹치면서 김수영의 정신적 궤적을 이루는 근간이다. 김수영은 비숍의 텍스트를 전유하고 자신의 상상력을 가미하여, 한낱 박물관의 유물적 가치밖에 없는 '무수한 반동'을 자신도 감히 범접할 수 없는 거대한 뿌리로 되받아 쓴다.

"전통은 아무리 더러운 전통이라도 좋다"는 당대의 문화적 식민성에 저항하는 김수영의 정체성이자 더럽고 잊어버리고 싶은 역사를 회피했던 국가적 차원의 망각에의 욕망을 전복하는 탈식민 선언이다. 그러한 선언은 권력으로부터 잊혀졌던 혹은 중심으로부터 주변화된 무수한 타자들에 대한 무한한 애정에 기초하는 것이다. 그것은 근대로 점철된 '첨단의 노래'를 '정지의 미'로 사유했던 김수영의 정신적 궤적이자 획일화되고 폭력적인 근대성을 성찰했던 치유의 몸짓이었다.

‖ 참고문헌

『작가연구』 5호, 1998년 상반기.

김수명 편, 『김수영 전집 1 시』, 민음사, 1998.

______ 편, 『김수영 전집 2 산문』, 민음사, 1998.

김수영, 「저 하늘 열릴 때―김병욱 형에게」, 『세계의 문학』, 1993. 여름호.

김승희 편, 『김수영 다시읽기』, 프레스 21, 2000.

노용무, 「김수영 시에 나타난 속도의 의미」, 국어국문학회, 『국어국문학』 131호, 2002. 9.

박수연, 「김수영 해석의 역사」, 『작가세계』, 세계사, 2004년 여름호.

이석호, 「포스트콜로니얼리즘 미학의 양가성」, 한국외국어대 박사학위논문, 1996.

최하림, 『김수영』, 문학세계사, 1981.

최동호, 「김수영의 시적 변증법과 전통의 뿌리」, 김승희 편, 『김수영 다시 읽기』, 프레
        스 21, 2000.

황동규 편, 『김수영의 문학』(『김수영 전집』 별권), 민음사, 1983.

에반스-프리차드, 최석영 편역, 『인류학과 식민지』, 서경문화사, 1994.

릴라 간디·이영욱 역, 『포스트식민주의란 무엇인가』, 현실문화연구, 2000.

E. B. 비숍·이인화 역, 『한국과 그 이웃나라들』, 살림, 1994.

‘여순사건’ 관련 소설의 담론화 연구

전 흥 남

1. ‘여순사건’과 문학

이 글은 ‘여순사건’[1] 관련 소설의 담론화를 통해 해방 이후 현대사 사건의 문학적 형상화 과정과 그것의 방향성을 탐색해 보고, 또한 이러한 접근이 오늘날의 시점에서 어떤 의미를 띠는지를 고찰하는 데 목적을 두었다. 이는 ‘여순사건’의 역사적 진실을 밝히기 위한 문학적 담론화가 그 동안 어떻게 전개되어 왔으며, 또 이러한 작업이 문학적으로 어떤 의미를 갖는지를 고찰해 보는 작업과도 맞물려 있다.

두루 알다시피 ‘여순사건’은 해방 정국에 벌어진 대표적인 비극적 사

---

1) 이 사건에 대한 명칭은 그 동안 여순반란사건, 군여순반란사건, 14연대 반란사건, 14연대 폭동, 여수반란, 여순봉기, 여순사건 등 다양하게 불려져 왔다. 최근에는 ‘여순사건’이란 명칭이 일반적으로 널리 사용되고 있다. ‘여순사건’이란 명칭은 이 사건의 성격이나 의의에 대한 규정을 유보한 입장에서 나온 가치중립적인 태도에서 나온 것이다. 필자도 일단 이러한 입장과 태도를 취한다.

건으로 그 논의가 공개적으로 이루어진 것은 최근에 와서다. 오랫동안 '여순사건'은 정치권력에 의해 금기의 영역으로 논의조차 쉽지 않았기 때문이다.2) '여순사건'은 그만큼 미묘한 이데올로기적 요소와 맞물려 있어 논의가 충분하게 이루어지지 않았을 뿐 아니라 베일에 쌓여있는 부분이 적지 않았음을 시사해 준다. 이 사건은 또한 혼란한 세대의 정치세력과 그 토대가 되는 역사·문화성과 관계되어 일상적인 논리로 해명할 수 없는 다양하고 다층적인 면을 지닌다. 다행스럽게도 근래에 들어 여수 및 순천의 지역사회연구 단체3)를 비롯하여 사회 각 계에서 '여순사건'에 대한 다각적인 조명과 분석을 요구하고 있음은 물론 진상규명과 이에 관련된 주민들이 명예회복을 여망하고 있는 형편이다. 고무적이고 반가운 징조다.

그런데, 이 사건의 문학적 형상화는 학문 분야나 저널리즘의 차원의 접근보다도 상당히 앞서 있었을 뿐 아니라, 학계나 언론계를 자극하여 그 논의를 이끌어내는데 선도적 역할을 수행했다.4) 문학은 학문적 방법으로 해명할 수 없는 인간과 세계의 현상 및 그 진실을 탐색할 수 있기 때문이다. 이처럼 문학은 역사를 보완하거나 그 역사적 사건을 증명하는 보조양식이 아니라, 다른 여러 학문 분야와 동등한 자리에서 독자적인 의

---

2) '여순사건'은 이 사건이 발발한 1948년 10월 19일부터 정부군이 여수시를 탈환한 1948년 10월 27일로 볼 것인가, 또는 1949년 초 내지는 홍순석, 김지회 중위가 사살되는 1949년 4월로 볼 것인지 등을 포함하여 여순사건을 기록하고 있는 자료들 중에는 상치되는 입장에서 혹은 객관적으로 입증되지 않은 채 기록되어 있는 경우도 있다. 자료의 성격 및 연구현황에 대해서는 홍영기, 「여순사건에 관한 자료의 성격과 연구현황」, 『지역과 전망』 제11집(전남 동부지역 사회연구소 자료집), 1999 참조.

3) 이 지역의 대표적인 민간 연구 단체로는 전남 동부 지역 사회 연구소(http://www.sunchonbay.or.kr)와 여수지역사회연구소((http://www.yosuicc.or.kr)를 들 수 있다.

4) '여순사건'에 비해 '4·3사건'은 이러한 차원의 문학적 노력이 비교적 활발하게 이루어져 온 편이다. 이와 관련해서 졸고, 「4·3 문학 기행 참가기」, 『제주작가』 제10호, 2003 상반기 ; 정홍섭, 「학살의 기억과 진정한 평화의 염원」, 『민족문학사연구』 제22호, 2003. 6. 참조.

미를 지니고 있다. 그래서 어느 한 시대 역사의 실상은 그에 대한 학문적
연구 성과와 작품과의 만남에서 보다 정직하게 밝혀질 수 있는 것이다.

이런 차원에서 이 글은 '여순사건' 관련 소설의 담론화를 통해 특정한
지역의 문제로 국한하기보다 해방정국의 역사적 맥락에서 조명함으로써
문학적 형상화와 그것이 가진 의미를 논하기 위해 씌어졌다. 하지만 이
글은 어디까지나 역사적 판단을 염두에 두기보다는 문학작품 속에서 끊
임없는 재해석이 이루어질 때 더 풍부한 역사적 구체성과 현재성을 확보
하고, 나아가 문학적 형상화의 질을 고양시킬 수 있다는 전제에서 출발
한다. 또한 이러한 접근은 분단극복과 통일문제의 밑거름으로 인식될 수
있는 문학의 방향을 탐색하고 발전시키는 데도 기여할 것으로 판단된다.

2. '여순사건' 관련 소설의 담론화 양상

'여순사건'을 주요 모티프로 한 작품은 많지 않은 편이다. 알려진 작품
으로는 김동리의 「형제」, 전병순의 『절망 뒤에 오는 것』, 조정래의 『태백
산맥』, 이태의 『여순병란』정도이다.5) '여순사건'을 삽화형식으로 짤막하
게 언급한 「형제」를 제외하면 작품의 직접 배경으로 다룬 것은 위에 열
거한 작품들이 해당된다. 물론 '여순사건'을 본격적으로 다룬 작품은 아
닐지라도 '여순사건'과 관련해 언급할 만한 작품들을 굳이 찾자면 한승
원의 연작소설 「안개바다」를 비롯해 김승옥의 「건」, 권운상의 『녹슬은
해방구』, 정지아의 『빨치산의 딸』 등을 들 수 있을 것이다. 하지만 필자

---

5) 조정래의 『태백산맥』은 '여순사건'과 관련하여 언급할 여지가 많은 작품임에도 불구
하고 지면관계상 본격적으로 다루지 못했다.

가 판단하건대 이들은 '여순사건'을 본격적으로 다루었다고 보기는 힘들다. 해방공간에서 한국전쟁으로 이어지는 과정에서 '여순사건'을 부분적으로 언급하고 있는 선에서 머물기 때문이다.

'여순사건'은 한국전쟁으로 이어지는 현대적 사건인 만큼 단절적(斷絶的)으로 바라볼 수 없는 측면이 있다. 하지만 본격적으로 다룬 작품들과 삽화식으로 다룬 작품들을 구분해서 접근할 필요를 느낀다. 이중에서도 김동리의 「형제」는 '여순사건'을 직접 배경으로 하고 있음을 서두에 밝히는 정도의 짧은 단편으로 '여순사건'을 본격적으로 다루었다고 보기는 힘들다.[6] 그렇다면 본격적으로 '여순사건'을 작품의 배경으로 삼은 경우는 위에서 열거한 세 작품 정도로 압축할 수 있다. 이 글에서는 우선, 전병순의『절망 뒤에 오는 것』과 이태의『여순병란』의 분석에 주안점을 두었다.

1)『절망 뒤에 오는 것』의 '여순사건' 수용과 '삶의 자리'

전병순의『절망 뒤에 오는 것』은 '여순사건'의 배경이나 전개과정이 전면에 부각되지 않고 있다. 그러나 이 작품은 해방공간 대한민국의 남단에서 일어났던 엄청난 역사의 소용돌이 이면에 가려졌던 비극적인 현장을 증언하는데 비중을 둔다. 이 소설 서사의 한 줄기를 여주인공을 중심으로 잡은 것도 이런 맥락과도 무관할 수 없다. 적어도 전쟁이나 혁명, 또는 봉기 등의 질곡의 역사 현장에 앞장섰던 경우는 대부분 남성들인 만큼 남성들의 희생이 컸다. 그러나 그것은 표면적인 한 모습일 뿐 여성들의 수난도 이에 못지 않았다. 따라서 여성들의 수난사는 민간인들의

---

6) 김동리의 「형제」(『백민』, 1949. 3)는 '여순사건'을 작품의 모티프로 삼고는 있지만, 지극히 피상적으로 다루어지고 있을 뿐이다. 보다 구체적인 분석은 졸저, 『해방기 소설의 시대정신』, 국학자료원, 1999, 226-237쪽.

희생이나 수난과도 불가분의 관계를 맺는다. 작품 속의 여성들은 표면적으로는 사랑을 위해서 동분서주하는 듯하지만 거기엔 인간다운 삶을 갈망하는 소박하고도 거역할 수 없는 평범한 욕망과 집념이 똬리를 틀고 있기 때문이다. 그만큼 이 작품은 ‘여순사건’을 겪으면서 황폐해지고 증오심을 키워 온 인간 삶에 대한 반성과 회한이 담겨 있다.

분단시대의 일반사가 아닌 특수사로서 한 전형인 ‘여순사건’을 소재로 한 이 작품은, ‘여순사건’의 발발직후부터 휴전까지를 그 시대적 배경으로 삼는다. 진압군이 여수시를 탈환하며 진입한 여수시의 정경을 여기서는 다음과 같이 묘파한다.

> 시체나 귀중품을 파내는 작업이 군데군데 벌어졌고, 각자의 집터를 찾아 잿더미를 치우는 사람들이 여기저기서 우글거렸다. (…중략…) 이 죽음의 도시를 버리지 못하고 잿더미 위에 다시 터전을 닦아야 되는 인간이란 얼마나 악착같은 존재이냐. 새까맣게 타다 남은 기둥의 잔해조차 네것 내것을 가리며 다투어야 되는 인간이란 가엾은 생물이었다. (…중략…)
>
> 국군 제X연대가 항만을 봉쇄하고 제 XX연대가 육로를 막아 밀고 들어올 때 독 안에 든 쥐처럼 꼼짝 못하게 되어 버린 반란도배들. 그 안에서 모두 개새끼처럼 새까맣게 타서 죽어버리거나 두 손을 들고 항복해 나오라는 국군의 작전계획이었을까? 아니면 열흘밖에 차지하지 못하고 다시 내어놓을 수밖에 없는 이 시가를 못 먹는 감, 찔러나 버리는 격으로 불질러 버린 반란 도배들의 마지막 발악이었을까?
>
> 그러나 그것은 어느 편이건 너무나 처참한 일이 아닐 수 없다. 이미 바다 저편에 군함이 정박했을 때부터 반란군들은 모조리 육로를 뚫고 도망치다 막히면 산줄기를 타고 입산해 버린 것이다. 남은 건 어수룩한 시민들과 그밖에 주착없이 부역한 무리뿐이었다. 텅빈 도시를 에워싸고 무슨 승리고 진압이고 말할 것도 못된다. 군의 정찰부족으로 희생은 일반 시민에게만 컸다.(모두 어쩔 수 없는 일이지)[7]
>
> (고딕—인용자)

---

7) 전병순, 『절망 뒤에 오는 것』, 『한국문학접집』 68(상, 하, 삼성출판사, 1973), 상권 : 68-69쪽. 이 작품의 텍스트는 여기에 의존할 것이며, 앞으로는 인용 말미에 권수와 면수만 밝힌다.

인용한 대목은 진압군이 시내에 진입하면서 화염에 휩싸인 도시의 정경을 보고 여주인공 서경이 느끼는 감정을 서술한 것이다. 위와 같은 정경묘사는 이 작품의 전체적인 분위기를 집약적으로 드러낸 부분이다. 처참하게 널브러진 시체와 포연에 휩싸인 도시의 묘사를 통해 삶이 송두리째 절단 난 주민들의 피울음과 고통이 아로새겨져 있기 때문이다. 이런 상황에서 승자와 패자가 존재할 수 없다. 여주인공은 분노하고 감정이 복받치면서도 섣불리 어느 한쪽을 일방적으로 지지하는 이분법적 구분을 경계한다. 서경은 작품이 진행되는 상당부분 정부군 아니면 반군(혹은 봉기군) 중 어느 쪽의 입장에 서 있는지 분명하지 않다. 하지만 서술의 행간에 정부군의 정찰부족과 신중치 못한 대응으로 시내가 포연에 휩싸이고 민간인들의 희생이 컸음을 적시해 준다. 인용문은 사실에 입각한 묘사로 '여순사건'의 지휘관으로 관여했던 백선엽이 후일 펴낸 저술에서 회고하는 부분과도 일치한다.

> 여수탈환전은 이승만 대통령을 비롯한 정치지도자들의 성화 속에 이뤄졌다. 이에 여수에 잔류해 있던 반란군 주력이 앞서 순천을 빠져나간 김지회 홍순석 부대와 합류하기 위해 24일 밤부터 이동하기 시작했고 민간인들도 전화를 피해 피란을 서둘던 마당에 이뤄진 조급한 작전은 시가지에 대한 무차별 폭격으로 많은 민간인 희생자를 낳았다. 당시 현장에 있었던 여수 시민들은 지금도 진압군의 포격과 이로 인한 화재로 밤하늘이 벌겋게 물들었던 기억을 간직하고 있다.[8]

위의 진술을 놓고 볼 때 정부군의 과잉진압 혹은 상황판단의 미숙으로 '여순사건'으로 인한 민간인의 피해가 더 컸음을 배제할 수 없다.[9] 하지

---

8) 백선엽, 『실록 지리산』, 1992, 고려원, 186쪽.
9) 국방부에서 발간한 진압작전 전투상황을 기록한 자료를 통해서도 확인해 볼 수 있는 사항이다. 구체적인 것은 국방부 전사편찬위원회, 『한국전쟁사 : 해방과 건군』 제1권,

만 당시 정부나 군은 반군의 저항이 극렬하여 불가피한 조치였음을 피력하는 데 급급했지 민간인의 피해에 대해서는 외면하는 태도로 일관했다. 이러한 점은 '여순사건' 진압 후에도 상당기간 논란이 되었던 사안이다. 이처럼 이 작품은 다소 논란이 있는 민간인의 피해상황이나 사건 당시의 상황을 충실하게 묘사해 놓고 있다. 나아가 사실적 상상력을 통해 역사적 진실의 확보에 공을 들이고 있음을 여러 곳에서 확인할 수 있다. 특히 여주인공 서경의 시각을 통해 이러한 사실이 재현된다.

> 죄의 유무는 문제 밖이다. 일단 몰리면 빨갱이요, 처벌 앞에 단 한마디도 변명할 겨룰이 주어지지 않는 판국이다. 무력만이 인간을 지배하는 세상을 상상할 때 그것은 절망 그 자체였었다. 동정이나 이해란 손톱 만큼도 없고 거칠대로 거칠어버린 감정이 횡포하게 남을 규탄한다. 억울하다고 몸부림치며 쓰러진 주검들이 선하게 떠올랐다. <저놈!>하고 손가락질[10] 하는 순간, 그 사람의 가슴 속엔 이전에 품었던 앙심이 꿈틀거리고 있었다면 얼마나 무서운 일이냐. 우매하고 추악한 <인간>이라는 이름이 스스로 슬퍼진다. (상권, 76쪽)

해방공간의 현실에서 실제 대한민국에서 벌어졌던 일에 대해 술회하는 대목이다. 해방에서 한국전쟁에 이르는 동안 매카시즘(MaCarthyism)의 횡행으로 무고한 민간인들이 억울하게 희생된 경우가 실제로 적지 않았다. 이 작품에서는 인간의 감정이 극도로 격화되고 반목과 대립으로 얼룩진

동아출판사, 1968, 469쪽.

10) 미군의 작전지휘권과 군수물자의 지원 아래 탈환된 지역에서 진압군은 民怨의 대상이 되었다. 특히 탈환된 지역에서는 경찰·우익인사·청년단원 등이 '복수와 사감' 등과 주관적 기준에 의해 이른바 '부역자'를 색출하였다. 이 과정에서 '손가락총'이라는 말이 유행하였으며 개인적 감정이나 중상모략이 난무했었다 한다. 이로 말미암아 무고한 희생자가 더욱 많아졌고, 그 희생의 주체가 누구인지 애매한 경우가 많았음은 물론이다. —이효춘, 「여순반란연구 : 그 배경과 전개과정을 중심으로」, 고려대학교교육대학원 석사학위논문, 1996, 34쪽.

현실 속에서도 서경, 혜순, 옥순 등 여교사들이 좌익혐의로 진압군에게
체포되어 곤욕을 치르고 있는 동료교사 원동휘를 석방시키기 위해 진압
군 장교들과 벌이는 실랑이를 통해 인간적인 신뢰를 보여준다. 서슬 퍼
런 진압군을 상대로 억울하게 구속되어 있던 동료를 구출하려는 이면에
는 여성들 사이의 미묘한 애정이 스며 있다(후일 원동휘는 혜순과 결혼하지만
서경과 원동휘는 결혼하고도 서로가 남다른 감정으로 교제한다). 하지만 이 작품은
사랑이나 애정이 서사의 큰 줄기를 형성하고 있다고 볼 수 없다. 이러한
측면에 비중을 둔다면 작품의 의미를 제대로 밝혀내기 어렵다. 작품의
전반부 상당 부분은 여성인물들간의 미묘한 감정들이 교차되고 있어 애
정에 관련된 사건이 작품의 큰 비중을 차지하고 있는 것처럼 보인다. 이
러한 점들은 서사적 긴장력을 떨어뜨리는 요인으로 작용하기도 한다.11)
그러나 이것은 어디까지나 살벌한 현장과 대비된 인간애를 더욱 부각시
키기 위한 방략(strategy)의 일종으로 보아야 할 것이다.12) 『절망 뒤에 오
는 것』은 '여순사건' 전개과정이나 그 배경보다도 이 사건으로 인해 인
권이 유린되고 황폐화되어 갔던 암담한 현실의 증언과 인간다운 삶의 복
원의지에 더 무게중심을 두고 있기 때문이다.

　동시에 이 작품은 '여순사건'에 관련된 비극적인 현실을 사실적인 분
위기 묘사와 사실적 상상력을 통해 증언해 주고 있음도 소홀히 할 수 없
다. 분단 특수사로서 진압과정에서 빚은 지나친 보복, 군·경사이의 경쟁

---

11) 일간신문에 연재될 것을 염두에 두고(『절망 뒤에 오는 것』은 전병순의 처녀작으로
　　1961년 한국일보사 주최 장편소설 공모 가작으로 입선한 작품), 작가는 애정윤리를
　　통해 서사적 긴장력을 확보하려 한 듯하다. 하지만 작품 전체적으로 볼 때 오히려
　　서사적 긴장력을 떨어뜨리는 요인이 되었다고 본다.
12) 이와 관련해서 최미진은, 필자가 여순사건의 역사적 수용이라는 측면을 지나치게
　　강조한 결과에서 연유한 것으로 필자와 견해 차이를 보이고 있다. 보다 구체적인 것
　　은 최미진, 「사회적 멜로드라마의 역사성과 대중성」, 『현대문학이론연구』 제21집,
　　2004, 326-327쪽 참조.

적인 공훈쟁탈이 낳은 부작용으로서의 전투수행의 비능률성, 피난지 부산에서 일부 상류층의 퇴폐와 반역사적인 부패, 부정 등의 작태를 여실하게 묘사함으로써 역사의 증언을 독특히 하고 있는 셈이다. 이 점을 소홀히 해서는 안 된다. 이는 '역사적 진실'을 확보하기 위한 방략이나 담론 방식과도 무관할 수 없기 때문이다.13)

2) 『여순병란』의 '여순사건' 수용과 담론 방식

이태의 『여순병란』은 '여순사건'이 발발한 경위, 전개과정, 정부군에 의한 여수 탈환, 그리고 이후 주모자들이 입산하여 빨치산으로 활동한 행적이 작품의 얼개를 이룬다. 특히 이 작품에서는 '여순사건'의 발발과 전개과정 등에 초점을 두어 그에 관련된 인물들의 활동상황 등을 전남 동부권을 중심으로 전개되고 있다. 뿐만 아니라 국내·외의 정세 등도 보고문학적 형태로 서술되고 있다. '6·25 육군 전사' 등 군 당국의 자료는 물론 빨치산 생존자의 증언, 작가 자신의 체험 등을 토대로 실존인물을 그대로 등장시켜 당시의 사회상황을 재현하고 있기 때문이다. 일종의 증언문학 혹은 증언소설인 셈이다.14) 증언문학은 한 인물에 대한 이야기가 아니라 역사적 사건이 중심이 되며, 또 그 사건의 진실을 밝히기 위해 여러 관점을 드러나게 하는 접근방법을 통해 더욱 객관적인 신뢰를 가질 수 있다.15) 『여순병란』은 '실록소설'을 표방하는 만큼 '여순사건'에

---

13) 이 작품의 담론 방식과 관련하여 보다 구체적인 분석은 졸고, 「<절망 뒤에 오는 것>에 나타난 여순사건의 수용양상과 의미」,『국어국문학』제127호, 2000, 399-421쪽 참조.

14) 이태의 『여순병란』은 작가 스스로 '실록소설'이라고 밝히고 있는 만큼 관점에 따라 본격적인 소설로 볼 수 있겠느냐는 논란의 소지를 안고 있다. 그러나 여순사건을 직접적인 배경으로 삼고 있는 만큼 증언문학의 한 형태로서 다룰 가치가 있다고 판단해서 분석 대상에 포함시켰다.

관련된 여러 가지 사건과 인물들의 삶을 역사적 사실에 입각해 있음을 여러 곳에서 확인할 수 있다.

이러한 점은 많은 사건 중에서 우선 '영암사건'16)과 '혁명의용군사건'17)의 소설화 과정을 통해서도 어느 정도 드러난다. '영암사건'은 해방정국 당시 경비대와 경찰사이의 적대감정이 어느 정도였는지를 짐작케 해 주는 사건이다. 경비대와 경찰 사이의 충돌은 대부분 사소한 문제로 폭발하는 경우가 많았는데, 영암 외에도 구례, 순천 등지에서도 무력충돌로 이와 유사한 사건이 비일비재하게 일어났다. 결국 군사고문단과 상급 기관의 중재를 통해서만 해결될 수 있었다. '영암사건'은 '여순사건'의 직접 배경은 될 수 없을지라도 해방정국에서 경비대와 경찰사이의 골이 얼마나 깊이 패어 있었는지를 실감케 해주는 대표적인 사례로서 '여순사건'의 한 動因으로 작용했을 정도이다. 18) 국방 경비대와 경찰 사이의 골이 깊을 수밖에 없는 이유를 이 작품에서는 다음과 같이 서술하고 있다.

---

15) 정찬영, 「증언소설의 개념과 특성」, 『현대문학이론연구』 제11집, 1999, 343-374쪽 참조.

16) 1947년 6월 1일 제 4연대 소속 하사관과 영암 신북지서장과의 사소한 시비가 발단이 되어 급기야 300 여명의 경비대 사병이 영암경찰서를 습격, 총격전을 벌이다 경비대 측의 사병 6명이 사망하고 10명이 부상하는 등 경비대가 참패를 당한 사건.

17) 최능진(제헌의원 선거에서 입후보하려다 이박사 추종자들의 방해로 입후보하지 못함)과 광복군 출신의 오동기 소령(반란직전의 여수 14연대장) 등이 남북노동당과 결탁, 쿠데타를 일으켜 특정 정치인을 옹립하려고 획책하는 것을 사전에 탐지 검거하자 그 하부 조직원인 14연대 장병들이 신변의 위험을 느끼고 반란을 일으켰다고 선전하다가 결국 흐지부지되어 버린 정치적 사건.

18) 안종철은 여순사건 발단의 직접적 배경 가운데 경비대와 경찰 사이의 갈등이 여순사건의 한 동기가 되었음을 배제하지 않고 있다. (안종철, 「여순사건의 배경과 전개과정」(『여순사건 실태조사보고서』 제1집, 1998. 10, 여수지역사회연구소, 1998, 363-373쪽 참조) 심지어 여순사건이 일어난 배경에 대해 경찰의 학정이 주요한 비중을 차지한다는 시각도 있다. 보다 자세한 것은 김계유, 「여순봉기」, 『역사비평』, 1991 겨울호, 256-257쪽.

당시 경비대 병사들의 4분의 1은 한글조차 깨닫지 못하는 문맹이었고, 농촌의 머슴이나 관공서의 사환 등 경찰로서는 하찮게 보이는 이른바 기층 출신이 상당수 있었다. 더러는 부랑아나 양아치 따위도 끼어 있었다. 다만 그런 사병집단의 분위기를 리드하는 것은 기초적인 교육이 있고 충분한 의식을 가진 사병들, 특히 하사관들과 경찰의 수배를 받고 숨어 들어온 요즘 말하는 '운동권출신'의 병정들이었다.

그러니 경찰들의 그런 인식에 대해 경비대 성원 자신의 생각은 전혀 달랐다. 그들에게는 경찰이 일제 주구의 잔재라는 인식이 있는 데다 '군은 경찰의 우위에 있다'는 일본 군국주의적 사고가 그대로 답습돼 있었다. 그런 자기들이 급여, 병기, 피복 등 여러 면에서 경찰보다 매우 열악하다는 데 불만을 품고 있었다.[19]

인용문을 통해서 우리는 '영암사건'이 특정한 지역에서 우발적으로 일어났다기보다는 당시 경비대와 경찰사이의 분위기를 짐작케 해 주는 사건이며, 또한 이것은 결국 '여순사건'의 발발에도 적지 않은 영향을 미쳤음을 알 수 있다. '여순사건'과 관련해서 경찰의 희생자가 유독 많고, 이에 따른 민간인의 희생이 늘어나는 악순환을 밟아 결국 후손들마저 뼈아픈 상처로 남게 되었던 것도 당시의 이런 사회분위기와 무관하지 않다. 인용문은 당시 국방 경비대의 분위기를 충분히 헤아려 볼 수 있게 하는 한 대목이다.

또한 '혁명의용군사건'에 대해 김태선 수도청장이 발표한 바에 의하면, 최능진, 오동기, 서세충, 김진섭 등이 주동이 되어 '김일성 일파와 합작하여 자기들 몇 사람이 숭배하는 정객들을 수령으로 공산정부를 수립하려고 공모'하였다는 것이다. 정부 발표에 의하면 '여순사건'은 이들 주모자가 체포된 뒤에도 아직 남아 있던 말단세포가 일으킨 것이다. [20] 하지

---

19) 이태, 『여순병란』 상권, 청산, 1994, 130쪽. 앞으로는 인용 말미에 권수와 쪽수만 밝힌다.
20) 『서울신문』, 1948. 10. 23(『여순사건 자료집』 제2집, 여수지역사회 연구소, 1999, 21쪽 재인용), 국사편찬위원회, 『자료대한민국사』, 1998, 821-822쪽.

만 최능진 등이 사건을 일으키기 전에 토의하였다는 구체적인 혁명방법을 살펴보면 상식적으로 쉽게 이해할 수 없는 측면이 많았을 뿐 아니라 '혁명의용군'은 조직적 실체도 없는 허상의 군대였다고 보는 것이 학계의 일반적 시각이다. 이 작품에서도 오동기는 '대쪽같은 성격의 소유자이자 군의 기강을 바로 잡아보려고 시도했던 개혁성향의 인물'로 나온다. 때론 장교들의 부패와 타락을 일소시키는 과정에서 인심을 잃기도 하였지만 사병 후생에 힘썼던 인물로 묘사되고 있다. 뿐만 아니라 원칙론자로서 방공태세의 확립에도 철저했던 인물로 부각되고 있다.

이외에도 이 작품에서는 '여순사건'의 발발경위와 전개과정, 그리고 전남 동부권 빨치산의 활동반경과 정부군의 대치 등을 사실적으로 묘사하고 있다. 예컨대 제주도 '4·3사건'의 진압을 위해 전달된 전문이 보통우편으로 전달된 점을 의심스러워 보완유지를 위해 2시간을 조정한 사연, 14연대 구성원들의 성향, 특히 하사관들의 동향과 숙군 작업과의 연관성, 모의계획 등 당시의 긴박한 상황을 재현해 낸다. 이렇게 서술된 사건 중에는 아직 역사학계조차 시각차를 좁히지 못하고 논의의 여지를 남겨둔 예민한 경우도 있다. 또 지극히 원론적인 차원의 서술에 머문 경우도 있다. 하지만 이 작품에서는 아직 연구자들조차 시각차를 좁히지 못하고 있는 부분까지도 여러 가지 정황과 자료를 근거로 서술해 감으로써 역사적 진실의 확보에 공을 들인다. 이를테면 '여순사건'과 남로당과의 연계여부 혹은 일부 하사관을 주축으로 한 자발적 행위였는지, 또 여기에 대한 군 당국의 대응 등을 비교적 상세하게 서술하고 있다.

여기서 우리는 '여순사건'을 주도한 14연대 구성원들의 성향과 '남로당의 개입 여부'21)를 이 작품에서는 어떠한 시각으로 파악하고 있는지

---

21) 남로당의 개입 여부는 두 시각으로 엇갈려 있다. 황남준은 여순사건의 특성을 서술하면서, 사건발생의 측면에서 제14연대의 일부 좌익계 사병과 여수읍내의 좌익세

접근해 볼 필요를 느낀다. 먼저 14연대 구성원들의 성향을 서술한 다음과 같은 대목을 보자.

> 1948년 5월초 광주의 4연대 1개 대대를 기간으로 하여 여수에 14연대가 창설되었다.
>
> 첫째, '영암군경충돌사건'을 경험했던 사병들, 그리고 기간요원 가운데도 여순사건의 주모자인 지창수, 김지회, 홍순석 등 좌익계 간부들이 적지 않게 들어 있었다. 둘째 사병의 모병작업이 전남 일원의 장정을 중심으로 철저한 신원조회 없이 실행했던 결과 5·10선거투쟁에 경찰 수배자가 다수 입대할 수 있었다는 점이다. 따라서 14연대는 전남 도내 좌익들의 은둔처였으며, 동시에 좌익의 선동에 쉽게 동조할 수 있는 계층 출신의 사병들이 연대의 대부분을 차지했고, 또한 그에 따라 어느 집단보다도 반경사상이 높았다는 사실이다. (상권, 137쪽)

당시 14연대 구성원들에 대한 위와 같은 시각은 이 사건에 관련된 자료를 토대로 볼 때 크게 틀리지 않는다. 위의 진술만을 놓고 볼 때 이 작품에서 '여순사건'을 좌익계 하사관을 주축으로 한 병사들이 계획적으로 일으킨 '14연대 군반란'으로 보는 시각에 의존했다는 비판을 받을 수 있다. '여순사건'을 '14연대군 반란'으로 규정하는 시각은 당시 이승만 정부 또는 진압군의 관점과도 일맥상통하기 때문이다. 당시 이승만 정부는 이 사건을 진압하기 위해 총체적으로 대응했을 뿐 아니라 정권유지 차원

력이 어느 정도 연계해서 발생한 것이며, 다른 연대 혹은 군수뇌부의 좌익세력들과 연계된 흔적은 전혀 보이지 않는다고 기술한다. 즉 제 14연대 남로당 하부조직 혹은 그 동조세력이 독자적으로 사건을 일켰다고 보고 있다. 보다 자세한 것은 황남준, 「전남지방정치와 여순사건」, 『해방전후사의 인식·3』, 한길사, 1987, 467-468쪽 참조. 반면 김계유씨는 장교그룹과 하사관 그룹간에는 역할 분담이 있었다는 주장을 통해 '역할분담론'을 통해 남로당의 개입을 인정하는 견해를 피력하기도 한다. 역할분담론의 입장은 사건의 발발과 여수의 뒷 수습은 지창수가 책임을 맡으며, 순천과 전국으로의 합산은 장교그룹에서 담당하도록 함에 따라 사건이 순천으로 확산될 때도 지창수는 순천으로의 동원부대에 가담하지 않고 14연대 본부에 남아 여수상황을 책임지고 있었다는 것이다. 김계유, 앞의 논문, 참조.

에서 활용하려는 의도가 개입되어 있음은 근래에 연구 자료를 통해 어느 정도 입증되고 있다.[22] '여순사건'은 해방정국의 정치·사회적 배경과도 뗄래야 뗄 수 없는 밀접한 상관성을 지닌다. 다시 말해 '여순사건'은 제1공화국 출범 당시의 사회·경제적 조건 및 정치적 상황의 산물이면서, 동시에 해방 이후 전개된 전남 지방정치와 직접적으로 맞물려 나타났던 '역사적 산물'이다.[23] 당시의 정치·사회적 배경 특히 서민경제에 대한 저간의 실정을 알 수 있게 하는 한 대목을 보자.

> 당시 공무원들의 평균 봉급은 1,500원 정도였는데 쌀 한말 값이 1,000원 이었다. 양심적인 공무원은 모두 굶어 죽어야 하는 계산이다. 소매물가지수가 해방 이후 220 이상 뛰어 올랐는데 평균 임금지수는 80배를 밑돌았으니 그럴 수밖에 없었던 것이다. 각종 지표에 의하면 1947년부터 여순병란이 일어나는 1948년 가을까지 한국 민중들은 전 세계에서 중국 다음으로 높은 물가고, 실업사태, 식량난의 3중고로 모진 고통을 겪고 있었다.
>
> (상권, 81쪽)

이처럼 『여순병란』은 당시의 사회적 상황이나 현실을 구체적인 자료를 토대로 당시의 사회상을 충실하게 재현한다. 다만 부분적으로 구체적인 사항이 재구성되고 있을 뿐이다. 이 작품이 보다 궁극적으로 노리는 것은 역사의 소용돌이에서 희생될 수밖에 없었던 평범한 소시민들의 억울함, 또 지극히 소박한 삶의 소망마저 접어두어야 했던 참담한 현장에 대한 고발과 증언에 있다. 나아가 매카시즘의 횡행으로 인한 이데올로기의

---

22) 이승만 정부는 여순사건의 구조적이고 구체적인 발생원인과 실상을 밝히기보다는 그 책임을 김구나 좌익세력에 떠넘기기에 바빴다. ─ 김득중, 「이승만 정부의 여순사건의 대응과 민중의 피해」, 『여순사건 자료집』 제2집, 여수지역사회연구소, 1999, 86쪽.

23) 구체적인 논의는 황남준, 「전남 지방정치와 여순사건」, 『해방전후사의 인식·3』, 한길사, 1987, 423-445쪽 참조.

장막을 거두고 보다 인간화된 삶의 지향점에 비중을 두고 있음을 주목해야 할 것이다.[24]

3) 단성적 담론의 안팎

『절망 뒤에 오는 것』은 '여순사건' 이후 휴전협정까지를 배경으로 한 작품으로서 일종의 분단소재 문학으로 확장해 볼 수 있다. 특히 '여순사건'을 사실적으로 묘사하고 증언하는 데 심혈을 기울이고 있는 점에서 주목할 만한 가치를 지닌다. '여순사건'의 문학적 형상화를 통해 구체적이고 사실적으로 접근한 경우는 거의 없었다 해도 과언이 아니기 때문이다. 이러한 데에는 여러 가지 요인이 있을 수 있다. 무엇보다도 작가들이 '여순사건'에 대한 이데올로기적 중압감으로부터 자유로울 수 없었던 점이 크게 작용했다고 본다. 집필 시 이데올로기적 제약 요소란 작가에게 상대적인 측면을 안고 있다. 이데올로기적 요소는 사안에 따라서는 후대에 창작되었다 해서 반드시 자유로운 것만은 아니기 때문이다. 이를테면, 매체는 달리하고 있지만 영화얘기를 한번 해 보자.

'여순사건'의 진상규명과 명예회복을 위해 2000년 10월경 전남동부지역사회연구소 주관으로 다큐멘타리 형식의 영화 「애기섬」이 거의 완성단계에 있었다. 하지만 군경 유가족 단체들의 유형·무형의 압력 및 예산 부족 등으로 제작단계에 많은 어려움이 따랐다는 관계자들의 얘기, 또 우여곡절 끝에 영화를 완성해 놓고도 일부 언론의 색깔론 제기로 사회적 파장이 일어 일반인들은 접해 볼 기회조차 차단당해 왔던 현실[25]은 이런

---

24) 보다 구체적인 분석은 졸저,『한국 근현대소설의 현실 대응력』, 북스힐, 2003, 93-106쪽 참조.
25) 영화 「애기섬」을 연출·감독한 장현필 감독으로부터 「애기섬」의 제작 및 상연과 관련해서 겪은 애로사항을 적지 않게 들었다.

점에서 시사해 주는 바가 크다.

『절망 뒤에 오는 것』의 작가(전병순)는 중등학교 교사로 근무할 당시 '여순사건'이 발발했기에 누구보다도 당시의 상황을 생생하게 목격할 수 있었던 점도 이 작품이 비교적 객관적 시각의 확보에 도움이 되었을 것으로 추측된다.26) 물론 사건을 직접 목격하고 그 사건에 관련된 사람들도 관점에 따라 혹은 입장에 따라 동일한 사건에 대해 정반대의 시각으로 볼 수 있는 측면이 있다. 당시 '여순사건' 관련자들의 증언을 녹취하고 이것을 토대로 기술한 관련 자료들이 때로는 현저한 시각차를 보이는 것을 보아도 짐작할 수 있다.27) 이런 점에서 이 작품은 단지 시기적으로 앞서 다뤘다는 점 외에도 다루는 시각이 그 동안 진압군의 시각에 의존해 일부 과장·왜곡되었던 부분을 재조명하는 계기를 부여한 측면을 소홀히 할 수 없는 이유이기도 하다.

물론 아쉬운 점도 있다. 우선, 당대적 정치권력에 대한 비판의식이 없이 '민족의식'을 강조하는 형태를 띰으로써 소박하고 원론적인 접근방식에서 벗어나지 못했던 점을 들 수 있다. 이는 당시 정치·사회상과 작중 인물을 구체적으로 관련지었더라면 보다 설득력 있게 제시될 수 있었을 것이다.

또 하나는 앞의 지적과도 관련되는 문제인데, 개인간의 얽히고 설킨 사연을 통해 당시의 사회상을 간접적으로 드러내는 데 비중을 두다 보니 인간적인 갈등이나 분단체제가 빚는 상호 모순적인 인간상이 제대로 부

---

26) 전병순씨는 여순사건 당시 억울하게 좌익 혐의로 희생당한 송욱 교장이 근무했던 여수여중에서 교사로 재직한 것으로 전해진다.

27) 증언은 다분히 정치적인 측면을 안고 있을 수 있다. 관점에 따라, 혹은 입장에 따라 진술하는 과정에서 자기관점이 개입될 수 있기 때문이다. 이 사건과 관련해서 증언을 녹취하는 과정뿐만 아니라 당시의 문서나 자료를 분석할 때도 이러한 측면이 면밀하게 검토되어야 할 것이며, 또 이러한 측면이 '실체적 진실'에 접근하는데 어려움으로 작용하기도 한다.

각되지 못했다. 이러한 지적은 이 작품에서 인간의 갈등상이 전혀 부각되지 못했다는 의미는 아니다. 특히 전반부의 상당부분은 진압군에 맞서 부당함을 호소하는 여교사들과 진압 군인의 첨예한 갈등상이 부각되고 있다. 하지만 작품 전체적으로 볼 때 이것은 미약하며, 결과적으로 인물들간의 갈등상을 부각시켜 작품 전체의 탄탄한 구성력을 끝까지 확보하는 데까지 나아가지는 못했던 것이다.

한편, 『여순병란』은 실록소설을 표방하는 만큼 서술자의 다양한 시각을 확보하지 못하고 역사적 사건의 사실적 수용에 보다 비중을 두다 보니 문학적 상상력이 취약해질 수 밖에 없었다. 이는 실록소설이라는 장르상의 제약점에 기인하는 점도 있지만 보다 본질적으로는 문학적 개연성을 약화시키는 구조적 요인에서 비롯된 측면이 크다.

이처럼 전병순의 『절망 뒤에 오는 것』과 이태의 『여순병란』 등은 역사적 사건의 수용양상에서 차이를 보인다. 후자는 실록소설을 표방한 만큼 실존인물을 중심으로 사건이 전개되고 있다. 그리고 여순사건의 실체적인 진실의 일부를 재구성하고 있다. 하지만 전자는 사실적 상상력을 동원하여 역사적 진실을 추구함으로써 문학적 개연성을 유지하고 있으며, 나아가 구조적으로도 진일보한 면을 보인다. 동시에 두 작품은 ‘여순사건’의 문학적 수용과 상상력을 통해 다성적 담론의 장으로 나아가지 못한 한계점을 안고 있다. 이는 정도의 차이는 있을지 몰라도 역사적 진실의 추구에 대한 작가의식이 앞선 나머지 작품의 구조적 측면에 소홀한 결과에 기인한다.

3. 맺음말

이 글은 '여순사건' 관련 소설의 문학적 형상화 과정을 탐색하고 그것이 갖는 의미를 살펴보기 위해 씌어졌다. 특히 전병순의 『절망 뒤에 오는 것』과 이태의 『여순병란』을 분석의 유용한 준거로 삼고 담론화 양상과 그것이 갖는 문학적 의미를 고찰하는데 주안점을 두었다.

우선, 두 작품은 '여순사건'을 본격적으로 다룬 작품들이다. 또한 '여순사건'을 다루는 시각이 비교적 그 동안 진압군의 시각에 의존해 과장·왜곡되었던 부분을 재조명한 측면에 의미를 부여했다. 두 작품은 비록 접근해 가는 방식은 다르지만, '광기의 현장'을 증언하고 비판함으로써 비극적 사건에 대한 성찰과 반성의 계기를 제시해 주기 때문이다. 또한 두 작품은 절망의 끝에서 희망을 싹틔우고 인간다운 삶의 소중함과 복원의지를 잃지 않을 때만이 인간의 존엄성을 유지할 수 있음을 역설해 준다. 이러한 점들은 분단모순의 문학적 치유와 그 방안에 대한 모델로서의 의미도 제공하고 있다고 봐야 할 것이다.

다음으로는 당시의 사회적 상황을 증언하고 그 참상을 고발하는 수준을 벗어나 휴머니즘에 입각한 인간성 옹호의 가능치를 제고하였다. 물론 두 작품이 인간성의 옹호방식과 인간다운 삶의 복원의지를 형상화한 방식은 다르지만, 단지 '여순사건'의 현장을 고발하고 증언하는 데 그치지 않았다. 절망과 연속되는 시련 속에서도 인간다운 삶의 복원의지와 희망을 이어가는 인간상을 제시해 주고 있다. '여순사건'과 같이 미묘한 현대적 사건을 다룰 경우 자칫 지나치게 좌우 대립적인 갈등의 부각이나 혹은 이분법적 시각에 얽매여 오히려 바람직스럽지 못한 결과를 도출할 수 있다. 하지만 두 작품은 역사적 사건의 재구성을 통해 '역사적 진실'의 확보에 일조한 작품들로 판단된다. 나아가 두 작품은 '여순사건'으로 인한 지역민들의 수난을 통해 인간 삶의 황폐화, 매카시즘의 횡행으로 인한 인간다운 삶의 손실과 이에 대한 복원의지를 형상화한 공통점을 보인다.

아쉬운 점도 있다. 정도의 차이는 있을지 몰라도 두 작품은 인물들간의 갈등상을 부각시켜 작품 전체의 탄탄한 구성력을 확보하지는 못했다. 특히『여순병란』은 역사적 사건의 사실적 수용에 보다 비중을 두다 보니 서술자의 다양한 시각을 확보하지 못하고 문학적 상상력이 취약해질 수밖에 없었다. 이는 실록소설이라는 장르상의 제약점에 기인하는 점도 있지만 본질적으로는 문학적 개연성을 약화시키는 요인으로 작용해 결국 단성적 담론의 형태를 벗어나지 못한 결과이기도 하다.

하지만『절망 뒤에 오는 것』은 여러 면에서 주목할 만하다. 단지 '여순사건'을 본격적으로 다루고 있다고 해서 특별한 의미를 띠는 것은 아니다. 이 작품의 의미를 보다 확장해 본다면 분단문학의 범주에서 파악하려는 자세도 요구된다. 요컨대『절망 뒤에 오는 것』은 이문열의『영웅시대』, 이병주의『지리산』, 조정래의『태백산맥』, 김원일의『불의 제전』, 『겨울 골짜기』로 이어지는 80년대의 괄목할 만한 장편 분단소설의 등장에 어떤 연결고리를 했는지를 엄밀하게 성찰하고, 또 그 한계를 통시적인 맥락에서 구명해 갈 때 작품의 의미가 보다 분명해질 것이기 때문이다. 다만, 이 작품에서 우리는 분단의식의 부분성과 단편성, 그리고 혈연성과 같은 70년대적 한계를 완전히 극복했다고는 볼 수 없을 지라도 구체적이고 사실적으로 '여순사건'을 좌우에 편향됨이 없이 중립적인 시각을 확보함으로써 분단극복 의식을 고무시키는 한 요인이나 조짐으로 작용했다는 점에 주목해야 할 것이다. 왜냐하면 역사에 대한 정당한 해명이 현실의 이해와 미래의 올바른 진로를 위해 필연적인 것이라고 할 때, 분단문학은 여전히 우리 문학의 핵심 영역에 위치할 것이고 해방공간은 계속해서 작가의 상상력과 분단 극복의 의식을 자극할 것이기 때문이다.

역사적 사건에 대한 문학적 형상화의 노력은 그 동안 지속적으로 이어져 왔다. 역사적 사실과 문학적 진실은 대치되기보다 상보적 관계를 유지하기 때문일 것이다.[28] ‘여순사건’의 문학적 형상화에도 적용될 수 있는 얘기다. 최근 들어 ‘여순사건’에 대해서는 학계에서도 실체적 진실을 구명하려는 움직임을 활발하게 보이고 있는 만큼 문학적 형상화와 그 의미를 탐색하려는 작업은 이런 점에서 일정한 의미를 띤다. 앞으로도 이러한 노력이 지속적으로 이어져 미궁에 빠졌거나 혹은 논란의 여지가 많은 현대사에 대한 재조명이 활발하게 이루어지고, 또 이러한 작업이 역사적 진실을 확보하는데 유익한 시사점을 제공해 주었으면 한다.

---

28) 문학과 역사의 관련성, 나아가 역사적 사실과 문학적 상상력의 상관성과 관련하여 원론적인 측면에서 혹은 작품과 구체적으로 연관시킨 글들은 이미 많이 발표되었다. 이와 관련된 문헌으로는 이상신 편, 『문학과 역사』, 민음사, 1982 ; 한국문학연구회 엮음, 『다시 읽는 역사문학』, 평민사, 1995 ; 이남호 편, 『한국 대하소설 연구』, 집문당, 1997 등이 주목에 값한다.

‖ 참고문헌

고희범 외, 『발굴 한국현대사 인물·2』, 한겨레신문사, 1992.

국방부 전사편찬위원회, 『한국전쟁사 제1권 : 해방과 건군』, 동아출판사, 1968

강영주, 『한국역사소설의 재인식』, 창작과 비평사, 1991.

김계유, 『여수여천발전사』, 반도문화사, 1989.

김계유, 「1948년 여순봉기」, 『역사비평』 제15집, 1991. 겨울호.

김남식, 『남로당 연구I』, 돌베개, 1984.

김동윤, 「4·3소설의 전개 양상」, 『탐라문화』 제19호, 제주대학교 탐라문화연구소, 1998.

______, 『4·3의 진실과 문학』, 각, 2003.

김득중, 「이승만정부의 여순사건 인식과 민중의 피해」, 여수지역 사회연구소, 『여순사건연구총서』 제2집, 1999.

박세길, 『다시 쓰는 한국현대사·I』, 돌베개, 1988.

반충남, 「여수14연대 반란과 송욱 교장」, 『말』, 1993. 6.

백선엽, 『실록 지리산』, 고려원, 1992.

신양남 외, 「내가 겪은 여순사건」, 『여수문화』 제5집, 여수문화원, 1990.

안종철, 「여순사건의 배경과 전개 과정」, 여수지역 사회연구소, 『여순사건실태조사보고서』 제1집, 1998.

여수지역 사회연구소·전국교직원노동조합여수지회, 『민간인 학살 특별법 제정 실태와 현주소』, 여순사건 55주년 기념 세미나자료, 2003.

우한용, 『한국현대소설담론연구』, 삼지원, 1996.

육군본부, 『공비토벌사』, 1954.

이호춘, 「여순반란연구 : 그 배경과 전개 과정을 중심으로」, 고려대교육대학원 석사논문, 1996.

이 태, 『여순병란』 상·하, 청산, 1994.

임명진, 『한국 근대소설과 서사전통』, 문예출판사, 2004.

임헌영, 『분단시대의 문학』, 태학사, 1992.

장성수, 『1930년대 경향소설 연구』, 고려대 박사학위논문, 1989.

전남동부지역사회연구소 지역사분과, 「심명섭 : 내가 겪은 여순사건」, 『순천시사 : 정치·사회편』, 1997.

전병순, 『절망 뒤에 오는 것』 상·하, 『한국문학전집·68』, 삼성출판사, 1973.

전흥남 , 『해방기 소설의 시대정신』, 국학자료원, 1999.

전흥남, 『한국 근현대소설의 현실 대응력』, 북스힐, 2003.

정찬영, 「증언소설의 개념과 특성」, 『현대문학이론연구』 제11집, 현대문학이론학회, 1999.

최미진, 「사회적 멜로드라마의 역사성과 대중성」, 『현대문학이론연구』 제21집, 2004.

최장집·정해구, 「해방 8년사의 총체적 인식」, 『해방전후사의 인식·4』, 한길사, 1989.

홍영기, 「여순사건에 관한 자료의 성격과 연구현황」, 『지역과 전망』 제11집, 전남 동부 지역 사회연구소 자료집, 1999.

황남준, 「전남지방정치와 여순사건」, 『해방전후사의 인식·3』, 한길사, 1987.

새만금 사업을 소재로 한 소설의 갈등 양상 연구

- 조헌용의 『파도는 잠들지 않는다』를 중심으로 -

김 은 혜

1. 들어가는 말

단군 이래 최대의 간척사업이라 일컬어지는 새만금 사업은 21세기 한국 사회에서 '개발이냐 환경이냐'라는 가치관의 갈등을 첨예하게 드러낸 국책사업이다. 새만금 지역은 개발 공간의 방대함, 소요 기간 장기화, 사업 비용의 막대함 등으로 정부와 환경단체 간, 지역 주민들 간, 자치단체 간 갈등 사안이 끊임없이 생성되고 있는 담론의 공간이기도 하다. 그런데 지금까지 새만금 사업을 둘러싼 담론은 경제학적, 환경학적, 공학적, 인류학적 측면에서 연구되어 왔다. 본 논문에서는 문학에서 그중에서도 소설이라는 '이야기' 장르에서는 새만금 사업1)을 어떻게 담아내고 있는지

---

1) 새만금 사업은 87년 12월 10일 당시 대선을 앞둔 민정당 노태우 후보의 선거공약으로 채택되면서 세목의 관심을 끌기 시작했다. 그로부터 4년 뒤 91년 11월 28일 간척 공사 기공식과 동시에 사업의 첫 삽이 떠졌다. 그러나 당초 2천 4년 사업완료 계획은 실현되지 못했다. '개발이냐 환경이냐'라는 사회적 논쟁의 틈바구니와 법정 다툼 속

특히 새만금 사업을 둘러싼 갈등의 구체화와 대안에 주목하고자 한다. 처음, 중간, 끝의 완결성을 가진 소설은 사회적 공간과 역사적 시간을 씨줄과 날줄로 엮어내면서 당대의 메시지를 응축한다. 비유와 은유, 이미지를 통한 말하기는 그 어떤 직접진술이나 선전구호, 슬로건과는 다른 효과를 준다. 특히 생태주의의 메시지를 전달하려는 녹색문학, 생태문학, 환경문학2)의 경우 그 예술성만 확보한다면 다른 담론에 비해 그 호소력이 훨씬 크다.3)

조헌용의 연작소설집 『파도는 잠들지 않는다』는 '개발이냐 환경이냐'라는 거대 담론을 가로지르면서 새만금 지역에 살고 있는 주민들을 그려낸다. 총 8편의 중·단편4)이 실려 있다. 서사는 바다에서 육지로 변해가는 '과정 중'의 새만금 일대를 포착한다.

에서 공사 중단과 재개를 반복해야 했기 때문이다. 2천 7년 4월, 겨우 물막이 방조제 공사가 끝났다. 2010년 현재까지도 새만금 지역의 토지이용, 행정구역, 수질보전대책 등을 두고 정치적, 경제적, 환경적 공방이 지속되고 있다. 앞으로도 새만금 지역은 반세기 정도가 지나야 비로소 사람들이 바다를 메운 땅을 딛고 정착할 것이라는 전망이 나온다.

2) '환경문학'은 환경파괴나 자연훼손의 실상을 고발하는 문학을 가리킨다. '생태문학'은 자연파괴나 환경오염의 심각성을 고발하기보다는 환경위기나 생태계 위기의 원인을 좀 더 근본적으로 따지는 문학을 말한다. '녹색문학'이란 환경문학과 생태문학을 함께 아우르는 가치중립적인 용어이다. 환경위기나 생태계 위기와 관련한 스펙트럼 전체를 포함하는 문학이 바로 녹색문학이다. 김욱동, 『생태학적 상상력』, 나무심는사람, 2004, 37-39쪽.

3) 김욱동은 생태주의를 다룬 시적 담론의 효과를 다음과 같이 말한 바 있다. "환경 담론 가운데에서도 굳이 그 효과를 따진다면 시적 담론이 단연 첫 손가락에 꼽힌다. 좀 더 넓은 의미에서 문학적 담론 또는 예술적 담론이라고 일컬을 수 있는 시적 담론은 미지근한 에토스나 차가운 로고스가 아니라 뜨거운 파토스에 기대기 때문에 다른 담론과 비교해 볼 때 그 호소력이 훨씬 크다. (…중략…) 실제로 짧은 시 한 편이나 소설 한 편 또는 수필 한 편이 정부기관이나 환경단체가 내놓은 환경보고서나 과학자들의 연구논문이나 저서보다도 생태의식을 일깨우는데 훨씬 더 효과적일 수 있다." 김욱동, 위의 책, 20쪽.

4) 여기에 실린 중단편의 순서와 목록은 다음과 같다. 「어머니는 어느 강을 흐르고 있을까」, 「바다에 길을 묻다」, 「호랑이 시집가는 날」, 「뿌리없는 나무」, 「고래가 올 때」, 「전국노래자랑」, 「무화과가 있는 풍경」, 「오늘의 날씨」.

이 작품에 대해 류보선은 '새로운 하위주체의 발견'이라는 긍정적 평가를 내렸다. 그는 조헌용의 작품들이 "주변부적이고 시대착오적인 존재들을 사유의 중심으로 격상시킴으로써 한편으로는 수많은 하위주체들에게 침묵을 강요했던 기존의 보편성을 해체"하고 있다고 평가했다.5) 평론가 오창은은 이 소설이 "교감의 언어(방언)와 연작소설 형식을 활용해, 민중주의와 생태주의의 결합을 시도했다"며 '사실주의적 생태문학'의 입구에 도달한 작품으로 가치매김 했다.6) 한편으로 임영천은 "거대한 산업자본과 정부 권력의 연합에 의해 이른바 새만금 간척사업이 진행됨으로써 한 평화스럽던 마을과 그곳의 주민들이 점차로 그 생명력을 잃어가는 과정을 소멸의 미학적 관점에서 그려나간, 이 시대의 특징적인 생태소설"이라고 평가했다. 또 리얼리즘의 소설과는 달리 삶의 현장성을 강하게 드러내면 드러낼수록 작품으로서 예술적 승화의 정도와 호소력도 비례적으로 강해진다고 지적하면서 조헌용의 중편 「파도는 잠들지 않는다」가 바로 그러하다고7) 했다.

본 연구자는 앞서의 평가들과 시각을 같이하며, 실제 삶의 현장에서 각종 치열한 갈등을 보이고 있는 새만금 사업이 본 소설에서는 어떻게 반영되고 있는지, 또 소설에서 구체화하고 상징화 하고 있는 갈등의 양상은 무엇인지, 그 갈등을 해결할 대안으로 무엇을 제시하고 있는지 밝혀보자 한다.

---

5) 류보선, 「탈마법화된 바다, 혹은 바다의 재탄생」, 『파도는 잠들지 않는다』, 창비, 2003, 285쪽.
6) 오창은, 「'졸(卒)'의 언어로 풀어낸 새만금 갯벌 이야기」, 『비평의 모험』, 실천문학사, 2005, 111-131쪽.
7) 임영천, 「한국의 생태소설 연구―조헌용의 한 중편소설을 중심으로」, 『비평문학』 제18호, 한국비평문학회, 2004. 6.

2. '새만금 사업'을 둘러싼 갈등 양상

1) 보상금을 둘러싼 각축전

조헌용의 연작소설집에서는 무엇보다 정부 보상금으로 인한 마을 사람과 가족 내 갈등이 반복해서 묘사된다. 특히 중편 「바다에 길을 묻다」[8]에서는 정부 보상금을 둘러싼 지역 주민 간의 갈등 심리가 잘 그려져 있다. 보상금의 직접 대상물인 '배'의 가치, 지급 기한의 문제, 보상금 지급 이후 가족 간의 다툼, 보상 기준의 비합리적인 설정으로 인한 마을 집단 간 갈등 등을 세밀하게 다룬다.

어민들은 새만금 사업을 위해 삶과 노동의 현장이었던 갯벌과 바다 그리고 마을의 곳곳을 공사판으로 내줘야했다. 새만금 사업을 추진할 당시 정부는 마을 어민들에게 '선보상·후공사'라는 원칙과 충분한 경제적 보상을 약속했었다. 그러나 이에 대한 약속은 지켜지지 않았다. 어민들에 대한 피해조사는 새만금 사업을 시작한 지 두 해 정도가 지난 후에야 이뤄졌고 실제 보상은 그 이후에나 지급됐기 때문이다. 소설에서는 이 문제를 다음과 같이 묘사하고 있다.

> 보상은 정말 곶감처럼 나왔다. 간척사업이 시작되고 두 해가 지나면서 보상에 대한 조사가 시작되었고, 그 이듬해부터 보상이 지급될 것이라고 했지만 한 달, 두 달 미적거리며 늦어지기만 했다. (…중략…) 문제는 보상이 나오면서 한결 심해진 어업규제였다. 보상은 십퍼센트쯤이나 이십퍼센트쯤 조금씩 나오면서도, 새로운 면허 발급과 기존 면허 연장을 중지하는 것은 물론이고 이곳저곳을 어업통제지역으로 묶었다.
>
> (「바다에 길을 묻다」, 39쪽)

---

8) 중편 「바다에 길을 묻다」는 1998년 동아일보 중편 당선작이다. 발표 당시 원제는 「새만금 간척사업에 대한 소고」였다.

정부는 보상금 지급과 함께 바다를 통제하기 시작한다. 그러나 어민들은 보상금을 받은 후에도 뱃일을 위태위태하게 이어간다. 이러한 줄다리기는 바다와 배를 바라보는 정부와 어민의 인식 차이에서 비롯된 것으로 해석된다.9) 정부 입장에서 바다는 매립을 위해 구획되고 통제해야 한다. 보상금 지급에 대한 주민 합의는 곧 바다에 대한 어민들의 통제권을 정당하게 획득했음을 뜻한다. 정부는 보상금 지급을 선언함과 동시에 바다에 대한 통제권을 합법적으로 행사할 권리를 가진다. 배는 그 훼손 여부와 상관없이 보상금과 맞교환하는 하나의 물품이다.

그러나 어민들의 입장에서 멀쩡한 배를 폐기하는 것, 아직 출렁이는 바다 위에서 어업을 못하게 하는 것 등 정부의 처사는 매우 부당하게 느껴진다. 주민들에게 새만금 사업과 보상금은 자발적 선택이 아닌 타율적 선택이었다. 따라서 비록 보상금과 맞교환 한다는 각서에 도장을 찍었지만, 함부로 버릴 수 있는 대상이 아니다. 이런 주민들의 인식은 배의 이름을 통해 상징화 되고 있다. 예컨대 장씨의 배 이름 '해화호'는 막내아이의 태몽을 바탕으로 지어졌다. 그리고 배에 붙여진 해화라는 이름은 장씨의 막내아들에게도 부여된다. 즉 장씨에게 해화호는 자식인 해화만큼 소중한 존재가 된다. 사람과 배의 존재가치가 동일한 궤를 이루고 있는 것이다.

> 새만금 간척사업에 따라 보상을 받은 배들은 이 섬에 들어와 소각되거나 그 중에 상태가 좋은 것들은 경매를 해서 다른 곳으로 팔려나간다고 합니

---

9) 본 소설 분석에서는 새만금 지역 어민들의 삶을 문화인류학적 시각으로 연구한 함한희의 논문을 다수 참고했다. 새만금 지역 어민들에 대해 연구 조사한 함한희의 논문들은 다음과 같다. ① 「새만금간척사업과 마을공동체의 변화」,『환경과 생명』, 환경과생명, 2001, 여름호. ② 「사회적 고통을 보는 문화적 시각－새만금지역의 경우」,『ECO』2호, 한국환경학회, 2002. 5. ③ 「새만금 간척개발사업과 어민문화의 변화」,『한국문화인류학』37집 1호, 한국문화인류학회, 2004. 5.

다. 우리 배, 아버지의 배는 어떻게 됐을까요? 소각이 되었거나 다른 곳으
로 팔려나갔거나 무슨 상관이냐고…… 그래요. 무슨 상관이냐고 말을 하겠
지만…… 우리 배의 이름은 해화호입니다. 해화호, 장해화, 해화호, 장해화
그래요. 해화호는 제 이름에서 딴 이름입니다. 아니 제 이름이 해화호에서
딴 것이라고 해야 옳을까요? (「바다에 길을 묻다」, 64쪽)

위 인용문은 장씨의 막내아들인 해화의 독백이다. 정부는 신시도를 폐
선들의 소각장으로 지정했다. 「바다에 길을 묻다」는 <배무덤>, <신시
도>, <까침바우> 각 3부로 구성되어 있다. <신시도>에서는 고향으로
내려온 사진작가 장씨의 막내아들 해화의 독백이 이어진다. 그런데 여기
에서 신시도는 배의 무덤이자 실연당한 해화의 내면 공간이라는 중의적
의미를 지닌다. 그리고 배와 해화가 동일한 층위를 이루는 수평적 공간
이기도 하다.

서사에는 무엇보다 지역 어민들이 생각하는 ‘배’의 가치와 운명에 천
착한다. 앞서 제1부 겪인 <배무덤>에서는 장씨가 멀쩡한 ‘해화호’를 폐
선처리 하러 가다가 겪는 심리적 갈등이 묘사되어 있다. ‘해화호’의 선장
장씨는 어린 나이에 시골이 싫어 집을 뛰쳐나왔다. 그는 젊었을 적 지역
곳곳을 전전하다가 노름빚에 쫓겨 군산 해안가 까침바우에 들어와 어부
로 재인생을 산 인물이다. 그러나 지금은 새만금 사업으로 뱃일을 못하
게 되었고 반편생을 함께한 ‘해화호’를 폐기처분하러 ‘신시도’로 가는 길
이다. 하지만 가는 도중, 장씨는 차마 배를 폐기하지 못하고 출렁이는 바
다 위에서 다시 낚시질을 하게 된다. 낚시질을 하면서 바다가 막히기 전
까지 만이라도 고기잡이를 하겠다는 결심을 한다. 비록 오랜만에 걸려들
었던 덩치 큰 삼치를 놓치고 말지만 말이다.

높은 사람들이 아무리 뭐라 해도 바다가 그들 눈에서 뭍으로 바뀌는 날

까지 그들은 바다를 버리지 않을 터였다. 아직 바다 밑에는 노랑조개, 피조
개, 생합, 소라, 골뱅이, 꼬막이 그들의 믿음처럼 자라고 있었다.

(「바다에 길을 묻다」, 55쪽)

배와 바다에 대한 가치의 인식차이는 앞으로 정부와 어민들 간의 고단
한 갈등을 예고한다. 그리고 새만금 사업으로 인한 바다의 생태계 파괴
는 어민개개인의 정신적, 육체적 고통으로 전이된다.

한편으로 보상금을 둘러싼 자본 갈등은 인간 사회의 최소 공동체인 가
족 간의 갈등을 야기한다. '배'의 노동은 온 가족이 함께 해 온 생계활동
이었다. 즉, 배를 운전하고 그물을 던져 고기를 낚고, 낚은 고기를 고르
고 손질하는 일련의 노동행위는 아버지 1인이 아닌 어머니와 아들 온 가
족 구성원이 함께 해야 할 공동의 작업이었다. 그러나 실제, 정부는 배에
대한 소유권을 가진 자, 혹은 맨손어업일지라도 가족구성원 중 어느 한
대표에게만 보상금을 지급했다. 이에 대한 문제점을 문화인류학자인 함
한희는 새만금 보상과정에 대한 국가의 가족주의라는 측면에서 면밀히
고찰한 바 있다.

　　새만금사업의 보상과정에서도 한국의 가족주의 특성이 잘 나타나고 있
다. 특히 국가가 어민가족을 다루는 문제나 각 개별가족 안에서 보상금을
둘러싸고 벌어지는 문제를 들여다보면 그러하다. 국가에서 어민들에게 맨
손어업에 대한 피해보상을 할 때, 국가는 어민개인을 상대로 한 것이 아니
라 어민가족에 대한 생활보상금 정도로 인식하고 있었다. 다시 말해서 국가
는 국민 개개인이 경제활동의 주체라고 인식하고 그 활동의 가치와 의미를
충분히 인정하여야 함에도 불구하고 그러지 못하였다. 국가는 한 가족 안에
서는 경제활동의 주체가 한 사람, 즉 부양자가 있고, 나머지 가족원은 모두
피부양자라는 암묵적인 전제를 하고 있다. 그 결과, 국가는 어민가족에 대
해서 보상금 지불을 결정할 때 가족 가운데 한 사람만을 주 대상자로 정하
였다. 나머지 가족원에 대한 보상은 자연히 소홀히 인식되었다.[10]

보상금 지급대상에 대한 국가의 가부장적 시각으로 인한 가족구성원 간의 갈등은 지금까지 우리 사회에서 담론화 되지 않았던 측면이기도 하다. 작가는 보상금을 둘러싼 가족 내 갈등을 여러 번 반복해 보여줌으로써 이에 대한 심각성을 고발한다.

장씨의 큰아들 혜성은 아버지에게 '보상받은 돈 가운데 자신이 일한 만큼만 내어놓으라'고 요구한다. 혜성은 보상금으로 도심에서 까페를 하나 차리고 싶어한다. 그러나 장씨는 장사를 한 번도 해보지 못한 혜성에게 선뜻 돈을 내어주지 못한다. 혜성은 자신의 욕망이 좌절되자 아버지에게 뿐만 아니라 마을 어른들에게 술을 마시고 욕설을 퍼부으며 행패를 부리기 시작한다. 그는 새만금 사업 전 뱃일을 할 때만해도 성실한 일꾼이었다.

그런가하면 맨 마지막에 수록된 「오늘의 날씨」에서는 장씨와 장씨의 아내 서울댁의 갈등이 그려져 있다. 장씨 내외는 '함께 배에 올라 바다와 싸우며' 살아왔다. 바닷일을 할 수 없게 되자 포장마차를 세워 함께 일하고 있다. 그런데 장씨는 보상금을 자신의 통장에 넣고 나름의 계획을 세워뒀다. 적금 통장에 묶여있는 보상금으로 땅을 살 계획이었던 것이다. 그러나 자신도 모르는 사이 아내가 통장에 있는 돈을 해약해 죽은 박상길(섬에 투자를 했다가 망해 자살을 했다)에게 꿔줬다는 사실을 알게 된다. 돈은 이제 돌려받을 수 없게 된 것이다. 장씨는 '바다를 내어주고 얻은 또 다른 삶'의 터전인 포장마차에서 아내와 피튀기는 싸움을 벌이게 된다. '쌍년, 씨발년'이라는 갖은 욕설을 퍼부으며 아내에게 "내 돈 어떡할 거"냐고 주먹질을 한다. 아내 또한 이에 질세라 "나는 이제껏 공으로 살았간디 자기 돈이야. 내 돈이야, 내 돈. 당신 배 탈 때 나도 배 탔고 당신

____

10) 함한희, 「사회적 고통을 보는 문화적 시각―새만금 지역의 경우」, 『ECO』 2호, 2002, 274쪽.

죽을 고비 넘길 때 나도 넘겼어”라며 남편에게 ‘지랄’한다고 악다구니를 늘어놓는다. 보상금 관리 책임을 둘러싼 내외 간의 싸움으로 생계공간인 포장마차 안은 아수라장이 된다. 가족 개개인에 대한 고려가 불충분한 새만금 보상금은 평화로웠던 가족구성원을 분열의 길로 안내하고 삶의 고통을 주는 씨앗이 되고 있는 것이다.

불충분한 보상금액, 여러 번 나눠 지급되는 시기의 문제, 허술한 실태 조사 등 절차에 대한 불만은 어민가족 뿐만 아니라 마을 내 집단 갈등을 일으키는 원인이 된다. 이에 대한 부분은 소설집 여러 편에서 동시다발 적으로 묘사된다.

> 어른들이 싸우기 시작한 것은 새만금 간척사업이 시작되고 보상이 나오 면서부터다. (…중략…)
> 그러니까 보상이 나오면서 사람들은 서로 더 많은 보상을 받기 위해 아 옹다옹 싸움을 시작한 거다. 저 집은 얼마를 받는데 우리는 왜 얼마냐? 저 집은 이사를 온 지 얼마 지나지 않았는데 왜 보상을 주느냐? 뭐 처음에는 이 정도였다고 한다. 그러다가 결국엔 김 양식하는 사람들과 조개를 잡는 어촌계 사람들이 싸움을 하게 되었다. (「바다에 길을 묻다」, 82쪽.)

> 배 보상이 끝나고 간접보상이 나오면서 버림치로 놔둔 기름통을 내어놓 고 기름장사를 한다며 제법 솔찮은 간접보상을 받았던 터였다. 문제가 된 것은 그러고 얼마 지나지 않아서였다. 누군가 가짜 보상 건이 있다며 투고 를 했고, 대대적인 조사가 나온다고 했다. 아무래도 불안한 마음을 어쩌지 못했다. 집에 있던 기름통으로 마음이 놓이지 않아 시내 고물상에서 헌 기 름통을 더 사다놓았지만 불안한 마음이 쉬 달래지지가 않았다.
> (「호랑이 시집가는 날」, 104-105쪽)

> 간척사업이 시작되고 어느 때부터 조개가 줄고 서로가 서로를 믿지 못하 면서 가구를 사용하고, 또 그렇게 자리다툼이 시작되었다. 간척사업에 따른 보상이 나오면서 사람들은 좀더 많은 보상금을 타기 위해서 서로의 눈치를 살피기 시작했고, 차츰 서로가 서로를 믿지 못하고 서로가 서로를 돕지 않

았다. (「뿌리없는 나무」, 138쪽)

'어류보다 패류'가 주된 수입원인 까침바우는 인심이 좋았던 '오붓한 마을'이었다. '험한 뱃일'을 해야 했기 때문에 마을 사람들 간의 공동체 의식은 도시민들보다 또 어떤 농촌 마을보다도 단단했다. 어촌 공간의 공동체 의식은 바다와 갯벌에 대한 공동 소유, 자연 환경에 대한 공동 대응, 공동 의례 행사라는 어촌 특유의 문화에서 기인한다. 그러나 공동의 노동 공간인 바다와 갯벌이 새만금 사업에 의해 파괴되면서 그리고 그에 대한 대가로 보상금을 받으면서 마을 주민 간, 집단 간 분열이 일어난다. 정부의 보상금액은 그들이 만족할 만큼 충분하지 않았고, '이사온 지 얼마 안 된' 가구에도 보상금이 지원되는 등 형평성에 문제가 있었다.

「바다에 길을 묻다」의 3부 격인 <까침바우> 편에는 '양식장'과 '뱃일'에 대한 보상금액의 기준과 차이로 인한 집단 갈등이 그려져 있다. 내용은 이런 것이다. '김 양식장 앞으로 나오는 보상이 조개를 잡는 배 한 척 앞으로 나오는 보상의 열 배'가 넘었다. 김 양식장을 하는 가구는 소수였고 어업활동을 하는 어촌계 사람들은 다수였다. 그리고 마을에 오랫동안 삶의 터전을 일궈왔던 쪽은 김 양식업을 하는 가구가 아니라 조개를 잡는 어촌계 사람들이었다. 김 양식업을 하는 사람들은 지금으로부터 불과 십여 년 전에 들어왔다. 그나마 어촌계 사람들의 이해와 양해 아래 김 양식업을 할 수 있게 된 것이다. 그러나 보상금 지급에서 이러한 마을의 연유와 역사는 고려되지 않았다. 보상금 지급 기준이 부당하다고 생각한 어촌계 사람들은 소수의 김 양식장 집에 지급될 보상금 중 절반을 어촌계에서 가져가야 한다고 주장한다. 이에 김 양식장을 하는 사람은 어촌계 사람들을 법원에 고소했고 어촌계도 이에 맞고소로 대응한 상태다. 이들의 법정다툼은 '결국 양쪽 모두 보상을 받지 못하'게 하는 결과를 가져온다. 그런데 어촌계 사람들은 법정 다툼 이전에 배를 처분하고 받은 보상금이 있다. 그러나 김 양식업자는 법정 다툼으로 아예 보상금을 지급받지 못하고 있다. 따라서 김 양식업을 하는 가구 입장에서 이미 보상을 받고도 몰래 뱃일을 하고 있는 어촌계 사람들이 고울 리가 없다. 이들은 어촌계 사람들의 위법 행위를 정부 당국에 고발하고 만다.

「바다에 길을 묻다」에서 까침바우 어촌계 사람들은 비합리적인 피해보상의 실상을 세상에 고발하기 위해 마을입구인 오작교에 불을 지르고 집단행동에 나서기도 한다. 이런 집단행동은 '높은 곳에서 서류만 보고 일하는 그 속도 모르고 일하는 놈' 즉, 탁상행정으로 새만금 사업을 일관하고 있는 정부를 향한 절규이다. 그러나 이러한 현지 주민들의 외침에 대해 정부는 공권력으로 대처할 뿐이다. 언론 또한 현상만을 보도할 뿐, 어떤 대안도 조정역할도 하지 못하고 있다. 작가는 이 부분을 서사화 하면서 사회적으로 야기된 고통이 개인적 과제로 남게 되는 것을 꼬집는다.

2) 노동 환경의 변화와 생존 투쟁

마을 주민에게 새만금 사업은 급격히 일어난 재앙과 같은 것이었다. 따라서 때때로 새만금 사업은 현지 주민들의 삶 가운데 만난 바다의 폭풍우나 거센 파도와 견주어 비유되곤 한다. 자신의 젊음을 바다에 던졌던 광팔이영감은 '아무리 거세게 몰아치는 태풍에도 사람들이 죽어나가던 사변통에도 내어놓지 않았던 배를 새만금에 내어주었다', '마을이 생기고 뱃일로 늙어오는 동안 어떤 태풍도 이렇게 모질고 거칠지는 않았다'고 고백한다.

어민들의 입장에서 새만금 사업은 노동환경의 전환을 폭력적으로 요구하는 것이었다. 정부는 단지 보상금 지급 하나로 이들의 생활터전을 빼앗아버렸고, 생계 수단을 앗아갔다. 사업의 시행 주체인 정부는 현지 어민들에게 삶의 어떤 대안도 제시하지 않았다. 집단 이주 공간이 마련되지 않았기 때문에 보상금은 인근 도시에 집을 사는 데 쓰이곤 했다.

그리고 보상금은 쉽게 투기자본으로 흘러들어 갔다. 평범하고 소심한 노인네인 광팔이영감도 투전판에 끼어들 수 있는 분위기가 마을에 형성됐다. 마을 주민 몇몇과 함께 장씨의 장남 혜성도 노름에 미쳐갔다. 이들은 목돈으로 들어오는 보상금을 금세 노름빚으로 없애버리기도 했다. 그리고 노름빚에 쫓겨 육지의 끝마을인 까침바우에서 밤봇짐을 싸고 도망나간 가족이 심심찮게 늘어갔다.

이런 현상은 바다와 육지에서의 자본 형성에 대한 인식차이로 비롯된 것으로 보인다. 어촌 마을에서 돈이란, '흔전만전 써도 다음날 배질 한번이면 다시 만질 수 있는' 자본이었다. 그러나 육지 노동으로 인한 돈은 그렇게 단번에 즉시적으로 획득될 수 있는 것이 아니다. 특별한 능력이나 종자돈 혹은 땅이 없으면 모으기 쉽지 않다. 한 번의 험한 바다 노동에 돈과의 교환가치가 있는 어류와 패류를 획득할 수 있었던 마을 주민들은 한 번의 노름판으로 거대 자본을 낚아 올릴 수 있는 노름에 쉽게 이끌리게 된다. 그러나 그 결과는 비참하기만 하다.

새만금 지역 주민들이 새로운 노동 공간에 투입되기 위해서는 기존의 직업관과 경제관의 대전환이 필수였다. 그러나 노동 공간의 전면 전환을 제공한 정부 측에서는 이에 대한 어떤 비전과 교육도 제공하지 않았다. 따라서 개인 역량에 따라 각자 다른 선택을 할 수 밖에 없다. 다시 불법 공간으로 변화된 바다에 나가 예전에 하던 대로 어업활동을 지속하거나, 심리적 공황상태(노름)에 빠지거나, 허가되지 않은 땅에서 포장마차를 세워 단속의 대상이 되거나 말이다.

「전국노래자랑」에서는 새로운 경제적 활동 수단으로 포장마차가 등장한다. 포장마차는 '땅'이 없는 현지 주민들이 방파제 위에 스스로 마련한 유일한 생계 공간이다. 장씨의 포장마차가 위치한 '끝집'은 이중적 의미를 지니는데, 육지의 끝 혹은 방파제의 끝이라는 지리적 공간과 한편으로는 생계수단에 대한 마지막 대응 공간임을 상징한다. 그러나 매립지과 방파제는 정부 소유로서 끊임없이 단속의 공간이다. 이에 마을 주민들은 '저 땅이 본래 누구 땅이었는디' 라며 전근대적인 시각을 드러낸다.

어민들에게 바다는 '누구에게나 일한 만큼은 갖게 해'주는 공평한 노동 공간이었다. 그리고 끊임없이 새로운 생산물이 나오는 화수분이었다. 누구의 소유도 아닌 인간과 인간, 인간과 바다가 평등한 공생의 공간이었기 때문이다. 그렇다고 바다가 어민들에게 모든 것을 내어주기만 하는 유토피아는 결코 아니다. 어민들에게 바다는 '삶의 젖줄이면서 동시에 죽음의 그림자'인 이중적 존재이다. 「호랑이 시집가는 날」의 주인공 성수는 바다에서 함께 나간 아내를 잃었고, 「뿌리없는 나무」에서 청주댁은 남편 석구를 잃었다. 「바다에 길을 묻다」에서 등장한 신시도 할머니는 남편도 아들도 며느리도 바다에서 잃었다. 그러나 이들은 어촌을 떠나지 못하고 맴돈다. 아내를 바다에서 잃은 뒤 생선은 입에도 안 되던 성수는 복순을 만나 다시 뱃일을 시작한다. 바다를 보면 구역질이 나온다는 신시도의 할머니는 보상금으로 군산에 집도 마련했지만, 막상 떠나지 못하고 섬에 여전히 머물러 있다. 이들에게 바다는 비록 힘들고 고달픈 시련을 준 존재이지만, 자신들의 운명 그 자체로서 공존하고 있는 것이다.

> "…다른 건 몰라도 바다만한 벌이가, 특히나 아무것도 가진 것 없는 사람들에게는 그 넉넉한 바다보다 더한 벌이가 없다는 것을 잘 알고 있었다. 여의도의 백사십배 가량의 땅이 생기는 것을 아는 사람들이 왜 그만큼의 바다를 잃는다는 것은 알지 못할까? 땅이야 주인이 있다지만 바다는 그렇지

도 않았다. 그저 욕심만 부리지 않는다면, 어처구니없이 성난 파도에 맞서 싸우지만 않는다면, 자연의 순리대로만 살아간다면 바다는 모자람이 없이 누구에게나 일한 만큼은 갖게 해준다는 것을 왜 모르는 것일까?"

(「바다에 길을 묻다」, 54-55쪽)

어민들에게 공평하고 넉넉한 바다와 달리 육지를 기반으로 하는 생계 활동은 매우 고단한 것이 된다. 험한 뱃일을 함께 해 온 노동의 동지는 이제 손님을 빼앗기지 않기 위해, 혹은 조개부릴 자리를 두고 '경쟁'해야 하는 관계가 된다. 예전에 까침바우는 도시로부터 도태되거나 혹은 육지 끝 해안가로 숨어들어온 사람에게 새로운 인생을 살게 할 수 있는 마지막 희망의 공간이 돼 주었다. 장씨도 서울에서 노름빚에 쫓겨 이곳 까침바우에 숨어들어와 새로운 인생을 살았던 전력이 있다. 까침바우는 오갈 데 없고 상처받은 외지인을 쉽게 받아들이는 넉넉한 마을이었다. 이러한 인심의 바탕에는 '바다'라는 노동 공간을 공유할 수 있었기 때문이다. 바다는 특별한 기술이 없어도 누구에게나 열려있는 개방된 환경이다. 누구에게나 균등하게 이용할 권리가 주어졌고 '일한 만큼'의 자원을 획득할 수 있는 경제적 가치가 무궁무진한 곳이다. 그러나 '땅'은 독점적 소유권을 바탕으로 이용되는 공간이다. 마을 주민들의 개방적 태도는 새만금 사업으로 바닷물이 막히게 되고 주 생업의 공간이 '땅'으로 변하면서 폐쇄적 태도로 돌변하게 된다. 더구나 이들이 기대고 있는 방파제란 정부 소유로 단속과 철거의 대상이다. 철거와 존립 사이에서, '땅'에 대한 소유권이 없는 '불법' 포장마차 주민들에게 생계활동은 그야말로 생존권을 쥔 전쟁이 된다. 「전국노래자랑」에서는 삶의 터전을 '땅'으로 옮겨온 마을 주민들의 폐쇄성이 잘 그려져 있다. 외지인이 자신들의 포장마차 사이에서 터전을 잡으려 하자 주민들은 자신들의 터전마저 빼앗길 위험을 감수하고 불법신고를 해버린다. 자연과 인간, 인간과 인간의 공존에 익숙

했던 이들에게 육지에서의 삶이란 결코 외지인을 받아들일 수 있는 공간
도 마음의 여유를 찾을 수 있는 공간도 아닌 삭막하기만 한 장소가 된다.

한편 경제 활동을 둘러싼 정부와 주민 간의 충돌 역시 바다와 육지를
바라보는 근본적인 인식차이에서 비롯된다.[11] 어민들에게 바다는 경제적
가치가 무한한 공존과 평등의 노동 공간이자 삶의 역사가 배어있는 문화
이다. 반면, '땅'을 기반으로 하는 개발론자들에게 바다는 '땅'보다 경제
적 가치가 훨씬 떨어진 공간이다. 따라서 하루라도 빨리 땅으로 전환해
활용가치를 높여야할 지대이다. 정부는 육지 개발론자의 입장에서 새만
금 사업을 추진하고 있다. 새만금 바다는 낙후된 전라북도의 경제를 활
성화시킬 수 있는 '땅'이 돼야 할 공간이자 미래에 닥칠지도 모르는 식
량문제를 대비해야 할 공간이다. 바다를 메꿔 다져진 땅은 농지로 이용
되거나 복합 산업단지로 이용할 계획이다. 이러한 개발 청사진이 일용
노동자 철수(「고래가 울때」)에게까지 알려질 만큼 언론이나 대정부 토론회
를 통해 대대적으로 홍보되곤 한다. 그러나 이들에게 바다와 갯벌은 확
보하고 구획되어야 할 식민지이다. 따라서 어민의 경제활동과 이에 대한
가치는 은폐되어야 할 '타자'가 된다.

새만금 사업으로 자신들의 과거사를 안고 있는 바다가 서서히 죽어가
는 모습을 지켜보는 것은 어민들에게 정신적 고통이 된다. 그러나 어민
들의 심리적 고통이나 노동 환경에 대한 부적응은 국가에 의해 자행된
'사회적 고통'임에도 불구하고 개개의 비극으로 남겨진다.[12] 지역 주민

---

11) 새만금 사업에서 충돌하고 있는 바다와 땅에 대한 어민과 정부의 인식차이는 함한
   희와 강경표에 의해 면밀히 고찰된 바 있다. 이들은 「어민, 환경운동가, 그리고 정부
   의 바다인식—새만금사업을 둘러싼 갈등을 중심으로」(2007)라는 논문에서 새만금
   바다가 어민들에게는 '생업의 공간과 정체성의 구성요소'이고, 환경운동가에게는 보
   존해야할 자연생태계로 성역화된 영역으로, 개발론자와 정부에게는 '비어있는 공간'
   으로 인식되고 있음을 밝힌다.
12) 2천 7년 6월 국가인권위원회에서는 부안 지역 주민들을 대상으로 부안 방폐장과 새

들은 바다를 내어준 보상금을 집값에, 노름에, 빚 갚는 데 쓰는 등 쉽게 소진해 버리고 바다에서 육지로 탈바꿈한 간척지에서 빈민층으로 전락해 생존권을 지키기 위해 몸부림친다.

3) 생존권과 가치관의 불일치

「고래가 올 때」는 우리 사회에서 새만금을 둘러싼 환경과 개발 논쟁을 돌아본다. '환경이냐 개발이냐'라는 극단을 달리는 논쟁은 초등학생 딸아이의 교육현장에서도 다뤄질 만큼 우리 사회 공론화된 쟁점 사안이다. 가정에서조차 아빠(철수)와 딸아이는 각각 개발론자와 환경론자의 시각에서 서로를 설득하려 한다. 아빠는 개발론자의 입장에 선다. 새만금 사업의 필요성으로 '막연하게 들은' 전라북도 경제 활성화와 미래의 식량 확보 등을 거론한다. 반면 딸아이는 환경론자의 시각에 선다. 아름다운 지구를 미래의 주인인 어린 자신들과의 허락도 없이 환경을 파괴하는 사업이라는 것이다. 막연한 주장을 펼치던 아빠는 어쩌면 딸아이의 주장이 옳은 것인지도 모른다는 생각을 한다.

사실 덤프트럭 운전기사가 돼 새만금 공사장 일터를 전전하는 철수에게 개발론이든 환경론이든 이러한 거대 담론은 중요하지 않다. 철수에게

만금 간척사업 전후 주민생활의 변화와 대형 국책사업 추진과정에서 현지 주민들이 겪은 상처와 후유증에 대한 실태파악에 나섰다. 단 이틀 간의 상담조사와 설문 조사를 통해, 물막이 공사가 끝난 방조제 안 갯벌에서 생계를 이어오던 계화도 주민들의 다수가 갯벌을 잃었다는 상실감과 경제적인 어려움으로 '트라우마' 즉 외상 후 스트레스에 시달리고 있는 것이 파악됐다. 이에 국가인권위에서는 국책사업 추진과정에서 주민이 겪은 상처와 후유증에 대해 보다 객관적이고 과학적인 접근과 탐색이 필요하며 그 결과에 따라 치유프로그램을 마련하고, 앞으로 정부가 국책 사업 실시 전후에 이와 같은 사례가 발생할 경우 적극적인 치유책 마련과 함께 예방대책을 검토해야 할 것이라는 의견을 내놓았다. 사회갈등연구소, 「부안사태 4년, 국책 사업 갈등이 남긴 상처, 누가 어떻게 치유할 것인가」 토론회 자료집, www.socon.or.kr, 2007. 7.

는 '새만금 공사가 먼 미래가 아닌 당장의 삶'이라는 것이 중요할 뿐이
다. 그가 개발론자의 편에 선 것은 단지 일자리 확보 때문이지 그 이상
그 이하도 아니다. 딸아이는 운동화를 사달라고 조른다. 그런데 운동화를
사기 위해서는 덤프 트럭으로 노동을 하고 일당을 받아야만 한다. 그러
나 일거리는 새만금 공사가 중단된 뒤로 '하늘에 별따기 만큼이나 힘이
들었고 어쩌다가 겨우 일자리를 얻는다 해도 며칠이면 끝나고 마는 단발
성 일일 뿐이었다'. 덤프 트럭의 할부금과 생계비, 아이의 교육비를 마련
하기 위해서 철수는 새만금 공사가 재개되기만을 학수고대하는 것이다.
철수에게 새만금 공사는 '밥줄'이고 '생명'이다. '새만금을 믿고 차를 샀
고 새만금 공사를 믿고 꿈을 꾸었다'. 그런데 갑자기 환경 갈등으로 공사
가 중단되자 당장 살아갈 길이 막막하기만 하다.

철수는 유년시절 물 맑은 마을 앞바다에서 만난 고래를 기억한다. 공
사판 현장을 누비면서도 '조금은 거칠한 느낌과 함께 찾아오는 묘한 부
드러움'을 가져다준 고래의 촉감을 추억한다. 환경론자나 개발론자 그리
고 함께 담론을 펼치는 딸아이도 경험하지 못한 새만금 바다의 추억을
말이다. 철수와 새만금 바다는 환경론자나 개발론자보다 더 가까운 존재
인 것이다.

새만금은 개발론자에게 경제 활성화와 미래식량의 기지이다. 환경론자
에게는 미래 후손을 위해 보존해야 할 대상이다. 반면, 철수에게 새만금
앞바다는 자라온 유년시절의 토대지만, 당장의 생존의 위해서 어쩔 수
없이 달려야 하는 오늘의 공사현장이다. 따라서 철수와 환경론자의 연대
와 공조는 요원하기만 하다.

한편으로 바다를 잃고 자본주의 사회로 재편입 되는 과정에서 마을 주
민들은 이제까지 지켜온 생태적 규범, 도덕적 규범 그리고 작업 윤리도
버리고 오로지 생존권을 지키기 위한 몸부림만을 연출한다.

광팔이영감(「뿌리 없는 나무」)은 조개를 부릴 좋은 자리를 얻기 위해서 '자리 도둑질'을 하곤 한다. 어민들은 혼탁해진 바닷물 속에서 예전에는 잡지 않았던 고기씨알이나 잡어까지 닥치는 대로 잡아들인다. 철수는 공사 현장에서 덤프트럭 운전 횟수를 조작해 일당을 부풀려 받는가 하면, 시에서 관리하는 매립용 흙을 빼돌리는 일에 가담하기도 한다. 모의한 일을 동료에게 빼앗기지 않기 위해 신호등을 무시하면서까지 더 빨리 달리기, 모의한 일에서 제외되는 상황이 벌어지자 경적을 울려 모두를 발각되는 위험에 몰아넣기 등 일당을 벌기 위해서는 어떤 일도 서슴치 않는다. 「전국노래자랑」에서는 '불법' 포장마차를 꾸린 마을 주민들과 철거 명령을 수행하기 위해 나온 시청 직원 간의 한판 대결이 펼쳐진다. 포장마차 사람들은 거대 권력에 맞서 세상에서 가장 비천한 물질인 '똥물'을 퍼붓는다. 그리고 크레인과 굴삭기에 자신들의 몸뚱아리를 던져 철거를 막는다. 똥물, 몸뚱아리, 갖은 욕설과 폭력, 악다구니는 거대권력에 맞서는 이들의 마지막 저항수단이 된다.

사회적 규범의 눈으로 볼 때 철수나 광팔이영감, 불법 어선, 불법 포장마차 주민들은 파렴치하고 부도덕한 자들이다. 그러나 이들의 입장에서 이러한 일련의 행위들은 모두 '먹고 살기' 위한 생존의 몸부림일 뿐이다. 도덕과 부도덕, 환경과 개발이라는 가치 담론은 생존권 앞에서 부차적인 문제가 된다.

4) 공간 파괴에 따른 문화 붕괴

까침바우에는 최치원의 전설이, 신시도에는 박산(博山)의 전설이 내려온다. 신라 말기 최고학자인 최치원의 전설이나 신시도의 박산에 얽힌 전설은 마을의 형성 과정과 지명의 유래를 가늠하게 해준다. 또 마을의 유구한 역사 현장은 마을 주민들의 과거사가 흐르는 곳이기도 하다. 마을 사람들은 전설을 다음 세대에게 전하며 마을의 고유한 문화적 전통을 이어 나간다. 마을의 구성물 이를테면 나무, 바위, 다리, 땅 등에 얽힌 전설과 역사는 마을의 풍경일 뿐만 아니라 사람들의 정체성까지 구성하는 것들이다. 어촌 마을 사람들은 이름보다는 칠성호 선주, 영남호 뱃동사, 길용호 아줌, 해화호 손주 등 배이름으로 호명되어 왔다. 바다를 향해 용신굿을 치르고 까침바우에서 굿을 하며 위기를 넘겼다. 이들은 전설과 신앙을 타고 '까침바우 사람들'이라는 문화적 동질성을 배경으로 하나로 묶여왔다.

「뿌리 없는 나무」는 마을의 대표적인 상징물인 까침바위에 새겨진 주민들의 과거사를 추적한다. 청주댁과 청주댁의 남편 석구는 마을의 전통 의례에 따르지 않았었다. 이들이 이사온 지 서너 해가 지나고 새 배를 장만했지만 마을 사람 누구나 다 치르는 '용왕님께 작은 치성' 하나 들이지 않았다. 얼마 후 거센 태풍이 몰아닥쳤다. 방파제가 무너지고 서너 척의 배가 태풍에 휩쓸렸다. 거센 태풍을 잠재우기 위해 '용왕님을 부르는 비손'을 하는 마을 사람들과 달리 석구는 어떤 의례 행위도 가담하지 않았다. 그런데 어느 날 석구가 타고 나간 청진호가 영영 돌아오지 않았다.

청주댁은 기독교인이었다. 석구와 마찬가지로 마을 전통의 무속 행위에 동참하지 않았던 그녀였다. 바닷일을 나갔다가 돌아오지 않은 남편을 기다리던 그녀는 결국 성경책을 버리고 그의 죽음을 받아들이는 넋걸이 굿을 하게 된다.

아이들은 어딨는가? 보이지가 않는구만……
해성호 아줌이 봐주고 있을 거구만유. 걱정 마세유. 아이들은 잘 있은께유. 나가 잘 키울 것구만유. 당신 없이도 나가 잘 키울 거구만유. 틀림없구만유. 약속할 거구만유.

청주댁의 얼굴에 맑은 눈물 몇 방울이 볼을 타고 흘렀다. 두 사람은 그렇게 마주앉아 오랫동안 울고 웃으며 소곤거렸다.
인자 가야겄네. 나 땜시 자네가 고생이 많구먼. 인자 날랑은 잊고 새 사람 만나서 잘 사소. 나도 인자 가면 새 신부 만날라네.
큰무당이 눈을 돌려 마을사람들을 그윽한 눈으로 둘러보았다.
우리 이 사람 잘 좀 부탁합니다. 글면 안녕히들 계시고요.
말을 마친 큰무당이 마을사람들을 향해 큰절을 꾸벅 올리고는 그 자리에서 풀썩 쓰러졌다. (「뿌리없는 나무」, 155쪽)

위 인용문은 청주댁이 넋걸이굿에 합일돼 죽은 석구의 영혼과 대화를 나누는 장면이다. 그런데, 청주댁의 넋걸이굿은 개인 행사가 아니다. 풍악을 울리고 길을 놓고, 금줄을 만들고 비손을 하는 등 마을 구성원 모두의 의례가 된다. 굿판이 벌어지는 동안 마을 사람들은 너나없이 죽은 이의 명복과 마을의 안녕을 빈다. 이러한 제의행위를 통해 마을 구성원들은 '카니발적 유대감을 경험하며, 끈끈한 연대감을 형성한다'.[13] 이를테면 마을 굿은 개인적 위기를 공동의 정성과 공동의 체험으로 풀어내려는 문화적 대응방식인 것이다.

그러나 고유의 역사, 문화, 전설은 새만금 사업과 함께 파괴되고 없어져버릴 위기에 처한다. 현지 주민들에게 새만금 사업은 바다의 죽음과 이로 인한 생태계 변화만 가져온 것이 아니었다. 일시에 그들이 살고 있는 물리적 토대뿐만 아니라 정신적 문화마저 바꿔놓았던 것이다. 경제적 고통에 이어 개인의 과거사가 기록된 마을의 역사물과 전설의 붕괴를 목도해야하는 정신적 고통까지 겪게 되는 것이다.

이 섬도, 아직 싱싱하고 깨끗한 물고기가 올라오는 이곳도 얼마 안 있어

---

13) 류보선, 「탈마법화된 바다, 혹은 바다의 재탄생」, 『파도는 잠들지 않는다』, 창비, 2003. 10, 285쪽.

등 굽은 물고기가 낚싯대에 올라오겠지요. 그때쯤이면 김형도 수범이도 낚시하는 법도 잊어버리겠지요. 그리고 그때쯤이면 박산이었던 이 마을 전설도 사라지겠지요. (「바다에 길을 묻다」, 71쪽)

새만금 간척사업이 시작되면서 바다를 메운다고 까치바위는 조각조각 부서져서 바다에 실려 나갔다. 삼촌에게 처음 이 이야기를 들었을 때는 마을이 자랑스러웠지만 바위가 부서지는 걸 보고는 어쩌면 거짓일지도 모른다는 생각이 들기도 했다. 그렇지 않고서야 어떻게 어른들은 마을 이름이기도 한 까치바위를 없애고 쓰레기장을 만들었을까? (위의 책, 80쪽)

마을은 바다와 함께 공존하는 공간이었다. 바다의 죽음은 곧 마을의 죽음이고, 마을의 죽음은 전설의 소멸로 이어진다. 첫 번째 인용문인 장씨의 막내아들 해화의 독백은 이러한 풍경을 쓸쓸히 고백하는 장면이다.

두 번째 인용문은 초등학생 장한빈의 눈에 비친 문화유산에 대한 어른들의 태도이다. 아이의 눈에서 볼 때 '까치바위'의 파괴행위는 납득할 수 없는 처사이다. 삼촌으로부터 마을 전설을 듣고 자부심을 느꼈지만, 지켜야 할 전통 문화유산인 까치바위가 단지 바다를 메우기 위해 무가치하고 무성적인 돌덩이로 치부되는 것에 강한 비판 의식을 드러내고 있다. 이러한 비판의식은 마을의 전통문화를 무시한 정부를 향해 있으면서 동시에 붕괴되는 고유의 문화를 제대로 지켜내지 못한 마을 어른들에게로 향해 있다.

한편으로 「오늘의 날씨」에서는 장씨의 흉내뿐인 고사가 묘사된다. 막혀가는 바다 위에서도 어업을 포기하지 못한 장씨는 '시커멓게 죽어가는 바다에도 아직 용왕님이 살고 있을는지, 몇 해나 더 용왕님의 은공을 받을 수 있을는지' 걱정하면서 배위에 오른다. 그러나 육지로 변해가는 바다에서 어렵사리 건져 올려 진 것은 속이 텅 빈 조개껍데기와 돌멩이 뿐이었다. 장씨의 몸은 더 이상 허리를 쓰지 못하게 됐고 이후로 다시는 뱃일을 하지 못하게 됐다. 오염된 바다와 장씨의 고장 난 신체, 그리고 파괴되는 마을의 전설과 문화는 운명공동체로 작동하고 있는 것이다.

3. 생태주의적 대안찾기

1) 꿈 공간의 이동, 하늘과 땅

'생태계에서 무엇보다도 소중한 것은 투쟁이 아니라 협력이요 갈등이 아니라 상호의존이다.'[14] 8편의 중단편으로 이어지는 연작들은 갈등만을 나열하는 게 아니라 서사의 마무리나 마지막 편에 이르러 꿈꾸기와 연대와 사랑의 희망을 보여준다. 이를테면 파괴된 마을현장에서 '소원을 빌고, 꿈꾸기'의 매개물은 하늘의 '별'로 이동한다. 어린 아이 한빈이는 이제 까침바위가 아닌 동산에 올라 '싸움도 없고 서로 미워하는 일도 없는 별' 자미성을 찾아보거나, '내 별'을 꿈 꾼다.[15] 또 뱃일을 접고 포장마차를 꾸린 장씨는 보상금을 날린 아내와 피 튀기는 싸움을 한 후 별똥별을 바라보고 마음을 가다듬는다.

> 막막히 오줌을 누는 장씨의 눈에 별들이 박혀 있는 검은 하늘이 달려들었다. 하늘 밑으로 갯벌이, 먼 곳으로 밀려나간 바다가 담겨들었다. 부르르, 몸을 터는 장씨의 눈 속으로 별똥별 하나가 떨어졌다. 별똥별이 떨어진 바다에서 장씨의 작은 밭으로 마파람이 불어왔다. 그러고 보니 낮에 산 모종

---

14) 김욱동, 『생태학적 상상력』, 나무심는사람, 2004, 20쪽.
15) 임영천은 '별'의 의미를 "갯벌의 상실로 삶의 터전을 잃고 유리방황하게 된 새만금 해역 어민들에게 미래(에코토피아)를 약속하는 초월의 표상으로서의 자연물로 그 의미를 지닌다"고 분석한 바 있다. 임영천, 「한국의 생태소설 연구―조헌용의 한 중편소설을 중심으로」, 비평문학, 2003, 397쪽.

들은 어찌되었을까? (「오늘의 날씨」, 271쪽)

별똥별이 떨어진 장씨의 작은 밭은 그들의 불법 터전인 포장마차를 허물기 위해 뿌려진 흙더미를 모아 일군 것이다. '별'은 바다를 밀어내고 육지로 변한 소금기 있는 새로운 삶의 현장에서, '흙과 더불어 사는 길'로 이끄는 안내자 역할을 한다. 파괴당하고, 외면 받으며, 소외되었던 이들 하위주체들의 삶에 새로운 희망의 상징물인 것이다. 이들 주민은 다시 흙이라는 자연과 함께 더불어 육지에서 정착하는 법을 스스로 터득해 나가는 것이다.

2) 다시 연대하기, 사랑하기

보상금으로 대립과 갈등이 심했던 마을 주민들이었다. '마음의 벽'은 아직 허물어지지 않았지만, 각각 서사의 결말에 이르러서는 공동의 위기를 '연대'를 통해 돌파하거나 새로운 삶의 희망을 꿈꾸기도 한다.

「바다에 길을 묻다」에서 마을 사람들은 어업권 허가와 합리적 보상을 위해 '단합의 힘'을 보여주자며 집회를 벌인다. 「호랑이 시집가는 날」에서 성수와 복순의 결혼식장은 간접보상으로 흉흉한 마을 풍경 속에서도 마을 주민들이 함께 모여 축복해주는 어울림의 장을 그리고 있다.

「무화과가 있는 풍경」은 묘사나 설명 없이 대평호 아저씨와 승리호 아저씨, 전데리, 젊은 청년 철규의 대화로만 구성돼 있는 단편이다. 바닷일을 더 이상 할 수 없는 대평호와 승리호 아저씨는 내기장기로 무료한 시간을 보낸다. 내기 장기 현장에 찾아온 철규는 '집단어업허가제'의 부당함을 전하고 반대 서명을 받는다. 그러면서 수협조합원의 선거가 곧 치러질 것이라는 속내를 비친다. '성스러운 데모' 활동은 순수한 투쟁을 넘어 마을 수협조합원 선거에까지 이용되는 등 변질돼 있다. 새만금 사업은 거대 권력층부터 아래 하층민의 삶에까지 정치적 선거의 이용물이 되고 있는 것이다. 이런 사실을 간파한 마을의 어른인 대평호와 승리호, 전데리 아저씨는 반대 서명에 지장을 찍어주면서도, 정당한 노동 즉 '뱃일'을 하라는 충고를 아끼지 않는다. 그러면서 장기판의 '쫄'에 자신들을 빗댄다.

> 뒤로는 절대로 못 가고 앞허고 옆으로만 댕기는 것이 우리네 삶허고 또 그렇게 같을 수가 없고, 혼자서는 별라 힘이 없응께 여럿이 함께 이웃허는 모습이 또 우리네 삶이다, 이 말씀이여. 우리가 바로 쫄이고 쫄이 바로 우리랑께. (「무화과가 있는 풍경」, 215쪽.)

장기판에서 '졸'은 어떤 의미를 지니는가. 장군이나 멍군의 입장에서 졸은 자신들의 지위와 자리를 지켜줄 최전병들이다. 최대 권력자의 시선으로 볼 때 졸은 자신들의 안위를 보호하기 위해 혹은 세력 확장을 위해서는 언제든지 과감히 버려도 돼는 희생양이다. 그러나 진행되고 있는 장기판에 따라서 졸은 승부에 영향을 미치는 결정적인 역할을 수행할 수도 있다. 즉, '졸'의 모습은 개별 주체로서는 아무런 힘도 의미생성도 하지 못하지만, 주위 구성진의 위치와 형세에 따라 상대편의 힘을 꺾는 변혁의 주체가 되기도 하는 것이다.

장기판의 '졸'에 빗대어진 새만금 지역 어민들은 거대 권력의 구획에 의해, 막혀가는 육지의 최전방에 서게 되었다. 그들은 공동체적인 삶에서 모든 것이 사유화되고 구획되어지는 자본주의적 삶 속으로 강제 편입되면서 경제적, 정신적, 사회적 분열을 일으킨다. 그러나 소설 속에서 '졸'의 철학은 '재앙'과도 같이 갑작스럽게 서게 된 삶의 전쟁터에서도 여럿이 함께 연대해 힘을 합쳐 한발 한발 내딛는다면, 새로운 변혁의 주체가

될 수도 있다는 연대의 힘을 보여준다.16)

전데리는 점룡과 심한 반목이 있지만, 자신의 딸과 사이가 나쁜 점룡의 아들을 결혼시키기로 결심한다. 승리호 아저씨의 만세력을 빌어 혼일 날짜도 잡으려 한다. 덕분에 바다의 매립으로 쓸모없어진 승리호 아저씨의 만세력은 마을에서 다시 필요한 예언으로 활용가치가 충분한 것이 된다. 전데리는 한 그루의 무화과 나뭇가지에 마을 사람들의 이름을 리본을 만들어 매달아 놓는다. 이는 비록 마을이 반목과 갈등으로 해체의 길을 걷고 있음에도 한 그루의 나무에 어울리게 함으로써 공동체 회복을 바란다는 희망의 메시지를 달아보는 것이다.

자식들의 결혼을 통한 화합은 당대의 극심한 갈등이 다음 세대의 자식(전데리의 딸과 점룡의 아들처럼) 혹은 그 다음 후손인 손주들의 세대(어촌계의 장씨 손주 장한빈과 김양식업을 하는 가계의 딸 슬기처럼)에서 '사랑'을 통해 해소될 수 있음을 암시한다.

4. 나오는 말

소설에 등장하는 인물은 매우 생생하다. 이들의 생명력은 거침없이 쏟아내는 사투리에서, 거친 욕설에서, 온 몸을 던지면서 벌이는 싸움판에서 팔딱거린다. 소란스런 등장인물의 신체는 서사에서 종종 '나무'나 '햇볕', '신시도의 풍경', '오염되는 바다' 등과 겹쳐 묘사된다.

「어머니는 어느 강을 흐르고 있을까」에서 치매에 걸린 어머니는 아파

---

16) 오창은, 「'졸(卒)'의 언어로 풀어낸 새만금 갯벌 이야기」, 『비평의 모험』, 실천문학사, 2005, 111-131쪽 참조.

트 앞 베란다에 알몸으로 나와 '한 그루의 나무처럼 해바라기'에 집착한다. 어머니가 죽은 후 서술자인 '나'도 어머니가 그랬던 것처럼 어머니의 뼛가루를 안고 '베란다에 쪼그리고 앉아 해바라기'를 한다. 얼마 후 죽은 노모의 뼛가루는 그녀의 소망대로 고향 바다에 뿌려진다. 고향 바다는 이제 여느 바다와는 다른, 노모의 몸을 품은 존재가 된다. 「바다에 길을 묻다」에서 장씨의 막내아들 해화는 서울도시에서 실연의 아픔을 안고 고향을 찾는다. 새만금 사업으로 처리되는 배들의 무덤, 신시도의 어슴푸레한 풍경은 상처 입은 그의 내면을 상징한다. 「뿌리없는 나무」에서 광팔이영감은 '자신의 몸 구석구석에 바다가 스며있다는' 생각을 한다. 그리고 「오늘의 날씨」에서 장씨의 고장 난 허리는 오염되는 바다에 비유된다.

소설집의 제목 『파도는 잠들지 않는다』의 '파도'는 막혀가는 새만금 바다를 상징하는 것이자 바로 새만금 지역 주민을 상징하는 것이다. 작가는 등장인물의 신체와 내면 풍경을 바다와 나무, 햇볕, 섬 등과 병치시키면서 인간도 자연 존재물 중의 일부라는 생태학적 가치관을 드러낸다. 또한 새만금 주민은 개발을 중시하는 인간에 의해 정복해야할 자연처럼, '타자'로 취급되고 있음을 고발한다.

그들의 일상은 어느 날 갑자기 위법 행위로 규정 당한다. 공권력에 쉽게 노출되고 생존을 위해 던져지는 이들의 '맨 몸'과 악다구니를 쏟아내는 이들의 '입'은, 인간과 환경이 공존과 공생의 관계에서 균열과 분할을 거쳐, 식민지적 상하 관계로 재편되는 '과정의 총체'이다. 저항과 재순응, 일탈과 포섭, 파괴와 복원을 일컫는 총체 말이다.

‖ 참고문헌

김욱동, 『생태학적 상상력』, 나무심는사람, 2004. 11.

조헌용, 『파도는 잠들지 않는다』, 창비, 2003. 10.

류보선, 「탈마법화된 바다, 혹은 바다의 재탄생」, 『파도는 잠들지 않는다』, 창비, 2003. 10.

사회갈등연구소, 「부안사태 4년, 국책 사업 갈등이 남긴 상처, 누가 어떻게 치유할 것인가 토론회 자료집」, www.socon.or.kr, 2007. 7.

오창은, 「'졸(卒)'의 언어로 풀어낸 새만금 갯벌 이야기」, 『비평의 모험』, 실천문학사, 2005. 6.

임영천, 「한국의 생태소설 연구−조헌용의 한 중편소설을 중심으로」, 『비평문학』 제18호, 한국비평문학회, 2004. 6.

함한희, 「새만금간척사업과 마을공동체의 변화」, 『환경과 생명』, 환경과생명, 2001 여름.

함한희, 「사회적 고통을 보는 문화적 시각−새만금지역의 경우」, 『ECO』 2호, 한국환경사회학회, 2002. 2.

함한희, 「새만금 간척개발사업과 어민문화의 변화」, 『한국문화인류학』 37집 1호, 한국문화인류학회, 2004. 5.

함한희·강경표, 「어민, 환경운동가, 그리고 정부의 바다인식−새만금사업을 둘러싼 갈등을 중심으로」, 『ECO』 11권, 한국환경사회학회, 2007. 12.

제 3 부 서발턴과 젠더

기생의 감성, 그 역사성과 서발터니티

이 영 배

1. 논의의 전제와 조건들

이 글의 문제 설정은 감성 담론의 체계화와 관련된다. 그러한 차원에서 아직까지 이루어진 적이 없는 감성의 역사와 서발턴 즉 이 이중의 근대적/이성적 타자들을 접속시켜 감성론의 가능성을 모색하고 있다. 그러한 점에서 이 글은 시론적이라 할 수 있다. 기생은 이러한 문제틀 속에서 소재로서 발견된 감성—서발턴—타자로 계열화되는 복잡한 존재이다.

그러한 의미에서 이 글은 본격적인 기생 연구가 아니다. 기생의 연구 지형에서 보면 기생만 보인다. 기생만 보게 되면 이 글의 문제 설정은 드러나지 않는다. 또 문제틀 속에서 접근한 기생 논의가 기존의 논의를 단순히 종합한 것은 아니다. 다중적인 문제틀 속에서 어떻게 단순한 종합이 성립할 수 있겠는가. 구조적으로 그러한 종합은 성립될 수 없다.

이 글의 전개 방식은 감성과 역사, 서발턴과 타자라는 구슬을 기생의 실로 꿰는 방식이 아니라, 기생이라는 소재를 감성과 역사, 서발턴과 타자라는 다중적 그물로 엮어가는 방식이라고 할 수 있다. 이제까지 전개된 기생 담론들을 모두 언급할 수도, 그 과정에서 생긴 쟁점들에 어느 한 관점이나 경향을 선택할 수도 없다. 다중적인 문제틀 속에서 서로 상반된 입장, 어느 편에서 보면 문제적이고 비판적으로 볼 수 있고 또 어떤 분과 학문의 지점에서 보면 무시될 수 있는 담론, 그 역도 가능한, 그러한 기생 담론들이 이 글의 문제틀 속에서 섞여 있다.

기생이라는 존재는 복잡한 존재라고 했다. 이 글은 기생에 대한 명확한 규정을 내리지 않았다. 전통적인 의미의 기생과 대한 제국기, 일제 강점기, 그리고 그 후 변화된 정치경제, 사회문화적인 지형에 놓인 기생은 많이 다르다. 신분제의 억압 속에서 특수한 존재로 살았던 여러 유형의 기생들, 그들이 겪었던 삶의 질곡들, 그리고 신분 해방 속에서 남아 있는 반(半)봉건적인 의식 지형들, 식민지 근대성의 또 다른 질곡들을 어떻게 일률적인 잣대로 규정할 수 있겠는가. 더구나 감성을 개인적인 차원, 평면적인 차원에서 다루지 않고 역사를 사유하면서 계층을 중시하는 감성 연구의 지평에서 그러한 규정은 근본적인 모순에 봉착할 수밖에 없다. 그러나 시론을 넘어 좀 더 구체적이고 심화된 논의가 필요하다. 그러한 점에서 이 글은 한계를 가진다. 차후의 연구를 통해 이러한 한계가 극복되어야 한다는 점은 분명하다 하겠다.

이 글은 기생의 감성[1]을 '서발턴(subaltern)'과 매개 혹은 중첩하여 다룬

---

1) 감성이라는 개념은 감정, 정서, 감수성, 감각 등 여러 층위의 유사한 말들과 구별하여 명확하게 그 개념과 쓰임새를 정의하기가 현재로서는 매우 어렵다. 이러한 사정을 이전에 논의한 바 있는데, 거기에서 밝힌 것과 같이 이 글에서도 그 개념과 쓰임새 및 관련 어휘들과의 차별성에 대해서 다소 느슨하게 하여 사용하고자 한다. 자세한 내용은 이영배, 「굿문화 속 감성의 존재양상과 그 특징」, 『호남문화연구』 제45집(전남대, 2009) 참조. 감성과 관련하여 인용하는 이론적인 논의들이 대개 'emotion'을 정서로 번역해서 사용하고 있으므로, 이 글에서 쓰는 '감성', '정서'의 용어는 '감성 – 정서'

다고 했다. 이렇게 하는 이유는 감성이 사회와 역사, 그리고 문화는 물론
계층/계급에 의해 차이가 있음을 전제하고 있으며, 감성들이 발산-작용
-포획/수렴-저항/탈주의 운동을 통해 또 다른 생성으로 확산되는 다수
의 장들이 존재함도 전제하고 있기 때문이다. 이러한 생각은 제롬 케이
건의 정서 연구에도 전개되어 있다. 즉 사회적 범주에 따라 정서의 빈도
와 현저성이 다양하다는 것이다. 다만 차이의 지점은 사회적 범주 즉 계
급, 젠더, 인종, 사회, 역사, 문화 등등의 요인들이 드러내는 정서적 차이
가 양적인 차원에서 다루어지고 있다는 점이다. 그의 말을 요약하여 제
시하면 아래와 같다.

> 같은 사회 안에서도 사람들이 주로 일으키는 정서의 빈도와 현저성은 저
> 마다 다르다. 이 차이를 일으키는…결정 요인은 개인이 자기정의적인 것으
> 로 받아들이는 사회적 범주…이다. 사회적 범주는 감정에 부여되는 평가를
> 좌우하며, 이 때문에 특정 정서에 대한 감수성에도 영향을 미친다…성별,
> 민족, 사회계층, 국가, 종교, 인생 과정으로 사회적 범주를 나누어 볼 수 있
> 다. 사람들은 대부분 성별과 민족을 고정된 것으로 여기며 나머지 네 가지
> 는 바뀔 수 있다고 생각하지만 모든 범주는 역사적 시대와 문화에 따라 중
> 요성이 달라진다. 계층과 국가는 19세기 유럽에서 특히 두드러진 범주였지
> 만, 20세기가 되자 민족의 중요성이 커졌다…계층이 기분에 강력한 영향을
> 미친다…계급차이는 필연적인 현상이다. 어떤 사회이든 각 구성원은 공동체
> 가 미덕의 표지로 높이 평가하는 특성을 저마다 다르게 가지고 있기 때문
> 이다.2)

정서들의 차이가 아닌 정서의 차이, 그리고 그 차이의 상대주의적 입

혹은 '감성/정서'의 축약임을 밝혀둔다. 이러한 '말가방'의 형태는 어느 정도 분명한
규정의 근거들이 확보되기 전까지, 잠정적인 개념 규정 방식임을 뜻하며, 필요에 따
라, 혹은 맥락에 따라 함께 꺼낼 수 있고 읽혀질 수 있는 효과를 내기도 할 것이다.
감성과 관련한 다양한 용어들과 의미 등은 박우룡, 「서양의 감성 인식의 전통」, 『서
양사론』 제102호, 한국서양사학회, 2009 참조.
2) 제롬 케이건, 노승영 옮김, 『정서란 무엇인가?』, 아카넷, 2009, 211-223쪽.

론은 계급차이의 필연성으로 확대되고, 정서의 양태를 사회적 범주에 따라 구분함에도 불구하고 그것을 고착화시킴으로써 오히려 차이는 고착화되어 불식되는 것처럼 보인다. 구성주의자들의 견해를 참조하면, 취향과 그에 따른 행동의 패턴, 그리고 정서적 표현은 계급/계층적 환경과 그 재생산 기제인 교육에 의해 차별적으로 만들어진다. 또한 사회공간을 형성하는 장들의 위계 속에서 움직이는 정서들은 여러 조건 속에서 육화되어 정체성을 띠게 된다. 그러므로 계층/계급에 따른 정서들의 생성물들은 연속보다는 단절을, 통합보다는 이질적인 것들의 공존과 융합에 의한 '새로운 어떤 정서-되기'로 자기 역사를 구성한다고 할 수 있다.

이를테면 정서들의 역사가 존재할 수 있다. 물론 이러한 관점은 피터 N. 스티언스의 「정서들의 역사」[3]에도 잘 드러나 있다. 그에 따르면 16세기 서구 유럽에서는 멜랑콜리의 분위기가 확산되고 있었다. 즉 이러한 정서가 적절한 종교적인 태도이며, 유혹과 죄로 가득한 이 세상의 참상을 잘 드러내는 것이라고 생각되었다. 그러나 18세기에 이르면 이러한 풍조는 변화하기 시작했다. 멜랑콜리가 유쾌함으로 대체된다. 자비로운 신의 은총에 대한 감사의 표시가 웃는 표정이라고 생각되었으며, 상업적인 가치들이 사회의 지배적인 가치가 되면서 행복을 생산하는 물질적인 상품(혹은 웃는 표정과 치아 교정의 상관성에 따른 치의학의 발전)과 유쾌함은 새로운 힘을 획득하였다.[4] 그리고 한 번 시작된 변화는 착실하게

---

3) M. Lewis, J. M. Haviland-Jones, L. F. Barrett, eds., *Handbook of Emotions*, New York : Guilford press, 2008, pp.17-31. 정서에 관한 역사적 접근의 궤적, 그 결과로서 정리되고 있는 정서들 자체의 역사는 이 책의 2장을 참고했다. 이 책을 따르면, 정서를 생산하는 사회·정치·경제적 토대의 변화와 그에 따른 인간들의 관계, 그리고 거기에서 유발되는 정서의 변화는, 17~18세기 사이에 근본적으로 변화하기 시작했다. 분명히 이러한 변화는 자본주의 체제의 성립과 발전에 기인하는 바가 크다. 또한 20세기 후반 사회사의 진전과 함께 역사학 자체에서의 정서 연구가 진척을 보이면서, 변화를 도해하는 역사적 연구의 중요성이 언급되어 있다.

4) C. Jones, "The Great Chain of Buying : Medical Advertisement, the Bourgeois Public

기반을 다져나갔으며, 20세기 후반 즈음에 노동자들의 취업은 물론, 상업상의 거래와 노사관계, 그리고 이문화간 접촉에 영향을 미치면서, 편재하는 규범으로서 자리잡게 된다. 그러나 이러한 쾌활함은 억압적 성격을 드러내게 되고 우울증의 확장과 심화로 그 병적 징후를 드러내었다.[5]

요컨대 변화를 사유하면서 정서들의 역사를 구성하는 작업이 역사학 분야에서 요긴한 일이면서 동시에 그러한 작업은 정서 연구의 영역을 확장하는 일이 되기도 한다. 여기서 이 글과 관련하여 중요한 지점은 변화의 국면이 갈등하는 힘들과 동시에 나타나며, 변화의 양상은 혁명과 같은 대전환 속에서 단절과 생성의 과정으로 우리에게 드러난다는 점이다. 따라서 변화를 검토하는 일은, 추론적이거나 상상적인 것이라기보다는 실제적인 과거의 규준들—역사학자들이 최고로 잘 하는 일에 해당하는—을 거슬러 새로운 경향들이 조심스럽게 평가될 수 있는 토대를 마련하는 일이다. 그러한 토대는 법, 교육, 미디어, 혹은 정치적 과정과 같은 좀 더 큰 제도들의 변화들은 물론, 개인의 정서적 삶 속에서 일어나는 변화의 원인들과 그 결과들을 평가하는 과정에서 이루어질 수 있다. 다시 말해 거시적인 역사적 변화의 조망과 미시적인 삶의 변화, 그리고 그 상관성 및 지역과 인종/민족의 범주, 더 나아가 제국과 식민의 관계망 속에서 정서들의 역사는 기술될 수 있다.

그러나 "역사학 분야에 고질적인 문제가 있다. 즉 죽은 사람들에 대한, 정서적인 규준 특히 정서적인 경험을 적절하게 다루기 위한 자료를 발견하는 일이 쉽지 않다"는 것이다. 따라서 "정서적인 규준에 대한 자료를 발견하는 일" 속에서, "명료한 메시지를 갖고 있"으면서, "언어의 뉘앙스

Sphere, and the Origins of the French Revolution," *The American Historical Review*, 10(1), 1996, pp.13-40.

5) C. Kotchemidova, "From Good Cheer to Drive-by Smiling," *Journal of Social History* 39, 2005, pp.5-38.

와 메타포의 선택을 통하여" 그것들을 해석하는 일에 관심을 기울일 필요가 있다. "이는 결국 점진적으로 역사 연구를 창조적인 것이 되게 하는 일과 관련된다. 구성주의자들은 사회적 기능이 자주 바뀐다면 정서도 역시 실질적으로 변화할 것이라고 지적한다.[6] 어떤 정서들은 이러한 과정의 부분으로서 소멸될 것이고 다른 것들은 새롭게 나타날 것이다. 기능적인 영역으로서 혹은 기능과 정서의 매개로서 문화적 맥락에 대한 관심을 공유[7]"하고, 어떤 맥락 속에서 어떤 정서적 표현들이 지배적인 자리를 잡고 효과화되는지 (혹은 텍스트화 되는지), 그럼으로써 사상되는 것, 배제 혹은 주변화되는 것은 무엇인지를 살피는 일이 무엇보다도 필요하다 하겠다.

　　망탈리테 역사학자들은 엘리트와 민중의 믿음 체계의 관계들을 다루었다. 여기에서도 역시 그들은 17세기와 18세기에 일어났던 의미 있는 변화들에 주목했다. 유럽의 엘리트들은 한때 그들이 기꺼이 공유했던 여가 전통에 대해 의문을 품기 시작했다. 그들을 동요하게 한 핵심 문제는 정서적인 자발성이었다―정서가, 현재에 저속하고 무질서하게 보이는, 군중의 열광, 음란한 춤, 또는 열광적인 스포츠와 같은 신체적인 행동을 낳을 때와 같은 그러한 경우들. 이에 따라 엘리트들은 자발성을 억압하기 위해 고안된 규율적이고 법적인 다양한 조치들을 강구하여 유럽의 농민들과 직공들의 전통적인 축제를 약화시키는 데 어느 정도 성공했다.[8] 그 결과로서 식민지 버지

---

6) J. R. Averill, "A Constructivist View of Emotion," In R. Plutchik & H. Kellerman eds., *Emotion : Theory, Research, and Experience : Vol. 1 Theories of Emotion*, New York : Academic Press, 1980, pp.305-339; *Anger and Aggression : An Essay on Emotion*, New York : Springer-Verlag, 1982.

7) S. L. Gordon, "The Socialization of Children's Emotion : Emotional Culture, Competence, and Exposure," In C. Saarni & P. Harris eds, *Children's Understanding of Emotion*, Cambridge, UK : Cambridge Univ. Press, 1989, pp.319-349.

8) P. Burke, *Popular Culture in Early Modern Europe*, New York : New York Univ. Press, 1978; A. Mitzman, "The Civilizing Offensive : Mentalities, High Culture and Individual Psyches", *Journal of Social History, 20*, 1987, pp.663-688.

니아를 연구하는 역사가들은 북미 지역에서 18세기 후반에 형성된, 여가의 정서적 자발성에 대한 엘리트와 일반 대중의 분리에 대한 다소 유사한 과정을 추적했다.9)

제국의 지식인들이 식민지 민중의 정서들을 기술한 과정과 그 결과들이 위 인용에서 필자가 주목하고 싶은 점이다. 그 구체적인 내용을 좀 더 상세히 검토하는 작업이 필요하겠지만, 정서들의 역사 연구에서 변화를 사유할 때, 그 분기점이 되는 국면들은 한 국가의 자본주의의 성립과 발전과 연관된다. 뿐만 아니라 자본주의 체제의 필연적인 진행 과정인 제국과 식민의 관계와도 관련된다. 제국의 필요에 의해 표상되는 이미지, 그리고 그것을 작동시키는 감성적 기제와 그 이념적 효과의 궤적 속에서 식민지 민중의 감성들은 그 이전 시기와는 전혀 다른 새로운 모습들을 갖진 않았을까? 그런데도,

　　필립 그리븐은 식민지 북아메리카에서 지속되어온 세 가지 기본적인 정서의 사회화 방식을 가정했다. 즉 변화는 최초의 다양성을 입증하는 것과 관련되어있지만, 그때 이래로 연속성이 우세하게 되었다. 1990년대의 성난 부모들은 1750년에 그들의 조상들을 규정했던 똑같은 문화에 사로 잡혀 있다.10)

이러한 가정 속에 은폐되어 있는 것은 없을까? 식민의 역사 속에서 가정되는 이 연속성은 어떤 의미들을 만들어내지 않을까? 스티언스는 "비서구 지역들에서 두드러지게 확장된 정서의 변화 연구와 비교의 방법에

---

9) R. Isaac, *The Transformation of Virginia, 1740~1790*, Chapel Hill : Univ. of North Carolina Press, 1982.

10) P. J. Greven, Jr., *The Protestant Temperament : Patterns of Child-rearing, Religious Experience and The Self in Early American*, New York : Knopf, 1977; *Spare The child : The religious Roots of Punishment and The psychological Impact of Physical Abuse*, New York : knopf, 1991.

대한 힐난이 있다. 그것은 그것이 강제적이라는 데 있다"고 말한다. 강제에 의한 단절의 역사적 국면이 존재했음은 명확한데도 불구하고, 서구의 정서들의 역사와 달리, 식민지의 정서들이 연속적이라는 가정은 아무래도 정체된 사회, 그래서 외부에서 발전의 동력을 끌어와야 되는 필연성을 정당화하게 되고, 이를 통해 제국의 식민통치 또한 정당성을 획득하게 된다.

이 지점에서 감성의 연구는 서발턴 연구와 만날 수 있다. 라틴 아메리카 서발턴 연구자 존 비벌리는 "서발턴 연구는 권력을 다룬다. 즉 누가 권력을 갖고 있고 그렇지 않은지, 누가 권력을 얻고 잃어버리는지를 연구한다. 권력은 재현과 관련이 있다. 어떤 재현들은 인식상의 권위를 지니고 있거나 헤게모니를 보장해주지만, 어떤 것은 그런 권위도 없고, 주도권을 잡지도 못한다."[11]고 말한다. 인도 출신의 서발턴 연구자 가야트리 스피박이 아주 간명하게 "서발턴이 말할 수 있다면 즉 실제로 우리에게 중요한 것을 어느 정도 말할 수 있다면, 그것은 서발턴이 아니다."[12]라고 말했지만, 필자가 가정하는 것은 서발턴은 재현된 자신을 통해 권력을 드러내고, 그 권력의 숨은 의도와 실체를 드러낸다는 점이다. 재현은 사실을 바탕으로 이루어지지만, 그렇다고 사실이 실체(여기서 핵심은 권

---

11) John Beverley, *Subalternity and Representation : Arguments in Cultural Theory*, Durham and London : Duke University Press, 1999, pp.1-24. 라틴 아메리카에서 이루어지고 있는 서발턴 연구의 특징과 서발턴에 대한 다소 느슨한 규정들에 관해서는 이 책을 주로 참조했다. 서론에서 인도의 서발턴 연구 그룹과 라틴 아메리카 서발턴 연구 그룹의 차이와 공통점을 분석하고 있으며, 서발턴이라는 개념에 대한 규정과 범주 및 효과에 관한 다소 복잡한 논의를 하고 있다. 하지만 분명한 것은 라틴 아메리카에서 좌파의 기획이 처한 곤궁과 난제를 풀기 위해, 남아시아의 서발턴 연구 그룹의 논의를 참조하여, 거기에서 신좌파의 새로운 길을 모색하는 데, 서발터니티를 차용하고 있다. 남아시아 서발턴 연구 동향과 내용에 대해서는 김택현, 『서발턴과 역사학 비판』, 박종철출판사, 2003; 『트랜스토리아』 1~6호, 박종철출판사 참조.
12) Gayatri Spivak, "Can the Subaltern Speak?" in *Marxism and the Interpretation of Culture*, ed. Cary Nelson and Lawrence Grossberg, Urbana : Univ. of Illinois Press, 1988.

력 혹은 권력 관계)를 드러내주지 않는다. 다시 말해 사실은 재현을 통해 은폐된 실체를 만들면서, 동시에 재현에 객관성을 부여한다. 그러나 재현은 은폐된 실체를 사실을 통해 함축하며, 재현 당시의 혹은 이전과 이후의 맥락을 지시하면서, 그 너머의 실체를 파편적으로나마 드러낸다. 따라서,

> 서발턴은 학문적 지식에서 자끄 라깡의 범주인 실재(the real)와 같은 것으로 제시된다. 즉 그것은 상징화에 저항하고 그것을 '안다'는 가정을 전복시키거나 파기하는 지식의 틈새(a gap-in-knowledge)이다. 그러나 서발턴은 존재론적인 범주가 아니다. 그것은 종속된 특수성(subordinated particularity)을 의미하고, 권력 관계들이 공간화된 세계 속에서 그것은 공간적인 지시 대상, 영토권의 형식으로 나타나야 한다. …서발턴 연구는 '지역'이라는 관념이 식민본국의 아카데미에서 서발턴화된 공간과 그에 상응하는 '타자 알기'의 인식론적인 문제를 의미할 때만 지역연구와 관련된다. 그러나 물론 탈식민 라틴 아메리카, 아시아, 혹은 아프리카로부터 온, 그 타자는 (다른 것들 중에서) 식민본국 아카데미의 정보 검색 장치임에 틀림없다. 즉 에드워드 사이드가 오리엔탈리즘이라고 부른 것의 동시대 형식. (존 비벌리, 2)

서발턴은 재현의 대상 혹은 통치의 대상으로 전락하지만, 풍요로운 해석의 결과들을 기다리는 의미의 씨앗 혹은 저장고이다. 서발턴을 재현하는 매체가 무엇이든지 간에, 거기에 담긴 파편적인 정보들의 모자이크 혹은 몽타주는 매 순간 기록되지 못하고 사라지는 그들의 정체성과 욕망을 징후적으로 드러낼 수 있다. 즉 "보다 뿌리 깊고 전형적으로 근대적인 경향에 의해 생산된 부정의 징후, 의사소통적 합리성을 능가하는, 인지적인 것을 포함한, 도구적 이성에 대한 관심들이 지배적인 것이 되는 징후, 상호주관적으로 고안되고 소통된 의미들―발견된 의미들은 전통, 욕망, 믿음, 이상, 그리고 가치가 공존하는 생활세계에 확고하게 닻을 내리고 정확하게 문화로 표현된다―의 영역으로부터 경제, 과학, 일상생활의 물질적 조건을 포함하는 기술 발전으로 인해 기술 영역이 분리되는

징후"13) 등을 드러낸다.

호미 바바에 의하면, "혼종성은 식민권력의 한 효과로 이해된다. 즉 그것은 식민 주체 혹은 서발턴적 주체가 식민 기획에 의해 강제된 이분법을 '고치고 풀' 수 있는 공간이다.14) 어떤 식으로든 혼종적이지 않은 정체성은 존재하지 않는다. 정체성은 분산적이고 복수적이며 우발적이고 잠정적, 수행적이다. 모든 의미는 부재 혹은 결핍에 기초해 있다. 서발턴 연구가 보여주려는 것은 정확하게 민족 서사의 균열된 성격이고, 다른 역사들과 다른 생산방식들, 그리고 다른 가치들과 정체성들에 의해 교차되는 방식이다." 그러므로 감성을 단일한 방식으로 도식화할 수 없으며, 대표성을 띠는 일반화된 감성의 규명도 있어서는 안 될 것이다. 궁극적으로 우리가 할 수 있는 것은 감성의 결들을 드러내는 일과 함께, 그 결들 속에 숨은 의미들과 욕망들을 감지하는 것이며, 이를 통해 은폐된 권력 관계 속에서 여러 감성적 표현들로 숨 쉬며 살아가는 적어도 한 무리의 공통적 감성을 상상하는 일일 것이다.

2. 전통 사회 기생의, 혹은 기생에 대한 시선의 양가성

기생은 한 마디로 정의할 수 없는 복잡한 존재이며, 그 개념이 갖는 상(혹은 변화상) 또한 복합적이다. 이능화에 따르면 기생의 원류는 신라 시대의 '원화'에 있으며, 그 사회문화적 위치 또한 작금의 천류가 아니

---

13) José Joaquín Brunner, "Notes on Modernity and Postmodernity in Latin American Culture," in *Postmodernism Debate* 35.

14) Homi Bhabha, "Dis-semiNation," in Homi Bhabha, ed., *Nation and Narration*, London : Routledge, 1990, p.292.

다. 기생은 "우리나라 옛 풍속에 기학(妓學)은 의약술이었다. 가무의 재주가 있다고 하여 이름을 기생이라 하였는데, 중국의 기(妓)[15]를 고쳐서 쓴 것과 같은 류(類)이다." 그러던 것이 "고려 태조가 삼한을 통일하자 백제 유민 중에 수척(水尺)자가 있었는데, 고집이 세어 억제하기 어렵게 되자 노비에 편재하여 각 관청에 예속시켰으며, 그 중 색예(色藝)가 있는 여종은 기생으로 삼아 화장을 시켜 가무를 연습시켰으니, 이것이 고려 여악(女樂)의 시초이다"(『敎坊弟子』)[16]에서 볼 수 있듯이, 천류로 전락한다.

역사의 추론은 기생의 서발턴화를 피정복민의 정치적 수모와 경제적 수탈을 이겨내게 하기 위해 어쩔 수 없이 '유인·정착'시킨 노예제도의 결과로 보게 하기도 한다. 즉 포로에 대한 정복자의 통치 프로그램이 구체화될 때 천민(여기에서는 기생)은 늘어나기 시작했다. 또 그것은 국내의 정치 변란을 주도한 도발 주체의 정치적 실패가 신체적·사회적 속박으로 귀결되는 대가지불방식으로 볼 수 있다. 요컨대 기생의 서발턴화는 전쟁 포로와 정치적 반역자에게 부과된 천역의 생산·유지·관리의 결과[17] 중의 하나라 할 수 있겠다.

전통 사회의 기생은 지배계급의 전유물로 육체를 권력처럼 소유하고 육체 그 자체로 소비하는 또 하나의 극적 주체(이자 대상)이었다. 그럼에도 불구하고 지배계급과 독특한 관계를 이룬 기생은 문화적 개성을 읽을 수 있는 집단임과 동시에 호의호식하는 존재들로 천민집단들에게 선망의 대

---

15) 중국에서 기생은 '기(妓)' '기녀(妓女)' '창기(娼妓)'로 불렸다. 그런데 기녀(伎女)와 기녀(妓女)를 구분하여, 전자는 고대의 여자 가무예인을 가리키고, 후자는 여자 가무예이지만 매음을 위해 영업하는 자로도 쓰였다. 옛 시대의 창녀는 음악에서 기원한다. 이런 까닭으로 후세에 창녀가 비록 살기 위해 매음을 하지만 음악과 가무가 그들의 주요 기술이 되었다고 한다. 창(娼)은 남녀로 구분되지 않았다(신현규, 『기생이야기 —일제시대의 대중 스타』, 살림, 2007, 8-9쪽.
16) 이능화, 『조선해어화사』, 동문선, 1992, 18-22쪽.
17) 박종성, 『백정과 기생』, 서울대학교 출판부, 2003, 83-84쪽.

상으로 비쳐지기도 했다. 권력과의 관계에서 기생들은 지배계층의 성적 요구에 대한 육체의 제공과 그 지속적 담보를 통한 긴밀한 상호의존 관계에 있었지만, 그러한 관계 여부를 떠나 문화적 매력과 당당함[18]을 발휘한 문화 생산의 한 주체이기도 했다.

전통 사회의 기생은 관기로 표상된다. 관기의 기록은 고려 시대부터 있어왔지만, 그 기록이 많지 않아 상세히 알 수는 없다. 다만 이들이 관아의 노비로, 또는 여악을 담당한 가척이나 무척의 형태로 연회에 나가 활동했음은 분명하다. 이러한 고려의 관기 제도는 그대로 조선에 이어졌다. 유교 윤리를 내세운 조선왕조였음에도 불구하고 기생을 없애기보다는 더욱 세분화하고 조직화했다. 조선시대 기생은 각 지방마다 뽑혀 올려 졌는데, 장악원에 소속되어 노래와 춤을 교육받았고, 이후에는 궁중에서 주관하는 여러 잔치에 동원되었다. 뿐만 아니라 변방의 위안부, 관아에서 여흥을 돋우는 여악, 지방 관원들의 수청에 이르기까지 다양한 역할을 수행했다.

관기들이 기녀명부 즉 기안(妓案)에 이름이 오르는 나이는 대략 15세쯤이다. 기안에 오르면 기녀 교육을 담당하는 교방(敎坊)이란 곳에 들어가 기녀로서 자질을 갖추기 위한 언어·동작·서화 등을 익혔다. 교방에서 교육을 받는 기간은 15세부터 20세까지이고, 1년 중 6달 정도 기예를 학습 받아야 했다. 주로 가야금·비파·해금·대금 등 각종 악기 연주법을 비롯하여 노래와 춤을 배웠다. 자질을 갖추기 위해 가혹할 정도로 매를 맞아가며 수년간의 피나는 수련을 쌓은 후 관기의 일원으로서 활동하였다.[19]

18세기 말의 가사 「순창가」[20]에서 관기로서의 기생의 처지를 살펴볼

---

18) 같은 책, 88-90쪽.
19) 정성희, 『조선의 섹슈얼리티(개정판)』, 가람기획, 2009, 170-176쪽 참조.

수 있다. 지방 관아 소속 기생들의 힘겨운 일상이 이 가사에 담겨 있는데, 아전과 기생들의 법적 소송 사건을 소재로 했다. 이 작품의 특징은 기녀의 처지와 힘겨운 현실이 소개되고 피해자로서 기생이 낸 집단적 목소리를 제시하고 있다는 점이다. 담양에서 한 지방관을 대동한 산행길에서 실수로 낙마한 아전이 자신의 사고를 그 뒤를 따르던 기생의 탓이라고 돌려 관아에 고발했다. 관아에 끌려간 기생들은 자신들의 억울함을 직접적으로 토로하면서 아전의 횡포에 강하게 대응한다. 당시 지방 관아의 호장은 교방의 관기를 직접적으로 관장하면서 실질적인 권력을 행사했던 존재였는데, 이러한 기생의 저항은 오랫동안 억눌려온 것에 대한 항변이라고 할 수 있다. 「순창가」에 그려진 지방 관기들은 관가 교방에서 5일마다 한 번씩 음악수업에 참가해 기예 훈련을 받고, 누비, 바느질 등의 직역을 수행한다. 게으름을 피우거나 잘못하면 태형을 당하고 차모 역할이나 수청기로서 관리들을 응대하고 성적 봉사를 해야 했다.[21]

양반들의 성적 도구로서 기생의 이 같은 처지는 이기(李曁)의 『간옹우묵』에 나오는 공주 기생에서 더욱 분명하게 느낄 수 있다. 그녀는 "우리 고을은 서울에서 남쪽으로 내려가는 길목에 있어서 오르내리는 손님이 끊이질 않습니다… 그러니 한 달에 집으로 돌아가는 날은 이삼 일밖에

---

20) 「순창가」는 玉局齋 李運永(1722∼1794)이 지은 가사이다. 이 가사는 『顔詞』에 실려 있는데, 『顔詞』는 이희현의 외증손인 홍정유가 1863년에 쓴 발문을 통해 필사 경위를 알 수 있다. 즉 자신의 할머니가 시집올 때 필사해 온 『顔詞』를 집에 보관하고 있었는데 정작 이희현의 집안에 『顔詞』가 없어져서 이희현의 손자인 이승험의 요청으로 한 번 베껴 보낸다고 기록하고 있다(소재영, 「새 자료 『顔詞』 연구」, 『조선조 문학의 탐구』, 아세아문화사, 1977, 388쪽). 「순창가」는 모두 109행 218구 1571자로 6편의 가사 작품 가운데 가장 길다. 전북 순창 하리 최윤재가 사또에게 직접 경험한 사실을 고발하는 형태로 쓴 작품인데 당시 관리들의 잘못을 꼬집고 억울하게 죄를 입게 된 의녀들의 참담한 생활상을 폭로하고 있다(박수진, 「<순창가>의 구조와 인물의 기능」, 『한국언어문화』 제28집, 한국언어문화학회, 2005, 206쪽).
21) 서지영, 「이미지와 환상을 넘어서」, 『여성/이론』 12호, 여성문화이론연구소, 2005.

안됩니다. 게다가 우리들이 모시는 손님들은 집을 떠난 지 오랜 남자들이라, 밤새 잠을 못 자게 하면서 저희들을 데리고 노니, 저희들은 짐승 같은 느낌이 들 뿐 아무런 감흥도 일어나지 않습니다. 그래서 도망하여 하룻밤 잠이나 푹 자려고 한 것"22)이라고, 공주 통판이 서울 손님을 모시라고 한 명을 어기고 도망간 사연을 호소한다. 황진이나 매창과 같이 양반층과 우정(?)을 나누고 교감했던 기생들이 존재했다는 것을 부인할 수는 없지만, 대개의 경우 기생의 처지는 『소수록』과 같은 문헌에도 잘 나타나 있듯이23) 짐승과 같은 열악한 상황에 처해 있었던 것만큼은 분명해 보인다.

이와 같이 전통 사회에서 기생은 천역을 수행해야 하는 열악한 처지에 있었으면서도, 그 역을 수행하기 위해, 즉 양반을 상대로 해야 했기에 오랜 시간 동안 기예를 연마하고 품격을 유지하기 위한 교육도 받았다. 그러한 의미에서 기생의 존재는 양가적이며, 기생을 보는 양반들의 시선 또한 이중적이라고 할 수 있다. 양반으로서 기생은 풍류 속에서 '말을 나눌 만한 존재'24)이면서도 신분제의 틀 속에서 잉여적 쾌락을 제공하는 천민에 불과했다. 그럼에도 불구하고 기생들에게 양반이란 그 첩이 되어서라도 기생 신분에서 벗어날 수 있는 유일한 탈출구였다. 그것이 원칙적으로는 불가능했을지라도, 완전한 신분해방이 아니었을지라도.

12월 25일 경성남문 밖 민가에 숙소를 정하고 일행 몇 사람과 성문을 산책하고 있었는데 때마침 옥색 저고리에 붉은 치마로 곱게 단장한 한 여인이 연보(蓮步)로 눈썹을 살짝 낮추며 내 앞을 지나가더라. 나는 그 여인을

---

22) 정병설, 『나는 기생이다』, 문학동네, 2007, 377-378쪽 참조.
23) 같은 책.
24) 辛丑七月壬子到扶安 倡桂生 李玉汝情人也 挾瑟吟詩 貌雖不揚 有才情 可與語 終日觴詠 相倡和 夕納其姪於寢 爲遠嫌也, 허균, 「조관기행(漕官紀行)」, 「성소부부고(惺所覆瓿藁)」

오래도록 지켜보다가는 드디어 말을 거는데 성공했다. "나는 영남 땅에 사는 풍류객인데 내 이름은 널리 조정에도 알려 있음은 그대 나의 행장 한 가지만 보더라도 이미 백가지를 짐작하리라. 지금 북쪽 오랑캐를 정벌하러 가는 길인데 나는 온갖 보물을 가지고 있다. 그대 필요한 것을 구하지 않으려나" 하니 그녀는 먼저 알아차리고 방긋이 웃으며 말하기를 "이곳에는 보물을 가진 사람이 없고 남쪽 사람들이 보물을 많이 가지고 있음은 이미 알고 있나이다. 청컨대 함께 따라가 놀기를 원하나이다." 하거늘 나는 그녀와 함께 객사에 돌아와 오래도록 담소를 즐겼다. 날이 저물어서야 그녀를 돌려보냈는데 그녀의 이름은 애춘(愛春)이요 자는 석향(釋香)이며 나이 20세에 가사와 문장에 능하더라.

26일 갈아탈 말이 없어 부득이 머물게 되었는데 마침 애춘이 친구와 함께 나의 객사에 찾아왔다. 반가이 두 여인을 방으로 안내하였는데 애춘이와 같이 온 그 여인은 나이 28이요 그 아름다운 용모는 서시나 왕소군의 미색을 가졌더라. 나삼(羅衫)으로 반만 가리운 그 자태는 마치 가을 하늘의 구름 뒤에 숨은 반달 같고, 곱게 꾸민 옷차림은 춘당에 비친 연화의 그림자 같더라. 이름은 금춘(今春)이요 자는 월아(月娥)인데 가사와 바둑 장기 솜씨가 보통이 아니고 더욱 가야금과 피리 솜씨 또한 겸했더라. 그리하여 금춘과 종일토록 담소로 즐겼는데 어찌 남아치고 춘정을 못 느끼랴. 나는 은근히 그녀에게 연정을 건넸다. 처음은 금춘의 태도가 마치 차돌처럼 단단하여 좀체로 그녀의 마음을 달랠 수 없었다. 그러던 참에 병사(兵使)의 영으로 내 처소에서 순찰사의 송연(送宴)을 주선하게 되어, 끝내 금춘과의 연정을 못 나눈 채 섭섭하게도 그녀를 돌려보냈다.

27일 오늘도 역시 갈아탈 말이 오지 않아 또 하루를 머물게 되었다. 때는 신정(新正)이라 객추의 심회는 더욱 걷잡을 수 없었는데 마침 금춘이 찾아왔다. "작야(昨夜)에는 제빈(諸賓)이 만좌(滿座)하여 주연을 베풀기로 쓸쓸히 돌아갔나이다." 하며 은근히 웃더라. 이날도 종일 금춘과 담소하는 동안 날이 저물었다. 내 이미 집을 나온 지 반년세월이라 금춘에 대한 뜨거운 연정을 도저히 억제할 수 없었다. 그녀는 나와 며칠 동안에 쌓인 은근한 연정을 화답가로 표현하게 되었다. 그리하여 금춘과의 뜨거운 사랑은 그날 밤 금침(衾枕) 속에서 단꿈으로 이루어졌다. 병사 또한 애춘과 객정(客情)을 풀게 되었고, 그로부터 나는 며칠 동안 금춘과 더불어 열정을 나누게 되었는데 걷잡을 수 없던 객추를 마음껏 달랠 수 있었다.[25]

---

25) 이수봉, 『구운몽후와 부북일기』, 경인문화사, 1994, 60-62쪽.

위의 인용글은 『부북일기(赴北日記)』 중 경성(鏡城)에서 있었던 일의 기록이다.26) 이 기록을 통해 우리는 기생을 보는 양반/남성들의 시선이 어떠한지를 알 수 있다. "부북일기는 종군일기라기보다도 풍월일기라 해도 좋을 것이다. 가는 곳마다 술이 있고, 여자가 있는 소사스러운 유람기라 해도 과언이 아니다."27)는 이수봉의 평에서도 드러나듯, 풍류의 대상으로, 객정과 춘정을 푸는 대상으로 그려지고 있다. 『부북일기』의 시선은 가사와 문장에 능하고, 가사와 바둑, 장기, 그리고 가야금과 피리에 능한 기생들의 예능을 풍류와 성적 욕구의 장식적 요소로 바라보고 있으며, 한편으로 기생을 '보물'을 탐하는 속물로 그리고 있다. 그러나 다른 한편으로 기생의 삶에 대한 적극적인 의지와 욕망이 느껴지기도 한다. 특히 아래와 같은 평안북도 용천 기생 초월의 상소를 보면 '해어화'로서 존재하기를 그치고 그들이 속한 사회의 모순을 명확히 인식하면서, 그들이 속한 사회를 변화시키고자 한 적극적인 실천과 의지를 만날 수 있다. 물론 그것이 조선 사회 체제를 강고하게 유지했던 이념적 패턴 속에서 맴돌고 있긴 하지만.

> 백주에 강도가 나타나고 어두운 밤에 도둑이 있다지만 좋은 얼굴들을 한 큰 도둑들이 조정에 가득하여…돈을 받고 벼슬을 파는…탐관오리…아전…죄없는 농사꾼이나 선비, 장사치를 죄인으로 만들어 잡아가두고 참혹한 형벌로 돈을 긁어모아 제욕심만 채우니…이 하찮은 창녀로 하여금 뒤돌아보

---

26) 『부북일기』는 임란 후 울산병사 김응서와 판관 조성립과 함께 부북(함경도, 회령변방) 시(時)에 선전관 박계숙의 수행일기이다. 울산에서 회령변방까지 부임하는 도중의 역명, 주수(主倅)명, 보급(군량)수단, 노정 등과 여로의 감회를 한시와 시조로 읊었고, 때로는 객정의 고독을 여기(女妓) 등과의 주색으로 마음을 달래는 여정이 이색적이고 솔직하게 기록되었다. 이 일기는 박계숙의 아들 취문이 정리한 부자간의 부북일기를 합책한 단책으로 하나는 정유재란 후(1605년)의 부북일기이고, 하나는 병자호란 이후(1644년)의 부북일기이다. 같은 책, 49쪽.

27) 같은 책, 60쪽.

지 않을 수 없게 하리만큼 심각하기에…신이 통곡하는 바…이옵니다.28)

헌종 12년(1846), 15살의 기생 초월은 표면적으로 왕이 내린 숙부인 직첩을 거절하면서, 당시 조선사회의 병폐를 낱낱이 파헤치는 기염을 토하고 있다. 자신을 매번 하찮은 '창녀'로 호칭하면서, 매관매직, 삼정의 문란, 과거의 부패, 임금의 패악 등등에 대해 성토하고 있다. 초월의 현실 인식은 매우 구체적이고 생생하며, 봉건 사회의 구조적 모순의 인식에까지 닿아있다. 이는 조선 시대 사대부에 의해 '말하는 꽃'으로 그려진 기생의 이미지를 전복시키는 기생 스스로의 자기 의지와 세상을 느끼고 보는 감성을 드러낸 것이라 할 수 있다. 물론 '상소'라는 형식을 통해, 또 유교적 이상 사회를 지향하는 한계를 드러내고 있지만, 조선왕조의 이념과 체제를 위해 자기 목숨을 바친 연홍과 같은 의기(義妓)로서의 또 다른 도구적 존재를 넘어선 자율 주체로 한 발 더 다가선 존재로 인식될 수 있겠다.

3. 식민적 표상으로서 기생 감성과 그 인식의 한계

1894년 갑오개혁 때 궁중과 지방관에 속한 기안(妓案)을 혁파하여 약 300명의 관기가 해고된다. 그리고 1905년에 여악(女樂)이 폐지되고, 1907년 내의원(태의원)의 의녀(醫女)와 상의원(상의사)의 침선비(針線婢)가 폐지되면서 조선시대까지 이어져 오던 관기제도는 일제 통감부하에서 완전히 폐지된다. 그 대신 1908년 경시청령으로 발포(發布)된 '기생단속령'에 따라

---

28) 신두한, 『선비, 왕을 꾸짖다』, 달과소, 2009, 282-302쪽 참조.

모든 기생들이 조합에 가입해야 영업인가를 받을 수 있게 되면서 갑오개혁 이후 흩어졌던 관기출신의 기생들이 모여 기생조합을 설립하기에 이른다. 이렇게 만들어진 기생조합은 다시 1914년 주식회사 형태로 운영된 권번으로 바뀌게 된다.

『조선미인보감』에서도 확인할 수 있듯이[29] 기생의 기적을 많이 올렸던 한성권번, 대정권번, 한남권번, 경화권번(조선권번의 전신) 등을 가리켜 경성의 사권번이라 부르기도 했다. 이러한 권번은 기생들이 요릿집 및 음식점 출입(놀음)을 지휘하고 화대(놀음차)를 받아주는 중간 역할을 담당하였을 뿐만 아니라, 기생을 관장하고 교육을 맡아보던 과거의 교방과 기생청의 역할까지 담당한 일종의 연예기획사였다.[30]

이러한 권번제도의 실시는 일제의 식민통치 및 관리차원에서 여러 가지 의미를 내포하고 있다. 우선 기부(妓夫)로부터 기생을 해방시킨다는 명분 아래 기부를 제거함으로써 기생을 국가가 직접 관리를 할 수 있게 된 것이다. 이는 일 대 일로 붙어 있던 기부 때문에 정확하게 파악되지 않았던 기생을 권번으로 묶어 가시화시킴으로써 감시의 시선 아래 놓게 되었음을 의미한다. 또한 국가적 관리를 통해 기업(妓業)하는 자에게서 세금을 바로 챙길 수 있게 되었으며, 밀매음 단속을 이유로 한 경찰력 투입을 통해 제도에 순응하게 하고 영업허가 결정권을 쥐고 있던 경찰에게 항일운동에 대한 정보를 제공하는 창고로 삼게 되었다. 기업을 하는 장소는 요릿집이나 극장처럼 조선인들이 많이 모이는 곳이고 또한 조선 지식인들의 회합장소가 되었기에 일제로서는 치안대책을 세울 수밖에 없었고 이때 권번을 경찰의 말단조직으로 적극 활용한 것이다. 한편 권번을 통한 기생의 조직적인 관리와 집단 거주화는 공창제도의 일환으로 시행

---

29) 조선연구회 편저, 송방송 색인, 이진원 해제, 『조선미인보감』, 민속원, 2007.
30) 이경민, 『기생은 어떻게 만들어졌는가』, 아카이브북스, 2005, 26-27쪽.

된 매매춘 종사자들의 집창화와 검미(매독검사)의 실시와 맞물려서 나타난 것으로, 이 과정에서 기생은 잠재적 창기로서 전락하게 되었다. 일제에 의해 실시된 공창제도는 성병방지의 효과보다는 오히려 조선사회에 매춘 문화를 이식하고 그 안에 기생을 끼어 넣는 결과를 가져온 것이다. 그리고 성병검사의 궁극적인 목적은 잠재적 창기인 기생으로부터 조선에 주둔한 일본군들을 보호하거나 '품질관리'된 성의 제공에 있었다.31)

이러한 기생의 관리와 그 관리를 통한 식민지배의 구현은 다음과 같은 시선과 해석으로 여전히 이어지고 있다. 즉 "조선 왕조 오백년은 '기생정치' '기생외교'에 의해 평화가 유지될 수 있었다고 해도 과언은 아닐 것이다. 조선왕조는 기생 없이는 성립될 수 없는 국가 체제를 계속 유지해 가면서, 하나의 커다란 '유곽 국가'를 만들고자 했지만, 1910년 '한일합방' 이후 대일본제국의 식민지지배에 의해 총독부정치가 시작되고 말았다" 혹은 "술과 마약에 빠지는 일이 적지 않았던 기생…천녀(天女)처럼 아름답고, 여학생처럼 청초하고 청결한 기생으로 일본인들이 그리려고 했던 이미지 중에는 결코 비치지 않았던 기생의 비참함과 애처로운 모습"이 있고, "식민지체제, 군사독재체제, 민주정치에 따른 국가나 사회체제가 대폭적으로 전환되었다고는 해도, 각가지 형태로 기생을 생산하는 매매춘 제도는, 여전히 남아 있는 상태이고, 또한 그것은 어떤 형태로든 계속 표상되고 표현되어 왔다."32) 이는 봉건적 신분제도 속에서도 때론 수준 높은 기예와 문학을 생산하였고, 때론 비록 그것이 본질적 모순을 겨냥한 행동은 아니었다 하더라도, 저항적 행동을 표출했으며, 때론 신분상승에의 불완전한 꿈일망정 그 욕망을 실현하기 위해 분투했던 기생의 존

---

31) 같은 책, 27-29쪽.
32) 가와무라 미나토, 유재순 옮김, 『말하는 꽃, 기생』, 소담출판사, 2002, 65쪽, 294-295쪽, 317쪽.

재를, 한 순간에 매춘과 결부시켜 관리하고 통제한 제국의 논리가 여전히 살아 있음을 뜻한다.

이렇듯 제국 일본이 그린 기생의 초상은 경시청에 의해 관리되는 상품으로서 '어느 정도 교양을 갖춘 유녀'이기도 했지만 식민통치를 뒷받침하는 은유로 적극 활용되었다. 먼저 일제의 '기생 단속령'은 기생에 대한 일제의 시선을 잘 보여준다. 일제강점기 일본인의 권번은 예기 중심의 권번이 아니라 유곽의 공창인 예창기라고 할 수 있다.[33] 1900년대 초 일본인 예창기가 수입되어서 당시 남대문과 태평로에 5·6호의 애미옥(曖昧屋)이 있어서 어요리(御料理)의 간판을 붙이고 10여 명의 매춘부가 비밀 영업을 하였다. 노일전쟁 때 일본인이 격증하여 예창기가 증가되면서, 예기의 권번도 생기고 창녀의 유곽도 생겼다. 일본의 유곽제도는 집창제(集娼制)로 매음업자를 일정한 곳에 모아 사창(私娼)이 일반주거지역으로 침투·난립하는 것을 단속한다는 취지에서 생겨난 것이다. 1924년 당시 일본에 생겨난 유곽은 544개소에 이르렀다. 일제강점기 서울에는 중구 묵정동 일부 지역이 '신마치(新町)' 유곽의 소재지가 되어 여기에서만 매음이 허용되었다가 그 뒤 개항지에는 예외 없이 먼저 생겼고 이어 내륙 도시들로 번져갔다.[34] 일제의 '기생단속령'은 이러한 그들의 인식 속에서 기생

---

33) 일본에서는 기생이라는 말이 없고 유녀(遊女)가 일반적이다. 특히 예기(藝妓)는 일본 기생을 일컫는 말로 예자(藝者, 게이샤)로 통용된다. 게이샤는 일본에서 1688~1704년경부터 생긴 제도로서 본래 예능에 관한 일만 하였다. 하지만 유녀가 갖추지 못한 예능을 도와주는 역할을 한 게이샤와 춤을 추는 것을 구실로 손님에게 몸을 파는 게이샤의 두 종류로 나뉘었다. 전문적으로 질 높은 접대를 제공해야 했던 그들은 높은 수준으로 일본 전통예술의 훈련을 받았다. 특징적인 것은 예전에 게이샤는 남자였다가 18세기에 여자로 바뀌었다는 것이며 젊은 소녀들이 사춘기에 이르기 전에 교육을 받기 시작했다. 메이지 시대 이후 일반 게이샤의 수는 크게 증가하여 지방도시에까지 퍼지게 된다. 근대에 와서는 예능의 정도에 관계없이 매춘만을 전문으로 하는 여성이 게이샤의 이름으로 술자리에 나가는 일이 많았다. 신현규, 앞의 책, 10-11쪽.
34) 신현규, 『꽃을 잡고』, 경덕출판사, 2005, 65-66쪽.

과 창기, 유녀를 등질화시키면서 조선에 공창으로서의 집장촌을 만들어
갔다.

이러한 일제의 기생을 보는 시선은 사진엽서에서 더욱 확장되어 나타
난다. 사진과 사진엽서는 사실적인 이미지를 통해 대중들에게 다른 민족
들의 풍속과 문화를 한 눈에 보고 소유할 수 있는 기회를 제공했다.[35]
특히 식민지의 문화와 풍속을 담은 관광용 우편엽서는 그것을 만든 제국
일본의 일방적인 시각과 관광산업의 전략들을 드러낸다는 점에서 '인류
학에 대한 축소된 경험'을 뜻했다.[36] 사진엽서 속의 기생 이미지는 기생
이 입은 복식 즉 한복을 통해 전통을, 혹은 전통적 여성상을 표상한다.
이는 조선을 타자화하려는 일본의 식민통치의 전략적 과정 속에서 배치
된 이미지라 할 수 있다. 또한 남성적 시선에 의해 대상화된 여성성이라
는 측면에서 이러한 기생의 이미지는 이중적인 질곡을 지닌다.[37]

다시 말해 식민지 시대 기생의 표상은 제국에 의해 타자화된 조선을
의미화한 것이기도 했다. 이러한 기생의 표상은 당시 유행한 우편엽서를
통해 잘 나타난다. 기생의 이미지는 제국에 종속당할 수밖에 없는 연약
한 여성 즉 조선으로 은유되었으며, 제국의 시대, '한'으로 대표되는 감
성적 타자였다고 할 수 있는데, 좀 더 구체적으로 그러한 사정을 살피기
위해 일제 강점기 사진엽서의 기능과 이념적 맥락을 검토할 필요가 있
다.

제국 일본의 조선에 대한 식민통치의 정당성과 효율성을 강화한 것 중
의 하나가 사진엽서라고 할 수 있다. 이 사진엽서가 출현하게 된 배경에
는 인쇄 자본주의 탄생이 있다. 제국주의가 번성했던 19세기 말은 산업

---

35) 권행가, 「일제시대 우편엽서에 나타난 기생 이미지」, 『미술사논단』 12호, 한국미술
연구소, 2001, 83-84쪽.
36) 아마시타 신기, 황달기 옮김, 『관광인류학의 이해』, 일신사, 1996, 70-81쪽.
37) 신현규, 『꽃을 잡고』, 경덕출판사, 2005, 26쪽.

화와 자본주의가 발달하고 대중문화가 출현했으며 국민국가가 전 세계적으로 형성된 시대였다. 베네딕트 앤더슨에 따르면, 신문과 같은 인쇄물의 대량 생산은 문자 언어를 공유하는 집단이 민족이라는 상상된 공동체를 형성할 수 있게 한 동력이었다.[38] 이렇게 인쇄기술이 발달하면서 시각 이미지를 담은 인쇄물이 대량 생산되었으며 신문과 잡지, 서적 등에 다양한 형태로 복제되어 실렸다. 이러한 인쇄자본주의의 진전 속에서 제국주의는 인쇄된 매체를 통해 개인의 상상과 대중의 무의식의 영역까지 점령하였다. 그 강력한 기제, 대중의 적극적인 호응을 통해 번성한 시각 매체가 바로 사진엽서였다.

사진엽서는 1890년대를 기점으로 1900년을 전후해 전 세계적으로 유행했다. 또 여행이 새로운 소비문화로 자리 잡아가면서 여행지에서 사진엽서를 기념품으로 사고파는 행위가 일반화되었다. 사진엽서의 생산량이 증가함에 따라 엽서에 실린 이미지들 역시 근대의 새로운 문화를 반영하는 다양한 형태로 만들어지고 소비되었다. 주로 지배자 혹은 정복자의 시선으로 식민지 국가나 그 원주민들을 바라보게 하였다. 다시 말해 사진엽서는 제국주의가 정복한 세계 곳곳의 현장을 자국민들에게 소개함으로써 서구 문화의 우월성을 주장하고 각인시키는 계몽적 역할을 담당하였다. 서구인들은 피부색을 기준으로 인종적 우열, 즉 서구문화의 우월함과 비서구인의 열등함을 구별하고 그 우열을 극단적으로 비교하는 방식으로 이미지를 생산했다. 이를테면 흑인을 찍은 사진엽서는 그 인종적 특징이 드러나도록 인물의 정면뿐만 아니라 측면까지 동시에 보여줄 수 있도록 연출하고 두상을 통해 인종적 특징을 의도적으로 보여주고 있다.[39]

---

38) 베네딕트 앤더슨, 윤형숙 옮김, 『민족주의의 기원과 전파』, 나남, 1991, 55-58쪽.
39) 권혁희, 『조선에서 온 사진엽서』, 민음사, 2005, 31-38쪽.

사진엽서에 재현된 조선 또한 다양한 이미지로 기획되었다. 주로 성(性)이나 계층 또는 생업, 의례와 신앙 등 일정한 분류 체계에 따라 나누어졌다. 그 중 상당량을 차지하는 것 중의 하나가 식민지 여성을 시각화하는 성적으로 대상화된 이미지이다. 특히 조선 기생의 사진엽서는 은유적으로 조선의 식민통치의 정당성을 설파하는 이데올로기적인 기능을 효과적으로 수행했다. 1900년 초반에서 1910년까지 나온 기생 엽서들은 관기 복장을 한 초상이나 기예를 보여주는 장면이 많다. 화려한 색과 현란한 무늬의 복장을 하고 족두리를 쓴 기생의 이미지는 성적인 이미지보다는 풍속적인 이미지를 더 강하게 풍겼다. 그러나 1910년대 후반부터 기생의 이미지는 변화한다. 점차 외모와 복장, 자세 등으로 초점이 옮겨갔다. 1920~30년대 기생이미지는 조선 여성의 청순함이 강조되고 전신사진이나 얼굴이 클로즈업되어 있는 이미지가 대다수였다.[40] 이는 사진엽서를 통해 성적 만족을 얻으려는 당시 남성들의 욕구와 시선이 제국, 자본과 공모하여 만들어낸 것이라고 하겠다.

청순하고 가련한 기생의 수동적이고 애처로운 이미지는 일본에 보호받아야 하는 식민지 조선을 표상한다고 할 수 있다. 특히 아리랑 엽서는 기생의 이미지가 조선으로 치환된 매우 강력하고 대표적인 경우라 하겠다. 이 엽서에는 기생이라는 가련한 식민지 여성이 느낄 비애감과 아리랑이라는 조선인의 한의 정서가 결합되어 있다. 즉 "쓸쓸한 이 세상 외로운 이 내 몸 누구를 밋고서 한백년 살가"라는 구절은 누군가를 기다리거나 애상에 젖은 기생의 이미지와 함께 어울려 식민지 조선인의 숙명적 비애와 한을 한껏 고조시키고 있다. 또한 비애에 젖은 연약한 기생의 이미지를 통해 지배받을 수밖에 없는 민족적 슬픔을 적극 전파했다.[41]

---

40) 같은 책, 195-233쪽.
41) 같은 책, 238-255쪽.

그러나 재현된 이미지가 만들어진 배경과 그 의도를 읽어 그 파편적 진실을 재구성하는 기획은 불완전할 수 있다. 심지어 기생의 이미지가 창출하는 제국과 자본의 확장된 영토와 증식된 자본, 즉 그 이미지의 목적과 효과를 드러내는 일만으로는 불안하다. 편집증적 권력에 대한 자기 분열적 인식의 저항은 결국 현상에 대한 서글픈 인식에 다름 아니다. 사진엽서를 보는 대중에게 여행의 욕구를 자극하고 그에 따라 창출하는 관광의 수요는 그 대상의 수탈을 초래함으로써 자본을 증식한다. 이러한 증식으로 집중되는, 그러나 이데올로기적으로 은폐된 제국과 그 공모자들의 음험한 수사를 걷어내고 그들의 명백한 의도를 드러내는 일만으로는 가속화된 기생의 서발턴화를 전복할 수 없다. 기생의 감성이 식민지 민중의 한을 표상하면 할수록 그 중심은 견고해지고 더욱 확장된다. 따라서 타자화된 기생의 수동적 감성에 주목할 것이 아니라, 자기 인식과 각성을 통해 스스로 그 견고하고 배타적인 중심으로부터 탈주하여 스스로 주변화되는 길을 모색할 필요가 있다. 다시 말해 식민적/서발턴적 감성의 자기부정을 통해 대상화/타자화된 그 문화적 위치로부터 탈주하려한 존재가 발산한 감성에 주목할 필요가 있다.

4. 기생의 탈주 혹은 서발턴적 주체 형성의 가능성

일제강점기 기생들의 유일한 수입원은 놀음채였다. 첫 시간에 대한 놀음채는 1원 95전이고, 그 다음부터는 1원 40전이었다. 그 중에서 자기 소속 조합에서 1할을 떼고, 요릿집에서 1할 5부를 떼었다. 그리고 사랑놀음(혹은 외출)이라고 가면 한 시간 놀아도 또는 하루 종일 놀아도 10

원이었다. 이 수입만으로도 건강하고 이름 있는 기생이면 매달 3〜400원 이상이 되었지만 일반적으로 200원은 되었다. 그 외에도 각 방면으로 수입이 있어서 자기만 단단히 마음을 먹으면 착실히 돈을 모을 수가 있었지만, 월수입 50원에 불과한 기생도 많았다.

이와 같이 돈을 벌자면 밤잠을 도무지 자지 못하게 되어, 그것이 무엇보다도 고통이었다. 오래 그 생활을 계속하는 동안 습관이 되어 남이 상상하기보다는 덜 괴롭지마는, 밤을 거의 다 새고 몸을 인력거에 싣고 집으로 돌아갈 때 그 직업을 저주하지 않을 수 없었다. 돈을 모아서 장차 무엇을 하겠는가에 대한 질문의 답변은 다양하였다. "무엇을 하던지 모아 놓고 보겠습니다." "이 황금만능의 세상에 돈 많이 있으면 무엇을 못하겠습니까. 돈 모아서 잘 살아보겠습니다." "돈을 모아서 화류계를 떠나는 날 순진한 남성을 돈으로 사서 일생을 살려고 합니다." "23세까지만 기생 노릇을 하고 그 다음에는 공부한 후에 상당한 남자와 결혼하여 나도 사회의 일을 해보겠습니다." 이처럼 일제시대의 기생들은 자신들의 정체성에 대한 고민의 흔적을 여기저기에서 드러내고 있다. 꽃다운 나이에 뭇 남성에게 웃음을 파는 시간만큼 적지 않은 수입을 얻을 수 있지만, 흔들리는 인력거 안에서 새벽녘 집으로 돌아가면서 흘리는 눈물도 그녀들만 갖는 회한이었다.[42]

그런데 당대 민중은 기생에 대해 이중적인 태도를 보였다. 기생은 조선 민중의 욕망이 투사된 존재로서 문화적 영웅으로 인식된 반면, 철저하게 내면화된 여성성을 배타적으로 독점하고 향유하고자 하는 가부장적 시선은 기생을 천시하고 낙인찍었다. 이를테면, 전통사회와 일제 강점기, 심지어는 현재적 시간을 그 공시적 연행 패턴 속에 담고 있는 민속연희

---

42) 신현규, 『꽃을 잡고』, 경덕출판사, 2005, 93-94쪽.

의 경우에서도 그렇다. 민속연희에 반영된 기생에 대한 인식은 자기부정적이다. 탈놀이에서 혹은 풍물굿 잡색놀음에서 소무와 각시로 등장하는 인물군이 기생을 유형적으로 성격화한 재현체라고 할 수 있는데, 그 연행 구조 속에서 기생은 신분제 사회에서 혹은 계급/계층적 사회에서 신분상승을 욕망한다. 그러한 욕망은 민속연희 연행주체/전승주체에게 이중적인 것이 된다. 즉 처첩의 갈등이라는 모티프에 사로잡혀 결국 민중이 비판하는 세계에 다시 포섭되고, 할미로 대표되는 기생 아닌 평범한 여성들의 한과 슬픔을 제 것으로 수용한다. 이는 민속연희를, 축제적 반란이라는 형태로 자신을 지배하는 체제를 용인한 조건 속에서 그 모순을 비판하는, 반응적/수동적 감성의 표현물로 만드는 이유이기도 하다. 어쩌면 중세적 감성과 근대적 감성이 착종된, 지배가 영속할 토대를 제공하는 문화적 기제로서 작용하는 것일 수 있다. 따라서 이를 시선과 욕망들이 중첩된 관계망으로 파악하고 그 다중성을 검토하는 일이 필요할 것이다. 즉 각각의 욕망은 각각의 욕망대로 긍정하고, 그 구현 양태의 갈등적 요소의 성격을 독해하고 형상 너머의 시선과 형상의 실체인 계급/계층의 진실한 욕망을 발견해야 할 것이다.[43]

또 한편으로, 민중은 기생을 동경하였다. 성적 욕망의 대상이 아닌, 가난을 벗어날 수 있는 가능성으로 기생을 선망했다. 이를테면 1930년대 인력거는 '극히 좁은 범위의 계급', 즉 '요릿집에 불려 가는 기생'이나 '왕진을 나가는 의사' 등의 전용물이 되었다.[44] 대부분 인력거를 타면 휘장을 내리지만, 기생들은 자신을 선전하고 과시하는 목적으로 휘장을 치지 않고 다녔다. 그래서 인력거꾼들은 손님으로 모시는 기생들을 요릿집

---

43) 이영배, 「시선과 형상─하회별신굿 탈놀이의 징후적 독해」, 『탈경계 인문학』 제3권 1호, 이화여대 이화인문과학원, 2010.
44) 김영근, 「일제하 서울의 근대적 대중교통수단」, 『한국학보』 98호, 일지사, 2000.

으로 나르면서 수입이 좋다는 것을 알고서는, 자신의 딸을 키워 어린 기생 '동기(童妓)'로 입적을 시키는 일이 많았다.45) 그러므로 기생은 제국, 남성, 민중 등이 필요에 따라 이미지를 생산하고, 욕망하고 소비하고 타자화하는 파편적 존재로 고착화될 위험이 존재할 것이다.

그 위험으로부터 벗어나기 위해 기생은 사랑의 발견 혹은, 욕망의 발산, 대중의 문화적 영웅−되기, 사상기의 주체−되기를 위해 꿈꿀 수도 있었다. 아래에 제시하는 세 기생의 이야기는 그러한 타자화된 자기로부터 탈주하고 스스로 주변화되어 새로운 존재−되기를 꿈꾼 사례라고 할 수 있을 것이다. 물론 기록된 기생은 타자 혹은 엘리트의 시선에 정박당한 존재이기도 하다. 그러므로 온전한 자기 목소리를 내었다고 할 수 없다. 다만 기록 주체의 시선 틈새에 놓인 파편적 진실이 해석될 수 있을 뿐이다. 따라서 타자의 시선에 정박당한 서발턴의 이야기의 결과가 아무리 비극적인 것이라고 할지라도, 그것은 이전의 기생−되기가 타자 혹은 가난이나 운명에 이끌린 것이라면, 그러한 운명을 벗어나기 위해, 어찌 보면 너무도 결과가 뻔한 그 길을, 아직 가지 않은 그 길을 스스로 헤쳐 나갔다고 해석할 수 있을 것이다.

> 강명화는 평양 출신으로 11세에 기생이 되었고 17세에 상경하여 대정권번에 들어갔다. 특기는 서도잡가와 시조였으며, 대정권번 내에서 교제방법이 능란하고 유순하였다고 한다. 그러나 그녀는 돈 보다 사랑, 목숨보다 사랑을 인생의 슬로건으로 내걸고 마침내 만난 운명의 사랑인 장병천을 공부시키는 것이 소원이었다. 그것을 실천하기 위해 금비녀와 은가락지를 판 돈 300원으로 동경유학길에 오르게 되었다. 둘은 동경 아사쿠사에 있는 집을 빌려 자취하면서 장병천은 대학의 예비과에 다니고, 그녀는 동경 우에노 음악학교에 입학하기 위해 영어를 배우기로 하였다. 하루는 동경의 조선인 유학생이 찾아와 그들을 비난하며 폭행하려 했는데, 그때 그녀는 칼을 들어

---

45) 신현규, 『꽃을 잡고』, 경덕출판사, 2005, 40-41쪽.

제 손가락을 잘라 피를 흘리며 "여러분 우리도 고생하면서 여러분과 같이 학문을 닦는 중입니다" 하여 위기를 모면하였다. 그러나 결국 그녀는 병천의 부모와 야속한 세상으로 인해 자살하고 만다. "나만 없으면 그 사람은 부모의 사랑을 다시 받을 수 있고 넉넉한 가산으로 학문도 충분히 닦아 사회에 윗사람이 될 수 있으리라" 생각하고 독약을 마시고 자살한다. 자살한 후에 장씨 일가는 그를 만고의 열녀라 하여 그 시아버지되는 장길상이 친척처럼 제례를 차려 사후의 외로운 혼을 위로하였다고 한다.[46]

강명화를 기술하는 주체의 시선은 감상적이고 낭만적이다. 기생의 이루지 못한 사랑, 그에 따른 좌절과 비극을 통해 기생으로서 강명화의 정체성을 강화한다. 이러한 기술 주체의 시선은 강명화를 열녀로 표상하기까지 한다. 가부장제의 시선, 남성 중심의 시선을 농후하게 드러내고 있다. 그럼에도 불구하고 그 시선의 틈새에서 강명화의 주체적 의지를 엿볼 수 있다. 스스로의 선택에 대한 믿음과 확고한 의지가 위기의 상황에서 대처하는 강명화의 파편적 목소리에 담겨 있다. 그녀의 자살은 당대의 문맥에서 부정적 효과를 야기할 수도 있으나, 그 자살마저 수동적 허무주의 극한을 드러내어 시대의 잔혹성과 대결하는 모습을 엿볼 수 있다.

복혜숙은 이화여자고보를 3년까지 마치고 일본 요코하마의 고등여자기예학교를 졸업하였으며, <토월회>에서 10년간 신극운동을 하다가 영화배우로도 활동한 경력이 있다. 충남 보령 출신이며 목사의 딸로 태어나, 기예보다는 연극 영화 무용에 더 관심을 갖고 동경에 있는 사와모리무용연구소에서 춤을 배웠으나, 완고한 아버지 손에 이끌려 귀국하였다. 아버지가 세운 강원도 금성학교 교원으로 잠시 근무하였고, 못내 연극의 꿈을 버릴 수 없어 가출하기에 이른다. 그리고 서울로 올라와 당시 신파극을 공연하던 단성사를 찾아와 밥 짓는 일부터 시작하여, 1922년 조선배우학교를 졸업하고, <극단 토월회>의 단원이 되었다. 그러나 토월회가 쇠락해지면서, 인천 권

---

46) 『동아일보』, 1923. 6. 15 ; 『개벽』 제37호, 1923. 7. 1 ; 『시대일보』, 1924. 12. 14 ; 『삼천리』 제7권 제7호, 1935. 8. 1 ; 신현규, 같은 책, 97-103쪽.

번의 기생이 되었다. 이렇듯 그녀는 화려한 이력을 지녔다. 그녀는 다른 권
번의 기생들, 또 영화배우 몇 명 등과 함께 경무국장에게 '서울에 댄스홀을
허락하라'라는 장문의 탄원서를 내기도 하여, 개방적이고 활동적인 신여성
의 면모를 보여주기도 하였다. 광복 후에는 최인규 감독의 「자유만세」에 출
연한 것을 시작으로 1982년 세상을 떠날 때까지 20여 편의 영화에 출현하
였다.47)

복혜숙에 대한 기록은 그녀를 전형적인 기생으로 볼 수 없게 한다. 고
등교육을 받은 엘리트 여성으로서 연극과 영화 예술 분야에 종사한 그녀
의 경력은 일반적으로 생각하는 기생의 이력과 너무 다르다. 그럼에도
불구하고 그녀는 인천 권번의 기생이 되었다. 기록 주체의 시선도 그녀
를 남다른 기생으로 재현하고 있다. 어쩌면 그녀는 식민지 현실의 표상
으로 기능하고 있는지도 모른다. 식민지 조선에서 결국 기생으로 전락한
그녀는 해방 이후 다시 여배우로 활동한다. 이러한 그녀의 인생 이력은
시대의 부침에 떠밀려 가는 수많은 여성을 대리표상하고 있는지도 모른
다. 그러한 의미에서 복혜숙은 서발턴으로서 기생의 목소리를 부분적으
로 드러내고 있다고 할 수 있다. 특히 식민지기 경무국장에게 낸 탄원서
에서 그녀는 서발턴을 대변하려는 의지를 표명하고 실천에 옮기고 있다.

정칠성은 7살에 기생이 되어 고된 훈련과정을 거쳐 18살 때 상경해 남도
출신 기생들이 모여 있던 대정권번에 들어갔다. 기예로는 남중잡가(南中雜
歌), 가야금 산조, 병창, 입창, 좌창, 정재 12종무 등이 탁월하였고, 특히 바
둑을 잘 두었다고 전해진다. 22세 때 3·1운동이 일어나자 민족주의자가 되
었고 일본 유학 이후에 사회주의 여성운동의 성실한 수호자가 되었다. 그녀
는 사회주의 여성운동이 싹트던 25세에 일본 유학을 다녀오면서 사상적 변
화를 겪는다. 고향에서 대구여자청년회를 조직한 이후 그의 삶은 사회주의

---

47) 『동아일보』, 1931. 8. 9 ; 『삼천리』 제5권 제1호, 1933. 1. 1 ; 제8권 제4호, 1936. 4.
　　1 ; 유현목, 『영화발달사』, 한진출판사, 1980, 신현규, 같은 책, 117-120쪽.

여성운동의 역사와 함께 한다. 여성동우회, 삼월회, 근우회 등 사회주의 여성단체의 주요 간부를 맡는가 하면, 독학으로 쌓은 사상을 기반으로 무산계급운동의 필요성을 역설한다. 그녀에게 진정한 신여성은 어디까지나 모든 불합리한 환경을 부인하는 강렬한 계급의식을 가진 무산여성이었다. 1929년 광주학생사건으로 검거 투옥되기도 한다. 8·15광복 이후에는 조선부녀총동맹을 결성해 부위원장을 맡았다. 그녀는 1948년 8월 해주 남조선인민대표자대회에 참가하면서 월북했다가 그곳에 머물렀고 이때 남조선을 대표한 제1기 최고인민회의 대의원으로 선출되었다. 1948년 10월 조선민주여성동맹 중앙위원을 지냈으며, 1956년 4월에는 조선노동당 중앙위원회 후보위원이 되었고, 1957년 8월 제2기 최고인민회의 대의원으로까지 활약했다.[48]

대정권번 출신의 정칠성은 특이한 존재이다. 기생에서 민족주의자로, 일본 유학 후 민족주의자에서 사회주의자로 변화한다. 기록 주체는 서발턴으로서 기생이 스스로의 정체성을 형성하고 스스로의 권력을 행사하는 주체로 변화할 수 있음을 의식적으로 혹은 무의식적으로 드러낸다고 할 수 있다. 의식적이라는 말한 것은 기생으로서 남다른 삶을 살아간 존재를 긍정하고 있다는 점에서 그렇고 무의식적이라고 말한 것은 특이한 존재로서 정칠성의 삶을 객관적 사실로 표상하는 서술 방식에서 그 예외성을 강조하고 있는 점에서 그렇다. 정칠성은 예외적인 존재가 될 수도 있고, 식민지 조선에서 서발턴이 보일 수는 저항의 행로를 자연스레 걸어 갔다고 할 수도 있다. 그녀가 가진 계급의식은 서발턴으로서 그녀의 존재성을 담지하게 하는 표지이며 그녀의 저항적 행동은 서발턴적 주체성을 나타내주는 지표로 읽을 수 있다.

강명화, 복혜숙, 정칠성은 일제 강점기 수많은 기생들을 대표하는 일종의 전형적인 모델은 아니다. 그들도, 필자도 그럴 생각은 없다. 다만 이들의 삶의 무늬가 발산하고 있는, 시대와 불화하며 자신을 드러내고자

---

48) 『삼천리』 제11권 제1호, 1939. 1. 1 ; 신현규, 같은 책, 166-168쪽.

하는 의지와 감성의 결들을 생각해보기 위해 제시한 것이다. 이들의 선택은 그들 자신의 주체성을 표현한 것일 수도 있고 그 시대의 이념에 포획된 서발턴일 수도 있다. 그러나 그들의 감성은 그들의 존재가 지배 담론에 완전히 포획될 수 없다는 것을 보여주는 징후로 해석될 수 있다. 그렇기 때문에, 그들의 존재는 '포획에 저항하는 타자성'[49]을 드러낸다.

강명화는 일제 강점기 제국과 봉건적인 가부장 사회의 이중적이고 착종된 남성 권력에 도전하면서 포획된 이중적 존재로 생각할 수 있다. 복혜숙은 극복되지 않은 '신분―직능'의 이중적 질곡 속에서도 유쾌하게 자신의 정체성을 구축한 존재이면서 동시에 신여성이 함축하고 있는 식민지 엘리트적 지배 속에 포획된 존재로도 해석된다. 정칠성은 단일한 역사 발전의 동력으로 표상되는 계급의 범주에 포획되면서도 그 속에서 여성으로서의 주체성을 담지한 존재로 재현된다.

바로 그러한 의미에서 이들은 그들이 선 시대의 길목에서 뚜렷한 족적을 남긴 존재로, 그 지점에서 차이의 공간을 만들어낸 존재로 해석될 수 있다. 또한 그녀들이 만들어낸 차이의 공간은 지배적인 시대의 이념을 체현한 공간이면서 동시에 그러한 이념을 지연시키고 균열시킨 양가적이고 혼성적이며 이질적인 공간이라고 할 수 있겠다.

6. 남겨 놓은 문제와 그 전망

이제까지 정서들의 역사에 주목하고 이를 서발턴과 감성의 개념들과 연결하여, 계층/계급 감성의 특수한 국면을 기생을 중심으로 논의하고자

---

49) 김택현, 『서발턴과 역사학 비판』, 박종철출판사, 2003, 197쪽.

하였다. 기생은 그 명칭에 축적된 의미만큼이나 복잡한 존재로서 근대로 향한 역사의 흐름 속에서 더욱 더 서발턴화된 존재라고 할 수 있다. 전통 사회에서는 신분제의 사슬 속에서, 일제 강점기에는 매춘과 동일어로 식민지 조선을 표상하기까지 했으며, 그녀의 감성조차도 제국과 남성, 민족과 식민의 시선에 포섭되어 제국과 자본의 이익을 극대화하기 위한 궤도 속에서 작동하였다. 그럼에도 불구하고 기생은 타자화된 자기를 뚜렷하게 인식하고 스스로 서발턴화되는 새로운 길목에서 스스로의 감성과 욕망을 생산하는 새로운 존재−되기를 꿈꾸었다.

그러나 이러한 논의에도 불구하고 그러한 존재−되기의 감성적 특성이 명쾌하게 해명된 것은 아니다. 따라서 이 연구는 정서 혹은 감성과 관련된 논의틀을 좀 더 다양화하고 양적으로 또 질적으로 풍요롭게 해야 소기의 목적을 달성할 수 있을 것이다. 또한 서발턴에 대한 좀 더 진척된 연구를 통해 그 개념과 이론을 재개념화하여 활용할 필요가 있다. 기생의 탈재현/탈표상 양상을 좀 더 체계적이고 분명하게 분석하는 작업을 통해 백정, 광대, 재인, 무당, 도둑, 광인, 근/현대의 소수자와 주변인 연구로 확장하여, 서발터니티의 연구는 물론, 감성의 다양한 결, 구조, 그 동인과 효과 등을 밝히는 작업으로 진척되어야 할 것이다.

∥ 참고문헌

가와무라 미나토, 유재순 옮김, 『말하는 꽃, 기생』, 소담출판사, 2002.

권행가, 「일제시대 우편엽서에 나타난 기생 이미지」, 『미술사논단』 12호, 한국미술연구소, 2001.

권혁희, 『조선에서 온 사진엽서』, 민음사, 2005.

김영근, 「일제하 서울의 근대적 대중교통수단」, 『한국학보』 98호, 일지사, 2000.

김택현, 『서발턴과 역사학 비판』, 박종철출판사, 2003.

박수진, 「<순창가>의 구조와 인물의 기능」, 『한국언어문화』 제28집, 한국언어문화학회, 2005.

박우룡, 「서양의 감성 인식의 전통」, 『서양사론』 제102호, 한국서양사학회, 2009.

박종성, 『백정과 기생』, 서울대학교 출판부, 2003.

베네딕트 앤더슨, 윤형숙 옮김, 『민족주의의 기원과 전파』, 나남, 1991.

서지영, 「이미지와 환상을 넘어서」, 『여성/이론』 12호, 여성문화이론연구소, 2005.

신두한, 『선비, 왕을 꾸짖다』, 달과소, 2009.

신현규, 『기생이야기-일제시대의 대중스타』, 살림, 2007.

신현규, 『꽃을 잡고』, 경덕출판사, 2005.

아마시타 신기, 황달기 옮김, 『관광인류학의 이해』, 일신사, 1996.

이경민, 『기생은 어떻게 만들어졌는가』, 아카이브북스, 2005.

이능화, 『조선해어화사』, 동문선, 1992.

이수봉, 『구운몽후와 부북일기』, 경인문화사, 1994.

이영배, 「굿문화 속 감성의 존재양상과 그 특징」, 『호남문화연구』 제45집, 전남대, 2009.

이영배, 「시선과 형상-하회별신굿 탈놀이의 징후적 독해」, 『탈경계 인문학』 제3권 1호, 이화여대 이화인문과학원, 2010.

정병설, 『나는 기생이다』, 문학동네, 2007.

정성희, 『조선의 섹슈얼리티(개정판)』, 가람기획, 2009.

제롬 케이건, 노승영 옮김, 『정서란 무엇인가?』, 아카넷, 2009.

조선연구회 편저, 송방송 색인, 이진원 해제, 『조선미인보감』, 민속원, 2007.

『트랜스토리아』 1~6호, 박종철출판사.

C. Jones, "The Great Chain of Buying : Medical Advertisement, the Bourgeois Public Sphere, and the Origins of the French Revolution," *The American Historical Review, 10(1)*, 1996.

C. Kotchemidova, "From Good Cheer to Drive-by Smiling," *Journal of Social History 39*, 2005.

Fredric Jameson, *Postmodernism, or the Cultural Logic of Late Capitalism*, Durham : Duke Univ.

Press, 1991.

Gayatri Spivak, "Can the Subaltern Speak?" in *Marxism and the Interpretation of Culture*, ed. Cary Nelson and Lawrence Grossberg, Urbana : Univ. of Illinois Press, 1988.

Homi Bhabha, "Dis-semiNation," in Homi Bhabha, ed., *Nation and Narration,* London : Routledge, 1990.

J. Delumeau, *La Peur en Occident, Ⅵ Ve ~ X Ⅶ Siecles : Uné Cite Assiégée*, Paris : Fayard, 1978.

J. Delumeau, *Rassurer et Proteger : Le Sentiment de Sécurité dnas l'Occident d' Aurefois*, Paris : Fayard, 1989.

J. R. Averill, "A Constructivist View of Emotion," In R. Plutchik & H. Kellerman eds., *Emotion : Theory, Research, and Experience : Vol. 1 Theories of Emotion*, New York : Academic Press, 1980.

J. R. Averill, *Anger and Aggression : An Essay on Emotion*, New York : Springer-Verlag, 1982.

John Beverley, *Subalternity and Representation : Arguments in Cultural Theory*(Durham and London : Duke University Press, 1999.

José Joaquín Brunner, "Notes on Modernity and Postmodernity in Latin American Culture," in *Postmodernism Debate* 35.

José Rabasa, Javier Sanjinés, and Robert Carr, eds., *Subaltern Studies in the Americas, a special issue of Dispositio/n 45 ~46(1994/1996).*

Eve Cherniavsky, "Subaltern Studies in a U.S. Frame," *Boundary 2 23, no. 2(1996).*

M. Lewis, J. M. Haviland-Jones, L. F. Barrett, eds., *Handbook of Emotions,* New York : Guilford press, 2008.

P. Burke, *Popular Culture in Early Modern Europe*, New York : New York Univ. Press, 1978.

A. Mitzman, "The Civilizing Offensive : Mentalities, High Culture and Individual Psyches", *Journal of Social History, 20*, 1987.

P. J. Greven, Jr., *The Protestant Temperament : Patterns of Child-rearing, Religious Experience and The Self in Early American*, New York : Knopf, 1977.

P. J. Greven, Jr., *Spare The child : The religious Roots of Punishment and The psychological Impact of Physical Abuse*, New York : knopf, 1991.

R. Isaac, *The Transformation of Virginia, 1740 ~1790*, Chapel Hill : Univ. of North Carolina Press, 1982.

R. Muchembled, *Popular Culture and Elite Culture in France, 1400 ~1750*, L. Cochrane, trans., Baton Rouge : Louisiana State Univ. Press, 1985.

S. L. Gordon, "The Socialization of Children's Emotion : Emotional Culture, Competence, and Exposure," In C. Saarni & P. Harris eds, *Children's Understanding of Emotion*, Cambridge, UK : Cambridge Univ. Press, 1989.

천운영 단편 소설에 나타난 여성성 연구

고 은 미

1. 머리말

　1990년대 이후 여성주의 문학은 '남성적인 것' 혹은 '남성성'과 구별되는 '여성적인 것', '여성성'이란 것이 과연 존재하는가, 존재한다면 과연 그것은 어떤 형태로 작품에 형상화되는가에 관심을 기울이기 시작한다. 그 결과 '여성적 글쓰기, 여성적 차이, 여성적 신체' 등의 문제들이 페미니즘 문학을 다루는 특집의 주된 아이템으로 다루어지게 되고, 여성 작가들 또한 이러한 문제에 대한 자신의 견해를 작품을 통해 형상화하기 시작한다. 그 대표적인 작가로는 천운영, 한강, 전경린, 은희경, 조경란, 신경숙, 김별아 등이 있다. 90년대에 등장한 이들 여성 작가들은 기존 상징 질서 아래 만들어진 관습화된 모성의 신화에서 벗어나 일탈을 꿈꾸는 여성, 가족 제도의 허상을 파괴하는 여성, 성적 체험의 주체가 되어 진정한 여성성을 탐색하는 여성, 이성애의 억압적 폭력성을 극복하고 진정한 자아와 사랑을 찾아가는 여성 등 다양한 여성 인물을 작품에 구현한다.

그런데 이들 여성 작가들이 형상화한 여성 인물 가운데서도 천운영 소설의 여성 인물들은 다른 여성 작가들이 형상화화 여성 인물과 구별되는 독특함을 갖고 있다.[1] 천운영 소설의 여성들은 옷을 벗고 달려들어도 결코 섹스 하고 싶은 생각이 들지 않을 만큼 추한 여성(「바늘」), 여든을 넘긴 나이에도 정수리부터 새까맣고 윤기 흐르는 검은 머리털이 새치처럼 솟구치고 있으면서 모든 병을 육식으로 다스리는 호랑이 같은 여성(「숨」), 스무 살이 지났음에도 불구하고 여성적 성징을 갖추지 못한 여성(「월경」), 자라지 않는 백발의 머리칼을 가진 여성(「유령의 집」), 곱사등이 여성(「포옹」), 나이에 맞지 않게 달팽이처럼 미끈하고 조그만 발을 가진 여성(「명랑」), 가슴에 세 개의 젖꼭지를 달고 사는 여성(「세 번째 유방」), 언제 아이를 배고 낳는지 아무도 모를 만큼 배도 크고 엉덩이도 크고 가슴도 큰 여성(「노래하는 꽃마차」) 등등이다. 이외에도 단편 소설집에 등장하는 여성 인물들 대부분이 평범하고 일상적인 인물과는 구별되는 독특한 외모를 가지고 있다.[2] 이러한 점 때문에 천운영 소설에 대한 연구자들의 논의 또한 육체에 관한 몸 담론에 모아지고 있다.[3]

---

1) 본고가 분석대상으로 삼는 것은 3편의 소설집 『바늘』(창작과비평사, 2001), 『명랑』(문학과지성사, 2004), 『그녀의 눈물 사용법』(창작과비평사, 2008)에 실린 단편들이다. 다양한 여성인물들의 대상으로 하는 본 논문의 성격상 여주인공 1인의 체험담으로 구성된 장편 『잘가라 서커스』(문학동네, 2005)와 『생강』(창작과비평사, 2011)은 논의의 대상에서 제외한다.

2) 이들 여성인물에 대한 관심 때문인지는 몰라도 2000년대 천운영은 독자와 평자에게 가장 주목을 받는 작가이다. 천운영을 향한 평자들의 관심도가 어느 정도인지는 2005년 한 해에만 3편의 평론이 주요 일간지 신춘문예 당선작으로 선정된 것만 보아도 알 수 있다(<그로테스크 멜랑콜리, 상실에 대응하는 한 가지 방식-천운영론>(2005년 서울신문 신춘문예 당선작), <소멸을 창조하는 역설적 사제의 글쓰기-천운영론>(2005년 경향신문 신춘문예 당선작), <몸 이야기, 분식하는 그녀들-천운영론>(2005년 문화일보 신춘문예 당선작)).

3) 박하나의 『천운영 소설의 몸 담론 연구』(단국대 대학원 석사학위논문, 2006), 장명훈

기존 연구자들의 연구에서도 알 수 있듯이 천운영 소설의 여성 인물들은 기존 여성 작가들의 작품에 등장하는 익숙하고 평범한 여성 인물이 아니다. 대부분의 연구자들은 천운영 소설의 여성 인물과 기존 여성 작가들의 작품에 나타난 여성 인물을 구별할 수 있는 가장 큰 변별점을 여성 인물의 육체가 가지는 기형성이나 가학적이고 폭력적인 성적 욕망에서 찾는다. 천운영 소설의 여성 인물의 특징과 그 육체가 지니는 상징성을 분석하고 이를 통해 여성 정체성을 탐구하는 기존 연구들은 분명 천운영 소설이 가진 미학을 규명하는 데 공헌을 하고 있지만 천운영이 여성 인물의 육체를 통해 구현하는 여성성4)의 특징과 지향점을 생태여성주의적으로 접근한 연구는 미흡하다. 이에 본 본 연구자는 기존 연구의 성과물을 토대로 생태여성주의적 방법으로 천운영 소설의 여성 인물의 육체가 상징하는 여성성이 의미하는 바가 무엇인지, 여성의 육체가 체현하는 여성주의적 세계의 모습이 무엇인지를 탐구해 보고자 한다.

오늘날 지구적으로 가속화되고 있는 개발과 세계화와 이로 인해 초래된 경제·정치·인종·문화·젠더 불평등을 해소하기 위한 저항의 중심

의 『현대 소설에 나타난 몸 담론 연구』(한국 교원대학교 대학원 석사학위논문, 2008), 고정혜의 『천운영 소설 연구 : 몸을 중심으로』(한국 교원대학교 대학원 석사학위논문, 2010), 김양선의 「빈곤의 여성화와 비천한 몸」(『여성과 사회』 제15호, 2004), 오윤호의 「변신하는 마녀들의 잔혹 이야기 : 천운영 소설의 환상성 양상」(『리토피아』 제5권 제2호, 2005) 등이 이에 해당한다.

4) 모든 여성을 하나로 묶어 낼 수 있는 여성성이 존재하는가라는 물음은 여전히 논란거리이다. 여성들이 처한 다양한 인종적, 계급적, 사회·문화적 맥락을 고려하지 않고 모든 여성을 하나로 묶어 공통된 속성을 정의한다는 것은 매우 어려운 일이다. 그렇지만 분명 "주체성이 선험적이거나 자연의 질서 속에 주어진 것이 아니라 몸의 경험을 통해 구성된다는 것을 인정하는 한, 여성 주체는 남성의 그것과 다르리라 추론하는 것은 근거가 있다."(허라금, 「몸으로 다시 꾸며보는 여성 주체」, 『여성의 몸에 관한 철학적 성찰』, 현실과철학사, 2000년, 37쪽)라는 주장처럼 여성 작가가 그녀의 작품에 등장하는 여성 인물을 통해 구현하고자 하는 여성성의 모습은 분명히 존재한다. 이에 본 연구에서는 작가 천운영이 작품을 통해 구현하고 있는 여성 주체가 가지는 고유한 '여성성'을 탐색해 보고자 한다.

에는 언제나 여성주의와 생태주의가 서 있었다.5) 여성주의와 생태주의가
결합된 생태여성주의적 입장이야말로 지속 가능한 세계를 지향하는 오늘
날의 요구에 가장 잘 부합하는 이론이라 할 수 있다. 생태여성주의적 입
장에도 다양한 흐름이 존재하는데 본 연구자는 그중에서도 여성의 역할
이 대지의 신 가이아의 역할과 유사하기 때문에, 자연과 여성의 관계가
자연과 남성의 관계보다 우월한 위치를 차지한다고 주장하는 근본생태여
성주의의 입장이 천운영 소설을 이해하는 단초를 제공한다고 본다.6) 특
히 스타호크를 비롯한 근본 생태여성주의자들은 여성들은 여성 특유의
육체적 경험들(월경, 임신 중 아기와의 벅찬 공생, 출산의 고통 및 자식에게 모유를
먹일 때의 즐거움)을 통하여 추정하건대 남성들에게는 불가능한 방식으로
인간이 자연과 하나라는 것을 알게 된다7)고 주장한다. 이들의 입장은 인
간과 자연을 이분법적으로 분리해 자연과 인간의 상호 연관성을 부정하
고 자연을 지배해 온 가부장제의 지배적 세계관을 극복하고 우리 자신이
지구라는 살아 있는 거대한 공동체의 일부분이라는 깨닫게 해 줄 것이

---

5) 시바는 다음과 같이 주장한다. "자연의 작용과 생산성에 대한 평가절하나 인정 거부
   는 생태계의 위기로 이어졌으며, 여성들의 일에 대한 평가 절하와 인정 거부는 성차
   별주의와 남녀간의 불평등으로 이어졌다. 자연의 작용, 여성들의 일, 그리고 남성들
   의 일 사이의 조화에 기반을 두는 생계 유지, 아니 차라리 유지 경제라고 하는 편이
   더 적합한 것에 대한 평가 절하는 오늘날 세계를 괴롭히는 다양한 형태의 민족적, 그
   리고 문화적인 위기를 낳게 되었다(반다나 시바, 강수영 옮김, 『살아남기; 여성·생태
   학·개발(Staying Alive : Women, Ecology and Development in India)』, 솔, 1998, 92
   쪽)."
6) 이러한 주장은 스프렉락과 스타호크의 주장에 잘 나타난다. 특히 스타호크는 자신의
   시를 통해 자연의 일과 여성의 일이 동일함을 선명하게 드러내고 있다.(스타호크, 「권
   력, 권위, 그리고 신비 : 생태여성주의와 지구에 기초한 영성("Power, Authority, and
   Mystery : Ecofeminism and Earth-based Spirituality")」, 아이린 다이아몬드 편저/정현
   경·황혜숙 옮김, 『다시 꾸며 보는 세상(Reweaving the World)』, 이화여자대학교 출판
   부, 1996, 141-142쪽).
7) 로즈마리 통 외/이소영·정정호·강규한·김경한 편역, 『자연, 여성, 환경 : 에코페미
   니즘의 이론과 실제』, 한신문화사, 2000, 27-28쪽 참조.

다.8)

여성과 자연의 동일성에 근거한 근본생태여성주의자들의 주장은 오랫동안 남성 중심의 가부장제가 여성을 가정이나 재생산 영역 또는 사적 영역에 묶어두고 여성을 억압하는데 사용한 '여성적 본성론'을 받아들이는 것이며 이는 진정한 여성적 속성이라기보다는 남성이 만든 여성의 이미지를 그대로 받아들이는 것이고, 다시 가부장제의 이원론에 빠지는 것이며 남성을 인간 생존의 책임 관계망에서 제외할 우려가 있다는 비판에 직면해 있다. 그러나 그럼에도 불구하고 여성성이 열등한 것으로 치부되어 왔던 남성 중심적 사회에서 여성성의 본래적 가치를 회복해 현재 우리가 직면한 환경 위기와 세계적 불평등의 문제를 해결할 대안일 수 있다면 문학 연구 분야에서도 적극적으로 활용할 필요가 있다고 본다.9)

2. 틈새를 통해 월경(月經) 또는 월경(越境)하는 여성성

남성과 여성의 신체적 차이는 경험의 차이를 낳고 그 경험의 차이는 의식의 차이를 낳는다는 주장이 아니더라도 남성과 여성의 생물학적 차

---

8) 스타호크는 지구를 우주의 일부이면서 살아 있는 생명체로 본다. 그녀는 우주를 살아 움직이는 존재로 이해하게 될 때, 종교와 과학의 분리는 사라지게 된다고 본다. 그 이유는 더 이상 종교가 우리에게 무의미하다고 여겨지더라도 억지로 받아들여야 하는 도그마나 신앙으로 전락하지 않기 때문이고, 과학 역시 세계를 조각조각 잘라 분석하는 방법으로만 제한되지는 않을 것이기 때문이다. 따라서 과학은 우리 모두가 깃들인 이 살아 있는 존재에 대한 더욱 심오한 관찰을 가능하게 할 것이며, 더욱 명확하고, 깊이 있는 이해 방법을 제공할 것이다(Starhawk, 앞의 책, 123쪽 참조).
9) 전 지구적 자본주의에 대한 비판(반세계화)과 문화 상대주의의 권력에 대한 비판의 중심에 자리 잡고 있는 생태여성주의야말로 이러한 오늘날의 요구에 가장 잘 부합하는 이론이라 할 수 있다.

이에서 비롯된 고유한 특성이 존재한다는 사실을 부정할 수는 없다. 천운영은 이와 같은 사실을 누구보다 잘 알고 있는 듯하다. 천운영의 소설에는 여성의 신체, 그 가운데서도 여성 성기와 자궁, 유방의 이미지가 반복적으로 등장한다. 「바늘」의 여성의 성기, 「월경」의 유방, 「행복 고물상」의 사산한 자궁, 「유령의 집」의 동굴로 비유되는 자궁, 「세 번째 유방」의 유방 등이 그것이다.

「바늘」의 나는 "툭 튀어나온 광대뼈와 곱추를 연상케 할 정도로 둥그렇게 붙은 목과 등의 살덩이, 눈살을 찌푸리게 하는 목소리, 뭉뚝한 발가락"을 가진 문신 전문가다. '나'는 추한 외모 때문에 남자들의 성적 판타지의 대상이 되지 못한다. 어린 시절부터 아름다움과는 거리가 멀었던 나는 병을 고치러 간 암자에서 그곳에 살고 있는 아름다운 새끼고양이를 구더기기 기어오르는 변기통 속으로 집어던진다. 곱추를 연상케 하는 외모에 간질병까지 있는 둔탁한 '나'의 육체와 작고 여리고 아름다운 새끼고양이의 몸은 추함과 아름다움의 극명한 대비를 이룬다. 아름다움에 대한 '나'의 첫 번째 기억은 '고양이 살해'이다. 그 후 '나'는 주지 스님의 곁에 남으려는 엄마에 의해 홀로 버려진다. 주지 스님을 향한 엄마의 욕망은 딸에 대한 모성보다 강렬하다. 하지만 스님은 엄마의 사랑을 받아들이지 않는다. 그리고 홀로 남겨진 나는 엄마의 한복집 앞을 서성이다 김사장을 만나 문신을 배우게 된다. "엄마가 바늘을 가지고 옷감에 수를 놓았다면 나는 인간의 연약한 육체에 수를 놓겠다."고 결심하고 살아가던 '나'는 어느 날 형사로부터 미륵암 현파 스님의 죽음과 엄마의 자살 소식을 듣게 된다. 그리고 언젠가 엄마가 내게 들려주었던 말을 떠올린다.

엄마는 왜 죽이지도 않은 스님을 죽였다고 했을까? 그리고 왜 스스로 목숨을 끊은 것일까? 엄마가 가장 아끼던 일제 바늘쌈을 펼친다. 1 호부터

２０호까지 금빛 머리를 빛내며 꽂혀 있는 바늘들. 손가락 끝으로 아주 미
세한 곡선의 감촉을 느끼며 바늘을 뽑아든다. 갑자기 모든 신경 세포가 한
꺼번에 바늘 끝으로 몰린다. 나는 눈을 부릅뜨고 바늘들을 들여다본다. 스
무 개의 바늘은 전부 뾰족한 바늘 끝이 잘려져 있다. 바늘은 날카로움을 잃
어버린 채 철사처럼 뭉뚝했다. 엄마는 일부러 바늘 끝을 잘라 낸 것이다.
　'바늘을 잘게 잘라 매일 마시는 녹즙에 넣어 봐. 가늘고 뾰족한 바늘 조
각은 내장을 휘돌아 다니면서 치명적인 상처들을 만들지. 혈관을 따라 심
장에 이르면 맥박을 잠재우며 죽음을 부르는데, 아무런 외상도 없어.'

(「바늘」, 32쪽)[10]

바늘의 전체적인 모양은 여성의 성기보다는 남성의 성기에 가깝다. 그
런데 천운영은 남성 성기의 은유로 읽히는 '바늘'을 여성의 성기로 받아
들인다. 따라서 자신을 받아들이지 않는 스님이 마시는 녹즙에 매일 바
늘 끝을 잘라 넣는 엄마의 행위와 남성적 힘을 강렬히 원하는 801호 남
자의 가슴에 바늘을 그려 넣는 '나'의 행위는 남성성 속에 여성성을 기
입/틈입하는 의미를 지닌다.

　나는 그의 가슴에 새끼손가락만한 바늘 하나를 그려 주었다. 티타늄으로
그린 바늘은 어찌 보면 작은 틈새 같았다. 어린 여자아이의 성기 같은 얇은
틈새. 그 틈으로 우주가 빨려들어갈 것 같다.
　그는 이제 세상에서 가장 강한 무기를 가슴에 품고 있다. 가장 얇으면서
가장 강하고 부드러운 바늘. (「바늘」, 33쪽)

---

10) 본고에서 인용하는 작품은 작품집을 밝히지 않고 작품명과 쪽수만 밝힌다. 각각의
　　작품집에는 다음과 같은 작품들이 수록되어 있다. 「바늘」, 「숨」, 「눈보라콘」, 「당신
　　의 바다」, 「등뼈」, 「행복고물상」, 「유령의 집」, 「포옹」은 『바늘』(창작과비평사, 2001)
　　에, 「명랑」, 「늑대가 왔다」, 「멍게 뒷맛」, 「모퉁이」, 「세 번째 유방」, 「아버지의 엉덩
　　이」, 「입김」, 「그림자 상자」는 『명랑』(문학과지성사, 2004)에, 「소년 J의 말끔한 허벅
　　지」, 「그녀의 눈물 사용법」, 「알리의 줄넘기」, 「내가 데려다줄게」, 「노래하는 꽃마차」,
　　「내가 쓴 것」, 「백조의 호수」, 「후에」는 『그녀의 눈물 사용법』(창작과비평사, 2008)
　　에 실려 있다.

또한 우주를 빨아들이는 틈새로서의 여성 성기를 상징하는 '바늘'은 세상 그 어떤 무기보다 강하다. 어머니가 아무도 모르게 '현파 스님'을 살해할 수 있었던 것도 '바늘'이 있었기에 가능했다. 어머니는 외면당한 자신의 사랑을 죽임과 죽음으로써 완성하려 했다. 어머니가 현파 스님을 죽이는데 사용한 '바늘'은 금지된 사랑에 대한 처절한 복수를 상징한다. 몸도 성치 않은 딸을 버리고 선택한 남성은 여성과의 사랑을 받아들일 수 없는 상징적으로 거세된 남성이다. 그 남성에게 여성 성기를 상징하는 '바늘'을 매일 조금씩 잘라 녹즙에 넣는 엄마의 행위는 여성의 성을 거부하는 남성과의 '육체적 접촉'의 은유이다.11)

주인공 '나'의 육식 선호는 아름다움을 향한 욕망이다. 어릴 적 살해한 '작고, 부드럽고, 온갖 아름다움이 용수철처럼 휘어져 숨어 있을 것 같은 고양이'가 눈빛을 번득이며 음미하던 그 '육질'의 맛을 느끼기 위해 "양념하지 않은 고기를 먹는다." "쌀눈이 살짝 비치도록 말간 밥알에 약간 검어진 육류의 핏물이 스며들 때" 고기 맛은 정점에 달한다. 아름다움에 대한 나의 집착은 육식 취향과 문신 작업으로 이어진다. 그리고 결말에는 여성적 아름다움을 소유한 덕택에 군대에서 성추행 당한 후부터 자신의 부드럽고 여린 신체를 혐오하여 '힘'을 얻고자 그녀를 찾아온 남자와 결합하게 된다. 남자의 집은 801호, '나'의 집은 806호 "승강기의 축으로 반을 접는다면 남자와 나는 한곳에서 만난다. 골리앗거미의 보각처럼" 성적 욕망을 일으키지 않을 만큼 추한 외모를 가진 여자가 세상에서

____

11) 이광호는 "'현파 스님'을 죽인 어머니의 행위는 스님으로 상징되는 제도적으로 거세된 남성적 문화에 대한 살해로 해석될 수 있다."라고 보며 '바늘-여성성기-틈새'는 변신에 관한 모든 존재론적 가능성을 품고 있는 악마적인 힘을 보유한다. 바늘이 어떤 변신도 실현할 수 있다면, 여성의 틈새야말로 어떤 존재도 태어나게 하는 창조적 부재의 자리이다. 그곳은 우주를 흡수하고, 우주를 거듭나게 하는 틈새"라고 말한다(이광호, 「그녀들, 우주를 빨아들이는 틈새」, 『바늘』, 창작과 비평사, 2001, 257쪽).

가장 아름다운 문신을 남자의 몸에 새긴다. 그리고 그 여자가 가장 강력한 '힘'을 가지기를 소유하는 아름다운 남성에게 '여성성기의 상징인 바늘'을 그려 넣는다. 천운영은 세상에서 가장 강력한 무기는 가장 작고 힘 없는 듯하지만 조각보를 이어 옷을 만들고 서서히 몸의 자국을 새겨 아름다운 외피를 만들어내는 '바늘/성기', 즉 "우주를 빨아들이는 틈새로" 월경(越境)할 수 있는 경계를 만들어내는 '여성성'임을 보여준다.

여성의 성기에 바탕을 둔 천운영의 강력한 힘을 지닌 '여성성'에 대한 인식은 「월경」으로 이어진다. 「월경」의 '나'는 성장이 멈춘 신체를 소유하고 있다. 보름만 지나면 스무 살이 되는 나는 "젖가슴은 열세 살 몽우리로 남아 있고 키는 150센티미터가 안 된다." 열두 살에 시작한 생리도 신경이 끊어지고 호르몬에 이상이 생겨 현재는 중단된 상태이다. 나의 성장이 멈춘 것은 아버지가 철길 너머 감옥으로 끌려 간 이후부터다. 트럭 운전수인 남편이 집을 비운 날 은하수 식당에서 낯선 남자와 교합하던 나의 어머니는 날선 칼을 든 아버지에게 죽임을 당한다. 흘러넘치는 어머니의 성적 욕망은 결국 죽음을 불러들였다.

「월경」의 '나'가 '그'라 부르는 아버지는 붉은 보름달이 낮게 뜬 어느 날 은행나무 아래서 나를 만들었다. 하지만 "사람들로 하여금 경계를 넘어서게 만드는 묘한 힘"을 가진 그 보름달 때문에 아내를 잃었다. 때문에 나와 그/아버지는 성적 상승의 이미지인 은행나무를 좋아할 수 없다. 집 앞 국도변 가로수로 심어진 은행나무들 가운데 수나무는 마르고 여윈 몸을 움츠리고 있는 듯한 반면, 살집 좋은 암나무는 "헤프게 꽃을 피우고 길 한복판에서 부끄럼 없이 화분(花粉)을 한다." 마치 내 어머니가 나를 가질 때처럼, 그리고 아버지의 칼에 찔릴 때처럼 말이다. 늦가을 가지마다 빼곡히 매달린 그 수를 헤아릴 수 없는 은행나무는 생식력이 넘쳐흘러 "노란 고름을 질질 흘리며 바닥으로 떨어져 구린 냄새를 풍기곤 한다.” 은행이 주렁주렁 매달린 은행나무는 ‘다산(多産)’의 상징이다. 월경이 중단되어 생식력을 잃어버린 ‘나’의 신체는 ‘다산(多産)’의 공간이 아닌 ‘불모(不毛)’의 공간이다. 때문에 ‘나’는 은행나무를 좋아할 수 없는 것이다. 그러나 그럼에도 불구하고 부인할 수 없는 것은 “내가 은행나무 언저리에서 생겨났다.”라는 사실이다.

불모의 공간인 나의 신체와 달리 ‘은하수 계집’의 신체는 성적 충만함으로 일렁인다. ‘나’는 내 결핍된 여성성의 보완을 위해서 ‘계집’의 신체를 탐닉한다.

촉촉하고 따뜻한 무덤 속, 계집의 무덤 속으로…… 조심조심 계집의 팬티를 벗겨낸다. 작은 팬티는 골반뼈에서 잠깐 걸렸다가 도르르 말려내려온다. 계집은 고른 숨을 내뿜으며 깊은 잠에 빠져 있다. 계집의 낡은 무덤 곁에 머리를 기대고 눕는다. 계집이 숨을 쉴 때마다 무덤이 들썩들썩한다. 봉곳하게 솟은 계집의 무덤에서 향긋한 풀냄새가 나는 듯하다. 두덩에서 안쪽으로 결을 고른 풀들은 윤기가 흐르고 진한 색을 띠고 있다. 계집의 풍성한 풀들에서 비옥한 대지를 엿볼 수 있다.

나도 팬티를 벗어 계집의 작은 팬티 위에 얹어놓는다. 계집의 것에 비하면 내 것은 노인의 거죽처럼 처지고 볼품없어 보인다. 듬성듬성 제멋대로 뻗은 털들 사이로 보이는 누렇게 질린 두덩과 밋밋하게 뻗은 얇은 틈. 꼭 낙석주의 표지판이 있는 국도 같다. 메마른 황토와 돌덩이가 후둑후둑 떨어지는 잘려진 산허리. 내 무덤 위에는 검은 그물이 쳐져 있다.

(「월경」, 73-74쪽)

계집의 무덤은 촉촉하고 따뜻한 대지이다. 그 대지 위에는 윤기가 흐르는 풀들이 가득하다. 그러나 내 무덤에는 듬성듬성 제멋대로 뻗은 털들과 메마른 황토와 돌덩이가 있을 뿐이다. 계집의 가슴은 무덤이고 대지이고 어머니이다. ‘가슴−자궁−무덤−대지’는 모든 생명이 창조되고 소멸되는 공간으로서의 의미를 지닌다. ‘나’는 그것이 비록 어머니처럼

‘나’를 죽음으로 이끌지라도 ‘삶과 죽음’이 공존하는 공간으로서의 풍요롭고 비옥한 여성의 신체를 욕망한다. 그러나 ‘나’의 아버지는 그 욕망의 끝이 ‘죽음’이라는 사실을 내게 가르쳐 주었다. 때문에 ‘나’의 신체는 어머니나 은하수 계집처럼 성숙한 여성적인 신체를 거부한 채 성장을 멈춘 것이다.

하지만 은하수 계집과 아버지를 닮은 남자가 어머니의 죽음 이후 닫아걸었던 안방의 빗장을 열고 들어가 성적으로 벌거벗은 서로의 몸을 매만지며 한덩어리로 뒤엉켜 있는 것을 목도한 순간 ‘나’ 또한 문지방을 넘고 만다. 하지만 ‘나’는 나의 아버지가 그랬던 것처럼 두 사람을 죽이지 않는다. 그것은 내가 “계집의 눈에서 말간 눈물이 흐르는 것을 보고 말았”기 때문이며 “사내의 어깨에 머리를 파묻은 계집의 몸뚱이는 가장 행복한 순간을 맞고 있는 듯하다.”고 느꼈기 때문이다. ‘나’는 은하수 계집의 모습에서 어머니를 보았던 것이다. 그제서야 어머니를 이해하고 받아들이게 된 주인공은 집을 지키고 있는 ‘안전선’이자 ‘방어벽’이라고 여겼던 철로가 사실은 흘러넘치는 여성의 성적 욕망을 가두기 위한 가부장제의 거대한 벽이었음을 알아차리게 된다. 이로써 ‘나’는 머리 위로 무수히 쏟아지는 달빛을 받으며 철길을 넘는다. 결말 부분은 이제 곧 ‘나’ 또한 풍만한 가슴을 가진 내 어머니와 은하수 계집처럼 여성성이 가득한 신체를 가지게 되리라는 것을 암시한다.

> 철로에 발끝을 대본다. 맨발에 차가운 쇠의 느낌이 전해져온다. 나는 감전되지 않는다. 은행잎 하나가 날아와 발부리에 닿았다가 철로 사이에 몸을 누인다. 심호흡을 한번 하고 철길을 넘어선다. 그리고 그가 걸었던 길을 조심조심 밟아 걷는다. 발을 디딜 때마다 잠든 곤충들의 낮은 숨소리가 들린다.
>
> 집으로부터 한없이 멀어지는 내 머리 위로 무수한 달빛이 쏟아진다. 더 이상 차오를 수 없는 보름달은 스스로 몸을 허물어 경계를 지우리라. 나는

전속력으로 뛰기 시작한다. 달려드는 바람 속에서 나는 점점 아득해진다. 국도를 따라 늘어선 은행나무 가지마다 막 여물기 시작한 푸른 은행알들이 달빛에 환하다. (「월경」, 83-84쪽)

「월경」의 '나'는 '월경(月經)'이 멈춰버린 불모의 신체 너머로의 '월경(越境)'을 꿈꾸고 「바늘」의 나는 강한 힘을 원하는 남성에게 여성 성기의 은유로 읽히는 바늘을 새겨 넣으며 강함/남성과 약함/여성이란 이분법적 경계를 넘어선다. 그런데 이러한 월경(越境)을 가능하게 하는 것은 바로 '바늘'과 같은 '틈새'로부터 새어나오는 '월경(月經)', 곧 여성의 신체로부터 비롯된 생명의 잉태를 담보하고 이를 지향하는 여성성이다.

「바늘」과 「월경」의 두 여성은 아름다움과 추함, 선과 악, 여성성과 남성성의 경계에 살면서, 경계를 넘나들며, 경계의 의미를 무화하는 전복적 힘을 지닌 여성성을 보여준다.[12) 하지만 이처럼 상징계의 질서 아래서 경계를 넘는 여성은 '마녀'로 규정된다. 견고한 상징계의 질서를 무너뜨리려는 그녀들은 단죄해야 할 대상이면서 동시에 두려움과 공포의 대상이기도 하기 때문이다.

---

12) 이광호는 천운영 소설의 미학을 다음과 같이 평가한다. "그녀의 소설들은 제도화된 여성성과 거세된 남성적 문화를 돌파하는 관능과 일탈의 은유들로 들끓고 있다. 천운영 소설 속의 야생적인 여성성은 사회적인 타자들 내부의 억압된 자질들을 개방하는 공격적인 힘을 포함한다. 그녀들의 시선은 제도화된 여성적 자아의 내부에 머물지 않는다. 그 제도적 영역의 바깥으로 질주하는 원초적이고 본능적인 여성적 에너지를 드러낸다. 거기에서, 식물적인 여성성으로부터 동물적인 여성성으로의, 혹은 타자로서의 여성성으로부터 창조적인 부재와 이질적인 복수항(複數項)으로서의 여성성으로의 탈주라는 존재론적인 전환의 사건이 벌어진다. 천운영을 통해 한국의 여성 소설은 독특한 야생의 미학을 자기 목록에 추가할 수 있게 되었다(「그녀들, 우주를 빨아들이는 틈새」, 『바늘』, 창작과 비평사, 2001, 257-258쪽).

3. 마녀의 귀환을 통해 복원되는 원초적 불안과 환희

아버지의 법으로 제어되는 상징계를 벗어난 상상계의 불안과 환희가 모순적으로 교차하는 공간은 문명의 공간이 아닌 야생의 공간이다. 천운영이 만들어내는 이 야생의 공간에는 문명의 정복자 가부장(家父長)이 존재하지 않는다. 존재한다고 해도 그들은 대부분 불구 혹은 낙오자들이다.13) 때문에 아버지가 부재한 천운영 소설에서는 가부장제가 지향하는 가족의 모습은 찾는 것은 불가능하다. 대신 가부방제가 추방한 마녀들이 야생의 공간에서 동식물의 형상을 하고 귀환한다.

「숨」에는 여든을 넘긴 나이에도 노쇠하지 않고 정수리에서부터 새카맣고 윤기 흐르는 머리털이 나오고 있는 늙은 여성이 등장한다. 유난히 육식을 탐하는 그녀를 손자인 '나'는 도저히 여성으로 볼 수 없다. "느리고 낮은 그녀의 목소리"는 "두 갈래로 갈라진 뱀의 차디찬 혀가 목덜미로 휘감기는 기분"을 느끼게 한다. 유난히 내장을 좋아하는 그녀의 식성은 먹잇감을 잡으면 제일 먼저 내장부터 먹어치우는 육식 동물 사자나 표범과 유사하다. 그리고 저녁 설거지를 마치고 누운 그녀의 모습은 마치

---

13) 남진우는 천운영 소설의 두드러진 특징을 '부재하는 아버지'에서 찾는다(「늑대의 후예」, 『문학동네』 35호, 2003). 이와 연장선상에서 차미령은 기존 소설의 '부재하는 아버지'와 천운영 소설의 '부재하는 아버지'가 다른 이유를 그 부재의 효과가 말 그대로 그저 '없음'에 불과한 경우가 대부분인 데서 찾는다(「그로테스크 멜랑콜리, 상실에 대응하는 한 가지 방식-천운영의 소설세계」, <서울신문>(2005년 1월 1일자)). 이 글이 분석대상으로 삼고 있는 세 권의 단편집에 실린 총 24편의 작품 중 흔히 사람들이 말하는 보편적이고 일반적인 아버지의 모습을 갖춘 인물이 한 명도 존재하지 않는다. 애초부터 아버지가 없었거나(「바늘」, 「등뼈」 「멍랑」, 「멍게 뒷맛」, 「소년 J의 말끔한 허벅지」, 「내가 쓴 것」, 「백조의 호수」, 「노래하는 꽃마차」), 있다 해도 이곳이 아닌 곳으로 떠났거나(「바늘」, 「그림자 상자」, 「후에」), 죽었거나(「숨」, 「눈보라콘」, 「당신의 바다」, 「내가 데려다 줄게」) 불구 혹은 낙오자거나(「행복 고물상」, 「포옹」, 「아버지의 엉덩이」, 「입김」, 「그녀의 눈물 사용법」), 폭군이거나(「세 번째 유방」, 「포옹」, 「유령의 집」), 부재하거나(「늑대가 왔다」), 존재감이 없다(「모퉁이」).

"포만감에 싸인 호랑이"와 같다. "눈을 지그시 감고서 아무리 먹음직스러운 동물이 눈앞에 얼씬거린다 해도 거들떠보지 않는" 그녀에게서 '나'는 "진정한 육식 동물"을 본다.

그녀의 육식성은 병을 치료하는 데서도 드러난다. "빈혈에는 생간을, 무릎이 시큰거릴 때는 우족이나 스지를, 속이 편치 못할 때는 된장 풀어 끓인 내장탕을, 심한 감기를 앓은 후에는 허파를 먹는" 그녀. 때문에 그녀와 함께 사는 집은 웃음이 넘치고 사랑이 흐르는 행복한 문명의 집이 아니라 피비린내가 진동하는 야생의 초원이다. 직장인 도축장과 집은 '나'에게 냉혹한 살육의 공간일 뿐이다. 그 먹이사슬의 최고봉에 바로 '호랑이 같은' '나'의 할머니, 마귀할멈이 있다.

> 골목을 들어서자 익숙한 냄새가 콧속을 후벼 판다. 단백질 타는 노린내, 응고된 피 냄새, 웅취(雄臭), 젖은 소털 냄새, 비계 썩는 냄새……안쪽으로 들어갈수록 냄새는 더욱 강렬해진다. 그러나 그것도 잠시, 오 분만 지나면 그 냄새들은 폐부 깊숙이 들어와 내 것이 되고 만다. 내 몸에 냄새를 빨아들이는 강력한 필터가 숨겨져 있는 것이지. 아니면 내가 그 냄새에 흡착되는지 모르겠다. 이곳을 다시 나갈 때 몸에 밴 피비린내를 털어내며 숨을 골라보지만 그 냄새는 그녀와 내가 사는 집에 들어서는 순간 어김없이 다시 풍기곤 하다. (「숨」, 42쪽)

그녀에게서 벗어나지 못하는 '나'는 그녀의 "사냥개"이고, 그녀에 의해 "거세된 수소"이고, "감히 욕망조차 가질 수 없는, 그녀에게 잘 길들여진 고깃덩어리"에 불과하다. 그래서 나는 언제나 언제 덮칠지 모르는 그녀의 송곳니를 보며 두려움에 몸을 떤다. 이런 내가 그녀에게서 벗어나는 길은 '초식 동물'같은 미연의 품으로 안겨드는 것뿐이다. 미연과 결혼하겠다는 '나'에게 승낙 대신 그녀가 요구하는 것은 소의 태아인 '송치'이다. 나는 소 한 마리 값을 치러야 할 정도로 비싼 송치를 구하기 위해 불법을 저지르게 되고 그로 인해 경찰에 쫓기는 신세가 된다.

가부장제가 규정한 가족 이데올로기가 정상적인 것이라 믿고 사는 남자에게 할머니와 거주하는 야생의 공간은 너무도 이질적이고 공포스러운 곳이다. 내가 추구하는 것은 "아이를 낳아 목마를 태우고" 아내와 함께 "숲에 가 나무 냄새도 맡고" 아내가 "해주는 풋풋한 음식을 먹으며 사는" 것이다. 그러나 나의 바람을 그녀는 결코 수용하지 않는다. 따뜻한 가족이나 손자며느리를 원하지 않는, 야생의 포식자과 같은 그녀는 아내이자 어머니이기를 거부하고 동굴을 뛰쳐나간 남성 신화 속 '호랑이'의 모습을 떠올리게 한다. 단군 신화의 '단군'과 '곰/웅녀'의 후예로 살아온 남성과 여성에게 「숨」의 그녀가 낯설고 기괴하게 읽히는 것은 우리가 그만큼 남성 신화에 익숙해 있기 때문이다. 「숨」의 그녀는 남성 신화가 삭제해 버린 길들여지기 이전의 원초적 야생성, 즉 잃어버린 여성 신화의 원형을 보여준다.

이처럼 잃어버린 여성 신화의 원형은 「늑대가 왔다」에서도 잘 나타난다. 「늑대가 왔다」의 소녀는 주변 누구의 사랑도 받지 못하지만 숯가마 여기저기를 누비고 다니며 자신의 존재를 알린다. 그녀가 자신의 존재를 알리는 방법은 '늑대가 나타났다'고 소리치거나 '저기 늑대가 있다'고 손가락으로 숲을 가리키는 것이다. 하지만 번번이 소녀는 '거짓말쟁이 양치기 소녀'이란 소리를 듣는다. 그래도 소녀는 아랑곳없이 노래 부른다. "나는 양치기 소녀. 어디에서나 늑대를 볼 수 있지. 떡갈나무 아래. 우리 집 장독대. 늑대는 어디든지 나타나. 나는 양치기 소녀. 늑대는 내 눈에 살아. 아무도 내 말을 안 믿어. 늑대는 없다고 하지. 나더러 장님이 되라고 하지. 나는 양치기 소녀." 또 학교에서 아이들이 소녀를 놀릴 때면 "하얀 늑대가 너희들을 잡아먹을 거야. 그리고 나를 북극으로 데려다 줄 거야. 나는 원래 에스키모였어. 늑대들이 나를 보호해주지."라고 말한다.

소녀의 엄마는 소녀에게 관심이 없다. 그저 "새파란 다방년이랑 자빠져 살림까지 차린" 소녀의 아버지를 원망하며 세월을 보낼 뿐이다. 다섯 개나 되는 숯가마가 있음에도 숯을 구울 남자가 없어 다른 사람에게 임대해 주고 그 집 식당에서 설거지를 하는 여자에게 필요한 건 아이가 아닌 숯가마를 되찾아 줄 힘을 지닌 남자/남편이다. 드디어 남편이 돌아오고 여자가 남자를 앞세워 숯가마를 되찾으러 가고 싸움이 일어난 사이 소녀는 어두운 숯가만 안으로 들어간다. 그 안에서 소녀는 낮에 산 늑대 퍼즐을 맞춘다. 퍼즐 속에서 되살아난 늑대를 향해 소녀는 자신을 데려가 달라 애원하지만 늑대는 홀로 숯가마를 뛰쳐나간다. 늑대를 뒤쫓던 소녀는 승용차에 치어 죽는다. 생(生)을 뒤로 하고 사(死)의 공간으로 들어가기 전 소녀는 드디어 북극해에서 사냥꾼과 썰매를 탄다.

> 순록은 이제 어디로 가요? 늑대 여성이 데려가지. 늑대 여인이 뼈를 맞추고 숨을 불어넣으면 순록은 다시 제 무리에서 태어난단다. 우리도 죽으면 늑대여인이 데려가요? 그럼 데려가고 말고. (「늑대가 왔다」, 69쪽)

에스테스는 건강한 늑대와 여성은 심리적으로 많은 공통점을 갖고 있다고 본다. 그녀는 건강한 여성은 늑대의 습성과 아주 비슷해서 건장하고, 힘이 넘치며 생기가 넘치고 자기 영역을 지킬 뿐 아니라 옆 사람들을 북돋우고, 창의적이고 충직하고 잘 돌아다니는데, 야성(野性)을 잃게 되면 나약하고 빈약하고 파리해진다. 그녀는 원래부터 여성이 뛰어오르거나 뭘 쫓거나 아이를 낳거나 생명을 창조할 능력이 없는, 약한 머리칼을 지닌 왜소한 존재라고 생각하는 것은 오해라고 말한다. 그러나 그럼에도 불구하고 그들은 지금까지 이리저리 내몰리고 학살당해 왔으며, 탐욕스럽고, 교활하고, 지나치게 호전적이고, 열등한 존재로 취급되어 왔다.[14)

여성의 신화가 사라진 가부장제의 남성 신화 속에서 그들은 언제나 남성 사냥꾼의 표적이 되어 왔다. 천운영은 서구와 북미 신화에서 잃어버린 여성의 원형 '늑대여인'을 다시 소환한다. 그러나 남성 신화가 추방한 '늑대'를 소환한 '소녀'는 '거짓말쟁이'일 수밖에 없다. 이는 상징계가 지배하는 현실에서 야생의 자유로움과 강인함을 간직한 여성의 원형 '늑대여인'은 여전히 생(生)의 저편에 존재할 수밖에 없음을 보여준다.

남성 신화 속에서 '사랑과 미의 여신'으로 추앙받는 '비너스'는 「세 번째 유방」에서는 제거되어야 할 '마녀'로 등장한다. 할머니의 유방만이 유일한 피난처고 위안이었던 「세 번째 유방」의 '나'는 할머니의 죽음 이후 아버지의 집으로 들어가게 된다. 하지만 절대 권력을 지닌 독재자 아버지의 눈에 들지 못한, 아니 결코 아버지처럼 될 수 없었던 나는 스스로 집을 뛰쳐나온다. 그리고 우연히 만난 그녀에게서 삶의 위안을 찾는다. 하지만 세 번째 유방을 갖고 있던 그녀는 그녀와 유사한 여자를 만나 사랑에 빠져 나를 떠나려 한다. 삶의 유일한 안식처인 그녀를 잃어버릴 수 없었던 '나'는 결국 그녀의 가슴에 칼을 꽂는다. 이성애자인 '나'의 시선에 동성애를 나누는 그녀들은 '마녀'로 비친다. 서로를 사랑하는 그녀들이 내게는 "마법을 나누는 마녀들처럼. 비밀집회를 갖는 마녀들처럼. 서로를 경배하는 마녀들처럼" 보인다. 비록 아버지의 세계에서 추방당하긴 했으나 아버지의 아들인 '나'는 결코 '마녀들의 사랑'을 용인할 수 없다.

> 내가 죽인 것은 네가 아니라 마녀였어. 세 번째 유방을 가진, 저주의 마법을 부리는, 밤 외출을 하고 악마와 교합하는 마녀. 마녀가 사라진 너는

---

14) 최초의 여성의 이름이 에바Eva였고, 그 이름은 늑대Vae(늑대-Woe)라는 말의 조직으로 만들어졌다는 것을 알고 있는가? 여성을 Woman이라고 표현할 때의 어원이 바로 Woe, 즉 늑대+Man이다(클라리사 P. 에스테스/손영미 옮김, 『늑대와 함께 달리는 여인들 : 여걸원형과 관련된 신화 및 우화』, 고려원, 1994, 11-22쪽 참조).

지금 한 송이 붉은 꽃이 되었구나. 그런데 나는 이제 무얼 해야 하지? 마녀
를 처형했으니 다시 신에게로 돌아갈까? 신은 나를 다시 받아줄까? 난 붉게
물든 네 몸에서 젖꼭지를 차고 있어. 그래야 다른 세상으로 갈 수 있으니까.
나는 네 젖꼭지를 누르기 시작해. 자, 누구세요, 물어봐야지. 누구세요. 나는
마녀의 심부름꾼이야. 그런데 다음 문은 어디로 통하는 문인 거지?”

(「세 번째 유방」, 159쪽)

상징계가 규정한 이성애적 사랑의 형태를 벗어나 동성애를 지향하던
‘비너스’는 가부장의 아들인 ‘나’에 의해 단죄된다. 「세 번째 유방」은 상
징계를 벗어나 가부장제가 규정한 가족제도에 도전하는 또 하나의 마녀
의 모습을 보여주지만 그 마녀는 아버지의 낙원으로부터 추방당한 남성
에 의해 죽임을 당한다. 이는 「숨」의 ‘마녀’가 여전히 건재한 것과는 다
른 비극적 결말이다. 강력한 힘을 가진 「숨」의 마녀는 가부장의 아들인
‘나’를 완벽한 심부름꾼으로 부릴 수 있었다. 그 이유는 「숨」의 ‘나’에게
는 상징계의 법과 질서를 유지하고 이를 어기는 자에게 어떤 벌을 주어
야 하는지를 가르쳐준 훈육자로서의 ‘아버지’가 부재했기 때문이다. 이에
반해 「세 번째 유방」의 ‘나’에게는 훈육자로서의 아버지가 존재한다. 비
록 분노와 증오의 대상이면서 살의를 불러일으키는 아버지이지만 ‘나’는
그 아버지를 거부하면서 동시에 닮아가고 있었던 것이다. 「세 번째 유방」
은 ‘차이’를 다름으로 인정하지 않고 서열화해 차별하고 그러면서 동시
에 규격화된 일정한 틀에 가두려는 그 아버지의 모습을 무의식적으로 답
습하고 있는 아들의 모습을 보여준다.

그러나 지나치게 무자비하고 폭력적인 상징계의 아버지는 다시 되돌아
온 ‘마녀’에게 죽임을 당한다. 「유령의 집」의 매표원인 그녀는 아직 늙지
않은 나이임에도 조금도 자라지 않는 백발을 하고 있다. 그리고 벼락이
떨어지는 걸 아주 가까이서 목격한 후부터 빛을 두려워하고 시력이 나빠

져 사물을 제대로 분간하지 못한다. 대신 "귀로 세상을 받아들이는 방법"을 배우게 된다. 그녀의 남편은 야생동물을 잡아 건강원에 납품하거나, 동물의 박제를 만들어 파는 밀렵꾼이다. 남자는 자신이 쳐놓은 덫에 걸려 다리를 절단하게 된다. 불구가 된 후 더욱 잔인해지고 폭력적으로 변해가는 남자는 "그녀의 피를 빨고 영혼을 타락시키기 위해 다른 세계로부터 온 악령", '흡혈귀'가 되어 그녀에게 매질을 가하고 그녀의 몸에 이빨을 들이댄다. 또 싫다는 딸에게는 강제로 박제 기술을 가르친다. 그러던 어느 날 남자가 사라진다. 그리고 여자가 입구를 지키고 있는 인형의 집에서는 "장치가 없으면 조금도 걸을 수 없는 하반신 불구"의 미라가 관람객을 맞이한다.

> 미라 만드는 법과 동물 박제하는 법은 별 차이가 없습니다. 배를 갈라 내장을 빼내고 향신료와 알코올로 소독을 한 다음 보릿짚이나 헝겊을 방부제와 함께 채워 넣고 다시 꿰매면 되는 거지요. 그리 어렵지 않지요? 동물 박제는 아름다운 가죽과 털이라도 볼 수 있지만 인간의 맨송맨송한 살갗은 털이 없어 아마로 친친 감아 가려버린다는 것이 다르다면 다른 점이겠지요. 방부에 탁월했던 그나 그에게 박제를 배운 아이라면 충분히 만들 수도 있을 겁니다. (「유령의 집」, 208쪽)

상상계의 가부장/아버지는 아내와 딸에 의해 거대한 유령의 집에 박제되어 갇힌다. 관람객들은 "장난삼아 배를 치기도 하고 너덜너덜한 붕대를 잡아당기며 비웃"기도 한다. 모녀는 상징계의 폭력적 아버지를 유령의 집 동굴 속에 가둬 한낱 장난감과 비웃음거리로 만들어 버린다. 마지막 유령인 박제된 미라를 지나쳐 출구로 나오게 된 관람객들은 입구가 곧 출구(입구=출구)였음을 알게 된다. 관람객들은 "처음 들어갔던 곳으로 되돌아 온 것"이다.

「유령의 집」의 '유령의 집'은 '자궁'의 은유다. 동굴(「노래하는 꽃마차」),

어두운 집(「그림자 상자」), 방안의 다락·장롱(「모퉁이」, 「후에」, 「알리의 줄넘기」), 대형 빌딩의 승강기 아래 텅 빈 공간(「입김」) 등은 어둡고 눅눅하고 폐쇄된 자궁의 속성과 유사하다. 이러한 자궁을 상징하는 공간은 천운영 소설 전반에 걸쳐 빈번히 나타난다.[15] 아이는 남자가 여자를 때릴 때면 집에서 나와 유령의 집으로 들어가 잠든다. "숨을 헐떡이며 으르렁거리는 음탕하고 난폭한 동물"이 있는 집은 더 이상 집이 아니다. 반면 현실 세계/상징계를 떠난 '유령'의 집은 어둠 속에서 "어머니의 자궁처럼 포근"하게 아이를 감싼다.

> 어둠의 여백으로 한없이 빨려들어가는 순간, 태양을 중심으로 우주가 돌아가듯 아이는 어둠을 거느리고 더욱 깊숙한 어둠 속으로 들어갑니다. 기계를 모두 작동시킨 후 비밀문을 통해 새터니가 있는 우물가로 갑니다. 신발을 벗고 시커먼 우물 안으로 들어가면 미친 듯 날뛰던 심장은 천천히 제자리를 찾아갔습니다. (「유령의 집」, 200-201쪽)

여자와 아이는 "제 아비를 잡아먹고 태어난 년"인 '새터니'가 되어 자신들의 분신과 같은 쥐들을 온갖 방법으로 몰살하고, 자신들에게 폭력을 일삼던 상징계의 포식자를 단죄한다. 「유령의 집」의 박제된 미라는 여성의 자궁으로 상징되는 상상계의 어둠 속에 갇힌 거세된 남성을 상징한다.

4. 생명을 치유하고 되살리는 생명의 순환성

상상계를 상징하는 자궁의 이미지는 「내가 데려다 줄게」에서 '초록뱀'이

---

15) 「늑대가 왔다」, 「모퉁이」, 「입김」, 「그녀의 눈물 사용법」, 「알리의 줄넘기」, 「노래하는 꽃마차」, 「후에」 등이 있다.

살고 있는 '늪'으로 대체된다. 아버지 하나님의 말씀을 전하고 있는『성경』에서 '뱀'은 아담과 이브를 낙원에서 추방당하게 만든 '악'의 상징으로 등장한다. 기독교 문명 이후 대부분의 작품에서 '뱀'은 '악'의 상징으로 여겨져 왔다. 그러나 고대 시대에는 '뱀'이 신탁 예언의 상징물이었다. 희랍의 델피 신전에는 역사 시대에까지 여제사장 또는 무녀가 뱀에 의해 영감을 받았다는 기록이 전해진다. 따라서 고대인들은 허물을 벗고 다시 피부가 자라나는 뱀의 속성은 순환적 재생의 상징으로 여기고 수천 년 동안 숭배해왔다. 생태여성주의자 리언 아리리스는 성서에 등장하는 이브와 뱀의 연관조차도 "고대 여신 중심의 종교를 포기하지 않으려는 거부의 표시"라고 말한다.16) 따라서 「내가 데려다줄게」에서 늪의 초록뱀의 이미지로 형상화된 여성은 '하나님 아버지'의 말씀이 세상에 전해지기 이전 '치유와 재생'의 상징으로서의 고대 여신의 재탄생을 의미한다.

> 늪은 제 속으로 걸어들어온 사내를 부드럽게 감싸안았다. 늪은 아기에게 젖을 물리듯 사내의 벌린 입속으로 버드나무 잔가지와 물달팽이 껍데기와 생이가래아 자라풀을 집어넣었다. 사내가 있던 자리를 연둣빛 융단이 차지하더니 곧이어 짙은 안개가 그 위를 덮었다. 사내는 흔적도 없이 사라졌다. 늪은 다시 침구에 잠겼다. 침묵은 영원히 지속될 것 같았다.
>
> (…중략…)
>
> 무언가 차갑고 축축한 것이 사내의 발목을 휘감는 것이 느껴졌다. 초록 얼룩뱀이었다. 뱀은 종아리를 타고 허벅지를 거쳐 사타구니로 올라갔다. 그 뒤를 이어 또다른 뱀이 사내 몸에 감겼다. 뱀의 행렬은 끝이 없었다. 뱀들은 사내의 다리를 감아오르고 목을 휘감고 겨드랑이를 벌리고 허리를 감싸안았다. 사내는 초록 얼룩뱀들에게 완전히 둘러싸였다. 결국 사내는 사라지고 뱀들만 남아 서로의 몸을 휘감으며 꿈틀거리고 있었다.
>
> (「내가 데려다줄게」, 109-110쪽)

---

16) 리언 아이슬러, 「지구의 여신(Gaia) 전통과 미래의 동반자적 관계 : 생태여성주의 선언」,『다시 꾸며 보는 세상 : 생태여성주의의 대두』, 이화여자대학교 출판부, 1996, 61쪽 참조.

「내가 데려다줄게」의 사내는 기러기 아빠로 지내다 이혼 당한 후, 여제자 성폭행 사건에 휘말려 사직하고 자살을 하기 위해 늪에 빠진다. 그러나 늪의 여자들은 한도 끝도 없이 가라앉던 사내의 몸을 수면 위로 끌어올린다. 혼미한 가운데 사내는 누군가가 "뱀처럼 차갑고 섬뜩한" 손길로 자신의 몸을 쓰다듬고 있음을 느낀다. 사내는 늪의 여자들에 의해 들것에 실려 "갈대로 둘러싸인 작은 집"으로 옮겨진다. 들것에 실려 가던 사내는 "바람에 몸을 비비는 마른 갈대 소리"를 들으며 "하늘하늘 떨어져 내리는 은빛 꽃가루"를 맞는다. "사내는 꿈속을 헤매고 있다고 생각"한다. "꿈이 아니라면 이승과 저승 사이 어느 지점에 누워 있는" 것이거나 "꿈과 생시, 이승과 저승, 삶과 죽음, 그 좁은 듯하면서 광활한 사이 혹은 틈새"에 끼어있다고 여긴다. 그리고 깨어난 후 "허물 벗은 뱀처럼, 여자들은 물질을 해 우렁이를 잡고 남자들은 나무배를 띄워 물고기를 잡는 이곳에서"라면 모든 걸 잊고 숨어 살아도 좋겠다고 생각한다.

늪의 갈대로 둘러싸인 작은 집에는 노파와 여자 그리고 "왕버들로 만든 바구니에 담아서" 왜가리가 물어단 준 아버지 없는 계집애가 살고 있다. 노파는 사내에게 '학처럼 고운 처녀애'와 '노래하는 탑'의 애기를 들려준다. "노파의 애기를 듣고 있노라면 사내는 어느새 시간을 거슬러 올라 원시의 숲속에 들어간 기분"에 휩싸인다. "그 속에서 사내는 나무와 대화하고 새들과 함께 날고 뱀과 함께 똬리를 트는 자신을 발견하곤"한다.

스타호크는 '마녀'란 인간과 자연을 연결해주는 임무를 가진 자라고 말한다.[17] 남자에게 옛이야기를 들려주어 자연과의 일체감을 경험하게

---

17) 여기서 스타호크가 정의하는 마녀는 가부장제에 의해 왜곡된 사악한 이미지의 여성이 아니라 서구 문화를 유연하게 구부리고 또 재형성하는 기술을 소유한 여성을 뜻한다. 스타호크는 스스로를 마녀로 칭하고 자신이 여성으로서 행하는 '지구에 기초한 영성'은 여성주의 운동에 많은 에너지를 제공하고 있다고 주장한다(스타호크, 「권력, 권위, 그리고 신비 : 생태여성주의와 지구에 기초한 영성」, 『다시 꾸며 보는 세상』,

해주는 노파 역시 '마녀'이다. 마녀가 거주하는 자연과 인간이 하나 되고
삶과 죽음이 순환하는 신화적 공간에서 사내는 치유와 재생을 경험한다.
그러나 그 신화적 공간에로의 동화는 강 건너편에 온 노인네의 말 한마
디에 산산히 부서지고 만다.

> 그 집 그냥 딱 봐도 음기가 철철 넘치잖아. 그 개들은 또 어떻고. 송아지
> 한 마리는 거뜬히 잡아먹게 생겼잖아. 그 집서 살던 남자. 쥐도 새도 모르
> 게 사라졌다잖아. 허구헌 날 술 먹고 여편네 팼다지. 그래서 그 할망구랑
> 여자랑 작당을 해서 죽였다고. 새벽에 늪에다 사체를 갖다버리는 걸 봤다는
> 사람도 있어. 토막토막 잘라서 개들한테 던져줬다던가. 생각만 해도 끔찍하
> 잖어. 여우 같은 여자들. (「내가 데려다 줄게」, 128쪽)

노인의 말을 들은 사내는 여자들에게 의심을 품게 되고 의심은 두려움
과 공포를 낳는다. 사내는 "형벌을 수행하는 냉혹한 집행관"이 되어 여
자를 겁탈한다. 그것은 두려움을 갖게 만든 여자를 향한 '경고'였다. 하
지만 여자는 사내를 밀쳐내는 대신 아무런 저항 없이 받아들여 자신의
품에 안는다. "사내는 꼭 젖먹이 어린애가 된 듯한 기분"으로 여자의 품
에 안긴다. 그리고 사내는 죽기 위해 왔던 늪에 다시 서서 자신이 힘과
권력과 지위를 이용해 제가에게 옷을 벗게 만들었을지도 모른다는, 외면
하고자 했던 '진실'과 대면한다.

「내가 데려다줄게」는 "고대 여신의 성상과 상징들을 재현시키는 예술
가들은 위대한 지구 어머니의 자궁 안에서 나오는 새로운 문화의 황홀한
재출산을 위해서 지구를 다시 성화시키고"[18] 있는 '치유자로서의 예술
가' 천운영의 모습을 보여준다. 그녀는 '샤먼'이 되어 권력에 가려져 보

이화여자대학교출판부, 1996, 141-142쪽).
18) 글로리아 페만 오렌스타인, 「치유자로서의 예술가들 : 생명을 주는 문화를 꿈꾸며」,
　　『다시 꾸며보는 세상 : 생태여성주의의 대두』, 이화여자대학교 출판부, 1996, 413쪽.

이지 않던 진실을 드러내고, 그 옛날 잃어버렸던 신화적 세계로 우리를 인도한다. 그러나 그와 동시에 하나님 아버지의 법과 질서는 여전히 강력한 힘으로 현실 세계를 지배하고 있음을 「노래하는 꽃마차」의 '엄마'와 '오빠'를 통해 폭로한다.

한편 천운영은 여러 작품에서 복수 화자를 동원한 서술 상황[19]의 혼재를 통해 다양한 목소리들이 혼재하는 '다성성'의 공간을 창출하고 이 안에서 부분과 전체, 나와 너, 남자와 여자, 아이와 어른이 위계적으로 서로를 구분하지 않고 서로 자리를 맞바꾸며 상대를 이해하고, 이를 통해 화해하고 포용하는 "사랑의 서사"[20]를 구현한다. 이러한 사랑의 서사는 곱게 빻은 할머니의 유골을 작은 상자에 담아 두고 그녀가 생각날 때마다 혓바닥으로 맛을 보는 「명랑」의 '나'와 할머니의 유골함을 장롱에 넣어두는 살아 있을 때와 똑같이 말을 걸고 대화하는 「알리의 줄넘기」의 '나'에게서 극대화된다.

> 내 내부에는 언제나 나를 바라보며 침묵하는 그녀가 있다. 그녀는 내 속에서 숨 쉬고 내 속에서 잠을 잔다. 그녀는 가끔 내속에서 버선발을 내밀기도 한다. 나는 내 속에 있는 그녀를 위해 명랑을 먹는다. 설탕처럼 하얗고 반짝이는 명랑 가루에서는 그녀의 약 냄새가 난다. (「명랑」, 37쪽)

> 나는 때때로 장롱문을 활짝 열어놓고, 검은 벨벳 드레스를 입은 제니가

---

19) 총 24편의 작품 중 「유령의 집」, 「소년 J의 말끔한 허벅지」, 「백조의 호수」 4편만이 3인칭 시점이고, 「모퉁이」와 「내가 쓴 것」의 경우는 1인칭과 3인칭 서술 상황이 혼재되어 있다. 나머지 작품은 모두 1인칭으로 서술되어 있다. 그런데 1인칭 서술 상황으로 구성된 작품 가운데 특이하게도 「포옹」, 「그림자 상자」, 「노래하는 꽃마차」, 「후에」 등 4편은 단일 화자가 아닌 복수 화자가 등장한다.
20) 신형철은 작품 해설 말미에서 "예전의 소설들에서는 뒤돌아보지 않는 욕망이(1인칭 단일 화자와 더불어) 직진하는 서사를 낳기도 했지만, 이제는 서로의 빈자리를 찾아 들어가는 사랑이(다수의 주인공 및 복수의 화자와 더불어) 곡선으로 휘어지는 서사를 낳는다."라고 말하며 이를 '욕망의 서사'에 대비되는 '사랑의 서사'라고 부른다(「욕망에서 사랑으로」, 『그녀의 눈물 사용법』, 2008, 267쪽).

노래를 불러주길 기다리곤 한다. 어떨 땐 내가 부르지 않아도 제니가 먼저 장롱문을 열고 나와 노래를 불러주기도 하지만, 어떨 땐 이렇게 몇 번을 불러대도 얼굴조차 내밀지 않는다. 그래도 나는 섭섭하지 않다. 어쨌든 장롱문을 열면 향기로운 제니의 냄새를 맡을 수 있으니까.

(「알리의 줄넘기」, 101쪽)

「명랑」과 「알리의 줄넘기」의 여성 인물은 탄생은 시작이고 죽음의 끝이라는 삶의 선형성을 거부하는 순환론적 세계관을 보여준다. 천운영의 '그녀들'이 사는 공간은 차이와 다름이 차별로 인식되고 억압받는 배타적 공간이 아니다. '그녀들'이 사는 세상은 사자와 산자가 화해하고 공존하는 신화적 공간이다. 「내가 쓴 것」의 '나'는 작가 후기에서 "소설을 쓴다는 것은 시간을 거슬러 기억 저편의 그림 속으로 가는 과정"이라고 말한다. '나=작가'의 언술은 곧 작가 천운영이 작품을 통해 구현하고자 하는 세상의 모습은 '지금 이곳'이 아닌 '기억 저편 그림 속'에 존재했던 신화적 공간임을 짐작하게 한다. 기억 저편 과거의 신화적 공간을 현대에 재현함으로써 천운영은 상징계에 의해 억압되고 삭제되었던 잃어버린 진정한 여성의 모습과 그녀들이 갖고 있던 본래적 여성성을 회복하고자 하는 것이다.

그는 조명 아래에서 노파의 몸이 살아나는 것을 본다. 그것은 그가 여태 상상하고 단정 지은 추악하고 안쓰러운 늙음이 아니었다. 늘어진 젖가슴은 사막의 사구들을 닮았다. 노파의 몸은 한없이 부드러운 강물처럼, 풀과 나무와 바위까지 품어 안는 대지처럼, 나뭇잎을 살랑이게 하는 시원한 바람처럼, 살아 있는 몸이었다. 소멸과 생성이 공존하는 자연 그 자체. 연한 색깔의 젖꼭지는 이제 막 이차 성징을 겪고 있는 소녀의 미숙한 젖꼭지와 같았다. 조명 아래에서 노파의 몸은 부끄러워하고 시험하고 달아오르는 소녀의 몸이었다. 소멸과 생성이 공존하는 완숙한 자연이자 소녀인 노파의 몸.

(「소년 J의 말끔한 허벅지」, 39-40쪽)

그리하여 진정한 여성성이 회복된 공간에서는 젊음과 늙음, 아름다움과 추함, 선과 악, 문명과 야만, 인간과 자연, 삶과 죽음의 선형적 이분법이 사라지고 "소멸과 생성이 공존"하고 "완벽한 자연이자 소녀인 노파의 몸"이 공존하고 순환하는 그 옛날 신화적 세계가 우리 앞에 재현된다.

5. 맺음말

언어는 본질적으로 묵시적이건 명시적이건 언어 사용자의 가치관과 세계를 보는 방식을 전달한다. 때문에 여성 혹은 남성이 어떻게 세상을 경험하고 그리고 어떻게 세상에 의미를 부여하는지의 문제와 밀접하게 관련되어 있다. 따라서 "언어와 세계관은 이데올로기를 인지하고, 구성하고, 말로 나타내고, 재생산하는 끊임없는 과정에서 서로에게 영향을 끼친다는 점"21)을 인식하는 것이 중요하다. 가부장제에서 여성 종속의 중요한 요인이 되는 언어의 문제는 자연과도 밀접한 관련을 갖고 있다. 가부장적 언어 질서는 여성뿐만 아니라 자연까지도 필요에 따라 과장하거나 혹은 평가 절하해 왔던 것이다.22) 그렇기 때문에 가부장제에서 만들어진 언어는 생태적이고 여성적 차원에서 의식적으로 재조직될 필요가 있는데 천운영의 작품이 바로 그러하다.

본 연구는 천운영 소설에 대한 기존 연구의 성과물을 토대로 생태여성

---

21) 신두호, 「자연과 언어─생태문학의 의인화 기법과 문학 생태학의 녹색언어 탐색」, 『영어영문학』, 한국영어영문학회, 2001, 848쪽.

22) 이에 대해 이리가라이는 "사회에서 남성들만의 책임으로 운영되는 커뮤니케이션의 매체는 생명 및 구체적 특성과 좀더 밀접하게 연관된 다른 매체의 출현을 방해하거나 그 존재를 파괴시킬 위험이 있다"고 주장한다(루스 이리가라이/박정호 옮김, 『나, 너, 우리(JE, TU, NOUS : Pour une culture de la différence)』, 동문선, 1998, 37쪽).

주의적 방법으로 천운영 소설의 여성 인물의 육체가 상징하는 여성성이 의미하는 바와 이를 통해 작가가 지향하는 여성주의적 세계의 모습을 탐구하여 다음과 같은 결론에 도달했다.

첫째, 천운영의 작품은 여성을 성적으로 남성과 구별하는 성기, 유방, 자궁 등의 신체적 상징을 통해 아름다움과 추함, 선과 악, 여성성과 남성성의 경계에 살면서, 경계를 넘나들며, 경계의 의미를 무화하는 전복적 힘을 지닌 강인하면서도 생명력 넘치는 여성성을 구현한다.

둘째, 가부장제가 마녀로 규정해 추방한 여성들을 다시 불러 들여 원초적 생명력의 복원한다. 하지만 여전히 강력한 가부장제 아래서 마녀의 형상을 한 그녀들은 아버지와 아들에 의해 죽임을 당하는 모습을 통해 여전히 잔존해 있는 가부장제의 비극을 드러낸다.

셋째, 가부장제가 추방한 마녀의 귀환은 남성들에게는 두려움과 공포감을 주지만 동시에 폭력적 가부장에게 억압받던 여성들에게는 위안과 환희를 선사해 주기도 한다.

넷째, 탄생은 시작이고 죽음의 끝이라는 삶의 선형성을 거부하고 사자와 산자가 화해하고 공존하는 순환론적 세계관을 보여준다.

‖ 참고문헌

1. 기본 저서

천운영, 『바늘』, 창작과비평사, 2001.
______, 『명랑』, 문학과지성사, 2004.
______, 『그녀의 눈물 사용법』, 창작과비평사, 2008.

2. 국내 논문과 저서

곽경숙, 「한국 현대 소설의 생태학적 연구」, 전남대학교 대학원 박사학위논문, 2001.
______, 「소설과 생태학적 상상력」, 『녹색평론』 80호, 녹색평론사, 2005.
고은미, 「혼불에 나타난 생태여성주의 담론 연구」, 전북대학교 대학원 박사학위논문, 2006.
김미현, 『한국 여성 소설과 페미니즘』, 신구문화사, 1996.
김복순, 『페미니즘 미학과 보편성의 문제』, 소명출판, 2005.
김양선, 「기이하고 낯선 가족과 여성 이야기」, 『여성과 사회』 제14호, 2002.
______, 「빈곤의 여성화와 비천한 몸」, 『여성과 사회』 제15호, 2004.
김영희, 「천운영을 읽는 한 가지 방식」, 『창작과 비평』 제32권 제2호, 2004.
김은실, 『여성의 몸, 몸의 문화 정치학』, 또하나의문화, 2001.
신두호, 「자연과 언어－생태문학의 의인화 기법과 문학 생태학의 녹색언어 탐색」, 『영
        어영문학』, 한국영어영문학회, 2001.
이귀우, 「생태 담론과 에코페미니즘」, 『새한영어영문학』 제43권, 새한영어영문학회, 2001.
이선영, 『천운영 소설의 몸 담론 연구』, 단국대학교 대학원 석사학위논문, 2006.
이은실, 「한국 현대 생태 소설 연구」, 동덕여대 대학원 박사학위논문, 2003.
이희경, 「여성 문학의 흐름에서 본 1920년대 여성시」, 『한국언어문학』, 한국언어문학학
        회, 2002.
장경란, 『신화 속의 여성, 여성 속의 신화』, 문예출판사, 1966.
정화열, 『몸의 정치』, 민음사, 1999.
한국여성철학회, 『여성의 몸에 관한 철학적 성찰』, 철학과현실사, 2000.
한국영미페미니즘학회, 『페미니즘 어제와 오늘』, 민음사, 2000.

3. 국외 저서와 번역서

Andersen, Margaret L., *Thinking about Women* (이동원 · 김미숙 옮김, 『성의 사회학』, 이화여자대학출판부, 1987).

Butler, Judith, *Bodies that matter : on the discursive limits* (김윤상 역, 『의미를 체현하는 육체』, 인간사랑, 2005).

Cameron, Deborah, *Feminism & Linguistic Theory* (이기우 옮김, 『페미니즘과 언어이론』, 한국문화사, 1995).

Chatman, S, *Story and Discourse-Narrative Structure in Fiction and Film* (한용환 역, 『이야기와 담론 : 영화와 소설의 서사구조』, 고려원, 1991.

Diamond, Irene & Gloria Orenstein, *Reweaving the World : the Emergence of Ecofeminism* (정현정 · 황혜숙 옮김, 『다시 꾸며보는 세상』, 이화여자대학교 출판부, 1996).

Donovan, Josephine, *Feminist Theory : The Intellectual Fraditions of American Feminism* (김익두 · 이월영 옮김, 『페미니즘 이론』, 문예출판사, 1997).

Estes, Clarissa Pinkola, *Women who run with the wolves* (손영미 옮김, 『늑대와 함께 달리는 여인들』, 고려원, 1994).

Freedman, Jane, *Feminism* (이박혜경 옮김, 『페미니즘』, 이후, 2002).

Irigaray, Luce, *JE, TU, NOUS : Pour une culture de la différence* (박정호 옮김, 『나, 너, 우리』, 동문선, 1998).

Johnson, Mark, *The Body in the mind : the bodily basis of meaning, imagination, and reason* (이기우 옮김, 『마음속의 몸』, 한국문화사, 1992).

Kristeva, Julia, *La Revolution du langage poetique* (김인환 옮김, 『시적 언어의 혁명』, 동문선, 2000).

Mies, Marea & Shiva, Vandana, *Ecofeminism* (손덕수 · 이난아 옮김, 『에코페미니즘』, 창작과비평사, 2000.

Moi, Toril, *Sexual/Textual Politics* (임옥희 외 역, 『성과 텍스트의 정치학』, 한신문화사, 1994).

Reynaud, Emmanuel, *Sainte virilit* (김희정 옮김, 『강요된 침묵 ─ 억압과 폭력의 남성 지배문화』, 책갈피, 2001).

Shiva, Vandana, *Staying Alive : Women, Ecology and Development in India* (강수역 옮김, 『살아남기 : 여성, 생태학, 개발』, 솔, 1988).

Shiva, Vandana & Mies, Maria, *Ecofeminism* (손덕수 · 이난아 옮김, 『에코페미니즘』, 창작과비평사, 2000).

Spivak's Gayatri, *Postcolonial Feminism and Postcolonial Feminists* (유제분 편역, 『탈식민페미니즘과 탈식민페미니스트들』, 현대미학사, 2001).

Takemura Kazuko(竹村 知子), *Feminism* (이기우 옮김,『페미니즘』한국문화사, 2003).
Tong, Rosemarie Putnam 외, 이소영·정정호·강규한·김경한 편역,『자연, 여성, 환경 : 에코페미니즘의 이론과 실제』, 한신문화사, 2000.

근대적 공간과 여성 인물의 운명
– 채만식 작품을 중심으로 –

이 수 라

1. 머리말

채만식의 작품에 등장하는 여성인물들은 거의 대부분이 근대 학교 교육의 수혜자로, 포괄적인 의미의 '신여성'에 속한다.[1] 하지만 학교 교육은 그녀들의 삶을 향상시키는 쪽으로 영향을 미치지 못하고, 오히려 불안정한 상태로 만들어 버린다. 그 첫 번째 이유는 학교 교육의 내용에 있으며, 두 번째 이유는 이전 사회와는 다른 방식으로 재편된 근대적 일상 공간에 있다. 식민지 통치와 동시대에 시작된 근대 학교 교육은, 식민

---

1) 실제로 이른바 신여성이라고 불렸던 대부분의 여성들은 계층적으로는 신교육과 신문물을 접할 수 있었던 경제적 여유가 있는 중산층 이상의 여성이 많았지만, 신여성이라는 개념은 서구적 외양을 하고 있는 모던 걸들이나 노동여성이면서 신교육을 접한 여성들까지를 포괄하여 그 범위가 넓었다.(전은정, 「근대 경험과 여성주체 형성과정」, 『여성과 사회』 제11호, 창작과비평사, 2000, 43쪽) 따라서 그동안 중산층 여성을 중심으로 규정되어 온 '신여성'이라는 개념은 다소 수정되어야 할 필요가 있다.

지 조선인들의 일상을 이질적으로 것으로 변화시킨다. 그리고 그 영향력은 남성의 삶에 대해서보다는 여성의 삶에 더 지대하게 나타난다. 바로 이 점이 식민지 사회에서 살아가는 여성들의 삶을 불안정하게 만드는 근본적인 요인이라 할 수 있다.

채만식은 식민지 사회에 처한 여성의 현실에 지속적인 관심을 보이고 있다. 그런데도 그의 작품에 대한 기존의 연구들은 이 점을 간과하고 있는 듯 보인다. 채만식이 창조해 낸 여성인물들에 대한 연구자들의 관심은 『탁류』의 여성주인공인 ‘초봉’에게 집중되어 왔으며, 최근에야 『인형의 집을 나와서』[2]에 대한 언급이 이루어지는 정도이다. ‘초봉’에 대한 연구자들의 평가도 부정적인 것이 대부분이다.[3] 그 평가들은 대부분 ‘초봉’이 근대 학교교육을 받은 여성임에도 불구하고 자신의 운명에 대한 비판적 반성을 결여하고 있으며, 그에 따라 통속적 인물이 되어버리고 만다는 생각을 기본으로 하고 있다. 하지만 이는 일제 식민지 시기에 이루어진 학교 교육의 본질, 특히 여성교육의 본질에 대한 고찰을 결하고 있어, 이 부분에 대한 재고(再考)를 요한다.

학교는 근대적 인간형을 훈육시키는 공간이다. 하지만 제국주의적 통치권력의 지배와 함께 시작된 근대적 제도들은, 자율적이고 반성적인 근대인을 형성시키는 것이 아니라 식민지인을 훈련시키는 것을 궁극적인 목적으로 하고 있었다. 채만식의 작품에서 학교는 전면적으로 등장하는 공간은 아니다. 하지만 그가 창조해 낸 여성인물들 대부분은 최소한 보통학교 정도의 학교교육을 받았고, 그로 인해 어떤 방향으로든 삶의 전환에 처하게 된다.

---

2) 채만식의 첫 번째 장편소설로 <조선일보>(1933. 5. 27.~11. 14.)에 연재되었다.

3) ‘초봉’은 최근의 연구에서도 청순가련형(이선영, 「창조적 주체와 반어의 미학」, 『채만식 문학의 재인식』, 소명출판, 1999, 31쪽)이라든가, ‘수동적인 가련한 여인’(양문규, 「1930년대 후반 채만식 소설의 리얼리즘 문제」, 앞의 책, 119쪽)으로 평가되고 있다.

근대 사회는 이전과는 다른 방식으로 시간을 구획하고 공간을 분할함으로써 근대적 주체[4]를 생산해내는 것을 특징으로 한다. 특히 근대적 공간은 사람들을 근대적 삶으로 끌어들여 근대적 형태에 적합한 생활방식을 습득하고 반복하게 함으로써 근대 사회에서 요구하는 '주체'를 형성시킨다.[5] 집이라든가 농촌 마을과 같이 공동체적 질서로 유지되던 공간들도 자본주의적 욕망의 침윤과 함께 가치관의 변화를 겪을 수밖에 없는 상태에 도달하게 된다.

도시화 과정의 진행과 더불어 도시 문명에서부터 배태된 도시적 욕망들은 공동체를 붕괴시켜 나간다. 모든 공간이 자본주의적 욕망으로 균질화되는 셈이다. 따라서 '군산'은 다만 한 지역을 지칭하는 단어가 아니라 식민적 자본주의 자체에 대한 상징어라 할 수 있다. 그래서 근대 사회에 대한 채만식의 고찰은 군산에 대한 묘사에서 출발하여 그 인근의 농촌 지역에까지 확대되며, 군산과 동질의 공간인 경성으로까지 확장된다. 그렇기 때문에 채만식의 날카로운 현실비판력은 작품의 공간적 배경이 '군산'으로부터 멀어질수록 약화된다.

'군산'은 잘 알려진 것처럼 일본인들을 위한 계획도시로 건설된, 전형적인 식민지형 도시이다.[6] 그래서 그의 작품에서의 '군산'은 서해안의 한 항구 도시라는 기본 의미를 훨씬 넘어서서 보다 포괄적이고 상징적인 의미망을 형성한다. 그가 창조해낸 인물들이 활동하는 공간적 배경은 군

---

4) 이 글에서 사용하는 '주체'의 의미는 '텅 빈 주체', 즉 특정한 사회적 조건에 따라 구성되고 형성되는 어떤 것을 말한다.

5) 이진경,『근대적 주거공간의 탄생』, 소명출판, 2000, 9-10쪽 참조.

6) 일본인들의 군산 유입은 개항기부터 지속적으로 이루어지고 있었으며, 1907년에는 드디어 일본인 수가 한국인을 넘어설 정도였다.(손정목,『한국 개항기 도시변화 과정 연구』, 일지사, 1982, 309쪽 참조) 당시 군산의 주인은 일본인이라고 해도 과언이 아니었고, 정미공장에 나가는 한국인 노동자들이나 부두하역인부, 철도노동자들은 도시 주변의 산 위에 토막집을 짓고 비참하게 살아가는 상황이었다.(이경란, 「환상적인 벚꽃길, '쌀 수탈의 길'」,『역사비평』, 1992, 267쪽)

산이거나 군산 인근의 농촌지역과 도시지역이다. 그 지역들은 '군산'으로 상징되는 식민지적 지배 질서의 파장으로부터 결코 자유롭지 못하다.

그의 작품은 대부분 군산 혹은 그 인근 지역을 공간적 배경으로 하고 있다. 그 작품들에서 그려진 '군산'에는 전통적인 가치 체계는 파괴되고,[7] 근대적·식민적·통치편의적인 시간구획과 공간분할만이 존재한다. 군산은 조선인 거주구역과 일본인 거주구역이 철저하게 분리된 도시였다. 일본인과 조선인이 이용하는 활동사진관과 유곽조차도 다를 정도였다. 따라서 조선인과 일본인이 같은 거주 지역에서 부딪히는 일은 거의 일어날 수 없었다. 더군다나 일본인 거주구역은 깨끗하고 번화하게 재편된 문명지구였지만, 조선인 거주구역은 인구밀집도가 높은 빈민촌 지역이었다. 조선인들은 자신들의 태생지이며 모국인 조선 안에서 철저하게 피식민자로 분리된 것이다.

식민지 원주민을 주변부화시키는 식민적 제도들의 본질을 가장 잘 보여주는 것은 '미두장'과 '유곽'이다. 당시의 미두는 대부분 실물 거래 대신 쌀표를 사고파는 청산거래의 형태로 이루어졌는데, 말하자면 이는 매매 대상의 실체도 없이 거래를 하는 제도이다. 하지만 이 거래를 통하여 실질적인 이윤이 창출되기 때문에 자본주의적 시장 교환의 대표적인 형태라 하겠다. 군산이 '정주사(『탁류』)와 같이 자신의 거주지로부터 이탈당한 인근 지역민들을 흡수할 수 있는 힘의 일부는 미두에 의해 형성된다. 따라서 미두는 자본주의 사회에서의 물질적 욕망을 대표한다. 또한 당시

---

7)『탁류』에서 그려지고 있는 첫 번째 사건은 정주사가 돈 일 원 때문에 미두장의 "자식 뻘밖에 안 되는 애송이" 하바꾼한테 멱살을 잡히는 일이다. 이는 화폐의 가치가 전통적인 질서 의식을 압도해버린 현실을 보여주고 있다. 또한 철저하게 자본화되고 식민화된 도시 공간은 남성 인물들, 특히 지식인 남성들을 무력하게 만든다. 오직 식민지적 질서에 편입한 박제호나 장형보 같은 인물들만이 이곳에서 살아남는다. 도시 공간은 여성의 적극적인 경제활동을 가능하게 하는데, 이는 바로 성(性) 산업의 발달에서 연유한다.

미두장 중매점 주인들은 대부분 일본인들이었으며 미두의 시세는 조선이 아닌 일본에서 정해지는 것8)이어서 조선인들이 미두를 통해 부(富)를 축적하는 것은 불가능에 가까운 일이었다.

그런가 하면 '유곽'은 여성에 대한 성적(性的) 전유를 국가적인 차원에서 인정하고 나서는 제도이다. 유곽은 일제에 의해 조선 사회에 이식된 공창제도의 실질적인 형상이다. 유곽으로 상징되는 성(性)의 상품화는 조선 전 지역으로 빠르게 퍼져나가게 된다. 이와 함께 여성의 몸이 화폐가치로 환산이 가능하다는 생각이 폭넓게 유포된다. 이는 여성과 남성 모두에게 격심한 사유의 변화를 초래하였으며, 결국 성(性)의 상품화는 개별 여성들의 삶을 황폐화시키는 결정적인 기제로 작용한다. 따라서 식민지 시기의 여성 담론은 식민지와 가부장제, 그리고 근대가 교차9)하는 지점이 된다.

채만식은 여성을 매개로 드러나는 현실에 관심을 기울였는데,10) 그들이 살아가고 있는 곳은 다름 아닌 '군산'과 그 인근의 농촌·도시 지역이다. 그래서 식민적 자본주의에 대한 그의 인식 내용은 여성 인물을 중심으로 작품을 고찰해 보았을 때 보다 확연히 드러난다. 그는 외부로부터 이식된 식민적 자본주의와 토착 가부장제의 갈등 속에서 전통과 근대화 사이에 갇힌11) 신여성들의 모습을 재현해낸다. 따라서 본고에서는 여

---

8) 청산거래는 정해진 결제 기한이 되었을 때의 시세에 따라 현미(玄米)로 청산하는 방식이었는데, 청산할 때의 시세가 올랐으면 이윤을 보는 것이고 그렇지 못할 경우에는 손해를 보게 되었다. 당시 미곡 시세는 일본 최대의 大阪 堂島 취인소의 시세가 기준이었다. 미두에 대한 설명은 「채만식 소설에 나타난 경제적 관심」(최기인, 경원대학교 석사논문, 1999. 12, 37-45쪽) 참조.

9) 김수진, 「'신여성', 열려 있는 과거, 멎어 있는 현재로서의 역사쓰기」, 『여성과 사회』 제11호, 창작과비평사, 2000, 9쪽 참조.

10) 방민호, 『채만식과 조선적 근대문학의 구상』, 소명출판, 2001, 74쪽.

11) 바트무어-길버트 지음, 이경원 옮김, 『탈식민주의! 저항에서 유희로』, 한길사, 2001, 219쪽 참조.

성인물들의 운명이 어떻게 진행되는지 살펴보고, 그 운명의 원인을 드러
내는 데에 천착해보고자 한다.

2. 욕망의 범람과 공동체[12]의 변화

식민주의자들이 식민지 원주민을 문명화시키는 목적은 한 가지이다.
식민지 원주민들을 식민화된 주체로 재구성하기 위한 것이다. 식민지 원
주민들의 삶은 제국의 의도에 따라 일상적으로 재편성되며 그 궤도에서
벗어나기란 구조를 전복시키지 않는 한 불가능해 보인다. 재편된 사회
구조에 의해 전통 사회에서 이탈된 사람들은 자본의 질서 속에 편입된
다. 학교, 공장, 도시 등은 이들에게 새로운 일상 공간이 되며, 집 역시
그 질서에 따라 기존의 세계에서 가졌던 의미와는 전혀 다른 공간으로
재탄생된다.

근대화의 진전은 도시라는 근대적 공간을 창출·형성시켰으며, 이것은
바로 다른 의미에서의 농촌 공간을 탄생시켰다.[13] 도시화의 과정이 비록
특정지역 내에서 혹은 그것을 가로지르면서 항상 나타나게 되지만, 필연
적으로 고정된 특정한 공간적 경계를 갖고 있는 것은 아니다.[14] 따라서
도시화의 과정과 도시 문명은 인근지역에까지 그 파장을 미치기 마련이
며, 그 과정에서 농촌 지역을 "근대화 과정에 있는 비근대적 현상"[15]으

---

12) 이진경은 근대적 공간을 주거공간, 생산공간, 소비공간으로 나누고 있다.(앞의 책 참
　　조) 본고의 생각도 이와 일치하지만, 근대 이전 혹은 공동체적 가치체계의 권역이라
　　는 의미로 주거공간이라는 용어 대신 공동체적 공간을 사용한다. 공동체적 공간에는
　　집, 마을 등이 포함된다.
13) 김종욱, 『한국 소설의 시간과 공간』, 태학사, 2000, 143쪽 참조.
14) 데이비드 하비 지음, 초의수 옮김, 『도시의 정치경제학』, 한울, 1996, 167쪽.

로 형성시키기도 한다. 농촌은 "신사(神社)에서 치는 오정 북소리"나 "새 말 오까무라상네 농장 절에서 울리는 낮북 소리"가 들리는 곳, 즉 식민지 지배 질서가 일상에까지 스며들어와 있는 공간이다. 이제 농촌은 도시와 마찬가지로 전통적인 가치 질서가 유지될 수 있는 공간이 아니게 되고, 이에 따라 공동체적 질서의 유지도 위태롭게 된다.

식민적 자본주의의 진행으로 새롭게 재편된 공동체 사회에는, 전통적 질서 유지와 근대적 가치 지향이라는 두 가지 이질적인 요소가 혼재한다. 전혀 상반되는 성질의 가치체계가 동시에 구성원들의 삶에 영향력을 발휘하면서, 그들의 삶은 간단한 외부적 자극에도 해체될 수 있을 정도로 불안정하게 된다. 이러한 상태의 공동체 사회를 붕괴시키는 것은 언제나 근대적 혹은 도시적 욕망이다.

농촌을 배경으로 한 작품들은 대부분 보통학교 정도의 교육을 받고 집에 머물러 있는 젊은 여성 인물들이 주인공이다. 그녀들은 근대학교 교육의 수혜자이기는 하지만 삶을 근본적으로 변화시킬 정도로 많은 교육을 받지는 못한다. 더군다나 식민지 원주민들에게 주어지는 교육이나 정보의 양은 식민지 통치에 필요한 정도의 범위로 한정되어 있다. 그런데다가 여성 교육의 목표는 충량한 황국신민을 양성할 '현모양처'[16]를 양산하는 데 있었다. 당시 여학교의 설립 취지에는 '현모양처'를 위한 교육이라는 으레 들어 있었으며 교육 과정도 가사, 재봉 등 가사 교육이 많

---

15) 김종욱, 위의 책, 143쪽.
16) 모성 이데올로기 역시 일본과 조선은 조금 다르게 형성된다. 근대 교육 초기에는 일본과 조선에 동일한 목표가 적용되지만, 태평양 전쟁에 가까워질수록 일본에서는 '모성'을 크게 강조한 것에 비해 조선에서는 점점 약화되어 간다. 이는 조선에 공창제를 도입하여 조선 여성들을 성적 대상으로 전락시키고, 일제 말기에는 일본군 위안부로 수많은 조선 여성들을 끌어간 것과 관련이 있다.(가와 모토 아야, 「한국과 일본의 현모양처 사상 : 개화기로부터 1940년대 전반까지」, 『모성의 담론과 현실 : 어머니의 성·삶·정체성』, 나남출판, 1999 참조)

은 부분을 차지했다. 이는 여학교 교육의 내용이 지난날 가정에서 배웠던 교육 과정들을 공적 제도 속으로 끌어들인 것에 불과함을 의미한다.17) 하지만 보통학교에 그쳤을망정 그녀들은 이미 근대화의 세계에 노출된 탓에 전통적인 공간에 다시 뿌리를 내릴 수도 없게 된다. 따라서 그녀들의 존재 상태는 대단히 유동적이며 불안정해서 외부로부터의 작은 충격에도 쉽게 충동된다.

식민적 자본주의는 식민지인들의 일상 수준에까지 침윤해 들어와 일상의 질서를 뒤흔들어 놓으며, 그 과정에서 새로운 욕망들을 생성해낸다. 그 욕망들은 대부분 상승에 대한 욕구와 소비에 대한 열망으로 갈무리되는 것들이다. 바꾸어 말하자면 그 새로운 욕망들이 일상의 질서를 전복시키는 것이라 하겠다. 가난하지만 그런 대로 평화로운 농촌 마을을 뒤숭숭하게 흔들어 놓는 존재들은 대부분 "대처 바람"을 쏘이고 온 남성들이다. 도시에서의 경험을 온몸에 풍기고 다니는 남성 인물들은, 이미 학교라는 근대 제도에 대한 경험이 있는 여성들을 충동질하며 끝내는 공동체로부터 이탈하게 만든다.

「정자나무 있는 삽화」(『농업조선』, 1939. 1.)에서 '정자나무'에 대한 경외감이 아직도 지배적인 정조인 마을의 질서를 교란시키는 존재는 '관수'이다. 그가 마을을 떠나 있었던 시기에 어떤 일을 하였는지 구체적으로 알 수는 없지만, 그가 풍기는 도시 냄새는 마을 처녀들을 들뜨게 한다. 그러한 관수의 행동은 마을사람들의 심기를 거스르게 되고, 결국 관수는

---

17) 최혜실, 『신여성들은 무엇을 꿈꾸었는가』, 생각의 나무, 2000, 204-207쪽. 따라서 '초봉'과 같은 여성인물이 자신의 삶에 능동적으로 대처하지 못하는 것은 오히려 당연해 보인다. 그녀는 고등 교육까지 받기는 했지만, 그 교육과정에서 근대인으로서의 사유방식을 훈련받지 못했기 때문이다. 그렇게 본다면 『탁류』의 작가가 '초봉'을 향해 비판의 날을 겨누고 있다는 기존의 논의들은 수정되어야 할 것으로 보인다. 그보다는 그런 여성인물군을 양산한 식민지적 교육 제도가 지닌 한계를 드러내는 쪽에 역점을 두고 있는 것으로 판단되기 때문이다.

그 마을에서 다시 추방되다시피 한다. 관수는 마을을 떠나기 전에 마을 사람들이 신성시하는 정자나무 구멍에 돌을 박아 넣는데, 이는 공동체의 오래된 신념 체계를 훼손시키는 행위라 할 수 있다. 말하자면 '관수'로 상징되는 '도시' 바람이 그 마을의 기존 질서를 붕괴시키는 것이라 하겠다.

그리고 관수에게 받아들여지지 않은 '을네'의 욕망은 도시로 향한다. '관수'로 인해 생성된 바람은 '을네'를 더 이상 마을에 머물도록 내버려 두지 않고, 결국에는 "비단 짜는 공장"으로 떠나게 한다. '관수'나 '오복이'와 같은 남성인물들은 방적공장 여직공이 되어 길을 떠나는 '을네'를 보면서, 그녀가 '창녀' 혹은 '갈보'가 될까봐 우려한다. 도시로 떠나는 것은 공동체로부터의 이탈을 의미하는 것이다. 그녀의 도시행이 곧 전락으로 가는 길이 될지도 모른다는 남성인물들의 우려는, 그들이 도시를 타락의 공간으로 인지했음을 의미한다. 또한 '관수'와 '오복이'가 '을네'의 전락을 우려한다는 것은, 여성들의 공동체 이탈이 곧 타락으로의 여정으로 인지되고 있음을 의미한다. 이는 그들이 살아가고 있는 사회는 그러한 과정이 이미 보편화되어 있거나, 최소한 그러하리라는 인식이 보편화되어 있음을 방증한다. 다시 말해 자본주의적 욕망으로 인한 성(性)의 상품화, 인간의 사물화가 보편화되었다는 것이다.

근대적 가치관은 가족 관계에까지 침윤해 들어와 그 관계마저도 파편화시킨다. '초봉'을 '고태수'가 제시하는 "장사 밑천"과 교환하고 '고태수'의 죽음을 대하고도 딸의 장래에는 관심이 없이 "날아가버린 장사 밑천"만을 아까워하는 '정주사'에게서 이를 확인할 수 있다. 근대 사회에서의 가족은 애정을 기초로 해서 유지되지도 않으며, 가정은 그 구성원들을 조건 없이 포용할 수 있는 안온한 공간도 아니다. 가족과 태생지는 이미 근대적 가치체계의 침윤으로 그 이전 상태를 유지하는 것이 불가능해졌다. 가족과 태생지로부터 이탈된 '초봉'은 서울로 향하게 되고 그녀의 성(性)과 화폐를 맞바꾸는 처지로 전락한다.

근대 교육을 받은 여성들의 불안정한 위치는 '업순이'(「동화」, 『여성』 3권 7호, 1938)를 통해 보다 확연히 드러난다. 그녀의 부모는 하나뿐인 딸 '업순이'를 가난한 살림살이에도 "억지삼아 읍내 보통학교에 들여보내서, 학교 공부"를 시켜보았으나, 그래봤자 "종시 촌농투성이의 계집애 자식"일 뿐이다. "동네 더벅머리 총각"은 "눈에 차지를 않고", "'자격자'를 골라서 혼인을 하잔즉" 형편이 되지를 않아서 "일이 대단 허무하고도 맹랑하게" 된 것이 현재 '업순이'의 처지이다. 더군다나 그녀는 '생일(노동)'을 할 수가 없는 존재로 치부되어 농촌사회에는 걸맞지 않은 인물이 된다. 신분 상승 혹은 현재 상황으로부터의 탈피를 목적으로 학교 공부를 시켰으나, 오히려 그것이 '업순이'를 전통적인 세계에도 근대적인 세계에도 속하지 못하는 어정쩡한 상태로 만들어버린 요인이 되었다.

'업순이'와 '용희'(「보리방아」, <조선일보>, 1936. 7. 4.~18.)를 '전주 제사 공장'으로 이끄는 것은 다름 아닌 '돈'에 대한 욕망이다. '업순이'는 돈을 모아서 "아버지한테는 큰 소를 한 마리 사 드리고, 어머니한테는 양돝 걸구(암놈) 한 마리를 사 드리고, 집안의 빚도 갚아 드리고, 그리고 한 백 원은 남겨서 시집갈 밑천"으로 하려는 꿈을 갖는다. 또한 '용희'는 '재봉틀'을 사고자 하는 욕망에 사로잡혀 있다. 그 욕망은 공상에 몰두하게 만들 정도로 거대해서 공상의 세계가 현실로 범람해 들어오기까지 한다. 한 달에 사십 원씩이나 준다는 전주의 제사 공장은 그런 욕망에 가득찬 그녀들을 매혹시킨다. 그녀들은 욕망의 해소를 기대하면서 도시로 떠난다. 하지만 그녀들의 욕망은 끝내 충족되지 못하고 술집여자로 전락하거나 존재의 소멸로 귀결된다. 근대적 기계문명에 의해 추동된 그녀들의 욕망은 다름 아닌 근대적 기계문명에 의해 훼손되고, 그 결과 그녀들의 삶은 파멸에 이르게 된다.

이러한 현상은 그녀들 개인 차원의 문제가 아니라 식민지 교육 제도 자체에서 비롯되는 것이다. 식민지 체제의 특수성은, 식민지 지배를 받는 사회로 하여금 선택능력의 행사를 금지하면서 경제는 물론이고 생활양식에 관해서까지도 식민지 지배자의 법칙을 채택하도록 식민지 피지배자에게 강요하는 지배관계라는 점이다.[18] 식민지 교육의 목표는 이러한 지배관계를 훈련시키는 것이었다. 그리고 보통학교는 대체로 식민지배에 필요한 하급관리를 양성할 목적을 가지고 있었다.[19] 여성 교육의 경우는 그 내용이 더욱 제한적이었다.

그래서 학교 교육을 받은 후에 여성들이 진출할 수 있는 분야는 백화점 등의 서비스업이나 공장과 같은 생산업 정도였고, 그렇지 않으면 그 전과 다름없이 가정 안에 머무르는 길밖에 없었다. 여성들의 진로는 여학생들에게 행해진 교육 내용 안에 이미 결정되어 있는 것이나 다름없었다.[20] 여성들에게는 새로운 가치관보다는 전통적인 가치질서에 대한 수호자로서의 의무가 강하게 요구되었고 그것이 사실상 여성성의 본질적인 측면으로 규정되어 있었다. 그렇기 때문에 그들에게 행해지는 교육으로는 근대적 자아를 형성할 수 없는 형편이었고, 근대 이전과 근대를 모두 객관해 볼 기회를 가져 보지 못한다. 그 결과 그녀들은 공동체 안에 머

---

18) 피에르 부르디외 지음, 최종철 옮김, 『자본주의의 아비투스－알제리의 모순』, 동문선, 1995, 96쪽.
19) 씨알교육연구회 편역, 『일제황민화교육과 국민학교』, 한울, 1995, 11쪽.
20) 이는 보통학교뿐만이 아니라 대학 과정에 해당하는 전문학교 역시 마찬가지이다. 채만식은 「모색」(『문장』 1권 9호, 1939)에서 이런 점을 묘파하고 있다. 주인공 '옥초'는 "여자전문이라고는 거기 한군데뿐인데 보육이나 가사나 그런 과는 괜히 남의 집 유모나 안잠이가 연상이 되어서 들여다보기도 싫었고 음악과는 타고난 재주가 더 없어 보이고 그러고 나니 만만한 게 문과"(『채만식전집』 7권, 480쪽)여서, 그 방면에는 재주도 없고 흥미도 없으면서도 어쩔 수 없이 문과를 선택했다. 그 결과는 전문학교를 졸업하고도 취직할 만한 곳이 없고, 따라서 취직할 의사도 생기지 않아 무기력한 생활을 소모하는 처지로 전락하는 것이다.

물지도 못하고 근대 사회에 안착하지도 못한다.

3. 생산 공간에서의 개인의 파탄

부르주아 계층의 신여성들이 자아를 찾는 통로로 직업을 선택했다면, 생산 현장의 여성 노동자들에게 직업은 생존과 직결되는 문제였다.[21] 그녀들은 "가랭이가 찢어지게 가난한" 집안 형편이나 "늦은 가을, 겨울, 이른봄에는 굶기도 하고 조팝으로도 살"아야 하는 현실에서 벗어나려는 소망을 가지고 공동체로부터 근대적 공간으로 떠난다. 그녀들의 어정쩡한 교육 수준은 그녀들이 공동체와 다시 결합하는 것을 불가능하게 한다. 또한 여성에게 행해진 교육 내용 자체가 가진 한계로 인해 여성 내부에서 창출되고 자신의 발전과정 속에서 엄선하여 형성된 유기적 지식인[22]을 배출하지 못한다. 전근대 사회와 결별한 그녀들을 긍정적인 신세계로 인도할 만한 전범이나 세력이 존재하지 않는 것이다. 오히려 물질문명의 광휘는 없던 욕망까지도 배태시키며, 성(性) 산업의 발달은 그녀들에게 기존 가치관의 포기를 강요한다. 그에 따라 수많은 여성들이 가족과 태생지로부터 이탈하여 일부는 공장으로 들어가고 일부는 성매매업계로 유입된다.

공장은 대표적인 근대적 사회제도이고, 근대성의 진전 정도를 가늠하는 중요한 척도이다. 공장은 근대성의 경제적 형태이고 이 같은 공장체제 속에서 새로운 근대적 인간, 주체가 형성된다.[23] 또한 공장은 근대적

---

21) 여성사 연구모임 길밖세상 지음, 『20세기 여성사건사』, 여성신문사, 2000, 97쪽 참조.
22) 안토니오 그람시 지음, 이상훈 옮김, 『그람시의 옥중수고2 : 철학·역사·문화편』, 거름, 1999, 13-25쪽 참조.

규율을 훈련받은 인간을 요구한다. 근대화 초기에 공장 노동자가 될 수 있는 유일한 조건은 문자해독력이었다고 한다. 이 요건을 충당하기 위해서는 최소한의 학교교육이 필수적이다. 학교교육은 문자해독을 가능하게 할 뿐만 아니라 근대적 시간 질서와 통제에 익숙한 신체를 양성해낸다. 모든 구성원들이 똑같은 시간표에 의해 일사분란하게 움직이는 것은 학교나 공장 모두에서 요구되는 일상의 질서이다.[24] 보통학교는 통제의 내면화 훈련의 장이었으며, 학교는 일상생활에 대한 통제와 감독의 근거지였다. 또한 보통학교를 통해 체득된 훈련된 규율에의 복종은 산업노동자에게 요구되는 교율과 크게 다르지 않다.[25] 채만식의 작품에서 방적공장 노동자가 되는 여성인물들이 보통학교 정도의 교육 경험이 있다는 점과 그녀들이 근무하는 공장이 엄격한 질서와 통제 속에 놓여 있다는 점은 결코 우연한 일이 아닌 것이다.

게다가 노동자가 노동을 선택하는 것이 아니고, 이와는 정반대로 노동의 종류와 수준이 노동자를 선택하는 것이 일반적이다. 외형적으로는 노동자 스스로 노동 시장에 들어가는 것처럼 보이지만, 그 노동에서 요구하는 자격 요건을 갖추고 있지 못하다면 처음부터 그 노동에의 접근이 불가능하게 되어 있다. 이렇게 볼 때 문자해독력이 없는 여성들, 즉 학교교육을 받지 못한 여성들에게는 노동자가 될 자격이 주어지지 않는다. 더군다나 학교를 일찍 떠나면 떠날수록 선택의 폭은 좁아진다.

채만식 작품에서 보통학교를 마친 여성인물들은 대부분 졸업 후 잠시

---

23) 강이수, 「공장체제와 노동규율」, 『근대주체와 식민지 규율권력』, 문화과학사, 1997, 119쪽.
24) "C인쇄소의 3층 제본실에서는 구십 명 직공의 일백여든 손 구백 개의 손가락이 일푼의 틈과 한초의 사이도 두지 않고 돌아가는 큰 기계의 하구루마의 하나하나처럼 규율 있게 움직였다."(「병조와 영복이」, 『채만식전집』 6권, 461쪽)
25) 김진균・정근식 편저, 『근대주체와 식민지 규율권력』, 문화과학사, 1997, 95-105쪽 참조.

집에 머물렀다가 도시로 떠나는 여정을 밟는다. 그녀들이 보통학교를 졸업하는 데 만족해야 했던 것은 경제적 궁핍 때문이었고, 졸업 후에도 상황은 나아질 가망이 없어서 도시로 떠난다. 도시 중에서도 새롭게 형성된 생산 공간인 근대적 공장이 그녀들의 새로운 주거공간이 된다.

하지만 근대적 공간의 가장 대표적인 형태인 '공장'은 그녀들의 삶을 풍요 쪽으로 이끌지 못한다. 산업화로 인한 생산력의 증대가 이루어졌음에도 불구하고, 그 결과물은 그녀들의 삶으로 귀속되지 못하기 때문이다. 그뿐만 아니라 공장은 그녀들에게 치명적인 질병을 유발시킨다. 공장은 그만큼 그녀들에게 결코 녹록치 않은 공간이다. "인형의 집"을 나온 '노라'(『인형의 집을 나와서』)는 가정교사, 화장품 외판원, 카페 여급 등등을 거친다. 가정으로부터 스스로를 이탈시킨 그녀가 그 과정을 통해서 깨닫게 된 사실은, "노예가 되는 자유, 웃음과 아양과 정조를 파는 자유, 그렇지 아니하면 굶어죽는 자유, 또 그렇지 아니하면 자살을 해버리는 자유!" 외에는 주어지지 않는 것이 집 밖에 위치한 여성에게 허용된 삶이라는 것이다.

그러한 인식 끝에 그녀가 최종적으로 도달한 곳은 바로 공장이다. 그녀는 그 공장에서 전 남편을 마주치고는 "당신허구 나허구 싸움은 인제부터요. … 그러니 지금부터 정말로 우리 싸워봅시다."라고 선언하지만, 그 선언이 현실적인 승리로 귀착되리라는 희망은 보이지 않는다. 왜냐하면 공장이라는 공간 자체가 노동자가 주체가 되어 이끌어 갈 수 있는 성질의 것이 아니기 때문이다. 작가 스스로가 이 작품을 실패한 작품이라고 말한 데에는 바로 이러한 인식이 바탕이 되어 있을 것이다.

인간을 황폐화시키는 공장의 본질적 측면은 농촌 여성들을 주인공으로 한 작품들에서 선명히 드러난다. '업순이'(「병이 낫거든―「동화」의 속편으로」, 『조광』 7권 7호, 1941)에게는 현재와 같은 상황이 "남이 누가 훼살이라도 논짓인 듯, 그러나 얻다 대고 호소할 곳 없는 막막”한 일일 뿐이다. 그녀로서는 현재 상황이 발생하게 된 원인도 알 수가 없고 해결 방안도 없기 때문이다. 공장만이 궁핍에 대한 유일한 해결 방안이었으나 바로 그 공간에서부터 비극은 시작된다. ‘업순이’는 3년 동안 4백 원을 저축할 계획으로 “전주 감영의 비단 짜는 공장”으로 떠났다. 하지만 일 년도 못 되어 당시에는 치명적인 병이었던 결핵에 걸리고 만다.

또한 공장은 새로운 소비 욕망을 부추기는 곳이기도 하다. 그녀는 자신이 결핵에 걸렸다는 것도 모른 채 휴식을 취하면 나으려니 하고 집으로 돌아갈 준비를 한다. 그녀는 그동안 모은 73원 80전의 돈으로 부모님 드릴 선물을 사러 공장 안에 있는 매점에 들어간다. 그런데 매점에 들어서면 사고 싶은 물건이 너무 많아서 그 마음을 다스리느라 고통스러울 지경이다. 그녀는 새빨간 털샤쓰, 크림, 비누, 양말, 이쁘장스런 거울, 빗, 파아란 알을 박은 반지, 머리에 꽂는 핀 등등을 사고 싶어 안달이 난다. 그 물건들 앞에서 선 ‘업순이’는 사고 싶은 물건을 모두 산다면, “수중에 있는 돈을 죄다 쓰고도 모자랄 것 같”아서 “도망치듯 얼른 매점을 나와 버”린다.

하지만 그래도 가방 하나가 “정말 못 잊”혀 하다가 끝내 “인전 물건이 없”다는 매점 주인의 말에 “9원 20전의 대금을 던져” 그 가방을 사고 만다. 그녀가 정식 직공이 되어 받은 월급 액수는 24원 65전이고, 기숙사 한 달 식비는 7원 75전이다. 그에 비해 볼 때 9원 20전짜리 가방은 그녀에게는 사치품에 가깝다. 가방뿐만 아니라 ‘업순이’가 가지고 싶어 하는 물건은 대부분 생활필수품이기보다는 사치품에 가까운 것들이다. 그런데도 상품에 대한 그녀의 욕망은 미래에 대한 계획을 압도한다. 물신숭배가 자본주의적 생산의 존재양식[26]이라고는 해도, 자신이 죽을병에 걸린 것도 모른 채 눈앞의 물질에 매혹당하는 ‘업순이’의 모습은, 매혹의 정도가 너무나 강렬하여 오히려 희극적으로 비치기조차 한다.

매점에 진열된 상품들은 그것이 상품의 형태를 취하고 있기 때문에 욕망을 생성시킨다. 상품을 하나의 외적 대상으로 정해 놓는 순간 상품은 사라져 버리고, 거기에 있는 것은 상품 형태가 아니라 단순한 물건이든지 인간의 욕망이다.27) ‘업순이’는 ‘새빨간 털샤쓰’나 ‘크림, 비누’ 등을 동무 아이들이 가졌기 때문에, 또한 그것이 화폐와의 교환가치를 가진 상품이기 때문에 욕망하는 것이다. ‘업순이’가 가지고 싶어 하는 물건들이 대부분 생활필수품의 범위를 넘어서는 것들이라는 점이 이를 보여준다. 그녀의 욕망은 필요에 의해서가 아니라 그 물건이 존재한다는 사실에 의해서 촉발되는 욕망인 것이다. 말하자면 공장 안에 있는 매점이 새로운 상품에 대한 욕망을 생성시킨 셈이다.

돈을 모아서 현재의 상태로부터 상승해보고자 했던 그녀들의 희망은 결코 이루어지지 않는다. 삼 년 동안 일을 해서 사백 원을 모으면 현재의 상황에서 벗어날 수 있으리라는 공상에 열중해 있었던 그때가 오히려 ‘동화’, 즉 비현실의 세계이다. 현실은 그와는 정반대로 펼쳐져서, 결국 그녀는 일년 반 만에 “애초에 마음 먹었던 사백원의 십분지 일도 차지 못하는 돈”과 사형 선고나 다름없는 결핵을 얻어 집으로 돌아간다.28)

이 모든 일은 그녀들의 통제권 밖에서 벌어진다. 농촌 공동체의 믿음 · 정서는 도시 경험을 한 후에 고향마을로 돌아온 남성들에 의하여 주로 깨어진다. 마을 처녀들에게 새로운 욕망을 불러일으키는 존재 역시 그 남성들이거나, 재봉틀 판매원과 같은 도시로부터의 방문자들이다. 그

---

26) 앨릭스 캘리니코스 지음, 이진수 옮김, 『바로 읽는 알뛰세』, 백의, 1992, 71쪽.
27) 안토니오 그람시, 이상훈 옮김, 앞의 책, 31쪽 참조.
28) 작품 제목을 ‘동화’라고 붙인 것이나, 작품 첫머리를 “그날까지가 ‘동화’고, 그래서 업순이는 그리고 떠났다.”라는 문장으로 시작한 것, 또 「병이 낫거든」에 “「동화」의 속편으로”라는 부제를 붙인 것을 보면 작가의 의도가 분명하게 드러난다.

녀들은 새롭게 배태된 자신들의 물질적 욕망을 해소하고자 인근 지역('전주')에 있는 방직공장으로 떠나지만, 현실은 그녀들의 꿈이 이루어지도록 허락하지 않는다. 방직공장이 그처럼 노동착취적인 공간이 아니었거나, 새로운 소비를 부추기는 공간이 아니었다면 그녀들은 아마도 소망을 이루었을지도 모른다. 이 모든 상황은 개인의 의지에 따라 벌어진 것이 아니라 거대 구조의 차원에서 개인의 일상에 그 권력이 행사된다는 점을 보았을 때, 그녀들의 비극은 운명의 모습을 띤다.

4. 소비 공간에 놓인 여성의 성적 대상화

대표적인 근대적 소비 공간은 '백화점'과 '유곽'이다. 백화점에서는 주로 여성들이 물건을 판매하고, 유곽에서는 여성들이 자기 자신을 상품으로 판매한다. 하지만 두 공간은 모두 여성들을 보여지는 대상으로 놓는다는 점에서 동질의 공간이라 할 수 있다. 보여지는 대상으로서의 여성들은 남성들의 성적 욕망의 대상이 된다.[29]

일제 시대에 여성 직업 분야의 많은 부분을 차지하고 있었던 것은 전문직종보다도 서비스업종이었다고 한다. 근대로 들어오면서 여성들의 직업이 상당히 다양해진 근본적인 이유는, 서비스업의 확장 때문이라고도

---

[29] 19세기 거대도시에서 거리를 어슬렁거리는 여성은 누구나 창녀로 여겨지기 십상이었다는 진술(리타 펠스키 지음, 김영찬·심진경 옮김, 『근대성과 페미니즘 : 페미니즘으로 다시 읽는 근대』, 거름, 1998, 43쪽 참조.)은 식민지 조선 사회에도 그대로 적용될 수 있다. '집' 이외의 장소에 위치하고 있는 여성은 그 여성의 개별적인 존재 가치와 상관 없이 일단은 성적 대상, 즉 타락한 여자일 가능성으로 인지되었다. '박제호'가 기차 안에서 '초봉'을 우연히 마주치자마자 그녀를 "이미 헌 계집"이며 "임자 없는 계집"으로 규정 짓는 장면은 이러한 사실을 잘 보여준다.

할 수 있다. 서비스업이 목적으로 하고 있는 타인에 대한 보살핌이나 도움의 제공은 남성적 영역이 아니라 여성적 영역으로 치부되어 온 것들이었다. 서비스업종에 종사하는 도시 직업여성들은 퇴폐와 향락을 상징하는 '모던 걸'의 표상이었고, 그렇기 때문에 부정적인 신여성상과 교차되면서 여학생과 기생, 창기의 경계선을 모호하게 만드는 집단[30]으로 작용하기도 했다.

그 원인은 일제가 조선 사회에 거의 강제적으로 유입시킨 '공창제'와 관련이 있는 것으로 보인다. 근대의 공창제도는 국가 관리매춘의 체계이며 근대 국가 건설의 이익, 특히 경제적 이익과 결합해서 생긴 제도이다. 유곽으로부터 거두어들인 세금은 경찰의 활동비에서 높은 비율을 차지했다고 한다. 또한 원래 이 제도의 목적은 장병(將兵)들을 성병으로부터 방위하기 위해 매춘부를 철저하게 품질 관리하는 데에 있었다.[31] 달리 말하면, 공창제도는 여성을 성적(性的)인 의미로 국한시켜 바라보는 시각을 국가 차원에서 제도화 혹은 합법화한 것이라 하겠다. 유곽과 카페와 백화점에 여성들이 넘쳐나게 하는 것은 다름 아닌 남성들의 욕망이지만, 이들 남성들의 욕망 역시도 공창제로 상징되는 식민지 제도의 산물이라는 점에서 주목을 요한다.

'초봉'과 '계봉'(『탁류』), '노라'와 같이 '집'을 벗어난 여성들은 그 이유를 막론하고 성적 타락이 예상되는 존재들로 규정당한다. 그녀들은 상품의 일종으로 취급되기 때문에 각종 남성들이 그녀들에게 추파를 보내는 것은 당연한 일이다. 말하자면, 기생·창녀가 아님에도 불구하고 '집' 이외의 공간에 존재한다는 사실만으로도 기생·창녀나 다름없는 취급을 받

---

30) 전은정, 앞의 글, 41쪽.
31) 송연옥, 「대한 제국기의 <기생 단속령> <창기단속령>—일제 식민화와 공창제 도입의 준비 과정」, 『한국사론』 제40호, 1998. 12, 217쪽.

는 것이다.

그런가 하면 한편으로는 1920년대부터 새로운 도시문화가 밀려들어와 여성만을 환영하는 새로운 직업을 낳기도 했다. '할로걸'로 불린 전화 교환수, 차장인 '버스 걸', '데파트걸', '숍걸'로 불린 여점원 등이었는데, '근대적'이라는 외양은 이들에게 직업인으로서 자부심을 가질 것을 요구했다. 또한 주로 일본인 고객들을 상대해야 했기 때문에 일정 수준 이상의 학력을 가진 '신여성'의 직업으로 관심을 모으기도 하였다.[32] '계봉'이 서울에서 선택한 직업이 바로 '데파트걸'이었다는 사실은, 이러한 차원에서 해석이 가능하다.

'계봉'처럼 급진적일 정도로 열려 있는 사고를 가졌으며 비판적인 신여성이, 근대적 소비재의 총집산지인 백화점을 직장으로 선택한 이유는 무엇이었을까. 이는 당시 사회에서는 백화점은 한편으로는 근대적 일상에 소비의 척도를 구축하면서 동시에 근대의 표상으로 자리했기 때문에 가능했을 것이다.[33] '계봉'은 바로 이러한 의미의 백화점 상품 진열대 너머에 존재하고 있다. 그렇지만 그녀는 백화점에 위치함으로써 소비 질서의 한 지점에 놓이게 되고, 그럼으로써 백화점에 드나드는 남성들의 추파를 받아내야만 하는 존재로 규정당한다.

그렇기 때문에 그녀로부터 현실을 지양할 만한 실질적인 힘이 도출되지 못하고 있다. 즉, 백화점이라는 소비적 공간이 그녀의 존재를 제한하고 있으며, 비판적이며 진보적인 사고의 담지자인 그녀조차도 자신의 사유를 현실화시키는 데에는 그 어떤 힘도 발휘할 수 없도록 작동하고 있다. '계봉'은 이러한 점을 인식하지 못하고 있기 때문에, 미래를 향해 열

---

32) 여성사 연구모임 길밖세상, 앞의 책, 58-59쪽.
33) 이경훈, 「미쓰코시, 근대의 쇼윈도우—문학과 풍속」, 『한국 근대문학과 일본문학』, 국학자료원, 2001, 146쪽 참조.

려 있는 진정한 의미의 근대인이 되지 못하며, 그녀가 보여주는 근대적 사유는 피상적인 수준에서 그쳐버린다.[34] 이는 '계봉'이 "글루미 선데이"란 노래를 흥겹게 흥얼거린다거나 "노이예츠 나하츠"란 말을 뜻도 모르고 중얼거릴 정도로, 그녀가 경험한 근대세계가 파편적 지식에 불과한 데서 기인하는 것이다.

그런가 하면 여성과 화폐를 맞교환하는 일도 벌어진다. 여성은 그 나름대로의 존재가치를 지닌 개별주체가 아니라 상품으로서의 가치가 있을 때에만 그 존재의미를 인정받는 것이다. 남편과 시어머니로부터 욕먹고 매맞는 일이 일상이 된 '이쁜이'(「정거장 근처」, 『여성』 제2권 3~10호, 1937)는 '정거장 근처'에서 술장사를 하는 '춘삼'에 의해 비로소 그 가치가 인정된다.[35] 그녀의 가치로 산출된 돈 백 원은 그녀의 남편 '덕쇠'에게로 건네지고, 그 순간부터 그녀는 '춘삼'의 소유가 된다. 그녀는 유곽의 확대로 생겨난 제도에 의해 화폐와 교환되고, 이후 그녀의 운명을 결정짓는 인자는 화폐가 된다. 남편 덕쇠가 돈 백 원과 충분한 이자를 춘삼에게

---

34) '계봉'은 채만식이 창조해낸 여성 인물들 중에서 가장 진보적인 여성이라 할 수 있다. 특히, '남승재'와의 관계에 있어서 결혼과 연애는 서로 다른 차원의 것임을 주장하면서, 적극적이면서 능동적으로 그 관계를 맺어가는 데에서는 근대 여성으로서의 '계봉'의 면모가 분명하게 드러난다. 하지만 그녀가 아무 반성 없이 백화점의 '데파트걸'이 된다는 것은 당대 사회의 본질을 꿰뚫어볼 정도의 진취적인 시각을 가진 그녀의 형상과 걸맞지 않는다. 또한 그녀의 진보성은 내면화를 거친 후 행동으로까지 이어지지 못하고, '초봉'이나 '남승재'와 논전을 벌이는 장면에서만 보인다. '계봉'의 진보성이 현실적 실천으로 이어지지 못하고 관념에 그치고 만다는 점은, 그녀를 대안적인 인물로 받아들이기 어렵게 한다. "식민지의 작가는 검열에 걸릴 만한 내용은 작품의 '구조(틈)' 안에 방치하는 수법을 취한다."(최익현, 「1930년대 염상섭의 글쓰기와 만주행의 의미」, 『1930년대 문학과 근대체험』, 이회, 1999, 60쪽)라는 지적을 염두에 둔다면, '계봉'의 한계는 역설적으로 그녀처럼 진보적인 인물조차도 자신의 논리를 현실화시키는 것이 불가능한 사회구조에 대한 고발로 읽힐 수도 있다.

35) 여성은 교환된다는 <사실> 때문에 종속되는 것이 아니라, 제도화된 교환 <양식>과 이 양식에 부여된 가치 때문에 종속된다.(찬드라 모핸티, 「서구인의 눈으로 : 페미니즘 연구와 식민 담론」, 『탈식민페미니즘과 탈식민페미니스트들』, 유제분 엮음, 김지영・정혜욱・유제분 옮김, 현대미학사, 2001, 90쪽)

지불하거나 그녀 스스로 그 돈을 벌어 지불하기 전에는, 그녀의 존재는 그 이전의 형태로 되돌려질 수 없다.36) 이제 그녀의 운명은 '춘삼'의 의도대로 이끌어지며 그녀의 힘으로는 그 구조로부터 빠져나올 수가 없을 것이다. '이쁜이'의 비극이 시작되는 지점에는 금광개발이 놓여 있다.37) 금광개발 역시 미두와 마찬가지로 대규모의 자본력과 정보력이 있는 일본인에게 유리한 사업이었다는 것은 두말할 필요도 없는 일이다.

산업화와 함께 시작된 근대는 잉여 노동력인 여성을 공적 영역에서 분리시켜 사적 영역(가정) 내에 위치시키고 그녀들의 역할을 어머니와 아내로 제한시켰다. 또한 사적 영역 이외의 공간에서는 여성들에게 무성적(無性的)인 존재이기를 기대·강요하면서도, 정작 남성들은 여성들을 성적 대상으로 국한시켜 바라보았다. 그 근본적인 원인은, 근대의 출발 지점에서부터 여성을 상품 교환 가치로 규정지은 공창제와 같은 식민적 제도에서 찾을 수 있다.

5. 맺음말

식민지 지배 질서는, 제국주의 본국이 그 생성과 운용에 대한 권력을 장악하고 있다. 그렇기 때문에 식민지 원주민이 긍정적이고 적극적인 의

---

36) 남편 '덕쇠'는 '이쁜이'와 맞교환한 돈 백 원을 노름방에서 노름으로 날려 버리고, '이쁜이'는 밤마다 손님에게 나아가 술을 따르는데도 빚만 쌓여간다. 따라서 '이쁜이'가 술집에서 집(가정)으로 되돌려질 가능성은 희박해 보인다. '이쁜이'가 이처럼 가정에서 분리된 근본적인 이유는 사람마저도 교환가치로 환산하는 자본주의의 물질적 속성에 있다.

37) "그러나 그러는 해도 이 정거장이 올 가을로 접어들면서 굉장하게 변화해졌다. 금점판(砂金鑛)이 터져서 그렇다. 정거장 둘레로 있는 논바닥에서 요새도 날마다 수백 명씩 들이덤벼 금을 파낸다."(「정거장 근처」, 『채만식전집』 5권, 291쪽)

미에서의 주체를 형성하기란 요원한 일이다. 제국주의 본국은 식민지배에 적당한 한도 내에서의 주체를 재생산해내기 때문에 그들이 시행하는 교육, 산업화 등의 근대적인 제도들은 "시혜적 폭력"38)이라 하겠다.

제국주의는 본질적으로 제국주의적 지배와 통제의 메커니즘으로 피식민 사회를 재편성한다. 제국주의 권력은 식민지 사회의 말단까지 그 영향력을 행사하면서 식민지인들의 공적 생활 영역은 물론이고 일상생활까지 지배권 안으로 포섭해낸다. 이 과정에서 식민지 원주민은 계급적 차별과 민족적 차별이라는 이중적 억압 상황에 놓이게 되며 여성들의 경우는 거기에 성적 차별을 더한 삼중의 억압에 처해진다. 따라서 식민지 원주민 여성은 식민 지배 질서의 본질을 가장 분명하게 드러내 보여줄 수 있는 매개항이다.

채만식의 작품은 여성인물들을 중심으로 고찰해 보았을 때 그 의미와 구조가 더 선명하게 드러난다. 식민지 지배질서는 중심의 지배논리가 사회의 최소 구성 단위인 개인에게까지 미치는 거대한 원형감옥과 같은 구조를 가지고 있다. 그래서 지배 권력은 조선 전체에 작동되는 권력 메커니즘으로 개인의 삶을 규제하고 통제하며 생성시킨다. 그것은 개인의 노력만으로는 해결이 불가능하다는 의미에서 운명의 모습을 띠고 삶을 지배한다.

식민지 사회에서는 특히 여성들이 삼중의 억압 상황에 놓인다. 자본주의(계급), 제국주의, 성(性) 차별이 그것이다. 그래서 여성인물들은 식민지 자본주의라는 거대 구조에 의하여 그 삶이 굴절되고 비극적인 파탄으로 이끌린다. 그러한 상황은 집이나 마을과 같은 공동체적 공간에서는 물론이고, 공장과 같은 근대적 생산 공간 그리고 백화점, 유곽 등과 같은 근

---

38) 바트무어-길버트 지음, 이경원 옮김, 앞의 책, 192쪽.

대적 소비 공간에서도 마찬가지이다. 그녀들의 삶은 개인의 의지대로 형성된 것도 아니며, 개인의 의지만으로는 벗어날 수도 없는 것이라는 의미에서 운명과 맞먹는 무게로 그녀들을 지배한다. 그렇게 볼 때 채만식의 작품들은 식민지 자본주의의 본질적인 측면을 여성인물들의 형상을 통해 묘파하고 있다고 평가될 수 있다.

‖ 참고문헌

『채만식전집』 1·2·5·10권, 창작과비평사, 1989.

김수진, 「'신여성', 열려 있는 과거, 멎어 있는 현재로서의 역사쓰기」, 『여성과 사회』 제11호, 창작과비평사, 2000.

김종욱, 『한국 소설의 시간과 공간』, 태학사, 2000.

김진균·정근식 편저, 『근대주체와 식민지 규율권력』, 문화과학사, 1997.

문학과 비평 연구회, 『1930년대 문학과 근대체험』, 이회, 1999.

문학과 사상 연구회, 『채만식 문학의 재인식』, 소명출판, 1999.

방민호, 『채만식과 조선적 근대문학의 구상』, 소명출판, 2001.

손정목, 『한국 개항기 도시변화 과정 연구』, 일지사, 1982.

송연옥, 「대한 제국기의 <기생 단속령> <창기단속령>-일제 식민화와 공창제 도입의 준비 과정」, 『한국사론』 제40호, 1998. 12.

심영희·정진성·윤정로 공편, 『모성의 담론과 현실 : 어머니의 성·삶·정체성』, 나남출판, 1999.

씨알교육연구회 편역, 『일제황민화교육과 국민학교』, 한울, 1995.

여성사 연구모임 길밖세상 지음, 『20세기 여성사건사』, 여성신문사, 2000.

유제분 엮음, 김지영·정혜욱·유제분 옮김, 『탈식민페미니즘과 탈식민페미니스트들』, 현대미학사, 2001.

이경란, 「환상적인 벚꽃길, '쌀 수탈의 길'」, 『역사비평』, 1992.

이진경, 『근대적 주거공간의 탄생』, 소명출판, 2000.

전은정, 「근대 경험과 여성주체 형성과정」, 『여성과 사회』 제11호, 창작과비평사, 2000.

최기인, 「채만식 소설에 나타난 경제적 관심」, 경원대학교 석사논문, 1999. 12.

최혜실, 『신여성들은 무엇을 꿈꾸었는가』, 생각의 나무, 2000.

한국문학연구학회 편, 『한국 근대문학과 일본문학』, 국학자료원, 2001.

데이비드 하비 지음, 초의수 옮김, 『도시의 정치경제학』, 한울, 1996.

리타 펠스키 지음, 김영찬·심진경 옮김, 『근대성과 페미니즘 : 페미니즘으로 다시 읽는 근대』, 거름, 1998.

바트무어-길버트 지음, 이경원 옮김, 『탈식민주의! 저항에서 유희로』, 한길사, 2001.

안토니오 그람시 지음, 이상훈 옮김, 『그람시의 옥중수고2 : 철학·역사·문화편』, 거름, 1999.

앨릭스 캘리니코스 지음, 이진수 옮김, 『바로 읽는 알뛰세』, 백의, 1992.

피에르 부르디외 지음, 최종철 옮김, 『자본주의의 아비투스―알제리의 모순』, 동문선, 1995.

제4부 다문화와 혼종성

21세기 다문화 소설에 나타난
국민 개념의 재구성과 탈식민성

윤 영 옥

1. 서론

21세기에 이르러 세계화가 가속되면서 자본과 노동력의 국가 간 이동이 활발하게 진행되고 있다. 해마다 세계 인구의 10% 이상이 이동하며, 갈수록 노마드(nomad)와 디아스포라(diaspora)는 늘어가고 있다. 국경을 넘는 이주는 공간의 경계를 교란시키고 해체시키면서 기존의 정체성의 경계를 유동적으로 만든다. 이주에 의해 구체적인 거주지의 경계를 넘으면서 영토, 국가, 인종, 계급, 문화 '사이'에서 정체성은 유동적이고 탈경계적이며, 혼종적인 성향을 갖게 된다.[1]

자본의 지리적 이동성과 변동성의 증가는 세계의 노동자들을 단일시장

---

[1] 문재원, 「이주와 서사의 로컬리티」, 『한국문학논총』 제54집, 2010.

의 경쟁으로 몰아넣어 임금과 노동조건의 악화를 가져오고 있다. 그 결과 특히 미숙련 노동자들의 보호 장치는 갈수록 취약해지고 있으며, 다문화 집단인 이주노동자나 결혼이민자에 대한 경제적, 정치적 인종차별 문제가 심화되고 있다. 경제적 빈곤에서 벗어나기 위해 새로운 기회를 찾아 본국을 떠나 이주해온 외국인 노동자와 여성들은 한국에서 '주변적 존재'로 살아간다. 이들 중 많은 이들은 미등록 이주 노동자이거나 결혼이민자들이다. 신자유주의의 확산 속에서 이들은 국민국가의 시민권을 보장받지 못하고 있다. 이러한 상황은 이들을 한국 사회 체제의 하부구조, 혹은 체제를 위협하는 불안한 세력으로 위치시킨다. 이들의 민족이나 언어, 역사 등의 문화적 차이는 사회 내에서 발생하는 불평등과 지배, 착취, 차별 등의 관계를 내포하여 사회계급화 되는 경향이 있으며, 이 과정에서 한국에서 제도적 기반이 취약한 이주자들은 '한국 내부의 타자'로 규정되고 있는 실정이다. 또한 영토 내부에 다문화집단들, 외국인 노동자와 결혼이민자, 그리고 그들의 자녀들이 새로운 가족을 구성하고 새로운 공동체를 형성하면서 한국사회에 편입됨에 따라, '동일한 국적, 단일한 국민 정체성'을 표방하는 근대 민족국가의 동질성 가정은 손상될 수밖에 없으며,2) 이에 따라 국민국가 개념 역시 변화가 불가피하다.

오늘날 한국 정부의 다문화 정책은 표면적으로는 '사회적 통합(integration)'을 표방하지만, 구체적으로 실행되는 정책들은 '동화(assimilation)' 정책에 가깝기 때문에, 결혼이주민이나 이주노동자들은 기존의 한국 사회에 적응하기 위해 자신을 변화시켜야 할 존재로 상정되어 있다. 다문화집단에 대한 이러한 태도는 기존의 민족 구성원이 아닌 자들을 배제하는 순혈주의를 바탕으로 한 민족주의와 연계되어, 결혼이민자, 혼혈인, 이주노동자

---

2) 오경석, 「어떤 다문화주의인가」, 『한국에서의 다문화주의—현실과 쟁점』, 한울아카데미, 2007, 27쪽.

들에게 배타적인 서열을 작동시키고 있다. 나아가 사회 하위 계층을 중심으로 한 다문화 가정의 등장과 이주 노동자들에 의한 특정 노동의 담당은 사회 계급의 지배와 종속 문제로 대두되고 있다. 다문화소설3)들은 한국사회의 국제화 과정에 상응하여 이주노동자와 결혼이민자의 노동과 결혼을 형상화하면서, 생활의 재현을 통해 가장 미시적인 영영에서의 국제화 과정과 개인적 삶의 접목을 시도하고 있다. 이명랑의 『나의 이복형제들』(2004), 천운영의 『잘가라 서커스』(2005), 박범신의 『나마스테』(2005), 김중미의 『거대한 뿌리』(2006), 손홍규의 『이슬람정육점』(2010) 등의 다문화소설들은 국민 정체성과 경제적 정의, 그리고 민주적 소통방식 등을 토대로 현대 한국사회의 변화 추이를 재현하면서, 다문화에 대한 문화적이고 정치적인 함의를 추구할 뿐만 아니라 그 이미지를 재생산하는 역할을 하고 있다.

다문화소설들은 결혼이민자와 이주노동자의 삶을 재현하는 과정에서 혼혈에 대한 깊은 관심을 보여주고 있다. 혼혈이 가장 원초적이고 생물학적인 형태의 다문화와 관련되어 있고, 한국 근대사에서 작동하는 탈/식민화 과정 또한 혼혈에 대한 인식과 연동되기 때문일 것이다. 다문화사회에서 자민족중심의 국민 개념은, 사회구성원으로 하여금 다문화 집단에 대한 경계를 형성하며, 사회적 이미지를 재생산함으로써, 이주노동자와 결혼이민자 및 그 자녀들에 대한 차별의 준거로 작동하며, 한국 내부의 '식민주의(settler colonialism)'를 형성하는 데 기여하고 있다.4) 이미 식민

---

3) 이 글에서 다문화 소설은 한국 내의 외국인 이주민, 외국인 노동자와 결혼이민자를 다루는 소설들을 가리킨다. 다문화에 대한 보다 포괄적인 접근을 시도한 바 있는 임헌영은 다문화에 한인 디아스포라, 혼혈아, 한국 내의 외국인 이주민과 탈북자를 포함시키고 있다(임헌영, 「한국문학과 다문화주의」, 『불확실 시대의 문학』, 한길사, 2012, 111~112쪽 참조). 이 글에서 사용한 다문화의 개념은 임헌영이 제시한 범주 보다 좁은 범주이다.

4) 한국사회에서 결혼이민자와 외국인 노동자에 대한 차별을 로마시대에 차별받았던 외

지 지배를 받아본 국가인 한국에서의 위와 같은 형태의 내부 식민주의는 매우 착종적인 형태를 띠고 있어서 다문화와 식민주의에 대한 접근의 다양성을 필요로 한다.

다문화 서사에 대한 문학적 연구들은 대부분 한국의 다문화 현상이 발생시킨 인권 탄압과 차별에 깊은 관심을 표명하고 있다. 다문화 문학 연구는 매우 방대한 편이나 크게 볼 때 거시적 연구와 미시적 연구로 분류할 수 있다. 거시적 연구로는 다문화를 전지구적 현상으로 접근하여 다문화 양상 및 다문화 문학작품을 해석한 임헌영(2012), 엄미옥(2011), 이정숙(2011), 박경하(2011), 송현호(2010), 윤여탁(2010), 우한용(2009), 신주철(2009), 정혜경(2009), 김양선(2009), 백지연(2009), 홍용희(2009), 김승환(2008), 양진오(2006), 허정(2006), 서영인(2005) 등이 있으며, 작품의 구조나 서사적 재현 양상을 연구한 미시적 연구로는 연남경(2010), 문재원(2010), 박진(2010), 박정애(2009), 강진구(2009) 등과 인물 유형을 연구한 송희복(2010), 강진구(2009) 등의 연구가 있다. 이 중에서 연남경의 경우에는 '몸'의 재현에, 문재원의 경우엔 '공간'의 재현에, 엄미옥의 경우에는 다문화를 위한 대안으로 '상상적 공감'에 주목하여 보다 더 치밀한 연구를 진행하고 있다.

위와 같은 일련의 연구들은 이질적 타자들을 받아들여 이들과 공존하는 세계를 도모하는 다문화 사회를 지향하며, 다문화 사회는 다양한 집단과 문화에 대한 민주화와 평등의식을 전제로 이루어진다. '다문화의 궁극적 이상이 다양성과 안정성을 결합한 다안성(多安性, diverstability)이라는 사실'5)은 다문화소설과 다문화 연구를 관류하는 공통의 의제이다. 다

국인을 가리키는 용어인 '호모 사케르'로 지칭하고 있다. '호모 사케르'는 아감벤의 용어로 널리 알려졌으며, 임헌영(2012), 연남경(2012) 등이 이 용어를 다문화인을 지칭하는 데 사용하고 있다.

5) 임헌영, 「한국문학과 다문화주의」, 『불확실 시대의 문학』, 한길사, 2012, 92쪽.

문화 소설들은 한국사회의 국제화 과정을 포착하면서 이주노동자와 결혼 이민자들의 삶을 사회적 연대 혹은 정서적 수용이라는 관점에서 접근하고 있다. 이러한 접근의 중심에 국민 개념의 문제가 놓여 있다. 민족 중심주의의 국가 개념이 다문화집단에 대한 억압과 그 억압의 해체에서 중요한 동력으로 작용하기 때문일 것이다. 또한 그것은 외국인과 외국문화의 수용과정에서 상이한 문화의 상호 교류 및 인정의 문제를 어떻게 절합시키느냐와 관련되어 있기 때문일 것이다.

위에서 살펴본 바와 같이, 본 연구는 다문화소설에서 다루고 있는 다문화 의식의 중심에 혈연 중심의 국민 개념이 자리하고 있는 점을 주목하고, 국민 개념을 중심으로 다문화소설이 재현하고 있는 다문화 사회의 양상을 살펴보고, 그러한 양상 속에 내재한 식민성과 탈식민성의 문제에 대하여 고찰하고자 한다.

2. 다문화 시대의 국민개념과 내부식민성

국민국가 시기에 국민 정체성의 기본적인 틀은 국민국가라는 공동체였다. 하지만 이주 노동의 확대, 기원이 다양한 이주민 집단의 형성 등은 국민 정체성에 대해 새롭게 사고해야 함을 의미한다. 정체성은 개인의 차원에서 자신의 존재를 규정하는 문제이지만 동시에 공동체의 구성과 유지라는 문제와 결부되기 때문이다.[6] 다문화 사회로의 진입은 기존의 한국 사회문화의 패러다임 및 근대 체제의 국가·민족 개념의 변화를 수

---

6) 홍태영, 「이주자의 문화적 권리와 정체성」, 『다문화 사회 연구』 제4권 2호, 2011, 20-21쪽.

반하고 있다. 외국인 노동자들과 문화주체들은 현재 한국사회에서 사회 일부를 구성하는 다원적 주체라기보다는 부정적 담론의 대상으로서 소수자 집단을 구성하고 있다. 이들이 국내에 정착하거나 장기 거주하는 과정에서 발생하는 문화적 갈등과 사회적 소외는 다문화 사회의 차별이나 정의의 문제로 인식되고 있다.

국민 정체성은 문화적 정체성과 정치적 정체성으로 구성되어 있으며, 문화공동체와 정치공동체 안에 위치하고 있다.[7] 국민 개념의 범주 설정은 국가를 위한 집단의 결속 및 집단 간의 상호관계를 조정하는 중요한 준거가 될 수 있다. 식민지 지배 경험과 다문화 사회로의 진입은 현대 한국 사회에서 국민 개념을 중요한 사회적 쟁점의 하나로 만들고 있다. 기존의 전통적인 국민 개념과 현대 국제화 시대의 국민 개념은 서로 갈등하는 관계를 드러내며, 사회 변화와 사회통합의 중요한 변수로 작용하고 있다.

다문화 사회에서의 국민 개념은 앤서니 스미스와 베네딕트 앤더슨, 린 헌트의 전통적인 논의와 국민국가 시대의 논의, 국제화 시대의 논의로 구분된다. 앤서니 스미스의 경우, 국민의 개념은 민족 개념에 근접해 있다. 대부분의 민족이 종족적 기원을 갖고 있으며, 민족문화는 특정한 시간에 묶여 있다. 민족은 이어지는 세대들 간의 연속의식, 특정한 사건과 인물에 대한 공유된 기억, 이러한 체험을 공유하는 집합체의 공동운명의식 등 세 가지의 결정적인 구성요소들로 이루어져 있다.[8] 특정한 역사나 문화, 종교 등에 단단한 뿌리를 두면서 강한 공동체성을 강조하는 집단의 경우, 여러 집단들을 국민에 귀속하여 사회화시키려는 사회적 경향

---

7) Anthony D. Smith, *National Identity*, University of Nevada Press, 1991, p.99.

8) A. Smith, *National Identity*, University of Nevada Press, 1991, pp.178-179.
현대 한국에서 자주 사용되는 '민족'이라는 명칭은 전통적 의미의 국민과 유사한 의미를 지닌다.

을 보이며, 이 과정에서 다수의 지배 집단에 의해 소수집단의 인권과 같은 보편적 권리가 침해당할 수 있다.

스미스와 다르게 앤더슨은 국민을 '구성원 각자의 마음에 서로 친교(communion)의 이미지가 살아있기 때문에 상상된 것'이라고 주장하고 있다.9) 그에 의하면 국민은 이미지와 경치를 통해 구성되며, 사회적 정체성은 상상된 공동체의 문제, 즉 어떤 사람이 결코 하나일 수 없는 수천에서 수 백 만의 타인들과 공동의 역사나 공동의 운명이나 공동의 숙명을 공유하고 있다고 상상함으로써 가능한 것이다. 국민은 처음부터 혈통(blood)이 아니라 언어에 의해 상상되었고, 상상의 공동체에 초대될 수 있다고 보았다.

린 헌트는 '상상의 공동체'와 관련하여, 보편적 인간으로서의 공감과 보편적 인권의 인식을 결합한 개념으로 '상상된 공감'을 논의하고 있다.10) 상상된 공감은 기존의 국민 국가 개념을 초월하여 국제화 시대의 세계 시민 혹은 이주 시민(migrant people)의 소통을 상정하고 있다는 점에서 국민 국가를 전제로 한 상상의 공동체 개념과 변별된다.

스미스가 국민의 역사적 기원의 중요성을 이야기하고 있다면, 앤더슨은 현재의 친교 이미지를 바탕으로 한 상상적 공동체로서의 국민의 의미망을, 헌트는 세계 시민으로서 소통하는 상상된 공감을 지향하고 있다. 국민의 역사적 기원을 강조하는 것이 전통적인 국민 개념이라면, 일종의 친교 이미지에 가까운 상상적 공동체로서 국민을 사유하는 것은 근대 국가의 국민 개념이며, 자율적이고 공감하는 개체들에 토대를 둔 공동체 개념은 가족과 종교, 민족 등의 소속을 넘어 보편적인 가치(인권)와 관계를 맺는 국제화 시대의 국민 개념에 가깝다. 국민의 과거 역사와 미래

---

9) Benedict Anderson, 윤형숙 역, 『상상의 공동체』, 나남, 2002, 25-27쪽.
10) L. Hunt, 전진성 역, 『인권의 발명』, 돌베게, 2009.

지향적 이미지는 국민 결속의 중요한 토대로 작용할 수 있다.11) 공동체 운명의 역사적 기원은 친교 이미지 보다 국민의 더 강한 결속을 유도할 수도 있을 것이다. 하지만 초국가적 자본의 흐름에 따라 이주노동자와 결혼이민자들이 국경을 넘어 공간적으로 이동하고, 이들이 다문화 집단을 형성함에 따라 새로 국민에 편입하는 소수집단들의 국가 정체성이 다양해지거나 유동적인 성격을 갖게 된다. 이들을 새로운 국민으로 수용하는 과정에서 국민의 역사적 기원이나 사회적 기여, 혈통주의를 강조하는 것은 결과적으로 사회 공론의 장에서 이주자들의 목소리를 배제할 가능성이 크다.

다문화 사회에서 혈연관계를 토대로 하는 국민의 개념은 한국 사회구조 내에서 문화, 경제, 사회, 정치에 걸쳐 자국민 위주의 정책과 이미지를 생산함으로써 한국인과 다문화집단 사이에 중심과 주변, 지배와 종속, 주류와 비주류의 관계를 재생산하는 역할을 하고 있다. 다문화는 이주를 통해 형성되는 지정학적 문제, 다른 민족을 수용하는 인종주의적 문제, 이들을 통해 하부 계층을 유지하는 사회구조의 문제에 연루된 후기자본주의 사회의 식민주의와 연계되어 있다. 한국 사회에서 이주노동자들의 불법체류를 이용한 노동력의 착취와 혼혈에 대한 공포적 반응은 이들에 대한 지배와 차별, 착취에 기반한 내부 식민화 과정을 보여주고 있다.

이주자들은 대부분 사회보장제도나 경제적 풍요로움, 정치적 안정이 비교적 보장된 선진 사회로 이동한다. 그들은 이동을 통해서 얻는 이익이 있는 반면, 새로 거주하는 공간에서 소수자로 살아가는 희생을 감수하게 된다. 소수집단의 입장에서는 인권적 측면에서 평등을 제기할 수 있지만, 다수자의 입장에서는 운명공동체로서의 사회적 기여도나 사회적

---

11) Patha Chatterjee, *Nationalist Thought and The Colonial World : A Derivative Discourse*, the University of Minnesota Press, 1986, p.7.

위험을 감수하는 충성도에서 사회적, 경제적, 정치적 평등이 오히려 불평등하게 여겨질 수 있다.

자본의 초국가적 흐름에 따라 이주민들을 유입하는 과정에서, 자민족 중심의 민족주의는 피지배와 저항의 주체가 아니라 이주민들에 대한 새로운 지배와 억압의 주체로 등장하고 있다. 다양한 인종이 경제적, 사회적, 정치적 질서에서 위계적 준거로 작동하여 계급화 되는 상황에서, 특히 국가의 특권적인 엘리트 집단들이나 국가의 이해를 위해서 민족의 단결과 동원을 필요로 하는 경우에, 민족주의의 자민족중심주의(ethnocentrism)는 더욱 이기적이고 특권화 될 가능성이 크다. 이 경우 민족주의는 다른 민족에 대한 '억압적'인 식민주의적 지배의 논리를 제공할 가능성이 크다. 한국이 다문화 사회로 진입하면서, 자민족중심주의는 국민의 통합을 위해 다문화 집단에 대한 또 다른 억압의 가능성을 갖고 있는 것이다.12)

자칫 소수 집단의 인권이 지배집단의 이익과 길항관계를 이룰 수 있는 상황에서 민족주의를 고수하면서, 민족구성원이 아닌 타자를 배제하지 않기란 쉽지 않다. 민족주의와 탈식민주의의 관계에 대한 하정일(2008)의 다음과 같은 주장은 그러한 고민을 드러낸다.

> '민족이 특권화 되어서는 위험하다. 민족주의의 근원적 한계가 그 점에 있다. 민족의 사회적 연관, 곧 민족이 계급·성·개인과 맺고 있는 중층적 연관을 인식하는 것은 민족 담론이 민족주의의 한계를 극복하는 데 있어 필수불가결한 과제이다. 하지만 그것이 '민족' 자체를 부정하는 방향으로 나아가는 것은 더욱 위험하다. 신자유주의적 전지구화의 커다란 물결 속에서 민족을 그것을 견제하고 저항하고 극복하는 전략적 거점으로 여전히 활

---

12) 일찍이 김재용은 민족주의가 해방 후 국가주의로 전락하여 새로운 억압에 봉사하는 경우가 있음을 경계한 바 있다(김재용, 「민족주의와 탈식민주의를 넘어서 — 한설야 문학의 저항성을 중심으로」, 영남대학교 인문과학연구소, 『인문연구』 제48집, 2005, 21쪽 참조).

용할 가치가 있기 때문이다.'[13]

과거 민족주의가 탈식민주의의 토대 역할을 했던 사실을 환기하면서 현재 다문화 사회에서 민족주의가 새로운 배타성의 논리를 제공하여 내부 식민주의의 이론적 거점이 될 수 있는 가능성을 경계한 것이다.

모든 민족주의 문화는 민족적 정체성의 개념에 주로 의존하고 있고, 민족주의 정치는 정체성의 정치이다.[14] 한국 현대문학사에서 민족주의가 문학의 주요 동력(쟁점)이었던 이유는 강한 외국의 영향력 아래에서 그 지배 권력의 중심을 해체하고 민중의 힘을 집중시키고 안위를 도모하는 중심이 바로 민족이었기 때문이다.[15] 현재의 다문화 사회에서도 한국인과 외국인 노동자, 결혼이민자들의 경제적·정치적·문화적인 이념들은 국민 개념을 중심으로 복잡하게 얽혀 있다. 민족주의적인 입장에서 다문화 집단에 대한 지배와 억압이 행사되는 곳에서, 민족주의는 새로운 지배의 핵심으로 등장한다. 한국 사회에서 민족주의는 제국주의 저항 담론과 새로운 식민 지배 담론의 중심에 있는 것이다. 한국문학에서 민족주의는 탈식민주의와 새로운 내부 식민주의의 기로에 있는 것이다.

다문화소설들은 외국인 노동자와 결혼이민자 및 그 자녀들, 혹은 혼혈에 대한 차별과 억압을 응시하면서 그러한 현상과 혈연 중심의 민족주의와의 연관 관계를 포착하고 있다. 김중미의 『거대한 뿌리』와 박범신의 『나마스테』는 혈연의 문제와 연관시켜 다문화집단에 대한 차별과 억압에 접근

---

13) 하정일, 「탈민족 담론과 새로운 민족주의」, 『탈식민의 미학』, 소명출판, 2008, 91쪽.
14) Edward Said, 김성곤·정정호 역, 『문화제국주의』, 창, 1995, 460쪽.
15) 한국사회에서 제국주의에 대한 저항의 구심점으로서 민족주의가 활성화 된 것은 1890년대 말에서 1900년대 초에 신채호, 박은식, 장지연, 이해조 등의 지식인들이 일본 제국주의에 맞서는 자주 독립의 기초로 민족주의를 내세우면서부터이다(송현호, 「다문화 사회의 서사 유형과 서사 전략에 관한 연구」, 한국현대소설학회, 『현대소설연구』 제44집, 2010, 177쪽).

하는 대표적인 작품들이다. 『거대한 뿌리』는 다문화의 의제를 관찰적 입장에서 접근하고 있으며, 주로 혈연과 관련하여 다루고 있다. 화자가 주변인물들인 백인 혼혈아 재민, 흑인 혼혈아를 낳은 윤희언니, 재민을 좋아하지만 미군 흑인 병사에게 강간당하고 정신이 이상해져 죽은 해자, 그리고 네팔 출신의 노동자를 사랑하는 정아를 서술하는 형태를 취하고 있다. 이러한 관찰적 시선은 인종차별에 대한 비판적 태도를 견지하고 있다.

『나마스테』는 네팔 출신의 외국인 노동자를 돕다가 그를 사랑하여 아이를 낳고, 남편을 비롯한 외국인 노동자들과 함께 산업연수제도 철폐와 미등록(불법체류) 노동자 강제 추방 저지를 위한 저항운동에 동참하는 한국인 여성이 서술자로 등장하고 있다. 『나마스테』는 관찰적 입장과 참여적 시선을 병치시키며 다문화에 대한 접근을 시도하고 있다. 참여적 시선은 다문화 사회의 부정과 모순에 대한 관찰적 시선에서 나아가 이를 해결하려는 실천적 국면을 내포하고 있다. 이 작품에서는 한국인 서술자뿐 아니라 외국인 이주 노동자의 자기 인식과 주체적 실천이 따른다는 점에서 다양한 의미를 함축하고 있다.

이에 비하여 손홍규의 『이슬람정육점』은 다문화에 대한 억압과 차별이나 혹은 혈연의 문제보다는 가족과 국민의 개념에 대한 성찰을 통해서 다문화집단과의 상호 인정과 교류, 그리고 공존을 모색하고 있다. 이러한 모색은 다문화 사회의 이상을 제시하는 것으로 다문화 사회의 도래에 따른 국민 개념의 재형성의 단계로 나가고 있다.

다문화 소설들은 다문화 집단을 둘러싼 내부 식민주의의 양상들을 재현하는 과정에서 관찰과 참여, 대안적 세계의 제시를 통해, 2000년대 한국의 다문화 사회가 발생시키는 억압과 차별에서 탈피하고자 하는 탈식민주의의 양상을 제시하고 있다. 한국 다문화 소설들은 억압과 차별이라는 내부 식민주의와, 그리고 그것들의 해소를 지향하는 탈식민주의의 양상을 국가 개념에 의거해서 주목하고 있는 것이다. 이러한 양상들을 다음 장에서 구체적으로 살펴보고자 한다.

3. 다문화와 탈식민성 : 피의 사회적 위계

1) 혼혈과 탈/식민성 : 김중미의 『거대한 뿌리』

한국 사회에서 순혈과 혼혈의 관계는 민족적 정체성의 문제와 연루되는 경향이 있다. 식민지 지배 시절과 해방 이후에 행사된 제국주의에 대한 저항은 부분적으로 '피'의 문제와 연관되어 재현되었다. 다문화 사회에서 가장 주목할 만한 변화 역시 혼혈가족의 등장이다. 한국문학에서 혼혈의 문제가 문학적 소재로 등장한 계기는 크게 네 그룹으로 분류될 수 있다. 첫째 식민지 시기 내선일체의 개념으로 일제가 장려한 한국인과 일본인의 결혼과 그 혼혈아에 대한 묘사이고, 둘째는 한국전쟁 이후 미군과 한국여성 사이에서 태어난 아이들에 대한 묘사이고, 셋째는 외국에 사는 한국계 혼혈인들, 넷째 코시안이라 불리는 결혼이민자와 한국인 혹은 외국인 노동자와 한국인 사이의 결혼 및 혼혈에 관한 묘사이다. 최근 다문화소설에서 주요 소재로 등장하고 있는 '혼혈'의 이미지는 둘째와 넷째에 해당되는 사례들이다. 사실 미군에 의한 성폭행이나 성매매 등으로 성립되는 둘째 형태와 한국인 남자와 결혼한 결혼이민자, 혹은 한국인 여성과 외국인 노동자의 결혼과 출산은 상당히 다른 경우에 해당되지만, 이들이 한국 사회에서 소외되거나 차별받는다는 점은 유사하다.

　전통적으로 혈연관계를 토대로 이루어진 한국 사회에서, 혼혈 가족은 가족과 민족, 식민과 탈식민의 주제에 가장 민감하게 연결되어 있다. '조국'이라는 명칭은 혈연에 기반을 둔 민족국가의 개념을 가장 잘 드러내주는 단어인 만큼, 혼혈은 순혈(純血)의 혈통주의에 대한 대타 개념으로서, 혼혈에는 민족의 혈통주의에 대한 의미망과 그 순수성에 대한 균열이 전제되어 있다.

　한국에서 혼혈 개념은 순혈에 기반을 둔 단일민족이라는 상상적 국민 개념과 연계된 개념이다. 한국은 오랜 역사 동안 여러 외국과 교린 관계를 형성하고, 혈연 및 문화적 연대를 맺어왔기 때문에,16) 한국인이 단일민족으로 이루어진 순수혈통을 가졌다고 하는 것은 일종의 개념적 허구, 혹은 상상의 공동체 의식과 연계되어 있다. 그 중에서도 근대이후 일본을 비롯한 서구열강의 침략과 1950년대의 한국전쟁은 한국인의 외국인에 대한 태도에 많은 영향을 끼치었다. 특히 '혼혈'이 역사적으로 이 다양한 문화의 상호교류와 상생의 상징보다는 '오염과 약탈의 흔적'으로 아로새겨진 것은 바로 그와 같은 근대 한국의 비극적인 역사에 그 뿌리를 두고 있다.17)

　현대 한국소설에서 '혼혈'의 표상은 식민지 시대에는 조선인을 일본인

---

16) John M. Frankl, 『한국문학에 나타난 외국의 의미 *Images of "The foreign" in Korean Literature and Culture*』, 소명출판, 2008, 8-23쪽.

17) 이와 관련하여 이혜령(2003)과 최강민(2009), 존 프랭클린(2008)의 주장은 설득력이 있다. 이혜령은 일본이 혼혈을 통해서 조선인을 일본인으로 동화시키고자 하였지만 그 과정에서 일본인의 인종적/정신적 우월성을 강조하기 위해 일본 남성과 성매매 조선 여성, 혹은 그 사이에서 태어난 성매매여성 혼혈아를 통해 '더럽혀진 성'으로 규정하였으며, 특히 한국인과 서구인들과의 성은 성적 타락의 범주로 매도하였다. 이 경우에 성립된 민족주의 담론은 오리엔탈리즘에 기반한 식민주의의 모습을 보여준다. 즉 그것은 성과 관련된 식민지화의 심리적 효과와 관련되어 있다고 분석한 바 있다(이혜령, 「인종과 젠더, 그리고 민족 동일성의 역학」, 『현대소설연구』 제18집, 현대소설학회, 2003).

으로 동화시키려는 내선일체 정책의 일환으로 전개되었다. 식민지 체제 하에서 식민주의자들에 의해 인종의 서열을 작동시키는 인종적 우생학의 역학은 현대 다문화 사회에서 작동하는 혈연주의에 토대를 둔 배타적 민족주의와 연관되어 있다. 이혜령의 분석에 의하면,18) 조선인과 일본인의 혼혈은 일본인과 조선인, 남성과 여성의 우생학적 우열의 인식이 작용된 범주였다. 식민지배의 정당성을 피력하기위해, 일본인의 정신적 우월성을 강조하려는 의도가 일본 남성과 성매매 조선 여성, 혹은 그 사이에서 태어난 성매매여성 혼혈아를 재현하고, 이를 통해 부분적으로 조선을 '더럽혀진 성'으로 규정하였다. 이 과정에서 방종한 한국인 여성과 서양인들의 성적 결합은 도덕적 타락의 범주로 매도하였다.

식민지시대를 걸쳐 형성된 혼혈담론에서 서구혼혈인에 대한 표상은 민족주의 담론, 혹은 일본을 구심점으로 하는 오리엔탈리즘에 기반한 식민주의의 모습을 보여주면서, 서양을 더러운, 도덕적 타락의 기준에서 제시하고 있다. 이것은 일본이 동아시아 국가들 및 서구 열강과의 관계 설정에서 역 오리엔탈리즘의 이중적인 자세를 취하는 것과 관련되어 있다.

1950년대 소설에 나타난 혼혈의 표상은 한편으로는 식민지 시기에 성립된 서구인과의 혼혈 표상을 이어받으면서, 또한 이민족에게 국토와 주권을 빼앗기는 과정을 이민족 남성에게 강간당하고 유린되는 여성의 신체로 전이시켜서 표상함으로써 역사를 성적인 것으로 의미 전도하는 과정과 맞물려 있다. 한국전쟁을 소재로 여러 소설들이 한국여성이 외국 남성에게 유린당하는 모티프를 취하고 있다는 사실은 이 작품들이 외국 군대가 한국전쟁에 참여하는 것 자체를 새로운 외국의 한국 지배의 한 형태로 인식하고, 휴전 후 한국에 주둔하는 외국군과 한국인의 관계를

---

18) 이혜령, 「인종과 젠더, 그리고 민족 동일성의 역학―1920~30년대 염상섭 소설에 나타난 혼혈아의 정체성」, 『현대소설연구』 제18집, 현대소설학회, 2003.

지배와 굴종의 한 형태로 인식하고 있다고 판단된다. 한국전쟁 이후 혼혈의 개념에 내포된 '혼혈=오염과 굴종'의 의미는 혼혈을 피의 잡종으로 배격하는 심리로 연동되고 있다고 볼 수 있다. '제국에 의해 손상된 민족적 자존심이 그나마 남아있는 순수한 혈통을 지키려는 보호 본능'[19]과 연동되어 한국인의 혼혈의식을 이루고 있다고 보아야 한다.

> "나는 사람들한테 물어보고 싶어. 도대체 튀기가 뭐 어쨌다는 거야? 물건은 미제라면 사족을 못 쓰면서, 왜 우리 같은 애들은 싫어해? 나도 반쪽은 사람들이 좋아하는 미제야. 그리고 나머지 반은 너희들하고 똑같다고. 도대체 왜 우리가 너희들한테 무시를 당해야 하냐고. 왜?"[20]

김중미의 『거대한 뿌리』(2006)에서 외국인과의 결혼 및 외국인 혼혈아에 대한 차별적인 표상들은 6·25 이후 형성된 혼혈에 대한 인식의 연장선상에 있다. 『거대한 뿌리』에서 한국을 위해 전쟁에 참여하고 휴전 후에도 한국에 거주하는 외국 군대 때문에 먹고사는 동두천 사람들은 외국 군인들에게 억울한 일을 당하여도 그대로 받아들인다.

하지만 그들은 외국군인과 한국인 여성 사이에서 태어난 혼혈인에 대한 경멸과 적대감을 숨기지 않는다. 백인 미군 병사와 한국인 양공주 사이에서 태어난 재민은 백인의 외모를 지녔음에도 불구하고 동네 사람들에게 경멸과 차별의 대상이 된다. 재민이는 공부도 열심히 하고 잘 생기고 운동도 잘하지만, 혼혈아이기 때문에 도둑의 누명을 쓰게 된다. 억울한 재민이가 도둑의 가능성이 큰 반장에 대하여 말하지만 받아들여지지 않는다. 억울한 재민이 반장과 서로 싸워 재민이가 더 다쳤는데도, 재민이만 정학에 처해진다. 재민이는 축구를 제일 잘하는데도 불구하고 학교

---

19) 최강민, 『탈식민과 디아스포라 문학』, 제이엔씨, 2009, 57쪽.
20) 김중미, 『거대한 뿌리』, 검둥소, 2006, 150쪽.

대표 선수로 뛸 수가 없다. 나와 재민이는 서로 좋아하는 사이이지만, 나의 어머니는 재민에게 찾아가 너를 사귀기 때문에 친구들이 딸을 멀리해서 스트레스를 받는다고 거짓말을 하여 둘 사이를 멀어지게 한다. 혼혈아인 재민에 대한 사람들의 태도에는 먹고 살기 위해 성매매를 했던 재민이 엄마에 대한 차별과 경멸이 고스란히 이어지고 있는 것이다. 하지만 사람들은 알고 있다. 재민이엄마가 혼자 잘 살기 위해서가 아니라 가족을 위해 희생했다는 사실을.

고모의 딸인 윤희 언니는 고모부의 사업 실패로 인해 미군 부대에 사무원으로 근무하게 된다. 미군들에게 인기가 좋아서 그들의 선물을 받기도 하는 윤희언니를 보고 미군부대 군무원인 아버지가 걱정하며, 미군부대에 근무하는 것을 말리려 하지만 고모는 아들의 대학 학비를 위해서 딸이 월급이 많은 그 직장을 포기하지 못하게 한다. 윤희언니는 가족의 생활비를 대고, 오빠들과 동생들의 학비를 대기 위해 미군부대에 사무원으로 근무하고, 종국에는 흑인의 아이를 갖게 된다. 그러자 가족들은 윤희를 부끄러워하고 비난하여, 윤희언니는 집을 나온다. 하지만 윤희 언니 가족들은 여전히 생활비와 학비를 받고, 심지어 윤희가 한국에서의 차별을 피해 미국에 간 후에도 생활비를 받았다. 고모네 가족들의 윤희언니에 대한 이중적 태도에는 자신들의 경제적 무능과 굴종에 대한 자격지심과 분노가 혼혈인에 대한 적대감과 분노로 이어지고 있는 것을 볼 수 있다. 혼혈과 혼혈 가족을 향한 태도에는 여타의 다른 여성수난사들처럼 '다른 민족에 대한 대항적 민족주의를 표방하는 공격적인 민족주의 정치학'21)이 구사되고 있는 것을 볼 수 있다.

---

21) 권명아, 「수난사 이야기로 다시 만들어진 민족 이야기—분단 이후 한국 사회에서의 민족·민중 개념의 개조와 젠더 정치」, 김철·신형기 외, 『문학 속의 파시즘』, 삼인, 2001, 239쪽.

하지만 혼혈을 배격하는 한국인의 태도에는 미묘한 인종차별의 흔적을 보이고 있다. 1950년대 이후 외국인이나 혼혈인에 대한 태도에는 백인에 대한 선호와 흑인에 대한 반감이 작용하고 있었는데,22) 그것은 이후에도 한국인의 혼혈 인식에 영향을 주었다. 유색인종을 무시하고 백인을 선호하는 태도는 다문화소설에서 새로운 인종 차별의 형태로 반복되고 있다. 김중미의 『거대한 뿌리』에서 국제결혼을 꿈꾸는 임경숙의 셋째 언니는 흑인은 만나지 않고 백인만 만난다. 미국에 가면 흑인에 대한 인종차별이 있기 때문에 그 차별을 피하기 위해서이다.

흑인 병사의 아이를 낳은 윤희 언니는 한국인들의 멸시를 이기지 못하고 흑인 병사와 결혼하여 미국으로 가서 살게 된다. 재민이 엄마는 아들을 낳았음에도 불구하고 버림받고, 재민이는 백인의 외모를 지녔음에도 불구하고 친아버지인 백인병사에게 버림받는다. 한국인이 백인에게 버림받고 흑인에게 받아들여지는 이러한 과정은 한국인에게 백인 혼혈아는 집안으로 받아들여지고, 흑인 혼혈아는 쫓겨나는 현상과 마찬가지로 피부색으로 이루어진 위계의식을 반영하고 있다. 한국에서 피부색에 의한 위계적 인식은 다문화인들에 대한 한국의 내부 식민주의를 형성하고 있다.

> "…여기선 귀화 아무 소용도 없다. 껍데기를 다 벗겨서 한국사람 껍데기로 바꾸기 전엔 아무도 한국사람 취급 안한다. 그러니 귀화하려면 차라리 껍데기 바꿀 길을 찾아봐라, 하고 말예요. 한국 사람들 진짜 지독해요. 색깔대로 점수 매겨요. 같은 네팔 사람 중에서도 그 친구 유난히 얼굴색 검었는

---

22) 유주현의 「태양의 유산」(1957)에서 흑인 혼혈아를 낳은 삼순이는 아이와 함께 집에서 쫓겨나는데, 하근찬의 「왕릉과 주둔군」(1963)에서 백인 혼혈아를 낳은 금례는 백인혼혈아와 함께 집안에 받아들여진다. 흑인 혼혈아가 징그러운 괴물이라면, 백인 혼혈아는 곤혹스러운 애물단지로 취급되고 있는 것이다(최강민, 『탈식민과 디아스포라 문학』, 제이엔씨, 2009, 56쪽 참조).

데요, 항상 그게 문제였어요. 얼굴색으로 등급 다르게 쳐요. 여기선요."23)

다문화 사회에서 새롭게 제기되고 있는 위와 같은 인종 차별은 한국전쟁 후 유입된 미국문화의 모방과 계승에서 비롯된 것이다. 하지만 한국 다문화 담론에서 지적되는 새로운 형태의 식민주의는 유색인종에 대한 차별 뿐 아니라 경제력 있는 국가 출신인가 하는 새로운 기준이 작용하고 있다.

한국 다문화담론에서의 억압과 지배는 인종과 경제력이라는 이중의 잣대로 이루어진다고 할 수 있다. 현대 사회에서 한국인과 제3세계 외국인은 경제력 있는 국민과 경제력이 없는 국민, 나아가 하얗고 검은 피부색을 축으로 지배/피지배, 선망/차별의 관계로 구축되어 있다. 이와 같이 피부색과 경제력이 착종된 형태의 식민주의를 가장 첨예하게 드러내고, 또한 그것에 대한 균열 및 저항 효과를 발휘하는 것은 결혼이다.

> "아무 미래도 없는 이주노동자라니요? 그럼 난 뭔데요? 나는 미래가 있
> 어요? 선생님 친구처럼 이주노동자를 돕는 활동가는 괜찮고, 이주노동자를
> 사랑하고 그 사람의 아이를 갖는 건 안 된다는 게 말이 돼요?"24)

정아는 이주노동자의 권리를 위해 활동하면서도 막상 세계 최빈국인 네팔 출신의 외국인 노동자와의 결혼을 반대하는 나의 자국민 중심주의의 입장을 비판한다. 외국인 노동자가 '너'일 때와 '우리'일 때, 문제의 인식과 해결을 위한 모색은 엄연히 다르다. '우리'라는 인식이 상호 인정과 교류를 가능하게 하는 것이다. 『거대한 뿌리』는 이주노동자나 혼혈아, 결혼이민자들에 대한 억압과 차별의 모순, 우리 내부의 식민주의를 서로

---

23) 박범신, 『나마스테』, 한겨레신문사, 2005, 227쪽.
24) 김중미, 『거대한 뿌리』, 검둥소, 2006, 24쪽.

다른 입장의 비교를 통해 포착하고 있다.

2) 상호문화주의와 초국적 정체성 : 박범신의 『나마스테』(2005)

『거대한 뿌리』가 근현대 한국에 지대한 영향력을 행사하고 있는 외국(특히 미국)과 현재 한국에서 차별받는 외국인의 문제를 한국인의 혼혈의식과 관련하여 다루었다면, 박범신의 『나마스테』(2005)는 현재 진행되고 있는 한국의 이주노동자에 대한 태도와 관련된 인종차별의 문제를 문화, 경제, 정치 사회적 시각과 병행하여 다루었다. 전자가 기억과 관찰을 통해 한국인이 외국인에 대하여 지니는 식민성과 탈식민성의 착종적 인식의 역사적 추이를 통시적으로 다루었다면, 박범신의 『나마스테』는 사랑과 결혼과 출산이라는 개인적 경험과 사회적 연대라는 공적 경험을 섬세한 생활서사(life-narratives)를 통해 다문화 문제를 전경화하고 있다.

『나마스테』에서 나는 통시적 시점에서 아메리칸 드림을 위해 이민을 갔던 부모님과 오빠들의 삶과 그 꿈에 배반당했던 가족들의 삶을 코리안 드림을 위해 한국에 온 외국인 노동자들과 비교하면서, 공시적 관점에서 다문화를 둘러싼 자본주의의 거대한 지배의 연쇄에 접근하고 있다. 한국의 중소기업들은 산업기술연수생제도와 미등록 외국인노동자의 강제추방제도25)를 이용하여 불법체류 노동자의 노동3권과 최저임금 권리를 인정하지 않으면서 그들의 노동력을 값싸게 이용하고, 공적 기관들은 산업기술 연수생들의 관리비를, 알선기관들은 알선비, 체재비, 보증금 예치제도

---

25) 한국 정부가 <혼혈인과 이주민에 대한 사회통합 지원 방안>을 마련하는 동안에도 지속된 미등록 이주민에 대한 강제 단속 추방, 화교와 이주노동자에 대한 차별과 무관심은 한국의 관주도형 다문화주의가 혈통주의에서 벗어나지 못했다는 사실을 뒷받침한다. (김희정, 「한국의 관주도형 다문화주의－다문화주의 이론과 한국적 적용」, 오경석 외, 『한국에서의 다문화주의－현실과 쟁점』, 한울아카데미, 2007, 76~77쪽)

를 이용하여 거대한 착취 체제를 구축하고 있다. 한국의 외국인 고용제
도를 위반하여 발생하는 인권유린, 폭행과 구타, 노동 착취, 언어폭력, 성
폭력은 기본적으로 그것을 가능하게 하는 한국의 외국인 고용제도가 내
포하고 있는 거대한 착취의 연쇄 안에서 이루어진다.26)

　　이러한 구조적인 지배 및 착취는 외국인과 외국인과의 결혼 및 다문화
가정의 자녀들에 대한 배타적이고 차별적인 시각을 형성함으로써, 한국
사회의 새로운 계급 구조로 전이되고 있는 실정이다. 『나마스테』는 이러
한 문제에 접근하면서, 문화적 시각을 강조했다는 특징이 있다. 근대 이
후 형성된 혼혈과 외국인 표상은 많은 부분 자국민을 보호하려는 민족공
동체 의식과 연계되어 있다. 『나마스테』에서 혼혈인에 대한 거부감과 반
감은 현저하게 약화되었지만, 한국 국민의 경계에 위치한 결혼이민자와
외국인 노동자에 대한 시선은 여전히 '민족을 강조함으로서 타 민족에
대한 배타적인 감정'27)을 지니게 하는 역할을 하고 있고 있다.

> "모두…… 저만 아니고, 모두들…… 자기 자신만을 위해 농성, 안해요. 지
> 금은요. 우리가 투, 투쟁하는 거, 외국인 노동자만이 아니라 여기, 우리 한
> 국, 가난하고 힘없는 사람들과도 관, 관계 있어요. 못사는 사람들 계속 못살
> 면, 좋은 나라 안돼요, 못돼요……"28)

　　카밀이 외국인 노동자들과 함께 외국인 산업연수생제도 철폐와 불법체

---

26) 물론 이러한 외국인 차별과 착취는 노동과 고용의 영역에서만 이루어지는 것은 아
　　니다. 성의 영역, 외국인 여성과의 결혼에서도 이루어진다. 이러한 측면은 천운영의
　　『잘 가라 서커스』에서 주인공은 중국의 조선족 아가씨 림해화와 형의 결혼을 주선
　　한다. 그들은 첫눈에 서로에게 이끌렸지만, 나는 스스로의 힘으로 살아가기 힘든 모
　　자란 형과 아픈 어머니를 돌보는 일에서 벗어나기 위해, 그것을 맡기기 위해 그녀와
　　형이 결혼하도록 한다.
27) 최강민, 『탈식민과 디아스포라 문학』, 제이엔씨, 2009, 56쪽 참조.
28) 박범신, 『나마스테』, 한겨레신문사, 2005, 311쪽.

류 외국인 추방 저지 투쟁에 참여한 것은 노동자로서의 자신의 권리를 지키기 위해서이지만, 결과적으로는 한국 내 저숙련 저학력 노동자의 권리를 위해서라는 주장이다. 저항하는 외국인노동자들의 집회를 '외국인 빨갱이'로 몰아 탄압하는 장면은 외국인 노동자의 한국 내 법적 지위 문제 역시 한국의 노동 현실이나 사회 민주화와 연결되어 있다는 사실을 상기시킨다. 미등록 이주 노동자인 카밀은 스스로 한국 사회의 구성원으로 인식하고 그에 상응하는 권리를 요구하고 있으며, 농성을 통해 공동체와의 정치적·경제적 매개를 추구한다.

카밀이 외국인 노동자의 권리 뿐 아니라 한국의 가난한 사람들을 위한 농성에 동참하면서, 카밀은 한국에서 많은 것을 배우고, 신우는 카밀을 사랑하면서 그의 종교인 힌두교를 받아들인다. 서로의 존재, 서로의 문화를 존중하고 인정하면서, 신우와 카밀은 피부색의 강, 민족의 강, 우열의 강을 건넌다. 신우는 카밀의 카르마를 받아들이고, 한국은 카밀의 일부가 된다.29) 신우와 카밀은 사랑을 나누고 아이를 낳으면서 서로를 인정하고 받아들인다. 카밀은 자신의 활동이 외국인 노동자로서의 권리를 위한 것이면서 한국인 저숙련·저학력 노동자의 권리를 위한 것이라고 믿고 있다. 열악한 노동조건을 철폐하기 위해 외국인 노동자들과 카밀, 한국인 시민운동가들과 신우의 협력과 연대는 외국인 노동자가 처한 열악한 현실에 대한 저항과 개선이, 다문화 사회로 인해 한국 사회의 내부에 작동하는 내부 식민주의로부터 벗어나는 방향을 제시해주고 있다.

나와 카밀의 개인적 결합과 사회적 연대는 개인과 사회와 국가를 횡단

---

29) 위 예문 중 한국 언어를 제대로 구사하지 못하는 카밀의 발언 중에 '우리 한국'이란 단어가 있다. '우리 한국'이란 문맥에 따라 '우리는 한국의'라는 뜻으로도, '한국ㄱ우리'라는 뜻으로도 해석될 여지가 있다. 후자일 경우, 한국에 와서 변해버린 카밀은 이미 네팔의 국민 정체성에 한국적인 정체성의 일부를 받아들이고 있다는, 다중 정체성의 징후로 해석할 수 있다.

하는 상호 인정과 상호교류 및 상호 공존의 다문화의 단계를 구현해나간
다. 위와 같은 다문화사회에 대한 실천적 접근은 기존의 민족주의적인
국민 개념의 변화를 수반하고 있다.30) 미등록 이주 노동자 카밀은 이주
노동자의 인권 문제를 쟁점화하고, 기본적인 권리를 요구하는 행위는
'이주노동자에 의한' '이주노동자를 위한' 기본적인 권리를 요구하면서,
자신들의 행위가 한국의 미숙련 노동자들의 권리와 연동되어 있음을 주
장하고 있다. '이전으로 돌아갈 수 없는' 카밀의 현실인식과 이에 대한
저항은 카밀이 자신의 출신국으로부터 부여받은 정체성과는 구별되는 새
로운 정체성을 획득하고 있음을 의미한다. 그것은 자신의 출신국 네팔의
정체성도 아니고, 한국의 정체성도 아닌 새로운 제3의 정체성으로 '초국
적 정체성(transnational identity)'이라 할 수 있다. 그러한 정체성은 기존의
정체성에 새로운 정체성이 양립하는 혼종적·다중 정체성으로, 카밀이
새로운 삶의 터전에서 보편적 인간으로서 보편적 인권을 주장하는 세계
시민(cosmopolitan)이라는 새로운 정체성을 획득하며, 자신을 주체화하고
있음을 보여준다.

이 작품은 나와 카밀의 관계를 통해 다문화 사회가 발생시킬 수 있는
다양한 국면의 문제들을 재현·제시하고 있다. 다른 문화의 수용에 따른
상호 인정과 차별적 노동을 철폐하기 위한 사회적 실천, 그리고 차별적
인 결혼 및 국적 제도의 비판을 통한 사회제도의 변화를 지향하고 있는
것이다. 이 작품은 동시대 한국 사회에서 신자유주의 자본주의가 조장하
는 문화적·경제적·정치적 불평등의 문제를 비판적으로 재현하고, 문화
적이며 사회적인 실천을 통해 세계시민주의를 모색하는 과정을 형상화하

---

30) 이와 관련하여 엄미옥은 국민 개념 대신 국민국가의 테두리를 넘어서는 새로운 시
　　민을 제안하고 있다. (엄미옥, 「상상된 공감, 소통의 시학－『나마스테』에 나타난 법
　　과 인권의 문제를 중심으로」, 『대중서사연구』 제24호, 대중서사학회, 2010, 195쪽)

고 있다. 많은 작품들이 다문화의 문제에 문화적 측면으로 접근했던 것과는 달리, 이 작품은 다문화에 대한 문화적인 접근과 경제적이며 정치적인 접근을 병행했다는 점이 돋보인다.

4. 새로운 국민의 등장과 탈민족성

1) 새로운 국민의 가능성과 사회적 연대 : 이명랑의 『나의 이복형제들』

『나의 이복형제들』과 『이슬람정육점』은 혈연에서 벗어나 가족과 국민, 다문화에 접근하고 있다. 위 작품들은 전혀 피가 섞이지 않은 사람들을 '형제들'로, 가족으로 인식하고 있다는 점에서 혈연 중심주의에서 벗어나는 다문화에 대한 새로운 접근틀을 제시하고 있다.

어머니를 이어 무당이 될 운명을 가진 영원은 내림굿을 받던 날, 만신의 의지에 의해서가 아니라 자신의 의지로 살기를 바라는 아버지의 목숨을 건 도움을 받아 만신이 될 자신의 운명에서 도망친다. 그런 그녀가 자리를 잡은 곳은 영등포 시장이다. 영등포 시장은 한국 사회의 소수자들이 모여 사는 장소이다. 영등포 시장의 풍경, 특히 협동합시다 아저씨의 지하창고는 한국적 다문화의 핵심적 특징들을 보여준다. 지하창고에는 인도인 이주 노동자 쌘주와 가출 소녀인 내가 살고 있으며, 이곳에서 중국인 이주 노동자 머저리는 한글을 배우고 쌘주와 연애를 한다. 다리가 가늘고 짧아서 걸을 때 꼬이기도 하는 장애인 춘미는 그녀의 유일한 기쁨인 TV드라마 '가을동화'를 보기 위해 이곳에 매일 들르고, 가끔 영원을 성추행하기 위해 기회를 노리는 난쟁이 왕눈이가 가끔씩 이곳을 엿

보고, 소설가 지망생인 최덕진은 냉장고에 몸을 식히기 위해 이곳에 들른다.

짐승도 둥지를 같이 쓰는데 하물며 사람들은 더욱더 그래야 한다는 이유로 영원은 협동합시다 아저씨의 지하실에서 인도인 노동자인 싼주와 함께 기거하게 된다. 서울상회 협동합시다 아저씨는 어미새처럼 가출 소녀인 이영원, 인도인 불법 체류자 싼주, 장애인 춘미 언니로 하여금 지하 창고 둥지를 함께 쓰도록 하며, 싼주와 머저리, 영원과 춘미언니를 연결시켜주고, 나아가 이들을 바깥 세계, 영등포 시장의 사람들과 연결시켜주고 있다. 이곳에서 사람들은 행복한 미래를 꿈꾼다.

그곳은 많은 사람들의 삶의 터전이면서, 그들이 다양한 관계를 형성하고 희망이 둥지를 튼 공간이다. 그곳에서 나는 머저리에게 남편 몰래 한글을 가르쳐주고 춘미언니의 주민등록증으로 머저리의 통장을 만들어준다. 머저리는 주민등록증을 발급받기 위해 남편의 학대와 갈취를 참으며 살면서 목돈을 모으기 위해 티켓을 끊는다.

“월급? 월급은 무슨, 이놈 밥값이나 좀 보태주면 되지.”
“얼매면 얼매, 딱 뿌러지게 해야지, 좀이 얼마야? 밥값이 얼만데?”
“정 그러면 나한테 다달이 이십만 원만 줘.”
협동합시다 아저씨가 손가락 두 개를 꼽아 보였다.
“그려? 그럼 내가 이거 엄청 큰 신세를 입게 됐는 걸?”
“박씨! 자네는 지금 그거 말이라고 하나? 내가 일전에 말하지 않았나? 그깟 새들도 둥지를 공유하는데 우리라고 못할 게 뭔가? 하물며 우린 사람이라는 거지. 안 그런가?”
협동합시다 아저씨가 ‘사람’에 강세를 뒀다. 박씨는 말 대신 고개를 주억거렸다.
“알았지? 조금만 더 열심히 해. 여기서 나가면 어디 갈 데도 없잖아. 너는 불법체류자라구. 불법체류자. 유 어 일리걸, 일리걸 이미그런트, 소우, 아 앰 유어 보디가드, 오케이?”

협동합시다 아저씨가 인도 깜뎅이의 어깨를 다독거렸다.[31]

하지만 협동합시다 아저씨의 둥지는 아저씨의 '협동'을 빙자한 억압과 착취의 공간이다. 그곳에서 인도인 싼주는 불법체류자로서 '깜뎅이'로 불리며 지하 창고에서 자면서 일하지만, 그가 받아야할 20만원의 월급은 모두 협동합시다 아저씨가 받는다. 협동합시다 아저씨는 인도인에게 냉장고가 있는 매우 습기차고 어두운 지하창고를 거처로 제공하는 동시에, 이웃 박씨에게 아주 값싼 노동력을 제공한 셈이고, 중국인 머저리에게 티켓을 끊으면 한꺼번에 많은 돈을 벌 수 있다고 알려주는 대신에 난쟁이 왕눈이와 동네사람들이 머저리의 성을 쉽고 싸게 매매할 수 있도록 해준다. 또한 춘미에게는 지하실의 TV를 보게 하지만, 춘미의 성적 서비스를 받는다. 영원은 지하 창고를 사용하게 되지만, 협동합시다 아저씨의 장부 정리를 돕고 있다. 협동합시다 아저씨는 이들 한국 사회의 주변부 인물들을 자본주의의 다양한 연결고리에 연결시켜주는 매개이다. 그는 표면적으로는 둥지를 제공하는 친절(?)을 베풀지만, 사실은 그러한 매개를 통해 자신과 이웃들의 이익을 도모하는 것이다. 그의 '협동합시다'는 자본을 앞세운 권력이 사회적 약자를 착취하는 자본주의적 착취의 거대한 그물인 셈이다.

그리하여 자본주의적 욕망과 희망이 둥지를 틀고 있는 지하창고는 또한 그곳에 살고 있는 사회적 약자들의 욕망과 희망이 좌절되는 공간이기도 하다. 그곳에서 빅 앤 컴포터블 하우스를 꿈꾸는 인도인 싼주는 날마다 말라가고, 인도인을 사랑하는 머저리는 주민등록증을 발급받은 후 돈을 벌어 그곳을 떠나려하지만, 다방 티켓을 끊어 몸을 팔아 번 돈의 대부분을 남편에게 빼앗긴다. 몸이 점차 마비되어 머지않아 죽을 것으로

---

31) 이명랑, 『나의 이복형제들』, 실천문학, 2004, 147쪽.

생각하는 춘미언니는 순수하고 아름다운 사랑을 꿈꾸는 "가을동화"를 시청하기 위해 협동합시다 아저씨에게 성을 제공한다. 그러나 근육이 점차 마비되어 가장 잘 움직이는 입마저 움직일 수 없어서 협동합시다 아저씨에게 오럴 섹스를 해줄 수 없으면 TV를 볼 수 없을까봐 춘미언니는 처음이자 마지막으로 입술이 아닌 성기로 협동아저씨와 관계를 맺고 그 장면을 나의 카메라로 찍어 그 사진으로 아저씨를 협박해서 죽을 때까지 TV를 보려고 한다. 하지만 나의 카메라는 한 번도 사진을 찍은 적이 없는 플라스틱 장난감 카메라다.

협동합시다 아저씨에 의하여 얽히게 된 다양한 자본주의적 관계들은 나의 도움을 받아 보다 인간답게 살기 위한 시도로 인도된다. 영원은 주변 사람들을 그곳에서 도망치도록 도와주거나 아니면 그곳에서 최소한의 기쁨을 누리도록 도와주게 되는데, 그때 결정적인 도움이 되는 것은 아버지가 서커스단 경품으로 받은 카메라이다. 하지만 아버지가 전 재산 2만원을 서커스단에 세금으로 주고 경품으로 얻은 카메라는 사실 2만원이면 주고살 수 있는 장난감 플라스틱 카메라이다. 필름을 끼웠지만 아직 한 번도 사진을 찍은 적이 없는 카메라. 그러므로 카메라에 의존하는 꿈은 좌절될 수밖에 없다.

자본주의적 거래가 이루어지는 서울 영등포 시장의 서울상회의 지하창고는 어떠한 진정한 삶의 희망도 서식할 수 없는 공간이다. 그곳에서 행복을 욕망할수록, 돈을 모으기 위해 거래할수록 삶은 더욱 피폐해진다. 머저리는 나(영원)와 춘미언니의 도움을 받아 저축한 돈을 찾아 그곳을 도망치려 한다. 결국 그곳에 얽혀든 인생들의 탈출은 자본주의적 거래의 둥지를 제공한 어미새(서울상회의 협동합시다 아저씨 김씨)의 죽음과 더불어 시작된다.

서울 영등포 시장은 거래를 꿈꾸는 모든 자본주의적인 욕망이 만들어지고, 또한 그 욕망이 좌절되는 곳이다. 호시탐탐 나를 성폭행하려 노리는 난쟁이 왕눈이의 욕망이 좌절된 곳이며, 모든 근육이 마비되어 죽을 때까지 그곳에서 TV를 보려고 하는 춘미 언니의 욕망이 좌절된 곳이며, 이들에게 시장의 자본주의적 거래와 관계를 주선하던 서울상회 협동아저씨가 죽은 곳이며, 싼주와 머저리가 돈을 잃게 되는 공간이다. 인도인 싼주와 중국인 머저리는 인간답게 살기 위해 돈을 벌어 갖고자 했던 '빅 앤 컴포터블 하우스'를 위해 모았던 돈을 버렸을 때만 자본주의의 거대한 연쇄, 자본주의적 거래만이 횡행하던 그곳에서 벗어날 수 있었던 것이다.

영등포 시장 혹은 협동합시다 아저씨의 서울상회 지하실은 삶의 주변부로 밀려난 가난한 사람들의 보금자리이면서, 다양한 문화의 인물들이 만나고 공존하는 압축적인 다문화공간이다. 그곳에서 같이 살면서 인물들은 갈등하고 싸우면서 또 서로를 이해하고 돕는다. 이들의 연대는 자본주의적 착취에서 비롯되는 불평등한 권력관계에 대한 저항의 가능성을 함축한다. 그들이 형성하는 연대는 이 작품에서 아버지가 같지만 어머니가 다른 형제란 뜻으로 사용한 이복형제를 이루고 있다. 영등포 시장을 중심으로 가출청소년, 신체불구자, 난쟁이, 불법체류 외국인, 전범자로 오인되는 소설자를 등장시키고 있는 이 작품에서 주변부 소수자들은 모두 '형제'이다. 그들은 서로 견제하고 불화하고 경쟁하면서도 서로의 아픔을 공감하고 그 아픔으로부터 탈출하는 것을 서로 돕는 관계이다. 특정 공간 안에서 아픔의 공감과 공생을 위한 연대의 관계가 '형제'로 형상화되어 있다면, 다양한 삶의 이력과 문화적 배경들은 다양한 사회적 기원, 즉 이복이 될 것이다.

위와 같은 이야기구조들은 개인들이 다문화 집단과의 동질감을 인식하고 이들과의 관계를 규정하는 역할을 하고 있다. 이 작품에서 공감과 연대는 자신을 이웃들의 '형제'로, 혹은 이웃들이 서로서로 형제로 만드는 역할을 한다. 한국인들과 이주민들의 공통의 감정과 연대는 그들이 한국 사회의 구성원으로 함께 살아가기 위해 필요한 조건이다. 이들을 형제로 만드는 것은 육체로 연결된 피가 아니라 마음으로 만들어진 연대로, 그것은 나아가 시민으로서의 자격이 '혈통'이 아니라 '장소-공감'에 의해 이루어지고 있음을 의미한다.

이 작품은 다문화의 경험이 사회적 담론의 보편성을 획득해가는 과정과 거주 공간을 통해 사회적 연대를 형성함으로써 출신국 정체성과 더불어 거주지 정체성에 근거한 시민권의 획득 가능성을 부분적으로 보여주고 있다. 세계화 속에서 전지구적 이동이 발생시킨 다중 정체성은 국가의 경계를 초월하는 일종의 '초국민주의(transnationalism)'[32)]와 연계된 것으로 정체성의 유동적 성격과 더불어 초국적 주체를 동반할 수밖에 없다. 이러한 현상은 국민 정체성의 형성 과정에서 시원주의나 혈연주의, 집단적 기억에 뿌리를 둔 문화 정체성보다는 사회적 평등과 권리의 향유, 그리고 정치적 참여를 활성화시키는 주체 형성과 관련되어 있다.

하지만 『나의 이복형제들』에서 세계화 시대의 국민정체성의 문제는 문화적 차원에서 추상적으로 제시되었을 뿐이며, 정치적이며 경제적인 차원과의 연계가 드러나 있지 않다. 영등포 시장이라는 공간에서 이루어지는 한국 사회의 소수자들의 상호 연대와 상호 공존의 이야기는 정치적 비전을 지닌 사회적 내러티브임에도 불구하고 사회적 실천의 문제로 확산되지 못하고 일기라는 형식을 통해 텍스트주의로 환원되는 양상을 보여주고 있다.

---

32) 초국민주의는 일종의 초국적 네트워크에 기반한 다중적 정체성과 관련되어 있다. (홍태영, 「이주자의 문화적 권리와 정체성」, 『다문화 사회 연구』 제4권 2호, 2011, 20-23쪽 참조)

2) 가족 및 국민 개념의 재구성과 탈민족주의 : 손홍규의 『이슬람정육점』

가족과 국민의 중요한 기준이 '피'에 근거를 두고 있다면, 그것의 균열과 변화 또한 피에 대한 태도의 변화나 의미 기준과 관련이 있다. 가족이 국민 정체성의 중요한 거점이라면, 가족 개념의 변화는 국민 개념의 새로운 정립과 연결되고,[33] 결국엔 피에 대한 해석의 변화에 이를 것이다.

손홍규의 『이슬람정육점』에서 선보이는 가족과 국민 개념은 혈연에 의존하지 않는다는 점에서 다문화에 접근하는 새로운 인식틀을 제시하고 있다. 이 작품에서 나를 입양한 무슬림 하산은 가족과 국민 개념의 새로운 전환점을 시사하고 있다. 즉 혈연이 아니라 상처와 정서적 공감, 이해를 바탕으로 한 가족과 국민의 이미지를 제공하고 있는 것이다.

부모에게 버림받아 고아원에 있던 나는 하산이라는 무슬림에게 입양되어 '미로처럼 골목이 갈라지고 이어진 낡고 후락한 산동네'에서 살게 된다. 곧 재개발되어 허물어질 산동네는 나처럼 상처를 갖고 있는 사람들이 세포처럼 연결되어 살고 있다. 다양한 지역에서 모여든 사람들은 모두 몸이나 영혼에 상처가 있다는 공통점이 있다. 그 상처들은 그들의 몸에 새겨진 기억이며 그들의 역사이다. 폭력에 의한 것이든 실수에 의한 것이든 혹은 선천적인 것이든 모든 흉터는 언어처럼 서로 관계를 맺는다. 나는 터키인인 하산과 닮은 총상 때문에 그에게 입양되었다. 흉터가 닮았다는 사실은 가족으로 연결될 수 있는 중요한 매개이다. 그래서 나는 닮은 흉터를 가진 안나 아주머니의 아들을 꿈꾸기도 한다.

'나는 안나 아주머니가 원하면 기꺼이 아들이 되어줄 수 있었다. 내 몸의

---

33) Partha Chatterjee, *The Nation and Its Fragments*, Princeton University Press, 1933, p.9.

흉터야말로 내가 안나 아주머니의 아이라는 증거가 아닐까. 어미와 자식은
그렇게 닮은 흉터를 지녀야 하는 거다.'[34]

위와 같이 때로 피로 연결된 가족들은 서로에게 폭력과 상처를 주기
때문에, 인물들은 혈연이 아닌 상처를 통해 새롭게 가족을 형성하게 된
다. 부모의 학대를 받고 버림받은 나, 작은 아버지 부부와 조카들을 깊이
사랑했지만 실수로 그들을 죽게 한 야모스, 남편의 끊임없는 폭력 때문
에 아이들을 두고 남편을 떠났던 안나 아주머니는 모두 폭력과 상처로
얼룩진 과거의 가족으로부터 도망쳐 후락한 산동네에서 모여 산다. 사람
들은 상처로부터 도피하여 그곳에 왔으며, 상처는 지워지지 않고 남는다.
하지만 그 상처를 통한 삶에 대한 공통 감각과 개인의 역사에 간직된 아
픔을 서로 나누고 공유하면서 이들은 공동체를 형성하게 된다. 마음속의
상처를 치유하거나 치유받고, 새로운 가족으로서 연대하며 살아가게 된
다. 혈연과 기억의 역사가 아니라 아픔을 통한 공감과 친교, 치유로 형성
되는 새로운 가족을 꿈꾼다.

이 작품에서 새로운 가족의 발견은 새로운 국민의 발견과 연결되어 있
다. 새로운 국민은 한국전쟁에 참전한 외국인 병사들이다. 나를 입양한
하산은 한국전쟁에 참전하였던 터키인인데, 전쟁 후에 자기 나라로 돌아
가지 않고 이곳 산동네에서 살고 있으며, 새롭게 한국 국민으로 편입된
경우이다. 한국전쟁에는 이 땅에 피와 살을 나누어주고 희생하러 온 숭
고한 외국인 병사들이 참전했다. 앵글로색슨, 태국인들, 필리핀인들, 네
덜란드인들, 프랑스인들, 터키인들, 그리스인들… 다양한 곳 출신의 외국
병사들 중 몇몇은 전쟁이 끝난 후 자기 나라로 돌아가지 않고 한국에 남
았다. 이들은 어떠한 혈연이나 상속도 없이 한국이라는 국가를 위해 한

---

34) 손홍규, 『이슬람정유점』, 문학과지성사, 2010, 162쪽.

국전쟁에 참여했던 사람으로서, 한국인이 아니면서 한국이라는 국가를 위해 전쟁에서 싸우고, 한국인이 아니면서 한국 아이를 입양하여 가족을 이루면서, 한국에서 살고 있다. 이러한 가족 및 국민의 모습은 '피'라는 대의에 입각한 가족과 국가 개념보다는 '지금, 여기'라는 현재성과 공간성을 축으로 상호교류에 입각한 가족과 국가 개념을 내세움으로써, 그 범주를 보다 유연하고 넓게 확장하는 것으로 보인다.

한국 전쟁에 참전하고 고향으로 돌아가지 않은 외국인들은 한국을 위해 헌신하고 한국인들과 어울려 사는 국민이 되었지만, 공적으로 한국인과 동등한 국민은 아니었다. 한국전쟁에 참여한 외국인 병사들은 하산이든 대머리이든 누구도 그 공로를 인정받지 못했다. 한국은 '마치 지켜야 할 조국이 애초에 없었던 것인데, (외국 군인들을) 무시하고 깔보고 이용해먹고 내버리는'35) 셈이었다. 폭격을 받아 참호에 매몰되었던 구출된 대머리는 전쟁이 일어났던 시기부터 끝난 시기인 3년 동안의 기억을 잃었다. 그는 자신이 감당하기 어려운 사건들을 잊어버리는 '외상 후 스트레스 장애'를 겪는 영혼의 상처를 입은 사람이었다. 상이군인인 노인들의 모임에서 대머리는 자신의 소속과 계급을 기억하지 못해 '공갈군인'으로 매도되며, 그가 전쟁 중 겪은 정신적 상처는 입증되지 않아서 국가유공자로 지명될 수 없었다. 그는 한국 국민이지만 정신적 상처로 인해 국민의 주변에 위치해 있다.

위와 같이 상처로 인해 혈연에 기반을 둔 가족과 국민으로부터 거리를 두고 있는 사람들, 가족과 국민의 주변부에 위치한 사람들에게 가족과 국민 개념은 유동적이 된다. 이 작품에서는 피의 계보, 자신이 누구인가 하는 정체성의 문제가 주요 쟁점을 등장하고 있다.

---

35) 손홍규, 『이슬람정육점』, 문학과지성사, 2010, 145쪽.

　　나는 내 몸속으로 의붓아버지의 피가 흘러들어온 걸 느꼈다. 뜨거웠다.
　　인간의 모든 기억들이 이처럼 단순하고 정직하게 이어진다는 걸, 나는 그때
　　처음 알았다. 나는 훗날 내 자식들에게 나의 피가 아닌 의붓아버지의 피를
　　물려주리라. 병실 구석에 섰던 이맘이 다가와 나를 껴안았다. 그날 나는 이
　　세계를 입양하기로 마음먹었다. … (인용자 생략)
　　내 몸에는 여전히 의붓아버지의 피가 흐른다.36)

　피 한 방울 섞이지 않은 외국인이면서, 자신이 갖고 있는 것과 같은
몸의 상처 때문에 나를 가족으로 받아들인 하산과 마찬가지로, 나는 육
체적인 피가 아니라 상처를 공유함으로써 갖게 되는 정신적이고 정서적
인 연대, 새로운 피에 의하여 새로운 가족이 형성됨을 느낀다. 정신적이
고 정서적인 교류로 이루어진 새로운 피의 인식은 하산이 나를 아들로
입양한 것처럼, 나 역시 하산의 세계를 입양하도록 한다.

　나는 아픈 하산을 대신해서 터키 독립의 날 터키 독립투쟁의 영웅인
아타튀르크를 추도하고 모스크를 찾았다. 그리고 하산아저씨처럼 기도하
려 하였지만, 그 기도하는 모습이 떠오르지 않아서 내 식대로 한국식 큰
절을 하게 된다. 이러한 모습들은 나와 하산의 영혼의 교류인 동시에, 한
국과 터키의 문화적 상호교류와 공존을 의미한다. 하산은 터키인이면서
한국인이고, 나는 한국인이고 터키인인 것이다. 심지어 나에게는 하산의
피가 흐르고, 나는 그 피를 자식들에게 물려주려 한다.

　부모로부터 학대받아 고아원에 수용된 아이를 입양한 터키출신의 하산
의 입양된 한국 아이의 이야기를 다루고 있는 위 소설은, 가족의 문제가
자연적인 피의 문제가 아니라 서로 사랑하고 존중하는 마음의 피임을 강
조하면서, 가족의 새로운 개념을 선보이고 있다. 혈연관계가 아니고도 가
족이 될 수 있다는 논리와 외국인이지만 한국을 위해 싸우고 한국인을

---

36) 위의 책, 2010, 236-237쪽.

입양하여 가족을 이루고, 한국 사람과 어울려 살아간다는 설정은 혈연중심의 가족과 국가 개념에서 벗어나 있다.

이와 같은 피의 새로운 해석은 또한 새로운 국민 개념을 선보인다. 그러한 개념은 서로의 문화를 존중하고 교류하는 문화 상호주의에 기반을 둔 국민의 범주로 확산된 것이다. 그런 점에서 세상의 주변부를 형성하는 가난한 사람들이 모여 사는 후락한 산동네 다세대주택과 아무도 타의로 식당 밖으로 쫓아내지 않고 밥을 제공하는 안나 아주머니의 '충남식당', 그리고 찾아오는 손님 누구에게나 고기를 파는 하산의 정육점은 다양한 사람들을 배제하지 않는 다문화주의의 상징적 공간이라 할 수 있다. 그곳은 기독교와 이슬람, 외국인과 한국인들이 서로의 아픔을 공유하고 상처를 감싸면서 살아가는 다문화공간으로 다양성과 개방성이 실현된 공간이다.

하산은 한국에서 여전히 이슬람교를 믿고 라마단을 지키며, 무슬림들은 먹지 않는 돼지고기를 한국 사람들에게 팔면서 그곳의 한국인들과 어울려 살고 있다. 한국인인 안나 아주머니의 충남식당에서는 하산 아저씨의 돼지고기만 쓰고 있는 것이다. 그런 의미에서 하산은 터키인이면서 한국인이다. 한국을 위해 전쟁에서 싸웠던 사람들은 모두 하산과 같은 국민적 위치를 지니고 있다. 이들은 자신들이 타고난 국민 정체성과 한국 국민의 정체성을 공유하는 다중정체성의 소유자들이면서, 한국 국민의 경계에 위치하고 있다.

다문화 이주민들에게 국민으로서의 과거와 미래는 현재 만들어지고 있다. 『이슬람정육점』은 다차원적인 정체성의 가능성을 제시하고, 시원적 권리보다 미래지향적인 국민의식을 중시하고 있다는 점에서 주목할 만하다. 위 작품에서 하산은 터키의 독립기념일과 독립 영웅을 숭배하는 터키인이면서, 목숨을 건 헌신과 희생으로 한국전쟁에 참전하고 한국인 아이를 입양하고 한국인들에게 돼지고기를 팔면서 사는 한국인이다. 그는 터키인이면서 한국인이라는 다차원적 정체성을 가지고 있다. 그는 한국 국가나 민족과 시원적으로는 어떠한 관계도 갖지 않았지만, 한국전쟁에 참여하여 자유 민주주의를 위해 목숨 걸고 싸우고, 그 공로에 대해 국가로부터 인정을 받지 못했지만 한국에서 살고 있는 한국 국민이다.

이것은 시원주의, 즉 한국 사회에 대한 기여를 통해 국민의 권리를 누린다는 범주에서 벗어나며, 기여 없이 한국 사회의 결과들을 공유한다는 점에서도 벗어나 있다는 점에서 한국 다문화주의에 대한 새로운 시각의 정립을 시사하고 있다. 그는 다만 부모에게 학대받고 버림받은 나를 입양한 인간으로서 제시될 뿐 어떤 정치적 주장도 표출하지 않고, 자신을 대변할 어떤 집단도 형성하지 않고 있다. 그에게 한국은 무엇이며, 한국에서 그는 누구인가? 그는 한국 국민이며, 한국은 그를 한국인으로 인정하는가? 이 작품은 '상상된 공동체(imagined community)', 혹은 20세기 사회 운동이 창조한 '발명된 공동체(invented community)'로서의 국민의 개념을 상정하고 있다고 할 수 있다.

『이슬람정육점』은 새로운 공간에서 정서적 공감에 토대를 둔 가족을 선보임으로써 혈연 중심의 기존의 가족 개념을 재구성하고 있으며, 또한 시원주의에서 벗어나 상호 교류, 상호 침투를 통한 공존의 다문화주의적 국민 개념을 지향하고 있다고 할 수 있다. 이러한 국민 개념은 민족과 국민들을 아우르고 초월하는 연대의 양상을 보여주며, 혼종성과 다중적인 소속감의 가능성을 갖고 있다는 점에서 '세계 시민(cosmopolitan)'에 근접해 있다.37)

---

37) 세계 시민의 개념은 인간성의 필수적 구성인 이성과 도덕적 능력에서 출발하며, 특정한 구체적 상황에 놓여 있는 사람들의 인간적 문제에 관심을 기울인다. '우리 모두는 사실상 두 개의 공동체, 즉 출생한 지역 공동체와 인간적 주장과 포부의 공동체에서 살고 있다. 우리는 모두 인류를 우리의 동료 시민이자 이웃으로 간주해야 한

하지만 위 작품에서 한국 전쟁에 참여했다가 한국 국민으로 편입한 외국인들과 한국인들의 공통의 국민 정체성을 형성할 만한 계기가 '참전' 말고는 제시되지 않았다는 점, 그리고 국민으로서의 공통된 전제가 정서적인 유대 외에 경제적·정치적 요소들과 그것들의 작용이 다루어지지 않았다는 점은 위 작품의 한계로 남는다.

5. 다문화소설의 탈민족주의적 탈식민성

21세기 다문화소설들은 한국의 자본주의적 질서와 민족주의가 외국인 이주자들을 착취하고 차별하는 과정을 재현하고, 그러한 차별과 억압에 저항하는 과정을 형상화 하였다. 외국인들이 한국의 시민운동가들과 함께 저항담론의 블록을 형성하는 것은 자국민 중심의 노동정책이 외국인 노동자, 특히 미등록 외국인 노동자들의 인권을 침해하고 있고, 나아가 자국의 미숙련 노동자들의 권리를 침해하기 때문이다. 결과적으로 민족주의적 헤게모니에 대한 저항 담론은 다문화 사회를 둘러싼 내부 식민주의에 대한 비판과 성찰, 이를 해소하기 위한 저항담론의 형태를 띠고 전개된다. 이러한 담론들은 궁극적으로 외국인 노동자들을 자국 노동자들과 동등한 노동자로서의 권리를 인정하는 지배적 헤게모니로 재생산되기를 희망하고 있다.

국제화 시대를 맞이하여 한국에서는 농촌과 도시에 외국인 노동자나 결혼이민자, 혼혈인과 같은 다양한 인물들이 새로운 국민으로 등장하고

다.'는 마사 너스봄의 주장은 세계 시민 개념을 잘 정의하고 있다. (Martha Nussbaum, 「애국주의와 세계시민주의」, 오인영 역,『나라를 사랑한다는 것—애국주의와 세계시민주의의 한계논쟁』, 삼인, 2003, 28-29쪽)

있다. 이들을 국가라는 커다란 범주로 포괄시키기 위해서는 한국인들의 뿌리깊은 혈연중심주의 혹은 시원주의에 뿌리를 둔 국민 개념에 대한 비판적 검토와 미래지향적인 혁명적 변화를 필요로 한다. 이 문제를 해결하기 위하여 국민 개념에서 시원주의를 약화시키면서, 다차원적인 정체성의 가능성과 국민의 형성 동인으로 장소성을 강조하고, 함께 살아야 할 이유로 혈연이 아닌 다른 종류의 공동체의 인정 등을 검토할 필요가 있다.38)

한국의 민족주의적 지배문화에 대한 저항하는 담론으로서, 다문화소설들은 민족을 기반으로 하는 근대 국민 개념의 폐쇄성을 비판하고, 서로 대화하고 연대하고 공존함으로써 형성되는 국민 개념을 제시했다는 점에서 다문화 사회에서의 국민 개념에 대한 중요한 방향을 제시한다고 볼 수 있다. 이러한 시각들이 함의하는 국민이란 피의 관계에 의해서 강제로 부여되고 지속될 것을 강요당하는 범주가 아니라 지켜야 할 가치가 있는 공동체여야 하고, 그러한 공동체를 만들기 위해 노력해야 하는 범주로 초국적 정체성에 기반을 둔 세계 시민(cosmopolitan)에 가깝다.

위에서 살펴본 다문화 소설들은 국민 개념의 미묘한 변화와 균열을 형상화함으로써, 자민족중심의 민족주의가 야기할 수 있는 지배와 종속, 억압과 차별에서 벗어나 있다는 점에서 탈민족적이고 탈식민주의적인 사고를 전제로 하고 있다. 이러한 시각은 동화(assimilation) 정책에 입각하여 외

---

38) 이를 테면 '역사상 실재한 공동체' 권리는 자민족주의적인 성격과 다문화라는 이질 집단에 대한 배타성을 포함할 가능성이 크기 때문에, 국민 개념의 설정에 있어서 다양한 가능성이 존재할 수 있다. 세계 시민의 개념은 '지역성'에 기반을 둔 구체적인 제도의 범주를 논의하지 않고 있지만, 이주민의 입장에서 볼 때 그들이 원하는 것은 소속이 없는 상태가 아니라, 새로운 거주 지역에서의 소속을 인정받는 것이다. 때문에, 국민 개념의 설정에서 영토 관념에 법적인 기반을 두는 것도 생각해 볼 수 있겠다. (Adam Przeworski et al., 김태임·지은주 역, 『지속가능한 민주주의』, 한울아카데미, 2001, 92쪽 참조.)

국인 이주자들에게 한국문화를 일방적으로 강요하고, 국민으로서의 권리와 임금 문제에서 배타적이며 착취적인 입장을 표방하고 있는 작금의 노동정책과 다문화정책을 비판하고 있으며, 이에 대한 대안으로 상호 인정과 상호 침투하는 사회 통합(integration)의 새로운 비전을 국민 개념의 재형성을 통해 제시하였다고 할 수 있다.

일찍이 에드워드 사이드는 다문화주의(multiculturalism)를 옹호하면서, 그것이 '혼란과 분열'보다는 '통합과 공존'을 가져온다고 말한 바 있다.[39] 한국의 다문화소설들은 국민 개념을 중심으로 민족주의가 다문화 집단에 대한 새로운 지배와 배제의 준거로 작동하는 것을 비판적으로 포착하고, 문화 차이의 공존과 상호침투성에 기반하는 내용을 형상화함으로써 혈연 중심의 민족주의에 저항하고 있다. 2000년대 다문화소설들에서 국민 개념은 혈연중심의 민족주의의 기반에서 보편적인 세계 시민을 기반으로 하는 변화 과정을 보여주고 있으며, 그러한 국민 개념을 바탕으로 차이를 지닌 다양성, 혹은 자율적이고 공감하는 개체들의 상호 인정과 교류, 공존을 지향하는 탈민족적 탈식민주의를 지향하고 있다.

위와 같은 다문화소설들 대부분이 국제화 사회에서의 문화적인 불평등을 비판적으로 재현함으로써 인식 차원에서 내부 식민주의를 비판하고 대안을 제시하는 경향이 있다. 하지만 내부 식민주의의 실질적인 해소는 관련 사회구조의 변화, 법의 제정, 소득과 정치권력의 재분배 등을 통해 실현될 수 있을 것이다. 그런 의미에서 다문화소설들은 문제의 해결을 지향하는 것이라기보다는 국제화 시대에 상호공존의 길을 모색하고 타진하는 일종의 과정인 것이다.

---

39) Edward Said, 박홍규 역, 『오리엔탈리즘』, 교보문고, 1991.

‖ 참고문헌

1. 기본 텍스트

김중미, 『거대한 뿌리』, 검둥소, 2006.
박범신, 『나마스테』, 한겨레신문사, 2005.
손홍규, 『이슬람정육점』, 문학과지성사, 2010.
이명랑, 『나의 이복형제들』, 실천문학, 2004.
천운영, 『잘가라 서커스』, 2008.

2. 논저

오경석 외, 『한국에서의 다문화주의 − 현실과 쟁점』, 한울아카데미, 2007.
최강민, 『탈식민과 디아스포라 문학』, 제이엔씨, 2009.
Anderson, Benedict, 윤형숙 역, 『상상의 공동체』, 나남, 2002.
Chatterjee, Partha, *The Nation and Its Fragments*, Princeton University Press, 1993.
Chatterjee, Patha, *Nationalist Thought and The Colonial World : A Derivative Discourse?*, the University of Minnesota Press, 1986.
Cohen, Joshua ed., 오인영 역, 『나라를 사랑한다는 것 − 애국주의와 세계시민주의의 한 계논쟁』, 삼인, 2003.
Frankl, John M., 『한국문학에 나타난 외국의 의미 *Images of "The foreign" in Korean Literature and Culture*』, 소명출판, 2008.
Hunt, Lin, 전진성 역, 『인권의 발명』, 돌베게, 2009.
Przeworski, Adam et al., 김태임·지은주 역, 『지속가능한 민주주의』, 한울아카데미, 2001.
Said, Edward, 김성곤·정정호 역, 『문화제국주의』, 창, 1995.
Said, Edward, 박홍규 역, 『오리엔탈리즘』, 교보문고, 1991.
Smith, Anthony D., *National Identity*, University of Nevada Press, 1991.

권명아, 「수난사 이야기로 다시 만들어진 민족 이야기 − 분단 이후 한국 사회에서의 민족·민중 개념의 개조와 젠더 정치」, 김철·신형기 외, 『문학 속의 파시즘』, 삼인, 2001.

김승환, 「다문화주의와 문화다양성에서의 문화종-한국문학의 이기적 유전자론」, 『현대문학이론연구』 제33집, 현대문학이론학회, 2008.

김양선, 「이주하는 여성들, 전략과 환멸의 서사」, 『경계에 선 여성문학』, 역락, 2009.

김재용, 「민족주의와 탈식민주의를 넘어서-한설야 문학의 저항성을 중심으로」, 『인문연구』 제48집, 영남대학교 인문과학연구소, 2005.

박정애, 「2000년대 한국 소설에서 다문화가족의 성별적 재현 양상 연구」, 『여성문학연구』 제22집, 한국여성문학학회, 2009.

박 진, 「박범신 장편소설 『나마스테』에 나타난 이주노동자의 재현 이미지와 국민국가의 문제」, 『현대문학이론연구』 제40집, 현대문학이론학회, 2010.

박흥순, 「다문화와 새로운 정체성-포스트콜로니얼 시각을 중심으로」, 오경석 외, 『한국에서의 다문화주의-현실과 쟁점』, 한울아카데미, 2007.

송현호, 「다문화 사회의 서사 유형과 서사 전략에 관한 연구」, 『현대소설연구』 제44집, 현대소설학회, 2010.

송희복, 「한국 다문화 소설의 세 가지 인물 유형 연구」, 『배달말』 47, 2010.

엄미옥, 「상상된 공감, 소통의 시학-『나마스테』에 나타난 법과 인권의 문제를 중심으로」, 『대중서사연구』 제24호, 대중서사학회, 2010.

연남경, 「다문화 소설의 탈경계적 주체 연구」, 『현대문학이론연구』 제49집, 2012.

우한용, 「21세기 한국사회의 다양성과 소설적 전망」, 한국현대소설학회, 『현대소설연구』 제40집, 현대문학이론학회, 2009.

이정숙, 「다문화 사회와 한국 현대소설」, 『한성어문학』 제30집, 한성대학교 한성어문학회, 2011.

이혜령, 「인종과 젠더, 그리고 민족 동일성의 역학」, 『현대소설연구』 제18집, 현대소설학회, 2003.

임헌영, 「한국문학과 다문화주의」, 『불확실 시대의 문학』, 한길사, 2012.

정혜경, 「2000년대 가족서사에 나타난 다문화주의의 딜레마」, 『현대소설연구』 제40집, 현대소설학회, 2009.

하정일, 「탈민족 담론과 새로운 민족주의」, 『탈식민의 미학』, 소명출판, 2008.

홍태영, 「이주자의 문화적 권리와 정체성」, 『다문화 사회 연구』 제4권 2호, 2011.

임화의 '이식문화론'에 나타난 탈식민성
– 호미 바바의 '혼종성' 담론을 중심으로 –

김 혜 원

1. 탈식민주의 시대의 '이식문화론'

 탈식민주의 이론이 인문, 사회 과학 분야에서 세계적인 반향을 불러오고 있다. 에드워드 사이드(Edward W. Said)의 『오리엔탈리즘』을 필두로 포스트모더니즘의 세례와 함께 불고 있는 탈식민주의 이론은 그 뿌리찾기에서부터 그 대안에 이르기까지 제1세계 서구와 제3세계 아프리카 학계의 관심사가 되고 있다. 식민 제국뿐 아니라 피식민 국가에서도 불고 있는 이러한 논쟁은 일제 식민 지배의 경험을 갖고 있는 우리나라에서도 예외가 아니다. 광복 후 해방 공간이 다시 미소 제국주의에 의해 좌우 이데올로기 대립의 장이 되어 분단이라는 민족적 치욕을 겪고 있는 우리나라의 경우에는 탈식민주의 논쟁이 더 심각한 문제로 부각될 수밖에 없다.
 더구나 신자유주의가 세계화·지구촌화라는 미명 아래 밀려드는 현 시점에서, 후기자본주의의 정치·경제적 독점과 사회·문화적 독식의 횡포에 맞서기 위한 탈식민주의 이론과 실천은 정당한 시대적 요청처럼 보인다. 그것은 세계화라는 기치 아래 세계는 제1세계와 제3세계의 문화적 혼종을 피할 수 없게 되었고, 이러한 혼종 속에서 문화적 식민 지배를 받는 '타자'야말로 더욱 확고한 주체적 시각을 정립해야만 하기 때문이다. 그리고 그러한 대안의 한가운데에 탈식민주의 이론이 있다. 탈식민주의란 자본주의를 이끄는 서구 중심적인 시각에서 벗어나려는 저항 담론이고, 탈식민주의 비평 또한 서구 오리엔탈리즘적 시각을 해체하고 극복하려는 저항 문화의 현장이기 때문이다.

그렇다면 탈식민주의 시대를 맞은 한국문학사에서 가장 먼저 재해석, 재평가되어야 할 것이 있다. 그것은 바로 우리의 근대문학과 관련되어 오랫동안 논쟁을 야기해 온 임화(1908~1953)의 '이식문화론'이다. 임화의 문화사는 그의 의도와는 무관하게 민족문학적 문학사가들에 의해 몰주체적 '이식문화론'이라는 오명으로 불리어 왔다. 하지만 임화의 그것은 탈식민주의적 맥락에서 '탈이식문화론'[1]으로 수정되어야만 한다. 당시 서세동점(西勢東點)의 시대적 위기를 극복할 대안으로 모색된 임화의 '탈이식문화론'은 오늘날 탈식민주의 시대를 살아가는 우리들에게 '정신의 식민화'에 저항하여 '정신의 탈식민화'를 꾀할 수 있는 문화적 지침으로도 작동하기에 충분한 가치가 있기 때문이다.

따라서 이 글은 먼저 근대문학사적 시각으로 '이식문화론'이라는 이름 아래 동일하게 논의되고 있는 임화, 백철, 조연현의 '이식문화론'의 계보와 범주에 대하여 살펴볼 것이다. 다음으로 '이식문화론'을 비판하는 김윤식·김현, 조동일의 민족문학적 주장을 살펴볼 것이다. 마지막으로 임

---

1) '탈이식문화론'이란 용어는 기존의 '이식문화론'을 탈식민주의적 맥락에서 재해석, 재평가하여 필자가 명명한 것이다. 다소 급진적이기는 하지만, 임화의 문화사가 탈식민주의적 성격을 다분히 지니고 있음을 강조하려는 의도에서 붙인 용어이다.

화의 '이식문화론'에 나타난 탈식민성을 통해 그 실체가 '탈이식문화론'임을 밝히고, 임화의 '탈이식문화론'과 호미 바바(Homi K. Bhabha)의 '혼종성(hybridity)' 담론과의 유사성을 찾아볼 것이다. 더불어 임화의 비평적 사례와 그의 실천적 삶 역시 '탈이식문화론'의 근거와 형성 배경으로 제시할 것이다.

물론 임화의 '이식문화론'에 대해서는 얼마간의 논의가 축적된 바 있다. '이식문화론'을 비판하는 이론가로는 김윤식·김현, 조동일, 전승주, 우리문학연구회 등이 있었으며, 긍정적인 시각을 보여 준 이론가로는 방민호, 구중서, 한기형, 임규찬, 신승엽, 나병철 등이 있었다. 그러나 이들 논의는 대체로 '이식문화론'의 원문 비평이거나 원문 해석의 차이에서 빚어진 이론적 공방이 그 바탕이었다. 최근 나병철 등은 탈식민적 관점에서 '이식문화론'을 파악하고 있지만, 그것들은 다소 범박하거나 조심스럽게 접근한 것들이었다. 하지만 이 글은 기존 논의의 오류나 한계를 지적하는 논쟁적 방법에서 벗어나, 바바의 '혼종성' 담론과의 유사성 차원에서 임화의 '탈이식문화론'의 실체와 실례와 그의 실천적 삶에 대하여 구체적으로 언급할 것이다. 그리하여 탈식민주의라는 새로운 패러다임을 통해 재해석, 재평가된 임화의 '탈이식문화론'을 탈식민주의 시대를 살아가고 있는 오늘날의 문화적 대안으로 삼을 것이다.

2. '이식문화론'의 계보와 범주

흔히들 '이식문화론'은 임화를 기원으로 하여 백철을 거쳐 조연현에와서 더 공고해진 것이라고 인식하고 있다. 한때 카프의 서기장으로 좌익 이데올로기의 선봉에 서 있었던 마르크스주의자 임화, 친일 문학을 하다가 해방 후 문단 중간파 문학을 자처하면서 제3노선을 걸어왔던 백철, 우익 이데올로기의 선봉에 서서 문단 헤게모니를 장악했던 조연현, 이 세 사람의 문학적 지형이 서로 판이했음에도 이렇게 인식되는 데에는 이유가 있다. 그것은 이들이 문학사를 집필하는 과정에서 '문화'를 최종 심급으로 놓고 그것을 각각 단절과 연속이라는 차원에서 제기하였기 때문이었다. 따라서 이들 평론가들의 문학사에 나타난 근대문학의 이식과 모방, 전통과 주체에 대한 시각을 중심으로, 이들이 '이식문화론'이라는 동일한 범주에서 계보를 형성하여 다루어지게 되는 상황을 검토해 보기로 한다.

1) 임화의 '이식문화론'

후대 문학사에서 '이식문화론'이라고 불리게 되는 임화의 그 유명한 원전은 바로 「신문학사의 방법」[2]이다. 임화는 1940년 1월 3일부터 1월 20일까지 「신문학사의 방법」을 『동아일보』에 발표하면서, 그것이 이미 집필하여 발표 중에 있었던 『개설 조선신문학사』의 기술 방법론임을 널리 알리게 된다.

그동안 임화의 신문학사 연구는 1935년 10월 9일과 11월 3일에 『조선중앙일보』에 게재된 『조선신문학사론 서설』과, 1939년 9월부터 『조선일보』에 연재되고 다시 『인문평론』 2권 10호에서 3권 3호까지 연재되었다가 중단된 『개설 조선신문학사』로 집약된다. 『조선신문학사론 서설』은 이인직에서 최서해까지의 문학의 흐름을 개괄한 것이고 『개설 조선신문

---

2) 『동아일보』, 1940. 1. 13~1. 20. 발표할 때의 제목은 「조선문학 연구의 일 과제―신문학사의 방법론」이었다.

학사』는 개화기 단계에 국한된 것으로, 이들 중 신문학사 방법론이 적용되어 본격적인 문학사 기술 형태를 띠고 있는 것은『개설 조선신문학사』였다.

임화는「신문학사의 방법」에서 신문학사가 추구해야 할 문제를 '대상', '토대', '환경', '전통', '양식', '정신'의 여섯 가지 항목으로 나누어 언급하고 있다. 그리고 그 첫 항목인 '대상'에서, 신문학사의 '대상'을 조선의 '근대 문학'으로 보면서 다음과 같이 말하고 있다.

> 신문학사(新文學史)의 대상은 물론 조선의 근대 문학이다. 무엇이 조선의 근대문학이냐 하면 물론 근대정신을 내용으로 하고 서구문학의 장르를 형식으로 한 조선의 문학이다.[3] (밑줄―인용자)

근대정신을 내용으로 하고 서구문학의 장르를 형식으로 한 조선의 문학을 신문학사의 '대상'으로 삼는다는 위와 같은 임화의 주장은, 곧 '신문학＝근대문학', '근대문학＝서구문학'이라는 등식을 성립시키기에 충분한 것이었다. 더구나 임화는 세 번째 항목인 '환경'에서 '문화 교류' 내지는 '문화적 교섭'이라는 '문학적 환경'에 대해 언급하면서, '신문학사＝이식문화의 역사'라는 선언까지 하였던 것이다.

> 그러나 신문학사의 연구에 있어 문학적 환경의 고구란 것은 신문학의 생성과 발전에 있어 부단히 영향을 받아온 외국문학의 연구다.
> 신문학이 서구적인 문학 장르(구체적으로는 자유시와 현대소설)를 채용하면서부터 형성되고, 문학사의 모든 시대가 외국문학의 자극과 영향과 모방으로 일관되었다 하여 과언이 아닐 만큼 신문학사란 이식문화(移植文化)의 역사다. 그런 만치 신문학의 생성과 발전의 각 시대를 통하여 영향받은

---

3) 임화문학예술전집 편찬위원회, 신두원,「신문학사의 방법」,『문학의 논리』, 소명출판, 2009, 647쪽.

> 제(諸) 외국문학의 연구는 어느 나라의 문학사 상의 그러한 연구보다도 중
> 요성을 띠는 것으로, 그 길의 치밀한 연구는 곧 신문학의 태반(殆半)의 내용
> 을 밝히게 된다. (…중략…)
> 　그럼에도 불구하고 신문학은 서구문학의 이식과 모방 가운데서 자라났
> 다.[4]

'신문학은 서구문학의 이식과 모방 가운데 자라났다'라는 임화의 주장은 곧 일제 식민사관을 대변하는 논리로 귀착이 된다. 이러한 임화의 주장은 근대화는 서구화라는 주장과 일맥상통하며, 이것은 곧 한국문학의 전통을 단절시키고 그것을 서구문학에 종속시킴으로써 일제 식민통치를 정당화하는 일제 근대화 식민정책의 일환으로 해석될 여지를 갖게 한다.

더구나 임화는 『개설 조선신문학사』에서 '신문학사의 태반(胎盤)'을 논의하면서 "이러한 제조건이 이조 봉건사회 내부에서 자생적으로 성숙 발전치 못한 것은 불행히 조선 근대사의 기본적 특징이 되었다."[5]면서 '자주적 근대화 조건의 결여'에 대해 언급하고 있다. 그리고 조선 내부의 '자주적 근대화 조건의 미비'라는 임화의 지적은 곧 일제 식민지배 당국의 관학자의 논리와 동일한 것이 되고 만다. 그것은 임화의 견해가 조선은 내발적으로 근대 사회로 이행할 수 있는 능력을 결여하였으므로 일제의 도움에 의해 그 발전 방향이 이끌어져야 한다는 식민 정책과 동일한 것으로 인식되었기 때문이었다.

또한 이 같은 임화의 주장은 한국사의 본질은 타율성론과 후진 정체성론이 근간을 이룬다는 일제의 관학자들뿐 아니라, 아시아적 정체성론을 펴기도 했던 마르크스주의자들의 의견을 뒷받침하는 근거로도 여겨졌다. 곧 그것은 아시아는 사회 구성이 미비하였기 때문에 역사 발전에서 정체

---

4) 앞의 책, 653쪽.
5) 임화문학예술전집 편찬위원회, 임규찬, 「개설 신문학사」, 『문학사』, 소명출판, 2009, 22쪽.

성을 면치 못하였다는 아시아적 정체성론과도 동일한 것으로 파악되었던 것이다.

정체성 논란에서 결국 "마르크스주의를 신봉하고 있던 임화는 이 아시아적 생산양식 논쟁에서 봉건적 사회구성체라는 것을 끌어오고 여기에 다시 당시 일본 식민지 지배당국의 관학자들의 조선사에 대한 시각인 조선 사회의 후진 정체성론을 끌어와 접합시킨 것이"6) 되어, 일본 제국주의의 문화 이식의 대리인으로 '이식문화론'을 주장한 사람이 되어버렸던 것이다.

2) 백철의 '이식문화론'

임화의 『개설 조선신문학사』에서 기원한 '이식문화론'은 백철의 『신문학사조사』와 『국문학전사』로 이어지게 된다. 해방 공간에서 좌우익 이데올로기의 극심한 대립과 혼란과는 거리를 두고 문학사 집필에 전념하던 백철은 1948년 수선사판 『조선신문학사조사』와 1949년 백양당판 『조선신문학사조사 현대편』을 출간하게 된다.

이때 백철은 자신의 문학사적 기술 방법론으로 사조사(思潮史)를 채택한다. 브란데스(M. C. Brandes)의 『서양문학사조사』를 본떠서 기술하였다는 그 자신의 고백대로, 그의 『조선신문학사조사』는 문예사조적 문학 이해 방식을 한국 근대문학사에 적용한 것이었다. 즉 작품 분석에서 시작한 문학사가 아니라 서구의 사조사적 경향이 한국에서 어떻게 전개되었는가를 추적하는 데서 출발한 문학사였던 것이다. 따라서 백철의 문학사 방법은 서구의 근대 문학사조를 가장 모범적인 것으로 보고, 그것을 기준

---

6) 성기조, 「한국근대문학의 전통논의에 관한 연구」, 단국대학교 대학원 국어국문학과 박사학위논문, 1984, 51쪽.

으로 우리 문학의 사조사적 변이를 추적할 수밖에 없었다. 그리고 그러한 백철의 입장에서 조선신문학은 당연히 서구의 '모방문학사'가 될 수밖에 없었다.

『조선신문학사조사』의 「서설 근대사조와 신문학」에서 백철이 조선의 신문학사를 '모방문학사'로 파악함으로써, 그것은 '신문학은 서구문학의 이식과 모방 가운데 자라났다'라고 선언한 임화의 시각과 동일한 것으로 인식되기에 이른다. 또한 백철은 조선은 근대 사조를 받아들일 초입부터 우리 민족사의 후진성으로 그 봉건사가 충분히 발달되지 못하였다는 자신의 아시아적 정체성론을 주장하기 위해, 임화의 논리를 그대로 좇아 자신의 주장에 유리하게 인용함으로써 임화의 '이식문화론'을 더 강화시켜 놓기에 이른다.

> 이 학설의 계통을 받아 林○는 ≪신문학사≫ 序論 중에서 한국의 근세적인 특수성을 다음과 같이 말하였다. <林和 인용 생략> 그리고 林○는 이 특수성을 근대사회로의 전환기에 국한된 사정이 아니고 원시사회 붕괴와 고대사회 탄생의 非典型性 以來의 아시아의 한 숙명적인 停滯性이라 설명하였다. 한국의 그 특수성이 과연 林○의 말과 같이 원시사회 이래의 停滯性의 蓄積에 의한 것인지는 우선 따를 수밖에 없으나, 하여튼 한국의 封建史가 충분히 발달되지 못하고⋯⋯[7]

더구나 백철은 '모방문학'으로서의 조선의 신문학이 "유럽의 근대문학이라는 풍부한 풍경과 비교하면, 한국의 신문학은 너무도 빈약한 풍경이다."[8]라고 하면서, 우리 신문학을 서구의 것보다 더 낙후되고 열등하고 빈곤한 것으로 평가하였다. 백철은 임화가 드러내지 않았던 문화적 열등의식을 노골적으로 드러냄으로써 문화적 식민성을 표면화하는 문학사를

---

7) 백철, 『신문학사조사』, 신구문화사, 2003, 18-19쪽.
8) 위의 책, 17쪽.

기술하였던 것이다.

하지만 백철은 1950년대 후반 전통 논의가 한창 진행되던 때, 우리 근대문학은 서구문학의 모방문학으로 서구와 같은 충분한 시기를 거쳐 발전하지 못했기 때문에 위축되고 축소되었다는 자신의 '전통단절론'을 얼른 '전통계승론'으로 바꿔 놓는다. 현재 위축되고 기형화된 우리 문학은 과거 우리의 전통 문학과 단절되어 있지만, 이러한 현실을 타개하기 위해서는 과거의 전통에 눈을 돌려 전통을 부흥시켜야 한다는 게 수정된 백철의 주장이었다.

더구나 백철은 1957년 이병기와의 공저인 『국문학전사』를 쓰면서 기존의 자신의 문학관을 수정하여, 우리 문학의 후진성을 극복하기 위한 방법론으로 '모방기－전통부흥기－세계적 수준으로의 비약기'라는 3단계를 모색하게 된다. 이 과정에서도 마찬가지로 우리의 근대문학은 서구문학의 모방문학이기 때문에 그 후진성을 극복하기 위해서는 전통을 찾아내어 부활시켜야 한다는 '전통부흥론'을 제기하였던 것이다.

그러나 『신문학사조사』에서 내세운 자신의 주장을 철회한 백철의 '전통부흥론'은 실은 시대적 조류에 편승한 기민한 행보였다. 임화가 「신문학사의 방법」에 '전통'을 설정하여 '전통'의 중요성을 강조하고 우리 문학에서 '전통'의 사례들을 찾아냈던 것과는 달리, 전통을 도외시했던 백철의 이 같은 행보는 1950년대 후반부터 각 학계에서 일기 시작한 전통 논의에 부응한 결과였던 것이다. 즉 『국문학전사』를 쓸 무렵의 국사학계 및 국문학계에서는 일제 식민사관이었던 우리 역사의 타율성론과 정체성론을 극복하기 위해 내발적인 근대화론을 주장하고 있었다. 백철은 이들의 논의에 맞추어 '전통단절론'에서 '전통계승론' '전통부활론'으로 그 노선을 옮겼던 것이다. 그 결과 백철의 전통에 대한 지지는 일제 식민지배 상황에서의 '전통'의 역할, 식민문화 혹은 외래문화와의 교섭 과정에

서의 '전통'의 의의에 대해 인식했던 임화와는 다른 것이었음에도 임화
의 그것과 동일하게 인식되는 결과를 낳았던 것이다.

3) 조연현의 '이식문화론'

조연현이 동인지 중심의 문단사 문학사인 『한국현대문학사』를 기술한
것은 1955년 6월부터 1956년 12월까지였다. 그는 『한국현대문학사』에
서, 인과적 구성이라는 역사적 관계를 해체하고 편년체 연대기적 배열이
라는 문학사적 시대 파악 방법론을 채택하였다. 그것은 조연현이 해방
직후 문학가동맹에 대항한 청년문학협의회의 기수였고 이후 문인협회의
중추적 인물이었기 때문이었다. 그는 문학적으로 대립하였던 진보사관
즉 계급주의적 문학사 기술 방법론에서 벗어나 문학을 현실과 분리된 각
도에서 해석하려고 했던 것이다.

더 나아가 좌익 문학자들과 치열한 싸움을 벌이면서 순수문학적 입장
을 흑백논리처럼 주장해 오던 조연현은 우익 민족주의 문학 진영이 좌익
계급주의 문학 진영에 의해 어떻게 유린당했고 우리 문학이 어떠한 분열
상을 드러내었는가를 밝히는 것을 『한국현대문학사』 집필의 목표로 삼게
된다. 더불어 그는 서구 편향적인 입장에 서서 서구적 요소가 한국문학
사에 어떻게 수입되고 정착되었는가를 『한국현대문학사』에서 밝히고자
하였다.

> 우리 韓國에 있어서는 엄격한 의미에 있어서의 近代가 없었을 뿐만 아니
> 라 韓國의 現代的인 과정도 따지고 보면 구라파의 近代的인 과정을 벗어난
> 것이 아니었음을 알 수 있게 된다. 그러므로 韓國의 近代的인 과정은 그 출
> 발과 함께 구라파의 現代的인 과정과 교류되었기 때문에 韓國의 近代史的
> 과정은 韓國의 現代史的 과정이기도 하다.9)

한국에는 근대가 없었을 뿐만 아니라 한국의 근대화 과정은 구라파의 근대화 과정에서 벗어난 것이 아니었다는 조연현의 발언은 곧 서구의 외래 요소에 의해 우리 문학이 발전하였다는 '이식문화론' 또는 '모방문학론'의 입장과 일맥상통한 것으로, 이로 인해 조연현은 임화와 백철의 계승자로 간주되기에 이른다.

더구나 조연현은 민족문학이라는 각 민족의 특수성 자체는 외면해 버린 채, 문학의 형식적 순수성 그리고 보편적 미의식의 추구라는 예술지상주의적 태도를 그의 『한국현대문학사』에 반영하였다. 주지주의, 모더니즘, 신심리주의 등의 새로운 기법으로의 변화를 기술함으로써, 서구 근대적 문예사조를 표방하고 서구의 현대적 기법을 수입하여 정착시켰기 때문에 우리 문학의 형식이 세련되어진 것이라는 논리를 폈던 것이다. 즉 『한국현대문학사』는 동인지적 문단사를 서구 형식의 근대 문예사조사로 해석하여 기술한 것이었다.

한편 조연현은 서구편향적인 '모방문화론'적 입장을 견지하면서도, '전통계승론'이라는 전통 논의에도 관여하게 된다. 하지만 조연현의 전통 논의는 한국 근대문학사의 특수한 현상에서 출발하여 민족사라는 개별사의 특수성에 논의의 귀결을 두는 기존의 전통론자들과는 달리, 현대사라고 하는 인류의 보편적인 역사 인식에서 모색된 것이었다. 그는 현대는 전통적 가치나 권위의 동요로 우리 민족뿐 아니라 전 인류가 불안한 시대에 처하게 된 것이라 하면서, 전통의 개념을 포괄적이고 모호한 것으로 확대시켜 놓는다. 또한 전통을 인류사적으로 보편성을 지니는 것으로 보면서도 그 구체적인 면모는 민족적 특성 위에 둔다고 말한다.

전통은 개인적인 것이 아니라 집단적인 것이며 각 민족의 전통은 이미

---

9) 조연현, 『한국현대문학사』, 성문각, 1956, 20쪽.

세계적 보편성을 획득하고 있다는 조연현의 전통관은 전통의 범주를 개인의 차원에서 민족의 차원, 세계의 차원으로 확대시키고 있는 것처럼 보인다. 하지만 전통이 개인의 것이 아니라 집단의 것이라는 그의 주장의 기저에는 전통은 개인의 의지와는 무관한 것이라는 생각이 깔려 있었다. 즉 전통이란 민족의 보편적 특성으로 구현되는 것이지, 시류적으로 재현하려는 움직임을 보인다거나 인위적으로 조성한다고 해서 부활되는 것이 아니라는 생각이었다. 이러한 전통관은 문학의 현실 개입 배제라는 원칙론과 순수문학적 비평관을 갖고 있었던 조연현에게는 지극히 당연한 것이었다.

3. '이식문화론'에 대한 비판

임화, 백철, 조연현이 '이식문화론'이라는 동일한 계보를 갖게 되고, 특히 임화가 몰주체적 '이식문화론'의 선구자로 낙인이 찍히게 된 것은 후대 비평가들이 근대라는 거대 서사와 민족 담론이라는 틀 속에 이들을 뭉뚱그려 재단해 버렸기 때문이었다. 식민 사관을 청산하기 위해 내재적 발전론에 입각한 근대사 연구가 국사학계의 관심사였던 1950년대 후반부터 1960년대 초반까지, 국문학계 역시 이러한 시대적 조류에 부응했던 것이다. 특히 김윤식·김현은 문학사를 집필하면서 전통을 전면에 내세우게 되었고, 따라서 전통문화와 이항대립적인 요소로 보이는 이식문화 혹은 모방문화를 척결 대상으로 삼을 수밖에 없었다. 조동일 역시 전통에 대한 정확한 이해가 결여되어 있었다고 이식문화론자들을 서구주의자로 몰아 공격하였다. 이처럼 민족문화의 주체성에 입각하여 '이식문화론'

을 비판한 김윤식·김현과 조동현의 민족문학적 입장을 점검해 보기로
한다.

1) 김윤식·김현의 '이식문화론' 비판

'이식문화론'을 비판하고 '한국문학의 연속성'을 강조하면서 근대문학
은 우리 문학 고유의 전통 위에서 형성되었음을 주장한 이는 김윤식·김
현이었다. 이들에게는 한국문학의 전통을 부인하고 한국 근대문학이 서
구 문학에서 비롯되었다고 주장한 사람들은 모두 이식문화론자이고 전통
단절론자였다. 그러므로 김윤식·김현 공저의 『한국문학사』에서 임화,
백철, 조연현의 문학사는 곧바로 극복의 대상이 될 수밖에 없었다.

김윤식과 김현이 『한국문학사』를 기획한 것은 1970년대 초반이었고,
그것이 발표된 것은 1972년 『문학과 지성』 봄호에서 1973년 겨울호까지
였다. 이때 이들의 문학사는 문학 현상으로서가 아니라 이식문학론자들
의 입장을 척결해야 한다는 의무감에서 시작된 것이었다. 즉 김윤식과
김현은 이전까지 한국문학 인식의 기본 틀이 되어 온 '이식문학론'의 극
복을 전제로 하여, 우리 문학이 이식문학론자들의 문화적 열등의식이나
문화의 주변성에 대한 심리적 콤플렉스에서 벗어나야 한다는 당위론적
입장을 견지했던 것이다.

그러므로 김윤식과 김현은 『한국문학사』 제1장을 '방법론 비판'으로부
터 시작한다. 과거 문학사에는 임화로 대표되는 서구 취향적 태도, 식민
지성, 주변 문화성이 명백하게 드러나 있다고 지적하면서, '한국 문학은
주변 문학을 벗어나야 한다'는 소제목 아래 임화의 「신문학사의 방법」을
직접 인용하여 다음과 같이 비판하고 있다.

임화의 이식 문화론은 경제학계의 아시아적 생산 양식, 즉 정체성과 크게 어울리는 개념이다. 그것은 향보편(向普遍) 콤플렉스의 직절한 발로이며, 동시에 한국 문학의 가능성에 대한 긍정적 발언이다. 그는 이식 문화론을 통해 한국 문학이 근대 정신에 투철해 줄 것을 바란 것이었기 때문이다. 1950년대의 전통 단절론은 그러한 임화의 희망이 망상이었다는 것을 깨달은 자들의 비관적 노성(怒聲)이다. 새로운 문화의 이식에 의해 탁월한 문학이 산출되지는 않았다. 그렇다고 이제 조선의 잔영(殘影)으로 되돌아갈 수는 없다. 그래서 전통은 단절되었다는 비극적 상황 인식이 행해진 것이다.[10]

더불어 김윤식과 김현은 서구 지향적인 '이식문화론'과 '전통단절론'의 파행성이 극복되어야 한다고 주장하였다. "신문학이 서구적인 문학 장르를 채용하면서부터 형성되고 문학사의 모든 시대가 외국 문학의 자극과 영향과 모방으로 일관되었다 하여 과언이 아닐 만큼 신문학사란 이식 문화의 역사다"라는 임화의 발언을 예로 들어 채용, 이식 문화 등의 어휘가 반발을 일으키고 있음을 지적하였다. 그리고 문화가 이식되었다는 이들의 생각 때문에 전통 역시 단절되었다는 생각으로 이어진 것이라고 하였다.

따라서 이들은 주변 문학을 벗어나야 한다는 명제 아래 구라파 문화를 완성된 모델로 생각해서는 안 되며, 문화 간의 관계는 주종 관계에 의해 영향을 주는 것이 아니라 굴절이라는 현상으로 이해해야 한다는 것을 강조하게 된다. 즉 문학적 진보란 무조건 서구적 양식을 수용하는 것이 아님을 내세워, '근대화는 곧 서구화'라는 단순한 논리로부터 탈피하려고 하였던 것이다.

---

10) 김윤식 · 김현, 『한국문학사』, 민음사, 2009, 28쪽.

2) 조동일의 '이식문화론' 비판

김윤식·김현보다 전통에 대한 의식이 더 뚜렷했던 조동일 역시 임화의 문학사를 강하게 비판한다. 조동일은 1950년대 후반에 행해진 한국문학의 전통 논의로부터 문학 연구를 시작한 문학사가였다. 불문학도였다가 국문학을 전공하고 식민지 시대 이전의 문학 연구에 종사하게 된 조동일이 그 실증의 필요성을 자각하고 한국문학을 총체적으로 파악하고자 한 것이 1982년에 제1권이 간행된 『한국문학통사』였다.

> 국문학연구는 외롭고도 고난에 찬 길을 걸어야만 했다. 민족문화를 말살하고자 하는 책동에 맞서서 <u>우리 것의 의의를 입증하는 사명을 맡아나서는 것만 해도 힘에 겨웠는데, 문학이라면 으레 서구문학을 기준으로 삼아야 한다는 풍조에 휩쓸리지 않으면서 국문학을 통해서 국문학을 전개하려는 작업 또한 쉬운 노릇이 아니었다.</u> 자랑스러울 정도로 성실한 노력이었지만 열등의식을 시인하고 들어가기도 했던 것이 숨길 수 없는 사실이었다.[11]

국문학계에 불었던 전통 논의의 시대적 분위기 속에서 조동일 역시 과거 전통 논의에 대한 비판을 그 자신 문학사의 출발점으로 삼게 된다. 따라서 그는 전통은 전통 속에 포함되어 있는 보편적인 측면과 특수한 측면의 통일적 결합으로 작용한다는 점을 이해하지 못하는 과오를 과거의 전통 논의가 범했다면서, '전통단절론자'들에 대한 비판적 발언으로 시작한다. 특수성을 도외시하고 보편성만을 주시하여, 우리 문학이 중국문학을 추종하였다든지 서양문학만을 추종한다든지 하는 논리를 펴는 것은 잘못된 일임을 지적하였다.

또한 조동일은 과거의 전통 논의에는 전통이 사회 발전 변모에 따라 형성 변모되고 동시에 사회 발전에 기여한다는 사실에 대한 이해가 없었

---

11) 조동일, 「전통의 퇴화와 계승의 방향」, 『창작과비평』, 창작과비평사, 여름호, 1966.

다고 비판하면서, 서구주의자들의 이론적 기반을 공격한다. 물질적 기반의 변모를 들어 문학의 서구화를 설명하는 서구주의자들의 방식이 편협한 결정론에 입각한 것이라고 반박하면서, 임화의 '이식문화론'을 식민사관과 유물사관이 결합된 역사학의 영향을 받은 것이라고 비판하였던 것이다.

4. 임화의 '이식문화론'의 실체

임화의 문학사를 '이식문화론'과 '전통단절론'으로 규정한 김윤식·김현과 조동일의 시각은 민족문학이라는 시대적 당위성에 의한 것이었다. 이들은 우리 문학의 전통과 근대문학의 자율성과 주체성을 강조한다는 명목 아래 '이식문학론'을 설정해 놓고, 그것을 비판하고 극복한다는 이유로 임화의 본의를 왜곡하여 우리 문학사에 부끄러운 족적을 남기는 결과를 초래하였다. 그러나 임화의 문화사는 결코 이식문화사가 아니었다. 그것은 오히려 식민문화, 이식문화에 대한 저항 담론으로서의 문화사였다. 따라서 임화의 비평적 사례와 그의 실천적 삶을 근거로 '이식문화론'에 나타난 탈식민성을 검증하고, 그것을 호미 바바의 '혼종성' 담론과 비교함으로써 그 실체가 곧 '탈이식문화론'이었음을 확인하고자 한다.

1) 임화의 '이식문화론'에 나타난 탈식민성

임화가 '이식문화'에 대하여 언급하였다고 하여 그것이 곧바로 '이식문화론'이 되는 것은 아니다. 김윤식·김현이나 조동일의 주장대로 임화의 주장이 '이식문화론'이었다면, 그것은 아세아적 정체성에 근거한 서구 문화에 대한 일방적인 숭배로만 일관했을 것이다. 하지만 임화는 서구 자본제의 동점이 없었다면 조선 역시 자체적, 자발적, 내재적인 근대화를 진행시켜 근대 사회로 전화되었을 것이라고 그 가능성을 예측하고 있다. 이것은 임화가 아세아적 정체성론자가 아니라는 것을 증거하고 있는 것이다.

> 그러므로 일 서구 자본제의 동점(東漸)이 없이 장구한 동안 동양 혹은 조선 봉건제를 그대로 내버려 두었다면 먼 장래에 독자적으로 근대 사회로의 전화를 수행했을지도 모른다.[12]

이러한 서세동점의 시대사 앞에서 문화 이식에 저항하기 위하여 임화는 「신문학사의 방법」에서 신문학사가 추구해야 문제로 제시한 여섯 가지 항목에 '전통'을 설정해 놓았다. '이식문학론'을 주장하였다는 임화가 '이식'과 대립 관계에 있는 '전통'이라는 요소를 문학사 기술의 기본 고려 항목으로 고려해 놓은 것은 '이식'과 '전통'이 '정−반−합'의 변증법적 지양을 통해 '문화 창조'에 이를 수 있음을 말하기 위한 것이었다. 그 '전통' 항목에서 임화는 '문화 교섭의 원리'에 대하여 다음과 같이 언급하고 있다.

> 인접 문학의 압도적 영향에 생성되어 발전한 신문학사, 다시 말하면 이식문화사(移植文化史)로서의 신문학사가 조선의 고유한 전통과 교섭을 가졌다는 것은 일견 심히 기이한 일 같다. 그러나 문화의 이식, 외국문학의 수입은 이미 일정 한도로 축적된 자기 문화의 유산(遺産)을 토대로 하지 않고는 불가능하다.[13]

---

12) 임화문학예술전집 편찬위원회, 임규찬, 「개설 신문학사」, 『문학사』, 소명출판, 2009, 25쪽.

더불어 임화는 이식문화사를 형성하는 과정에서 내재적으로는 이식문화사 자체를 '해체'하려는 과정이 동시에 진행되고 있음을 간파하였다. 그는 이식문화의 형성기에는 외래문화가 주체가 되고 문화 유산(전통)은 부정될 객체로 화하는 듯하지만, 결국 문화의 교섭이란 문화 유산(전통)이 외래문화보다 주체적인 위치에 서서 그것을 흡수하고 섭취하는 능동적인 관계임을 피력하였던 것이다. 문화 이식이 고도화될수록 '문화 창조'가 내부적으로 성숙한다는 이론이었다. 이는 앞서 말한 '이식'과 '전통', 외래문화와 고유문화를 통한 '정―반―합'의 변증법적 지양으로서의 바로 그 '문화 창조'였던 것이다.

> 그러나 외래문화의 수입이 우리 조선과 같이 이식문화, 모방문화의 길을 걷는 역사의 지방에서는 유산은 부정될 객체로 화하고 오히려 외래문화가 주체적인 의미를 띠지 않는가? 바꿔 말하면 외래문화에 침닉(沈溺)하게 된다. 또한 그러한 것이 완전히 수행되기는 문명인과 야만인과의 사이에서만 가능한 것이다. 동양 제국(諸國)과 서양의 문화 교섭은 일견 그것이 순연한 이식문화사를 형성함으로 종결하는 것 같으나, 내재적으로는 또한 이식문화사 자체를 해체하려는 과정이 진행되는 것이다. 즉 문화 이식이 고도화되면 될수록 반대로 문화 창조가 내부로부터 성숙한다.[14]

> 이 경우에 있어 고유문화라는 것은 외래문화에서 부정되고 있는 과거의 문화, 그 유산이다. 그런데 여기에서 우리가 주의할 것은 외래문화와 고유문화의 유산의 교섭이 인간을 매개체로 하고 있다는 점이다. 즉 행위에 의하여 매개된다. 그런데 행위자의 지향은 문화 의향(意向)만이 아니다. 그들의 계층적 성질, 혹은 그들의 실질적 기초가 제약한다. 다시 말하면 그들의 물질적 지향이 외래문화와 고유문화와의 문화 교류, 문화 혼화(混和)에서 새로운 문화 창조의 형태와 본질을 안출(案出)한다. 그러므로 문화 교섭의 결과 생겨나는 제3의 자(者)라는 것은, 그실(實) 그때의 문화 담당자의 물질적

---

13) 임화문학예술전집 편찬위원회, 신두원, 「신문학사의 방법」, 『문학의 논리』, 소명출판, 2009, 656쪽.
14) 위의 책, 656쪽.

의욕의 방향을 좇게 된다. 그 의욕은 곧 그 땅의 사회 경제적 풍토다.[15]

이어서 임화는 외래문화와 고유문화의 문화 교류나 문화 '혼화(混和)', 즉 '문화 창조'에 이르는 과정이 인간 '주체'를 매개로 한다는 것을 말하고 있다. 이식문화에서 '문화 창조'에 이르는 과정은 사회 경제적 '토대'에 근거한 인간 '주체'에 의해 이루어진다는 것이다. 따라서 임화가 말하는 '이식'이란 '주체'적 매개가 결여된 외래문화의 일방적인 이입이 아니라 '주체'적인 자기 인식을 바탕으로 한 외래문화와의 자율적인 교섭에 의한 영향을 의미하는 것이었다. 즉 임화의 '이식문화'란 이식의 '해체'와 극복 과정, 그리하여 전통의 부활과 '주체'적이고 새로운 '문화 창조'를 일컫기 위한 것이었다.

> 그러므로 토대에의 관심은 단순히 사회사에 대한 배려라든가 혹은 문학과 사회와의 교섭에 대한 공식적인 연구가 아니라 시대정신의 역사란 것을 매개로 택하게 된다.[16]

> 토대에의 관심은 그러므로 신문학을 새로운 정신문화의 일 형태로 이해하기 위한 기초다. 주지한 바와 같이 새로운 시대정신의 형성 없이 신문학은 형성되었을 리 만무하며, 새로운 시대정신은 봉건적 사회관계의 와해와 시민적 사회관계의 형성을 표현하는 관념 형태다.[17]

나아가 임화는 '문화 창조'를 위한 문화 유산(전통)과 외래문화의 교섭은 사회 경제적 풍토라고 하는 '토대'에 의해 결정된다고 하였다. 물론 여기서 말하는 임화의 '토대'는 일반적인 사회 경제적 '토대'를 뜻하는 것이 아니었다. 전통적인 마르크스주의자들은 역사의 발전은 토대와 상

---

15) 앞의 책, 657-658쪽.
16) 앞의 책, 652쪽.
17) 앞의 책, 651쪽.

부구조의 관계에 의해 규정된다는 사적 유물론의 법칙을 주장하였다. 생산력과 생산관계로 규정되는 사회 경제적 물질적 '토대' 구조는 모든 예술·종교·문화·법·도덕 등과 같은 사회적 의식 형태로서의 상부구조의 형식을 결정한다는 것이다. 하지만 임화는 이들 전통적인 마르크스주의자와는 달리, '시대정신'이 '토대'의 기본을 이루고 있다고 말하였다. 즉 상부구조에 속하는 '시대정신'이라는 요소를 오히려 '토대'에 적용함으로써 마르크스적 문화사관의 논리와는 일정한 거리를 두었던 것이다. 단순한 유물 변증법을 넘어선 임화의 '시대정신'에의 관심은 결국 새롭게 창조된 정신문화로서의 신문학을 이해하기 위한 것이었다.

이처럼 임화는 자칫 서구 문화의 이식사가 될 수 있는 상황에서, '전통'의 유무에 의해 또는 '시대 정신'의 여하에 따라 서구 문화의 침략에 대응하여 저항할 수 있는 역동적 차원에서 문화 현상을 바라보았다. 그는 '이식'과 '전통', 외래문화와 고유문화가 어떻게 교차 관계를 맺어가며 '주체'적이고 새로운 '문화 창조'에 이를 수 있는가에 초점을 맞추어 근대문학을 논했던 것이다.

결국 임화의 '이식문화론'은 일제 식민사관을 대변하여 우리 문학을 서구 문화의 이식사로 바라본 것이 아니었다. 오히려 임화에게 '이식'이란 외래문화에의 침닉에서 벗어나기 위해 '해체'되어야 할 대상이었다. 이처럼 능동적이고 주체적인 자각을 할 수 있었다는 것은 임화의 탁월한 탈식민주의적 인식 때문이었다. 임화의 '이식문화론'의 실체는 식민문화, 이식문화에 대한 저항 담론으로서의 '탈이식문화론'이었던 것이고, 이는 또한 오늘날 후기 식민주의 극복의 가능성, 그 대안이 되기에 충분한 것이었다.

2) 임화의 '탈이식문화론'과 바바의 '혼종성' 담론

임화의 탈식민주의적 인식의 기초는 서구화와 세계화를 냉철하게 파악한 객관적 시각에서부터 출발한다. 앞서 보았듯, 임화는 '이식'의 연원을 '때 이른 서구 자본제의 동점'에서 찾고 있다. 그리고 '서구 자본제의 동점'을 자본주의의 '세계화'라는 거시적 관점에서 파악하고 있다. 그는 자본주의와 식민주의를 동일한 현상으로 바라보고 있으며, 따라서 피할 수 없는 자본주의로 인하여 '폐쇄적 독존을 허락하는 것'보다는 '수입과 이식으로 근대화될 운명'을 택하려 하였다. 더구나 임화는 이미 '상업과 화폐에 의한 모든 지방의 세계화'라는 현상, 즉 자본주의의 맹아를 정확하게 읽어내었던 것이다.

> 그러나 역사는, 더구나 근대사회는 결코 한 국가나 지방의 폐쇄적 독존(獨存)을 허락하는 것은 아니다. 상업과 화폐에 의한 모든 지방의 세계화가 이 시대의 특징이다.
> 요컨대 동양 제국(諸國)은 내부 조건이 미처 성숙치 못하고 시기가 상조(尙早)한 채로 근대화의 길로 들어선 것이다.
> 그러므로 동양 제국은 공통으로 서구 근대사회의 촉발(觸發)과 수입과 이식으로 근대화될 운명 아래 놓여 있었다.[18]

위에서 보듯 임화는 자본주의 세계 체제에 편입되는 순간 '이식'은 선택의 여지가 없는 '객관적 소여'가 됨을 분명하게 인식하고 있었다. 그리고 '상업과 화폐에 의한 모든 지방의 세계화' 현상은 '수입과 이식으로 근대화될 운명'을 불러들여, 결국 세계는 문화의 '혼화'의 양상을 띠게 됨도 파악하고 있었다. 그러한 '혼화'를 임화는 아래에서 '제3의 자'로

---

18) 임화문학예술전집 편찬위원회, 임규찬, 「개설 신문학사」, 『문학사』, 소명출판, 2009, 26쪽.

말하고 있다. 새로운 정신문화나 문학은 외래문화와 고유문화가 '혼화'되는 가운데, 문화유산과 단절된 외래문화나 그와 대립되는 순수한 민족문화와는 구별되는 '제3의 자'로서 창조된다는 것이다.

> 새로운 정신문화나 문학이 생성 발전하는 데 여건의 하나로서 제출되는 유산이라는 것은 좀 더 객관적인 것으로 생각하면 문화적 문학적인 환경의 하나로 생각할 수가 있다. (…중략…) 유산은 그것이 새로운 창조가 대립물로서 취급할 때도 외래문화에 대하여 주관적으로 향한다. 그러한 때에 유산은 이미 객관적 성질을 상실한다. 즉 단순한 환경적인 여건의 하나가 아니라, 그 가운데서 선발되며 환경적 여건과 교섭하고 상관(相關)한 주체가 된다. 이러한 것이 항상 한 문화 혹은 문학이 외래의 문화를 이입하는 방식이며, 새로운 문화의 창조는 좋은 의미이고 나쁜 의미이고 간에 양자의 교섭의 결과로서의 제3의 자(者)를 산출하는 방향을 걷는다.[19]

이처럼 '제3의 자'로서 문화가 '혼화'될 때 민족적 '주체'성을 되찾게 된다는 임화의 '혼화'는 호미 바바가 말한 '혼종성'이라 할 수 있으며, '제3의 자'는 바바가 '제3의 공간'이라고 불렀던 장소가 되는 것이다. 신문명과 고유문화의 '혼종성'이 나타나는 지점, 곧 호미 바바의 '문화의 위치(The Location of Culture)'가 바로 임화의 '제3의 자'인 것이다.

바바에 의하면, 서구문명은 토착문화를 '부인(disavowal)'하고 피식민자를 문화적으로 동일화하기 위해 권력을 행사하지만, 그 동일성의 지배는 문화적·물질적 '차이'에 의해 결국 '연기'되고 만다. 바바는 동일성의 경계 바깥으로 나가려는 역사적 운동인 '차연(différance)'에 의해 생겨난 분열의 틈새에 '혼종성'으로서의 새로운 문화적 생성이 틈입한다고 보았던 것이다. '혼종성'으로서의 신문화의 창조는 '부인'을 통하여 식민주의

---

19) 임화문학예술전집 편찬위원회, 신두원, 「신문학사의 방법」, 『문학의 논리』, 소명출판, 2009, 656쪽.

적인 문화적 지배 관계를 역전시킬 수 있다는 것이 바로 바바가 말한 '혼종성' 이론의 요체이다.

> 혼성성은 식민지 권력, 그 변환의 힘과 고착성에 포함된 생산성의 기호이다. 그것은 부인을 통한 지배의 과정(즉, 순수하고 원래적인 권위의 정체성/동일성을 확실하게 하는 차별적인 정체성/동일성들을 생산하는 것)을 전략적으로 역전시키기 위한 명칭이다.[20]

따라서 임화의 '이식−부정−해체'는 이러한 바바의 '혼종−부인−차연'으로 대체될 수 있으며, 이로써 '혼화'에 의해 이루어지는 임화의 '이식−전통−문화 창조'의 변증법은 바바의 '혼종성' 이론과 유사해진다. 외래문화를 '이식/혼종'하는 것은 고유문화를 과거의 유물로 '부정/부인'하는 것이지만, 이러한 '이식/혼종'의 문학사는 결국 '해체'되고 차연'되고 마는 것이다. 앞서 임화가 말한 '문화 이식이 고도화되면 될수록 문화 창조가 내부로부터 성숙'하게 되는 것은, 이처럼 '이식/혼종'이 결국 그것을 '미끄러뜨리고' '해체'에 이르게 되는 과정이기 때문인 것이다.

물론 임화와 바바의 논의는 각기 다른 이론에 근거하고 있다. 임화의 '이식−전통−문화 창조'의 변증법은 마르크스주의적인 유물론에 의지하고 있는 반면, 바바의 '혼종성' 담론은 프로이드의 이론에 기반을 둔 포스트모더니즘적 탈식민주의 이론 위에 서 있다. 다시 말하면 임화의 '혼화'의 경우 '이식'과 외래문화는 '전통'과 고유문화와의 관계 속에서 모색된 것으로, 그것은 '정−반−합'의 유물 변증법적 지양을 통해 '주체'적인 '문화 창조'에 이르기 위한 것이었다.

반면에 바바의 '혼종성'은 임화가 의식했던 문화 상대주의나 상이한 두 문화 간의 계보와 정체성 문제를 넘어서 있다. '혼종성'은 프로이드의

---

20) 호미 바바, 나병철 역, 『문화의 위치』, 소명출판, 2002, 225-226쪽.

양가성(ambivalence)을 이용하여 두 문화 간의 동일화와 탈중심화, 즉 똑같 지는 않지만 빼닮음으로써 식민 제국 자체를 분열시키려는 의도로 기획 된 것이었다. 교활한 공손함(sly civility)으로 흉내내기(mimicry)를 하지만 결 국 식민 주체를 교묘하게 전복시키는 전략적 전유로서의 '혼종성' 담론 이었던 것이다.

> '아주 똑같지는 않은/하얗지는 않은'의 양가성의 세계에서, 그 제국 본토 의 욕망의 주변부에서, 서구세계의 '기반이 되는 대상들'은 식민지 담론(현 존의 부분적 대상들)의 변칙적이고 일탈적인 '뜻밖에 습득된 대상들'이 된 다. 서구의 몸과 책이 자신의 현존의 부분적 대상들(재현으로서의 식민지 담론)을 잃어버리게 되는 것은 바로 그 순간이다.[21]

하지만 줄곧 논의해 왔듯, 임화와 바바의 이론은 식민주의를 극복한 주체적 문화 창조에 대해 설명하는 부분에서 상당히 겹치고 있다. 서구 중심주의나 민족 중심주의의 문화 논리를 극복하기 위한 방법으로 적용 될 수 있다는 점에서도 어느 정도 동일하다고 볼 수 있다. 이들의 이론 은 모두 배타적 민족주의에 의지한 내재적 발전론이나 서구 중심주의의 문화 사조, 그 양자를 동시에 넘어서서 제3세계 근대의 특수성을 설명하 려는 선구적인 시도였으며, 식민 문화에 대한 대항으로서 모색된 탈식민 주의적 저항 담론이었던 것이다.

3) 임화의 '탈이식문화론'과 비평적 사례

임화는 '탈이식문화론'에 입각하여 우리 문학에 나타난 문화의 '교섭' 과 '혼화'로서의 '제3의 자', 바바 역시 강조한 '교섭(negotiation)'과 '혼종

---

21) 앞의 책, 191쪽.

성’의 사례를 여러 논문에서 개진한다. 임화가 「신문학사의 방법」의 ‘대
상’에서 한문문학을 조선문학에 편입시키고자 했던 것은 바로 문화의
‘혼화’ 현상에 대한 비평적 통찰 때문이었다. 당시 이광수가 한문문학을
조선문학의 범주에서 축출하려고 했던 것과는 달리, 임화는 “문학은 언
어 이상의 것, 하나의 정신문화인 점을 생각할 때, 한문으로 된 문학은
조선인의 문화사의 일 영역인 문학사 가운데 당연히 좌석을 점령치 아니
할 수가 없”22)는 것으로 파악하였다.

> 우리는 조선에 있어서 근대정신의 선구인 실사구시(實事求是)의 학문이
> 한학자들에 의하여 씌어지고, 언문소설의 선구가 역(亦) 지나(支那)의 한문
> 소설의 수입이나 또는 전래 설화를 한문으로 소설화한 데서 비롯함을 볼
> 제, 신문학사가 제 대상의 한 영역으로 당연히 한문문학을 고려하여야 할
> 것을 강조하지 아니할 수 없다. 직접의 대상은 아니라도 간접의 대상으로
> 서……23)

알다시피 한자는 한사군의 고조선 점령과 함께 ‘이식’된 대표적인 외
래문화이다. 하지만 우리 민족은 한자를 빌려 향찰, 이두, 구결이라는
‘혼종’의 언어를 창안하였고, 한자와 함께 수용된 한문 문화를 주체적인
문화로 소화해 내었다. 따라서 임화는 한학자들에 의해 발전된 실학, 한
문소설의 영향으로 태동한 언문소설 등의 문화의 ‘교섭’과 ‘혼화’ 현상에
주목하면서 신문학사의 ‘대상’에 한문문학을 포함시켰던 것이다.

또한 임화는 『개설 신문학사』의 ‘신문학의 태생’에서 신문학사 초기의
문학적 산물로 ‘정치소설과 번역문학’에 대하여 서술하고 있다. “과도기
문학의 선구는 새로운 조선의 정치적 이상을 선전하고, 깨우지 못한 민

---

22) 임화문학예술전집 편찬위원회, 신두원, 「신문학사의 방법」, 『문학의 논리』, 소명출
    판, 2009, 649쪽.
23) 위의 책, 651쪽.

중을 계몽하려는 의도가 직접적, 또한 노골적으로 표현된 정치소설에서 시작한다"24)면서, 이러한 정치소설의 대개가 번역 아니면 번안서였음을 강조하고 있다.

> 그런데 번역문학을 정치소설과 동 항목 중에 이야기함은 외국문학이 특히 정치소설로 많이 번역된 때문이라기보다도 통틀어 공리적 목적으로 수입됨이 어느 나라를 물론하고 후진국의 개화기에 있어서의 특징이기 때문이다.25)

조선 근대화에 이용할 수 있다는 정치적·사회적 이익 때문에 그 수입이 가능했음을 말하면서 번역문학의 유래와 계통과 공적을 탐색한 임화의 생각은 바바가 강조한 '번역(translation)'의 문제와 연관된다. '흉내내기'가 제국의 문화를 잡종으로 만들어 제국의 문화 지도를 바꾸는 저항의 전략이듯, '새로움이 세계로 틈입하는 방식'으로서의 '번역' 또한 원본 자체를 교란하려는 데 그 목적이 있다. 마찬가지로 창작이라는 담론에서 보면 당시 대중들을 열광시킨 번안소설들은 원전을 모방한 표절에 불과한 것이었지만, 독자는 '공리적 목적으로 수입'된 바로 그 정치소설을 통해 식민 지배 담론에서 일탈하여 그것에 저항하고 자유를 되찾고자 하는 탈식민적 욕구를 갖게 되었던 것이다.

임화는 오자키 고요[尾崎紅葉]의 장편소설 『금색야차(金色夜叉)』를 번안하여 1913년 총독부 기관지 『매일신보』에 실었던 조중환의 신파소설 『장한몽』에 대해서도 언급하고 있다. 물론 『장한몽』은 그 신드롬으로 극단 유일단과 혁신단에 의해 신파극 <장한몽>으로 공연되고 다시 영화화되

---

24) 임화문학예술전집 편찬위원회, 임규찬, 「개설 신문학사」, 『문학사』, 소명출판, 2009, 141쪽.
25) 위의 책, 154쪽.

면서 신파의 대표적인 작품이 되었다. 이처럼 '수일'이 '순애'가 '춘향이'처럼 사람들에게 사랑받고 기억된 것이 독자들의 이상을 반영하여 훌륭한 전형적 인물을 창조한 데 있었다고, 임화는 그의 「위대한 낭만정신」에서 말하고 있다.26) 식민 지배 담론을 유포하기 위해 일제에 의해 기획되어 이식된 번안소설이었지만, 아이러니컬하게도 <장한몽>은 식민지 '타자'였던 민중이 '주체'가 되어 그들의 '이상'대로 각색되고 개작되었던 것이다. 그리고 이 땅의 신파는 문화의 전이와 '혼화'를 이루어가면서 탈식민적 역할을 수행해 나갔던 것이다.

영화배우이자 영화사가였던 임화는 1941년 「조선영화론」에서 조선영화 역시 외국영화를 모방함으로써 영화예술을 조선의 토양에 '이식'했음을 말하고 있다. 그러면서도 「조선영화발달소사」에서 1926년 일본의 자본에 의해 나운규 감독, 각본, 주연으로 만들어진 영화 <아리랑>이 "그 시대를 휩싸고 있든 시대적 기분이 영롱히 표현"된 것이며, "사람들은 이 작품에서 단순한 조선의 인상, 풍경, 습속 이상의 것을 맛보는 만족을 얻었다"27)고 평가한다. 박래품으로 조선에 이식된 영화였지만, 임화의 시각에서 보면 <아리랑>은 외래문화와 고유문화와의 이질적 틈새 속에서 문화의 '혼화'를 이룬 경우였다. 더구나 정신병자를 주인공으로 삼았던 <아리랑>은 검열과 탄압이라는 조선총독부 영화정책의 틈새에서 그 의도된 모호성(ambiguity)으로 '시대적 기분'을 반영해 가면서 탈식민의 항일민족영화로 다시 태어나게 되었던 것이다.

---

26) 임화문학예술전집 편찬위원회, 신두원, 「위대한 낭만정신」, 『문학의 논리』, 소명출판, 2009, 37-38쪽.
27) 임화, 「조선영화발달소사」, 『삼천리』, 삼천리사, 1941. 6, 201쪽.

4) 임화의 '탈이식문화론'과 실천적 삶

탈식민이라는 시대성을 가장 예리하게 선취하고 '문화의 위치'를 정확하게 조망하여 문학사 연구와 문학 비평을 개진해 온 임화의 비평적 안목은 사실상 식민 제국주의에 예속되지 않으려 부단히 모색했던 임화의 실천적 삶에서 비롯된 것이었다. 전형기에 들어와 전향서를 제출하고 카프 해산을 맞은 1935년 5월 이후, 게다가 중일전쟁의 승리를 기점으로 일제총독부 정책이 파쇼기로 들어선 1937년 이후, 임화는 자기정체성의 해체와 좌절감과 실존적 위기감을 느꼈을 것이다. 따라서 식민지 시대 지식인 임화에게 탈식민적 현실 대응이라는 시대적 과제는 무엇보다도 절실한 아젠다가 되었을 것이었다.

> 이 과제는 우리들 앞길에 산같이 쌓인 잡다한 현실적 난관을 극복할 문학적, 창조적인 실천의 생×[산]적 문제와 밀착되어 있다. (…중략…)
> 현실생활의 역사적 운동의 조류 위에서 자기 스스로를 전방(前方)으로 이끌 통일된 예술적 ×[정]치적인 실×[천]의 절박한 육체적 필요만이 문학사적 제 문제를 정당히 취급하고, 또 평가할 수 있는 것이다. (…중략…)
> 금일에 있어 문학사적 문제란 실로 완전한 한 개의 실천적 과제이다.[28]

따라서 임화는 전향 이후에도 여러 비평을 통하여 일제 군국주의를 비판하고 그것에 저항하려는 의지를 보인다. 그리고 그 살벌한 파쇼기에 이러한 비판과 저항이 가능했던 것은 그의 글쓰기가 의도된 모호성으로 다양한 스펙트럼에 걸쳐 있었기 때문이었다. 때로는 일제에 순응하거나 협조하는 것으로 읽힐 수도 있었지만, 그의 글쓰기는 오히려 합법적인 테두리 안에서 검열을 거치며 수행되는 교묘하고 우회적인 저항 전략이

---

28) 임화문학예술전집 편찬위원회, 임규찬, 「조선신문학사론 서설」, 『문학사』, 소명출판, 2009, 377쪽.

었다.

> 예술성의 옹호를 통하여 모든 종류의 정치성을 거부할 자세를 갖춘 것은 일견 민족주의를 내용으로 삼던 종래의 민족문학이나 맑시즘을 내용으로 삼던 종래의 프로문학의 본질과 모순하는 것과 같으나 <u>이 시기의 특징은 문학의 비정치성의 주장이 하나의 정치적 의미를 가지고 있었다. 바꿔 말하면 일본 제국주의의 선전문학이 됨을 거부하는 소극적 수단이었었다.</u>[29]

비정치성도 정치적 의미를 갖고 있었다는 위의 주장에 주목해 본다면 임화의 전향 역시 바바의 '교활한 공손함'으로의 해석이 가능해진다. 바바의 '흉내내기'는 적응이나 동화의 문제가 아니라 변장, 위장, 위협의 문제로, 그것은 결국 지배 권력을 교란하고 그 중심을 흩트리기 위한 고도의 전략이었다. 물론 임화의 전향은 일제의 강압에 의한 것이었지만, 전향으로 황국신민을 흉내 내는 비평가가 되어 '탈이식문화론'을 개진했던 그의 양가성 역시 '교활한 공손함'과 일맥상통한 것이었다.

따라서 제국의 이데올로기에 맞서기 위해 마르크스주의자가 되었던 임화가 카프 해산 이후 '정치적 무의식' 혹은 교묘한 정치적 의식으로 당시의 정국과 문화에 대응하고 저항했던 전형기의 비평적 산물이 바로 '탈이식문화론'이었다. 그리고 그것은 일본 나프(NAPF)의 직접 영향과 일본을 통한 소련 라프(RAPP)의 간접 영향을 받았던 카프 서기장 임화에게는 자연스러운 일이었는지도 모른다. 일본에서 '이식'된 마르크시즘으로 오히려 일제 식민지 상황을 타개하려 했던 임화였기에, 전향 이후 오히려 더 교묘하게 의도된 저항의 글쓰기를 모색했을 것이었다. 이렇듯 임화의 비평은 외래문화의 '이식' 위에서 '탈이식'을 추구했던 임화의 삶과 일치되었던 것이고, 비평과 일치된 임화의 삶은 '탈이식문화론'의 형성

---

29) 앞의 책, 502쪽.

배경으로 삼기에 충분한 것이었다.

5. 탈식민주의 시대의 '탈이식문화론'

지금까지 살펴본 바와 같이 '이식문화론'이라고 비판을 받았던 임화나 비판을 가했던 후대 문학사가들 모두의 주장은 일제 침략에 의한 민족사의 대전환기에 근대문학을 맞이한 한국문학을 정립하기 위한 나름대로의 문학적 자각이었다. 동시에 그것은 우리 민족의 문화적 주체성을 회복하려는 과감한 선언이기도 했다. 특히 임화의 '이식문화론'은 식민 제국주의 문화에 예속되지 않으려 저항했던 '탈이식문화론'이었다. 문화에는 전통적인 요소와 외래적인 요소가 병존해 있고, 그것들은 상호 경쟁 속에서 서로 영향을 주면서 변증법적으로 '혼화'해 나가는 것임을 임화는 간파하였던 것이다.

하지만 '이식-전통-문화 창조'라는 식민 문화에 대한 저항 담론으로서의 '탈이식문화론'은 오히려 '이식문화론'이라는 치욕적인 이름으로 왜곡되어 왔다. 이것은 후대 문학사가들이 민족주의라는 미명 아래 자행한 또 하나의 가혹한 문화적 억압이고 탄압이었다. 그리고 그것은 식민제국과 식민지의 관계를 지배/피지배, 식민자/피식민자, 주체/타자, 서구/전통, 중심/주변, 순응/저항, 전유/폐기, 친일/반일 등의 이항대립적 관계로만 인식한 결과였다. 그러나 이항대립적으로 도식화된 틀은 또 하나의 문화 식민주의의 영토가 될 수 있다. 배타적인 민족주의야말로 또 다시 개인을 억압하고 민족의 열등의식을 조장하는 기제로 작동될 수 있는 것이다.

물론 근대성 논의에서 민족 담론과 거대 서사는 중대한 것이었다. 하지만 탈근대를 맞이한 지금 세계화의 흐름으로 민족 담론은 해체될 위기에 처해 있다. 그렇다고 민족 담론을 무장 해제시킬 수는 없으며, 따라서 이분법적 구도와 도식에서 벗어나 주체와 타자를 뒤섞는 문화적 '혼화/혼종성'을 더 바람직한 문화 기제로 사용해야 한다. '혼화/혼종성'이란 결코 민족적 주체의 훼손을 의미하지 않으며, 오히려 타자의 피를 수혈한 '혼화/혼종성'이 후기 식민주의에 저항하는 효율적인 무기가 될 수 있기 때문이다.

그러므로 피지배국의 문학인으로서 식민제국에 대한 문화적 저항의 차원에서 자본주의 서구 중심적인 시각에서 벗어나려고 모색하였던 임화의 '혼화/혼종성'의 탈식민주의적 시각이 '이식문화론'이라는 선정적인 이론에 의해 정당화되거나 왜곡될 수만은 없는 일이다. 임화의 '정—반—합'이라는 변증법적 지양을 전체적으로 조망하지 않고, 단지 '정'에 해당하는 진술만을 부각시킴으로써 '이식문화론'이라는 오명을 덧씌워 마녀사냥 식으로 재단해 버리는 일은 우리 문학사에서 가장 예리하게 시대성을 선취한 빛나는 정신적 유산을 훼손시키는 일이 될 것이다. 더구나 민족사의 부침 속에서 이론과 실천, 문학과 짧은 삶을 자신의 온몸으로 일치시키고 형장의 이슬로 사라진 임화의 '탈이식문화론'을 폄훼하는 것은 후기 식민주의 시대를 살아가고 있는 우리들에게 오히려 '정신의 식민화'를 '이식'하게 되는 일임을 잊어서는 안 될 것이다.

‖ 참고문헌

김윤식 · 김현, 『한국문학사』, 민음사, 2009.
나병철, 『근대 서사와 탈식민주의』, 문예출판사, 2001.
나병철, 『탈식민주의와 근대문학』, 문예출판사, 2004.
나병철, 『한국문학의 근대성과 탈근대성』, 문예출판사, 1996.
민족문학사연구소 기초학문연구단, 『제도로서의 한국 근대문학과 탈식민성』, 소명출판,
    2008.
방민호, 「임화의 ‘이식문화론’ 재고」, 서울대학교, 2002.
백　철, 『신문학사조사』, 신구문화사, 2003.
성기조, 「한국근대문학의 전통논의에 관한 연구」, 단국대학교 대학원 국어국문학과 박
    사학위논문, 1984.
신승엽, 『민족문학을 넘어서』, 소명출판, 2000.
이경원, 『검은 역사 하얀 이론』, 한길사, 2011.
임　화, 「조선영화발달소사」, 『삼천리』, 삼천리사, 1941. 6.
임화문학예술전집 편찬위원회, 신두원, 『문학의 논리』, 소명출판, 2009.
임화문학예술전집 편찬위원회, 임규찬, 『문학사』, 소명출판, 2009.
조동일, 「전통의 퇴화와 계승의 방향」, 『창작과비평』, 창작과비평사, 여름호, 1966.
조연현, 『한국현대문학사』, 성문각, 1956.
패트릭 윌리엄스, 피터 차일즈, 김문환, 『탈식민주의 이론』, 문예출판사, 2004.
하정일, 『탈식민의 미학』, 소명출판, 2008.
호미 바바, 나병철 역, 『문화의 위치』, 소명출판, 2002.

『토지』의 탈식민 서사 연구
– 탈식민 주체를 중심으로 –

김 선 하

1. 『토지』와 탈식민

　『토지』는 탈식민의 시대[1]에 쓰여진 식민지 시대의 서사[2]이다. 1969년 한국이 근대화의 기치를 내걸고 행군하고 있을 즈음에 시작하여, 군부 독재의 종식 및 전 국민의 대통령 선거권의 확보, 문민정부의 수립 등 한국 현대 정치사의 격변의 시기가 마무리되어 가던 1994년 8월 15일 탈고된 『토지』는 단일 문학 작품으로서는 한국 문학사에서 가장 긴 소설이 되었다. 게다가 『토지』가 다루고 있는 시대는 구한말부터 해방까지

---

1) 이때의 탈식민은 탈식민의 탈(post)을 단순히 식민지 이후(after)라는 의미만으로 해석한 것이다.

2) 『토지』서사는 1897년부터 1945년까지를 시대적 배경으로 하고 있어 식민지 시대 이전의 10여 년간을 다루고 있지만, 사실상 동학농민운동이 외세의 개입에 의해 좌절되고 청일전쟁에서 승리한 일본이 조선에서의 지배적 이권을 차지하게 된 역사적 사실 등을 고려할 때, 『토지』가 다루고 있는 시대는 일제 식민지 침략이 본격화된 시기부터 국권을 회복하기까지의 서사이므로 식민지 시대를 다룬 서사로 규정한다.

우리 민족의 역사에서 식민지 근대3)라는 문제로 늘 치열한 논쟁의 대상이 되어 왔다. 따라서『토지』는 단순히 긴 창작 기간과 분량의 많음을 넘어서 현재의 시대를 규정짓는 전사(前史)로서의 서사라는 의미를 담지한다.

그간『토지』에 대한 논의는『토지』가 완결되기 이전부터 완결된 이후까지 꾸준히 지속되어 왔다.4)『토지』에 대한 논의 중 특징적인 면은 문학 연구자들뿐만 아니라 사회학자, 역사학자, 정치학자 등 다른 학문 분야에 종사하는 사람들까지 논의에 활발히 참여해 왔다는 점이다. 그리고 문학 연구자들의 경우에는 관점과 입장에 따라『토지』에 대해 긍정과 부정의 상반된 평가를 내리고 있는 반면, 다른 분야의 학자들은 긍정적 평가가 대부분을 차지한다는 특징을 보인다. 그 중에서도 특히 사회학과 역사학 분야에서『토지』를 접근한 논문들5)은『토지』가 한국 근대사의 교과서로 불려도 될 만큼 역사적 안목과 투시가 뛰어나다고 결론짓고 있다. 또한 사회학자나 역사학자가 사료와 통계 자료라는 객관적 자료에 근거해 연구를 진행하는 것과 달리, 문학은 기초적 자료 이외에 상상력

____

3) 이 시대를 파악하는 역사학계의 일반적인 두 시각은 식민지 근대화론과 내재적 발전론의 입장이 있다. 그러나 이 둘은 지나치게 이분법적 시각을 보여주고 있다는 비판을 받으며 최근에는 근대가 식민지와 함께 전개되는 가운데 일본의 일방적인 입장이 아닌 한국인의 직·간접적인 참여를 통해 구성된 것을 '식민지 근대'라고 보는 입장으로 나아가고 있다(마이클 로빈슨·신기욱 외, 도면회 역,『한국의 식민지 근대성』, 삼인, 2006, 5-10쪽).

4)『토지』관련 연구 논저는 현재까지 학위논문 40여 편, 일반논문(서평류 포함)이 100여 편에 이를 정도로 많은 연구가 이루어져 왔다. 기존에 발표된 논문들을 필자가 분석한 결과 크게 장르 규정의 문제, 주제의 문제, 구성의 문제, 인물의 문제 등으로 나누어 볼 수 있었다. 이 중 특히 본고와 관련이 깊은 부분은 주제인데, 이와 관련된 논의들은 처음에는 '운명'에서 출발하여 '생명'의 문제로 최근에 들어서는 '저항'의 문제로 귀결되고 있음이 특징적이다(이상진,「탈식민주의적 시각에서 본『토지』속의 일본, 일본인, 일본론」,『현대소설연구』43집, 2010 ; 이미화,「박경리『토지』에 나타난 여성하위주체의 저항」,『한국문학논총』51집, 2009).

5) 박명규,「토지와 한국 근대사 : 사회사적 이해」, 125-151쪽,『한·생명·대자대비』, 솔출판사, 1995 ; 강만길,「소설 토지와 한국 근대사」,『한과 삶』, 솔출판사, 1994 등이 대표적이라 할 만하다.

을 통한 재구성이 가능하다는 점에서 사료의 부족으로 채우지 못한 부분을 『토지』가 훌륭하게 복원해 내고 있다는 평가를 내렸다.[6] 이는 다른 말로 표현한다면 『토지』가 단순히 문학적 장치와 평가의 틀에 갇혀 있지 않은 작품이며, 사회적이고 역사적인 상상력을 동원할 때 훨씬 더 풍부하게 의미 해석이 가능한 틀로 짜여져 있다는 말에 다름 아니다.

그렇다면 『토지』가 갖고 있는 문학적이면서도 문학적인 서사의 틀에 갇혀 있지 않으려 하는 이러한 속성을 어떤 방법론으로 접근하면 가장 잘 해석해 낼 수 있을까 하는 문제가 제기된다. 단순히 어떠한 시간과 공간적 배경 위에서 어떤 인물이 나와 이야기를 펼쳐 가는가의 문제만이 아닌, 그렇게 선택된 시간과 공간은 어떠한 역사적 의미를 지니며, 그 위에서 펼쳐지는 수없이 많은 인물들[7]의 삶은 당대의 정치·경제·사회·문화와 어떠한 관련을 맺으며 전개되는가를 살펴야 한다는 말이다. 그러기 위해서는 『토지』의 서사가 펼쳐지는 시대에 대한 고찰이 선결되어야 할 것이다.

『토지』의 서사가 펼쳐지는 시대는 다름 아닌 '식민지 시대'이다. 『토지』 속에 등장하는 모든 인물들은 이 시대적 배경으로부터 자유로울 수 없다. 이는 그가 식민 종주국 태생이든, 피식민지 태생이든 마찬가지이다.[8] 또한 지위고하, 남녀노소를 막론하고 '식민지 시대'로부터 영향을 받으며 살아가는 것으로 그려져 있다. 그래서 『토지』는 한편의 거대한 역사 드라마를 연상시키는 측면이 강하다.[9]

---

6) 강만길, 위 논문, 144쪽.

7) 『『토지』 인물 사전』(이상진 저, 나남출판, 2002)에 의하면 단역 인물까지 포함하여 작품에 등장하는 인물은 600여 명에 이른다.

8) '식민지'라는 말 속에는 이미 '제국'이 이항 대립적으로 상존해 있으므로 이 둘은 분리할 수 없다.

9) 『토지』에 대한 최초의 서평 형식의 글이 염무웅의 「역사라는 운명극」(1973. 11. 신동아)이라는 것은 이 작품의 특징을 매우 잘 지적한 것이다.

나아가 『토지』는 이 거대한 역사 드라마를 관통하는 주제 의식을 그 바탕에 깔고 있으며, 이를 결론적으로 표현한다면 '식민지 벗어나기' 곧, '탈식민'이라 요약할 수 있다. 이는 비단 『토지』를 가리켜 '소설로 쓴 일본론'이라는 기존의 일부 논자들의 평가10)에만 근거를 두고 있는 것이 아니라, '탈식민'이 『토지』 전체의 서사를 진행시키고 완결짓는 핵으로 작용하고 있다는 데에 근거한다.11) 이를 위해 탈식민을 단순히 식민의 앞에 붙는 접두어 포스트(post)의 의미에서 파생되는 식민주의를 넘어서 (beyond)는 것인가 식민주의 이후(after)인가의 문제에 천착하기보다는, 탈식민이 식민주의를 경험한 피지배 민족에게는 대항 담론으로서 기능하고 있다는 점에 주목해야 한다.12)

---

10) 박상민, 「작품 구조와 인물을 통해 본 일본론」, 『한국 근대문화의 박경리의 『토지』』, 최유찬 외, 소명출판, 2008.

11) 『토지』 1부 서사가 2부로 이어지게 하는 핵심 사건은 일본의 외피(양복을 입고 단발을 했으며 일본을 통한 문명개화를 주장)를 쓴 친일파 조준구의 최참판가 침탈과 동학농민운동의 현장을 누볐던 목수 윤보를 중심으로 한 일당의 항거이다. 이 사건으로 인해 일제에 의해 폭도로 규정당한 윤보 일당은 죽임을 당하거나 한반도 북방의 간도로 이주하게 된다. 간도는 무너진 조선 민족의 정체성을 오히려 회복시키고 빼앗긴 최참판가의 영화를 되찾게 하는 공간으로서 기능하며, 이후 중국, 연해주, 한반도, 일본을 연결시키는 독립운동의 중요한 기지로서 역할을 담당한다. 이는 일본 제국주의 침략에 의해 국토를 강탈당하고 이산(離散)을 경험한 조선 민족의 역사를 은유하게 되며, 조준구로부터의 최참판가 탈환, 각양각종의 독립운동의 전개, 밀정과 왜놈 앞잡이를 비롯한 친일파의 청산, 조선 민족 저항의 본류 찾기 등으로 이어지며 제국주의의 압제 속에서도 끈질기게 살아남아 독립을 찾는 것으로 서사가 마무리된다. 1부에서 5부와 완결편까지 이어지는 서사의 핵은 '탈식민'의 문제로 볼 때, 구성적 통일성과 주제적 완결성을 동시에 획득할 수 있는 이점이 있다.

12) 고부응(2002)은 탈식민(postcolonial)이란 용어가 기본적으로는 과거 식민 지배 아래에 있던 아시아·아프리카·중남미의 여러 나라에서 과거의 서구 식민 체제가 지배하던 식민 시대와 그 다음 시기를 구별하기 위하여 쓰이는 말이지만, 아직도 서구의 비서구 세계에 대한 지배가 계속되고 있다는 측면에서, 탈식민의 '탈'이라는 말을 단순히 식민 상태에서 벗어났다는 역사적 흐름을 설명하는 말이라기보다는 오히려 식민주의에서 벗어나려는 노력으로 받아들이는 것이 타당하다는 견해를 피력하고 있다. 특히 식민문제를 다룬 문학 작품의 경우에는 식민주의 문학과 탈식민주의 문학으로 나눌 수 있다고 보았는데, 식민주의 문학이 서구 작가들이 식민주의적 관점

 탈식민은 식민 지배가 끝난 이후에 식민 지배와 피지배의 틀을 분석하기 위해 체계화된 이론이지만, 식민지 지배 이전과 이후를 식민/탈식민으로 이원화(二元化)하기 힘들며 지속적인 연속선상에서 전개되고 있는 이론으로 보는 것이 타당하다. 즉, 식민지 시대가 시작되던 때에 이미 식민 종주국을 중심으로 한 식민 지배 정책과 이론이 있었듯이, 피지배 민족을 중심으로 한 식민지 지배 정책으로부터 벗어나려는 일련의 움직임이 있었다고 보는 것이 타당하다. 그리고 이러한 일련의 움직임은 크게 보아 탈식민의 범주에 넣어도 무리가 없을 것이며, 오히려 이론화되기 이전의 자생적인 이런 흐름이야말로 식민주의 정책의 허구를 드러내고 전복시키는 동인으로 작동하고 있었음에 분명하다.[13]

 이에 이 글에서는 『토지』의 서사가 크게 보아 식민지 시대를 배경으로 하여 일본 제국주의 식민 정책에 대항하는 서사를 기획하고 전개시켜 나갔다는 측면에서 '탈식민'적 성격의 서사인 것으로 규정하고 논의를 펼치고자 한다. 논의의 범주를 좁히고 보다 명료화하기 위해 식민지 지배 정책에 저항한 세력들을 그 사상적 기반에 따라 분류한 후, 그들의 활약

　을 가지고 식민지 문제를 다룬 문학이라면, 탈식민주의 문학은 그러한 식민주의에 저항하는 가치를 담고 있는 문학이라는 것이다. 이러한 고부응의 견해를 받아들여 필자는 『토지』를 식민주의에 의해 지배당한 피식민지인이 만들어낸 식민주의에 저항하는 문학이라는 관점에서 논의를 전개함을 밝힌다(고부응, 『초민족 시대의 민족 정체성』, 문학과 지성사, 2002, 14-17쪽).

13) 물론 탈식민의 계보에는 식민지 이후 식민 종주국인 제1세계 지성인들―일명 탈식민의 3인방이라 불리는 에드워드 사이드, 호미 바바, 가야트리 스피박―에 의해 전개된 정교한 식민 담론 분석이 중요한 위치를 차지하고 있음은 분명하다. 그러나 그들에 의해 복원되고 재현되는 제3세계는 결코 타자의 주체성을 찾을 수 없다. 왜냐하면 모든 담론은 주체 중심적일 수밖에 없기 때문이다. 서구의 인식론적 폭력에 의해 타자화되었던 제3세계의 주체 구성이 탈식민의 주요 과제라 볼 때, 그 기획의 주체는 제3세계가 되어야 마땅하다. 따라서 본고에서는 의도적으로 탈식민의 계보에서 제대로 자리매김 되지 않은 제3세계의 반제국적 담론을 탈식민 계보의 뿌리로 보고 이에 입각하여 주된 논의를 전개함을 밝힌다(이경원, 『검은 역사 하얀 이론』, 한길사, 2011, 58쪽).

상을 서사 전개 내용과의 연관성 상에서 분석함으로써 사회·역사적인 의미를 부여하고자 한다.

이를 통해 탈식민 주체 세력들의 저항의 지점을 찾아 자리매김함으로써 탈식민 서사로서의 『토지』의 의의를 드러내려 한다.

2. 탈식민 주체[14]를 중심으로 재구성한 『토지』 읽기

1) 동학잔당의 활동을 통한 지배 체제 교란

먼저 『토지』에서 살펴볼 수 있는 탈식민 주체 세력은 '김환'을 중심으로 한 동학잔당을 들 수 있다.[15] 김환은 『토지』서사 전반부의 이면(裏面)

---

14) 탈식민에서 '주체'의 문제는 네그리뛰드로부터 스피박에 이르기까지 탈식민을 관통하는 주제이며, 이는 탈식민의 정체성 문제와도 연결된다. 그러나 "파농을 비롯한 인물들의 텍스트적 실천이나 무장혁명을 통한 실천, 저술과 반(反)식민적 행동주의의 결합이 없었다면 탈식민주의는 생겨날 수도 없었을 것이며, 나아가 사이드의 정교한 텍스트적 실천이 없었다면 이론화될 수 없었을 것(피터 차일즈·패트릭 윌리엄스, 김문환 역, 『탈식민주의 이론』, 문예출판사, 2004, 42쪽)"이라는 지적처럼, 탈식민의 주체는 1차적으로는 식민지에서의 반(反)식민 운동에서 찾는 게 정체성 규정의 면에서 타당하다. 나아가 식민지 종주국의 인물들이 펼치는 식민주의 분석 담론도 이 범주에 포함하여 논의한다.
15) 『토지』서사에서 동학잔당은 크게 두 부류로 나눌 수 있는데, 종교로서의 성격을 강조하는 동학교파와 정치적 당으로서의 성격을 강조하는 동학당이 그것이다. 물론 둘 다 동시대의 실제 동학의 역사 속에서 전개된 교위주론과 당위주론을 어느 정도 반영하고는 있지만, 작품 속 동학잔당은 중앙의 어느 동학 단체―이용구의 시천교, 손병희의 천도교 등―와도 관련을 맺지 않고 자생적으로 만들어지고 활동하는 성격의 것으로 그려져 있다. 그러나 이들 사이에도 혁명의 노선에서 분명한 차이를 보이는데, 동학의 종교적 성격을 유지하면서도 온건한 저항을 주장한 인물로 윤도집과 지삼만 등을 들 수 있으며, 종교의 외피를 벗어던지고 당으로서의 성격을 표방하고 강한 투쟁을 주장한 인물로 김환, 강쇠, 석포, 관수, 손지두 등을 들 수 있다. 그러나 결국 종교적 성격을 유지하고자 한 온건형의 인물들은 일제의 지배가 악랄해지고 장기화될수록 그 저항성이 퇴색되어 버린 데 비해, 당으로서의 성격을 표방한 투쟁

에서 작용하는 핵심적인 인물이다.

지배 계층의 부패와 외세의 침탈로 인해 조선의 국운이 쇠망의 길로 치닫던 19C 후반부인 '1897년 한가위'에서부터 『토지』 서사는 출발한다. 갑오경장을 기점으로 노비 제도가 폐지되고, 단발령이 시행되며, 근대식 학교가 도입되는 등 봉건 체제가 무너지고 근대적 제도가 속속 도입되던 때, 작품은 좌절로 끝난 '동학농민운동'의 전설적 지도자 김개주의 아들 '김환(=구천)'을 등장시킴으로써 서사의 계기를 마련한다. 또한 그를 최참 판가라는 봉건 대지주 집안의 종으로 전위(轉位)시켜 제도의 개혁과는 별 개로 여전히 잔존하고 있는 신분제의 모순을 드러낸다.

『토지』 전체의 중심 서사 중 하나가 '최참판가의 침탈과 탈환'이라는 것은 선행 연구물들 곳곳에서 밝혀진 사실16)인데, 동학농민운동의 혈통 적 후계자로 등장하는 '김환'은 이러한 중심 서사에 유기적으로 관련된 다. 그는 최참판가의 유일한 적자 남성인 이부(異父)형 최치수의 아내인 별당아씨를 빼앗아 달아남으로써 최참판가의 봉건적 권위에 도전하며, 후일 최서희의 남편이 되어 최참판가의 진정한 탈환―신분제가 무너진 사회에서 독립운동을 하는 가문으로서의 권위 회복―에 실질적 역할을 하는 길상(=김길상 또는 최길상)의 정신적 스승이 됨17)으로써 서사 전체에

───────────

형 인물들은 현실의 암담함에 개의치 않고 지속적이고 가열찬 저항을 전개해 나간 다. 따라서 작품 속 '동학잔당'이 제국주의 침략과 지배 하에서 탈식민의 기제로서 기능하기 위해서는 '김환'을 중심으로 한 세력처럼 항일투쟁의 한 방법론의 장으로 포괄되었을 때 비로소 가능한 것으로 보고, 본고에서는 '김환'의 노선에 초점을 맞 추어 '동학잔당'의 활동을 조명한다.

16) 김은경, 『『토지』서사 구조 연구』, 서울대 석사 논문, 2000 ; 오세은, 『여성 가족사 소설 연구』, 서강대 박사논문, 2000 ; 이재선, 「숨은 역사·인간 사슬·욕망의 서사 시」, 『한과 삶』, 솔출판사, 1994.

17) 김환과 길상은 우관선사를 매개로 하여 이어져 있으며, 신분과 태생으로 인한 한을 간직하고 있다는 점에서 유사성을 보인다. 특히 별당아씨의 죽음 이후 용정을 찾아 온 김환과 길상의 격의 없는 만남―3일 밤낮을 술과 씨름하듯 하며 해란강가를 뒹 구는 장면으로 서사화됨―은 그들을 정신적인 스승과 제자의 관계로 이어주는 역할

서 중요한 역할을 차지한다. 나아가 '김환'의 활동은 일제에 의한 조선의 국권 침탈에 저항하는 기층 민중[18] 세력의 구심점으로서 기능한다. 그는 '동학농민운동'의 초기 단계에서부터 혁명적 지도자인 아버지 김개주의 죽음으로 마감되는 결말까지를 직접 경험한 인물로서 이후 일본 제국주의의 조선 침략에 대항하여 무장 항쟁 세력을 규합하고 전술을 짜는 등의 핵심적 역할을 담당한다.

특히 동학잔당의 활동은 『토지』 전체 5부 서사 중 2부 서사에서부터 본격적으로 등장하기 시작한다. 이 시기는 조선이 일제에 강제 합병되던 1910년대를 서사적 배경으로 삼고 있는데, 1900년대가 주된 시대 배경이 되고 있는 1부 서사에서 김환은 혈연으로 맺어진 인물들과의 처절한 이별―아버지 김개주의 처형, 어머니 윤씨부인의 병사(病死), 연인 별당아씨의 죽음, 이부형 최치수의 비명횡사 등―을 경험한 후, 2부 서사에서부터 본격적으로 동학당의 길로 들어선다. 이때부터 김환은 개인적 운명과 고뇌에서 벗어나 동학과 직·간접으로 관계를 맺었던 인물들을 규합하여 동학당의 조직을 재건한 후, 일제에 대항하는 무장 항쟁을 전개해 나간다. 그는 동학 조직이 전면(前面)에 드러나지 않게 함으로써 동학당의 피해를 최소화하는 노선을 취한다.

> 환이는 눈을 내리깔고 있을 뿐인데 가끔 눈을 들어 물건 흥정을 하고 있는 건달풍 사내들 서너 명 쪽을 주의깊게 바라보곤 했다. 복작거리는 장꾼들 속을 헤치고 들어갔던 순사는 샤벨을 절렁거리며 되돌아나온다. 건달풍

을 한다.

18) 신채호가 1920년대 들어 발표한 「조선혁명선언」(1923)에 처음 등장한 용어로, 억압받고 착취당하는 '무산대중'의 광범한 정치적 집합체라는 의미로 사용되었다. 신채호는 혁명의 주체를 민족에서 민중으로 바꾸면서, 오로지 민중만이 억압적이고 착취적인 제도와 관습을 일소할 수 있다고 주장하였다(조민, 『한국민족주의 연구』, 민족통일연구원, 1994, 78-80쪽).

의 사내 세 명이 선 자리에서 이동하고 이동하면서 환이를 쳐다본다. 눈깜짝할 사이에 사건이 터졌다. (…중략…) 엎어진 왜순사 등에 비수는 깊숙이 꽂혀 있었다. 피는 순사복 바짓가랑이로부터 흘러내렸다. 장세 걷으러 다니던 사내가 요란하게 호각을 울렸다. 장꾼들이 이리 몰리고 저리 몰리고 흰옷을 입은 건달풍 사내들이 저만큼 뛰어간다. 어디서 나타났는지 순사 하나가 그들 뒤를 쫓아가고 뒤늦게 나타난 헌병들이 공포를 쏘아대며 달려간다.

(2부 2권, 102쪽)[19]

결국 헌병들은 왜순사를 죽인 세 명의 사내를 놓쳐 버리고, 김환 일당은 그전 날 훔친 왜인 잡화상의 물건을 용줏골 산 속에 일부러 흘림으로써 사건의 혐의가 용줏골의 화적패에게 돌아가도록 유도한다. 당시 일본은 지리산 근처의 화적패를 토벌하지 않고 그대로 둠으로써 의병의 출현을 기다리는 사람들의 마음에 분열을 일으키는 술책을 썼는데, 김환 일당은 일제의 기만책을 전유하여 식민 정책의 하수인인 ‘왜순사’를 제거하고 ‘헌병’들을 혼란에 빠뜨리며 게릴라전식 무장 항쟁을 전개한다. 이러한 방법론은 동학 조직의 피해를 최소화하면서도 민중에게 동학당이 여전히 건재하다는 신화를 심어줌[20]으로써 제국 지배의 공고함을 주변부에서 무너뜨리는 효과를 발휘한다.

김환은 1920년대를 주된 배경으로 하고 있는 3부의 서사에서 여전히 지리산 일대의 한반도 남단의 저항 운동을 이끄는 구심점으로 남아 활동

---

19) 여기에서 인용하는 작품 텍스트는 솔출판사(1994년판) 본임을 밝힌다. 이 판본은 『토지』 판본에 대한 선행 연구에서 가장 오류가 적은 판본임이 밝혀졌기에 다른 판본에 비해 정통성을 지니고 있다고 보기 때문이다. 이 판본은 전체 5부 16권으로 구성되어 있으며, 본고에서는 인용할 때 각 부와 권수 및 면수를 밝혀 적는다.

20) 일제의 『토지』 조사 사업으로 인해 농토를 잃고 갈수록 살기가 어려워짐을 절감하는 농민들이 나룻배에서 나누는 대화 속에 "지리산 골짜기에 쥐도 새도 모르는 군사가 천 명은 넘기 숨어 있어서 여차 하믄 치고나올"거라든지, "천 명 넘기 숨어 있다는 군사가 모두 동학군"이라든지, "그때 동학군이 수십만이었으니 천 명 모으기란 어려븐 일이 아닐"거라든지 하는 표현을 통해 민중에게 동학은 여전히 끝나지 않은 신화로 작용하고 있음을 알 수 있다(2부 2권, 78쪽).

을 계속한다. 김환 일당은 추석날을 맞아 벌어진 오광대놀음을 통해 일제 지배에 굴복하지 않는 의병들이 살아 있음을 보여준다.[21] 지삼만 등의 밀고로 일본 헌병에게 잡혀 자살로서 생을 마감하는 그는 '핏줄의 본능'에 근거한 저항 활동을 전개한 인물로 "생명이 있는 한 애비 어미를 부정할 수 없다."는 말로 피지배 민족의 저항의 필연성을 상기시킨다.

다음으로 김환의 저항 정신의 핵을 이어받은 인물로『토지』서사에 등장하여 활동을 펼치는 인물은 송관수이다. 송관수는 동학당이었던 아버지와 과부였다 재가한 어머니 사이에서 태어난 인물이다. 그는 친일의 외피를 뒤집어쓰고 최참판가를 찬탈한 조준구를 응징할 때 주도적 역할을 했던 인물로 그려지며, 그 후 간도로 건너가지 않고 진주에 은신하던 중 백정의 딸과 결혼함으로서 진주를 중심으로 지배 체제에 대한 저항을 전개한다. 그는 제국주의의 폭압뿐만이 아니라 인간을 억압하는 모든 제도에 대한 저항을 시도한다. 결혼을 계기로 눈을 뜨게 된 백정의 사회적 차별에 항거하여 '형평사 운동'에 적극 가담하며, 이를 계기로 알게 된 국내외의 '사회주의 세력'들과도 연대를 시도한다.

그러나 역시 그에게 있어서도 저항의 동인은 '핏줄의 본능'이다. 그는 동학당이었던 아버지를 둔 인물로 자연스럽게 동학잔당 세력과 손을 잡으며, 백정의 사위는 곧 백정이라는 사회적 인식의 두터운 벽 앞에 실천적인 저항을 전개하며, 김환의 죽음 이후에 무너져가는 동학잔당 세력의 재건을 위해 사회주의 세력들과 손을 잡고 부산을 거점으로 노동운동 등

---

21) 작품 속에서 민중들은 동학당과 의병을 거의 동질적인 것으로 인식하고 있다. 이는 실제 동학농민운동의 잔여 세력이 을미사변과 을사조약 당시의 의병 투쟁에 흡수되었던 역사적 사실과도 부합한다. 1909년 일제에 의한 '남한대토벌작전'으로 한반도 내에서의 의병 활동은 쇠퇴해 갔지만, 이들 중 일부는 만주나 간도로 넘어가 독립운동의 전사가 되었으며, 이들이 이룩한 무장 항쟁의 형태는 일제 하 민족해방운동의 민중적 형태를 확립하는 데 기여했다(한국민중사연구회,『한국민중사 II』, 풀빛, 1986, 101-108쪽 참조).

을 전개한다. 그는 동학당의 혁명의 '피'와 백정의 '칼'을 동시에 떠오르게 하는 인물로 거침없고 배짱이 두둑한 인물로 그려진다.

> 한낮, 여름 햇빛이 쏟아지는 날이었었다. 길켠에 소달구지를 세워놓고 인가에서 인분을 담은 소매통을 들고 나오는데 마침 조선인 순사 한 사람이 지나가다가 그 고약한 냄새에 얼굴을 찡그렸다. (…중략…) 화가 난 순사는 구둣발로 소매통을 걷어찼다. 그러자 소매통이 구르면서 아구리로부터 인분이 길바닥에 쾰쾰 쏟아진 것이다. 졸지간이라 순사가 놀라기는 좀 놀란 모양이었다. 그러나 관수는 태연자약하게 뭉쳐 들었던 지푸라기는 달구지 위에 올려놓고 땅바닥에 쭈그리고 앉더니 두 손을 모아 인분을 걷어서 소매통 아구리 속에 쏟아붓는 게 아닌가. 기가 질려버린 순사 오도가도 못하고 우물쭈물하고 있는데 일어선 관수는 인분이 묻은 손바닥으로 냅다 순사 뺨을 갈긴 것이다. (2부 2권, 143쪽)

이 일로 송관수는 며칠간의 구류를 살고 나오며 이 사건은 진주 사람들 사이에서 꽤 유명한 일화로 전해지게 된다. 배짱이 좋고 두려움이 없고 옳은 말을 할 줄 아는 관수는 개인적 한을 제국에 대항하는 힘으로 승화시킨 인물로 자신뿐만 아니라 주변 인물들까지도 탈식민의 길로 이끄는 지도력을 발휘한다. 정한조의 아들 '정석'의 학업의 길을 열어주고, 만주에서의 독립운동 노선과 연결하여 주며, 살인죄인 아버지의 자식이자 민족을 팔아 개인의 영화를 꾀하는 밀정의 동생이라는 죄책감을 지닌 '한복'에게 만주로의 군자금 전달의 중책을 맡김으로써 비로소 '사람다운 삶'을 살게끔 돕는다.[22]

그러나 무엇보다도 송관수의 투쟁적 활약상이 가장 잘 드러난 대목은

____

22) '정석'은 송관수의 영향으로 이상현이나 서의돈과 같은 양반 출신 지식인의 자부심이 지닌 영웅주의를 비판하고 인간의 존엄성이 우선되어야 한다고 생각을 갖게 되며(3부 3권, 81쪽 참조), 한복은 김훈장의 유해를 가져오기 위해 만주행을 부탁받고 송관수와 만난 자리에서 살인죄인의 자식인 자신은 독립운동에 가담함으로써 비로소 '사람답게' 살 수 있었음을 고백하며 송관수를 감동시킨다(4부 2권, 241쪽 참조).

작품 속 서사 4부에서 드러나는 '상해 가정부 사칭 군자금 강탈 사건'이다. 4부는 1930년대를 배경으로 하여 전개되고 있는데, 1930년대는 일본 제국주의가 한반도를 넘어 만주와 중국까지를 지배하고자 급격히 군국주의의 길로 들어서던 때이다. 대부분의 독립운동 세력들이 국외로 빠져나가거나 지하로 숨어들어 독립의 길이 요원해 보이던 때 터진 이 사건은 실의에 빠진 민중들에게 독립에의 희망을 다시금 떠올릴 수 있게 하는 중요한 장치가 된다. 송관수가 주동이 되어 감행한 이 사건은 철통같은 보안과 수사를 자랑하는 일본 경찰이 끝내 범인을 잡지 못하고 흐지부지 끝남으로써 제국주의 지배 체제의 허점을 드러내는 지점이 되기도 한다.[23]

송관수는 이 굵직한 사건을 끝으로 만주로 건너가 독립운동에 관여하다 호열자로 세상을 뜨는 것으로 그려진다. 그러나 그가 평생에 걸쳐 펼쳤던 제국주의에 대한 강하고 실천적인 저항의 삶은 '주어진 자기 삶에 밀착하여 혼신으로 끌어안고 치열하게 살다 간[24]'것으로 기억되며, 일상의 삶을 통해 탈식민의 길을 갈 수 있는 방법론을 많은 민중들에게 깨우쳐 준다.

2) 국외 독립운동 세력의 활동을 통한 저항

조선 민족에게 있어 간도와 만주 일대는 한반도 경계 밖에 있는 타 민족의 땅이 아니라 민족의 역사가 시원(始原)한 고토(古土)이자 회복의 의미

---

23) 여기서 눈여겨 볼 점은 강탈의 대상이 된 사람 중 한 명인 술도가를 운영하는 진주의 부자 '이도영'이 실제 상황과는 전혀 다른 거짓 진술을 했다는 사실이다. 이는 일제가 식민지 통치 기간 동안 '내선일체'를 내걸며 조선인을 제국의 지배 논리에 동화시키고자 했으나, 결코 완전한 동화를 이룰 수 없었음을 보여주는 대목이다.
24) 누구보다도 송관수를 잘 알고 아꼈던 인물인 길상이 송관수의 유서를 떠올리며 그를 규정하는 표현이다(5부 1권, 294쪽).

를 지니는 공간이었다.25) 이는 『토지』 서사의 상당 부분이 이곳을 무대로 펼쳐진다는 사실과도 밀접한 관련을 지닌다.

『토지』의 1부가 한반도 남단의 평사리를 주 무대로 하여 펼쳐진다면, 『토지』 2부의 중심 무대는 간도와 만주이다. 특히 1부에서 최참판가가 친일 세력 조준구에 의해 침탈당한 데 대해 항거하는 윤보 등의 의거가 이루어진 때는 일제에 의해 대한제국의 군대가 강제로 해산된 시점26)이다. 그 후 일제에 의한 합방조약이 체결되기까지의 3년쯤을 『토지』는 빈 공백으로 처리하고 있다. 대신 일제에 의해 폭도로 몰린 대항 세력들이 간도로 건너가 자본주의적 방식을 전유하여 대자본가로 성공하는 것으로 등장시킨다.27)

이는 간도라는 공간이 일제의 지배로부터 비교적 자유로운 공간이었으며, 조선 후기 이래로 간도로 건너온 조선 민족들이 그곳에 뿌리를 내리며 간도로 건너온 유이민들의 정착을 도왔다는 사실로 이어진다. 최서희가 간도로 건너가 막대한 부를 쌓는 데 큰 공헌을 한 이는 길상과 공노인인데, 이 중 공노인은 최서희 못지않은 지략과 혜안을 갖고 있는 인물로 그려진다. 특히 공노인은 최서희에게 어머니와 같은 역할을 하는 월선의 삼촌으로 최씨 집안과 관계를 맺으나, 공노인은 이런 개인적인 인

---

25) 앙드레 슈미드(2002)는 개화기 이후 '문명'과 '계몽'이라는 미궁에서 벗어날 수 없었던 한국이 민족의 새로운 구심점으로 내세운 것이 '역사'였다고 보고 있다. 그 중에서도 민족사 자체를 최대한 합법적이고 장구하며 거대한 스펙터클로 창조해 내는 것이 중심적인 욕망으로 작용했고, 이로 인해 가장 주목받은 공간은 간도와 만주였다고 분석하고 있다. 즉, 만주와 간도에 대한 기록은 단순한 역사의 기록이 아니라 민족이 존재했을 법하고 존재했으면 하는 공간과 시간의 창조로서의 의미를 지니게 되는 것이다(앙드레 슈미드, 정여울 역, 『제국, 그 사이의 한국』, 2002, 휴머니스트, 15-16쪽).

26) 1907년 한일신협약에 의해 그 해 8월에 군대가 해산되었다(한국민중사연구회, 앞의 책, 115쪽).

27) 최서희는 우세한 자본을 바탕으로 곡물의 매점매석과 부동산 투기 등의 자본주의적 방식을 전유하여 단시일 내에 용정의 부호가 된다.

연을 떠나 고국을 떠난 유이민들이 민족적 정체성을 잃지 않기 위해서는 자본도, 교육도 조선 민족이 점유해야 한다는 생각이 투철한 인물이다. 그를 통해 간도의 여러 활동상이 전개되며, 따라서 공노인은 2부 서사 연결의 고리로서의 역할을 하는 중심인물이다.

2부에서부터 장구히 펼쳐지는 나라 잃은 민족의 나라찾기 서사는 공노인을 고리로 하여 크게 미래를 대비해 실력─자본과 교육 등─을 양성해 나가자는 쪽과 간도와 연해주를 중심으로 활동하는 무장 독립운동 단체들의 활동으로 나뉜다.

19세기 말 20세기 초에 활발하게 펼쳐졌던 애국계몽운동의 맥과 닿아 있는 실력 양성의 측면을 보여주는 국외의 중심인물의 축에는 '송장환'이 놓여 있다. 송장환은 용정의 부호인 송병문의 둘째 아들로 교육 사업을 통해 나라를 잃고 쫓겨 온 유이민 2세들의 교육에 심혈을 기울인다. 그들을 애국자로 양성하는 것이 국권을 회복하는 길이라 생각하여 간도에 '상의학교'를 설립·운영한다. 이 학교를 통해 후일 탈식민의 길을 가는 '이홍', '박정호', '강두메' 등을 배출해 낸다.

> 송장환이 이상현에게 하는 말 : 이곳에 있어서 교육이란 (…중략…) 맹렬한 정치 싸움 아닙니까? 우리부터 교육은 독립운동의 일환으로 생각하고 있으니까요. (2부 1권, 50쪽)

> 송장환이 상의학교 학생들에게 가르치는 역사수업 장면 : 여러분! 저 슬픈 고구려인들, 말갈족에 동화되어 조상을 잃은 내 겨레의 운명을 기억해야 합니다. (…중략…) 오늘날, 우리는 나라를 송두리째, 백성들을 송두리째 일본에게 빼앗기고야 말았습니다. 그 옛날의 슬픈 고구려인들처럼 우리도 일본에게 동화되고 만다면 영원히 영원히 우리의 민족과 국가는 이 지구상에서 사라지고 말 것입니다! (…중략…) 그러면은 우리는 어떻게 해야 하겠습니까. 여러분들은 편지를 쓰기 위해 글을 배우는 것이 아닙니다. 셈을 하기 위해 글을 배우는 것도 아닙니다. 싸우기 위해 글을 배우는 것입니다. 알아

야만 싸울 수 있습니다. 알아야만 이길 수 있습니다, 여러분!

(2부 1권, 127-128쪽)

송장환은 정체성을 형성하기 시작해 나가는 민감한 청소년기에 있는 상의학교 학생들에게 간도에 살고 있는 수많은 조선인들이 청국에 귀화하지 않고 조선인의 풍습과 언어를 지켜냈듯이, 국권 상실의 시기에 배움의 진정한 목적은 나라를 되찾고 싸우기 위해서임을 깨우쳐 준다. 나아가 그는 백성이 주인이 되는 민족운동의 노선을 주장한다. 그는 그러한 저력을 동학농민운동의 민중들에게서 찾고 있으며, 왕에 대한 충성심이 더 이상 백성을 뭉치게 할 수 없다고 단언한다. 송장환에게서 이렇듯 철저한 민족의식과 반일 교육을 받은 학생들은 후일 독립운동가들을 자금으로 돕거나[28] 민족주의 계열의 독립운동에 뛰어들거나[29] 만주와 연해주 일대의 사회주의 운동가들과 손을 잡고 공산주의자가 되는 길을 선택한다.[30]

또한 송장환은 서사 전체에서 큰 비중을 차지하고 있는 중심인물 중 한 명인 길상[31]을 만주와 연해주의 여러 독립운동가들과 연결시켜 줌으

---

28) ‘복 많은 이 땅의 농부’로 그려지는 ‘이용’의 아들 ‘이홍’은 젊은 날 잠시 방황을 하기도 하나, 일제에 의해 의병으로 몰려 감옥에 잡혀가 고문을 당하고 풀려 난 후, 민족의식에 눈을 뜨고, 후일 만주로 건너가 자동차정비공장을 하며 독립운동의 자금줄 역할을 한다.

29) 김두수에 의해 일군에게 넘겨져 처형을 당했던 의병장의 둘째아들로 그려지는 ‘박정호’는 숙부 박재연을 따라 연해주로 떠나 독립운동 전선에서 일하고 있음이 암시된다.

30) ‘강두메’는 ‘강포수’와 ‘귀녀’ 사이에서 태어난 것으로 추정되는 인물로, 강포수가 공노인 손에 맡기고 떠난 후, 공노인이 송장환에게 교육을 부탁한다. 송장환은 그의 비범함을 눈치채고 군관학교에 입학시켜 공부를 하도록 하고, 후일 강두메는 투철한 공산주의자가 되어 민족해방운동 전선에서 활동한다.

31) 이는 ‘길상’이 서사 전편에 걸쳐 등장하고 있다는 점과 ‘최참판가의 침탈과 탈환’에 적극적으로 관여하고 있다는 점, 주제적 측면에서 ‘저항’이라는 측면과도 맞닿아 있다는 점 등을 고려했을 때 내린 판단이다.

로써 그를 개인적 삶에서 벗어나 보다 큰 민족이라는 담론의 장으로 들
어오도록 돕는다.32) 송장환은 용정에서 태어나 그곳에서 자란 인물이지
만 강탈당한 조국에 대한 사랑이 매우 깊으며 일제의 침략의 손길이 만
주 일대까지 뻗어오는 등 일본의 탄압이 거세어질수록 오히려 조선 민족
의 독립을 확신할 정도로 독립에의 의지가 뚜렷한 인물이다. 작품의 후
반부로 갈수록 송장환은 단순한 계몽 형식의 교육 운동에 머물지 않고,
무장독립투쟁 노선을 걷는 독립운동가 계열의 인물들과 연대하여 탈식민
투쟁을 전개한다.33)

　다음으로 보다 강한 무장독립투쟁의 노선을 걷는 인물로 권필응을 살
펴볼 수 있다. 그는 송장환의 시선을 통해 서사에 처음 등장한다. 용정의
독립운동가이자 교육자였던 운헌선생의 상가(喪家)에서 마주친 권필응은
‘어둠에 숨은 무서운 일꾼’으로 그려지며, ‘허름한 옷차림’과 ‘찌들고 주
름진 속’에 ‘지혜와 열정과 용기’를 지닌 인물로 평가된다.34) 만주와 연
해주 일대를 무대로 일제에 대한 저항운동의 조직을 움직이고 계책을 세
우는 핵심 인물로 그려지는 권필응은 무엇보다도 독립운동하는 이들의
‘영웅심리’를 경계하는 인물이다. 그는 한 두 명의 영웅적 지도자보다는

---

32) 특히 만주와 연해주를 중심으로 활동하는 권필응과의 만남은 길상이 독립운동에 뛰
　　어들도록 결심하게 만든다. 1차 세계대전의 발발(1914년 7월)을 두고 길상, 신태성,
　　권필응 등이 세계 정세와 조선의 앞날에 대해 의견을 나누는 장면에서 권필응은 길
　　상을 상대로 중국 민족의 민족성 이야기를 하며 느긋하게 지구전을 하며 민중들과
　　함께 갈 때만 일제를 물리칠 수 있다고 말하며, 말로써 하기 보다는 실천이 중요함
　　을 역설한다(2부 3권, 158-174쪽). 이러한 만남 후 길상은 하얼빈행을 결심하며 송장
　　환을 따라 하얼빈으로 가게 되고, 독립운동의 길로 들어서게 된다.

33) 그는 운헌선생의 아들인 권필응, 러일전쟁 당시 밀정에게 가족을 잃은 장인걸, 공산
　　주의자가 된 두메, 사회주의 계열의 독립운동가가 된 유인실 등을 만주와 연해주 일
　　대를 중심으로 정착한 민족 자산가들―러시아인으로 귀화한 쎄리판 심과 그의 가족
　　들―과 연결시키는 역할을 함으로써 탈식민 투쟁이 멈추지 않고 전개되도록 돕는
　　데 큰 역할을 한다.

34) 2부 1권, 186쪽.

수많은 농민과 노동자들의 힘을 믿는 인물로 손문의 삼민주의보다 홍수전의 태평천국의 난에서 더 많은 교훈을 얻을 수 있음을 지적한다.

> 권필응이 중국의 정세가 조선 민족의 독립에 끼칠 영향을 논하는 자리에서 독립운동의 길을 걷는 다른 사람들에게 하는 말 : 삼합회(三合會)를 위시한 여러 비밀결사가 위대했어. 기라성 같은 혁명지도자 혁명군 그리고 홍수전(洪秀全)이 뿌려놓고 간 씨앗을 줏어먹은 농민들, 그리고 또 있어, 광산노동자들! 손문은 뭘 했나? 삼민주의? 손문은 일찍이 홍수전 막하의 한 숙로(宿老)에게서 배웠건만 삼민주의는 태평천국의 정치요강을 앞서지 못하였고 그건 아류에 불과한 것 (2부 3권, 51-52쪽)

그는 독립운동의 주체 세력은 농민과 노동자임을 확신하며, 나아가 원세개에게도 손문에게도 기대지 않고 스스로의 힘으로 독립운동을 전개해 나가야 함을 역설한다.[35] 독립은 중국의 정세가 어떻고 누구의 이론이 더 맞느냐는 담론에서 나오는 것이 아니라 옳다고 생각하는 일에 온몸으로 투신할 때 얻어지는 것이라 보는 그는 스스로 '만주 벌판의 들쥐가 되겠다[36]'고 공언한다.

마지막으로 장인걸을 살펴볼 수 있다. 그는 러일전쟁 당시 러시아 편에 가담해 독립운동을 전개한 인물로 그려지며, 이때 밀정에 의해 가족이 죽임을 당함으로써, 가슴으로 제국주의에 항거하는 삶을 살게 된다. 권필응의 수하에서 그의 사상적 영향을 강하게 받은 인물로 그려지며,

---

35) 이는 앞장에서 살펴보았듯이, 탈식민의 주체 세력으로 동학잔당을 그 뿌리로 내세운 논리와도 상통한다. 당시에 독립운동을 이끈 수많은 세력 중 외세에 기대지 않고, 개명의 논리를 타고 들어온 식민지 벗어나기에 대한 어떠한 주의나 주장보다 동학농민운동이 앞서 이를 구현했으며 폭발적인 힘을 보여준 것으로 서사화되어 있기 때문이다. 약자가 핍박받지 않는 세상, 모두가 화해롭고 공평하게 사는 세상을 이루기 위한 사상과 그 실천이 분출된 것이 동학농민운동이라는 해도사의 말(5부 3권, 111-115쪽)은 이를 잘 보여주는 진술이다.

36) 2부 1권, 366쪽.

만주와 연해주 일대에서 독립운동 하는 사람들의 정보를 캐내 보고함으로써 삶을 부지하는 제국의 기생자들을 암살하고, 군자금을 모집하고 운반하는 등 위험한 일들을 맡아 하는 인물로 그려진다. 그는 밀정으로 악명을 떨치는 김두수(=김거복)에게 유린당하여 삶의 의지를 상실한 심금녀를 연추의 부호이자 귀화한 조선인 쎄리판 심(=심운회)의 집에 기거케 도움으로써 심금녀를 개인적 삶에서 벗어나 독립운동가로서의 삶을 살도록 이끈다. 특히 그는 현장에서 뛰는 독립운동가로서 만주와 연해주 일대의 조선 민중의 정서를 누구보다도 잘 이해하는 인물이다.

> 장인걸이 연추에 머물고 있는 이동진에게 하는 말 : 개척민 그네들은 조선 위정자 밑에 살 수 없었던 가난뱅이들이었고, 우린 왜적 치하에서 살 수 없었던 민족주의자들입니다. 그네들은 황막한 무인경(無人境)을 피땀으로 일쿠었습니다. 피땀으로 일쿨 때 그들에겐 보호해줄 정부도 호소해볼 위정자도 없었습니다. 민족주의자 조오치요, 독립투사 얼마나 훌륭합니까? 그 훌륭한 양반들이 나라 잃고 이곳 타국에 와서 개척민들, 일찍이 버림받았었던 그네들을 언덕 삼아 비비댄 건 어쩔 수 없는 일이겠으나 그래 그네들에게 호령하고 지도할 푼수가 되나요? (…중략…) 제가 무슨 얘길 하는고 하니 그네들에게 주도권을 주라 그 얘깁니다. 그래야만 수십만 이민들은 한 깃발 밑에 모일 거란 그 말입니다. (2부 3권, 58쪽)

장인걸은 자신과 이동진을 포함하여 국외에서 독립운동을 하는 무리들이 수십만 이민들을 종속적인 존재로 생각하는 한 독립운동은 정체 상태를 면할 수 없다고 질타한다. 그는 만주와 연해주 일대로 건너와 온갖 고생을 하며 땅을 일구고 정착했던 민중들의 삶을 이해하고 그들에게 주도권을 건네 줄 때, 독립운동은 더욱 공고해지고 확대될 것이라고 확신한다.

민중의 힘에 대한 확신과 인간에 대한 애정을 잃지 않았던 장인걸은 『토지』 2부에서 맹활약을 펼치다 『토지』 3부가 끝날 무렵 왜놈의 총에 맞아 죽은 것으로 그려진다. 그에게 큰 영향을 미쳤던 권필응 또한 중일전쟁과 남경학살을 끝으로 서사의 전면에서 사라지고 죽은 것으로 처리된다. 이는 일제하 국외에서 무장독립투쟁의 노선에서 탈식민을 길을 갔던 수없이 많은 인물들의 삶을 사실적으로 떠올리게 하는 서사로서 기능한다.

3) 제국 내부의 시선을 통한 균열의 양상

『토지』 1, 2부가 지배/저항의 이분법적 논리 구조로 서사가 전개되는 데 반해, 『토지』 3부 이후부터는 이러한 이항 논리에 균열이 발생한다. 『토지』 3부의 서사는 1920년대를 주 배경으로 하고 있는데, 3·1운동이 끝난 이후에서부터 서사가 시작된다. 3·1운동은 제국의 지배로부터 벗어나기 위한 전민족적인 운동이라는 의의를 지님에도 불구하고 이 사건을 계기로 민족의 독립을 찾기 위한 방법론이 민족 내부에서 분열을 겪는다. 사상적 측면에서는 민족주의 노선과 사회주의 노선으로 나뉘며, 특히 사회주의 노선은 일본과 조선의 지배/피지배의 경계를 무너뜨리고 자본/노동, 제국/반제국의 논리로 일본 내 양심적 지식인 계층의 균열을 생성해낸다.

이러한 균열의 양상을 가장 잘 보여주는 작품 속 인물은 일인(日人) 오가다 지로이다. 그는 작품의 중반부에서부터 등장하여 서사가 마무리될 때까지 일본의 야만을 고발하고 양심을 지키는 인물로 그려진다. 이런 그의 사상적 출발이 사회주의였음은 주목할 만한 사실이다.[37] 그는 제국

______

37) 그는 '계명회' 사건에 연루되어 투옥된 유일한 일인으로 처음 서사에 등장하는데, 이 단체는 1920년대 사회주의 사상의 영향 하에서 조직된 조선인을 중심으로 한 비밀결사 단체로 그려져 있다. 이 단체에 가담하여 투옥된 인물로 서의돈, 성삼대, 선우일, 선우신, 유인성, 유인실, 오가다 지로, 김길상 등이 제시되며, 이들은 『토지』 3부 이후의 탈식민 담론을 이끄는 중심인물로서의 역할을 다한다.

내부의 중심부에 위치하고 있는 출신임[38])에도 불구하고 인간이 집단을 형성함으로써 빚어진 사회적 부조리에 민감하게 반응한다. 특히 관동대지진과 남경학살에서 일본인들이 보인 행동은 민족을 떠나 인간으로서 도저히 그에게는 용납될 수 없는 참상이다.

> 오가다 지로와 백부 겐사쿠와의 대화에서 오가다 지로가 하는 말 : 우월감 그 자체가 열등감이란 생각을 안 해보셨습니까? 사실 우리가 다 좋은 것도 아니며 조선이 다 나쁜 것도 아닙니다. (…중략…) 일등 국민이다, 일등 국민이다, 구두선처럼 뇐다는 그 자체부터 일등 국민이 아닌 어릿광대지요. (…중략…) 자기 존엄과 우월감은 분명히 다를 것입니다. 너무 심합니다. 관동 대지진 때, 피에 굶주린 이리떼 모양으로 조선인 학살에 미쳐 날뛰던 일본 민중들을 기억하실 것입니다. 민중을 그 방향으로 몰고 간 위정자들의 간지(奸智)를 저는 똑똑히 기억하고 있습니다. (4부 1권, 341-342쪽)

> 신경의 무라가미 객실에서 오가다 지로가 생각하는 부분 : 일본인들은 입만 벌리면 상대를 야만적이다, 미개인이다 하여 모멸했지만, 그들의 하늘 밑에서 오가다는 진정으로 와서는 안 될 일본인을 느꼈던 것이다. (…중략…) 오가다는 또 생각했다. 일본은 결코 대륙에 뿌리를 내릴 수 없을 것이라고. (…중략…) 실로 문화의 격차는 자연의 조건만큼 멀고도 먼 것, 시베리아를 질러서 알래스카로 건너 남미까지 뻗어간 인종들, 아슴푸레 느껴지는 아시아 대륙과의 동질성, 오가다는 그것을 곰곰이 생각하였다. 일본은 어찌하여 동떨어졌고 비어져나갔고, 그토록 이질적인가, 수수께끼였다.
> (4부 3권, 301-302쪽)

그는 일본의 위정자와 군부가 식민지 지배를 위해 만들어낸 '동화'와 '배제'의 전략을 공격한다. 자국민을 '일등 국민'으로, 자국을 '문명국'으

---

38) 오가다 지로는 '백만 석의 다이묘[大名], 아무아무개 번주(藩主)의 중신(重臣)'으로서의 '유서 깊은 가문', '근왕파(勤王派)였던 조부', '대장성의 요직에 있었던 부친', '청일·노일 양 전쟁에 참가'하여 '전공도 적지 않았던' '퇴역한 육군 소장'을 '백부'로 둔 인물이라는 점에서, 적어도 일본의 중상류층에 위치 지워지는 인물이다(4부 1권, 329쪽).

로 명명하는 대신 여기에 속하지 않는 타자는 '야만'으로 규정하여 무차
별적으로 침탈한 '일본형 식민주의39)'의 극단이 관동대지진과 남경학살
임이 일인 오가다 지로의 입을 통해 재현된다.

　나아가 그는 일본인의 정체성 규정의 중요한 부분이라 할 만한 천황제
의 부정에까지 다다른다. 천황제는 일본의 식민지 통치의 정당성을 뒷받
침하는 일종의 역사 전쟁의 성격을 지닌 것으로 한국의 과거사 자체가
일본의 전유물이었음을 주장하고 유포하는 핵심적인 장치였다.40) 그러나
오가다 지로는 일본인들에게 현인신으로까지 추앙받는 천황제야말로 진
실을 외면하는 일본인의 본성을 드러내는 것이라 비판한다. 즉, 천황제의
인정은 일본이 허위 위에 세워진 국가라는 것을 보여주는 것일 뿐이며,
천황과 가미가제 등을 내세우며 침략과 약탈을 애국과 정의라고 속여 왔
던 일본은 자국민을 포함하여 조선 민족과 아시아 전 민족에게 해악을
끼치고 있음을 고발한다.41)

　다음으로 일본의 제국주의 팽창 정책을 비판하는 인물은 무라가미 쇼
지로 대표되는 일군(一群)의 무리들이다. 특히 무라가미 쇼지는 '대륙낭인'

---

39) 일본 역시 서구 열강에 의해 타자로 규정되며 강요된 '문명개화'의 과정을 겪었지
　만, 일본은 메이지 유신 이후 '문명개화'를 국시(國是)로 내걸고 스스로를 '문명국'의
　위치에 놓음으로써 자기 식민지화를 은폐하고 아시아 국가에 대한 지배를 정당화하
　고자 하려는 전략을 펼쳤다. 여기에는 동화와 배제라는 이중적인 담론 전략이 활용
　되었는데, 이를 고모리 유이치(2002)는 '일본형 식민주의'라 규정하고 있다(고모리
　요이치, 송태욱 역, 『포스트콜로니얼』, 삼인, 2002, 32쪽).
40) 일본은 경제적 식민화와 정치적 식민화를 넘어 조선 민족의 혼(魂)마저 식민화하려
　는 의도 아래, 고사기(712), 일본서기(720) 등의 책을 통해 한일 관계의 역사를 식민
　지 통치에 유리한 방식으로 전유하였다(예 : 츄아이 천황(仲哀天皇)에게 일본 서쪽의
　나라 한국을 정복하라는 성스러운 신탁이 내려졌고, 이후 왕위에 오른 진구 황후가
　신라를 정복하러 떠났으며 신라의 왕은 진구 황후가 이끌고 온 병력에 압도되어 저
　항하는 대신 일본 황실의 신성함을 깨닫고 '조공국'을 자처했다는 이야기를 자세하
　게 실음)(앙드레 슈미드, 앞의 책, 344-346쪽).
41) 이러한 담론은 오가다 지로와 그의 누님 유키코, 매형 요시에의 대화 속에 잘 나타
　나 있다(5부 3권, 254-273쪽).

으로 불리며, 일본이 만주에 건설한 도시 신경(=장춘)에서 군 고위층이 숙소로 사용했던 청인 부호의 집에 살 정도로 군부와 가까운 인물로 그려진다. 그러나 그가 바라보는 시국관은 매우 냉소적이며, 이는 현실을 직시하지 못하는 일본 군부의 어리석음을 지적하는 것으로 나타난다.

> 무라가미와 오이의 대화에서 무라가미가 하는 말 : 삼 마(麻), 몽둥이 간(稈), 아이 아(兒), 칠 타(打), 이리 랑(狼), 마간아타낭인데 무슨 뜻인고 하니 삼대를 들고 이리를 치겠다고 뛰어오는데 이리는 그것을 몽둥인 줄 알고 달아나지만 몽둥이가 아닌 삼대인 것을 깨닫고 사람을 공격한다. 그러니까 삼대 든 사람은 일본이요 이리는 중국, 중국은 일본을 강하다 착각을 했고 일본은 강한 것같이 기만술을 썼다. / 조식경탄, 벼룩 조(蚤), 먹을 식(食), 고래 경(鯨), 삼킬 탄(呑), 말하자면 벼룩을 잡아먹듯 했을 때는 두려워했으되 고래를 삼키려는 데 대해서는 두려워하지 않는다, 왜냐하면 일본은 고래를 삼킬 수 없기 때문에. (4부 3권, 307-308쪽)

스스로를 '군부에 붙어먹는 이권우익(利權右翼)'이라 규정하는 무라가미 쇼지의 이러한 시국관은 제국의 내부에서 일본 제국주의의 패배를 인정하고 있다는 점에서 지배 담론의 균열 양상을 여실히 드러낸다. 무라가미 쇼지를 비롯한 오이, 하야시 등은 일본의 대륙 팽창 정책이 자국민 및 피식민지인 모두를 공멸하게 하는 재앙이 될 것이라 인정한다. 이들을 통해 일본 바깥의 만주에서 바라본 일본의 모습이 훨씬 더 객관적일 수 있음을 보여주며, 양심적 지식인들이 일본 내에도 적지 않았음을 상기시켜 준다. 그리하여 『토지』가 반일본인론이 아닌 반일론이자 반제국주의론임을 입증한다.

4) 경계선상 인물의 시선을 통한 담론 확장

『토지』가 반일본인론이 아닌 반일론임을 가장 잘 드러내는 작품 속 조선인 인물은 조찬하와 유인실이다.

조찬하는 작품의 중반부 이후부터 등장하는 인물로 특히 4부의 서사를 이끄는 핵심적 인물이다. 그는 조선 왕조 권력층의 후예이자 일제로부터 작위를 받은 친일파 귀족이며, 일본에서 영문학부를 졸업한 학력에, 일본의 상층 계층 여인과 결혼하여 동경에 거주한다. 이러한 출신과 이력으로 본다면 그는 제국의 지배 담론에 위치 지워지는 것이 타당하다. 그러나 그는 이러한 이력을 배경으로 일본 문화의 맹점과 조선 문화의 우수성을 드러내는 서사에서 믿을 만한 화자로 주로 등장한다.

> 조찬하가 오가다 지로를 떠올리며 혼자 생각하는 부분 : 일본 군국주의는 센티멘털리즘으로 무장된다, 그래야만 옳을 성싶소. (…중략…) 현인신의 사상이 그렇고 벚꽃이 그렇고 조그마한 명분 때문에 배를 가르는 무사, 천황 폐하 만세를 부르며 쓰러지는 병사, 당신은 그 기만에 구역질을 느끼지 않소? / 고래로 조선인들은 리얼리스트였었다, 나는 긍정하고 믿소. 그것은 진실에 접근하고자 하는 의지요 방법이니까요. 신비, 생명에 접근하고자 하는 의지, 그러니까 본시는 신비주의요. (4부 1권, 150-151쪽)

그는 일본인 오가다 지로와의 만남을 통해 민족과 혈통을 떠난 인간 대 인간의 만남을 경험하며, 오가다 지로와 유인실의 사랑을 편견 없이 이해하게 된다. 조찬하에 이르러 『토지』의 탈식민 담론은 민족/반민족, 지배/저항의 이분법적 논리를 넘어서며, 혈통에 갇힌 민족의 범주를 넘어서, 문화의 문제로 확대되는 효과를 발휘한다. 그는 조선이 왜 일본의 식민지가 되었는가를 경제적이고 정치적인 시각에서가 아닌 문화적인 시각에서 바라보며 조선 문화의 정체성을 잃지 않는 것이 탈식민의 중요한

한 토대가 됨을 제시한다.

> 조찬하가 조용하에게 하는 말 : 결핍이 오늘 일본을 강국으로 만들었고 잉여 상태로 하여 조선은 망했다. / 정신을 두고 한 말입니다. 물질적인 얘기는 아닙니다. / 물질의 시대와 정신의 시대가 명멸한다는 것이 저의 결론입니다. (4부 1권, 165-166쪽)

조찬하의 이러한 생각은 그의 형 조용하[42]와는 전혀 다른 길을 걷게 만든다. 그는 자신이 위치한 사회적 장에서 크게 이탈하지는 못하지만, 탈식민의 시대가 올 것이라 확신하며 이러한 길을 걷는 오가다 지로와 유인실을 적극적으로 돕는 역할을 맡는다. 특히 유인실이 오가다 지로와 인연을 맺도록 돕는 결정적 역할을 하며, 아이를 가진 유인실을 동경에서 아무런 질책도 하지 않고 도우며, 유인실이 낳은 아이를 자신의 호적에 넣어 키움으로써, 민족의 경계를 뛰어넘어 휴머니즘을 실천한다.

다음으로 경계선상에 위치한 인물로 일본인 남성과 관계를 맺는 유인실을 살펴볼 수 있다. 유인실은 일본에 유학하던 중 사회주의 사상에 경도되어 '계명회'에 가담하여 활동하다 일본의 사상범 검거에 의해 체포되어 복역한다. 이때 함께 검거된 오가다 지로와의 인연이 계기가 되어 연인 사이로 발전하나, 민족의식과 순수한 사랑의 감정 사이에서 고뇌한다. 두 사람의 서사는 『토지』 3부에서부터 시작하여 작품이 끝날 때까지 중요한 테마로서 기능한다. 유인실은 민족의 경계를 뛰어넘어 다가오는 오가다 지로에게 조선의 역사와 문화에 대한 자긍심을 토대로 거부를 시도한다.

---

42) 조찬하의 형으로 일제 하 친일 귀족과 매판자본가로서의 삶의 전형을 보여주는 인물이다. 인간관계에서도 자본과 소유의 논리로만 일관하여 냉소적인 태도를 보이며, 아내 임명희의 애정을 얻지 못한 채, 결국 암에 걸려 자살로 생을 마감한다.

> 통영으로 찾아온 오가다 지로에게 유인실이 하는 말 : 당신들은 정복자로
> 서 조선 백성을 내려다보지만 조선 백성은 결코 당신들을 우러러보진 않아
> 요. 소수 교양 있는 사람말고는 모두 당신들을 왜놈, 쪽바리라 불러요. 의식
> 속 깊은 곳에서도 당신들은 여전히 왜놈 쪽바리에요. 결코 일본은, 끝내 조
> 선을 지배하지 못할 것입니다. (4부 2권, 295쪽)

특히 유인실은 일본의 생명 경시 풍조를 혐오[43]하며 무력을 사용하여 지배하는 것만이 최고선이라는 제국주의 담론에 저항한다. 그러나 그녀가 지배/피지배 관계를 떠나 일본인인 오가다 지로를 사랑한다는 사실은 포기할 수 없는 진실로 그려진다. 한 여인으로서 나아가 피지배 민족의 처지에서 '생명보다 더한 것[44]'을 오가다 지로에게 준 그녀는 '쇼지'를 낳게 되고, 일제의 지배가 끝나지 않는 한 저항을 멈출 수 없다는 결론에 이른다.

그리하여 '쇼지'를 조찬하에게 맡기고 만주로 건너가 반제국주의 운동에 가담한다. 이를 통해 유인실은 민족 담론으로 대변되는 당위론적 규범과 휴머니즘적 담론으로 대변되는 인간적 진실 사이에서 그 어느 쪽도 쉽게 포기하지 않는 치열성을 보여준다.[45]

한편 그들 사이에서 태어난 쇼지[莊次]는 민족을 넘어선 휴머니즘의 승리라고 볼 수 있는 인물로 인위적인 제도와 규범이 갈라놓은 비진실 앞에서 진실을 소망하는 인류의 휴머니즘적 소망을 상징화하는 인물이다. 쇼지를 누구보다도 사랑하고 그의 이름에 기대를 거는 조찬하의 모

---

43) 이는 할복을 의식화하고 미화하는 것에 대한 비판을 통해 잘 드러난다(4부 2권, 294쪽).

44) 인실에게 생명보다 더한 것이란 조국과 내 겨레를 배신했다는 것임을 밝히고 있다(5부 1권, 445쪽).

45) 유인실과 오가다 지로는 유인실이 아이를 낳은 후 만주에서의 독립운동에 투신한 후 하얼빈에서 조찬하의 주선으로 재회하게 된다. 유인실은 그간의 사실을 오가다 지로에게 모두 털어놓은 후, 조국과 민족을 배신하는 일은 한 번으로 족하며, 일본이 망하는 날 재회할 것을 약속하며 헤어진다(5부 1권, 444-447쪽).

습을 통해 『토지』가 궁극적으로 추구하는 바는 반일과 반제국을 넘어선 상생의 담론임을 내비친다.

3. 탈식민 서사로서의 『토지』의 의의

이상으로 『토지』의 탈식민 서사를 저항의 주체를 중심으로 크게 4가지 세력으로 나누어 살펴보았다. 동학잔당, 국외 독립운동 세력, 제국 내부의 인물, 경계선상의 인물 등의 네 가지로 작품 속 탈식민 주체 세력을 이해하는 것은, 장구한 작품의 서사를 순차적으로 이해하는 데 도움을 준다.

『토지』는 탈식민의 주체를 피식민지 주체에 한정하지 않음으로써 민족 담론에만 머물지 않게 되었다. 오히려 작품의 중반부 이후로 갈수록 경계선상에 위치한 인물을 배치함으로써 문화와 문명의 문제로 담론을 확장시켰으며, 이는 당시 풍미하던 사회진화론적 담론에 대한 저항의 성격을 띠고 있다.[46] 그리하여 일본 제국주의가 급격하게 군국주의화의 길로 치닫는 것을 경계하고 그 잔학상을 고발하는 역할을 하고 있다.

실제 일본 제국주의는 식민지 통치 말기에 가장 극악한 형태를 띠고 전개되었지만, 『토지』는 제국의 균열이 1930년대—『토지』 4부 서사의 시

---

46) 이 당시에 개화파를 통해 들어온 '사회진화론'은 개인과 한 나라의 발전을 위해서 '경쟁'이 불가피함을 강조하였다. 그러나 그 경쟁은 '지력 발달을 통한 선한 경려(競勵)(유길준, 『서유견문』, 388쪽)'로 활용되기 보다는, 제국주의의 약소국에 대한 침략과 점령을 합리화하는 논리로 이용되었다(박노자, 『우승열패의 신화』, 한겨레신문사, 2005, 237-238쪽). 이는 『토지』에서 조찬하의 입을 통해 문명이 야만의 반어로 쓰여지는 모순으로 지적되며, 오히려 문명은 생존 문제를 뛰어넘어 자행되는 야성으로, 문화는 능욕당한 처녀로 그려진다(4부 3권, 170-173쪽).

기-부터 급속도로 진행된 것으로 그려낸다. 그 균열의 축에 바로 제국에 속한 인물들의 비판적 시선과 경계선상의 인물들이 위치한다. 그러므로『토지』전반부가 지배/저항, 반민족/민족의 이분법적 탈식민을 보여준다면,『토지』후반부는 이러한 이분법적 경계를 뛰어넘어 그 균열 지점을 그려 보임으로써 식민지 지배 체제가 공고할 수 없음을 드러내 보이는 역할을 한다.

나아가 지면의 한계와 논의의 일관성을 위해 본고에서 다루지는 못했지만, 탈식민의 저항 담론은 작품 속에서 세대를 교체하며 면면히 이어진다. 동학잔당의 저항 담론은 몽치를 중심으로 지리산에 모여 든 이들의 토종 민족 담론으로, 국외독립운동 세력의 투쟁 담론은 송영광과 이홍의 연결을 통해 만주를 중심으로 펼치지는 사회주의 계열의 저항 담론으로, 제국내부의 균열 지점은 밀정 김두수의 몰락 및 일본의 앞잡이 역할을 하던 우개동의 비참한 죽음으로, 경계선상 인물의 저항은 이상의를 중심으로 한 진주 ES여고 학생들47)의 저항담론으로 전개된다. 여기에 이름 없는 많은 여인들이 베푸는 인간다움48)과 제국주의의 폭압을 피해 지리산으로 숨어 들어온 젊은이들을 살리기 위해 아낌없이 돈을 내놓는 최서희와 임명희의 생명 키우기 담론49)이 결합되어 조선은 해방의 빛을 찾

---

47) 일본의 지시와 교육 방침에 따라 운영되며 민족의식보다는 개인의 이해 관계에 따라 움직이는 경향을 보이지만, 다른 한편으로는 부당한 침해에 대해 집단행동으로 대항한다든지, 전시 체제에 대비해 하는 대피 훈련을 사춘기 남녀의 연애 감정이 생기는 상황으로 전치한다든지, 천황의 사진을 보관하고 있는 봉안전 앞에 똥을 싸 놓은 일화를 듣고 통쾌해 한다든지 하는 상황이 모두 진주 ES여고를 중심으로 펼쳐진다는 측면에서 이 부류로 분류 가능하다.

48) 두만네, 야무네, 천일네 등이 대표적인 인물이며, 이들은 제국의 횡포를 일상적으로 겪으며 살지만―두만네는 일제의 위생 담론의 검열에 걸려 순사에게 뺨을 얻어 맞고, 야무네는 일본에 노동자로 건너간 야무가 거의 병신이 되어 돌아온 일을 겪으며, 천일네는 일본 헌병의 총에 맞아 남편을 잃는 등―삶에 대한 의지와 인간에 대한 애정을 잃지 않는 인물로 그려진다.

49) 최서희는 오백석지기 땅을 내놓으며 임명희는 조용하로부터 받은 유산을 처분하여

게 된다.

본고에서 논의한 바와 이를 결합시킨 보다 더 진전된 논의는 추후 연구를 통해 보완해 나가고자 한다.

거금 5000원을 내놓는다.

‖ 참고문헌

1. 기본 자료

박경리, 『토지 1~16권』, 솔출판사, 1994.

2. 논저

강만길, 『고쳐 쓴 한국 현대사』, 창비, 1994.
고부응, 『초민족 시대의 민족 정체성』, 문학과지성사, 2002.
고부응 외, 『탈식민주의 이론과 쟁점』, 문학과지성사, 2003.
김은경, 『『토지』서사 구조 연구』, 서울대 석사논문, 2000.
김정자 외, 『왜 다시 토지를 말하는가』, 태학사, 2007.
김치수, 『박경리와 이청준』, 민음사, 1982.
김택현, 『서발턴과 역사학 비판』, 박종철출판사, 2003.
박노자, 『우승열패의 신화』, 한겨레신문사, 2005.
박상민, 『박경리『토지』에 나타난 악의 상징 연구』, 연세대 박사논문, 2009.
박종성, 『탈식민주의에 대한 성찰』, 살림, 2006.
박지향, 『제국주의』, 서울대학교출판부, 2000.
반민족문제연구소, 『친일파 99인 1권』, 돌베개, 1993.
오세은, 『여성 가족사 소설 연구』, 새미, 2002.
오지영, 『동학사』, 대광문화사, 1938.
이경원, 『검은 역사 하얀 이론』, 한길사, 2011.
이덕화, 『박경리와 최명희, 두 여성적 글쓰기』, 태학사, 2000.
이미화, 「박경리『토지』에 나타난 여성하위주체의 저항」, 『한국문학논총』 51집, 2009.
이상진, 『『토지』연구』, 월인, 1999.
______, 『토지 인물 사전』, 나남출판, 2002.
______, 「탈식민주의적 시각에서 본『토지』속의 일본, 일본인, 일본론」, 『현대소설연구』
        43집, 2010.
임양묵, 『한·생명·대자대비』, 솔출판사, 1995.
임지현, 『민족주의는 반역이다』, 소나무, 1999.
정현기, 『恨과 삶』, 솔출판사, 1994.

조   민, 『한국민족주의 연구』, 민족통일연구원, 1994.
최유찬, 『토지를 읽는다』, 솔출판사, 1996.
최유찬 편, 『박경리』, 새미, 1997.
최유찬 외, 『토지의 문화지형학』, 소명출판, 2004.
_____, 『한국 근대문화와 박경리의 『토지』』, 소명출판, 2008.
한국문학연구회, 『『토지』와 박경리 문학』, 솔출판사, 1996.
한국민중사연구회, 『한국민중사Ⅱ』, 풀빛, 1986.
허연실, 『『토지』의 사회문화 담론 연구』, 고려대 박사논문, 2010.
강상중, 이경덕 · 임성모 역, 『오리엔탈리즘을 넘어서』, 이산, 1997.
고모리 요이치, 송태욱 역, 『포스트콜로니얼』, 삼인, 2002.
릴라 간디, 이영욱 역, 『포스트식민주의란 무엇인가』, 현실문화연구, 2000.
마이클 로빈슨 · 신기욱 외, 도면회 역, 『한국의 식민지 근대성』, 삼인, 2006.
바트 무어-길버트, 이경원 역, 『탈식민주의! 저항에서 유희로』, 한길사, 2003.
베네딕트 앤더슨, 윤형숙 역, 『상상의 공동체』, 나남출판, 2002.
빌 애쉬크로프트 외, 이석호 역, 『포스트콜로니얼 문학이론』, 민음사, 1996.
앙드레 슈미드, 정여울 역, 『제국 그 사이의 한국』, 휴머니스트, 2007.
야마다 쇼오지 외, 샘기획 역, 『근현대사 속의 한국과 일본』, 돌베개, 1992.
에드워드 사이드, 박홍규 역, 『오리엔탈리즘』, 교보문고, 2007.
에드워드 사이드, 김성곤 · 정정호 역, 『문화와 제국주의』, 창, 2011.
조앤 샤프, 이영민 · 박경환 역, 『포스트식민주의의 지리』, 여이연, 2011.
프란츠 파농, 이석호 역, 『검은 피부 하얀 가면』, 인간사랑, 1998.
피터 차일즈 · 패트릭 윌리엄스, 김문환 역, 『탈식민주의 이론』, 문예출판사, 2004.

● 임명진

전북대학교 국어국문학과 교수
현대문학이론학회장, 한국언어문학회 회장, 전북작가회의 회장, 전북민예총 회장 역임.
『문학의 비평과 해석』, 1997
『판소리의 공연예술적 성격』(공저), 2003
『탈경계의 문학과 비평』, 2008
『한국근대소설과 서사전통』, 2008 외
역서『구술문화와 문자문화』, 1995 외 다수

● 유 승

전북대학교, 원광대학교 강사
「응구기의 탈식민주의 소설 연구」, 2002
「신동엽의 아나키스트적 상상력」, 2012

● 유인실

전북대학교 국어국문학과 강사
『수필과 비평』 주간
「고정희 시의 모성연구」, 2006
「백석 시의 로컬리티 연구」, 2012
시집『신은 나에게 시간을 주었다』, 2007

● 장미영

현재 전주대학교 교수, <한국문학이론과비평학회> 편집위원
「디아스포라 문학과 트랜스내셔널리즘」, 2010
『21세기 대중 취향과 미디어』, 2012
『여원 연구-여성, 교양, 매체』(공저), 2008 외 다수

● 노용무

전북대학교 국어국문학과 강사
「김수영 시 연구」, 2001
「친일시와 식민담론」, 2002 외

● 전흥남

한려대학교 교양학부 교수

『해방기 소설의 시대정신』, 1999

『한국 근·현대소설의 현실대응력』, 2003

『한국 현대노년소설 연구』, 2011

산문집『성공하는 사람과 성공하는 사람들』, 2009 외 다수

● 김은혜

전북대학교 국어국문학과 강사

『색깔있는 문화』(공저) 글숯대, 2004

『여성과 미디어』(공저), 신아출판사, 2006

『새만금스토리텔링』(공저), 글누림, 2008

● 이영배

안동대학교 민속학과 교수, 전라북도 문화재 전문위원

『교정과 봉합 혹은 탈주와 저항의 사회극』, 2008

『우리문화연구의 새 지평』, 2010

「복원의 다의성 : 전승과 창조의 딜레마」, 2009

「미디어 융합시대의 굿문화」, 2010

「하늘의 얼굴, 그 내재성과 역동성」, 2011

「한국 '판' 문화론의 구성을 위한 통섭적 시론」, 2012

● 고은미

전북대학교 국어국문학과 강사

「『혼불』의 생태여성주의 담론 연구」, 2006

『여성문학의 이해』(공저), 2007

『다문화 사회 바로 서기』(공저), 2008

● 이수라

전주대학교 교양학부 객원교수

『다문화 콘서트』(공저), 2009

『스토리텔링과 문화산업』(공저), 2009

논문「蔡萬植 小說 硏究 : 식민성과 탈민성을 중심으로」 2004.

• 윤영옥

『현대소설의 문학교육적 해석』, 2007

『혼불의 문학이론』(공저), 2001.

「채만식 풍자소설에 나타난 서사기법 연구」, 1999

「근대 농민여성 일상의 문학적 재현」, 2010

「이기영 농민소설에 나타난 쌀의 표상과 국가」, 2011 외

• 김혜원

전북대학교 대학원 국어국문학과 박사과정

2010 전북일보 신춘문예 시 당선

「백석의 『여승』에 대한 인지시학적 분석-<길 도식>을 중심으로」, 2012.

• 김선하

전북대학교 국문학과 박사과정

전주서중 국어교사

「학습자 중심의 소설교육 방안 연구」, 2003.

「『토지』에 나타난 한·일 문화 인식의 태도 고찰」, 2009

임명진　『현대문학이론연구』 제50집, 현대문학이론학회, 2012.

유　승　『영어영문학연구』 36권 4호, 대한영어영문학회, 2010.

유인실　『비평문학』 제36호, 한국비평문학회, 2010.

장미영　「대중성의 확대와 변형—1950년대 박계주의 신문연재소설을 중심으로」, 『국어문학』 53집, 국어문학회, 2012, 수정·보완.

노용무　『한국언어문학』 53집, 한국언어문학회, 2004.

전흥남　「<절망 뒤에 오는 것>에 나타난 '여순사건'의 수용양상과 의미」, 『국어국문학』 제127호, 국어국문학회, 2000, 수정·보완.

김은혜　『국어문학』 48집, 국어문학회, 2010.

이영배　『우리문화연구의 새 지평』, 민속원, 2010.

고은미　『현대문학이론연구』 47집, 현대문학이론학회, 2011.

이수라　『국어문학』 37집, 국어문학회, 2002.

윤영옥　『한국문학비평과 이론』 제56집, 한국문학비평과이론학회, 2012.

김혜원　『국어문학』 제53집, 국어문학회, 2012.

김선하　『한국언어문학』 제80집, 한국언어문학회, 2012.